MARÉ VIVA

Cilla & Rolf
BÖRJLIND

MARÉ VIVA

Tradução de
LUCIANO DUTRA

Título original
SPRINGFLODEN

Copyright © Cilla & Rolf Börjlind, 2012

Publicado mediante acordo com Grand Agency e
Vikings do Brasil Agência Literária e de Tradução Ltda.

Direitos para a língua portuguesa reservados
com exclusividade para o Brasil à
EDITORA ROCCO LTDA.
Av. Presidente Wilson, 231 – 8º andar
20030-021 – Rio de Janeiro – RJ
Tel.: (21) 3525-2000 – Fax: (21) 3525-2001
rocco@rocco.com.br
www.rocco.com.br

Printed in Brazil/Impresso no Brasil

revisão técnica
JAIME BERNARDES

preparação de originais
MAIRA PARULA

CIP-Brasil. Catalogação na fonte
Sindicato Nacional dos Editores de Livros, RJ.

B739	Börjlind, Cilla & Rolf
	Maré viva/ Cilla & Rolf Börjlind; tradução de Luciano Dutra. – 1ª ed. – Rio de Janeiro: Rocco, 2015.
	Tradução de: Springfloden
	ISBN 978-85-325-2933-6
	1. Ficção sueca. I. Dutra, Luciano. II. Título.
14-13627	CDD–839.813
	CDU–821.113.4

... enquanto a noite cai inexorável.
Cornelis Vreeswijk

Final do verão de 1987

Normalmente, a diferença entre as marés alta e baixa na Hasslevikarna, a enseada da ilha de Nordkoster, é de cinco a dez centímetros, salvo quando há maré viva, fenômeno que ocorre quando o Sol e a Lua entram em alinhamento com a Terra. Então, a diferença é de quase meio metro. A cabeça de uma pessoa tem por volta de 25 centímetros de altura.

Naquela noite, haveria maré viva.

No momento, porém, ainda era maré baixa.

Há várias horas, a lua cheia fazia o mar indômito recuar, deixando à mostra uma longa faixa encharcada do fundo do mar. Caranguejos pequenos e reluzentes se espalhavam por todos os lados na areia, como se fossem reflexos brilhantes da claridade azul. Os caracóis se agarravam com força às rochas, onde passavam o tempo. Todas as criaturas vivas do fundo do mar sabiam que, em breve, a maré iria subir, cumprindo o seu ciclo.

Três vultos na praia também sabiam disso. Na verdade, sabiam quando aquilo iria ocorrer, precisamente dali a quinze minutos. Então, as primeiras ondas suaves se espraiariam lentamente, molhando tudo o que havia ressecado, e logo a pressão daquele estrondoso escuro arremeteria uma onda atrás da outra até que a maré alta atingisse o seu pico.

Era a maré viva.

Mas eles ainda tinham algum tempo. O buraco que estavam cavando estava quase finalizado. Era de pouco mais de metro e meio de profundidade e uns sessenta centímetros de diâmetro. Um corpo se ajustaria perfeitamente nele. Somente a cabeça ficaria de fora.

A cabeça do quarto vulto.

A cabeça que pertencia à mulher que estava parada logo adiante, com as mãos amarradas.

Seus longos cabelos negros flutuavam com suavidade sob a brisa intermitente. Seu corpo nu reluzia, o rosto sem maquiagem e sereno. Os olhos revelavam uma ausência assombrosa. Alheia, ela assistia enquanto os outros vultos cavavam a cova. O homem que segurava a pá tirou a lâmina curva do buraco, jogou a areia para a direita e se virou.

Havia terminado o trabalho.

A distância, no rochedo onde o menino estava escondido, pairava uma tranquilidade extraordinária naquela praia enluarada. O que estariam fazendo aqueles vultos escuros na areia lá longe? Ele não sabia, mas escutou o ruído vindo do mar e viu a jovem nua sendo arrastada pela areia molhada, aparentemente sem oferecer resistência, e em seguida enfiada em um buraco.

O menino mordeu o lábio inferior.

Um dos homens jogava areia com a pá. A areia empapada moldava-se como cimento molhado em volta do corpo da mulher. O buraco foi preenchido com rapidez. Quando as primeiras ondas esparsas avançaram na direção da praia, apenas a cabeça da mulher ainda estava de fora. Aos poucos, a água foi molhando seus cabelos longos e escuros. Um caranguejo ficou preso numa das madeixas. Calada, ela olhava fixamente para a lua.

Os vultos se afastaram um pouco em meio às dunas. Dois deles pareciam irrequietos, hesitantes, enquanto o terceiro se mantinha calmo. Todos os três observavam aquela cabeça solitária iluminada pelo luar, ao longe, acima da linha da água.

E esperavam.

A maré viva chegou subitamente. A altura das ondas subia a cada marulho, passando por cima da cabeça da mulher, entrando por sua boca e seu nariz. A garganta se encheu de água. Então, ela se encolheu, mas outra onda atingiu seu rosto em cheio.

Um dos vultos foi até perto dela e se agachou. Seus olhos se encontraram.

Da distância onde estava, o menino conseguia observar como o nível da água ia subindo. A cabeça desaparecia embaixo da água, depois voltava a aparecer apenas para desaparecer mais uma vez. Dois dos vultos já tinham ido embora, o terceiro ia se esgueirando praia acima. De repente, ouviu-se um grito assustador. A mulher dentro daquele buraco estava fora de si. Seu grito ecoou na planura da enseada e subiu até o rochedo onde o menino se encontrava, antes que a onda seguinte engolfasse sua cabeça, abafando o grito.

Então, o menino saiu correndo.

O mar subiu e se acalmou, escuro e reluzente, e a mulher fechou os olhos debaixo da superfície. A última coisa que sentiu foi outro pontapé, suave e delicado, dentro de seu ventre.

Verão de 2011, Estocolmo

Vera "Zarolha" na verdade tinha dois olhos normais e um olhar capaz de paralisar até mesmo um falcão em pleno voo. Sua visão era perfeita, mas falava com a sutileza de uma matraca. Começava expondo a sua própria opinião e depois prosseguia, distribuindo contrapontos a torto e a direito.

Zarolha.

Mas amada.

Naquele momento, deitada de bruços sob um sol poente, os últimos raios de luz avançavam sobre a baía de Värta, subiam pela ponte de Lidingö e chegavam até o parque de Hjorthagen com intensidade suficiente para criar uma bela aura de contraluz em volta da silhueta de Vera.

— Essa é a minha realidade!

A veemência de sua afirmação impressionaria qualquer bancada parlamentar, embora sua voz estridente devesse soar bastante deslocada em qualquer plenário. E talvez sua indumentária também: duas camisetas velhas de cores diferentes e uma saia de tule que já viu dias melhores. Além dos pés descalços.

No entanto, ela não se encontrava em plenário algum, mas sim num parque perto do porto de Värta, e a bancada parlamentar era formada por quatro moradores de rua espalhados em alguns bancos entre os carvalhos e arbustos do parque. Um deles era um sujeito alto e taciturno que estava sentado sozinho, absorto em seus pensamentos. Noutro banco, estavam Benseman ao lado de Muriel, uma jovem drogada do bairro de Bagarmossen que tinha no colo uma sacola plástica com o logotipo de um supermercado.

Arvo Pärt dormitava no banco bem em frente.

Num dos cantos do parque, escondidos em meio aos arbustos espessos, dois rapazes vestidos de preto estavam agachados e, em silêncio, espreitavam atentamente aqueles bancos.

— Essa é a minha realidade, não a deles! É ou não é? — perguntou Vera Zarolha, apontando para um ponto, a certa distância. — Eles simplesmente chegaram e bateram na janela do trailer, não me deram tempo nem de colocar meus dentes! Eram três caras. Eles ficaram ali só olhando, então eu perguntei que diabos eles queriam.

— Somos da prefeitura. O seu trailer tem que sair daqui.

— Mas por quê?

— Porque vai haver uma obra no parque.

— Que obra?

— Vamos construir uma pista.

— Uma o quê?

— Uma pista para caminhadas que vai passar bem por aqui.

— Mas que história é essa? Não tenho como tirar o trailer daqui! Eu não tenho carro!

— Lamento, mas esse não é problema nosso. O trailer deve ser retirado daqui até a próxima segunda-feira.

Vera Zarolha respirou fundo e Jelle aproveitou para bocejar, o que fez discretamente, pois Vera detestava que alguém bocejasse quando ela fazia um de seus discursos.

— Vocês estão entendendo? Lá estavam aqueles três caras, aqueles filhotes dos arquivos de aço dos anos 1950, me dizendo que eu tinha que saltar fora. E pra quê? Pra que uns idiotas barrigudos possam correr pra se livrar da pança caminhando bem pelo meio da minha casa? Vocês estão entendendo por que eu fiquei tão furiosa?

— Sim, entendemos — disse Muriel, a única a responder.

Muriel tinha uma voz de taquara rachada, muito fina e ao mesmo tempo áspera, e não conseguia fazer nada se antes não aplicasse um pico na veia.

Vera balançou os seus ralos cabelos ruivos e voltou à carga:

— No fundo, não é por causa da porra de uma pista, mas sim por toda essa gente que sai pra passear por ali com os seus ratos peludos e acha que alguém como eu só serve pra estragar a paisagem dessa merda de bairro chique deles! Não, eu não me encaixo na realidade elegante deles! É isso aí! No fundo, estão cagando pra gente!

Então, Benseman se inclina um pouquinho à frente e diz:

— Mas, Vera, eu até consigo entender que eles...

— Vamos embora já, Jelle! Vamos! — disse Vera, dando duas ou três passadas bem largas e segurando Jelle pelo braço. Ela realmente não estava nem um pouco interessada em ouvir a opinião de Benseman. Jelle se levantou, deu de ombros e acompanhou-a. Não sabia muito bem para onde.

Benseman fez uma careta complacente, pois conhecia Vera muito bem. Com as mãos um pouco trêmulas, acendeu uma bagana toda amassada e abriu uma cerveja — som que fez Arvo Pärt despertar:

— Agora nóis se diverte!

Arvo Pärt era um estoniano de segunda geração, seus pais haviam fugido para a Suécia durante a guerra. Ele tinha uma forma peculiar de se expressar. Muriel esperou Vera se afastar e, então, se virou na direção de Benseman e disse:

— Acho que ela tem razão no que diz, se a gente não se encaixa num lugar, mandam a gente embora... Não é?

— É, acho que sim...

Benseman era do norte da Suécia, conhecido por seu aperto de mãos desnecessariamente forte demais e pelo branco dos olhos macerado pelo álcool. Corpulento, tinha um sotaque acentuado e um hálito rançoso exalado de quando em quando entre os poucos dentes que ainda tinha na boca. No passado fora bibliotecário em Boden, era bastante letrado e também bastante dado às bebidas alcoólicas. A todas elas: desde o licor de amora silvestre até a clandestina aguardente caseira. Abuso que, num período de dez anos, levou a sua vida social ao fundo do poço, até que acabou levando ele próprio, num furgão roubado, até Estocolmo. Lá chegando, ele ia sobrevivendo de esmolas ou pequenos furtos, ou então juntando restos de comida no lixo.

Mas era letrado.

— ... a gente vive meio que por caridade — disse Benseman.

Pärt meneou a cabeça concordando e se esticou para pegar a cerveja. Muriel puxou um saquinho de plástico e uma colher. Benseman reagiu irritado:

— Você devia era se livrar desta porcaria!

— Eu sei. Vou me livrar disso.

— Quando?

— Agora!

E se livrou mesmo, no ato. Não porque ela não quisesse um pico, mas porque viu de repente dois rapazes se aproximando lentamente de trás das árvores. Um deles vestia um casaco preto com capuz. O outro, um casaco verde-oliva. Ambos com calças de moletom, coturnos e luvas.

Eles estavam à caça.

O trio de moradores de rua reagiu relativamente rápido. Muriel agarrou o seu saquinho plástico e saiu correndo. Benseman e Pärt foram atrás dela, aos trancos e barrancos. De repente, Benseman se lembrou da segunda lata de cerveja que tinha escondido atrás da lixeira. Aquilo podia fazer a diferença entre uma noite bem dormida ou maldormida. Então, deu meia-volta e correu aos solavancos até a frente de um dos bancos.

Seu equilíbrio não estava dos melhores.

Tampouco seu tempo de reação.

Quando tentou se erguer, levou um tremendo pontapé direto no rosto e caiu de costas. O rapaz de casaco preto estava bem na sua frente. O outro rapaz tirou o celular do bolso e ligou a câmera.

Esse foi o prelúdio de uma sessão de espancamento especialmente sádica, filmada por eles ali, numa parte do parque de onde ninguém ouvia nada, e à vista de apenas duas testemunhas apavoradas que se esconderam atrás de um arbusto ao longe.

Muriel e Pärt.

Porém, mesmo a distância, eles conseguiram ver o sangue escorrendo pela boca e por uma das orelhas de Benseman, e também conseguiram escutar os gemidos abafados a cada golpe que atingia o diafragma e o rosto.

Um golpe depois do outro.

E mais outro.

O que eles não conseguiram ver foi quando os poucos dentes de Benseman se chocaram contra a parte de dentro das faces e atravessaram a carne até sair pela pele. Porém, eles viram quando aquele robusto cidadão do norte tentou proteger seus olhos.

Os olhos que ele usava para ler.

Muriel chorava baixinho, cobrindo a boca com o braço coberto de cicatrizes de injeção. Seu corpo descarnado tremia por inteiro. Até que, por fim, Pärt pegou a jovem pela mão e a levou para longe daquela cena abominável. Não havia nada que eles pudessem fazer mesmo. Bem, poderiam chamar a polícia. Sim, isso podiam fazer, Pärt pensou, arrastando Muriel consigo o mais rápido que conseguia, na direção de uma avenida movimentada, a Lidingövägen.

Levou um tempo até o primeiro carro aparecer. Pärt e Muriel começaram a gritar e agitar os braços quando o carro ainda estava a uns cinquenta metros de distância. Ao ver aquilo, o motorista se desviou deles e passou batido.

— Filhos da puta! — Muriel gritou.

O próximo motorista a passar abraçava a esposa sentada no banco do passageiro, uma senhora elegante que usava um lindo vestido vermelho. Então, a mulher olhou pela janela do carro e disse:

— Não vá atropelar esses drogados logo hoje, lembre-se que você andou bebendo umas e outras.

Assim, aquele Jaguar prateado também passou batido.

No momento em que uma das mãos de Benseman era quebrada a pontapés, o crepúsculo começava a cair sobre a baía do Värta. O rapaz que estava filmando desligou a câmera e o outro pegou a cerveja que Benseman tinha deixado para trás.

Depois, fugiram dali correndo.

Restaram apenas a escuridão e aquele homenzarrão do norte caído ali no chão. Sua mão fraturada se arrastou um instante pelo cascalho, ele tinha as pálpebras fechadas. *Laranja mecânica* — foi a última coisa que passou pela cabeça de Benseman. Quem foi mesmo que escreveu aquele livro? Depois disso, sua mão parou de se mexer.

1

O EDREDOM DESLIZOU, deixando à mostra suas pernas nuas. A língua quente e áspera deslizou por sua pele. Ela se mexeu em meio ao sono, sentindo cócegas na coxa. Quando a lambida se transformou numa mordiscada, ela empurrou o gato da cama.

— Não!

Não se dirigia ao gato, mas ao despertador. Havia dormido além da conta. E para piorar, o chiclete tinha caído do encosto da cama e grudado em sua vasta cabeleira negra. Crise de nervos à vista.

Levantou-se de um pulo só.

Aquele atraso de uma hora complicaria todo o planejamento da manhã. Sua capacidade de fazer várias coisas ao mesmo tempo seria posta à prova. Especialmente, na cozinha: o leite para o café estava quase transbordando na leiteira, a torrada começou a fumegar na torradeira e seu pé direito, ainda descalço, pisou numa poça transparente de vômito de gato, tudo isso no preciso momento em que um vendedor, com uma intimidade insuportável, ligou e se apresentou, jurando que não estava telefonando para vender nada, mas para fazer um convite para um cursinho de consultoria financeira.

Crise de nervos chegando.

Olivia Rönning ainda continuava estressada quando deixou seu edifício na rua onde morava, a Skånegatan. Sem maquiagem e com os cabelos longos presos às pressas formando algo parecido com um coque. Sua jaqueta de camurça estava abotoada até em cima, mal deixando à mostra uma camiseta amarela um pouco amassada. A calça jeans desbotada terminava num par de sandálias surradas.

Aquele dia também estava ensolarado.

Ela se deteve um instante para decidir que caminho tomar. Por onde chegaria mais rápido? Sim, pela direita. Então, começou a andar quase correndo, aproveitando para olhar de relance as manchetes dos jornais expostos na frente do supermercado:

MAIS UM SEM-TETO ESPANCADO BRUTALMENTE.

A essa altura, Olivia já estava praticamente correndo.

Estava a caminho do local onde deixara o carro estacionado. De lá, tinha que ir até Sörentorp, em Ulriksdal. Lá ficava a Academia Nacional de Polícia. Aos 23 anos, Olivia cursava o terceiro semestre do curso de formação de policiais. Dali a seis meses, iria se candidatar a aspirante a policial em alguma delegacia na região de Estocolmo.

Outros seis meses e seria efetivada como policial.

Um pouco sem fôlego, chegou aonde tinha deixado o Mustang branco estacionado e pegou as chaves na bolsa. Tinha herdado aquele carro de Arne, seu pai, quando ele morreu de câncer, quatro anos antes. O carro era um conversível, modelo 1988, vermelho, com bancos de couro, câmbio automático e um belo motor de quatro cilindros que rugia como se fosse um V8. Por muitos anos, aquele carro fora a menina dos olhos do seu pai. Agora, era dela. Não que estivesse como novo: o para-brisa traseiro precisava ser fixado com fita adesiva de vez em quando, a pintura tinha alguns arranhões e estava um pouco descascada. Mas, na maioria das vezes, passava na inspeção técnica.

Ela adorava aquele carro.

Com algumas manobras simples, ela baixou a capota e se sentou atrás do volante. Ao se sentar, quase sempre sentia a mesma coisa: um determinado cheiro. Não, não era o cheiro do couro dos bancos, mas de seu pai: sim, o carro tinha o cheiro de Arne. Por alguns segundos, depois aquele cheiro sumia no ar.

Ela encaixou os fones de ouvido no celular e escolheu uma música do Bon Iver, virou a chave, partiu e acelerou.

Logo as férias de verão iriam chegar.

Naquele dia, estava sendo publicada uma nova edição da *Situation Sthlm*, a revista dos sem-teto da capital sueca. A edição número 166. Com uma foto da princesa Victoria na capa e entrevistas com Sahara Hotnights e Jens Lapidus. O escritório da revista, que ficava no número 34 da Krukmakargatan, estava tomado de vendedores, também moradores de rua, que estavam ali para adquirir a sua quota de exemplares daquela nova edição. Eles adquiriam cada exemplar a vinte coroas suecas, metade do preço de capa, e embolsavam a diferença dos exemplares que conseguissem vender.

Um modelo de negócio bem simples.

E que fazia uma diferença tremenda para muitos deles, para quem o dinheiro daquelas vendas era uma garantia de sobrevivência. Alguns gastavam o dinheiro para sustentar seus vícios. Outros, para pagar empréstimos contraídos. Mas, para a maioria deles, aquele dinheiro servia para pagar o pão de cada dia.

E também para resgatar um pouco de sua autoestima.

Afinal de contas, aquilo era um trabalho como qualquer outro, pelo qual recebiam um pagamento, em vez de ficarem furtando nas lojas, ou extorquindo aposentados. Essas coisas, eles só faziam quando estavam realmente na pior. E apenas uma parte deles. Já a maioria tinha orgulho de seu trabalho nas ruas.

Um trabalho bastante árduo.

Por vezes, ficavam em seus pontos fixos de venda de dez a doze horas por dia, quase sempre conseguindo vender um único exemplar. Fizesse frio, chuva, neve ou granizo. Não, não era divertido ter que se recostar no meio de um depósito de lixo com o estômago vazio e tentar tirar um cochilo antes que os pesadelos começassem.

Mas naquele dia uma nova edição estava sendo lançada. Seria um motivo de comemoração para todos que se encontravam no escritório da revista naquele momento. Com um pouco de sorte, seria possível vender uma boa quota de revistas já no primeiro dia. Porém não havia nenhuma euforia no ar.

Muito pelo contrário.

Aquela era uma reunião de emergência.

Na noite anterior, outro de seus companheiros fora espancado brutalmente. Benseman, aquele sujeito do norte que havia lido tantos livros. Estava com fraturas nos ossos do corpo todo. Além disso, teve o baço rompido e os médicos lutaram a madrugada inteira para conter a hemorragia interna grave. O rapaz que atendia na recepção da revista tinha estado no hospital naquela mesma manhã:

— Ele vai sobreviver... Mas não é provável que se recupere totalmente.

As pessoas balançavam a cabeça, compungidas. Tensas. Aquela não fora a primeira agressão ocorrida nos últimos tempos, fora a quarta. Todas contra os sem-teto. Ou mendigos, como a imprensa às vezes chamava. Todos agredidos da mesma forma: alguns rapazes escolhiam um deles, em um dos locais onde eles se concentravam e, então, cobriam a vítima de porrada. Muita porrada. Além disso, filmavam tudo com celular e colocavam na internet.

E isso talvez não fosse a pior parte. A seguinte podia ser ainda pior.

Aquilo era tão degradante e repulsivo. Como se eles servissem apenas como sacos de pancada num documentário barato sobre violência juvenil.

Quase tão igualmente penoso era o fato de todas as quatro vítimas serem vendedores da *Situation Sthlm*. Seria mera coincidência? Havia cerca de cinco mil moradores de rua em Estocolmo, dos quais apenas uma fração vendia a revista.

— Será que eles estão à nossa caça?

— Mas por que diabos fariam isso?

É claro que não havia resposta a perguntas como essas. Por enquanto. Mas aquilo era desagradável o bastante para deixar ainda mais amedrontado aquele bando de gente assustada que se encontrava ali na redação.

— Eu arranjei um spray de gás lacrimogêneo.

Foi Bo Fast que se manifestou. Todos olharam para ele. Há anos que as pessoas deixaram de comentar a ironia daquele seu nome. *Bofast* era uma palavra que significava "residente fixo". Bo mostrava o seu poderoso spray para quem quisesse ver.

— Mas você sabe que isso é ilegal, não sabe? — perguntou Jelle.

— Como assim?

— Usar esse spray é ilegal!

— E daí? Ser espancado também não é ilegal?

Jelle não tinha uma resposta para aquela pergunta. Estava encostado na parede com Arvo Pärt ao seu lado. Vera estava um pouco mais distante. Era a primeira vez que ela ficava de boca calada. Ficara terrivelmente chocada ao receber a ligação de Pärt contando o que tinha acontecido com Benseman, apenas alguns minutos depois que ela e Jelle deixaram o parque. Estava convencida de que poderia ter evitado aquela agressão se tivesse ficado lá com eles mais um pouco. Jelle não tinha tanta certeza.

— E que diabos você poderia fazer?

— Teria brigado! Você não se lembra de como eu botei pra correr aqueles caras que queriam roubar os nossos celulares em Midsommarkransen?

— Ah, mas aqueles caras estavam caindo de bêbados e um deles mais parecia um anão!

— Nesse caso você teria vindo dar uma ajuda, não é?

À noite cada um fora para o seu canto dormir. Agora estavam ali. E Vera continuava calada. Naquele dia, ela comprou um fardo de revistas e Pärt também. Mas Jelle só tinha dinheiro para comprar cinco exemplares.

Os três deixaram o local juntos, porém, mal tinham saído, Pärt começou a chorar. Ele se apoiou na fachada áspera do prédio, cobrindo o rosto com uma das mãos imundas. Jelle e Vera olharam para ele. E entenderam. Pärt estivera lá, tinha assistido a tudo, sem poder fazer nada.

A ficha estava caindo para ele naquele exato momento.

Vera abraçou-o com cuidado e apoiou a cabeça dele no seu ombro. Ela sabia como Pärt era um sujeito sensível.

Na verdade, ele se chamava Silon Karp e era da cidade de Eskilstuna, filho de um casal de refugiados estonianos. Um dia, durante uma viagem de heroína num sótão de uma casa situada na Brunnsgatan, viu uma revista velha com a foto do compositor tímido e ficou abismado com a incrível semelhança entre ele, Karp, e o outro, Arvo Pärt. Simplesmente, estava vendo o seu duplo. E, no pico seguinte, ele decidiu entrar no corpo do seu duplo e os dois se tornaram um só. Agora ele era Arvo Pärt. Desde então, ele só se apresentava como Arvo Pärt. E como as pessoas com quem convivia estavam se lixando para o nome que os outros tinham, ele se tornou Pärt.

Arvo Pärt.

Durante muitos anos, trabalhara como carteiro, entregando correspondências nos subúrbios ao sul de Estocolmo, porém os seus nervos sensíveis e a sua forte propensão aos opiáceos jogaram-no naquela sua atual existência desarraigada. Existência na qual ele se tornara um vendedor da *Situation Sthlm*.

E ali estava ele, agora, chorando no ombro de Vera Zarolha, inconsolável, chocado pelo que tinha acontecido com Benseman, por toda aquela maldade, por toda aquela violência. Mas chorava mais ainda pelo fato de a sua vida ser o que era.

Vera afagou o cabelo emaranhado de Pärt e olhou para Jelle, que por sua vez abaixou a cabeça e ficou olhando para o seu maço fino de revistas.

Então, Jelle se foi.

Olivia passou pelo portão da academia em Sörentorp. Em seguida, parou seu carro na ala direita do estacionamento. Era um carro pequeno, cercado dos carrões pretos e prateados de várias outras marcas. Mas aquilo não a incomodava. Ela olhou para o céu, ponderando se devia ou não levantar a capota, até que por fim desistiu.

— E se por acaso começar a chover?

Olivia se virou. Era Ulf Molin, um colega de turma que tinha a mesma idade dela. Um colega com um talento impressionante para conseguir se aproximar de Olivia sem que ela se desse conta. Desta vez, aparecia ali, saindo detrás do carro dela. Será que ele me segue?, pensou ela.

— Bem, se isso acontecer, eu venho aqui levantar a capota.

— No meio da aula?

Àquela altura do campeonato, Olivia já se sentia cansada daquele tipo de conversa totalmente sem pé nem cabeça. Pegou sua bolsa e começou a andar. Ulf foi atrás dela.

— Você já viu isto?

Ulf se colocou ao lado dela e mostrou algo no seu ostentoso tablet.

— É o espancamento da última noite — disse Ulf.

Olivia deu uma espiada e viu Benseman levando incontáveis pontapés em várias partes do corpo.

— Colocaram no mesmo site de antes — disse Ulf.

— No Trashkick?

— É isso aí.

Eles tinham debatido sobre aquele site na aula do dia anterior na academia, e todas as pessoas na sala de aula tinham ficado indignadas com aquilo. Um dos professores explicou que o primeiro vídeo e o link do site tinham sido publicados na página 4chan.org, um portal frequentado por milhares de jovens suecos. O vídeo e o endereço do site foram retirados do ar quase imediatamente, porém, naquela altura, muita gente já tinha conseguido ter acesso ao endereço, que desta forma continuou se espalhando. O link encaminhava para o site trashkick.com.

— Mas será que não é possível tirar este site do ar?

— Parece que está hospedado num servidor obscuro num país estrangeiro e a polícia está tendo dificuldades para rastrear e tirá-lo do ar — explicara o professor.

Ulf desligou o tablet.

— É o quarto vídeo que eles postam... É doentio.

— O que é doentio? Que espanquem essas pessoas ou que divulguem estes vídeos?

— Bem, as duas coisas.

— Mas o que é que você acha pior?

Ela não sabia se devia continuar jogando lenha na fogueira, mas ainda faltavam uns duzentos metros para chegar até o prédio da academia e Ulf também estava indo para lá. Além disso, ela gostava de provocar aquele tipo de reflexão. Por quê, exatamente, ela não sabia. Talvez fosse uma forma de manter uma certa distância dos outros.

Atacar.

— Acho que é tudo uma coisa só. Eles espancam as pessoas para poder gravar estes vídeos e se não tivessem um site para divulgá-los, talvez não espancassem ninguém — respondeu Ulf.

Muito bem, pensou Olivia. Uma frase comprida, um raciocínio coerente e uma reflexão inteligente. Se ele perdesse aquela mania de aparecer do nada e continuasse falando daquela maneira inteligente, na certa subiria uns dois ou três pontos no exigente conceito de Olivia. Além disso, ele era bastante atlético e era meia cabeça mais alto do que ela. E tinha cabelos pretos encaracolados.

— O que você vai fazer hoje à noite? Que tal irmos tomar umas e outras?

Pronto, ele já voltou ao mesmo nível de antes.

A sala de aula estava quase lotada. A turma era formada por vinte e quatro alunos, divididos em quatro grupos. Ulf não fazia parte do grupo de Olivia. Em frente ao quadro-negro, estava Åke Gustafsson, o orientador da turma. Um homem de pouco mais de 50 anos que tinha na bagagem uma longa carreira como policial. Era um professor bastante popular na Academia de Polícia. Porém, alguns o achavam prolixo demais. Olivia achava-o charmoso. Gostava de suas sobrancelhas grossas, daquele tipo de sobrancelhas que parecem ter vida própria, ali, logo acima dos olhos. Ele segurava uma pasta numa das mãos. Sobre a mesa, havia uma pilha de pastas iguais.

— Já que vamos sair de férias daqui a alguns dias, me ocorreu a ideia de propor a vocês um trabalhinho totalmente optativo, e totalmente à margem do nosso currículo, para ser feito durante o verão. Aqui neste conjunto de pastas, reuni uma série de antigos casos de homicídio não solucionados, ocorridos em nosso país. A ideia é que cada um de vocês escolha um deles e faça uma análise das investigações realizadas. Por exemplo, o que vocês acham que poderia ser feito de forma diferente com as técnicas de investigação policial de hoje em dia, como a técnica dos exames de DNA, as análises geográficas, vigilância eletrônica etc. Trata-se de um pequeno exercício de trabalho policial em casos até agora não solucionados e como poderiam ser abordados atualmente. Alguma pergunta?

— Ou seja, não é um trabalho obrigatório?

Olivia se virou e olhou para Ulf. Claro que ele sempre tinha que perguntar apenas por perguntar. O professor Åke já tinha dito isso desde o início, que aquela se tratava de uma tarefa opcional.

— Não, é um trabalho optativo.

— Mas se a gente fizer esse trabalho, isso vai ajudar na nota final, não vai?

Quando a aula terminou, Olivia foi até a mesa do professor e pegou uma das pastas. Åke se inclinou, olhou para a pasta na mão dela e, então, disse:

— O seu pai trabalhou em um desses casos.

— Ah, é mesmo?

— Sim, achei que seria interessante incluí-lo.

Olivia se sentou num banco um pouco afastado do prédio da academia, junto com outros três homens. Todos estavam calados. Eram estátuas de bronze. Um deles era o "Bonitão" Bengtsson, um notório sedutor de outras épocas, quando conseguia dinheiro das mulheres em troca da promessa de casamento.

Olivia nunca tinha ouvido falar dele.

Os outros dois eram o Tumba Tarzan e o guarda Björk. Este último tinha um quepe de policial sobre os joelhos, sobre o qual algum gaiato havia colocado uma lata vazia de cerveja.

Olivia abriu sua pasta. Na verdade, não estava planejando dedicar parte de suas férias de verão a um trabalho extracurricular, apesar de optativo. Sua iniciativa foi mais uma forma de escapar da sala de aula para não ter que ficar ouvindo as besteiras de Ulf.

Mas, agora, tinha ficado curiosa. Seu pai havia trabalhado num dos casos contidos naquela pasta.

Ela deu uma passada rápida pelas folhas. Havia resumos realmente bastante curtos. Alguns dados a respeito do *modus operandi* dos criminosos, locais, datas e da investigação propriamente dita.

Olivia estava bastante familiarizada com o jargão policial, pois costumava ouvir seus pais conversando à mesa a respeito de casos policiais, durante a sua infância e adolescência. Maria, a sua mãe, era advogada criminalista.

Quase no final da pasta, encontrou o caso que lhe interessava. Entre os principais responsáveis pela investigação, aparecia o nome de Arne Rönning, comissário da divisão de homicídios da polícia nacional do reino da Suécia.

Seu pai.

Olivia ergueu a cabeça e deixou o olhar vaguear à sua volta. A Academia de Polícia ficava situada em uma região onde a natureza ainda continuava praticamente intacta, com enormes tapetes de grama bem cuidados e belos capões de mata nativa que se esparramavam até as águas da baía de Edsviken, lá embaixo. Um cenário de uma calmaria extraordinária.

Ela pensou no pai.

Ela o amava tanto, do fundo do seu coração, mas agora está morto. Morreu com apenas 59 anos. Uma injustiça, pensou. Mas, então, aqueles pensamentos voltaram. Aqueles que a acossavam com frequência e lhe causavam um sofrimento quase físico. Pensamentos que lhe lembravam a sua traição.

De como ela havia traído o seu próprio pai.

Eles tinham uma relação bastante próxima e carinhosa. O tempo todo, desde que ela era adolescente. Mas, no final, ela o traiu, justamente quando ele adoeceu e ela resolveu viajar para Barcelona, para aprender espanhol, para trabalhar e relaxar... Enfim, para se divertir!

Eu fugi, isso sim!, pensou. Apesar de, naquela época, não se ter dado conta disso. Fugi porque não queria aceitar o fato de que o meu pai estava doente, de que ele poderia piorar, de que ele poderia até mesmo vir a morrer.

E ele acabou morrendo mesmo. Justo na hora em que Olivia não estava lá com ele. Quando estava bem longe, em Barcelona.

Ela ainda se lembrava exatamente do momento em que sua mãe telefonou e disse:

— Seu pai morreu nessa madrugada.

Olivia esfregou a mão rapidamente sobre os olhos e pensou na mãe. Pensou na época logo após a morte do pai, quando voltou de Barcelona. Uma época terrível. Maria, a mãe, ficou arrasada e se fechou na sua própria dor. Uma tristeza que não deixava margem para os sentimentos de culpa nem para a angústia de Olivia. Em vez disso, ela e a mãe perambulavam pela casa, caladas, como se tivessem medo de que o mundo inteiro viesse abaixo se elas revelassem o que estavam sentindo.

Paulatinamente, aquilo foi amainando, é claro, mas as duas continuavam não tocando no assunto.

Longe disso.

Olivia, realmente, sentia a falta do pai.

— Você já escolheu algum caso? — perguntou Ulf, que, como de costume, voltou a se materializar diante dela.

— Sim, escolhi.

— E qual é?

Olivia afundou o olhar na sua pasta e respondeu:

— Um caso que aconteceu numa ilha, a Nordkoster.

— Em que ano?

— Em 1987.

— E por que você escolheu esse caso?

— Mas, e você, já escolheu algum caso? Ou está se lixando pra isso? Afinal de contas, não é um trabalho obrigatório...

Ulf deu uma risadinha e se sentou ao lado dela.

— Posso sentar aqui ou estou te atrapalhando?

— Sim, você está me atrapalhando.

Olivia era osso duro de roer. Além disso, queria se concentrar no caso que tinha acabado de escolher.

O caso em que seu pai tinha trabalhado.

Era um caso bastante peculiar, como ela comprovaria mais tarde. O resumo do professor Åke era tão interessante que deixou Olivia querendo saber mais.

Pegou o carro e foi até a Biblioteca Real, no centro de Estocolmo. Lá chegando, dirigiu-se ao subsolo, onde ficava a sala de leitura especializada em jornais microfilmados. A bibliotecária responsável pelo setor explicou onde ficava cada prateleira e apontou para a leitora de microfilmes que ela poderia utilizar.

Tudo estava meticulosamente organizado. Cada jornal específico tinha sido microfilmado desde o ano de 1950 até os dias de hoje. Bastava escolher um jornal e um ano de publicação e depois se sentar na frente da leitora de microfilmes e começar a pesquisa.

Olivia decidiu começar com um jornal local que cobria Nordkoster, o *Strömstads Tidning*. O resumo do professor dizia a data e o local do homicídio. E quando ela utilizou a função de pesquisa da leitora de microfilmes, não levou mais do que alguns segundos para que aquela manchete saltasse no monitor: ASSASSINATO MACABRO NA PRAIA DE NORDKOSTER. A notícia fora redigida por um jornalista visivelmente comovido, mas, apesar disso, apresentava uma boa quantidade de informações factuais referentes ao local e ao horário do ocorrido.

Mãos à obra.

Durante horas, prosseguiu a pesquisa nos jornais locais, *Bohusläningen* e *Hallandsposten*, em círculos concêntricos cada vez maiores. Depois, passou aos matutinos de Gotemburgo. E aos vespertinos de Estocolmo. Todos de cobertura nacional.

E ia fazendo anotações.

Num ritmo frenético.

Anotando os fatos essenciais, mas também os detalhes.

O caso, realmente, gerou comoção no país inteiro à época. Por várias razões. Tratava-se de um homicídio minuciosamente premeditado e brutal, cometido contra uma jovem grávida por um assassino desconhecido. A polícia não conseguiu identificar nenhum suspeito. Tampouco foi apontado qualquer motivo. Além disso, ignorava-se a identidade da vítima.

O caso continuava sendo um enigma insolúvel desde então.

Olivia foi ficando cada vez mais fascinada, tanto pela fenomenologia do caso como pela repercussão social, mas sobretudo pelo crime propriamente dito. Aquele assassinato, ocorrido em noite de lua cheia numa praia de Nordkoster, foi verdadeiramente diabólico, vitimando uma mulher grávida e nua.

Arma do crime: a maré.

A maré alta?

Um puro método de tortura, pensou ela. Uma forma extrema de afogamento. Uma forma lenta e diabólica de afogar alguém.

Mas por que o crime foi cometido exatamente daquela forma?

Por que lançar mão de um método tão espetacular?

Aquilo incendiou a imaginação de Olivia. Haveria alguma conexão com o ocultismo? Os adoradores das águas? Os adoradores da lua? O homicídio ocorreu tarde da noite. Teria sido algum tipo de sacrifício? Ou algum outro tipo de ritual, talvez praticado por uma seita? Teria o feto sido extirpado e dado em oferenda a uma divindade lunar?

Por ora já basta, pensou ela.

Olivia desligou a leitora de microfilmes, recostou-se na cadeira e examinou sua caderneta de anotações: havia uma mistura de fatos e especulações, de verdades e conjecturas, além de várias hipóteses mais ou menos verossímeis sugeridas por repórteres policiais e criminologistas.

Segundo uma "fonte fidedigna", foi detectada a presença de uma droga no organismo da vítima. Rohypnol. Uma droga classicamente ligada a crimes sexuais, como o estupro, Olivia pensou. Mas a vítima estava em adiantado estado de gestação. Será que foi dopada? E com que finalidade?

De acordo com o inquérito policial, foi encontrado um casaco escuro perdido no meio das dunas, não muito distante da cena do crime. E fios de cabelo compatíveis com o da vítima foram encontrados no casaco. Mas se o casaco pertencia à vítima, onde estaria o resto de suas roupas? Teriam os assassinos levado as outras roupas embora, deixando apenas aquele casaco para trás?

Tentaram descobrir a identidade da vítima pela Interpol, sem qualquer resultado. É muito estranho que ninguém tenha dado pela falta de uma mulher grávida, Olivia pensou.

Ainda segundo o inquérito policial, a mulher tinha entre 25 e 30 anos, possivelmente de origem latino-americana. Mas o que exatamente eles queriam dizer com "de origem latino-americana"? Essa categoria abrange um espectro muito amplo.

Segundo o repórter de um jornal local, todos os acontecimentos que se desenrolaram naquela praia foram testemunhados por um garoto de 9 anos chamado Ove Gardman. O garoto tinha corrido para casa e contado aos pais tudo o que viu. Onde estaria esse menino hoje em dia? Será que poderia entrar em contato com ele?

Segundo a polícia, a vítima estava inconsciente, mas ainda viva, quando os pais de Ove Gardman a encontraram na praia. Então, eles tentaram a reanimação cardiorrespiratória, mas quando o helicóptero ambulância finalmente chegou, a mulher já estava morta. Qual seria a distância entre a casa da família Gardman e a cena do crime? E quanto tempo o helicóptero ambulância demorou para chegar à praia?

Olivia levantou-se. Seu cérebro estava moído de tanto pensar e especular. E quando já tinha erguido meio corpo, ela quase perdeu o equilíbrio.

Sua pressão sanguínea despencara.

Olivia entrou no carro estacionado na Humlegårdsgatan e sentiu um rombo no estômago. Um rombo que tentou preencher com uma barra de cereais que encontrou no porta-luvas do carro. Tinha estado sentada por horas a fio na sala de leitura da biblioteca e ficou de queixo caído quando se deu conta de que horas eram. O tempo simplesmente tinha voado enquanto procurava e lia naquele subsolo. Olivia deu uma passada de olhos em sua caderneta de anotações. Percebeu o quanto tinha sido fisgada por aquele homicídio na ilha. E não somente porque o pai Arne tinha participado da investigação — aquilo era apenas um pequeno tempero extra de caráter pessoal — mas sim por causa de todos os ingredientes extraordinários do caso propriamente dito. Havia sobretudo um pormenor específico que tinha ficado impregnado em sua mente: a polícia jamais conseguiu descobrir a identidade da mulher assassinada. Ela era e continuava sendo uma desconhecida. Durante todos aqueles anos.

Isso instigava Olivia.

Ela queria descobrir mais coisas.

Ah, se o pai estivesse vivo, o que é que ele não lhe poderia contar?

Então, ela pegou o celular.

Åke Gustafsson e uma mulher de meia-idade estavam um pouquinho afastados num dos gramados bem cuidados da Academia de Polícia. A mulher era romena e encarregada do refeitório da academia. Convidara o professor Åke para irem fumar um cigarro.

— Tem cada vez menos gente fumando atualmente — disse ela.
— É, de fato...
— Deve ter alguma coisa a ver com essa história de que o cigarro causa câncer.
— É bem provável.

Mas os dois continuaram fumando em silêncio.

Quando o cigarro estava pela metade, o celular de Åke tocou.

— Alô, aqui é Olivia Rönning, tudo bem? É, eu acabei escolhendo aquele caso de Nordkoster e gostaria...
— Claro, eu entendo — Åke interrompeu-a. — Afinal, o seu pai trabalhou no caso e...
— Mas não foi por causa disso.

Olivia gostava de deixar tudo às claras. Aquilo tinha a ver com ela e o seu presente. Nada a ver com o seu pai. Ao menos não no que dizia respeito ao seu orientador. Ela escolheu fazer aquele trabalho específico por suas próprias razões e iria fazê-lo à sua maneira. Assim era Olivia.

— Eu escolhi o caso por achá-lo interessante.
— Sim, e ele é mesmo muito interessante, mas também bastante complicado.
— Claro, mas é por isso mesmo que eu estou ligando. Eu gostaria de dar uma olhada na papelada da investigação propriamente dita, se é que isso é possível. Onde ela está?
— Provavelmente no arquivo central da polícia nacional, em Gotemburgo.
— Ah, é? Mas que pena...
— Bem, de qualquer forma, você não teria permissão para consultar.
— Ah, não? Mas por quê?
— Porque estamos falando de um homicídio que ainda não prescreveu. Para poder ter acesso à investigação de um caso ainda em aberto, é preciso fazer parte da equipe responsável pela mesma.

— Ah, é mesmo? Mas então, como é que eu fico? De que maneira eu poderia obter outras informações sobre o caso?

Silêncio do outro lado da linha.

Olivia estava sentada ao volante com o celular ainda colado ao ouvido. Em que ele estaria pensando? Então, percebeu que uma guarda de trânsito caminhava decidida na direção do seu carro. Ela havia estacionado numa vaga reservada para deficientes. Uma péssima ideia. Então, deu logo a partida no motor, no mesmo instante em que voltou a ouvir a voz de Åke.

— Bem, você poderia conversar com a pessoa responsável pelas investigações — respondeu ele, finalmente. — O nome dele é Tom Stilton.

— Eu sei. E onde é que eu poderia encontrá-lo?

— Não faço a menor ideia.

— Talvez na sede da polícia nacional?

— Não, acho que não. Mas vá até lá e pergunte a Olsäter, Mette Olsäter, ela é comissária da divisão de homicídios e foi colega de equipe dele numa determinada época. Pode ser que ela saiba por onde ele anda.

— E onde é que eu posso encontrá-la?

— Na divisão de homicídios, edifício C.

— Obrigada!

Olivia saiu dirigindo quase debaixo do nariz da guarda de trânsito.

— *Situation Sthlm!* Última edição saindo do forno! Leia sobre a princesa Victoria! E ajude os sem-teto!

A voz de Vera Zarolha não tinha dificuldade alguma para se projetar até as hordas de moradores afluentes do SoFo, ao sul de Estocolmo, que estavam a caminho do mercado de Södermalm, para abarrotar as suas sacolas com uma mescla de *junk food* e outros supérfluos. Toda a presença dela era como que talhada para o palco principal do Teatro Dramaten — uma versão um pouco mais desgastada da falecida atriz Margaretha Krook. O mesmo olhar penetrante, a mesma naturalidade e uma personalidade à qual ninguém conseguia ficar indiferente.

Vera vendia muitos exemplares.

Metade do seu fardo já tinha saído.

Já Arvo Pärt não vendia tão bem assim. Na verdade, ainda não tinha vendido sequer um exemplar. Estava parado, recostado contra a parede, um tanto alheio a tudo. Não, aquele não era o dia dele, mas, de qualquer forma, a última coisa que ele queria era ficar sozinho. Ficou observando Vera. A energia que ela emanava o deixava maravilhado. Ele sabia alguma coisa a respeito das noites sombrias pelas quais ela passava e que eram do conhecimento da maioria das pessoas que conviviam com ela. Apesar disso, ali estava ela, e parecia ser a dona do mundo. Uma sem-teto. Apesar de morar num trailer cor de chumbo, dos anos 1960, caindo aos pedaços, ao qual ela chamava de lar.

"Eu não sou uma sem-teto", disse ela, certa vez, a um comprador de revista que tentou demonstrar um pouco de pena, lamentando as condições em que ela vivia. "Digamos que eu esteja entre um teto e outro." O que, em parte, era verdade. Ela estava na lista de espera do "Bostad Förstlist", um projeto habitacional da secretaria de assistência social da prefeitura de Estocolmo que pretendia maquiar a situação penosa dos sem-teto. Com um pouco de sorte, ela receberia um apartamento da prefeitura já no outono, segundo a informaram, mas teria que passar por um período de avaliação depois do qual, caso ela se comportasse bem, o apartamento seria definitivamente dela.

Vera pretendia se comportar.

Ela sempre se comportava. Bem, quase sempre. Tinha o seu trailer e recebia uma pequena aposentadoria por invalidez de cerca de cinco mil coroas por mês, dinheiro que usava com toda a parcimônia para cobrir as suas necessidades mais urgentes. O restante ela escondia em caixas de lata e enterrava.

Vera não passava necessidade alguma.

— *Situation Sthlm!*

A essa altura, Vera já tinha vendido mais três exemplares.

— Você pretende mesmo ficar por aqui? — Era Jelle que fazia a pergunta. Ele aparecera do nada, com os seus cinco exemplares nas mãos, colocando-se ao lado de Vera.

— Sim, por que a pergunta?

— Este é o ponto de Benseman.

Cada vendedor tinha o seu ponto fixo em algum lugar da cidade. O nome do ponto era exibido num crachá de plástico que os moradores de rua traziam pendurado no pescoço, juntamente com o seu nome. No crachá de Benseman, lia-se: "Benseman/Mercado de Södermalm."

— Benseman não vai estar em condições de vender revistas por um bom tempo — disse Vera.

— Mesmo assim, este ponto é dele. Você tem um crachá de substituto para ficar aqui?

— Não, não tenho. Você tem um, por acaso?

— Não, também não tenho.

— Então, o que é que você está fazendo aqui?

Jelle não respondeu nada. Vera avançou um passo na direção dele.

— Você tem alguma coisa contra eu ficar por aqui?

— Este ponto é ótimo.

— Sim, é mesmo.

— Então, será que a gente não poderia dividir o ponto? — perguntou Jelle.

Vera deu uma gargalhada e olhou para Jelle. Com "aquele" olhar, do qual ele costumava se desviar o mais rápido possível. Como agora. Ele olhou para o chão. Vera chegou bem perto dele e se abaixou um pouco, tentando pescar o olhar dele de volta do chão. Aquilo era como tentar agarrar uma truta com as mãos. Um caso perdido. Jelle virou-se para o outro lado. E Vera soltou aquela gargalhada rouca que fazia as famílias com filhos de colo, imediatamente, dar meia-volta com seus carrinhos de bebê de grife.

— Jelle... — chamou ela, com uma gargalhada.

Pärt ficou alerta junto à parede. Será que havia alguma confusão à vista? Ele sabia que Vera era uma pessoa um tanto temperamental. Já o Jelle não conhecia muito bem. Diziam que era oriundo de alguma parte distante do arquipélago. De Rödlöga, segundo tinha ouvido alguém contar. Jelle seria filho de um caçador de focas! Mas dizia-se tanta coisa por aí, e tão pouco do que se dizia tinha algum fundo de verdade. Mas agora ali estava aquele suposto filho de um caçador de focas, diante do mercado, discutindo com Vera sobre alguma coisa.

Se é que aquilo era uma discussão.

— Por que vocês dois estão batendo boca?

— A gente não está batendo boca coisa nenhuma — respondeu Vera. — Eu e o Jelle nunca batemos boca. Eu digo as coisas como elas são, de fato. E ele aceita e acaba se dando por vencido, não é mesmo?

Vera se virou na direção de Jelle, que já não estava mais ali, mas a uns quinze metros de distância. Ele não pretendia ficar discutindo com Vera por causa do ponto de Benseman. Na verdade, estava se lixando para onde Vera iria vender suas revistas. Isto era problema dela.

Ele tinha 56 anos e, no fundo, estava se lixando para tudo e para todos.

Olivia ia de carro em direção a Södermalm. Já era tarde, naquela noite de verão. Tinha sido um dia cheio. Depois de uma manhã um pouco complicada, ela se estranhou um pouco com Ulf, como de costume, e então apareceu aquele caso do assassinato em Nordkoster, que a deixou imediatamente interessada. Por várias razões. E não apenas pessoais.

E as horas passadas na Biblioteca Real ajudaram bastante.

Como as coisas são engraçadas, pensou ela. Aquilo não estava saindo nem um pouco como tinha planejado. Ela apenas desejava que suas merecidas férias de verão chegassem, depois de um semestre bastante intenso. Semestre durante o qual estudava nos dias de semana e trabalhava nos fins de semana na prisão de Kronoberg. Por isso, tinha planejado apenas relaxar durante o verão. E ainda poupar um dinheirinho para se manter durante algum tempo. Fazer uma viagem de última hora era uma das possibilidades. Além disso, há quase um ano que não fazia sexo. Também já tinha pensado nisso e em tentar resolver o problema.

Mas por que é que aquela história do assassinato tinha que aparecer?

Será que ainda havia tempo para desistir do trabalho? Afinal de contas, aquilo não era algo totalmente opcional? Foi quando Lenni ligou.

— Alô?

Lenni era a sua melhor amiga desde os tempos de colégio. Era uma garota que se deixava levar pela vida, sempre desesperadamente à procura de alguma coisa para se agarrar e não afundar. Como de costume, queria dar uma volta na cidade para dar uma olhada no movimento, sempre temerosa de estar perdendo alguma coisa. Desta vez, tinha conseguido convencer outras quatro amigas a sair e não perder de vista o Jakob, o rapaz em que estava interessada no momento. Ela viu no Facebook que ele planejava ir ao Hornstull Strand naquela noite.

— Você tem que vir junto! Vai ser legal pra caramba! Vamos nos encontrar na casa da Lollo lá pelas oito e...

— Lenni!

— O que é?

— Eu não vou poder ir, eu preciso... Eu tenho um trabalho da escola para terminar hoje à noite.

— Mas o Erik, aquele amigo do Jakob, vai aparecer por lá. Ele já perguntou por você várias vezes! E ele é um gatão! Parece feito pra você!

— Ah, não vai dar mesmo.

— Ah, mas você é uma chata mesmo, Olivia! Você realmente está precisando dar umazinha pra ficar em forma outra vez!

— Quem sabe da próxima vez.

— E isso é só o que você sabe dizer ultimamente! Mas, tudo bem, não me culpe se você vier a perder alguma oportunidade.

— Tá bem, tá bem. Vou torcer para que você se dê bem com o Jakob!

— Sim, cruze os dedos por mim! Beijão, amiga!

Lenni desligou o telefone antes que Olivia tivesse tempo de também mandar um beijo à amiga. Que já estava longe, a caminho de algum outro lugar, onde algo poderia estar acontecendo.

Mas por que foi mesmo que ela disse que não iria? Afinal, estava justamente pensando nos rapazes no momento em que Lenni ligou. Será que estava realmente se transformando numa chata, como a Lenni disse? Por causa de um trabalho da escola?

Por que havia se metido nessa enrascada?

Olivia encheu a tigela com comida para o gato e limpou o cocô da caixa de areia. Depois, se esqueceu da vida na frente do laptop. Na verdade, tinha vontade de tomar um bom banho, mas o encanamento do apartamento estava entupido, de forma que a água se espalhava pelo piso quando ela tentava esvaziar a banheira e, no momento, ela estava sem disposição. Amanhã, daria um jeito... Mais uma coisa para o rol de coisas que precisava fazer "amanhã". Um rol bastante extenso que ela vinha empurrando com a barriga durante boa parte da primavera.

Mas agora pretendia consultar o Google Earth.

Para ver Nordkoster.

Olivia ainda estava fascinada com a possibilidade de se sentar em frente a uma tela, no conforto de sua casa, e esquadrinhar praticamente até a janela dos lares das pessoas do mundo todo. Sempre tinha a sensação de que estava espionando alguém ao fazê-lo. Quase como uma *voyeur*.

Apesar disso, desta vez achou que aquela sensação estava diferente. Quanto mais ela dava um zoom na ilha, na paisagem, nas estradas de terra batida, nas casas, quanto mais ela se aproximava daquilo que procurava, mais forte era aquela sensação. Até que ela chegou lá.

Hasslevikarna.

A enseada no extremo norte da ilha.

Quase uma curva perfeita, pensou. A ideia dela era aproximar o máximo possível. E era possível aproximar bastante a imagem. Podia até mesmo ver as dunas um pouco acima e depois a praia. A praia onde aquela mulher grávida fora enterrada viva. Ali estava aquela praia, bem na frente dela, na tela.

Cinzenta e granulada.

Logo começou a especular sobre onde ficaria o local. Em que local aquela mulher tinha sido enterrada viva?

Teria sido aqui?

Ou ali?

E onde será que eles teriam encontrado o casaco?

E onde é que o menino que testemunhou toda aquela cena teria ficado? Teria sido naquele rochedo a leste da praia? Ou naquele outro, a oeste? Ou estaria escondido na mata?

De repente, Olivia percebeu que estava ficando irritada pelo fato de não conseguir aproximar a imagem ainda mais. Até chegar cada vez mais lá embaixo. E praticamente tocar com os pés na areia da praia.

Até estar lá de fato.

Porém, aquilo ela não iria conseguir, e de fato não conseguiu se aproximar mais. Por isso, ela relaxou. Agora, podia se dar ao desfrute de abrir uma cerveja. Beber umas e outras, como Ulf já tinha insistido algumas vezes. Só que aquela cerveja ela iria tomar sozinha, em casa, sem ter que ficar roçando em qualquer colega de turma ou com desconhecidos em algum bar.

Sozinha.

Olivia se sentia muito à vontade com a sua vida de solteira. Uma vida que ela própria tinha escolhido. Jamais tivera qualquer problema com os rapazes, muito pelo contrário. Toda a sua infância e adolescência foram uma confirmação de que era atraente. Primeiro, todas as fotografias de menina e a enorme coleção de filmes de férias de verão de seu pai Arne, nos quais a Oliviazinha era sempre o centro das atenções. Depois, todos os olhares que se voltavam para ela quando desfilava por esse mundo afora. Numa determinada época, tinha o costume de colocar óculos escuros para poder ficar observando à vontade todos os rapazes que via pela frente. E como os olhares deles a procuravam por onde ela andasse, só se desviando depois de ela já ter passado. Logo, porém, se cansou daquela brincadeira. Tinha consciência de sua personalidade e de seus atributos. E isso lhe deu uma boa dose de autoconfiança. Pelo menos nessa área.

Não, ela não precisava caçar.

Como Lenni fazia.

Além disso, Olivia podia sempre contar com a mãe. E tinha o seu pequeno apartamento. Um sala e quarto de paredes pintadas de branco com piso de madeira. Bem, o apartamento não era propriamente dela, ela apenas o alugava de um primo que trabalhava na sucursal da Câmara de Comércio na África do Sul. Onde ele ainda iria ficar durante mais dois anos.

Enquanto isso, ela podia continuar morando ali. No apartamento mobiliado do primo.

Não, ela não tinha do que se queixar.

Além disso, tinha o Elvis. Aquele gato era o que restava de uma relação bastante intensa que teve com um rapaz jamaicano bem gostosão. Um rapaz que conheceu na boate Nova Bar na própria Skånegatan e pelo qual primeiro ela apenas sentiu um tesão enorme, mas depois acabou se apaixonando.

Já para ele, ela desempenhou o papel rigorosamente inverso.

Durante quase um ano, viajaram juntos, riram e treparam, até que ele conheceu uma moça de "sua terra", segundo ele disse. Mas a sua nova amiga tinha alergia a gatos. Por isso, o gato acabou ficando com ela no apartamento da Skånegatan. Elvis, foi como ela o batizou depois que o jamaicano se mudou do apartamento dela. E que ele mesmo tinha batizado antes de Ras Tafari, inspirado no nome do imperador etíope Haile Selassie dos anos 1930.

Elvis era mais do gosto dela.

A verdade é que Olivia adorava aquele gato, tanto quanto adorava o seu Mustang.

Ela deu, então, uma bicada na cerveja.

Que, a propósito, estava muito boa.

Quando estava a ponto de abrir a segunda lata, ela se deu conta de que aquela cerveja tinha um alto teor de álcool. E se lembrou de que não tinha almoçado. E que também não tinha jantado. Quando ela botava mãos à obra, comer era a última de suas prioridades. Mas agora sentia que estava precisando de um pouquinho de sustança no estômago para compensar aquela pequena sensação de que sua cabeça iria começar a rodar. Será que deveria dar uma escapada para descolar uma pizza?

Não.

Sentir a cabeça rodar um pouquinho até que era uma sensação bem legal.

Ela foi até o quarto levando consigo a segunda lata de cerveja e se deitou por cima da coberta mesmo. Na parede, havia uma máscara de madeira branco-acinzentada e comprida. Era um dos objetos de arte que o primo tinha trazido da África. Ainda não tinha certeza se gostava daquilo ou não. Havia noites em que acordava no meio de algum pesadelo sombrio e via o luar se refletindo na boca esbranquiçada daquela máscara. Não era uma visão muito reconfortante. Olivia olhou para o teto e subitamente se deu conta de que fazia várias horas que ela sequer tinha tocado no seu celular! Algo bastante atípico em se tratando dela. O celular era parte do figurino de Olivia. Ela se sentia pelada se não tivesse o celular na mão até mesmo num intervalo para o café. Então, puxou o celular do bolso e ligou. Verificou e-mails, mensagens e sua agenda, depois acabou indo parar no site da TV sueca. Para dar uma espiada nas notícias antes de pegar no sono. Perfeito!

"Mas que medidas vocês pretendem adotar a partir de agora?"

"No momento, eu ainda não estou em condições de revelar em detalhes o que estamos planejando fazer."

Quem ainda não estava em condições de revelar quaisquer detalhes para o repórter da televisão era Rune Forss, comissário da polícia de Estocolmo, um sujeito nos seus cinquenta e poucos anos de idade. Ele era a autoridade policial a quem tinha sido confiada a missão de dar um jeito naqueles casos recorrentes de ataques aos sem-teto. Uma missão que evidentemente não fazia o comissário Forss dar pulos de alegria, pensou. Ele parecia ser um daqueles tiras da velha guarda, que achavam que as pessoas eram culpadas pelos males de que eram vítimas. Tanto no caso pelo qual era responsável naquele momento quanto em outras situações. Especialmente quando se tratava da ralé e, mais especialmente ainda, quando se tratava de pessoas que não tinham brios o suficiente para arrumar um emprego e se sustentar com seu próprio suor como todas as outras pessoas.

Em suma, eram eles próprios os maiores responsáveis pelos males de que eram vítimas.

Uma atitude que, definitivamente, não fazia parte do currículo da academia de polícia, mas que, apesar disso, todos sabiam que ainda sobrevivia. Pelo menos com relação a uma boa parte dos policiais. E alguns dos colegas de Olivia já tinham sido contaminados por aquele mesmo tipo de discurso.

"Vocês não estão planejando se infiltrar entre os sem-teto?"

"O que você quer dizer com se 'infiltrar'?"

"Ora, colocar policiais à paisana disfarçados como moradores de rua. E assim descobrir quem são os responsáveis por esses ataques."

Quando, finalmente, Rune Forss entendeu o que o repórter queria dizer, ele aparentemente teve até certa dificuldade para conter uma risada.

"Não, isso definitivamente não está nos nossos planos."

Olivia desligou o celular.

Segundo uma versão benévola, uma moradora de rua teria se sentado junto ao leito de um homem bastante machucado e passado as suas mãos sobre a manta que o cobria, tentando lhe transmitir pelo menos uma sensação precária de consolo. Porém, a versão imparcial dos fatos conforme ocorreram contava que os funcionários que trabalhavam na recepção do hospital teriam usado o interfone para os guardas de plantão no mesmo instante em que Vera Zarolha adentrou o corredor e se dirigiu aos elevadores. Os guardas a alcançaram no corredor que ficava bem próximo ao quarto onde Benseman estava internado.

— Você não pode entrar aqui.

— E por que não? Eu só quero fazer uma visita a um amigo que...

— Pare agora mesmo onde está!

E então colocaram Vera para fora.

Esta é uma versão enfeitada de como os guardas do hospital de uma forma desnecessariamente brutal e profundamente vergonhosa levaram Vera, que só conseguia gritar, de arrasto na frente de testemunhas boquiabertas através daquele imenso corredor de hospital e a atiraram mais ou menos aos repelões no olho da rua. Apesar de ela enumerar aos gritos toda a sua lista de direitos humanos. Segundo a versão que ela própria contou.

E lá se foi ela, porta afora.

Naquela noite de verão.

E assim ela começou a sua longa caminhada errante até chegar ao trailer no bosque de Ingenting, em Solna, ao norte de Estocolmo.

Totalmente sozinha.

Em uma noite em que os jovens que atacavam os sem-teto estavam à solta e o comissário Rune Forss dormia tranquilamente de bruços em sua cama bem quentinha.

2

A MULHER QUE LEVAVA À BOCA mais uma boa garfada de torta de marzipã tinha lábios pintados de vermelho, cabelos crespos grisalhos e "volume". E, mais uma vez, se lembrou do que o marido costumava comentar: "A minha mulher tem muito volume." O que significava que ela era uma mulher bem fornida, com grande espaço de manobra. Uma constatação que, em determinadas épocas, a incomodava, mas, em outras épocas, nem tanto. Nas épocas em que aquilo realmente a deixava aborrecida, ela tentava reduzir o seu volume, com resultados pouco perceptíveis. Em outras épocas, ela se sentia à vontade com o corpo que tinha. Naquele momento, estava sentada numa sala espaçosa do edifício C da divisão de homicídios, comia furtivamente sua fatia de torta e acompanhava as notícias no rádio sem muita atenção. Uma empresa chamada MWM, Magnuson World Mining, acabava de ser eleita a multinacional sueca do ano:

"Esta escolha motivou uma série de pesadas críticas em vários setores da sociedade sueca durante o dia de hoje. As críticas se referem principalmente aos métodos de extração de columbita-tantalita nas minas operadas pela empresa no Congo. Todas essas críticas foram refutadas por Bertil Magnuson, diretor executivo da MWM..."

A mulher que comia sua torta desligou o rádio. O nome Bertil Magnuson lhe era familiar, associado a um caso de desaparecimento ocorrido nos anos 1980.

Ela dirigiu o olhar para um retrato que havia num canto de sua mesa. Um retrato de sua filha mais nova, Jolene. A garota olhava para ela com um sorriso singular e um olhar impenetrável. Havia nascido com síndrome de Down e tinha 19 anos de idade. "Minha querida Jolene, para onde será que a vida irá te levar?", pensou ela, ao olhar a foto. Mas já estava se espichando para pegar o último pedacinho de torta quando ouviu baterem à porta. Rapidamente, escondeu a guloseima atrás de umas caixas de pastas que tinha em cima da mesa e depois se virou.

— Pode entrar!

A porta se abriu e uma jovem colocou a cabeça para dentro. O olho esquerdo não se alinhava perfeitamente com o olho direito: ela era ligeiramente estrábica e tinha os cabelos pretos presos num coque um pouco desgrenhado.

— Mette Olsäter? — perguntou a jovem do coque desgrenhado.

— Em que posso lhe ajudar?

— Posso entrar?

— Em que posso lhe ajudar?

A jovem do coque desgrenhado parecia não ter certeza se aquela pergunta repetida queria dizer que ela podia entrar ou, exatamente, o contrário. Então, ela ficou parada na porta entreaberta.

— O meu nome é Olivia Rönning. Sou aluna da Academia de Polícia. Estou procurando por um policial chamado Tom Stilton.

— E por que razão você está atrás dele?

— Eu estou fazendo um trabalho escolar sobre um caso pelo qual ele é responsável e gostaria de tirar umas dúvidas com ele a respeito de alguns detalhes.

— E de que caso se trata?

— De um homicídio cometido em Nordkoster em 1987.

— Faça o favor de entrar.

Olivia entrou e fechou a porta. Havia uma cadeira não muito distante da mesa de Mette Olsäter, mas Olivia não se atreveu a sentar nela. Não sem razão. A mulher atrás da mesa não era apenas obviamente enorme, mas também emanava uma evidente aura de autoridade.

Afinal, ela era uma comissária da homicídios.

— Que tipo de trabalho exatamente é este?

— O professor pediu que a gente analisasse uns inquéritos antigos envolvendo casos de homicídio e depois comentasse o que seria possível fazer de forma diferente hoje em dia, utilizando as técnicas mais modernas de investigação.

— Ah, um exercício com casos não solucionados.

— É, algo deste tipo.

Então, se fez silêncio na sala. Mette deu uma espiada na sua torta. Ela sabia que, se convidasse aquela jovem estudante para se sentar, ela veria o pratinho com a torta, por isso achou melhor deixá-la ali mesmo onde estava, em pé.

— Tom Stilton não está mais na polícia.

— Desde quando?

— Isto é relevante para você?

— Não, de forma alguma, eu só... Será que mesmo assim ele poderia responder às minhas dúvidas? Apesar de não estar mais na polícia? Por que é que ele deixou a polícia?

— Por motivos pessoais.

— E o que é que ele faz atualmente?

— Não faço a mínima ideia.

Parecia um eco de Åke Gustafsson, pensou Olivia.

— Saberia me dizer onde posso encontrá-lo?

— Não, não sei dizer não.

Mette Olsäter olhava para Olivia sem ao menos piscar. O recado era evidente. No que dependesse da comissária, aquela conversa estava encerrada.

— Bem, muito obrigada de qualquer forma — disse Olivia.

Ela não resistiu a fazer como que uma imperceptível reverência antes de se dirigir à porta. No meio do caminho, porém, se virou de novo na direção de Mette.

— Olhe, a senhora tem alguma coisa no pescoço, parece lambuzada de creme ou algo assim. — Olivia disse aquilo e foi novamente se encaminhando até a porta, apressada.

Com a mesma pressa, Mette passou uma das mãos no pescoço e limpou o creme.

Que constrangedor... Mas também foi pouco engraçado e com certeza iria fazer Mårten, seu marido, dar uma boa gargalhada naquela noite, quando ela lhe contasse o ocorrido. Ele adorava histórias constrangedoras.

Menos divertido era o fato de aquela jovem Olivia Rönning estar à caça de Tom Stilton. Ela decerto não iria encontrá-lo, mas o mero fato de ter mencionado o nome dele era o suficiente para deixar Mette se sentindo agoniada por dentro.

Logo ela, que não gostava nem um pouco de se sentir agoniada por dentro com aquele assunto.

Mette tinha uma mente analítica. Era uma investigadora brilhante, com uma inteligência aguda e uma notável capacidade de executar várias tarefas ao mesmo tempo. E não se tratava de ficar se gabando, mas sim de uma constatação factual daquilo que a tinha feito chegar à condição à qual tinha chegado. Afinal, era uma das maiores e mais experientes investigadoras de homicídios do país. Uma mulher que mantinha a cabeça fria, aliás, fria não, gélida, até mesmo em situações nas quais seus colegas mais suscetíveis metiam os pés pelas mãos com seus sentimentalismos descabidos.

Mette jamais cometia esse erro.

Mas, eventualmente, havia coisas que mexiam com ela. Ainda que muito raramente. E estas raras situações quase sempre tinham algo a ver com Tom Stilton.

Olivia saiu da sala de Mette com uma sensação de... sim, de que mesmo? Ela não sabia exatamente de quê. Era como se aquela mulher tivesse ficado perturbada quando ela perguntou por Tom Stilton. Mas por que razão? Fazia muitos anos que ele tinha sido o responsável pela investigação daquele homicídio em Nordkoster e, depois, aquele caso tinha sido colocado em banho-maria. E agora ele nem estava mais na polícia. Mas não tinha importância. Daria, ela mesma, um jeito de encontrar o tal de Stilton. Ou então simplesmente desistiria do caso, se fosse tão complicado assim localizá-lo. Mas não ia desistir já. Ainda não. Não seria assim tão fácil. Havia outras vias de obter as informações de que precisava, uma vez que ainda se encontrava na sede da polícia nacional.

Uma destas vias atendia pelo nome de Verner Brost.

Naquele momento, ela caminhava, praticamente correndo, pelo corredor insosso de um prédio administrativo da polícia, ainda uns sete metros atrás dele.

— Com licença!

O homem se deteve um instante. Ele tinha pouco menos de sessenta anos e estava a caminho do almoço, um tanto atrasado. E estava com cara de poucos amigos naquele dia.

— Pois não?

— Olá, o meu nome é Olivia Rönning — disse ela, se aproximando dele e estendendo a mão.

Olivia sempre teve um aperto de mão forte. Detestava ter que apertar uma mão molenga. E Verner Brost era um desses cujo aperto de mão era molengo. Fora disso, tinha sido nomeado recentemente investigador-chefe da força-tarefa de casos não solucionados da polícia de Estocolmo. Um investigador experiente, com uma boa dose de cinismo e uma verdadeira devoção à sua profissão, ou seja, um bom funcionário público.

— Eu só queria saber se vocês estão trabalhando no momento naquele caso da praia.

— Caso da praia?

— É, um homicídio cometido em Nordkoster, em 1987.

— No momento, não.

— Mas você está a par do caso?

Brost examinou aquela jovem um tanto atrevida.

— É claro que eu estou a par do caso.

Olivia ignorou o tom de voz ligeiramente impaciente.

— Então, por que é que esse caso não está na ordem do dia?

— Ora, é simples, porque é um caso inviável.

— Inviável? Como assim inviá...?

— A senhorita por acaso já almoçou?

— Não, ainda não.

— Pois eu também não.

Verner Brost girou nos calcanhares e continuou andando na direção do refeitório dos funcionários da sede da polícia nacional.

Não abuse de sua autoridade!, pensou Olivia, sentindo-se tratada de uma forma condescendente como achava que não merecia ser tratada.

Inviável?

— Como assim inviável? — perguntou.

Olivia continuava seguindo Brost e agora estava apenas um ou dois passos atrás dele. Sem dar a mínima, ele continuou andando na direção do refeitório, aonde chegou e se serviu de comida e pegou uma cerveja de baixo teor alcoólico, tudo isso sem perder o ímpeto. Depois, ele se sentou a uma das mesas pequenas e se concentrou ao máximo para comer. Olivia se sentou na cadeira à frente dele.

Ela logo percebeu que aquele sujeito estava atrás de nutrição rápida. Proteínas, calorias, glicose. Provavelmente, aquela se tratava de uma refeição bastante importante para ele.

Esperou um pouco para voltar à carga.

Não precisou esperar muito tempo. Brost deu cabo da refeição com uma velocidade impressionante e voltou a afundar na cadeira com um arroto mal dissimulado entre os dentes.

— O que quer dizer quando afirma que esse é um caso inviável? — ela repetiu a pergunta.

— Eu quis dizer que não há quaisquer elementos que justifiquem a reabertura da investigação — respondeu Brost.

— Como assim?

— Você tem alguma experiência como policial?

— Bem, estou no segundo ano da Academia de Polícia.

— Ou seja, totalmente inexperiente! — disse ele, dando uma risada. Uma alfinetada em Olivia.

A ânsia de Verner por nutrientes já tinha sido aplacada. Então, agora, ele podia se dar ao luxo de conversar um pouco. Mas talvez antes devesse pedir para ela ir buscar um café com biscoito de menta.

— Para que a gente possa reabrir uma investigação, deve haver elementos que indiquem ser possível aplicar ao caso alguma técnica com a qual não contávamos quando os fatos aconteceram.

— Como testes de DNA? Análise geográfica? Testemunhas novas?

Bem, totalmente inexperiente ela não é, pensou Brost com seus botões.

— Sim, algo deste tipo, ou então alguma nova prova técnica, ou ainda caso a gente encontre alguma coisa que passou despercebida na investigação feita na época do crime.

— Mas nada disso aconteceu no caso da praia.

— Exatamente — disse Brost, com uma risada indulgente.

Olivia correspondeu à risada dele.

— Que tal um cafezinho? — perguntou.

— Ah, seria bom.

— Algum acompanhamento?

— Bem, um biscoito de menta não seria nada mau.

Olivia foi fazer o pedido e voltou rapidamente. E já tinha a próxima pergunta na ponta da língua antes que o café chegasse à mesa deles:

— A investigação foi chefiada por Tom Stilton, correto?

— Sim, isso mesmo.

— E sabe onde eu poderia encontrá-lo?

— Ah, já faz muitos anos que ele não está mais na polícia.

— Isso eu sei, mas ele ainda mora aqui em Estocolmo?

— Realmente não sei. Algum tempo atrás, surgiu um boato de que ele tinha se mudado para o exterior.

— Ah, nesse caso, vai ser difícil encontrá-lo.

— Sem dúvida.

— E por que foi que ele deixou a polícia? Ele não era tão velho assim, era?

— Não.

Olivia viu como Brost mexeu na sua xícara de café com o propósito evidente de desviar o seu olhar do dela.

— Então por que ele saiu da polícia?

— Por motivos pessoais.

Acho que este é o fim da linha, Olivia pensou. Não cabia a ela ficar xeretando os motivos pessoais de alguém. Além disso, aquilo não tinha nada a ver com o trabalho que estava fazendo.

Mas Olivia era Olivia.

— Que tal estava o biscoito?
— Delicioso.
— Mas quais foram os motivos pessoais dele?
— Você não sabe o que significa "pessoais"?

Bem, pelo jeito, o biscoito de menta não estava tão delicioso assim, pensou ela.

Olivia deixou o prédio da polícia na Polhemsgatan. Estava irritada. Não gostava de dar com a cara na parede. Então, entrou no carro, pegou o laptop e fez uma busca na internet digitando: Tom Stilton.

A busca localizou uma série de artigos. Todos relacionados com casos de polícia, exceto um. Uma reportagem sobre um incêndio ocorrido numa plataforma petrolífera no litoral da Noruega no ano de 1975. Um jovem sueco teve o seu dia de herói e conseguiu salvar a vida de três operários noruegueses. Aquele jovem sueco se chamava Tom Stilton, na época com apenas 21 anos de idade. Olivia baixou o artigo para voltar a lê-lo mais tarde. Em seguida, começou a procurar informações pessoais a respeito de Stilton. Passados vinte minutos, estava a ponto de jogar a toalha.

Então, tentou a lista telefônica. Não achou nenhum Tom Stilton. O mesmo se deu com outros sites. Nenhum resultado encontrado. Nem ao menos no portal de aniversários birthday.se. Só de farra, tentou pesquisar no site de registro de veículos. Nada.

Aquele homem simplesmente parecia não existir.

Será que se mudara mesmo para o exterior, como Verner Brost tinha especulado? Será que estaria neste exato momento na Tailândia, sentado com um coquetel de guarda-chuvinha e se gabando para algumas gostosonas embriagadas dos homicídios que tinha desvendado? Ou será que Stilton era bicha?

Não, não devia ser.

Ou ao menos não tinha sido na sua época, pois foi casado com a mesma mulher por cerca de dez anos. O nome dela era Marianne Boglund, uma legista especializada em métodos avançados de investigação criminal. Isso segundo o que Olivia tinha descoberto consultando o registro de matrimônios da receita federal.

Pelo menos lá ele existia.

Ali, havia até mesmo um endereço cadastrado no nome dele. Mas nenhum número de telefone.

Ela anotou o endereço.

Praticamente do outro lado do mundo, num pequeno povoado no litoral da Costa Rica, um senhor já idoso estava sentado e passava esmalte transparente nas unhas. O homem, que se encontrava na varanda de uma casa bastante peculiar, chamava-se Bosques Rodríguez. Dali onde estava, se olhasse para um lado, ele conseguia vislumbrar o oceano, e, se olhasse para o outro lado, via a floresta tropical escalando por uma ravina. Tinha vivido a sua vida naquele mesmo lugar, naquela mesma casa tão peculiar. Antigamente, todos o chamavam de "el viejo barman de Cabuya". Mas, agora, não sabia mais como as pessoas o chamavam. Agora, raramente ia até Santa Teresa, onde ficava o seu antigo bar. Achava que o lugar tinha perdido a sua identidade. Por certo aquilo tinha algo a ver com a invasão de surfistas e turistas que chegavam e logo faziam subir os preços de tudo em que era possível colocar um preço.

Inclusive a água.

Bosques deu uma risadinha.

Os estrangeiros só bebiam água de garrafas de plástico compradas a preços exorbitantes e que logo jogavam fora. E, depois, penduravam cartazes conclamando todo mundo a preservar o meio ambiente.

Mas aquele sueco grandalhão de Mal País não é assim, pensou Bosques.

De jeito nenhum.

3

Os dois garotos estavam sentados em silêncio na areia debaixo de uma palmeira açoitada pelo vento, de costas para o oceano Pacífico. Não muito longe dali, um homem com um laptop fechado no colo. Estava sentado numa cadeira de bambu em frente a uma casa de telhado baixo, de telhas de barro pintadas de azul e verde, algum tipo de restaurante que servia bebidas e peixe de sua própria pescaria nos horários mais insólitos.

No momento, o restaurante estava fechado.

Os garotos conheciam aquele homem. Era um dos moradores do povoado onde viviam. O homem sempre se mostrou simpático com eles, brincava com eles e mergulhava para procurar caracóis para eles. Mas, naquele instante, sabiam que deviam ficar quietos no seu cantinho. O homem estava sem camisa e tinha um calção de banho fino e de cor clara. Estava descalço. Seus cabelos claros eram ralos. Lágrimas rolavam em suas faces bronzeadas.

— O sueco grandão está chorando! — sussurrou um dos garotos, com uma voz que desapareceu no vento tépido.

O outro garoto concordou com a cabeça. O homem com o laptop estava chorando. Na verdade, fazia horas que estava chorando. Primeiro, na sua casa no povoado, nas últimas horas da madrugada, depois, na praia, para onde tinha ido porque precisava respirar um pouco de ar fresco. E ali estava ele, sentado, com a cara virada na direção do Pacífico.

E continuava chorando.

Muitos anos antes, tinha vindo parar ali, em Mal País, na península de Nicoya, em Costa Rica. Um punhado de casas numa estrada empoeirada à beira-mar. De um lado, o oceano, do outro, a mata tropical. Ao sul, nada, ao norte, as praias de Carmen e Santa Teresa, além de uma série de outros povoados. Destinos preferidos dos mochileiros. Extensas praias apropriadas para a prática do surfe, hospedagem barata e comida ainda mais barata.

E ninguém andando por aí fazendo perguntas.

Um lugar ideal, pensou na época. Um lugar ideal para se esconder. E recomeçar.

Como um desconhecido.

Um desconhecido chamado Dan Nilsson.

Com algumas economias que mal garantiam o seu sustento até que começou a se oferecer para trabalhar como guia numa reserva florestal que ficava nas proximidades. Cabo Blanco. Aquilo era perfeito para ele. Dirigindo o seu quadriciclo, ele conseguia chegar lá em apenas meia hora, e com os seus conhecimentos de idiomas, razoavelmente bons, conseguia atender aos turistas que visitavam o parque. No início, os turistas não eram muitos, mas foram aumentando com o passar dos anos, sendo atualmente numerosos, o suficiente para mantê-lo ocupado quatro dias por semana. Nos outros três dias, ele costumava se misturar com os locais. Nunca com turistas ou surfistas. Não era do tipo que gostava muito de água, também não era nenhum apreciador de maconha. Na maioria das vezes, era um sujeito bastante sóbrio que quase passava despercebido, uma pessoa cujo passado tinha ficado relegado ao passado.

Dan poderia ter saído de um livro qualquer de Graham Greene.

Agora, ali estava ele, sentado numa cadeira de junco, com o seu laptop no colo, chorando. E aqueles dois garotos não muito longe dele, sem fazer a menor ideia de por que o sueco grandão estava tão desolado.

— Será que a gente devia ir lá perguntar por que ele está assim?

— Não.

— Talvez ele tenha perdido alguma coisa e a gente poderia ajudar a encontrar!

Não, ele não tinha perdido nada.

Mas, por outro lado, tinha acabado de tomar uma decisão. Finalmente. Aos prantos, tomou uma decisão que jamais pensou ter de tomar um dia. Mas, agora, estava decidido.

Ele se levantou.

A primeira coisa que Dan Nilsson pegou foi a sua pistola, uma Sig Sauer. Ele a sopesou na mão por um instante e olhou de esguelha para uma das janelas. Não queria que os garotos vissem a arma. Sabia que eles o tinham seguido, uns poucos passos atrás. Sempre faziam isso. Agora, lá estavam eles, atrás dos arbustos, à espreita. Ele largou a pistola, foi até o quarto e baixou a persiana. Com certa dificuldade, empurrou a cama de madeira e espiou o piso de cerâmica. Então, levantou uma das lajotas, que estava solta. Embaixo, havia uma bolsa de couro. Ele pegou a bolsa, colocou a pistola no espaço deixado pela bolsa e colocou a lajota de volta no lugar. Notou que estava agindo com precisão e eficiência. Sabia que não podia se desviar do curso, pensar demais ou correr o risco de ter qualquer tipo de remorso. Levou a bolsa de couro até a sala, foi até a impressora e pegou uma folha de papel A4, onde havia um texto bastante compacto. Guardou a folha na bolsa.

Na bolsa já se encontravam outros dois objetos.

Quando saiu de casa, o sol já se encontrava acima das árvores e banhava sua modesta varanda. A rede balançava indolentemente com a brisa seca e ele compreendeu que a estrada estaria empoeirada. Aliás, bastante empoeirada. Com o rabo do olho, deu uma boa olhada à sua volta, tentando ver onde os meninos estavam. Eles tinham ido embora. Ou então, os danados estavam realmente bem escondidos. Certa vez, ele pegou-os com a boca na botija, escondidos debaixo de uma lona nos fundos da casa. Pensou que se tratava de algum lagarto enorme que havia se esgueirado até ali, então ergueu a lona com certa cautela:

— Mas o que é que vocês estão fazendo aí?

— Nada, a gente só está brincando de lagarto!

Com a bolsa numa das mãos, tomou assento no seu quadriciclo e desceu até a estrada. Planejava ir até Cabuya, um povoado um pouco distante dali.

Iria até lá visitar um amigo.

Havia casas e casas, e além delas havia a casa de Bosques. Só havia uma casa como aquela. Originalmente, era uma cabana de pescadores que o pai de Bosques tinha construído em madeira fazia uma eternidade. Com dois quartinhos modestos. Depois, a família Rodríguez começou a crescer, e realmente cresceu bastante, e a cada novo filho que nascia, o papai Rodríguez desembestava a aumentar a casinha. Porém, aos poucos, a madeira de boa qualidade foi ficando escassa, forçando o papai Rodríguez a improvisar, como ele gostava de dizer. E então ele continuou construindo a casa com qualquer material que estivesse à sua disposição. Usando chapas metálicas, chapas laminadas e vários outros tipos de material. Inclusive madeira de encalhe e sucatas retiradas de um barco de pesca naufragado. A proa, o papai Rodríguez separou para si mesmo. Um anexo na ala sul da casa, onde ele, com certo esforço, conseguia se enfiar para repousar sua carcaça e divagar com uma bebida barata, lendo Castañeda.

Assim era o pai.

Bosques Rodríguez, o filho, com o passar do tempo, foi o único que restou naquela casa. Suas inclinações sexuais não colaboravam para que ele gerasse um filho e seu último amante havia morrido fazia pouco mais de dois anos.

Bosques tinha 72 anos e há muito tempo não ouvia uma cigarra cantando. Mas era um bom amigo.

— O que é que você quer que eu faça com essa bolsa? — perguntou.

— Quero que você a entregue para Gilberto Lluvisio.

— Mas ele não é da polícia?

— Por isso mesmo — respondeu Nilsson. — Eu confio nele e ele confia em mim. Bem, pelo menos de vez em quando. Se eu não voltar até o dia 1º de julho, faça o favor de entregar a bolsa ao Gilberto.

— E o que eu devo dizer a ele?

— Diga a ele para enviar a bolsa para a polícia da Suécia.

— E como é que ele vai fazer isso?

— É só seguir as instruções que coloquei dentro da bolsa.

— Está bem.

Bosques colocou mais uma dose de rum no copo de Nilsson. Eles estavam sentados naquilo que, na falta de uma terminologia arquitetônica adequada, poderia ser descrito como uma varanda, a qual ficava na parte da frente daquela casa tão particular. Dan Nilsson tinha limpado a maior parte da poeira da estrada com um banho de água morna. Já na varanda, ele se abanou para espantar um enxame de insetos e levou o copo de rum à boca. Ele era, como as pessoas diziam, um sujeito bastante sóbrio, e Bosques estranhou um pouco quando Nilsson perguntou se ele por acaso não teria uma garrafa de rum em casa. E ficou observando aquele sueco grandalhão com certa curiosidade. Era uma situação insólita, não apenas por causa do rum. Havia algo de estranho em todo o comportamento do sueco. Ele o conhecia desde o primeiro dia em que Dan Nilsson chegou à região. Dan tinha alugado a casa da irmã dele em Mal País, casa que depois acabou comprando a prestações. Foi o início de uma longa e forte amizade. As inclinações sexuais de Bosques nunca se dirigiram a Dan, não se tratava disso. Por outro lado, havia algo na atitude do sueco que agradava a Bosques.

Alguma coisa que lhe agradava muito.

Nilsson era um sujeito desconfiado.

Bosques também era. Diferentes circunstâncias tinham lhes ensinado a ter cautela com tudo o que existe, pois, de repente, o que existia já não existe mais. Enquanto existem, tudo está bem, depois, não resta mais nada.

Exatamente como Dan Nilsson.

Ele existia. E era bom que existisse. Mas será que logo ele deixaria de existir? — pensou Bosques, repentinamente.

— Aconteceu alguma coisa?

— Sim, aconteceu.

— Você gostaria de conversar a respeito?

— Não.

Nilsson se levantou e olhou para Bosques.

— Obrigado pelo rum.

— De nada.

Dan Nilsson continuou parado na frente de Bosques. E por tanto tempo que Bosques se sentiu compelido a se levantar e, quando se levantou, Nilsson colocou os braços em volta dele. Aquele foi um abraço breve, daqueles que muitas pessoas trocam quando sabem que estão se despedindo, porém o mais curioso de tudo era o fato de que eles nunca tinham se abraçado antes.

E nunca mais voltariam a se abraçar.

4

O RÁDIO ERA DE VERA ZAROLHA. Um radinho transistorizado que ela tinha achado numa lixeira na Döbelnsgatan, com antena e tudo. Com a carcaça toda quebrada, mas funcionando. No momento, eles estavam sentados no parque Glasblåsar, escutando *Radioskugga*, um programa de uma hora produzido e transmitido pelos próprios sem-teto uma vez por semana. O programa daquela semana era sobre as agressões que vinham acontecendo nos últimos tempos. A transmissão tinha muitos chiados, mas apesar disso todos eles sabiam exatamente do que estavam falando naquele programa. Era sobre o Benseman. Sobre o site Trashkick. E sobre os sádicos que continuavam andando pelas ruas, em busca de outras vítimas.

De vítimas como eles.

Outras vítimas para serem espancadas e expostas na internet.

Aquilo não era nada legal.

— Temos que nos unir! — exclamou Muriel.

Muriel tinha tomado alguma coisa que a deixava desinibida e ela achava que estava abafando. Pärt e os outros quatro moradores de rua que estavam sentados naqueles bancos olharam para ela. Nos unir? O que ela queria dizer com isso?

— Como assim "nos unir"?

— Ficarmos juntos! Cuidar para que eles não... para que nenhum de nós fique sozinho, fazendo com que seja ainda mais fácil para eles atacarem quem... quem ficar sozinho...

Muriel baixou a voz rapidamente quando os outros olharam para ela. E baixou o olhar praticamente até o cascalho no chão. Vera se aproximou e passou a mão nos cabelos desgrenhados de Muriel, enquanto dizia:

— Bem pensado, Muriel, a gente não pode andar sozinho. Se ficarmos sozinhos, ficamos amedrontados, e eles sentem imediatamente o cheiro do medo. Eles são iguais a cachorros. Farejam e vão pra cima de quem está amedrontado.

— Exatamente.

Muriel endireitou a cabeça um pouquinho. Em outros tempos, ela gostaria de que Vera fosse sua mãe. Uma mãe que passasse a mão nos cabelos e a defendesse, quando os outros olhassem para ela daquele jeito. Coisa que ela jamais tinha tido na vida.

Mas agora era tarde demais.

Agora é tarde demais para a maioria das coisas, pensou Muriel.

— Vocês ouviram dizer que os tiras formaram um esquadrão para caçar esses filhos da mãe?

Vera olhou à sua volta e viu dois outros moradores de rua fazendo que sim com a cabeça. Mas sem muito entusiasmo. Cada um dos que se encontravam ali tinha as suas experiências pessoais com relação aos tiras, experiências passadas e presentes que não motivavam nenhum grande entusiasmo da parte deles. Nenhum deles acreditava, nem por uma fração de segundo, que os tiras fossem dedicar mais recursos do que os meios de comunicação considerassem necessário para oferecer proteção aos sem-teto. Eles conheciam o seu lugar na escala das prioridades, e esse lugar definitivamente não estava no topo.

Aliás, não estava nem na base.

O lugar deles na escala de prioridades da polícia encontrava-se nas costas do guardanapo que Rune Forss usava para limpar a boca.

Sabiam disso muito bem.

A sala de aula na Academia de Polícia estava praticamente lotada. Era a última aula do semestre de primavera e eles tinham alguns palestrantes visitantes do SKL, o Laboratório de Criminalística com sede na cidade de Linköping. Tinham vindo dar uma palestra sobre técnicas e metodologias forenses.

Uma longa palestra. Com tempo reservado, no final, para perguntas.

— De fato, a necessidade de se fazer a coleta de amostras para testes de DNA é cada vez mais frequente. O que vocês acham disso?

— Achamos muito positivo. Na Inglaterra, amostras de DNA são colhidas dos réus mesmo em casos de arrombamento, fazendo com que eles tenham um enorme banco de dados de DNA à sua disposição.

— Então, por que isso não é feito também aqui na Suécia?

O autor da pergunta era Ulf, como de costume.

— O problema, se é que isso pode ser descrito como um problema, é a nossa legislação de proteção às informações pessoais. Essa lei não nos autoriza a manter este tipo de banco de dados.

— E por que não?

— Por uma questão de privacidade das pessoas.

E a palestra prosseguiu por mais ou menos duas horas. Quando chegaram às últimas novidades no âmbito dos testes de DNA, Olivia acordou. Tanto que chegou a sugerir uma pergunta, da qual Ulf tomou nota com um sorrisinho.

— É possível determinar a paternidade coletando DNA de um feto que não chegou a nascer?

— Sim, é possível.

Aquela resposta sucinta foi dada por um dos palestrantes, uma mulher de cabelos ruivos trajando um vestido azul-acinzentado, bem decotado.

Uma mulher que tinha capturado a atenção de Olivia desde o momento em que se apresentou.

A mulher chamava-se Marianne Boglund, a legista do SKL.

Demorou alguns segundos até a ficha cair, mas quando caiu, caiu com tudo. Sim, era ela mesma, a ex-mulher de Tom Stilton.

Ali estava ela, na frente da turma.

Olivia pensou se devia ou não dar uma cartada. No dia anterior, ela fora de carro até o endereço que constava como sendo a residência de Tom Stilton. Só que lá não morava Tom Stilton algum.

Ela acabou decidindo apostar.

A palestra terminou às duas e quinze da tarde. Olivia observou quando Marianne Boglund acompanhou o professor Gustafsson até a sala dele, depois da palestra. Então, Olivia ficou esperando no corredor.

E esperou.

Será que ela devia bater à porta? Não seria atrevimento demais?

E se por acaso os dois estivessem transando ali dentro?

Ela bateu à porta.

— Pode entrar.

Olivia abriu a porta, cumprimentou-os e perguntou se poderia dar uma palavrinha com Marianne Boglund.

— Claro, só um instante — respondeu Åke.

Olivia fez que sim com a cabeça e voltou a fechar a porta. Não, eles não estavam transando. De onde é que tinha tirado aquela ideia? Teria sido porque Marianne Boglund era uma mulher bastante atraente e Åke Gustafsson tinha aquelas suas sobrancelhas?

Marianne Boglund saiu da sala e estendeu a mão para ela.

— Olá, como eu posso ajudar?

A legista tinha um aperto de mão firme e direto e um olhar bastante formal. Parecia ser uma mulher que, dificilmente, daria acesso à sua vida privada a alguém. Olivia já estava arrependida. Mesmo assim, perguntou:

— Eu estou tentando localizar Tom Stilton.

Silêncio. Realmente, marcando distância.

— Não consegui encontrar nenhum endereço em nome dele, ninguém sabe onde ele poderia se encontrar, então eu só queria perguntar se você sabe onde eu poderia encontrá-lo.

— Não, não sei.

— É possível que ele tenha se mudado para o exterior?

— Não faço a mínima ideia.

Olivia assentiu com a cabeça, agradeceu secamente, se virou e seguiu andando corredor afora. Marianne ficou parada no mesmo lugar.

Seu olhar seguiu aquela jovem. De repente, deu um ou dois passos atrás de Olivia, mas se deteve.

A resposta de Marianne Boglund ficou dando voltas na cabeça de Olivia. Ela já tinha ouvido aquela mesma resposta várias vezes da boca de pessoas diferentes. Como era possível? Pelo menos no que dizia respeito ao tal Tom Stilton, ela se sentia um pouco cansada.

E também com a consciência um pouquinho pesada.

Tinha se intrometido de alguma forma na vida privada de algumas pessoas, sim, isso ela reconhecia. Era como se estilhaços tivessem entrado nos olhos de Marianne Boglund quando Olivia mencionou o nome Tom Stilton.

Estilhaços com os quais ela não tinha nada a ver.

O que é que ela pretendia exatamente?

— Mas o que é que você está pretendendo?

Não, aquela voz não tinha sido externada pelo eu interior de Olivia.

Era a voz de Ulf, é claro. Ele apareceu na frente dela no caminho do estacionamento, dando uma risadinha.

— Como é que é?

— Exame de DNA de fetos? Por que é que você perguntou sobre isso?

— Por nada, por pura curiosidade.

— Tem a ver com o caso de Nordkoster?

— Sim, tem.

— E de que se trata esse caso?

— É um caso de homicídio.

— Tá bom, isso eu já sabia.

Agora mesmo é que ela não vai dizer mais nada, pensou Ulf, como de costume.

— Por que diabos você está sempre cheia de segredinhos? — perguntou.

— Eu? Cheia de segredinhos?

— Sim, você mesma!

Aquilo pegou Olivia de surpresa. Tanto pelo caráter pessoal da pergunta quanto pela insinuação propriamente dita. Como assim, cheia de segredinhos?

— Espera aí, como assim?

— Você está sempre se esquivando, de uma forma ou outra, você sempre tem uma desculpa ou...

— Você quer dizer, com relação à gente sair para beber uma cerveja?

— Isso também, mas o fato é que você nunca dá o braço a torcer. Você só sabe perguntar e responder, e depois se vai.

— É mesmo?

Mas aonde é que ele estava tentando chegar? Pergunto e respondo, e depois vou embora?

— Bem, este é o meu jeito — respondeu ela.

— Está na cara.

Naquele momento, Olivia poderia seguir o seu padrão de comportamento e simplesmente pegar o carro e sair, porém, subitamente, ela se lembrou de Oskar Molin. Sim, Ulf era filho de um dos chefes da divisão de homicídios, Oskar Molin. Que, aliás, não tinha culpa de nada. A princípio, aquilo a deixou um tanto inquieta. Ela não sabia exatamente por quê. Talvez tivesse algo a ver com o fato de Ulf ter um nível de vida um pouco melhor do que o restante da turma. O que no fundo era uma bobagem. Afinal de contas, tinha que fazer os mesmos trabalhos e as provas e ter um rendimento igual ao dos demais alunos. Além disso, era provável que sofresse muito mais pressão em casa do que os outros alunos. Por outro lado, teria melhores possibilidades de subir na carreira. Afinal, o fato de ser filho de quem era podia facilitar as coisas.

Cacete.

— Você tem contato com o seu pai? — perguntou ela.

— Sim, claro que tenho. Por que a pergunta?

— É que estou atrás de um ex-comissário que deixou a polícia e ninguém parece saber onde o homem foi parar. O nome dele é Tom Stilton, será que seu pai saberia dizer alguma coisa sobre ele?

— Stilton?

— Sim. Tom Stilton.

— Bom, eu posso perguntar ao meu pai.
— Ah, obrigada.

Olivia entrou no carro, ligou o motor e partiu.

Ulf ficou parado onde estava, balançando a cabeça um instante. Oh, garota complicada. Não chegava a ser arrogante, mas que era complicada, isso era. Sempre mantendo a distância. Ele vinha tentando convencê-la a sair para tomar umas e outras com os colegas, mas não, ela sempre tinha uma desculpa. Sempre precisava ir malhar, estudar ou fazer qualquer outra coisa que todos eles também faziam, mas apesar disso ainda tinham tempo para ir tomar uma cervejinha. Um pouco misteriosa demais, pensou Ulf. Mas ela é bonita, um pouquinho estrábica, tem pernas bonitas e roliças, as axilas sempre bem depiladas e não usa maquiagem.

Não, ele não estava pensando em desistir.

Olivia também não estava pensando em desistir. Nem do caso da praia nem do comissário desaparecido. Será que havia alguma relação entre as duas coisas? Entre o desaparecimento dele e o caso da praia?

Talvez ele tenha descoberto alguma coisa, mas algo o deteve e fez com que se mudasse para o exterior? Mas por que razão? Sim, é verdade que tinha deixado a polícia por motivos pessoais. Por isso aqueles estilhaços no olhar de Marianne Boglund?

Olivia se deu conta de que estava a mil. Essa era uma vantagem de ter nascido com uma mente imaginativa e de ter sido criada por pais que adoravam resolver intrigas na mesa de jantar. Ela sempre gostava de ver uma conspiração em tudo. Alguma relação entre as coisas.

Um enigma que a ajudasse a conciliar o sono.

O carro branco entrou pela avenida beira-mar, a Klarastrandsleden. A música que soava nos fones de ouvido dela era grave e sugestiva, desta vez ela estava ouvindo a banda Deportees. Olivia gostava de letras com conteúdo.

Ao passar pelo quebra-molas, ela deu uma risadinha com seus botões. Sempre que passava por ali, o pai dela costumava diminuir a velocidade e olhar para a filha pelo espelho retrovisor:

— Por quantos já passamos hoje?

E a Oliviazinha respondia um número qualquer:

— Dezessete! Hoje já foram dezessete!

Olivia afastou aquelas lembranças e olhou em volta.

Estranhamente, hoje havia menos trânsito. Será que as férias escolares já começaram?, perguntou a si mesma. Talvez as pessoas já tenham começado a viajar para o exterior. E os pensamentos dela se voltaram para a casa de veraneio na ilha de Tynningö. A casa de veraneio da família, onde ela costumava passar os verões com seus pais, Maria e Arne, quando era criança, num idílio aparentemente protegido. O laguinho, as lagostas de água doce, as aulas de natação e as vespas.

Agora, o pai já tinha partido, e as lagostas também. Agora, eram apenas ela e a mãe. E a casa de veraneio. Repleta de lembranças de Arne consertando alguma coisa ou pescando durante o dia e brincando com ela o tempo todo à noitinha. Ali, ele se tornava um pai totalmente diferente. Um pai que mimava a sua filha, que tinha tempo e espaço para tudo o que nunca conseguia fazer na casa "de trabalho", como ele chamava a casa onde foi criada, em Rotebro. Naquela casa, tudo era analisado e anotado, tudo era conversa séria e "agora não, Olivia, a gente vê isso mais tarde". Já na casa de veraneio, era sempre tudo ao contrário.

Mas agora Arne não estava ali. Apenas Maria, a mãe dela, ou seja, não era exatamente a mesma coisa que antes. Para ela, a casa de veraneio se tornou apenas um peso morto, pois tinham que cuidar daquela casa o tempo todo para que Arne não tivesse vergonha, se a visse. Mas como ele poderia vê-la? Afinal de contas, ele não estava morto? Sim, ele se preocupava quando a pintura da fachada estava descascando. Maria não se preocupava nem um pouco. Às vezes, Olivia tinha a impressão de que aquilo era um pouco neurótico. Que a sua mãe se sentisse na obrigação de ir, de vez em quando, à casa de veraneio para manter a serenidade. Será que ela deveria puxar o assunto? Será que deveria...

Então, o celular de Olivia tocou.

— Alô?

— Alô, é o Ulf.

— Olá.

— Eu falei com o velho. Sobre o tal Tom Stilton.

— Ah, você já falou com ele? Ótimo! Obrigada! E o que foi que ele disse?

— Não faço a mínima ideia... — Foi isso que ele disse.

— Certo, ou seja, ele não faz a mínima ideia de onde o Tom Stilton se encontra?

— É, não sabe, não. Por outro lado, disse que tinha ouvido falar sobre esse caso de Nordkoster.

— É mesmo?

Fez-se silêncio. Olivia se dirigia à ponte central que liga os bairros de Norrmalm e Södermalm. O que mais ela poderia dizer?

Obrigada? Obrigada pelo quê? Por outro "não faço a mínima ideia"?

— Bem, mesmo assim, obrigada.

— De nada. Se precisar de alguma outra coisa, é só ligar.

Olivia encerrou a ligação.

A irmã de Bosques deu uma carona a Dan Nilsson até Paquera, que ficava na outra ponta da península de Nicoya. De lá, ele pegou a barca que fazia a travessia até Puntarenas, de onde viajou de táxi até San José. Não saiu barato, porém ele não queria correr o risco de perder seu voo.

O táxi deixou-o no Juan Santamaría, o aeroporto internacional de San José. Não levava bagagem alguma. O clima era quente e úmido. A camisa leve que vestia estava empapada de suor praticamente até a altura do umbigo. Um pouco ao longe, ele viu um grupo enorme de turistas recém-chegados, todos encantados com o calor. Costa Rica! Finalmente tinham chegado lá!

Dan Nilsson entrou no terminal de passageiros.

— Que portão é este?

— Portão seis.

— E onde fica o controle de segurança?

— Ali.

— Obrigado.

Ele nunca havia passado pelo controle de segurança. Só havia entrado uma vez no país. Fazia muito tempo. Agora, ali estava ele, prestes a sair. Tentou manter a cabeça fria. Precisava não pensar. Não pensar mais do que uma etapa de cada vez. Primeiro, passar pela segurança, depois o portão de embarque, então, logo estaria a bordo. Se conseguisse chegar até lá, ótimo. Não importava se ele se despedaçasse um pouco, daria um jeito para suportar. E lá, bem adiante, a próxima etapa.

A etapa da Suécia.

Ele se virou no assento do avião.

Como havia previsto, desabou ao entrar a bordo. Os fantasmas apareceram e o passado começou a supurar.

Pouco a pouco.

Quando os comissários de bordo, todos extremamente profissionais, terminaram de cumprir sua rotina e, por fim, diminuíram as luzes, ele pegou no sono.

Pelo menos foi o que pensou.

Porém, o que se desenrolou naquela vigília onírica na mente de Dan Nilsson dificilmente podia ser classificado de sono. Parecia mais algum tipo de tortura cujos ingredientes se mostravam dolorosamente familiares.

Uma praia, um crime, uma vítima.

Tudo girava em torno desses três elementos.

E tudo continuaria girando em torno desses três elementos.

Olivia decidiu encarar o banheiro entupido. Sentindo cada vez mais nojo e usando uma escova de dentes e uma chave de fendas que pediu emprestada, ela conseguiu pescar um chumaço preto-acinzentado com cerca de dois ou três centímetros de diâmetro. Era aquele chumaço de pelos e cabelos que obstruía o encanamento. Ela sentiu ainda mais nojo quando percebeu que uma boa parte daqueles pelos e daqueles cabelos, provavelmente, não eram seus. Sim, aquele grumo de pelos e cabelos devia ter começado a se formar havia muitos anos. Acabou jogando tudo na lixeira que tinha ao alcance da mão e deu um nó no saco de lixo assim que o chumaço caiu lá dentro. Então, teve a impressão de que aquela coisa nojenta tinha vida própria.

Feito isso, ela foi verificar seus e-mails.

Spam. Spam. Spam. Foi quando seu celular tocou.

Era Maria, a mãe.

— Você ainda não está dormindo, não é? — Maria perguntou.

— Mãe, são apenas oito e meia da noite.

— Ah, quando se trata de você, nunca se sabe.

— O que é que você quer?

— A que horas você quer que eu passe para te pegar amanhã?

— Me pegar? Pra quê?

— Você se lembrou de comprar a fita crepe?

Tynningö? Ah, mas claro! Maria tinha telefonado uns dois dias antes para dizer que elas precisavam tomar alguma atitude com relação à parede lateral da casa de veraneio onde o sol batia diretamente, que por isso era a mais maltratada de todas. E também por isso, Arne sempre dedicava uma atenção especial àquela parede. Elas iriam até lá pintar a parede neste fim de semana. A mãe nem tinha se dado ao trabalho de perguntar se Olivia estava planejando fazer alguma outra coisa naquele fim de semana. No mundo de Maria, se ela tivesse alguma coisa planejada, simplesmente não havia a possibilidade de que a filha também tivesse planejado fazer alguma outra coisa.

Elas iriam até lá pintar aquela parede no fim de semana.

— Ah, eu não vou poder — disse Olivia, revirando o seu cérebro para encontrar alguma desculpa rapidamente.

— Não vai poder o quê? O que é que você não vai poder?

Um décimo de segundo antes de ser desmascarada, ela bateu os olhos na pasta ao lado do laptop. O caso da praia!

— Eu preciso fazer uma viagem até Nordkoster nesse fim de semana.

— Nordkoster? E o que é que você vai fazer lá?

— É um... tenho um trabalho escolar para fazer lá.

— Mas não tem como você fazer isso no fim de semana que vem?

— Não, não tenho... Já comprei a passagem e tudo.

— Mas você bem que podia...

— Sabe que trabalho é este? É uma investigação sobre um homicídio em que o papai trabalhou! Um caso dos anos 1980! Interessante, não?

— Interessante por quê?

— Porque ele trabalhou nesse caso.

— Ora, ele trabalhou em tantos casos.

— Eu sei, mas mesmo assim.

O resto da conversa foi bastante breve. Maria chegou à conclusão de que não iria mesmo conseguir convencer Olivia a acompanhá-la até a casa de veraneio. Então, apenas perguntou sobre Elvis, desligando tão logo Olivia respondeu como ele estava.

Em seguida Olivia virou-se para o laptop e entrou rapidamente na página da companhia ferroviária.

Jelle tinha ficado na dele durante a maior parte do dia. Vendeu algumas revistas, visitou a Associação Nova Comunidade, na rua Kammakar. Fez uma refeição barata. Evitou gente. Ele evitava as pessoas sempre que podia. Tirando Vera e, talvez, um ou dois outros moradores de rua, ele evitava o contato com quaisquer outras pessoas. Vinha fazendo isso há muito tempo. Vinha criando sua redoma de solidão. De isolamento, tanto físico quanto psicológico. Tinha encontrado um espaço vazio interior dentro do qual tentava se manter. Um espaço vazio drenado de todo o passado. De tudo o que tinha sido e que nunca mais voltaria a ser. Padecia de problemas mentais, tinha recebido um diagnóstico e se tratava com medicamentos para manter a psicose sob controle. Para que ele pudesse continuar funcionando, ou quase isso. Ou para conseguir sobreviver, pensou. Sim, aquilo era o mais correto. Ir da vigília ao sono com o mínimo possível de contato com o mundo exterior.

E com o mínimo possível de pensamentos.

Pensamentos a respeito da pessoa que fora no passado. Numa outra vida, num outro universo, antes que o impacto do primeiro relâmpago o atingisse. O relâmpago que pôs abaixo a sua existência normal e gerou uma reação em cadeia de colapso e de caos que afinal resultou no primeiro episódio de psicose. E no inferno que se seguiu a isso. Que fez com que ele se tornasse uma pessoa totalmente diferente. Uma pessoa que, de uma forma metódica e consciente, destruiu toda a rede de contatos sociais que possuía. Para poder afundar. E se libertar.

Escapar de tudo.

Fazia seis anos que aquilo tinha acontecido, oficialmente. Porém, para Jelle, tinha acontecido claramente há muito mais tempo. Para ele, cada ano que passou desde então tinha apagado todas as noções normais de tempo. Ele se encontrava num nada atemporal. Ia buscar as revistas, vendia, às vezes se alimentava e ia atrás de um lugar decente e tranquilo para dormir. Um lugar onde pudesse ficar em paz. Onde ninguém estivesse brigando, cantando ou tendo pesadelos horríveis e barulhentos. Algum tempo atrás, tinha encontrado um velho barracão de madeira parcialmente desabado, fora de mão e um pouco distante do centro de Estocolmo.

Lá, ele poderia morrer em paz, quando a sua hora chegasse.

Era para lá que estava indo.

A tela da televisão pendia de uma parede numa sala friamente decorada. Era uma tela bastante grande. Hoje em dia, era possível conseguir uma televisão de 42 polegadas por uma ninharia. Especialmente se a adquirisse numa dessas lojas que não ficavam fazendo perguntas desnecessárias. Aquela televisão tinha sido adquirida numa loja dessas. Diante dela, assistiam à programação dois rapazes vestindo casacos com capuz. Um deles, com o controle remoto na mão, trocava de canal, de uma forma um tanto febril. De repente, o outro reagiu:

— Olha isso!

O rapaz parou num canal que mostrava um homem sendo coberto de pontapés.

— Cacete, é aquele cara lá do parque! É a porra do nosso vídeo!

Alguns segundos depois, uma jovem apresentadora apareceu na tela e anunciou o novo programa de debates:

"Acabamos de ver um breve trecho de um dos vídeos controversos de espancamentos publicados no site Trashkick. Vamos imediatamente dar início ao nosso debate."

A apresentadora apontou com uma das mãos na direção de um dos cantos do estúdio e, então, continuou:

"Ela é uma jornalista que ficou conhecida pelas matérias que escreve há anos a respeito de problemas sociais complexos como as drogas, garotas de programa e o narcotráfico, entre outros. Atualmente, ela se dedica a uma série de artigos sobre a violência envolvendo a juventude. Senhoras e senhores, vamos receber agora Eva Carlsén!"

A mulher que adentrou o estúdio vestia calça jeans preta e um casaco também preto com uma camiseta branca por baixo. Tinha cabelos claros e armados e calçava sapatos de salto alto, que ajudavam a ressaltar seu corpo malhado. Tinha quase 50 anos e muita experiência com a mídia. Entrou com toda a naturalidade.

Eva Carlsén sentou-se numa das poltronas do estúdio.

"Bem-vinda ao programa, Eva. Alguns anos atrás, você publicou um livro-reportagem sobre os serviços de acompanhantes na Suécia, eufemismo para prostituição de luxo. Atualmente, o seu trabalho trata da violência juvenil. E abre a sua série de artigos desta forma..."

A apresentadora do programa pegou um jornal:

"'A angústia é a mãe de todo mal e a violência é o grito de socorro da criança perdida. A angústia é um caldo de cultura para a violência juvenil sem sentido que vemos na atualidade. A angústia que só faz aumentar numa sociedade que não se importa mais com ninguém.'"

A apresentadora do programa largou o jornal e olhou para Eva Carlsén:

"As suas palavras são fortes. A situação é tão grave assim?"

"É e não é. Quando falo em violência juvenil sem sentido, naturalmente quero me referir a um determinado tipo de violência cometida por indivíduos específicos num âmbito delimitado. Longe de mim afirmar que todos os jovens estejam se dedicando a praticar a violência, muito pelo contrário, estamos falando de um grupo bastante restrito."

"Bem, apesar disso, todos nós estamos escandalizados com os vídeos recentemente divulgados na internet e que mostram moradores de rua sendo brutalmente espancados. Quem são os autores dessas agressões?"

"Basicamente, trata-se de crianças maltratadas, crianças humilhadas, crianças que nunca tiveram uma oportunidade de sentir empatia, pois foram traídas pelo mundo dos adultos. Então, aí estão esses jovens agora, despejando a sua humilhação em pessoas que eles reconhecem como ainda mais desprovidas de valor do que eles próprios, os moradores de rua, especificamente falando."

— Essa mulher só fala merda, porra! — reagiu o rapaz que vestia um casaco verde-escuro. O parceiro dele se esticou para pegar o controle remoto.

— Espera! Quero ouvir o que mais ela vai dizer.

Na tela, a apresentadora do programa balançou a cabeça ligeiramente e perguntou:

"Mas de quem é a responsabilidade por esse estado de coisas?"

"A responsabilidade é de todos nós. De todos nós que participamos da construção de uma sociedade que permite aos jovens se colocarem fora do alcance de quaisquer redes de proteção social e acabam por se desumanizar."

"E de que maneira podemos começar a corrigir isso, em sua opinião? É possível corrigir essa situação?"

"É uma questão de vontade política, de onde a sociedade deve aplicar seus recursos. A única coisa que eu posso fazer é descrever o que está acontecendo, por que isso está acontecendo e quais são as consequências disso."

"Como, por exemplo, estes vídeos revoltantes?"

"Sim, entre outras consequências."

Quando o debate chegou nesse ponto, o rapaz apertou o controle remoto. E quando o largou sobre a mesa, foi possível ver uma tatuagem no seu antebraço.

Duas letras dentro de um círculo: KF.

— Qual é o nome da coroa? — perguntou o outro rapaz.

— Eva Carlsén. Vamos, a gente precisa ir pra Årsta agora mesmo!

Edward Hopper poderia ter pintado aquilo, se ainda fosse vivo, se tivesse nascido na Suécia e se se encontrasse na floresta às margens do lago Järla naquela noite.

Ele também poderia ter pintado aquela cena.

Teria capturado a luz que vinha daquela única e pequena lâmpada da iluminação pública lá no alto do poste de metal, e como aquela delicada luz amarelada caía sobre a estrada comprida e erma, sobre o asfalto, sobre o vazio, sobre as sombras verdes e baças da floresta, e, exatamente numa das margens da área iluminada, aquela figura solitária de um homem alto, ligeiramente arqueado, talvez andando na direção do foco de luz, talvez não... Ele teria ficado satisfeito com aquele quadro.

Ou, quem sabe, não.

Talvez ficasse incomodado com o fato de o seu modelo, de repente, se desviar do caminho e sumir floresta adentro? Deixando a estrada deserta, para decepção do artista?

O modelo que sumiu de cena não se importava.

Estava se dirigindo ao seu refúgio noturno. O barracão de madeira parcialmente desabado atrás de um depósito abandonado de máquinas e implementos. Ali, ele contava com um teto para se abrigar da chuva, com paredes que o protegiam do vento e com um piso que o defendia dos piores frios. O lugar não tinha qualquer iluminação e, se tivesse, de que isso lhe serviria? Ele sabia bem como aquele barracão era por dentro. Como ele próprio tinha sido, era algo de que já se esquecera há muitos anos.

Era ali que ele dormia.

Na melhor das hipóteses.

Na pior das hipóteses, como naquela noite, aquilo viria rastejando. Aquilo que ele não queria que viesse rastejando. E não se tratava de ratos, baratas ou aranhas, pois os animais podiam rastejar o quanto quisessem, no que dependesse dele. Mas sim de algo que vinha rastejando de dentro dele.

De acontecimentos de muito tempo atrás.

E ele não sabia lidar com aquilo.

Era impossível matar aquilo a pedradas, tampouco conseguiria espantar, agitando as mãos vigorosamente. Nem matar aos gritos. Apesar de tentar, como iria fazer naquela noite, tentar gritar para desfazer o que vinha rastejando, mesmo sabendo se tratar de uma tentativa totalmente inútil.

É impossível matar o passado com um grito.

Nem mesmo com um grito ininterrupto por uma hora. As únicas coisas que ficariam destruídas seriam as nossas cordas vocais. Depois de fazer isso, a gente acaba recorrendo ao que não gostaria de recorrer, pois sabemos que aquilo ajuda e destrói ao mesmo tempo.

A gente acaba recorrendo a medicamentos.

Ao haloperidol e ao diazepam.

Que matam o que rasteja e fazem o grito se calar. Mutilam mais um pedaço da dignidade.

Depois, a gente apaga.

5

A ENSEADA ESTAVA IGUAL ao que era naquela ocasião. Os rochedos no mesmo lugar onde sempre ficaram. A praia descrevia um amplo arco ao longo da mesma margem de floresta densa. Quando a maré baixava, um extenso trecho de areia seca adentrava o mar. Quanto a isto, nada havia mudado na Hasslevikarna vinte e três anos depois. Ainda era um lugar bonito e sossegado. Quem viesse ali para aproveitar aquela beleza e tranquilidade mal poderia imaginar o que havia acontecido naquele lugar.

Justamente ali, naquela noite de maré viva.

Ao deixar o terminal de desembarque do aeroporto Landvetter, em Gotemburgo, ele vestia uma jaqueta de couro e calça jeans preta. Tinha trocado de roupa no banheiro. Não trazia bagagem e foi direto à fila dos táxis. Um imigrante sonolento saiu do primeiro táxi e abriu uma das portas traseiras.

Dan Nilsson entrou no táxi.

— Estação Central.

Ele planejava pegar um trem até Strömstad.

Já começara a notar quando a *Kostervåg* zarpou do porto. A enorme embarcação vermelha subia e descia ao sabor das ondas que ficavam mais altas a cada milha marítima percorrida. Todo o mar do Norte se agitava. Quando o vento alcançou nove a dez metros por segundo, Olivia sentiu um embrulho no estômago. Nunca costumava ficar enjoada. Ela saía bastante no barco da família, na maioria das vezes pelo arquipélago de Estocolmo, onde também ventava bastante de vez em quando. As únicas vezes em que sentia alguma indisposição era quando o mar ficava agitado por muito tempo.

Como agora.

Olivia olhou à sua volta para ver onde ficava o banheiro. À esquerda, em frente à cantina. A viagem não seria muito demorada, então poderia suportar. Ela comprara um copo de café e uma broa de canela, como as pessoas costumam fazer naquele tipo de barca. Depois, sentara-se ao lado de um dos janelões. Estava curiosa para ver o lado oeste do arquipélago, tão diferente do seu, na costa leste. Aqui os rochedos eram baixos, escarpados e escuros.

Perigosos, pensou, ao ver como a barca se agitava bem próxima de um recife pouco visível na imensidão do mar.

Para o capitão, isso deve ser apenas um dia normal de trabalho, pensou. Três viagens de ida e volta por dia na temporada de inverno, e no mínimo vinte viagens agora em junho, no auge do verão. Olivia voltou o olhar para o interior da barca. Estava bem lotada, apesar de ela estar viajando num horário bem cedo. Eram moradores das ilhas que voltavam para casa depois de trabalhar no turno da noite em Strömstad. Veranistas a caminho da primeira semana de férias e uns poucos passageiros dispostos a passar o dia ali.

Como Olivia.

Bem, quase isso.

Na verdade, ela planejava pernoitar na ilha. Não mais do que isso. Reservara uma cabana numa pousada que ficava bem no meio da ilha. Bastante cara. Afinal de contas, era alta temporada de verão. Voltou-se para a janela. Bem ao longe, avistou um trecho de litoral e achou que devia ser a Noruega. Tão perto assim?, pensou, no mesmo instante em que o celular tocou. Era Lenni.

— Nossa, achei até que você tinha morrido! Você não dá notícias há uma porrada de tempo, hein? Onde é que você está?

— Estou indo para Nordkoster.

— Onde fica isso?

Conhecimentos geográficos não eram o forte de Lenni, que mal conseguia localizar Gotemburgo no mapa. Mas a amiga tinha outros talentos. E era para falar desses outros talentos que estava ligando para Olivia. As coisas tinham saído às mil maravilhas com Jakob, eles praticamente já estavam namorando e até planejavam ir juntos ao festival Paz & Amor.

— Quando a gente foi no Hornstull Strand, o Erik acabou ficando com a Lollo, mas antes perguntou outra vez por você.

Ah, que ótimo, pelo menos ela foi a primeira opção de alguém, pensou.

— Então, o que é que você vai fazer aí nessa ilha? Visitar alguém que conheceu?

Olivia explicou uma parte da história, mas não tudo, pois sabia que Lenni não estava lá muito interessada em saber detalhes sobre os seus trabalhos escolares.

— Ih, estão tocando a campainha — interrompeu Lenni. — Deve ser o Jakob. A gente se fala, Olivia! Me liga quando voltar!

No instante em que Lenni desligou, a barca se aproximava do estreito que separava as duas ilhas, Nordkoster e Sydkoster.

Então, a barca aportou no píer que ficava na parte sudeste da Nordkoster. Algumas motos de carga com os obrigatórios moradores da ilha estavam estacionadas no píer. As primeiras levas do dia tinham acabado de aportar.

Olivia fazia parte de uma dessas levas.

Ela desembarcou e sentiu o píer balançar. Quase perdeu o equilíbrio, demorando alguns segundos até se dar conta de que o píer jazia bem firme no chão. Era ela própria quem estava balançando.

— O mar estava assim tão agitado?

A mulher que fez a pergunta tinha vindo esperar Olivia. Era uma senhora mais velha de cabelos grisalhos, que vestia um casaco de chuva comprido e cujo rosto estivera virado na direção do mar na maior parte de sua vida.

— Sim, um pouquinho.

— Olá, sou Betty Nordeman.

— Oi, Olivia Rönning.

— Você não tem bagagem?

Olivia trazia uma bolsa esportiva e pensou que aquilo era, sim, um tipo de bagagem. Afinal, só ia passar uma noite na ilha.

— Isso aqui é tudo.

— Você trouxe alguma roupa quente?

— Não, não trouxe. Por quê?

— Ah, você sabe, sempre sopra uma brisa do mar, que pode ficar cada vez mais forte e, se por acaso chover, isso aqui fica um frio dos infernos. Você não está planejando ficar o tempo todo dentro da cabana, está?

— Não. De toda forma, trouxe um blusão extra.

Betty Nordeman meneou discretamente a cabeça. "Ah, esta gente do continente, eles não aprendem nunca", pensou. Só porque o sol brilhava em Strömstad, eles vinham até as ilhas vestindo roupa de mergulho e *snorkel* para, em menos de uma hora, serem forçados a ir até o Leffe e comprar capa de chuva, botas e sabe Deus o que mais.

— Vamos indo?

Betty começou a andar e Olivia foi atrás dela. Ali, a melhor coisa a fazer era não ficar para trás. Elas passaram por uma série de cubas de plástico cheias que havia no cais. Olivia olhou e perguntou:

— Tudo isso é lagosta?

— Sim.

— Pesca-se muita lagosta aqui?

— Antes se pescava mais, agora cada pescador só pode pegar no máximo quatorze cubas, antes, a gente podia pescar à vontade. Mas no fundo é bom que seja assim, pois as lagostas, praticamente, desapareceram dessas águas.

— Que pena, eu gosto tanto de lagosta.

— Eu não gosto. A primeira vez que comi lagosta também foi a última, desde então só gosto de caranguejo. Aqueles ali também gostam de lagosta!

Betty apontou para dois enormes iates de luxo um pouco afastados no píer.

— Noruegueses. Eles vêm de iate para cá e compram todas as lagostas que a gente consegue pescar. Daqui a pouco vão acabar comprando toda a ilha.

Olivia deu uma risadinha. Podia imaginar o tipo de tensão que havia entre os novos-ricos noruegueses e os antigos habitantes das ilhas, que viviam tão perto uns dos outros.

— Mas a temporada de pesca só começa para valer em setembro, então, eles se aquietam até lá... Ou então que mandem trazer lagosta dos Estados Unidos, como Magnuson fez uma vez.

— Quem?

— Eu mostro a você quando a gente passar por lá.

Elas atravessaram a pequena aglomeração de casas de madeira junto ao mar. Algumas cabanas de pescadores, pintadas de vermelho e preto. O restaurante Strandkanten. Duas barracas que ofereciam um sortimento de artesanato kitsch típico daquelas ilhas e instrumentos de pesca. E depois a Lavanderia Leffe. A Peixaria Leffe. Os Caiaques Leffe. E a Varanda Leffe.

— Este Leffe parece ter um pouco de tudo!

— Sim, aqui na ilha nós o chamamos de X-Tudo. Ele se criou na parte leste da ilha. Numa época, ele foi morar em Strömstad, mas a cidade o deixava com dor de cabeça, então voltou para cá e não saiu mais. É ali!

Elas tinham se afastado um pouco do porto. Casas grandes e pequenas margeavam ambos os lados da rua estreita. Todas as casas eram bem cuidadas, asseadas e bem pintadas. A minha mãe ia gostar desse lugar, pensou Olivia, e então olhou na direção para a qual Betty tinha apontado. Uma casa enorme, onde se notava a mão de um arquiteto, com uma ótima localização, numa encosta voltada para o mar.

— Esta é a casa de Magnuson. Bertil Magnuson, o dono da empresa de mineração. Ele construiu esta casa nos anos 1980, clandestinamente, sem qualquer alvará de construção, nada que ele não pudesse dar um jeitinho depois, com todo o dinheiro que tem.

— Como assim?

— Ele teve uma conversinha com o pessoal da prefeitura e mandou trazer uma centena de lagostas, direto dos Estados Unidos. Foi assim que ele resolveu o problema. As regras que valem aqui são um pouquinho diferentes das regras que valem no continente.

A caminhada prosseguiu na direção da parte mais povoada da ilha. Betty continuava conduzindo e Olivia continuava escutando. Betty falava pelos cotovelos. Olivia ficou com as orelhas inchadas de tanto ouvir aquelas histórias sobre este ou aquele que tinha pescado lagostas clandestinamente, pulado a cerca com a mulher alheia ou deixado de cuidar do seu jardim.

Detalhes importantes, e outros não tão importantes assim, de irregularidades.

— Aliás, era ali que morava o sócio dele, que depois desapareceu.

— Sócio de quem?

Betty lançou um olhar recriminador para Olivia.

— Ora, do Magnuson, de quem eu estava falando antes.

— Ah, certo. Mas quem foi que desapareceu? Esse Bertil Magnuson?

— Não, o sócio dele, como eu ia dizendo. Não consigo me lembrar do nome dele. De qualquer forma, desapareceu. Eu tenho pra mim que foi sequestrado ou assassinado.

Olivia se deteve.

— Como assim? Isso aconteceu aqui mesmo?

Betty riu do semblante alarmado de Olivia.

— Não, foi em algum lugar na África, mas isso já faz muitos anos.

A imaginação de Olivia estava a mil outra vez.

— Mas quando foi exatamente que ele desapareceu?

— Ah, em algum momento nos anos 1980, pelo que me lembro.

Olivia farejou alguma coisa. Será que havia alguma relação com o caso que estava investigando?

— Por acaso foi no mesmo ano em que aquela mulher foi assassinada? Na Hasslevikarna?

Betty parou de repente e se virou na direção de Olivia.

— É por isso que você veio até aqui? Para fazer algum tipo de turismo macabro?

Olivia tentou entender a reação de Betty. Ela ficou perturbada por causa daquela pergunta ou por outro motivo? Olivia se apressou em explicar o porquê de ela ter vindo até a ilha. Explicou que era aluna da Academia de Polícia e estava ali para fazer um trabalho escolar sobre o assassinato ocorrido naquela praia.

— Ah, então, você está estudando para ser uma policial, quem diria!

— exclamou Betty, examinando Olivia de cima abaixo com um olhar de incredulidade.

— Sim, pelo menos é o que eu espero, mas ainda não terminei...

— Está certo, nenhuma pessoa é igual à outra — respondeu Betty, que também não estava lá muito interessada em saber em detalhes o que Olivia estava estudando.

— Mas voltando ao assunto... Não, ele não desapareceu no mesmo ano em que aconteceu o assassinato na praia.

— Então, quando foi que ele desapareceu?

— Bem antes do assassinato da praia.

Olivia sentiu uma agulhada de decepção atravessando o seu corpo. Mas o que é que ela estava pensando? Que iria descobrir alguma conexão entre o desaparecimento e o assassinato da praia tão logo desembarcasse na ilha? Algo que passara despercebido aos policiais durante estes anos todos?

As duas passaram por algumas famílias com crianças que estavam andando de bicicleta e Betty cumprimentava todo mundo. E depois continuou contando:

— Pois é, a verdade é que ninguém consegue tirar da cabeça aquele assassinato na praia. Aquilo foi horrível. Aquele crime vem nos assombrando a todos desde então.

— Você vivia aqui quando o crime aconteceu?

— Sim, claro que sim. Onde é que você acha que eu poderia estar?

Betty olhou para Olivia como se aquela fosse a pergunta mais cretina que alguém lhe tivesse feito na vida. Com isso, Olivia desistiu de responder que existia todo um mundo além daquela ilha onde Betty poderia se encontrar na época do assassinato. E então ouviu todo um discurso narrando o que Betty estava fazendo quando o helicóptero ambulância pousou e a ilha assistiu a uma invasão de policiais.

— E então todo mundo aqui na ilha me perguntava se eu estava falando a verdade sobre aquilo que eu achava que tinha acontecido.

— E o que você acha que aconteceu?

— Satanistas. Racistas. Ativistas. Ou algum outro tipo de "ista". Era isso que eu achava.

— Ciclistas?

Olivia disse aquilo apenas de brincadeira, mas demorou alguns segundos para que Betty entendesse a piada. Sim, ela estava ali, caminhando junto e pegando no pé de uma velha moradora da ilha. Mas, no final, Betty deu o braço a torcer e riu. Ai, o humor dessa gente de cidade grande. Era algo que ilhéus como ela tinham que saber relevar.

— E, finalmente, a nossa pousada!

Betty apontou para uma fila de cabanas pequenas pintadas de amarelo logo à frente delas. Aquelas cabanas também eram bem cuidadas como as demais casas da ilha. Recém-pintadas para a alta temporada, alinhadas em formato de ferradura à beira de uma bela campina.

Logo atrás das cabanas, começava uma floresta escura.

— Hoje é o meu filho Axel que está tomando conta de tudo. Foi com ele que você fez a reserva.

Elas se aproximaram das cabanas e Betty voltou a ficar a mil. A mão dela ia de uma cabana até a outra.

— Sim, aqui já pernoitou todo tipo de gente, realmente...

Olivia olhou para as casinhas pequenas. Todas elas numeradas com números de latão que, aparentemente, tinham acabado de ser lustrados.

Estava tudo em ordem e brilhando na pousada dos Nordeman.

— Você por acaso consegue se lembrar quem estava hospedado aqui quando o assassinato aconteceu?

Betty Nordeman fez uma pequena careta com a boca e, então, respondeu:

— Nossa, você realmente não perde tempo... Mas, sim, de fato eu consigo lembrar. Consigo me lembrar pelo menos de alguns deles.

Betty apontou para a primeira série de cabanas pequenas e então disse:

— Ali, por exemplo, estava hospedado um casal de pederastas. Naquela época, ainda se fazia muito segredo em torno disso, não era como nos dias de hoje, em que, a qualquer hora, podem sair do armário. Eles diziam ser observadores de pássaros, mas, pelo que eu percebi, a única ave que eles viram foi o pinto um do outro.

"Pederastas", pensou Olivia. Provavelmente, era a primeira vez que ela ouvia aquela palavra da boca de alguém. Será que aqueles dois "pederastas" poderiam ter assassinado a mulher na praia? Se é que de fato eram pederastas — aquilo bem poderia ser apenas um disfarce, não poderia?

— Ali, na cabana número dois, estava hospedada uma família com filhos, se não me falha a memória. Sim, era isso mesmo. Um casal com dois filhos que corriam em volta e ficavam espantando as ovelhas no pasto. Uma das crianças se machucou na cerca e os pais ficaram bastante bravos, pois achavam que aquilo tinha sido uma irresponsabilidade do meu vizinho criador de ovelhas. "Quem com ferro fere com ferro será ferido", foi o que eu pensei. A cabana número quatro estava desocupada, pelo que eu me lembro, mas na número cinco estava hospedado um turco. Ele passou um bom tempo na ilha, várias semanas, e tinha um fez vermelho na cabeça o tempo todo. Tinha lábio leporino e falava com a língua terrivelmente presa. Uma vez, beijou a minha mão ao me cumprimentar.

Ao lembrar daquilo, Betty deu uma risada. Em sua mente, Olivia tentava imaginar aquele turco tão educado. A mulher assassinada tinha cabelos pretos — será que era possível que ela fosse de origem turca? Ou curda? Será que tinha sido morta para lavar a honra de alguém? Os jornais da época diziam que ela talvez fosse latino-americana. Mas com base em que afirmavam aquilo? Então, Betty apontou na direção da cabana número seis e continuou:

— E ali estava hospedada uma dupla de drogados, infelizmente. Como eu não gosto de ficar perto desse tipo de gente, acabei por expulsá-los daqui. Eu mesma limpei a cabana depois que eles saíram. Um horror! Encontrei seringas usadas e lenços de papel manchados de sangue na lixeira.

Drogados? Ela havia lido em algum lugar que tinham encontrado Rohypnol no organismo da vítima. Haveria alguma conexão? E não conseguiu pensar em mais nada, pois Betty continuava:

— Ah, mas pensando melhor, acho que na verdade eu os expulsei daqui antes do assassinato... sim, isso mesmo. E, depois disso, eles roubaram um barco e fugiram de volta para o continente. Acho que para comprar mais droga.

E ali mais uma pista esfriava para Olivia.

— Que memória prodigiosa a sua! — exclamou.

Betty respirou fundo e se sentiu enlevada com o elogio.

— Bem, é verdade, a minha memória não é das piores, mas, além disso, também temos o livro de registro de hóspedes, é claro.

— Mesmo assim!

— Bem, é que eu sempre tive um interesse muito grande pelo próximo, digamos assim. É, esse é o meu jeito, para ser franca.

Betty olhou para Olivia com um olhar autocomplacente e, então, apontou para a cabana mais distante, a de número dez.

— E naquela ali estava hospedada uma mulherzinha idiota de Estocolmo. Primeiro, ficou aqui, mas depois acabou se mudando para o iate de luxo de algum norueguês que estava ancorado no porto. Uma pistoleira de marca maior, isso é o que ela era, se entregando àqueles infelizes devoradores de lagosta que ficavam desfilando pelo porto e olhando para todo mundo como se fossem os donos do mundo. Mais tarde, ela também acabou sendo interrogada pela polícia!

— Como assim? Ela era suspeita do crime?

— Ah, isso eu não sei bem, só sei que eles a interrogaram aqui, inicialmente, mas depois ouvi dizer que ela foi conduzida até Strömstad para continuar prestando depoimentos lá. Foi o que Gunnar me contou.

— E quem é ele?

— Gunnar Wernemyr, policial, atualmente aposentado.

— E como era o nome dela? Da tal "pistoleira"?

— O nome dela era... ai, como é que era o nome dela mesmo? Não estou conseguindo me lembrar direito, mas sei que tinha o mesmo nome da esposa do Kennedy.

— Como, qual era o nome dela mesmo?

— Você não sabe qual era o nome da esposa do Kennedy? A mesma que depois casou com aquele grego, Onassis.

— Não, não sei.

— Jackie... Jackie Kennedy. Este era o nome daquela mulher, Jackie, mais do que isso não consigo me lembrar. Ah, a sua cabana é aquela ali! — exclamou Betty, apontando para uma das cabanas pintadas de amarelo e acompanhando Olivia até a porta.

— A chave está na porta, do lado de dentro. Se você precisar de alguma coisa, é só falar com o Axel, logo ali.

Betty apontou para uma casa de telhas de amianto que ficava numa colina não muito distante. Olivia abriu a porta e colocou a bolsa para dentro. Betty aguardou do lado de fora.

— Espero que você goste da cabana.

— Sim, parece ótima!

— Certo. Quem sabe a gente se vê no porto hoje à noite, se você for até lá. O X-Tudo vai tocar trombone no restaurante Strandkant. Até logo!

Betty já ia se afastando quando Olivia, de repente, se lembrou da pergunta que queria fazer desde o início, mas da qual não tinha conseguido se lembrar antes:

— Sra. Nordeman!

— Pode me chamar de Betty.

— Betty... eu só queria perguntar se por acaso não havia um menino que testemunhou tudo o que aconteceu na praia na noite do crime, não é isso?

— Ah, sim, foi o Ove, dos Gardman, que moravam na floresta para aqueles lados — disse Betty, apontando na direção da floresta escura.

— A mãe dele agora já faleceu e o pai vive em Strömstad. Então, o Ove acabou ficando com a casa da família.

— E está aqui agora?

— Não, está de viagem no exterior. Ele é um... como é mesmo que se diz... um biólogo marinho, mas ele sempre aparece por aqui de vez em quando para dar uma olhada na casa, quando está na Suécia.

— Está bem. Muito obrigada!

— E você, Olivia, lembre-se do que eu lhe disse antes, o tempo vai continuar piorando nas próximas horas, então é melhor não caminhar pelos penhascos do norte da ilha ou algo assim, pelo menos não sozinha. Ou, então, se você quiser ir até lá, o Axel pode acompanhá-la. Pode ser perigoso lá em cima se você não conhece bem o lugar.

Betty disse isso e depois se foi. Olivia ficou parada, vendo-a se afastar por um instante. Depois, olhou na direção da casa de telhas de amianto lá no alto, onde o filho dela, Axel, devia estar de plantão. Não deixava de ser um tanto cômica aquela ideia de que um rapaz desconhecido deveria acompanhá-la como um guarda-costas só porque estava ventando um pouquinho.

Ele comprara uma mala com rodinhas em Strömstad. Uma mala de viagem com rodinhas e de alça comprida. Ao embarcar na barca para as ilhas Koster, parecia apenas um turista como qualquer outro.

O que ele não era.

Turista, talvez, mas não um turista como qualquer outro.

Era alguém que tinha lutado contra um caos crescente no seu peito por todo o caminho desde Gotemburgo e que apenas agora conseguia manter o autocontrole.

Agora, ao desembarcar daquela barca.

Sabia, agora, que não faltava muito. E que, realmente, precisava se controlar. Tinha algo para fazer que não deixava margem alguma nem para ter pena de si mesmo, nem para qualquer tipo de fraqueza. Precisava ser forte.

Quando a barca começou a costear a ilha, ele se sentiu vítreo, gélido e desnudado. Como os rochedos pelos quais estavam passando. De repente, ele pensou em Bosques.

Sim, eles tinham se abraçado.

Olivia estava deitada naquela cama simples da cabana. Dormira mal no trem. Agora, ali estava ela, espichada, sentindo o leve cheiro de mofo da cabana. Talvez não de mofo, mas um cheiro de lugar fechado, pensou. Seu olhar percorreu as paredes frias. Não havia um quadro, um pôster, nem mesmo aquela antiga boia de vidro verde usada pelos pescadores. Betty jamais seria entrevistada por uma revista de design de interiores. Axel tampouco, se é que era ele quem se encarregava da decoração da pousada. Olivia pegou o mapa mais uma vez. O mapa que tinha comprado em Strömstad, antes de pegar a barca. Um mapa bastante detalhado das ilhas que mostrava os nomes de vários lugares. Nomes esquisitos e interessantes. Como Skumbuktarna (Baía Sombria), no extremo noroeste da ilha. Baía Sombria, olha só! E não muito longe dali, pelo menos no mapa, Hasslevikarna (Enseada das Amendoeiras). O seu objetivo propriamente dito.

A cena do crime.

Sim, afinal, aquela viagem toda se tratava exatamente disso. Sabia que aquela era a cena do crime. Tinha que ir até lá, vê-la com seus próprios olhos.

Uma turista macabra?

Sim, talvez fosse, mas não importava. Ela iria até a praia, de qualquer maneira, ah, iria. Até o lugar onde aquela jovem solitária tinha sido sepultada viva e, depois, afogada.

Carregando uma criança no ventre.

Olivia largou o mapa sobre seu peito e se deixou mergulhar em sua imaginação, indo em direção a Hasslevikarna, até chegar à praia, à água, à maré baixa, à escuridão. Imaginou aquela jovem enterrada na areia, desnuda, e o garotinho escondido em alguma parte em meio à escuridão. E os criminosos que eram três, conforme constava do inquérito policial, segundo o depoimento do garoto. Como eles podiam ter certeza disso? Com aquela escuridão e àquela distância, como o menino poderia ter enxergado tudo direito? Um menino de 9 anos, apavorado, sozinho na noite escura? Ou será que os policiais, simplesmente, não tinham como saber? Ou tiveram que aceitar aquela versão. Afinal de contas, não havia nada melhor em que pudessem se basear? E se os criminosos fossem cinco? Uma pequena seita, talvez?

E lá estava ela, de novo...

Não, aquilo não servia para muita coisa.

Então, levantou-se e sentiu que a hora tinha chegado.

Iria fazer um pouquinho de turismo macabro.

Tudo o que Betty falara a respeito das condições do tempo parecia bastante acertado, independentemente do fato de a chuva ter começado já no meio da tarde. Os ventos que sopravam do mar haviam aumentado de intensidade em mais alguns metros por segundo e a temperatura caíra consideravelmente.

A situação não era das mais convidativas lá fora.

Olivia mal conseguiu abrir a porta da cabana quando decidiu sair. A porta foi empurrada de volta, sem que ela conseguisse se mexer. Quando, finalmente, conseguiu sair, viu que aquele blusão a mais que tinha trazido ajudava um pouco, mas o vento revolvia seus cabelos de tal forma que chegava a ter dificuldade para enxergar à sua frente quando a chuva começou a cair. Mas por que diabos eu não coloquei a minha capa de chuva na mala? Como é que a gente pode agir assim de forma tão amadora?, pensou. Ah, esse pessoal do continente, como diria Betty. Olivia olhou na direção da casa de Axel, lá no alto.

Não, há limites para tudo.

Então, preferiu dar o primeiro passo na caminhada que a levaria até aquela mata escura.

A floresta era alta e bastante selvagem. Intocada há décadas. Os galhos secos e duros, enredados uns nos outros, quase negros, interrompidos aqui e acolá pelos arames enferrujados das cercas para os carneiros.

Mas ela continuava seguindo seus passos. Andava com dificuldade em meio à mata. A vantagem era que ali dentro não ventava tão forte. Apenas chovia. A princípio, usou o mapa para cobrir a cabeça, mas depois se deu conta de que aquela era uma ideia estapafúrdia. O mapa era a única possibilidade que tinha de conseguir chegar aonde queria.

Mas primeiro queria ir até a casa do garotinho. A casa de Ove Gardman. De acordo com Betty, a casa dele devia ficar em alguma parte ali perto, dentro da floresta, mas Olivia já estava começando a duvidar se a informação fora correta. Afinal, aquilo parecia se tratar mesmo apenas de arbustos embrenhados, árvores escuras tombadas e cercas de arame enferrujado.

De repente, a casa emergiu.

Uma casa simples de madeira, pintada de preto. Uma casa de dois pisos, plantada bem no meio da floresta, numa clareira singularmente pequena. Com um barranco escarpado nos fundos e sem nenhum jardim. A casa parecia abandonada e um pouco fantasmagórica. Pelo menos, nas circunstâncias daquele momento. Com aquela quase tempestade e cada vez mais escuro.

Ela ficou um pouco arrepiada. Mas por que é que queria ver aquela casa? Sim, sabia que o menino, ou o homem em que ele devia ter se tornado agora, com pouco mais de 30 anos, não estava ali, é claro. Sim, isso foi o que Betty tinha lhe dito. Olivia balançou a cabeça um pouco e, então, pegou o celular do bolso e tirou uma ou duas fotos da casa. Talvez eu possa incluir estas fotos da casa no meu trabalho, pensou.

A casa de Ove Gardman.

Anotou mentalmente que devia tentar telefonar para ele quando voltasse a sua cabana.

Olivia levou quase meia hora para chegar a Skumbuktarna. Que tinha que ver com seus próprios olhos. Se não fosse por mais nada, pelo menos ela saberia como era aquele lugar, caso viesse a precisar. Será que havia alguém naquela baía quando o assassinato ocorreu?

Ali estava ela, quase em frente do lugar, e então entendeu por que Betty tinha alertado tanto. O mar estava completamente aberto logo ali adiante. A chuva fustigava do alto das nuvens negras. O vento assobiava em volta dos rochedos. As ondas gigantes do mar do Norte se debatiam contra os rochedos e se lançavam terra acima. A quantos metros de altura, não conseguia avaliar.

Olivia se acocorou por trás de uma rocha e olhou na direção do mar afora. Achou que estava protegida. Mas, de repente, veio uma onda gigante que ribombou, estrondosamente, no alto do rochedo e envolveu suas pernas. Quando sentiu como aquele repuxo gélido ia molhando o seu corpo, Olivia entrou em pânico e deu um grito.

Se não tivesse caído numa fenda, teria ido parar dentro do mar. Mas só veio a se dar conta disso mais tarde.

Naquele momento, ela apenas correu.

O mais rápido que pôde.

Para bem longe do mar, na direção da terra firme.

E continuou correndo até tropeçar e cair numa pedra, ou melhor, num oásis de pedras. Sobre o qual caiu de cara. E ali mesmo comprimiu seu corpo na direção da mãe terra, resfolegando, com uma ferida sangrando na testa provocada pela queda.

Demorou um bom tempo até que ela se virasse e olhasse na direção do oceano furioso junto à baía e, então, se deu conta da idiotice que tinha feito.

E logo o seu corpo todo começou a tremer.

Totalmente encharcado.

Para uma noite de trombone com X-Tudo, até que o restaurante estava bastante vazio. Ou talvez estivesse vazio exatamente por isso. Alguns moradores da ilha numa mesa, com suas garrafas de cerveja, X-Tudo num canto com o seu trombone, e também Dan Nilsson.

Dan estava sentado na mesa mais ao fundo, mais próxima do mar. O vento fustigava a chuva contra o vidro da janela. Ele tinha ido direto para lá assim que saiu da barca. E não porque estivesse com fome ou com sede, tampouco para se proteger do mau tempo.

Mas sim para reunir suas forças.

Toda a força que conseguisse.

Ele sabia que havia um risco mínimo de ser reconhecido por alguém, uma vez que tinha sido dono de uma casa de veraneio na ilha havia muitos anos. Porém, aquele era um risco que tinha que correr.

Ali estava ele agora, com um copo de cerveja à sua frente. Uma das garçonetes sussurrou para X-Tudo durante um intervalo: "Aquele cara ali perto da janela tem a maior pinta de cana", ao que X-Tudo respondeu que havia algo de familiar naquele rosto. Mas Dan Nilsson não ouviu nada disso. Estava em algum lugar totalmente diferente, perdido em seus pensamentos. Um pouco mais ao norte da ilha.

Um lugar onde já tinha estado.

Um lugar aonde deveria ir outra vez, naquela mesma noite.

E também num outro lugar.

E depois de ir até aqueles lugares, ele estaria pronto.

Ou, pelo contrário, talvez ainda não estivesse pronto.

Ele não sabia.

Mas era exatamente isso que queria descobrir.

Além de estar totalmente encharcada, com a testa sangrando e meio que em estado de choque, Olivia ainda tinha sido afetada por uma pequena catástrofe. Tinha perdido o mapa. Ou talvez a onda gigante o tivesse levado embora. O fato é que não tinha mais o mapa. E assim, não sabia para que lado deveria ir. A Nordkoster não é uma ilha tão grande assim, pelo menos não sob o sol de verão e o calor do mês de junho, porém, no meio de uma borrasca e de uma chuva torrencial, além de uma escuridão considerável como aquela, ela se torna uma ilha enorme o bastante para que alguém consiga se perder.

Pelo menos para alguém do continente.

Com todas aquelas árvores, charnecas e rochedos que se erguiam de repente.

Especialmente se esse alguém nunca tivesse estado lá antes.

Como era o caso de Olivia.

Ali estava ela, no meio do nada. Totalmente desorientada. Com a mata escura à sua frente e rochedos íngremes às suas costas. E uma vez que seu celular tinha levado um bom banho de água do mar e não dava sinal de vida, ela não tinha lá muita escolha.

A não ser começar a caminhar.

Fosse para um lado ou para outro.

E, então, ela começou a andar, tremendo, para um lado ou para o outro.

E fez isso várias vezes.

Dan Nilsson sabia exatamente aonde tinha que ir, mesmo que estivesse realmente escuro por causa daquele temporal. Não precisava de mapa algum. Puxando sua mala de rodinhas pela estrada de saibro, virou-se na direção do interior da ilha e pegou um atalho que conhecia bem.

Um atalho que ia dar exatamente no lugar aonde queria ir.

O primeiro lugar.

Normalmente, ela não tinha medo do escuro. Acostumara-se a dormir sozinha num quarto da casa da família em Rotebro desde quando ainda era bem pequena. E também na casa de veraneio. Pelo contrário, ela achava tudo tão sossegado quando a escuridão caía e tudo se extinguia. E ela estava sozinha.

Totalmente sozinha.

Exatamente como agora. Porém, agora, em circunstâncias totalmente diferentes. Agora ela estava ali, sozinha, num ambiente desconhecido. Um trovão ribombou e a chuva continuava caindo a cântaros. Mal conseguia enxergar uns poucos metros à sua frente. Apenas árvores e rochedos por todos os lados. Além disso, escorregava no musgo, tropeçava nas pedras, os galhos batiam em seu rosto sem qualquer aviso prévio e ela caía nas fendas pelo caminho. Então, escutou aqueles ruídos. Os uivos do vento não a deixavam assustada, tampouco o estrondo do mar à sua volta, pois ao ouvir aquele estrondo pelo menos continuava ciente de onde o mar se encontrava. Porém, tratava-se de outros ruídos. Urros abafados que, repentinamente, se ouviam em meio à escuridão. Seria alguma ovelha desgarrada? Mas as ovelhas não baliam daquele jeito. E então aquele grito fraco que tinha acabado de ouvir entre as árvores, de onde será que vinha? De repente, ouviu o mesmo grito outra vez, agora mais próximo, e depois mais outro. Então, ela colou o corpo no tronco de uma árvore e ficou bem atenta em meio à escuridão. Aquilo que via eram olhos? Um par de olhos? Olhos amarelos? Seria por acaso uma coruja-do-mato? Mas será que havia corujas-do-mato na ilha?

Foi então que ela viu a sombra.

Um relâmpago distante lançou um facho de luz na floresta e revelou uma sombra no meio de algumas árvores, a uma distância de apenas alguns metros.

Parecia uma sombra.

E ficou apavorada.

O facho de luz desapareceu tão rapidamente quanto surgiu, e tudo ficou escuro outra vez. E ela não sabia o que era aquilo que acabara de ver.

Ali, entre as árvores.

Seria uma pessoa?

Sim, era uma pessoa. Mais exatamente, um homem que puxava uma mala de rodinhas pela mata cerrada. Uma pessoa totalmente concentrada no que estava fazendo. A chuva tinha feito seus cabelos claros caírem encharcados sobre o rosto. Estava se lixando para isso. Já tinha enfrentado temporais piores do que aquele. Em outras partes do planeta. Quando tinha missões totalmente diferentes a cumprir. Missões bem mais desagradáveis, pelo menos na sua opinião. Ele tinha certa capacidade empírica de estar sempre pronto para tudo. Se isso lhe serviria para alguma coisa desta vez, ele não sabia.

Não tinha nenhuma experiência neste novo tipo de missão.

Ela vira aquele lugar no mapa, e também no Google Earth, porém, uma vez que as nuvens de chuva, de repente, tinham decidido avançar ainda mais na direção do centro da ilha, deixando uma abertura no céu por onde passava agora um luar frio, ela conseguiu reconhecer o lugar.

Hasslevikarna. Ou, simplesmente, a enseada.

Totalmente desorientada, ela vagara por toda parte durante um bom tempo. Suas roupas ainda estavam encharcadas. O ferimento na testa tinha parado de sangrar, mas o seu corpo todo ainda tremia e chegara ali por acaso. Ali, para onde ela desde o princípio pretendia se dirigir. Há uma eternidade.

Mas agora Olivia tremia também por outra razão.

A estranha luz azulada que descia do corpo morto do firmamento criava uma atmosfera lúgubre sobre a enseada. Além disso, a maré estava visivelmente baixa. A praia parecia não ter fim. Começava lá atrás, nas dunas de areia, e continuava por um trecho longo, mar adentro.

Olivia foi até uma das pontas da praia e se sentou sobre uma pedra enorme, sentindo um tremor quando aquele pensamento lhe ocorreu.

Foi aqui então que tudo aconteceu?

Aquele crime abominável?

A praia era essa. Foi nesse lugar onde a jovem foi sepultada viva.

Deslizou a mão pela pedra à sua frente.

Era ali que o menino estava sentado quando testemunhou aquilo acontecer? Naquele lugar diante do qual ela se encontrava naquele momento? Ou teria sido na outra extremidade da praia? Lá, onde havia outros rochedos que se deixavam entrever? Ela ergueu-se para olhar na direção da outra ponta da praia, ao longe, quando o avistou.

Um homem.

Ele vinha saindo de dentro da floresta com uma... O que era aquilo? Uma mala de rodinhas? Olivia se agachou e se protegeu atrás de uma pedra. Viu quando o homem largou a mala e começou a caminhar na areia, na direção do mar. Calmamente, cada vez mais para o mar. De repente, ele parou, lá longe. Ficou parado, totalmente imóvel, olhando para a lua... depois, para a areia a seus pés. E voltou a olhar para o alto. O vento fustigava seus cabelos e o casaco. De repente, ele se colocou de joelhos e baixou a cabeça, como se rezasse. E sentou-se. Olivia cobriu a boca com as mãos entrelaçadas. Mas o que aquele homem estaria fazendo lá? E por que exatamente lá? A meio caminho do mar? Na maré baixa e sob uma lua cheia?

Quem seria?

Um maluco?

Não saberia dizer quanto tempo ele ficou lá. Poderiam ter sido três minutos ou quinze minutos. Ela realmente não sabia. De repente, ele se virou e começou a caminhar de volta. Tão calmamente quanto na ida, até chegar onde tinha deixado a sua mala de rodinhas. Nesse momento, virou-se outra vez e voltou a olhar na direção do mar.

Depois, desapareceu mata adentro.

Olivia continuou onde estava. O tempo suficiente para se certificar de que o homem já ia longe.

Se é que ele não estava à espreita na floresta.

Não, ele não estava à espreita na floresta. Havia se dirigido ao segundo lugar aonde queria ir. E o mais rapidamente possível, já que esse outro lugar era na verdade o mais importante para ele. Ir até o primeiro tinha sido mais um ato de contrição. Já o segundo tinha para ele um significado mais concreto.

Era nesse outro lugar que ele teria que agir.

Sabia exatamente onde ficava o lugar, aquela casa verde, mas não se lembrava de haver uma cerca viva tão frondosa em volta do terreno. Mas aquilo até que iria servir ao seu propósito, permitindo que ele, depois de pular a cerca, se escondesse atrás dela. Do lado de fora ninguém o veria.

Viu que as luzes da casa estavam acesas e aquilo o deixou um pouco preocupado. Havia gente na casa. Seria forçado a se esgueirar sorrateiramente pela cerca para poder avançar até onde pretendia chegar.

Começou a se mover, com a máxima cautela. Carregando a mala nas mãos, desta vez. Pulou a cerca o mais silenciosamente que conseguiu. A penumbra dificultava enxergar onde pisava. Quando estava quase no mesmo nível da casa, ouviu uma porta bater do outro lado. Pressionou o seu corpo contra a cerca, batendo com o rosto num galho. Ficou imóvel. De repente, viu um garotinho sair correndo de um dos cantos da casa, a uns dez metros de distância. O menino soltou uma gargalhada e se encostou na parede. Será que estava brincando de esconde-esconde? Dan Nilsson respirava o mais silenciosamente possível. Se o menino se virasse e olhasse diretamente para onde ele estava, seria pego com a boca na botija. De fato, a distância não era muito grande entre eles.

— Johan!

Um grito de mulher. O menino encolheu-se mais um pouco contra a parede, virando a cabeça para a cerca viva. Por um momento, Dan Nilsson achou que seus olhares se cruzaram. O garoto, porém, não se mexeu.

— Johan!

A mulher, desta vez, gritou ainda mais alto. De repente, o garoto saiu de onde estava e começou a correr novamente, até sumir por trás do outro canto da casa. Dan Nilsson continuou onde estava, colado junto à cerca, até que ouviu a porta bater novamente do outro lado. Fez-se silêncio. Ele esperou alguns minutos antes de começar a se mover de novo.

Provavelmente, ela iria morrer na floresta.

De frio ou por algum outro motivo digno de dar manchete nos jornais, pensou. Mas não morreu. Só que não foi por mérito próprio.

Os louros caberiam a Axel.

Quando finalmente desabou, exausta, em cima de um bloco de pedra úmido, Olivia ouviu a voz dele:

— Por acaso você se perdeu?

Um rapaz alto e de ombros largos com cabelo à escovinha e olhos penetrantes estava ali, a cerca de um metro de distância dela, e contemplava o seu corpo totalmente encharcado. Aquela tinha sido uma pergunta retórica, pois dispensava qualquer resposta. Ela nem se deu ao trabalho de responder.

— Quem é você? — perguntou ela.

— Sou o Axel. Bem que a minha mãe me avisou que eu devia dar uma volta para te procurar. Ela passou pela cabana e percebeu que você ainda não tinha voltado. Está perdida?

Perdida é pouco, na verdade eu me perdi mais do que qualquer outra pessoa poderia se perder na merda desta ilha, pensou ela.

— Sim, eu me perdi.

— Parabéns pela façanha.

— Como é que é?

— Parabéns por conseguir se perder numa ilha que nem é tão grande assim.

— Ah, obrigada...

Então, ele ajudou Olivia a se levantar. E ficou olhando para ela.

— Você está completamente molhada. Foi dar um mergulho?

Dar um mergulho? Aqui? Era assim que os moradores da ilha chamam a isso? Que a gente vai "dar um mergulho"? É assim que chamam quando a porra do mar do Norte se joga em cima da gente?

Povo esquisito.

— Você pode me ajudar a voltar à cabana?

— Claro. Por favor, pode usar o meu casaco.

Axel enrolou o casaco grosso e quentinho em volta do corpo enregelado de Olivia e a guiou através da floresta enorme e cheia de galhos secos até a cabana pequena e pintada de amarelo, depois se ofereceu para trazer alguma coisa para ela comer.

Meu herói, pensou Olivia, sentada na cama, enrolada num cobertor e segurando um prato de picadinho de carne com batata. Um herói daqueles que salvam vidas. Daqueles de poucas palavras, que deixam seus atos falarem por si.

Axel Nordeman.

— Por acaso você é um dos pescadores de lagosta da ilha? — perguntou Olivia, meio de brincadeira.

— Sou, sim — respondeu Axel, sem espichar o assunto.

Um homem bem diferente de Ulf Molin.

Depois de se alimentar, se aquecer e repousar a noite toda, Olivia estava praticamente recuperada. O mesmo aconteceu com seu celular. Ficou totalmente seco, com a ajuda de um bendito secador de cabelo que ela conseguiu emprestado com Axel.

Depois de verificar mensagens de texto e e-mails, ela se lembrou de algo que tinha que fazer. Telefonar para Ove Gardman. Na verdade, já tinha telefonado na noite anterior, no trem para Gotemburgo, mas a ligação caiu na caixa postal. Agora, ela planejava tentar mais uma vez. Olhou o relógio, eram quase dez da manhã. Ligou, mas a ligação caiu novamente na caixa postal. Então, deixou outro recado, pedindo que ele retornasse a ligação assim que ouvisse aquele recado. Em seguida, desligou e teve um violento acesso de tosse.

Pneumonia, foi a única coisa que passou por sua cabeça.

Outra coisa totalmente diferente passou pela cabeça de Dan Nilsson. Ele estava agachado. A mala de rodinhas a seu lado. Atrás dele, a distância, a casa verde se deixava entrever. As luzes da casa estavam agora apagadas.

Reuniu todas as suas forças e empurrou a pedra maior para um dos lados. A menor, já tinha jogado para longe. Olhou para o buraco. Um buraco bem fundo, exatamente como ele se lembrava que era. Tinha cavado aquele buraco com suas próprias mãos. Há muito tempo. Apenas para o caso de uma eventualidade qualquer.

Dan olhou de esguelha para a mala de rodinhas.

De repente, o cansaço chegou. De repente, o corpo inteiro ficou como uma massa molenga. O fato de ter ficado aquele tempo todo perdida e andando erraticamente agora estava cobrando o seu preço. Mal teve forças para deitar na cama e puxar as cobertas sobre si. A pequena luminária de cabeceira espalhava um facho cálido por todo o quarto e ela sentiu-se desvanecer. Lentamente... e o seu pai, Arne, apareceu diante dela. Olhou para ela e balançou a cabeça de leve:

"*Isso podia ter terminado muito mal.*"

"*Eu sei. Foi burrice minha.*"

"*O que não combina nada com você. Você normalmente sabe o que faz.*"

"*Nisso eu puxei a você.*"

Arne sorriu e Olivia sentiu as lágrimas escorrendo pelas suas faces. Ele parecia bastante magro, mais ou menos como devia estar um pouco antes de morrer, quando ela não estava ao lado dele, quando ela estava em Barcelona, fugindo.

"*Bons sonhos!*"

Olivia abriu os olhos. Era o seu pai quem tinha dito aquilo? Ela balançou a cabeça de leve e sentiu que sua testa e suas faces estavam quentes. Será que eu estou com febre? Sim, é óbvio que eu tinha que ficar com febre. Numa cabana de uma ilha que eu reservei apenas por uma noite. Eu não poderia me sentir mais solitária do que isto. O que é que eu vou fazer?, pensou.

Axel?

Talvez ele ainda não tivesse ido dormir, afinal de contas morava sozinho naquela casa lá em cima, pelo menos era o que tinha dito. Talvez estivesse no sofá jogando videogame? Ele, um pescador de lagostas? Pouco provável. Mas e se ele viesse de repente bater à porta só para perguntar se a comida estava boa?

"*Sim, estava muito boa.*"

"*Ótimo. Você precisa de mais alguma coisa?*"

"*Não, estou bem, obrigada. Ou melhor, você não teria por acaso um termômetro?*"

"*Termômetro?*"

E assim, uma coisa acabaria levando à outra e, quando a luminária afinal fosse apagada, ele e ela estariam nus e cheios de tesão.

Foi isso que a Olivia febril imaginou.

Vera Zarolha tinha ido assistir a uma partida de futebol. O time dos sem-teto da *Situation Sthlm* contra o time de uma clínica de reabilitação de Rågsved. A partida terminou dois a zero para o *Situation*. Pärt marcou ambos os gols.

Ele iria ficar se gabando daquilo por um bom tempo.

Agora, ele, Vera e Jelle estavam dando um passeio para aproveitar a noite quente. O jogo aconteceu num campinho de Tanto, no sul de Estocolmo.

Por causa de um bate-boca com o juiz e de uma confusão depois da partida, eles acabaram deixando o local só lá pelas onze da noite. Agora eram mais ou menos umas onze e meia.

Pärt estava contente, afinal tinha marcado dois gols. Vera estava de bom humor também, pois achara na rua um vidrinho de esmalte preto para unhas numa lixeira perto da Zinkenvägen. Jelle estava mais ou menos. Aliás, como ele costumava estar na maior parte do tempo, portanto nenhum dos outros dois notou nada de diferente nele. Duas pessoas contentes, e uma se sentindo mais ou menos, passeavam noite afora.

Vera estava com fome e sugeriu que eles dessem um pulo no Dragon House, um restaurante chinês que ficava em Hornstull. Ela havia acabado de receber a pensão daquele mês e teve a ideia de convidar os seus amigos menos endinheirados. Mas a sua ideia não deu em nada. Pärt não tinha coragem de entrar naquele lugar e Jelle não gostava de comida chinesa. Então, acabaram indo comemorar a vitória com uma lauta refeição de salsichas e acompanhamentos variados no Abraham's da Hornsgatan. Depois de comer a sua generosa porção, Pärt riu e então disse:

— Agora isto ótimo.

Quando terminaram, seguiram andando pela rua.

— Algum de vocês sabe como é que o Benseman está?

— Na mesma.

De repente, passou por eles um sujeito bem baixinho e de ombros estreitos com um curto rabo de cavalo e nariz adunco. Ao passar por eles, o sujeito olhou para Jelle:

— Oi! E aí, como vai? — disse o baixinho de voz esganiçada.

— Ah, não muito bem, com um pouco de dor de dente.

— Poxa... bem, a gente se vê por aí — disse o baixinho, e continuou andando.

— Quem é esse cara? — perguntou Vera, seguindo com os olhos o sujeito de rabo de cavalo.

— Ah, é o Minken — respondeu Jelle.

— Minken? Nunca ouvi falar dele.

— É um conhecido de outros tempos.

— Ele também é morador de rua?

— Não, ao menos não que eu saiba. Ele mora numa cooperativa habitacional em Kärrtorp.

— E você não pode passar a noite lá?

— Não.

Jelle não tinha mesmo a menor intenção de passar a noite com Minken. E aquele pequeno diálogo que tinham acabado de ter era bem representativo do tipo de relacionamento entre os dois.

Pelo menos, no momento.

E Jelle sabia exatamente a próxima coisa que Vera iria dizer.

— Você pode passar a noite no meu trailer — ela disse.

— Eu sei, obrigado.

— Mas você não quer?

— Não, obrigado.

— Então, onde é que você vai passar a noite?

— Eu dou um jeito.

Vera e Jelle tinham tido aquele mesmo tipo de diálogo várias vezes ultimamente. Não se tratava apenas de ir passar a noite no trailer dela. Ambos estavam bastante cientes disso. Tratava-se de algo mais, de que Jelle não estava a fim, e a melhor maneira de não deixar Vera melindrada demais era agradecer e dizer que não queria passar a noite lá.

Desta forma, ao mesmo tempo, ele demonstrava que também não queria aquela outra coisa.

Pelo menos não no momento.

Olivia se debateu um pouco na cama, naquela cabana solitária. Seus pesadelos febris iam e vinham. Primeiro, ela se encontrava na Hasslevikarna, depois, em Barcelona. De repente, sentiu uma mão gelada deslizando pela sua perna destapada na beira da cama.

Ela deu um salto!

E bateu com o cotovelo na mesinha de cabeceira, fazendo a luminária cair no chão. Ela grudou as costas na parede e olhou em volta por toda a cabana — vazia. Então, escondeu-se debaixo das cobertas por um instante. As batidas violentas do coração a deixaram ofegante. Será que havia sonhado? É claro que só podia ter sonhado, o que mais poderia ser? Afinal, estava sozinha naquela cabana. Não tinha mais ninguém ali.

Sentou-se na beira da cama, ergueu a luminária do chão e tentou se acalmar. Depois respirou fundo, conforme sua mãe lhe ensinara quando ela era ainda pequena e tinha algum pesadelo. Passou a mão na testa para secar as gotas de suor e, então, ouviu um som. Um ruído. Como se fosse uma voz distante. Do lado de fora da porta.

Axel?

Olivia enrolou o corpo com um cobertor, caminhou até a porta e abriu. Dois metros à sua frente, estava parado o homem com sua mala de rodinhas. O homem que ela vira na praia da Hasslevikarna.

Olivia bateu a porta com violência, trancou a fechadura e correu até a única janela da cabana. Depois baixou a persiana e ficou olhando em volta à procura de algum objeto. Qualquer coisa que pudesse usar como uma arma branca.

Então, bateram à porta.

Olivia ficou totalmente em silêncio. Tremendo dos pés à cabeça. Será que Axel conseguiria escutar caso ela gritasse por socorro? Provavelmente não, o forte vento lá fora encobriria seus gritos.

Voltaram a bater à porta.

Olivia respirava cada vez mais ofegante e caminhou com a máxima cautela até a porta.

Silêncio.

— Meu nome é Dan Nilsson, desculpe o incômodo.

Aquela voz atravessou a porta. Dan Nilsson?

— Quem é você? O que é que você quer? — perguntou Olivia.

— O meu celular está sem sinal e eu precisava fazer uma ligação para pedir um barco-táxi, e vi que a luz estava acesa nessa cabana e... pensei se você por acaso não teria um celular e se não poderia fazer o favor de me deixar fazer uma ligação?

Claro que ela tinha um celular. Só que o homem lá fora não tinha como saber disso.

— É só uma ligaçãozinha rápida. Eu posso reembolsá-la por isso — disse ele, atrás da porta.

Reembolsar uma ligaçãozinha rápida? Para chamar um barco-táxi?

Olivia não sabia o que fazer. Ela podia simplesmente mentir e dizer que não tinha celular algum, para despachá-lo dali. Ou então dizer que ele fosse pedir a Axel que o ajudasse. Por outro lado, estava se mordendo de curiosidade. O que é que aquele sujeito tinha ido fazer lá na enseada? Parado sob o luar numa praia durante a maré baixa? E quem era ele? O que Arne faria naquela situação?

Certamente teria aberto a porta.

Então, Olivia decidiu fazer o mesmo. Mas com todo o cuidado. Primeiro, apenas entreabriu a porta. E fez o seu celular passar pela abertura da porta com uma das mãos.

— Muito obrigado — disse Dan Nilsson.

Ele pegou o celular, teclou um número e pediu um barco-táxi no mesmo embarcadouro por onde tinha chegado à ilha. Ele levaria uns quinze minutos para caminhar até lá.

— Muito obrigado pelo empréstimo — disse, então.

Olivia pegou o celular de volta pela abertura da porta. Dan Nilsson se virou e começou a andar.

Só então Olivia abriu a porta completamente.

— Eu vi você na Hasslevikarna ontem à noite.

Olivia estava ali, parada na porta, à contraluz da claridade da luminária de cabeceira, quando Dan Nilsson se virou e olhou para ela, piscando os olhos, como se estivesse reagindo a alguma coisa, o que, exatamente, ela não sabia. Aquela reação não demorou mais do que um décimo de segundo ou dois.

— O que é que você estava fazendo lá? — perguntou ele.

— Eu me perdi pelo caminho e acabei indo parar lá.

— É um lugar muito bonito.

— Sim, é mesmo.

Silêncio... "O que é que você estava fazendo lá?" Será que ele não tinha entendido que essa era a pergunta que estava implícita naquele silêncio?

Talvez tivesse entendido, mas, certamente, não era uma pergunta a que ele tivesse a intenção de responder.

— Boa-noite.

Então, Dan Nilsson continuou a caminhar, com a imagem de Olivia em suas retinas.

O trombone jazia no seu estojo preto e X-Tudo estava sentado ao seu lado, na beirada do cais frente ao restaurante Strandkanten. Aquela tinha sido uma longa noite, ele bebera um bocado. Agora, planejava dar um tempo na bebida. No dia seguinte, ia inaugurar um novo negócio: Defumados Leffe. Peixe defumado para os turistas do continente. Sim, aquilo seria lucrativo. O corpulento morador da ilha, ao seu lado, parecia estar bastante curioso. Tratava-se do piloto do turno da noite do barco-táxi, que tinha recebido uma ligação há cerca de uma hora.

— Quem é o passageiro?
— Alguém lá de fora.

"Lá de fora" queria dizer uma área bastante indefinida, cobrindo mais ou menos desde Strömstad até Estocolmo.

— E quanto você cobra por uma corrida dessas?
— Duas mil coroas.

X-Tudo fez uma conta rápida e comparou com o seu negócio de defumados. O faturamento por hora não era favorável aos defumados.

— É aquele ali? — perguntou X-Tudo, apontando. Um homem vestindo jaqueta de couro e calça jeans preta veio andando na direção deles.

Um homem que tinha terminado a sua missão.

A sua missão ali em Nordkoster.

Agora, ele precisava passar para a outra etapa.

Em Estocolmo.

Finalmente, ela conseguiu pegar no sono. Com a luminária acesa, a porta fechada e ainda com o nome Dan Nilsson nos lábios.

O homem da Hasslevikarna.

Durante o resto da noite, os pesadelos causados pela febre fustigaram o corpo de Olivia. Durante horas. De repente, um grito subiu apertado pela garganta até sair pela boca escancarada. Um grito horrendo. O suor gelado escorria de cada poro e as mãos arranhavam o ar. Parada, no caixilho da janela que ficava atrás dela, uma aranha observava o drama que se desenrolava na cama. Como aquela jovem tateava às apalpadelas, tentando desesperadamente emergir de um abismo de pavor.

Até que conseguiu emergir.

Ela se lembrava do pesadelo em seus mínimos detalhes. Tinha sido enterrada numa praia. Nua. Era maré baixa, lua cheia e fazia frio. O mar estava começando a subir. Cada vez mais. A água se precipitava na direção da sua cabeça, só que na verdade não era água, mas um rio de lava formado por milhares de caranguejinhos negros que batiam em seu rosto desprotegido e entravam pela sua boca.

Foi naquele momento que ela gritou.

Por fim, Olivia pulou da cama e começou a ofegar. Enrolou-se no cobertor com uma das mãos, secou o suor do rosto com a outra e olhou à sua volta por toda a cabana. Será que aquele pesadelo tinha durado a noite inteira? Será que aquele homem realmente tinha aparecido ali? Ela foi até a porta e abriu. Precisava de ar fresco, oxigênio, e saiu para o escuro. O vento tinha amainado significativamente. Sentiu vontade de fazer xixi. Desceu a escada e se colocou de cócoras detrás de um arbusto enorme. Então, viu algo, não muito distante, à sua esquerda.

A mala de rodinhas.

A mala de rodinhas daquele homem, caída ali no chão.

Ela foi até lá e olhou na escuridão. Não viu ninguém. Nem nada. Pelo menos, não viu Dan Nilsson. Ela se abaixou na direção da mala. Será que deveria abri-la?

Abriu o fecho de correr de uma ponta à outra e puxou com a máxima cautela a parte de cima da mala.

Completamente vazia.

Visto de longe, aquele trailer cinza até poderia parecer um pouco idílico. Cercado pelo verde noturno do bosque de Ingenting, não muito longe da marina de Pampas, em Solna, com um débil facho de luz amarela que atravessava a janela oval.

Lá dentro, porém, a cena não era nada idílica.

O trailer estava realmente caindo aos pedaços. Junto à parede, um fogão a gás que outrora devia ter funcionado, agora estava se desmanchando de tão enferrujado. A abertura de acrílico que antes deixava a luz passar, agora estava opaca e totalmente coberta de pó. Houve um tempo em que a porta tinha uma cortina de tiras plásticas compridas e de cores alegres, agora restavam apenas três tiras meio rebentadas. E o trailer, que outrora tinha sido um sonho de férias para uma família formada por pai, mãe e dois filhos de Tumba, agora pertencia a Vera Zarolha.

No começo, Vera conservava-o limpo e arrumado, tentando manter um nível razoável de higiene. Porém, à medida que ela ia encontrando cada vez mais coisas em lixeiras, coisas que teimava em trazer para o trailer, o nível que mantivera no início foi começando a degringolar. Agora, havia ali dentro trilhas de formigas mais ou menos em todas as direções no meio daquele monte de lixo, além de lacraias espalhadas por todos os cantos.

Mas aquilo ainda era menos pior do que passar as noites em algum túnel subterrâneo para pedestres ou em bicicletários cobertos.

Vera enfeitara as paredes do trailer com notícias de jornal a respeito de moradores de rua e cartazes encontrados aqui e ali. Acima de um dos dois beliches tinha pendurado algo que parecia ser um desenho feito por uma criança que parecia mostrar um arpão. E, acima do outro, um recorte que dizia: "Não são os marginalizados que devem integrar-se à sociedade, são os integrados que devem sair dela!"

Vera gostava daquela frase.

Agora, ali estava ela, sentada à mesa gasta de fórmica, pintando as unhas com esmalte preto.

Não estava ficando tão bom.

Àquela hora da noite, nada costumava ficar tão bom. A hora da vigília. Com frequência, Vera passava as noites em claro por horas a fio e tinha convulsões. Raramente conseguia adormecer. Quando finalmente conseguia cair no sono, aquilo acontecia graças a um tipo de colapso. Ela simplesmente apagava ou despencava num tipo qualquer de letargia.

Aquilo vinha ocorrendo há muito tempo.

Tinha a ver com a psique de Vera, da mesma forma que tinha a ver com as outras pessoas com as quais convivia. A sua psique fora dilacerada e mutilada há muito tempo.

No caso dela, que certamente não era o único, mas tinha suas peculiaridades individuais, duas coisas eram responsáveis pela maior parte da psique dilacerada. Ou mutilada. Um molho de chaves a tinha deixado mutilada. Tanto física quanto mentalmente. Os golpes que o seu pai lhe aplicara com o seu pesado chaveiro tinham deixado cicatrizes esbranquiçadas visíveis em seu rosto, além de cicatrizes invisíveis por dentro dela.

Sim, tinha levado umas boas surras com aquele chaveiro.

Com muito mais frequência do que eu merecia, Vera pensou.

Mesmo sem entender por que uma criança merecia receber uma chaveirada na cara por algum motivo, ela achava que mereceu uma parte daquelas surras. Sabia que era uma filha que dava trabalho.

O que ela não sabia na época era o fato de ser uma filha que dava trabalho a uma família disfuncional cujos pais descarregavam a sua frustração na única pessoa que tinham à sua volta.

Na sua filha Vera.

Sim, o chaveiro a mutilara.

O que, porém, aconteceu com sua avó paterna acabou por mutilá-la de vez.

Vera amava a sua avó e a avó amava Vera. E a cada golpe do chaveiro no rosto de Vera, a avó se encolhia cada vez mais.

Impotente.

E com medo do próprio filho.

Até que se entregou.

Vera tinha 13 anos quando aconteceu. Foi com os pais visitar a avó em seu sítio em Uppland. O consumo de bebidas seguia o seu padrão normal e, passadas algumas horas, a avó saiu da casa. Não conseguia mais ficar assistindo e ouvindo aquela desgraceira. Por seu lado, Vera sabia exatamente o que estava por vir: — aquele chaveiro. E, finalmente, quando aconteceu, Vera conseguiu sair correndo, para chamar a avó.

Vera a encontrou no celeiro. Enforcada numa corda bem grossa que pendia de uma viga no fundo do celeiro.

Morta.

Aquilo por si só já foi um choque, mas a coisa não terminou por aí.

Quando tentou avisar os seus pais, a essa altura já caindo de bêbados, não conseguiu. Então, teve que agir por conta própria. Ela mesma teve que descer o corpo da avó daquela viga e colocá-la deitada no chão. E só então conseguiu chorar. Vera ficou sentada, por horas a fio, ao lado do corpo da avó, até que, finalmente, seus canais lacrimais ficaram totalmente ressequidos.

Foi isso que a dilacerou de vez.

E foi por causa disso que tinha tanta dificuldade para passar o esmalte de unha preto, que tinha acabado de encontrar, tão direitinho como gostaria. O esmalte estava ficando desigual. Não só porque os olhos de Vera estavam marejados com as lembranças da avó, mas também porque estava tremendo.

Foi quando pensou em Jelle.

Vera sempre pensava nele quando a vigília lhe fazia se sentir tão mal. Pensava nele, nos olhos dele, havia algo nos olhos dele que a conquistara, desde a primeira vez em que se encontraram, lá no escritório da revista. Aqueles olhos não olham, eles veem, pensou, como se os olhos dele a estivessem vendo, enxergando através da superfície marcada da pele de Vera, até chegar ao que tinha sido num outro mundo.

O que tinha sido ou poderia ter sido. Caso não tivesse sido tão miserável a ponto de acabar se envolvendo com más companhias e dado início ao seu calvário, entre uma instituição e outra.

Era como se ele conseguisse ver uma outra Vera. A original, cheia de força. A Vera que era capaz de chegar e dominar qualquer ambiente.

Se houvesse restado alguma coisa dela.

Mas não restou, pensou. Tudo que tinha lhe fora arrancado. Bom, pelo menos ainda não acabaram com a loteria dos Correios e seus programas sociais, concluiu Vera e, então, riu um pouco, notando que o esmalte tinha ficado perfeito na unha do mindinho.

6

O HOMEM DEITADO NA CAMA tinha mandado fazer duas pequenas e discretas intervenções no rosto, para retirar as bolsas sob os olhos. Fora isso, seu corpo continuava intacto. Os cabelos grisalhos e curtos eram aparados à escovinha de cinco em cinco dias e o restante do corpo recebia o seu trato na academia particular que ele tinha no térreo da casa.

A idade lhe caía muito bem.

De sua cama king size no quarto, ele podia ver a torre Cedergrenska, que ficava quase colada na sua casa. A torre era um célebre ponto de referência de Stocksund. Foi construída no final do século XIX pelo engenheiro florestal Albert Gotthard Nestor Cedergren, com a imodesta intenção de ser uma obra magnânima.

O homem deitado na cama morava na Granhällsvägen, de frente para o mar, numa casa consideravelmente menor do que aquela torre. Pouco mais de quatrocentos e vinte metros quadrados, mas, pelo menos, tinha vista para o mar. Era o suficiente. Além disso, ele também tinha a sua preciosa casa de veraneio em Nordkoster.

Naquele momento, estava deitado de costas e recebia uma massagem delicada e exclusiva que a própria cama aplicava pelo corpo todo. Até mesmo a parte interna das pernas eram massageadas. Um luxo que fazia valer a pena as vinte mil coroas a mais que aquela cama lhe custara.

Estava desfrutando.

Naquele dia, ele iria se encontrar com o rei da Suécia.

"Encontrar" talvez não fosse a palavra mais apropriada. Na verdade, o rei iria comparecer a uma cerimônia na Câmara de Comércio de Estocolmo, na qual o monarca do país seria o convidado de honra mais importante. Ele próprio seria o segundo convidado de honra mais importante. Afinal de contas, era em sua homenagem que aquela cerimônia toda iria se realizar. Ele iria receber uma premiação em nome da multinacional sueca mais bem-sucedida do ano anterior ou seja lá como é que soava a justificativa daquela premiação.

Como fundador e diretor executivo da Magnuson World Mining AB. MWM.

Sim, esse homem era Bertil Magnuson.

— Bertil!... O que você acha deste, então?

Linn Magnuson entrou no quarto deles, usando uma de suas criações. Aquele vestido cor de cereja, outra vez. O mesmo que já tinha usado uma outra noite. E era realmente um vestido muito bonito.

— Esse está lindo.

— Você acha mesmo? Ele não é um pouco... um pouco...

— Um pouco provocante demais?

— Não, eu queria dizer um pouco simples demais! Afinal de contas, você sabe quem é que vai estar presente lá hoje.

Sim, Bertil sabia muito bem. Pelo menos em termos gerais. A nata do empresariado de Estocolmo, alguns membros da nobreza, uma seleta de políticos, não exatamente do primeiro escalão do governo, mas quase. Se ele estivesse com sorte, talvez o ministro das Finanças, Anders Borg, desse uma passadinha por lá, pelo menos por alguns minutos. Esse tipo de coisa sempre dava um brilho especial àquelas ocasiões. Erik, infelizmente, não poderia comparecer. Tinha acabado de tuitar: "Em Bruxelas. Reunião com mandatários da Comunidade Europeia. Espero que dê tempo de passar num cabeleireiro."

Erik, sempre tão preocupado com a sua aparência.

— E este aqui, o que você acha deste? — Linn perguntou.

Agora, Bertil estava sentado na beira da cama. Não exatamente para ver o desfile de moda da esposa que agora queria lhe mostrar outro vestido, uma preciosidade em vermelho e branco que tinha encontrado na butique Udda Rätt na Sibyllegatan. Mas sim porque ele começava a sentir aquela ardência.

Aquela ardência na bexiga.

Vinha padecendo daquilo nos últimos tempos. E suas visitas ao banheiro tinham se tornado frequentes demais para um homem na posição dele. Não fazia nem uma semana tivera uma reunião com um catedrático de geologia que contou algo que o deixou simplesmente apavorado. Ao conversarem casualmente a respeito do assunto, o homem confidenciou que tinha começado a sofrer de incontinência urinária, logo depois de completar 64 anos de idade.

Bertil tinha 66 anos.

— Eu acho que você devia usar esse vestido, sim — respondeu ele.

— Você acha? Bem, talvez. É bem bonito.

— Não tanto quanto você — disse Bertil, dando um beijo delicado na face da mulher.

E se dependesse da vontade dele, eles não ficariam só naquele beijinho. Ela ainda era extremamente atraente para uma mulher que já tinha completado 50 anos, e ele a amava perdidamente. Mas a bexiga obrigou-o a desviar a atenção do belo corpo da esposa e sair do quarto às pressas.

Bertil estava se sentindo um pouco nervoso.

Aquele era um dia importante para ele, em mais de um sentido, e um dia ainda mais importante para a MWM. A sua empresa. Nos últimos dias, o tom das críticas contra a prospecção de minérios realizada pela empresa no Congo tinha subido bastante, principalmente depois da divulgação do prêmio recebido pela empresa. Os críticos aproveitavam todas as oportunidades possíveis para fazer sua voz ser ouvida, por exemplo, publicando artigos nos jornais e organizando protestos. Contra os métodos questionáveis da empresa, contra a exploração e o desrespeito aos direitos humanos ou fosse lá o que eles inventavam.

Por outro lado, aquelas vozes críticas sempre se fizeram ouvir, pelo menos desde que Bertil conseguia se lembrar. Elas sempre se faziam ouvir quando alguma multinacional sueca se dava bem no exterior. E a MWM estava se dando bem. A pequena empresa que ele e um colega dos tempos de faculdade tinham fundado tinha crescido até se transformar num conglomerado internacional que abrangia empresas dos mais diversos portes, espalhadas por todo o planeta.

Atualmente, a MWM era uma grande protagonista.

Ele era um grande protagonista.

Grande, sim, mas com uma bexiga pequena demais.

Finalmente, ela conseguiu acordar, bem depois do horário em que já devia ter desocupado a cabana. Axel não estava nem um pouco preocupado com isso. Afinal de contas, Olivia tinha os seus motivos, como a febre e as roupas totalmente encharcadas depois do "mergulho", como ele tinha chamado àquilo. Não, Axel não estava nem um pouco preocupado com isso. E quando ela tentou lhe explicar que, normalmente, costumava acordar bem cedinho, ele perguntou se ela não preferia se hospedar ali mais uma noite. Sim, por um lado, bem que ela queria, por causa dele, mas por outro lado sabia que devia voltar a Estocolmo.

Por causa do gato.

Afinal de contas, teve que usar de muita lábia para convencer o vizinho a hospedar o Elvis enquanto estivesse fora. O vizinho era um cara que trabalhava na loja de discos Pet Sounds, na mesma rua onde ela morava. Mas ela acabou por convencê-lo.

Por no máximo duas noites.

Três noites seria impossível.

— Eu bem que gostaria, mas infelizmente não vou poder — respondeu ela, afinal.

— Então você não gostou da ilha?

— Sim, sim, gostei muito da ilha. O tempo aqui é um pouco complicado, mas mesmo assim eu vou voltar um dia desses.

— Isso seria ótimo.

Só um pescador de lagosta para falar daquela maneira, ela pensou, enquanto caminhava pela Badhusgatan em Strömstad, sentindo a garganta ainda um pouco inflamada. Ela estava indo visitar um policial aposentado, Gunnar Wernemyr, o investigador que, segundo Betty Nordman, tinha interrogado Jackie, a tal "pistoleira" de Estocolmo. Olivia tinha encontrado o telefone e o endereço dele na lista telefônica na internet e ligou para ele de seu celular antes de deixar a ilha. Ele se mostrou bastante receptivo ao telefone. E não tinha nada contra a ideia de encontrar uma jovem estudante da Academia de Polícia. Afinal de contas, estava aposentado. Além disso, ele não demorou nem três segundos para se lembrar de quem era a Jackie de Estocolmo sobre a qual Olivia tinha algumas perguntas a fazer. Aquilo tinha a ver com o crime cometido na Hasslevikarna.

— Ah, sim, o nome completo dela é Jackie Berglund. Sim, eu me lembro muito bem dela.

Então, enquanto ela ainda caminhava até a casa dele, logo antes de dobrar na Västra Klevgatan, seu celular tocou. Era Åke Gustafsson, seu orientador. Que estava bastante curioso.

— Então, como as coisas vão indo?
— Com relação ao caso da ilha?
— Sim. Você conseguiu localizar Tom Stilton?

Tom Stilton? Não, ela nem sequer se lembrava mais da existência dele desde o dia anterior.

— Não, ainda não, mas consegui conversar com Verner Brost, encarregado de casos não solucionados, que me contou que Tom Stilton deixou a polícia por motivos pessoais. Você sabe alguma coisa a respeito disso?
— Não, não sei, ou melhor, sei um pouco.
— Sabe ou não sabe?
— Bem, ele deixou a polícia por motivos pessoais.
— Está bem... Bom, de resto, ainda não consegui descobrir muita coisa.

Ela achou melhor poupá-lo dos acontecimentos pelos quais tinha passado na ilha, os quais pretendia colocar no relatório abrangente que iria fazer mais tarde.

Isto, se ela conseguisse chegar a tanto.

Os Wernemyr moravam no segundo andar de um prédio antigo e bonito, com uma vista magnífica para o porto de Strömstad. Märit, a esposa de Gunnar, passou um café fresquinho e também fez Olivia tomar uma colherada de xarope para aliviar a garganta inflamada.

No momento, estavam sentados na cozinha pintada de verde que, provavelmente, não era reformada desde o início dos anos 1960. Nos parapeitos interiores das janelas, havia uma fila de cachorrinhos de porcelana e fotografias dos netos, além de vasinhos de petúnias, pendurados pelo lado de fora. As fotografias sempre deixavam Olivia curiosa. Então, ela olhou uma delas e perguntou:

— Esses são os netos de vocês?

— Sim, a Ida e o Emil. Os nossos xodozinhos! Eles vêm nos visitar na semana que vem e vão passar aqui as festas de São João. Vai ser muito bom tê-los aqui outra vez — disse Märit, suspirando.

— Ora, sem exageros. Você também acha ótimo quando eles vão embora — disse Gunnar, com uma risada.

— Bem, na verdade, sim. Os dias são muito intensos quando eles estão de visita. E a sua garganta, como está? — perguntou Märit, olhando para Olivia com um olhar compadecido.

— Um pouco melhor, obrigada.

Olivia tomou um gole de café da xícara de porcelana com estampas de rosas, parecida com as xícaras que a sua avó também tinha. Então, os três conversaram um pouco a respeito da formação que os policiais recebiam atualmente. Märit trabalhou uma época no arquivo da polícia em Strömstad.

— Hoje eles centralizaram tudo, fecharam os arquivos regionalizados e transferiram tudo para o arquivo central em Gotemburgo — disse Märit.

— Provavelmente é lá que os arquivos desse caso devem estar agora — disse Gunnar.

— É, é bem provável — concordou Olivia.

Olivia esperava que ele não fizesse tanto mistério e abrisse um pouco o seu coração sobre a investigação do crime da praia. Afinal, que mal haveria, já que tinham se passado tantos anos?

— Então, o que você queria mesmo saber sobre Jackie Berglund?

Ele não faz o tipo misterioso, Olivia pensou, e então perguntou:

— Quantas vezes ela foi interrogada por vocês?

— Eu a interroguei duas vezes lá na delegacia. E também foi interrogada, informalmente, lá na ilha. Isso aconteceu antes — respondeu Gunnar.

— E por que é que ela foi trazida para ser interrogada aqui em Strömstad?

— Por causa daquele iate. Você já ouviu falar do assunto?

— Não muito...

— Bem, é que estava na cara que a tal Jackie era uma acompanhante de luxo.

Prostituta de luxo, Olivia pensou, segundo sua típica perspectiva de Rotebro.

— Sabe como é, uma puta de luxo — completou Märit, no seu típico linguajar de Strömstad.

Olivia deu uma risadinha. Então, Gunnar continuou:

— Ela estava a bordo de um iate de bandeira norueguesa, na companhia de dois cidadãos da Noruega que deixaram a ilha logo depois que o assassinato ocorreu. Ou melhor, eles tentaram deixar a ilha, mas foram detidos pelas embarcações da guarda costeira não muito longe da costa, e então reconduzidos à ilha para averiguações. E uma vez que ambos estavam bastante bêbados e Jackie Berglund mostrava sinais claros de ter consumido algo além de álcool, todos eles foram trazidos para cá para serem interrogados, assim que recuperassem a consciência.

— E foi você que comandou o interrogatório?

— Sim, eu mesmo.

— Gunnar era o melhor interrogador da costa oeste — disse Märit, mais como uma constatação do que para se gabar.

— E o que foi que conseguiu descobrir? — perguntou Olivia.

— Um dos noruegueses disse que eles tinham ouvido no rádio que uma tempestade iria se formar no dia seguinte e, por isso, tinham deixado a ilha para voltar ao porto de origem. Já o outro garantiu que a bebida tinha acabado e que eles pretendiam navegar até a Noruega para buscar mais.

Duas versões bem conflitantes, Olivia pensou.

— E o que foi que Jackie Berglund alegou?

— Que ela não tinha a mínima ideia da razão por que eles tinham levantado âncora. Ela só sabia que queria ir com eles.

— "Este negócio de navegar não é bem a minha praia" — disse Märit, imitando o sotaque de Estocolmo.

Olivia olhou para Märit.

— Foi o que Jackie Berglund disse. A gente riu muito disso quando você chegou em casa e contou como tinha sido, você se lembra? — explicou Märit, olhando para Gunnar e rindo.

Gunnar parecia um pouco constrangido. Contar à esposa em casa o que ele tinha ouvido em um depoimento não estava exatamente de acordo com o regulamento da polícia. Mas Olivia não estava nem aí para esse detalhe. Em vez disso, perguntou:

— Mas o que foi que eles disseram com relação ao assassinato propriamente dito?

— Ah, quanto a isso os três foram unânimes: nenhum deles tinha estado na enseada, nem na noite do crime, nem antes.

— E era verdade?

— Não temos como saber se era cem por cento verdade. Afinal, o caso nunca foi esclarecido. De qualquer forma, a gente não encontrou nada que colocasse algum dos três na cena do crime. Aliás, quanto a você, por acaso tem algum parentesco com Arne Rönning?

— Sim, ele é meu pai. Ou melhor, era...

— A gente ficou sabendo pelo jornal que ele morreu. Minhas condolências.

Olivia meneou a cabeça, agradecendo. Então, Märit puxou um álbum com fotografias que mostravam vários momentos da carreira de Gunnar na polícia. Numa das fotografias, ele aparecia ao lado de Arne e de outro policial.

— Este por acaso é Tom Stilton? — Olivia perguntou.

— Sim.

— É mesmo? E você não faz ideia de onde ele se encontra hoje em dia, o Stilton?

— Não, não faço a mínima ideia mesmo.

No fim, Linn acabou escolhendo o vestido cereja mesmo, outra vez. Tinha um fraco por ele. Era um vestido simples, mas muito bonito. Agora, ali estava ela, na Câmara de Comércio, sorrindo, ao lado do marido. Um sorriso nada forçado. Sorria porque sentia orgulho do seu marido. Da mesma forma que sabia que ele tinha orgulho dela. Os dois jamais tiveram qualquer problema em equilibrar suas vidas profissionais. Ela se dedicava ao seu trabalho, ele se dedicava ao dele, e ambos eram bem-sucedidos. Ela, numa escala um pouco menor, considerando o todo, mas bem-sucedida. Era uma profissional de *coaching*, e sua carreira vinha deslanchando. Como todo mundo, ela também queria o sucesso na carreira e conhecia os truques. Uma parte dos quais aprendeu com Bertil, que tinha uma experiência como poucos, mas a maior parte aprendeu por conta própria.

Era uma mulher competente.

Por isso, quando o rei da Suécia aproximou-se e a cumprimentou, discretamente, pelo seu vestido cor de cereja, não se tratava de uma cortesia indireta destinada a Bertil. Aquele cumprimento se dirigia só a ela.

— Obrigada.

Não era a primeira vez que encontravam o rei. O monarca e Bertil compartilhavam o interesse pelas caçadas, especialmente quando se tratava de caçar perdizes. Algumas vezes ambos participaram do mesmo grupo de caça, e tinham estabelecido uma relação. Bem, uma relação tanto quanto é possível de estabelecer com um rei, pensou ela. Mas o suficiente para que Bertil e a esposa fossem convidados para um ou outro jantar com integrantes do círculo mais íntimo da casa real. Festas um pouco cerimoniosas demais para o gosto de Linn, já que a rainha não era uma pessoa dada a brincadeiras, mas era importante para Bertil que eles comparecessem. Para estabelecer contatos e, além disso, não era nada mau que corresse a notícia de que eles jantavam com o rei de tempos em tempos.

Linn também riu um pouco com seus botões, pensando que comparecer àquelas cerimônias era importante no mundo de Bertil, mas nem tão importante no mundo dela. E mais importante ainda era tentar acabar com toda aquela lama que vinham jogando na MWM, naquele momento. Lama que acabava atingindo a ela também, de certa forma. A caminho da cerimônia daquela noite, eles tinham passado por um pequeno grupo de manifestantes na Västra Trädgårdsgatan empunhando cartazes que acusavam a MWM de coisas nada agradáveis. Ela viu como aquilo deixou Bertil bastante irritado. Ele sabia que os órgãos de imprensa cobririam aquela manifestação de uma minoria e, certamente, a comparariam com a premiação do marido.

O que acabaria empanando um pouco o brilho do momento.

Uma pena.

Linn olhou à sua volta. Conhecia a maioria daquelas pessoas. Todos se chamavam Pirre, Tusse, Latte, Pygge, Mygge ou coisa parecida. Ela nunca conseguia se lembrar direito de quem era quem. No seu mundo, as pessoas tinham nomes um pouco mais simples. Mas ela sabia que aquelas pessoas eram importantes para Bertil. Pessoas com quem ele costumava caçar, velejar, fazer negócios e manter relações.

Apesar de não na cama.

Ela conhecia o marido muito bem.

Eles ainda eram apaixonados um pelo outro e tinham uma ótima vida sexual. Não faziam sexo com tanta frequência, mas, quando o faziam, era totalmente satisfatório.

Satisfatório. Que adjetivo para qualificar o sexo entre duas pessoas, pensou. E sorriu, no exato momento em que Bertil olhava para ela. Ele estava bem bonito nessa noite. Usava uma gravata violeta e um terno preto, italiano, simples, costurado sob medida por seu alfaiate. A única coisa que não lhe agradava era a camisa. Azul-escura e de colarinho branco. Provavelmente, a combinação mais horrorosa que ela poderia imaginar. Há anos que ela fazia uma campanha intensa contra aquele tipo de camisa.

Tudo em vão.

Certas coisas são mais arraigadas do que cicatrizes. No caso de Bertil, as camisas azul-escuras com colarinho branco eram uma delas. Para ele, elas representavam uma espécie de emblema arquetípico. Simbolizavam seu pertencimento a algo distante para ela: classe e estilo atemporais.

Era nisso que ele acreditava.

Ridículas. Além de horríveis!, pensou ela.

Bertil recebeu o prêmio das mãos do próprio rei. Ele fez umas reverências para um lado e para o outro, olhou de soslaio e piscou para Linn. Tomara que a bexiga dele aguente um pouco mais, pensou ela. Não era o melhor momento para ter que sair atrás de um banheiro.

— Champanhe!

Alguns garçons vestidos de branco circularam entre os convidados carregando bandejas com garrafas bem geladas de Grande Cuvée. Linn e Bertil pegaram cada um a sua taça e as ergueram.

Foi então que o telefone tocou.

Ou melhor, vibrou. O celular no bolso de Bertil.

Ele afastou-se um pouco com a taça de champanhe na mão, tirou o celular do bolso e atendeu.

— Magnuson.

Então, ouviu-se pelo celular um diálogo bastante breve, mas longo o suficiente para deixar Magnuson em estado de choque. Tratava-se da reprodução de uma conversa gravada:

Eu sabia que você estava disposto a tudo, Bertil, mas não sabia que isso incluía matar alguém!

Ninguém poderá nos associar a isso.

Mas nós sabemos o que aconteceu.

Nós não sabemos de nada. É só não querermos saber.

O diálogo foi interrompido.

Bertil colocou o celular de volta no bolso, depois de alguns segundos, com o braço visivelmente tenso. Ele sabia exatamente que diálogo era aquele. E sabia exatamente quando aquele diálogo tinha acontecido e exatamente de quem eram aquelas vozes.

Eram as vozes de Nils Wendt e de Bertil Magnuson.

Foi ele mesmo quem tinha pronunciado aquela frase final:

"Nós não sabemos de nada... É só não querermos saber."

O que ele não sabia era que aquela conversa tinha sido gravada.

— *Skål!* Saúde, Bertil!

O rei ergueu a sua taça na direção de Bertil. Com extrema dificuldade, Bertil conseguiu erguer a sua própria taça e mostrar um sorriso forçado.

Um sorriso totalmente amarelo.

Linn reagiu imediatamente. Será a bexiga?, pensou. Rapidamente, deu dois passos à frente e sorriu.

— Se Vossa Majestade me permitir, eu preciso raptar o meu marido por alguns instantes.

— Ora, mas é claro, mas é claro.

O rei não era tão cerimonioso como seria de se esperar. Especialmente em se tratando de uma coisinha linda vestida de cereja como Linn Magnuson.

Então, a coisinha linda vestida de cereja puxou o marido visivelmente perdido para um dos lados.

— É a bexiga outra vez? — sussurrou ela.

— O quê? Ah, sim, é a bexiga.

— Venha comigo.

Como compete a uma mulher enérgica quando o marido titubeia por um instante, ela assumiu o comando e conduziu Bertil até um banheiro que não ficava muito distante, onde ele entrou furtivamente como se fosse uma sombra sem luz.

Linn ficou esperando do lado de fora.

Para sorte dele, pois ele não esvaziou a bexiga.

Em vez disso, curvou-se sobre o vaso sanitário e vomitou. Um jorro de champanhe e canapés, além da torrada que tinha comido com geleia no café da manhã.

O grande protagonista estava de joelhos.

O passageiro sentado ao lado dela explicou que não era uma boa ideia ter assentos tão perto um do outro, se a gente pensar em como os bacilos voam e se deslocam pelo ar. Olivia concordou com ele. Ademais, ela tentava apertar o nariz e fechar bem a boca toda vez que não conseguia mais segurar os potentes espirros, além de se virar para o outro lado o mais rapidamente possível. Mais do que isso ela não podia fazer. Então, quando o trem parou na estação de Linköping, o passageiro se levantou e foi se sentar em outro lugar.

Olivia continuou sentada no mesmo lugar naquele trem X2000. Sentia certo desconforto no peito e notou que a temperatura em sua testa estava alta de uma forma preocupante. Ela levara uma hora no celular e, mais ou menos, outra meia hora fazendo anotações. Depois disso, seus pensamentos se voltaram para aquela conversa em Strömstad e para Jackie Berglund... "Este negócio de navegar não é bem a minha praia." E qual seria a sua praia, Jackie? Ser contratada para um passeio num iate luxuoso para foder com noruegueses? Exatamente no momento em que uma jovem grávida era enterrada e afogada não muito longe da orgia de vocês? Seria essa a sua praia?, pensou ela.

Será? De repente, outra coisa totalmente diferente surgiu na mente febril de Olivia.

O que ela mesma sabia a respeito da jovem afogada?

De repente, se deu conta de quanto tinha se deixado levar pelo fato de que ninguém sabia nada a respeito dela. A respeito daquela "pobre" vítima. E de como havia se criado essa imagem de uma jovem grávida e indefesa que tinha se tornado o alvo daquelas coisas horrorosas.

E se as coisas não fossem bem assim?, pensou.

Afinal de contas, ninguém sabia nada a respeito da vítima.

Sequer sabiam seu nome.

E se ela também fosse uma garota de programa? Ou algo assim?

Mas ela estava grávida!

Muita calma nessa hora, Olivia, tudo tem um limite.

Ou não? Na Academia de Polícia, eles tinham estudado uma série de sites de pornografia. Tinham visto como eles desapareciam de repente, como era difícil rastreá-los, como era difícil... mulheres grávidas! Aqui e acolá, não era raro aparecerem entre os milhões de vídeos pornográficos que abundavam na internet. Havia sites especializados para "quem gosta de sexo bizarro", "mulheres grávidas trepando". Ela se lembrou de como tinha achado aquilo ainda mais repugnante do que os outros sites. Sexo com jumentos ou com gêmeas siamesas, tudo bem, era ridículo, mas não passava disso. Mas sexo com mulheres nas últimas semanas de gravidez?

Havia um mercado para aquele tipo de vídeo. Infelizmente.

Era uma realidade.

E se a mulher morta na praia fosse uma amiga de Jackie? E se tivesse sido contratada justamente porque estava grávida? Se esse fosse o caso, talvez algo tivesse saído terrivelmente fora do controle a bordo daquele iate, resultando naquele assassinato.

Ou quem sabe ainda... sua imaginação febril acelerava... ou quem sabe ainda ela tivesse engravidado de um daqueles noruegueses e estivesse se recusando a fazer um aborto? Sim, ela e Jackie talvez tenham feito sexo com os noruegueses em outras ocasiões, a vítima poderia estar tentando dar uma de esperta e exigindo dinheiro do pai da criança, mas as coisas descambaram e aquilo acabou custando a vida dela?

Foi quando o celular de Olivia tocou.

Era Maria, sua mãe. Para convidá-la a um jantar em sua casa.

— Hoje à noite?

— Sim, hoje. Ou você tem outra coisa planejada?

— Estou num trem voltando da ilha e...

— A que horas você chega?

— Lá pelas cinco, depois eu tenho que...

— Mas que voz é essa? Você está doente, minha filha?

— Sim, eu estou me sentindo um pouco...

— Você está com febre?

— Talvez, eu não...

— A sua garganta está inchada?

— Sim, um pouquinho...

Em apenas alguns segundos, aquelas perguntas nervosas de Maria tiveram o condão de transformar Olivia numa menininha de 5 anos outra vez. Uma menininha doente cuja mãe tinha ficado preocupada.

— A que horas é o jantar?

— Às sete — respondeu Maria.

O calçadão da Strandvägen é uma beleza só. Vista do mar, ela se apresenta como uma combinação imponente de prédios de arquitetura antiga que se estendem ao longo da avenida arborizada. O panorama dos prédios antigos engloba torres, grandes portais e janelas, formando um rosto que encara o mundo com muita dignidade.

Mas o que se esconde por trás desse rosto é uma outra história.

A beleza daquela avenida era a última coisa de que a mente de Bertil Magnuson se ocupava no momento em que caminhava ao longo do cais. Devidamente longe dos Pigge, Mygge e Tusse da vida. Sua mulher, um pouco preocupada, o tinha deixado na praça Nybroplan depois de ele garantir, enfaticamente, que estava se sentindo bem. E que a cerimônia, a presença do rei e aquele amargo comitê de recepção na chegada tinham sido um pouco demais.

— Pode ficar tranquila — garantiu.

— Tem certeza?

— Sim, tenho. Eu só preciso dar uma caminhada para pensar um pouco sobre um contrato que vamos negociar na quarta-feira.

Como ele fazia essas caminhadas com certa frequência, sempre que precisava meditar a respeito de algum tema em particular, Linn deixou-o ali e dirigiu o carro de volta para casa.

Mas, desta vez, Bertil fazia aquela caminhada visivelmente tomado de pavor. Afinal, logo entendeu quem é que estava por trás daquela conversa gravada que ouviu no seu celular.

Tratava-se de Nils Wendt.

Nils tinha sido um grande amigo seu. Era um dos três mosqueteiros. Eles eram três amigos que viviam como unha e carne quando estudavam na Escola Superior de Comércio, nos anos 1960. O terceiro era Erik Grandén, hoje secretário-geral do Ministério das Relações Exteriores da Suécia. O trio se considerava a versão moderna dos heróis de Alexandre Dumas. Inclusive, chegaram a adotar o lema: "Um por todos!"

A imaginação deles não ia mais longe.

De qualquer forma, estavam convencidos de que iriam surpreender a todos e conquistar o mundo. Ou, pelo menos, parte do mundo.

E, de fato, conseguiram.

Erik Grandén se tornou um jovem prodígio da política sueca, sendo eleito presidente da ala jovem do Partido Moderado com apenas 26 anos de idade. Bertil fundou, juntamente com Wendt, a MWM — Magnuson Wendt Mining. Firma que transformaram, rapidamente, numa empresa mineradora arrojada e bem-sucedida com atuação tanto na Suécia quanto no exterior.

Até que alguma coisa saiu dos trilhos.

Não com relação à empresa. Esta continuava crescendo e se globalizando, atingindo uma robusta posição financeira, passando inclusive a ter suas ações negociadas em várias bolsas de valores do mundo. Mas algo saiu dos trilhos para Nils Wendt. Ou melhor, no relacionamento entre ele e Bertil. Foi isso que saiu dos trilhos. E de tal forma que fez com que Nils Wendt saísse de cena e da empresa. Que então passou a se chamar Magnuson World Mining.

E, agora, Nils Wendt tinha surgido novamente em cena.

Trazendo à tona uma conversa bastante desagradável dele com Bertil. Uma conversa que Bertil não tinha a mínima ideia de ter sido gravada, mas cujas consequências ele anteviu de imediato ao ouvi-la. Caso aquela gravação fosse divulgada publicamente, seria o fim de Bertil Magnuson como um grande protagonista.

Aliás, seria o fim dele em todos os sentidos.

No momento, olhava na direção da Grevegatan, a rua onde nasceu, num endereço de grande prestígio. Quando criança, ouvia do seu quarto os sinos da igreja Hedvig Eleonora. Era o filho de uma família de industriais. Os fundadores daquele clã industrial tinham sido o pai e o tio de Bertil, Adolf e Viktor. Os irmãos Magnuson. Eles criaram uma empresa de mineração de porte médio, porém bastante sólida, tinham um faro excelente para tudo o que se referia aos minérios e expandiram os negócios para o exterior. Com o passar do tempo, colocaram aquela empresa familiar no mapa das grandes mineradoras internacionais, oferecendo a Bertil um trampolim para a sua atuação no mundo dos negócios.

Bertil tinha uma personalidade obstinada. Sempre disposto a trilhar caminhos cada vez mais ousados. Começou ajudando a administrar a empresa da família, ao mesmo tempo que vislumbrava as possibilidades que existiam em outros mercados a serem explorados fora dos tradicionais. Mercados que o pai e o tio não tiveram coragem de explorar.

Mercados exóticos.

Mercados complicados.

Mercados que exigiam conviver e fazer negócios com todo o tipo de potentados autocráticos. O tipo de gente da qual os irmãos Magnuson sempre evitaram se aproximar. Mas os tempos eram outros. Além disso, o pai e o tio morreram, um depois do outro. Os corpos de Adolf e Viktor nem tinham esfriado direito quando Bertil fundou uma subsidiária.

Com a ajuda de Nils Wendt.

O incrivelmente talentoso Nils Wendt. Um dos três mosqueteiros. Um gênio quando o assunto era prospecção, análise mineralógica e estrutura de mercado. Ou seja, nas áreas em que Bertil não era lá tão bom assim. Juntos, eles se tornaram pioneiros do setor de mineração em vários continentes. Na Ásia. Na Oceania. Mas, principalmente, na África. Até que eles romperam e Nils Wendt desapareceu de repente, por causa de algo terrível que aconteceu, mas que a mente de Bertil reprimiu. Ou melhor, sublimou. Enfim, transformando aquilo em algo que jamais existiu.

Ao contrário de Nils Wendt.

Que evidentemente não tinha sublimado nada.

Afinal, quem mais além de Nils poderia ter feito aquela ligação e reproduzido a gravação daquela conversa? Não havia outra possibilidade.

Era essa ideia que deixava Bertil apavorado.

Quando chegou à ponte de Djurgård, a primeira pergunta surgiu em sua mente: "Que diabos ele pretende com isso?" E então surgiu a segunda pergunta: "Será que está atrás de dinheiro?" E justo quando ele formulava a terceira pergunta: "Onde será que ele está?", o seu celular tocou outra vez.

Bertil tirou o celular do bolso e olhou o visor, enquanto as pessoas iam e vinham ao seu lado, várias puxando os seus cães pela coleira, já que aquele era um trecho bastante movimentado da avenida. Bertil apertou a tecla "atender" e levou o celular à orelha.

Mas não falou nada.

Silêncio.

— Alô?

Era Erik Grandén. Aquele que tinha tuitado apressadamente a caminho do cabeleireiro em Bruxelas. Bertil reconheceu a voz dele de imediato.

— E aí, Erik?

— Parabéns pela premiação!

— Ah, obrigado.

— E que tal o rei? No auge da sua forma?

— Sim, sim.

— Ótimo, ótimo. Teve alguma festa depois da premiação?

— Não, eu... A festa vai ser mais tarde. Você conseguiu ir ao cabeleireiro?

— Não, ainda não. O meu preferido não tinha horário disponível. Inacreditável! Mas alguém me indicou um salão onde eu vou tentar passar antes de pegar o voo amanhã. Eu ligo no fim de semana, ok? Lembranças à Linn!

— Obrigado. Até mais.

Bertil desligou e pensou em Erik. Erik Grandén. O terceiro mosqueteiro. Ele também era um dos grandes em sua respectiva área de atividade. Dono de uma rede de contatos impressionante, tanto na Suécia quanto no exterior.

— Convide-o para fazer parte da diretoria!

Na verdade, foi uma sugestão da mãe de Bertil, depois da morte do pai, ao ouvir Bertil comentar a respeito dos longos tentáculos de Erik.

— Mas ele não entende nada de mineração! — retrucou Bertil.

— Ora, você também não entende nada de mineração. Mas sabe se cercar de pessoas que entendem do assunto. Das pessoas certas. Você tem este dom. Então, convide-o para fazer parte da diretoria.

Quando ela insistiu no assunto, Bertil se deu conta de que aquela era uma ideia realmente brilhante. Como é que não lhe ocorreu antes? Talvez porque não conseguimos ver a floresta quando estamos dentro dela. Ele e Erik sempre estiveram próximos demais um do outro para ele perceber aquilo. Afinal, eram amigos, além de serem dois dos três mosqueteiros. Era óbvio que Erik deveria fazer parte da diretoria da MWM!

E assim foi feito.

Erik entrou para a diretoria da MWM. No começo, mais como um favor de amigo da sua parte. Porém, com o passar do tempo, como acabou adquirindo uma bela participação acionária na empresa, ele pensou que também podia assumir alguma responsabilidade na administração da mesma. Afinal de contas, sabia mexer um ou outro pauzinho que Bertil não sabia. Ele era afinal Erik Grandén.

E assim as coisas transcorreram por anos a fio, até que Erik progrediu tanto no mundo da política que a sua participação na diretoria da empresa se tornou um tema sensível. Devido ao conflito de interesses entre o público e o privado. Além disso, tratava-se de uma empresa que recebia pesadas críticas da imprensa.

Por isso, acabou renunciando ao seu cargo de membro da diretoria da MWM.

No momento, tratavam dos assuntos que precisavam tratar entre quatro paredes. E, desta forma, deixou de ser um tema sensível.

Diante dos outros, continuavam a ser apenas bons amigos.

Pelo menos até agora.

Erik não fazia a mínima ideia a respeito daquela conversa e em que contexto tinha sido gravada. Se chegasse a tomar conhecimento desses detalhes, os laços entre os dois mosqueteiros certamente seriam colocados à prova de uma forma bastante dramática.

Inclusive em termos políticos.

Eram quase sete da noite. Jelle tinha conseguido vender três revistas. Em quatro horas. Aquilo não era muita coisa. Um total de cento e vinte coroas, das quais apenas sessenta ficariam para ele. Um faturamento de quinze coroas por hora. Mas ele poderia comprar uma lata de almôndegas de peixe.

Na verdade, não gostava de almôndegas de peixe, era no molho de lagosta em que elas vinham boiando que ele estava mais interessado. Em geral não tinha muito interesse em comida, nunca teve, mesmo na época em que tinha condições de comer o que quisesse. Para ele, a comida não é mais do que uma forma de nutrir o corpo. Sem comida, a gente simplesmente arranjaria outra coisa para se nutrir. Outra coisa que funcionasse tão bem quanto a comida. Não era a comida o seu principal problema, mas conseguir um lugar para dormir.

É bem verdade que tinha o seu refúgio, o barracão de madeira às margens do lago Järla, mas aquele lugar aos poucos começava a lhe dar nos nervos. Havia alguma coisa entre aquelas paredes. Alguma coisa que se fazia notar tão logo entrava lá dentro. E que fazia com que fosse cada vez mais difícil para ele dormir naquele lugar. Aquelas paredes ouviram gritos por muito tempo, por tempo demais, pensou. Era hora de se mudar de lá. Se mudar? A gente se muda de uma casa ou de um apartamento de verdade, ninguém se muda de um barracão vazio e sem qualquer sombra de mobília. De um lugar desses, a gente "dá o fora".

Então, ele planejava dar o fora.

Para onde iria? Ele estava pensando justamente nisso. Já tinha dormido em diversos lugares da cidade, inclusive algumas vezes em albergues, mas não gostou muito da experiência. Nesses lugares, havia muitas brigas, muito álcool e muita droga, além disso, todos tinham que deixar o local no máximo até as oito horas da manhã. Por isso, ele só dormia lá como último recurso. Precisava encontrar alguma outra coisa.

— Oi, Jelle! Ué, você andou se penteando com uma granada de mão? — perguntou Vera Zarolha com um sorriso enorme e apontando para o cabelo desgrenhado de Jelle.

Ela já tinha conseguido vender trinta revistas num ponto da Götgatan e agora estava ali. No mercado de Södermalm, na praça Medborgar. Um ponto no qual Jelle se estabelecera há alguns dias. Afinal, Benseman ainda não voltara para lá. Um ótimo ponto, ele achava. Mas as três revistas que conseguira vender naquele dia desmentiam essa esperança.

— Oi — respondeu.

— Como vão as coisas ?

— Mais ou menos... vendi três revistas.

— Eu vendi trinta.

— Que bom.

— Você ainda vai ficar muito tempo por aqui?

— Não sei, ainda tenho alguns exemplares.

— Eu compro!

Era comum que os sem-teto comprassem revistas uns dos outros, era uma maneira de se ajudarem. Compravam pelo preço de custo, é claro, na esperança de ter mais sorte nas vendas. Portanto, a proposta feita por Vera era bem razoável.

— Ah, obrigado, mas eu...

— Você é um pouco orgulhoso demais para aceitar, não é?

— É, talvez.

Vera deu uma risadinha e pegou Jelle pelo braço:

— Orgulho não enche a barriga de ninguém.

— Eu não estou com fome.

— Mas você está congelando! — exclamou Vera, segurando a mão gelada de Jelle.

De fato, as mãos dele estavam bastante geladas, o que era estranho, pois fazia uns vinte graus na rua naquele momento. Suas mãos não eram para estar frias daquele jeito.

— Você andou dormindo naquele pardieiro outra vez?

— Sim.

— Quanto tempo você vai conseguir aguentar isso?

— Não sei...

Então, eles ficaram em silêncio. Vera ficou olhando para o rosto de Jelle, que por sua vez olhava para o mercado de Södermalm, até que os segundos se transformassem em minutos. Então, Jelle finalmente olhou para Vera.

— Não teria problema se eu...

— Problema algum.

E não disseram mais nada. Também não era preciso dizer mais nada. Jelle enfiou as revistas que sobraram em sua mochila velha e os dois saíram dali. Iam caminhando um ao lado do outro, cada um perdido em seu próprio mundo e já pensando no trailer e no que iria acontecer quando chegassem lá.

E como estavam imersos em seus próprios pensamentos, não perceberam a presença de dois rapazes vestindo casacos com capuz à espreita no Björns Trädgård. Tampouco perceberam que os rapazes começaram a segui-los.

A casa vermelha em Rotebro foi construída em meados dos anos 1960. Os Rönning tinham adquirido a casa dos proprietários originais, há muito tempo. Era uma casa bonita e bem cuidada, localizada numa região onde havia o mesmo tipo de casa por todos os lados. Olivia se criou naquela casa, era filha única, porém havia muitas crianças na vizinhança com as quais podia brincar. A maioria daquelas crianças atualmente estava chegando à vida adulta e se mudando para outros bairros. Ou para outras cidades. A maioria dos moradores agora era formada pelos pais dessas crianças, pais que agora viviam sozinhos.

Exatamente como Maria.

Olivia viu-a pela janela da cozinha, enquanto estacionava o carro em frente à garagem. A sua mãe, advogada criminalista cujos antepassados eram espanhóis, era uma mulher sem papas na língua e sempre bem arrumada que o pai de Olivia amava mais do que qualquer coisa neste mundo.

E a recíproca era verdadeira, até onde Olivia podia perceber. A casa da família sempre teve uma atmosfera de tranquilidade e equilíbrio, onde raramente havia brigas. Altercações, divergências, discussões intermináveis, isto sim, mas jamais hostilidade. Nunca havia qualquer coisa que pudesse afetar a tranquilidade de uma criança.

Ela sempre se sentiu segura naquela casa.

E amparada. Ao menos pelo pai, Arne, ou melhor, especialmente pelo pai. Já a mãe, Maria, tinha a sua personalidade peculiar. Talvez não fosse a mãe mais carinhosa do mundo, mas sempre estava presente quando ela mais precisava. Por exemplo, quando ela ficava doente. Como agora. Nesses momentos, a mãe sempre estava à sua disposição, com mimos, remédios e reprimendas.

Em todas as circunstâncias.

— E qual é o cardápio de hoje?

— Frango com molho de alho especial.

— Especial por quê?

— Porque tem um toque a mais que não está na receita. Toma, beba isto aqui.

— O que é isso?

— Água quente com gengibre, um pouquinho de mel e duas gotas de segredo.

Olivia deu uma risadinha antes de beber. Duas gotas de segredo? Será que era de hortelã o cheiro que ela farejava ali, mesmo com o nariz entupido como estava? Talvez fosse. Sentiu o líquido morno e macio descendo suavemente pela garganta dolorida e pensou: mamãe Maria.

Elas estavam sentadas à mesa da cozinha elegantemente decorada. Olivia ainda se perguntava onde a mãe tinha arrumado tempo para se familiarizar com o estilo nórdico de decoração de interiores. Não havia qualquer sinal de cores berrantes no ambiente. Era tudo claro e sóbrio. Quando entrou na adolescência, Olivia se revoltou e exigiu que as paredes do seu quarto fossem pintadas de um vermelho intenso. Mas, depois que ela se mudou, o quarto voltou a ser pintado com um tom de bege bem mais discreto.

— Então, como foram as coisas na ilha? — perguntou Maria.

Olivia narrou algumas passagens selecionadas de sua estada na ilha, cuidadosamente selecionadas, na verdade. Passagens que excluíam o essencial. E, então, comeu a sua comida, acompanhada de uma tacinha de um ótimo vinho tinto. Misturar febre e vinho tinto?, Olivia pensou, quando a mãe a serviu. Mas Maria não pensava assim. Um pouquinho de vinho tinto sempre faz bem.

— Você e o papai conversaram alguma vez a respeito deste caso de Nordkoster? — Olivia perguntou.

— Não que eu me lembre. Na verdade, você nasceu na época e a gente não conversava muito sobre assuntos de trabalho.

Sua voz soou um pouco decepcionada? Mas o que é isso, Olivia! Fica fria!, pensou.

— Vai ficar todo o verão envolvida com essa história? — perguntou Maria.

Será que agora ela vai se preocupar com a pintura da casa de veraneio? Com a fita crepe e a lixa de água?

— Não, acho que não, só preciso averiguar mais alguns detalhes e depois escrever um breve relatório.

— Que detalhes precisa averiguar?

Desde que Arne morreu, Maria raramente tinha uma oportunidade de se sentar à mesa com uma boa taça de vinho e conversar sobre crimes e investigações. Em geral, nunca tinha uma oportunidade daquelas. E a ela se agarrou.

— Havia uma garota na ilha exatamente quando o crime ocorreu, uma tal de Jackie Berglund, o que me deixou com uma pulga atrás da orelha.

— E por que razão?

— Porque ela acompanhava uns noruegueses que deixaram a ilha num iate quase que imediatamente depois do crime. Achei que houve um certo desleixo nos interrogatórios que fizeram com eles na época.

— Acha que eles conheciam a vítima?

— Quem sabe.

— Acha que a vítima poderia estar com eles no iate antes do crime?

— Sim, pode ser que sim. A tal Jackie era uma garota de programa.

— Sei...

Sabe o quê? O que ela quer dizer com esse "sei"?, pensou Olivia.

— Quem sabe a vítima também era garota de programa? — Maria prosseguiu.

— Sim, na verdade, foi isso mesmo que me ocorreu.

— Então, devia conversar com a Eva Carlsén.

— E quem é essa?

— Ela participou de um programa que eu vi ontem na televisão, e escreveu um livro-reportagem sobre o mundo da prostituição de luxo no passado e na atualidade. Ela parecia ser uma mulher bastante competente.

Bastante competente, como você mesma, Olivia pensou e, então, gravou o nome Eva Carlsén na memória.

Quando, com o estômago devidamente forrado e as pernas um pouquinho bambas, teve que pegar um táxi, que a mãe fez questão de pagar, Olivia se sentia visivelmente melhor do que ao chegar. De fato, se sentia tão bem que quase esqueceu de fazer uma pergunta que desde o início queria fazer:

— A investigação sobre o homicídio na ilha foi conduzida por um comissário chamado Tom Stilton. A senhora se lembra dele?

— Do Tom? Claro que me lembro! — respondeu Maria, sorrindo atrás do portão. — Tom era um ótimo jogador de squash. Nós jogamos squash juntos algumas vezes. Ele também era um homem muito bonito, lembrava um pouquinho George Clooney. Mas por que a pergunta?

— Bem, eu tentei saber onde poderia encontrá-lo. Parece que ele largou a polícia.

— Sim, sim, eu me lembro disso, foi um ou dois anos antes da morte do teu pai.

— E a senhora sabe por quê? — Olivia perguntou.

— Por que ele deixou a polícia?

— É.

— Não, não sei, não. Só sei que isso aconteceu na mesma época em que ele se separou da mulher, pelo que o Arne me contou.

— Da ex-mulher dele, Marianne Boglund?

— Essa mesma. Mas como é que você sabe o nome dela?

— Eu conversei com ela.

De repente, o taxista desceu do carro, provavelmente para indicar a sua impaciência. Então, Olivia se aproximou rapidamente de Maria:

— Bem, então, tchau, mamãe. Muito obrigada mesmo pelo jantar, pelo chá, pelo vinho e tudo o mais!

Mãe e filha se despediram com um abraço.

Era um desses hoteizinhos simples de Estocolmo. Hotel Oden, situado na Karlbergsvägen. De categoria mediana, quartos simples. Aquele quarto, especificamente, tinha uma cama de casal, uma gravura barata numa das paredes e um televisor na outra das paredes pintadas de verde-claro. O noticiário exibia uma reportagem especial sobre o prêmio recebido pela MWM como empresa do ano. No cenário, atrás do apresentador, era exibida uma fotografia ampliada do diretor executivo da empresa, Bertil Magnuson.

O homem sentado à beira da cama de casal tinha acabado de tomar banho. Estava seminu, apenas com uma toalha enrolada na cintura, os cabelos ainda úmidos. Aumentou o volume da televisão:

"A premiação da MWM como empresa sueca do ano no exterior causou forte repercussão entre as organizações de defesa do meio ambiente e dos direitos humanos, tanto na Suécia quanto no exterior. A empresa se dedica à extração de minérios e vem recebendo muitas críticas ao longo dos anos por sua ligação com governos corruptos e ditatoriais. Essas críticas remontam já à década de 1980, quando a empresa se instalou no antigo Zaire. A MWM foi acusada de comprar com subornos o favorecimento do presidente Mobutu, acusações que vinham sendo investigadas, entre outros, pelo premiado jornalista Jan Nyström, que morreu tragicamente em um acidente em Kinshasa quando preparava uma reportagem em 1984. Os métodos empregados pela MWM são alvo de questionamentos até hoje. A nossa correspondente Karin Lindell fala diretamente do leste do Congo."

O homem sentado à beira da cama se inclinou um pouco para frente. A toalha que tinha presa em volta da cintura caiu no chão. No momento, o homem concentrava toda a sua atenção naquela reportagem. A imagem de uma jornalista de cabelos e olhos claros apareceu num retângulo atrás do apresentador. Ela se encontrava à frente de uma área cercada.

"Aqui na província de Kivu do Norte, no leste do Congo, está instalada uma das unidades de extração de columbita-tantalita, um minério também conhecido como 'ouro cinza'. Fomos proibidos de entrar nessa instalação, cuja entrada é vigiada por soldados fortemente armados. Apesar disso, alguns moradores da cidade de Walikale, com quem conversamos, descrevem as condições de trabalho existentes no local como terríveis."

"Há inclusive denúncias de trabalho infantil nessas minas, não é mesmo?"

"Exatamente. Além disso, há também denúncias de maus-tratos físicos cometidos contra a população local. Infelizmente, nenhuma das testemunhas destes abusos aceitou gravar entrevista, pois temem ser vítimas de represálias. Mas uma das mulheres com quem eu conversei declarou: 'Aqui, depois que a gente é violentada a primeira vez, a gente pensa duas vezes antes de protestar novamente.'"

O homem sentado nu à beira da cama reagiu, crispando uma das mãos sobre o cobertor.

"Você descreveu a columbita-tantalita como 'ouro cinza'. O que isso quer dizer?"

Karin Lindell exibe a imagem de uma pedra de cor cinza-dourada e prossegue:

"Esta pedra aparentemente sem valor é uma amostra de minério de columbita-tantalita. Dele, é extraído o tântalo, que é um dos componentes mais importantes da eletrônica moderna. O tântalo é utilizado, entre outros, nos circuitos integrados de computadores e telefones celulares utilizados no mundo todo. Por isso, trata-se de um tipo de minério extremamente cobiçado que vem sendo objeto de extração ilegal e contrabando há algumas décadas."

"Mas isso não quer dizer que a mina de columbita-tantalita da MWM no Congo seja ilegal, não é mesmo?"

"Não, não se trata de uma operação ilegal. A MWM é uma das poucas empresas que conseguiram renovar suas licenças originais de exploração que tinham sido concedidas pelo antigo regime ditatorial."

"Então, qual é a motivação por trás dessas críticas à empresa?"

"Até onde eu pude constatar, o motivo dos protestos são o trabalho infantil e os maus-tratos físicos sofridos pela população local, além do fato de os recursos obtidos com a mineração não trazerem quaisquer benefícios ao país, pois os lucros são todos canalizados para o exterior."

O apresentador no estúdio vira-se ligeiramente na direção da imagem de Bertil Magnuson no fundo.

"Temos na linha o diretor executivo da MWM, Bertil Magnuson. O que o senhor tem a dizer diante dessas informações?"

"Em primeiro lugar, eu gostaria de dizer que há um tom agressivo gratuito nessa reportagem, que por essa razão se mostra totalmente tendenciosa. Por isso, não me sinto em condições de fazer quaisquer comentários quanto às acusações propriamente ditas. Eu apenas gostaria de reafirmar que a nossa empresa é de longa data uma participante responsável do setor de matérias-primas, pois estou convencido de que o aproveitamento econômico de recursos naturais obtidos com responsabilidade desempenha um papel significativo na erradicação da pobreza no continente africano."

O homem sentado à beira da cama desligou a TV e pegou a toalha do chão. Seu nome era Nils Wendt. Nada do que ouviu naquela reportagem era novidade para ele. Aquilo só tinha servido para reforçar a sua convicção. Estava decidido a confrontar Bertil Magnuson mais uma vez.

Aliás, de uma vez por todas.

Jelle já tinha sido convidado para visitar o trailer mais de uma vez, sempre em visitas curtas por diferentes motivos. Na maioria das vezes, para fazer companhia a Vera quando ela não se sentia bem. Mas nunca tinha passado a noite ali. Desta vez, ele iria ficar. Pelo menos, essa era a intenção quando concordou em ir até lá. O trailer tinha beliches para três pessoas. Um de cada lado do trailer, separados pela mesa que ficava no centro, e outro, de través, na traseira do trailer. Este último beliche era pequeno demais para a altura de Jelle, já os outros dois eram estreitos demais para acomodar duas pessoas uma ao lado da outra.

A não ser que estas duas pessoas dormissem abraçadas.

Jelle sabia exatamente o que iria acontecer. Era nisso que ele tinha pensado durante todo o trajeto até ali. Iria fazer amor com Vera Zarolha. Tinha começado a pensar no caso, desde o momento em que se encontraram na praça Medborgar. Aos poucos, aquela ideia foi crescendo até se tornar outra coisa. Até se tornar desejo.

Ou tesão.

Vera caminhara lado a lado com ele. Sentara-se ao lado dele no metrô. Ficou parada ao lado dele, em silêncio, enquanto subiram a escada rolante de 66 metros de altura na estação de Västra Skogen. Segurou no braço dele no trajeto até o bosque de Ingenting, tudo isso sem dizer sequer uma palavra o tempo todo. Então, deduziu que ela devia estar pensando na mesma coisa que ele.

E estava mesmo.

Então, alguma coisa aconteceu no corpo dela. A temperatura subiu, aquecendo-a de dentro para fora. Sabia que o seu corpo ainda estava em plena forma, forte, roliço, seios que nunca tinham amamentado e que enchiam bojos relativamente grandes quando decidia usar sutiã. O que não acontecia com muita frequência. Ela não se sentia nem um pouco insegura com o seu corpo, pois sabia que ele reagiria na hora certa. Como sempre tinha reagido quando a situação o exigia, coisa que fazia realmente um bom tempo que não acontecia. Mesmo assim, estava nervosa, dominada pelo desejo.

Queria que as coisas se desenrolassem bem.

— Tem coisa da boa ali naquele armário.

Vera apontou na direção de um armário de fórmica logo atrás de Jelle. Ele se virou e abriu a portinha do armário. Uma garrafinha de vodca, meio cheia, ou meio vazia, dependendo do humor de quem vê.

— Você quer?

Jelle olhou para Vera, que acendera uma pequena luminária de parede. Que iluminava o ambiente apenas o suficiente.

— Não, obrigada — respondeu ela.

Jelle fechou o armário e olhou para Vera.

— A gente não devia...

— Sim!

Vera tirou primeiro a parte de cima da roupa e Jelle se sentou à frente dela, em silêncio, admirando os seios nus. Aquela era a primeira vez que via os seios dela assim, nus, e sentiu seu membro endurecendo sob a mesa. Fazia mais de seis anos que não tocava num seio de mulher. Nem mesmo em pensamento. Nunca tinha este tipo de fantasia erótica. Mas agora ali estava ele, sentado diante de um par de seios belos e rechonchudos, sob a luz escassa que descia da parede, mal fazendo sombra no ambiente. Então, começou por tirar a camisa.

— É um pouco apertado aqui dentro.

— É, eu sei.

Vera continuou tirando a roupa, baixou as calças até os tornozelos e então se inclinou um pouco para trás. Agora sim, ela estava completamente nua. Ao mesmo tempo, Jelle tinha ficado de pé e baixado o que precisava baixar. Então, ele percebeu que o seu membro estava em pé, formando um ângulo, como ele praticamente já tinha esquecido que fazia. Vera também percebeu aquilo e afastou as pernas um pouco. Jelle se inclinou, estendeu uma das mãos e a levou até uma das coxas de Vera. Eles olharam um para o outro.

— Você prefere que eu apague a luz? — perguntou ela.

— Não.

Ele não tinha nada a esconder. Sabia que Vera estava preparada, já se conheciam bastante bem, não havia nenhum problema. Se ela quisesse deixar a luz acesa, por ele tudo bem. A mulher à luz fraca na sua frente estava bem ciente de que iam fazer amor. Quando a mão dele alcançou o sexo dela, logo percebeu como ela estava molhada. Ele deslizou, então, dois dedos pelos grandes lábios de Vera e esta fechou a sua mão direita em volta do membro de Jelle. Nessa altura, ela fechou os olhos.

Sim, Vera tinha todo o tempo do mundo.

Os jovens estavam agachados em meio à escuridão, não muito longe dali. Sabiam que, no escuro, seria difícil serem vistos. A pouca claridade que vinha da janelinha oval do trailer mal chegava lá fora, mas era o suficiente para que eles conseguissem enxergar bem.

Lá dentro.

Vera Zarolha se deitou no beliche estreito. A cabeça repousada numa almofada. Apoiou uma das pernas no chão, deixando espaço para que Jelle se curvasse sobre o seu corpo. Ele não teve qualquer dificuldade para introduzir seu membro. E fez isso com todo o cuidado, suavemente, enquanto ouvia os arquejos acelerados que Vera soltava baixinho.

Ali estavam os dois.

Fazendo amor.

Seus corpos subiam e desciam em solavancos suaves e ritmados. O beliche limitava os seus movimentos, o que só os deixava ainda mais excitados. Jelle teve que fazer força mais uma vez para se segurar, e Vera também não tinha pressa nenhuma.

Em meio à escuridão lá fora, brilhava discretamente a luzinha da câmera de um celular.

Vera sentiu quando Jelle gozou e também sentiu quando ela própria gozou, quase no mesmo instante. E quando parou de se mexer, ele continuou dentro dela. Vera sentiu, então, um último estremecimento percorrer seu corpo. Depois disso, adormeceu.

Jelle deixou seu membro ficar dentro dela por um bom tempo, até que ele amoleceu e deslizou sozinho para fora. Sentiu, então, uma dor num de seus cotovelos. Aquele em que se tinha apoiado com todo o peso contra a parede do trailer. Com todo o cuidado, levantou-se e se sentou na beirada do beliche. E ficou observando Vera dormindo, ouvindo-a respirar de forma regular, com uma regularidade que nunca tinha visto. E olha que ele tinha visto Vera adormecer antes, ou melhor, apagar, nas muitas noites em que velou pelo sono dela.

Ali mesmo.

Naquele trailer.

No qual, porém, nunca tinha passado sequer uma noite.

Aquelas noites em que ela lutava para não sucumbir. Para não se entregar àqueles vermes humanos que serpenteavam em volta do seu cérebro e queriam pular para fora. Às vezes, ele tinha ficado ali, amparando-a, por horas a fio, falando baixinho a respeito da luz e da escuridão, de si mesmo, de qualquer coisa, tudo para distraí-la. Muitas vezes, isso ajudava. Ela acabava por se desligar, com a cabeça sobre o peito dele, com uma respiração terrivelmente irregular.

Mas agora ela respirava de forma bastante regular.

Jelle se curvou na direção do rosto dela e passou um dedo, com cuidado, sobre a cicatriz pequena e esbranquiçada. Ele conhecia a história do chaveiro. Ouvira-a contar aquela história várias vezes. E a cada vez, sentia aquele ódio que a sensação de impotência lhe causava.

Quem tinha coragem de fazer uma coisa dessas contra uma criança?

Então, cobriu o corpo nu de Vera com um cobertor, se levantou e foi se sentar no outro beliche. Um pouco alheio a tudo, puxou a calça para cima, vestiu a camisa e se deitou.

E ficou ali deitado por um bom tempo.

Depois, voltou a se levantar.

Evitou olhar para Vera.

Abriu a porta, saiu e fechou a porta do trailer com todo o cuidado, não queria acordá-la. Não queria ter que tentar explicar o inexplicável. Explicar a razão pela qual estava indo embora. Simplesmente, foi embora. Deu as costas para o trailer e atravessou rapidamente o bosque.

Atravessou rapidamente o bosque e o nada.

Bertil Magnuson finalmente se acalmou ao chegar perto da ponte de Djurgård e concluiu que precisava tomar alguma atitude. Que tipo de atitude, ainda não sabia. Pelo menos não com certeza. A primeira coisa que fez foi desligar o celular. A princípio, pensou que devia trocar o número do seu celular imediatamente, porém logo se deu conta dos riscos que aquilo implicaria, pois Nils Wendt podia se ver obrigado a ligar para a casa dele, e podia ser que Linn atendesse. Não, aquela não era uma boa ideia.

Seria uma catástrofe.

Então, teve que se contentar em desligar o celular, enfiar a cabeça na areia e torcer para que nada mais voltasse a acontecer.

Outra ligação.

Antes de voltar para casa, deu uma passada no escritório da empresa, na Sveavägen. Os funcionários tinham comprado flores e champanhe. Afinal, a empresa toda tinha recebido aquele prêmio junto com ele. Ninguém sequer mencionou os protestos antes da cerimônia de premiação. Nem podia ser diferente. A lealdade da equipe era total. E caso alguém da equipe não fosse cem por cento leal, ele logo daria um jeito de arranjar algum substituto.

De sua sala no escritório, fez um comentário por telefone para uma reportagem na TV sobre a MWM. Uma merda de reportagem. Depois, ditou para a sua secretária um comunicado à imprensa em que destacava o agradecimento da empresa pela premiação recebida naquele dia e onde afirmava que a homenagem era um incentivo para que a MWM continuasse levando a cabo as suas atividades de mineração no exterior. E, em especial, no continente africano.

Aquilo é que era agarrar o touro pelos chifres.

Nesse momento, estava se aproximando de sua casa em Stocksund. Era tarde da noite e ele torcia para que Linn não tivesse convidado todo mundo para festejar a premiação. Não estava se sentindo minimamente em condições para esse tipo de coisa.

Felizmente, ela não tinha convidado ninguém.

Linn apenas preparara um jantar simples para os dois no terraço. Conhecia bem o seu marido. Ambos fizeram a sua refeição relativamente em silêncio, até que Linn terminou de comer, olhou para o mar e perguntou:

— Como se sente?

— Ótimo. Você quer dizer...

— Não, eu quero dizer em geral.

— Por que a pergunta?

— Porque você parece estar em outro lugar.

Sim, ela conhecia o marido muito bem. Bertil, realmente, tinha ido embora assim que pegou na sua taça de vinho. Aquilo não era comum. Ele sempre teve a capacidade de manter as coisas em seus devidos lugares, sem misturá-las. E ali, em casa, o lugar era o dela. Dela e da vida pessoal deles, da intimidade deles. De se manterem em contato um com o outro.

E esse, no momento, não era o caso.

— Você está assim por causa daquela manifestação antes da cerimônia?

— É — Bertil mentiu sem a menor cerimônia.

— Mas se não é a primeira vez que isso acontece. Por que isso iria afetá-lo desta vez?

— Porque desta vez a coisa parece ser mais séria.

Linn também tivera a mesma impressão. Além disso, também tinha assistido à reportagem exibida na televisão um pouco mais cedo naquela noite a respeito da MWM, uma matéria visivelmente raivosa e tendenciosa.

Pelo menos, foi o que ela achou.

— Você quer conversar a respeito? Há algo que a gente possa...

— Não. Agora não, eu não estou em condições de conversar neste momento. O rei então gostou do seu vestido?

E isso foi tudo.

O assunto passou a ser pessoal, íntimo. Tão íntimo que, como Linn costumava achar, as coisas se desenrolaram da forma habitual na cama deles. Rápido, porém "satisfatório". Com um nível de envolvimento bastante intenso e, em se tratando de Bertil, fora do comum. Como se ele estivesse exorcizando algum fantasma na cama, pensou Linn. Por ela, não havia nada de mau naquilo, desde que se tratasse apenas de algum assunto não resolvido da empresa e nada mais.

Quando Linn adormeceu, Bertil se levantou com todo o cuidado.

Enrolado em seu elegante roupão cinza, foi até o terraço, às escuras, tirou o celular do bolso e acendeu uma cigarrilha. Fazia muitos anos que tinha parado de fumar. Porém, naquela noite, do nada, comprou uma caixa de cigarrilhas quando voltava para casa. Assim, meio no automático, sem pensar. Com as mãos um pouco trêmulas, ligou o celular, esperou um pouco e então viu que havia recebido quatro mensagens. As duas primeiras eram cumprimentos de pessoas que achavam importante se manter nas boas graças de Bertil Magnuson. A terceira, silêncio. A pessoa que ligou não se deu ao trabalho de deixar qualquer recado. Talvez fosse alguém que achava não ser tão importante assim se manter nas boas graças dele. Então, veio a quarta mensagem. Um trecho de uma conversa gravada:

Eu sabia que você estava disposto a tudo, Bertil, mas não sabia que isso incluía matar alguém!

Ninguém poderá nos associar a nada.

Mas nós sabemos o que aconteceu.

Nós não sabemos de nada. É só não querermos saber. Por que está tão indignado?

Por quê? Porque um inocente foi assassinado!

Esta é a sua interpretação.

E a sua qual é?

Eu resolvi um problema.

Depois, seguia-se mais uma ou duas frases. Daquela mesma conversa. Envolvendo as mesmas pessoas. Que falavam de um problema que tinha sido resolvido. Muitos e muitos anos atrás.

E, de repente, um novo problema tinha aparecido, justamente naquele dia.

Um problema que Bertil não sabia como resolver. Sempre que surgia algum problema, Bertil costumava fazer uma ligação e o problema deixava de existir. Já tinha feito ligações como essa a uma série de pessoas poderosas de várias partes do mundo para que vários problemas deixassem de existir. Só que, desta vez, ele não tinha para quem ligar. Desta vez, ele é que tinha recebido uma ligação.

Ele odiava aquela situação.

E odiava mais ainda Nils Wendt.

Quando se virou, viu Linn parada junto à janela do quarto, olhando para ele.

Ele escondeu a cigarrilha atrás das costas.

Um barulho acordou Vera. Um barulho que não entendeu de onde vinha. Um barulho que adentrou o sono dela e a fez se apoiar nos cotovelos. O beliche ao lado dela estava vazio. Será que Jelle é quem tinha feito aquele barulho? Será que saiu para mijar ou algo assim? Vera se levantou e enrolou o corpo nu e morno no cobertor. Jelle devia ter colocado o cobertor por cima dela depois que fizeram amor. Pois foi isso o que eles dois tinham feito. Amor. Pelo menos era assim que Vera enxergava o que tinha acontecido, e aquele pensamento acalentava a sua alma sofrida. Tudo parecia ser tão certo, apesar de poder ter dado tão errado. Ela sorriu de leve. Certamente não iria ter pesadelos com o chaveiro à noite. Sim, tinha certeza disso quando foi abrir a porta.

Então, recebeu um golpe certeiro no rosto.

Vera foi lançada para trás e despencou em cima do beliche. O sangue jorrava pela boca e pelo nariz. Um dos rapazes conseguiu entrar no trailer antes que se levantasse e desferiu mais um golpe nela. Porém, Vera era dura na queda. Ela se esquivou e voltou a ficar em pé agitando os braços alucinadamente e começou a brigar. O espaço apertado tornava a briga caótica. O rapaz golpeava e ela também, mas, quando o outro rapaz entrou no trailer filmando com a câmera do celular, ele percebeu que teria que ajudar o amigo.

Vou ter que ajudar a derrubar essa velha nojenta, pensou.

Agora que eram dois contra Vera, ela não conseguia mais dar conta. E uma vez que tinha reagido violentamente, também foi brutalmente castigada. Aquilo durou quase dez minutos, até que ela levou uma pancada violenta com um pequeno botijão de gás direto no nariz, despencando no chão. Depois de mais uns dois minutos tomando pontapés por todos os lados, ela perdeu a consciência. Quando finalmente parou de se mexer, caída no chão, nua e toda ensanguentada, um dos rapazes começou a filmar novamente.

Alguns quilômetros longe dali, um homem estava sentado, sozinho, num barracão de madeira abandonado, lutando contra a sua própria covardia. Tinha abandonado o barco como se fosse um rato. E tinha se dado conta de como Vera iria se sentir quando acordasse e de como ela iria olhar para ele quando os dois voltassem a se encontrar, sem que ele tivesse nenhuma boa explicação para dar a ela. Sem que tivesse explicação alguma.

Talvez fosse melhor que não voltassem a se encontrar.

Foi o que Jelle pensou.

7

Algumas folhas solitárias volteavam pelo chão arrastadas pelo vento fraco, entre as árvores divisava-se a baía. Do outro lado, a montanha e o bosque, e em algum lugar no interior do bosque havia uma clareira, um campo aberto, onde a prefeitura queria construir uma pista para caminhadas.

Tão logo conseguissem se livrar daquele trailer caindo aos pedaços.

Arvo Pärt chegou mancando vindo do bosque acima da baía. Caminhava com dificuldade por conta das dores musculares. A partida de futebol agora cobrava seu preço. Claro que aqueles dois gols que havia marcado compensavam esse pequeno desconforto físico. Não era por isso que se dirigia à casa de Vera, mas por outro tipo de dor. Em algum momento daquela noite, ele encontrara um rapaz perto do lago Trekanten. Tomaram várias latas de cerveja juntos, quando de repente o rapaz se enfureceu:

— Você não é Arvo Pärt porra nenhuma!

— Como não?

— Arvo Pärt compõe música, é um cara conhecido. Por que diabos você diz que o seu nome é Arvo Pärt? Você é maluco ou o quê?

Arvo Pärt, que há muito tempo se esforçava para esquecer que se chamava Silon Karp, a princípio ficou bastante zangado, depois seus maxilares começaram a tremer e por fim ele teve um acesso de choro. Por que não podia chamar-se Arvo Pärt? Afinal, ele era Arvo Pärt!

Agora caminhava, mancando, na direção do trailer de Vera Zarolha. Ele sabia que lá encontraria alguém que acreditasse nele. Vera sabia como ninguém consolar uma pessoa maltratada.

Acima de tudo, ela sabia que ele era Arvo Pärt.

— Vera!

Pärt bateu duas vezes à porta. Depois gritou o nome dela. Ninguém se atrevia a ir entrando no trailer de Vera, ela podia ficar bastante zangada com isso.

Porém, naquela manhã, ela dificilmente teria condições de se zangar. Na verdade, não estava em condições de fazer coisa alguma. Foi o que Pärt percebeu de imediato quando afinal ousou abrir a porta do trailer e viu o corpo nu no chão sobre uma poça de sangue coagulado, com um monte de formigas em volta.

O rosto dela estava irreconhecível.

Os dentes, caídos junto à soleira.

Olivia acordou de supetão, cheia de energia, e notou que a sua garganta estava muito melhor. O remédio caseiro da mamãe, pensou. Será que Maria não devia se dedicar a isso? A trabalhar com medicina alternativa? Mel e um pouco de abracadabra, em vez de ficar alimentando obsessões naquela casa de veraneio? Então, ela se lembrou de Eva Carlsén, a mulher que Maria tinha visto na televisão, a mulher que tinha escrito um livro sobre o mundo das acompanhantes de luxo.

Encontrou Eva Carlsén na lista telefônica.

Olivia sugeriu que as duas se encontrassem para conversar pessoalmente e não por telefone. Ela não gostava muito de falar ao telefone, por isso suas ligações eram sempre curtas. Além disso, queria fazer algumas anotações. Então, acabaram se encontrando em Skeppsholmen. Eva Carlsén tinha uma reunião lá que acabaria às onze horas, então, às onze e meia, elas já estavam sentadas num dos bancos do calçadão da ilhota, bem em frente às águas onde o navio de guerra *Vasa* havia naufragado.

— Então, foi assim que você conheceu Jackie Berglund?

— Exatamente.

Eva Carlsén contou sobre o seu trabalho a respeito do mercado de acompanhantes de luxo. Em como começou aquela pesquisa com uma amiga sua que, do nada, disse um dia que tinha trabalhado como garota de programa por vários anos quando era jovem. Aquilo despertou a curiosidade de Eva Carlsén. Não demorou até que ela descobrisse que aquele mercado continuava florescendo rapidamente mesmo na atualidade. Especialmente graças à internet. Além disso, havia ainda um mercado clandestino, bem mais exclusivo, e foi nesse nicho de mercado que ela acabou conhecendo Jackie Berglund. Ela administrava uma dessas agências que não apareciam nem em anúncios nem na internet.

— E qual era o nome dessa agência? — perguntou Olivia.

— Red Velvet.

— E ela era a dona da agência?

— Era e continua sendo, até onde eu saiba. É uma mulher de negócios bastante empreendedora e bem-sucedida.

— Em que sentido?

— Ela batalhou para subir. Começou como garota de programa, trabalhou com um tal de Milton durante algum tempo, depois recrutou várias garotas e abriu a sua própria agência.

— Alguma atividade criminosa envolvida nisso?

— Bem, trata-se de uma zona cinzenta. Os serviços de acompanhamento não são ilegais, mas se incluem a prestação organizada de serviços sexuais, são classificados como prostíbulos.

— E a agência dela se enquadrava nessa categoria?

— Provavelmente, mas nunca consegui obter nenhuma prova cabal nesse sentido.

— Ah, mas então você tentou?

— Sim, mas em dado momento fiquei com a sensação de que ela contava com a proteção de pessoas muito importantes.

— Por exemplo?

— Não saberia dizer. Eu trouxe uma parte do material que coletei na época, se você quiser dar uma olhada em alguma coisa...

— Claro!

Carlsén entregou uma pasta cheia de documentos, olhou para Olivia e então perguntou:

— Mas qual é o seu interesse em Jackie Berglund?

— O nome dela surgiu num antigo caso de homicídio sobre o qual estou fazendo um trabalho escolar na Academia de Polícia. O caso de uma mulher que foi assassinada em Nordkoster.

— Quando foi isso?

— Em 1987.

Carlsén não conseguiu disfarçar uma certa reação.

— Sabe algo a respeito disso? — perguntou Olivia.

— Sim, na verdade sei, sim, foi uma coisa horrível, eu tinha uma casa de veraneio lá nessa época.

— Em Nordkoster?

— Sim.

— E você estava lá quando o crime aconteceu?

— Estava sim.

— É mesmo? Que interessante! Mas me conta! Eu estive lá e conheci uma senhora, Betty Nordeman, que...

— Ah, a dona da pousada — disse Carlsén, com uma risadinha.

— Isso mesmo! Ela também morava lá quando o crime aconteceu e me contou muita coisa sobre as pessoas que estavam hospedadas na pousada e o que elas disseram. Mas me conta o que você ficou sabendo.

Carlsén olhou na direção do mar e prosseguiu:

— Na verdade, eu fui até lá para esvaziar a minha casa de veraneio, que tinha sido colocada à venda. Fiquei só um fim de semana lá, então, uma noite, ouvi um barulho de helicóptero e vi que era um helicóptero ambulância, imaginei que alguém devia ter caído de um barco ou algo assim, mas daí a polícia também chegou na manhã seguinte e conversou com todas as pessoas que se encontravam na ilha na ocasião e... bem, foi realmente algo horroroso... Mas por que é que vocês receberam um trabalho sobre esse caso antigo na Academia de Polícia? Por acaso as autoridades policiais estão pensando em retomar a investigação?

— Não, não é nada disso, se depender delas, acho que o caso vai continuar engavetado. Eu nem mesmo consegui encontrar o policial que chefiou a investigação na época. De qualquer forma, essa Jackie Berglund me deixou com uma pulga atrás da orelha.

— Ela estava na ilha quando o crime ocorreu?

— Sim, estava.

— Mas o que ela estava fazendo lá?

Olivia contou que Jackie estava na ilha quando o assassinato foi cometido, que ela chegou a ser interrogada pela polícia, mas que os seus depoimentos não esclareceram coisa alguma. Carlsén apenas assentiu com a cabeça.

— Bem, essa mulher realmente parece ter um talento e tanto para se meter em confusão... Eu fiz uma entrevista com ela também, uns dois anos atrás. Posso lhe enviar o arquivo com essa entrevista se você quiser.

— Ah, isso seria ótimo, obrigada.

Olivia arrancou um pedaço de papel da sua caderneta de anotações, anotou o seu e-mail e entregou a Carlsén.

— Obrigada. Mas tome cuidado — disse Carlsén.

— Como assim?

— Se você for atrás dessa Jackie Berglund, tome cuidado, pois ela está cercada de gente que realmente não é lá flor que se cheire.

— Certo, obrigada pelo aviso.

Carlsén fez menção de se levantar, mas Olivia perguntou:

— E no que você está trabalhando no momento?

— Bem, estou escrevendo uma série de artigos sobre violência juvenil, e de que forma essa violência se manifesta naqueles vídeos que estão circulando na internet, você sabe, daqueles jovens que espancam moradores de rua e filmam os espancamentos.

— Ah, sim, eu vi alguns desses vídeos... Um horror só.

— Pois é, eles divulgaram outro vídeo hoje mais cedo.

— Tão horrível como os outros?

— Não. Este é ainda pior.

Jelle ficou a madrugada inteira repassando na mente aquela visita ao trailer, só conseguindo dormir por cerca de uma hora quando já amanhecia. No seu refúgio. Agora estava na Associação Nova Comunidade, tentando manter o corpo acordado com a ajuda de um café preto horroroso. Estava decidido a não fugir da raia. Talvez não fosse uma boa ideia. Mas iria procurar Vera no ponto dela na Götgatan, ou onde estivesse, para lhe pedir desculpas pelo seu comportamento na noite anterior.

Era o mínimo que podia fazer.

No exato momento em que se levantou, seu celular soou. Era uma mensagem de texto. Jelle abriu a mensagem e leu. Era uma mensagem cheia de erros de ortografia, mas o conteúdo era mais claro do que o sol e a assinatura, curta: Pärt.

Jelle pensou em tanta coisa no trajeto até o bosque de Ingenting. A imaginação tinha voado e adentrado os recantos mais gélidos do pensamento. Alguns trechos do trajeto ele percorreu correndo e agora chegava em disparada, passando em meio a árvores e pedras, ofegante, até ver Rune Forss lá longe, parado junto ao trailer.

O policial Rune Forss.

Seus caminhos já tinham se cruzado no passado, então sabia exatamente de que tipo de gente se tratava. Rune Forss estava parado junto ao cordão de isolamento em volta do trailer, fumando um cigarro. Jelle se escondeu atrás de uma árvore e tentou chegar mais perto, agachado. Seu coração vinha batendo em todos os compassos possíveis na última meia hora, o suor escorria debaixo do casaco. Então, ele viu uma mão abanando um pouco a distância, no meio de uns arbustos.

Pärt.

Jelle foi se arrastando na direção dele, que estava sentado sobre uma pedra enorme e se desmanchava aos prantos. Uma mistura de saliva e ranho escorria pelo seu queixo. Tinha tirado o casaco. Seu tronco nu era totalmente coberto, tanto na frente quanto nas costas, de tatuagens de pratos de porcelana decorados de azul e vermelho. Ele limpava o rosto desesperadamente nas mangas do casaco. Foi Pärt quem encontrou Vera e deu o alarme e também foi ele quem aguardou até que a polícia chegasse e ela fosse carregada na maca e levada de ambulância com a sirene ligada a todo volume.

— Ela está viva?

— Acho que sim...

Jelle se jogou no chão e ficou encolhido por alguns instantes. Pelo menos tinha sobrevivido. Pärt contou que já tinha sido interrogado pela polícia. Os policiais concluíram que ela deve ter sido espancada várias horas antes, ou seja, em algum momento no meio da madrugada. Jelle imaginou exatamente quando aquilo devia ter acontecido. Depois que ele saiu do trailer e foi embora.

Depois que foi embora sem qualquer motivo.

Abandonando o barco como um rato.

De repente, começou a vomitar.

O homem que saiu do trailer chamava-se Janne Klinga e fazia parte da equipe liderada por Rune Forss, formada para investigar aquela série de agressões aos sem-teto, as AST, no jargão policial. Klinga foi direto até onde Forss estava parado, fumando.

— São os mesmos criminosos? — perguntou ele.

— Pode ser que sim, pode ser que não.

— Se a mulher não sobreviver, este caso passa para a alçada da divisão de homicídios.

— Sim, mas pelo menos não precisaríamos mudar a sigla. AST também serve para Assassinatos de Sem-Teto. Não é uma boa?

Klinga olhou de esguelha para o chefe. Era um entre muitos policiais que não morriam de amores por Forss.

Ao voltar de seu encontro com Eva Carlsén, Olivia ligou para Lenni e sugeriu que se encontrassem para fazer alguma coisa juntas. Olivia percebeu que já fazia um bom tempo que vinha sendo relapsa com a amiga.

Agora estava sentada no Blå Lotus, um restaurantezinho com mesas na calçada, não muito longe de onde morava. Bebia chá vermelho e pensava em sua conversa com Carlsén. Achou que houve uma empatia instantânea entre as duas, como costuma acontecer de vez em quando com algumas mulheres. Algo totalmente distinto de quando conversou com a fria Marianne Boglund. Eva Carlsén era uma mulher totalmente diferente: simpática e de mente aberta.

A pasta que tinha recebido de Carlsén estava aberta à sua frente sobre a mesinha do restaurante. Havia uma divisória especial com o nome "Jackie Berglund". Ela começou a folhear enquanto Lenni não chegava.

Havia muito material a respeito de Jackie Berglund.

Você subiu bastante na vida depois de passar pelas mãos daqueles noruegueses na ilha, Olivia pensou ao repassar a documentação sobre a agência de Jackie. A seleção de acompanhantes femininas da agência Red Velvet era bastante ampla. Mesmo assim, segundo Eva afirmava numa nota de rodapé, a parte visível do negócio provavelmente não era a mais lucrativa. A verdadeira mina de ouro vinha por outros canais muito diferentes.

De clientes totalmente diferentes.

Clientes com altos cargos, Olivia pensou. O que ela não daria naquele exato momento para dar uma espiada na lista de clientes de Jackie? Que nomes encontraria naquela lista?

Ela se sentia como uma das Panteras.

Só que ela não era uma detetive de histórias policiais. Era uma mulher solteira de apenas 23 anos de idade, aluna da Academia de Polícia e esperava nunca ter que se envolver com casos daquele tipo. Porém, estava ciente de que isso não seria possível. No momento, tinha em suas mãos um caso concreto de homicídio, com uma vítima concreta e um enigma concreto a ser resolvido. Um enigma que seu próprio pai não conseguiu resolver na sua época. Ela já estava prestes a pedir uma barra energética para devorar quando Lenni finalmente apareceu.

— Oi, lindona! Desculpe o atraso!

Lenni se abaixou para dar um abraço na amiga. Estava usando um vestido de verão amarelo quase transparente de tão fino, além de bastante decotado. E exalava um cheiro forte do seu perfume favorito, Madame.

Os longos cabelos louros ainda estavam um pouco molhados e a boca pintada de um vermelho intenso. Lenni sempre andava um pouco arrumada demais, mas nada disso importava, ela ainda era a melhor e mais fiel amiga de Olivia.

— E você, o que anda fazendo? Escrevendo uma tese de doutorado?

— Não... apenas aquele trabalho para a academia, lembra?

Lenni suspirou fundo.

— Ah, mas você deve estar terminando, né? Tenho a impressão de que já faz uma eternidade que começou a fazer esse trabalho...

— Que exagero. Não faz uma eternidade! É que é um trabalho bastante abrangente, então leva algum...

— O que é que você está tomando? — interrompeu Lenni, como costumava fazer quando achava que o assunto da conversa começava a ficar chato. Olivia informou-lhe o que era aquilo na sua xícara. Então, Lenni desapareceu restaurante adentro para fazer o seu pedido. Quando voltou, Olivia recolhera da mesa a documentação sobre Jackie Berglund e ouviu um relatório atualizado completo sobre a vida da amiga.

Ela ouviu tudo em silêncio. Nos mínimos detalhes. Mesmo aqueles que preferia não saber. Teve que ver umas fotografias de Jakob, com e sem roupa, e também ficou sabendo de como era doido o chefe de Lenni. Que atualmente trabalhava numa videolocadora. Olivia ria dos comentários venenosos e afiados de Lenni a respeito dos acontecimentos e das aventuras de sua própria vida e da vida das pessoas que ela conhecia. Lenni tinha um talento único para fazer Olivia relaxar e resgatar pouco a pouco algo que lembrasse a vida de uma jovem normal de 23 anos. Quase se arrependeu de não ter acompanhado a amiga aquela noite na boate. É, acho que estou me tornando uma chata mesmo. Primeiro, imersa na Academia de Polícia, e agora neste homicídio de Nordkoster, Olivia pensou.

Ela e Lenni combinaram fazer alguma coisa juntas naquela mesma noite. Apenas as duas. Ver um filme, beber cerveja, comer pizza. Assim o mundo voltaria a ser como antes.

Antes de Jackie Berglund.

A bolinha da roleta girava cada vez mais lenta e mais lenta. Até finalmente parar no número zero. Um número que era capaz de arrasar qualquer sistema infalível. Caso existisse um sistema infalível.

Alguns afirmavam que sim ou até mesmo acreditavam que sim.

Não era o caso de Abbas, nem por um segundo. Abbas el Fassi era crupiê e tinha visto os sistemas mais complicados serem desmontados. Tanto ali, no cassino Cosmopol, de Estocolmo, como em vários outros cassinos mundo afora. Ele sabia que não existia um sistema infalível que permitisse alguém ganhar uma fortuna nas roletas. O que existia era sorte, ou fraude.

Sistema, não.

A sorte, sim, era capaz de fazer pipocar dinheiro em qualquer roleta do mundo. Especialmente se se fizesse uma aposta máxima no zero e a bola caísse nesse número. Como tinha acabado de acontecer. Aquilo rendeu uma boa bolada para o jogador sortudo, um empresário com bolsas sob os olhos recém-extirpadas e um enorme abacaxi nas mãos para descascar.

Bertil Magnuson pegou aquele prêmio polpudo e separou uma gorjeta generosa para Abbas, conforme a tradição. Depois, separou outra parte do prêmio e deu ao sujeito que estava ao seu lado. Lars Örnhielm, mais conhecido como Latte. Um dos que integravam o círculo de amizades de Bertil. O sujeito tinha um bronzeado artificial e vestia um terno Armani. Latte recebeu as fichas e colocou-as de imediato na mesa para jogar, todo afobado. Parece uma galinha caipira, Abbas pensou.

Então, o celular de Bertil vibrou no seu bolso.

Esquecera-se de desligar o aparelho.

Bertil se levantou da mesa de jogo ao mesmo tempo que tirava o telefone do bolso e se afastava um pouco dos outros jogadores para encontrar um lugar mais discreto para atender.

Um lugar afastado, mas perto o suficiente para que Abbas conseguisse continuar de olho nele, como crupiê profissional que era. Daqueles que não olham nada, mas veem tudo. Foco total na mesa de jogo, mas olhos facetados capazes de causar inveja a uma vespa.

Assim, ele viu quando Bertil Magnuson, um dos jogadores mais frequentes de sua mesa, segurava o celular junto ao ouvido sem dizer uma palavra, mas com uma linguagem corporal que revelava a sua reação ao que estava ouvindo.

Não, ele não parecia estar gostando nada do que ouvia.

Abbas estava pensando naquela ligação, mais tarde, quando entrou no restaurante Riche. Não porque tenha sido uma ligação muito demorada, mas porque Bertil Magnuson deixou o cassino imediatamente após recebê-la. Mesmo ainda com uma pequena fortuna na mesa e acompanhado de um parceiro de jogo visivelmente confuso, sem entender por que Magnuson quis ir embora antes de terminar suas fichas. De qualquer forma, Latte se deu conta de que devia ir junto com ele. Porém, antes de fazê-lo, tentou utilizar as fichas de Magnuson da melhor forma possível, mas acabou perdendo tudo em menos de quinze minutos.

Galinha caipira.

E foi embora.

Abbas continuava pensando naquela ligação. Por que Bertil Magnuson decidiu ir embora logo depois de recebê-la? Qual seria o assunto? Negócios? Talvez até pudesse ser, mas Magnuson era uma presença constante na sua mesa de jogo há tempo suficiente para saber que ele não gostava de desperdiçar nenhum centavo do seu dinheiro. Não que fosse um mão de vaca. Simplesmente não era alguém que gostasse de perder dinheiro à toa. Porém, dessa vez, tinha jogado ao vento algumas notas de mil coroas.

E simplesmente foi embora.

Abbas foi até o bar e pediu uma garrafa de água mineral sem gás e foi se sentar numa mesa ao fundo. Era um bom observador, tinha 35 anos de idade, era de origem marroquina, mas criado em Marselha. Começou a ganhar a vida como vendedor ambulante, tentando vender bolsas de marca falsificadas. Primeiro em Marselha, mais tarde em Veneza. De onde, depois de uma briga de faca que terminou mal na ponte de Rialto, ele se mudou e foi trabalhar na Suécia. Ali também se envolveu em vários casos que requisitaram a atenção da polícia, até que Abbas decidiu mudar de vida e de profissão, aprendeu a trabalhar como crupiê e virou um adepto do sufismo.

Atualmente, tinha um emprego fixo no cassino Cosmopol.

Um *bon vivant*, alguns diriam a respeito dele depois de observá-lo por alguns instantes. Elegante, bem barbeado. De vez em quando, fazia uma linha discreta com lápis de maquiagem para destacar ainda mais os olhos. Sempre vestia roupas elegantes de corte perfeito, confeccionadas por alfaiates em cores elegantes. De longe, chegava a parecer que suas roupas tinham sido pintadas diretamente sobre o seu corpo.

— Olá!

A garota que estava de olho em Abbas fazia algum tempo era loura e estava relativamente sóbria, além de um pouco solitária. Ele também parecia um pouco solitário, então ela imaginou se eles não poderiam ficar solitários juntos.

— Tudo bem?

Abbas olhou a jovem. Ela teria... o quê? Uns 19 ou 20 anos, por aí?

— Não estou aqui.

— Como é que é?

— Não estou aqui.

— Você não está aqui?

— Não.

— Pois eu acho que está.

A garota sorriu um pouco, sorriso discreto, inseguro, e Abbas correspondeu ao sorriso. Os dentes dele pareciam ainda mais brancos, emoldurados pelo seu rosto moreno, e a voz, apesar de falar baixinho, encobria de forma surpreendente a música de bar que tocava num volume alto.

— Isto é o que você pensa — ele retrucou.

Então, a garota se decidiu rapidamente. Homens difíceis definitivamente não eram a praia dela, e aquele ali sem dúvida era um desse tipo. Ele que vá pastar!, ela pensou, meneando a cabeça e voltando para a sua mesa solitária.

Abbas seguiu-a com os olhos e pensou em Jolene Olsäter. Que tinha mais ou menos a mesma idade, só que com síndrome de Down.

Jolene teria entendido exatamente o que ele queria dizer.

O projetor foi desligado na exígua sala de um dos prédios da sede da polícia na Bergsgatan. Rune Forss acendeu a luz da sala. Ele e os integrantes da equipe AST tinham acabado de assistir a um vídeo gravado por celular e divulgado na internet. O vídeo mostrava o espancamento de Vera Larsson em seu trailer no bosque de Ingenting.

— O rosto do agressor não aparece claramente em nenhuma imagem.
— É, em nenhuma mesmo.
— Mas o começo do vídeo foi bem interessante.
— A parte em que eles faziam sexo?
— É.

Havia quatro policiais na sala, incluindo Janne Klinga. Todos reagiram ao ver as imagens gravadas com um celular através da janela oval do trailer que mostravam um homem nu sobre uma mulher que eles sabiam se tratar de Vera Larsson. O rosto do homem aparecia rapidamente como um borrão torcido. Rápido demais para que fosse possível identificar as feições.

— A gente precisa localizar esse sujeito — disse Forss.

Todos fizeram que sim com a cabeça. Mesmo que provavelmente aquele homem não fosse o responsável pelas agressões sofridas por Vera Larsson, ainda assim ele poderia prestar esclarecimentos interessantes. Ele devia estar na cena do crime mais ou menos na mesma hora em que o espancamento ocorreu.

— Vamos encaminhar o vídeo ao departamento técnico para ver se eles conseguem melhorar a definição da imagem específica do rosto e assim tentar identificá-lo.

— Acha que ele também poderia ser outro sem-teto? — Klinga perguntou.
— Não faço a mínima ideia.
—Vera Larsson era prostituta?
— Não que a gente tenha conseguido apurar. Mas quando se trata dessa gente, nunca se sabe — respondeu Forss.

* * *

Da perspectiva de uma série de hospital para TV, tudo estava perfeitamente coreografado. A luz amarelo-esverdeada, todos os aparelhos, a equipe médica em volta da paciente, as enfermeiras no círculo externo, os termos médicos ditos em voz baixa, instrumentos cirúrgicos grandes e pequenos passando de uma mão enluvada com látex para outra.

Uma cirurgia como outra qualquer.

Mas visto de dentro, da perspectiva da paciente, tudo parecia bem diferente. Para começar, porque ela não via nada, uma vez que seus olhos estavam fechados. Depois, não havia consciência de nada, a paciente estava anestesiada. Por fim, aquilo que sabemos tão pouco. Havia a percepção de vozes e um caleidoscópio interior de imagens, um redemoinho de lembranças se movimentando em ritmo lento bem no fundo do cérebro, naquele lugar em que nenhum de nós sabe exatamente o que tem até afundarmos nele.

Era ali dentro que estava Vera.

Assim, ao mesmo tempo em que o mundo exterior se ocupava do seu corpo, dos seus órgãos e de tudo mais que havia sofrido algum tipo de dano, Vera estava em outro lugar muito diferente.

Sozinha.

Com um chaveiro e um corpo enforcado.

E uma criança branca como neve, sentada no chão, escrevendo em sua própria mão com uma caneta cheia de tristeza: "Tinha de ser assim? Tinha de ser assim?"

Lá fora, o Hospital Geral do Sul de Estocolmo se estendia como um *bunker* gigantesco feito de pedras brancas como ossos, com suas fileiras de janelas iluminadas. Não muito distante do estacionamento do hospital, um homem de cabelos compridos estava parado sozinho no escuro. Seus olhos buscavam uma janela onde se deter.

Quando seus olhos afinal escolheram uma, as luzes se apagaram de repente.

8

UMA ONDA DE SILÊNCIO REINAVA no parque de Glasblåsar naquela manhã, como se um vento tivesse lançado um véu de tristeza sobre a humanidade. Vera Zarolha estava morta. A querida Vera deles estava morta. Sua luz tinha se apagado pouco depois da meia-noite devido a complicações decorrentes da ruptura de órgãos. Os médicos tinham feito tudo o que podiam fazer, tanto clínica quanto profissionalmente, e quando o coração de Vera se tornou uma linha horizontal na tela, as enfermeiras assumiram suas funções.

Ad mortem.

Em silêncio, um depois do outro, eles começaram a chegar ao parque, acenavam com a cabeça um para o outro, se abraçavam e, em seguida, deixavam-se cair nos bancos do jardim. Um redator da revista dos sem-teto também estava lá. Vera fora uma das vendedoras deles por muitos anos. Ele pronunciou algumas palavras comovidas sobre o destino e sobre como Vera tinha sido uma fonte viva de carinho para todos à sua volta. Todos concordaram com a cabeça.

Depois, cada um submergiu nas próprias lembranças que tinham dela.

A sua querida Vera estava morta. Ela, que nunca tinha conseguido tocar sua vida adiante. Que continuava lutando com os fantasmas em sua mente, com as lembranças cruéis de sua infância, que jamais tinha conseguido superar aquilo tudo.

Agora estava morta.

Dali em diante, nunca mais assistiria ao pôr do sol nem iria soltar, de repente, aquela sua risada rouca, tampouco se entregaria a debates tortuosos sobre como a sociedade era relapsa com o que ela chamava de "a realidade dos errantes".

A guerreira não existia mais.

Jelle chegou sem ser notado por uma das entradas do parque. Ele se sentou num dos bancos mais afastados. Para marcar claramente a duplicidade do que estava sentindo: eu estou aqui, um pouco afastado, mantenha distância. Na verdade, não sabia por que tinha ido até lá. Ou melhor, sabia sim. Ali estavam apenas as pessoas que sabiam quem tinha sido Vera Larsson. Aquela mulher de Uppland que fora assassinada. Ninguém mais tinha vindo. Ninguém mais estava preocupado, ninguém mais estava de luto por ela. Apenas aquelas pessoas que estavam ali sentadas, naqueles bancos.

Aquela congregação de maltrapilhos infelizes.

Incluindo ele.

Ele, que tinha feito amor com ela e, depois, visto ela adormecer, que tinha acariciado a cicatriz esbranquiçada dela e depois foi embora.

Como um rato medroso.

Jelle se levantou.

Finalmente tomou uma decisão. Primeiro, procurou por todos os lados alguma escadaria protegida, algum desvão ou qualquer outro lugar onde fosse possível ficar em paz. Mas, no fim, acabou indo parar no seu velho esconderijo, o barracão abandonado às margens do lago Järla. Ali ficaria seguro. Ali não seria perturbado por ninguém.

Ali poderia ficar quieto e encher a cara.

Jelle nunca bebia. Há muitos anos que não tomava nenhuma bebida forte. Tinha conseguido uma grana da revista e então comprou uma garrafa de vodca e quatro cervejas de alto teor alcoólico.

Devia ser o suficiente.

Deixou-se cair no chão. Duas raízes grossas tinham atravessado o assoalho de madeira e ele sentiu o cheiro de mofo subindo da terra úmida. Então, colocou um pedaço de papelão e espalhou alguns jornais pelo chão, era o suficiente, pelo menos por enquanto. Mas, no inverno, congelava assim que adormecia.

Ele olhou para suas mãos. Eram mãos magras com dedos compridos. Parecem garras, pensou, enquanto as mãos se fechavam em volta da primeira lata de cerveja.

E da segunda.

Depois bebeu uns tragos de vodca. Quando os primeiros sinais da embriaguez surgiram, já tinha se feito aquela pergunta em voz baixa umas cinco vezes:

— Por que diabos eu a deixei lá?

Sem encontrar resposta alguma. Então, reformulou a pergunta, elevando um pouco mais o tom de voz:

— Por que diabos eu não fiquei lá com ela?

Como da primeira vez, também repetiu essa pergunta cinco vezes, obtendo a mesma resposta: Não sei.

Quando a terceira lata de cerveja e a quinta dose de vodca instalaram-se em seu corpo, desandou a chorar.

Lágrimas pesadas e lentas que escorriam pela pele castigada.

Jelle chorava.

Costumamos chorar quando perdemos alguma coisa ou quando não se tem alguma coisa. Choramos por vários motivos, sejam eles corriqueiros ou profundamente trágicos, ou até mesmo sem motivo algum. Às vezes, choramos simplesmente porque uma sensação nos atravessa e abre uma janela para o passado.

O choro de Jelle tinha uma causa imediata. Vera Zarolha. Porém, aquelas lágrimas tinham uma origem mais profunda, disso ele sabia. Uma origem que remontava à esposa da qual tinha se divorciado, aos amigos que tinha perdido, mas, sobretudo, a uma anciã em seu leito de morte. Sua mãe. Que tinha morrido seis anos antes. Estava à cabeceira do leito de morte da mãe numa clínica oncológica de Estocolmo. O corpo dela, anestesiado com morfina, jazia, inerte, sob aquele teto pesado, a mão que ele segurava parecia a garra enrrugada de uma ave. A mão que ele sentiu contrair-se de repente, as pálpebras que viu se entreabrindo como uma fresta para as pupilas, um punhado de palavras que ouviu quando ela as sussurrou, com seus lábios finos e ressequidos. Então, ele se curvou até quase colar o seu rosto no dela, muito mais perto do que tinha chegado havia muitos anos, e entendeu o que ela dizia. Cada uma das palavras. Uma por uma.

Então, ela morreu.

E agora ali estava ele, sentado, chorando.

E quando a embriaguez aos poucos o envolveu numa névoa de lembranças abomináveis, ele soltou o primeiro grito, e quando as imagens de fumaça e fogo e de um arpão ensanguentado voltaram outra vez, ele desfaleceu de tanto gritar.

Ele alternava com toda a fluência entre o francês e o português. Chegava a falar francês no celular que tinha no ouvido esquerdo e português no celular no ouvido direito. Estava sentado na sua sala exclusiva de diretor executivo num edifício alto da Sveavägen, de onde avistava a sepultura de Palme.

Antigo objeto de ódio nos círculos que frequentava.

Não a sepultura, mas o homem que nela jazia após ser assassinado a tiros.

Olof Palme.

Quando ficou sabendo da morte dele, Bertil Magnuson estava sentado a uma mesa na boate Alexandra, acompanhado de Latte e outros dois alegres sujeitos da mesma laia.

— Champanhe! — gritou Latte.

E o champanhe apareceu.

Por toda a noite, que foi longa.

Isso tinha acontecido há vinte e cinco anos, mas o crime ainda continuava sem solução. Não que Bertil estivesse preocupado com isso. Ele estava ocupado com uma negociação no Congo. Um proprietário de terras de Walikale estava exigindo compensações financeiras exorbitantes. O diretor local da filial da empresa no país, que era português, não concordava com aquilo. O agente francês alegava que a empresa devia ceder às exigências, algo que Bertil não queria fazer.

— Vou ligar para os chefes do estado-maior em Kinshasa.

E assim ele fez. Telefonou e marcou uma teleconferência com uma série de poderosos militares de reputação duvidosa. Proprietários de terras obstinados eram o menor dos problemas para Bertil Magnuson. Eram apenas probleminhas que acabam sendo resolvidos.

Por bem ou por mal.

Infelizmente, ele não dispunha de uma solução desse tipo para o verdadeiro problema que o afligia. Aquela conversa gravada.

Sabia que era impossível rastrear as ligações de Nils Wendt. Essa solução estava posta de lado. Nem sequer sabia se Nils Wendt estava ligando do exterior ou de dentro da Suécia. De qualquer forma, imaginava que Nils iria tentar entrar em contato com ele de alguma maneira. Mais cedo ou mais tarde. Do contrário, que motivo ele teria para fazê-lo ouvir aquela conversa gravada?

Era dessa forma que Bertil raciocinava.

Então, telefonou para K. Sedovic. Uma pessoa de sua extrema confiança. E pediu que verificasse todos os hotéis, motéis, albergues e pousadas na região metropolitana de Estocolmo para ver se encontrava alguma pista de Nils Wendt. Se é que ele se encontrava na Suécia. Bertil estava ciente de que aquela era uma tentativa desesperada. Mesmo que Wendt se encontrasse na Suécia, quem garantia que estaria hospedado num hotel ou algo parecido? Ou que teria se registrado usando o seu verdadeiro nome?

Por outro lado, o que mais ele podia fazer?

Ela é uma mulher bonita, pensou Olivia. Bem conservada. Deve ter feito bastante sucesso como garota de programa quando jovem. Sem dúvida viveu da aparência e do corpo. Olivia avançou um pouco. Estava sentada à mesa da cozinha e assistia em seu laptop a uma entrevista que Eva Carlsén tinha lhe passado. Uma entrevista com Jackie Berglund gravada numa butique no bairro de Östermalm. A Udda Rätt, que ficava na Sibyllegatan. Uma típica loja de classe numa região nobre da cidade, com decoração requintada e roupas de grife que custavam os olhos da cara. "Uma butique de fachada, para encobrir as outras atividades de Jackie", Eva tinha explicado.

Red Velvet.

A entrevista tinha sido gravada fazia uns dois anos. Naquela entrevista, em que a própria Eva fazia as perguntas, Jackie afirmou ser a única proprietária daquela loja. Olivia entrou na internet para pesquisar. A loja ainda existia, ainda tinha o mesmo nome e ficava no mesmo local. E a proprietária era a mesma: Jackie Berglund.

Seria bom ir até lá dar uma olhada, Olivia pensou.

Ela terminou de assistir à entrevista. Eva conseguiu que Jackie contasse sobre o seu passado como acompanhante. Um passado do qual não tinha vergonha alguma. Pelo contrário, foi a forma que encontrou para sobreviver. Porém, negou de forma veemente que aquilo envolvesse favores sexuais remunerados.

— Nós éramos como gueixas, éramos acompanhantes de luxo, contratadas para comparecer a eventos e jantares, para abrilhantar o ambiente, além de estabelecer contatos.

Ela repetiu umas duas vezes a afirmação de que aqueles eventos serviam para "estabelecer contatos". Mas quando Eva tentava esclarecer em que exatamente consistiam aqueles "contatos", Jackie respondia em termos vagos. Para não dizer de forma ríspida. Dizia que aquilo era assunto pessoal.

— Mas poderia se tratar de contatos comerciais? — insistiu Eva.

— Sim, o que mais poderia ser?

— Laços de amizade?

— Bem, isso também.

— Você ainda mantém estes contatos atualmente?

— Alguns, sim.

A entrevista continuou nesta linha. Era evidente, pelo menos para Olivia, o que Eva estava tentando descobrir. Ela queria saber se aqueles "contatos" significavam clientes. Não clientes da butique, mas do outro negócio, o que estava por trás da butique, que não passava de uma fachada. A Red Velvet. A agência de acompanhantes de luxo de Jackie.

Porém, Jackie era esperta demais para cair naquela armadilha. Chegou a esboçar um sorriso quando Eva voltou à carga e perguntou sobre os clientes dela pela quarta vez. Sorriso que desapareceu instantaneamente quando Eva aprofundou a pergunta:

— Você mantém alguma lista dos seus clientes?

— Dos clientes da butique?

— Não exatamente.

— Não sei do que você está falando.

— Eu me refiro à lista de clientes desse seu outro negócio, da sua agência de acompanhantes de luxo. A Red Velvet.

Olivia não conseguiu acreditar como Eva teve coragem de fazer aquela pergunta, o que fez com que ela subisse mais alguns degraus no seu conceito. E ficou evidente que Jackie também ficou estupefata com a pergunta. De repente, dirigiu a Eva um olhar que parecia emergir de um mundo totalmente diferente. De um mundo proibido. Um olhar que fez Olivia se lembrar imediatamente da advertência de Eva. Um olhar de uma mulher que não devia ser flor que se cheire.

Especialmente quando a gente tem apenas 23 anos e não entende muito da vida.

Ou do mundo.

E resolve dar uma de detetive Ture Sventon.

Olivia não conseguiu se segurar e deu uma risadinha, riu para si mesma na frente do laptop. Subitamente, lembrou-se de que a polícia alemã havia desenvolvido um vírus que conseguia se infiltrar e gravar tudo o que acontecia diante da câmera de um laptop.

Olivia abaixou um pouco a lente.

Era quase meia-noite quando Jelle acordou em seu refúgio de madeira cheirando a mofo. Lenta e pesadamente, com os olhos quase grudados de remela e um gosto de cabo de guarda-chuva na boca. Tinha o corpo todo coberto de vômito, apesar de não conseguir se lembrar de ter vomitado. A muito custo, conseguiu se sentar, com as costas apoiadas na parede. Dali onde estava, viu as luzes noturnas da cidade brilhando entre as frestas das tábuas. O cérebro estava pegando no tranco, aos poucos. Ficou sentado por um bom tempo, sentindo o álcool nas veias. Uma espécie de furor inflamado brotou de seu peito e subiu até a cabeça. Tão rápido que quase não conseguia enxergar nada. Então, levantou-se, repentinamente. E deu um pontapé violento contra a porta. Tábuas voaram para todos os lados. A morte de Vera e a traição que ele próprio tinha cometido varavam seu corpo como uma lança. Ele se agarrou à moldura da porta com uma das mãos e se lançou para fora.

E abandonou aquele vazio.

Já era bem depois da meia-noite quando começou a subir a escadaria. A escadaria de pedra à esquerda da garagem subterrânea de Katarina. A escadaria Harald Lindberg, ligando a Katarinavägen ao beco Klevgränd, com quatro lances, num total de cento e dezenove degraus para cima ou para baixo, com um lampião elétrico em cada um dos lances de escada.

Estava chovendo, era uma chuva de verão, tépida e torrencial, mas mesmo assim não o incomodava.

Tinha decidido que chegara a hora.

Houve um tempo, lá pela Idade da Pedra, em que ele teve um porte atlético. Um metro e noventa e dois centímetros de altura e um corpo musculoso. Não era mais assim. Sabia que a sua condição física atual era deplorável, que toda a sua musculatura estava praticamente atrofiada, que o seu corpo há muitos anos era como se fosse um latifúndio improdutivo. Tinha se tornado quase um farrapo humano.

Quase.

Mas isso ia mudar.

Começou a subir a escadaria, um degrau atrás do outro, sem pressa alguma. Levou seis minutos para subir até o beco Klevgränd e outros quatro minutos para descer de volta à Katarinavägen. E, quando tentou subir outra vez, tudo acabou.

De forma absoluta.

Caiu sentado já no primeiro lance de escada e ficou sentindo o coração saindo pela boca. Praticamente, até conseguia ouvir as batidas atravessando o peito. Ouvia como o coração trepidava como um pistão, sem entender o que o seu dono estava pensando da vida. Afinal de contas, quem ele achava que era?

Ou melhor, o que será que ele achava de que era capaz?

Não, ele não era capaz de muita coisa. Pelo menos por enquanto. Naquele exato momento realmente não era capaz de nada. Naquele exato momento, estava ali, sentado, suando, ofegante, tentando apertar as teclas corretas do celular, com enorme dificuldade. Até que por fim conseguiu. Até que por fim conseguiu abrir aquele vídeo na internet.

O vídeo que mostrava o assassinato de Vera.

O vídeo começava mostrando as costas de um homem que copulava com a mulher que estava embaixo dele. Ele e Vera. Voltou ao início do vídeo. Será que alguém tinha conseguido identificar o seu rosto? Dificilmente. Mas mesmo assim. Sabia que Rune Forss e seus parceiros iriam fuçar nos mínimos detalhes. E deviam estar extremamente interessados no homem filmado naquele trailer pouco antes de Vera ser atacada. O que aconteceria se eles conseguissem identificá-lo? E se o implicassem no assassinato de Vera? E logo o Rune Forss!

Jelle não gostava nem um pouco daquela ideia. Não, ele realmente não gostava nada de Rune Forss. Um canalha de marca maior. Um canalha capaz de cometer os maiores absurdos caso estivesse convencido de que Jelle estaria de alguma forma envolvido no assassinato de Vera.

Sim, havia esse risco.

Jelle assistiu a mais um trecho do vídeo. No momento em que eles começavam a espancar Vera, ele parou o vídeo e deixou os olhos correrem pela avenida. Que covardes miseráveis, pensou, eles esperaram até que eu fosse embora. Só tiveram colhões para entrar no trailer depois que eu não estava mais lá. Esperaram até que Vera estivesse sozinha para atacá-la.

Pobre Vera.

Abanou a cabeça e cobriu os olhos com uma das mãos. O que era realmente o que ele sentia por Vera? Antes que tudo aquilo tivesse acontecido?

Pena.

Desde a primeira vez em que ele a viu e percebeu como os olhos dela procuravam desesperadamente os dele, como se ele fosse uma corda de salvação para a vida. O que ele estava longe de ser. Pelo contrário. Ele próprio tinha se afundado bastante naqueles últimos anos. Não exatamente até o fundo do poço em que Vera de fato se encontrava, mas também não muito acima disso.

Agora ela estava morta e ele estava ali, sentado. Exausto. Numa escadaria de pedra não muito longe de Slussen, no coração de Estocolmo. E pensava nela. E em como a tinha abandonado lá, sozinha, naquele trailer. E, simplesmente, foi embora. Mas, agora, precisava fazer aquele exercício. Descer e subir aquelas escadarias. Noite após noite, até voltar a ficar em forma física, numa forma física suficientemente boa para enfrentar quem devia enfrentar.

Os sujeitos que assassinaram Vera.

Foi exatamente como Bertil Magnuson temia. K. Sedovic acabava de apresentar o seu relatório: não havia ninguém chamado Nils Wendt hospedado em qualquer hotel de Estocolmo. Onde é que, então, ele poderia estar se escondendo? Se é que ele realmente tinha voltado ao país. Era pouco provável que mantivesse contato com algum de seus antigos conhecidos, disso Bertil também já tinha se certificado, discretamente. Atualmente, o nome Nils Wendt tinha caído em total esquecimento.

Então, o que fazer?

Bertil se levantou e foi até a janela. Os carros desfilavam pela Sveavägen. Sem ruído algum. Há anos, tinha mandado instalar um exclusivo isolamento de vidro em toda a fachada do escritório que dava para a avenida. Um sábio investimento, Bertil pensou, antes que outra coisa totalmente diferente lhe ocorresse.

Uma outra ideia, mais propriamente dito.

Uma intuição.

Sobre onde Nils Wendt poderia se encontrar com aquela sua maldita gravação.

9

O GAROTO DE CABELOS LOUROS ENCARACOLADOS desacelerou um pouco. O skate estava rachado bem no meio. Ele o tinha encontrado no lixo um dia antes e consertado o melhor que pôde. As rodinhas estavam gastas e ele descia uma ladeira bastante inclinada. E asfaltada. Depois, havia um retão que dava num conjunto habitacional de Flemingsberg. Prédios altos e de cores berrantes em frente dos quais viam-se árvores mirradas. Aqui e ali um playground. Quase toda sacada exibia uma antena parabólica, sinal de que muitos dos moradores daquele subúrbio tinham predileção por assistir a canais de televisão de outros países.

O garoto olhou na direção de um dos edifícios pintados de azul, mais exatamente para uma das janelas que ficava no sétimo andar.

Ela estava sentada à mesa de fórmica da cozinha, fumando, virada na direção de uma fresta da janela que tinha deixado aberta. Para que a fumaça pudesse sair sem deixar cheiro no apartamento. Na verdade, o que ela queria mesmo era parar de fumar de uma vez. Há anos queria parar de fumar, mas aquele era o único vício que tinha e sabia que se não fosse aquele, seria outro. Se parasse de fumar, logo acabaria caindo em algum outro vício.

Ainda mais nocivo.

Ela era Ovette Andersson, mãe de Acke, o garoto de cabelos louros encaracolados que acabara de completar 10 anos.

Ovette tinha 42.

Ela soltou fumaça pela fresta da janela e se virou na direção do relógio de parede, por puro reflexo. O relógio estava parado. Já fazia algum tempo que estava parado. Pilhas novas, meias-calças novas, lençóis novos, vida nova, ela pensou. A lista era incrivelmente extensa. No topo da lista, estava um par de chuteiras novas para Acke. Que ele iria ganhar assim que as coisas ficassem um pouco menos apertadas, conforme lhe tinha prometido. Assim que o aluguel e as outras coisas estivessem pagos. Essas outras coisas incluíam, por exemplo, contas vencidas que estava negociando com um escritório de cobrança e uma das prestações de uma cirurgia plástica. Ela pedira um empréstimo alguns anos antes para colocar silicone nos seios.

Agora estava na hora de cuidar de cada tostão.

— Oi!

Acke entrou segurando o skate quebrado e foi direto até a geladeira, de onde pegou uma garrafa de água gelada. Ele adorava água gelada. Ovette sempre deixava um ou dois litros de água na geladeira para que ele bebesse quando voltava para casa.

Ela e o filho moravam num apartamento de quarto e sala num daqueles prédios. Acke frequentava a escola básica de Annersta, no centro de Flemmingsberg. No momento, estava de férias. Férias de verão. Ovette deu um abraço no filho.

— Eu preciso ir trabalhar hoje à noite.

— Eu sei.

— Devo chegar tarde.

— Eu sei.

— Você vai jogar futebol com os garotos?

— Sim, vou — Acke mentiu, sem que a mãe se desse conta.

— Não esqueça de levar a chave.

— Não, não vou esquecer.

Acke tinha a sua própria chave de casa há tanto tempo que já nem conseguia lembrar desde quando. Ele se virava sozinho durante boa parte do dia. Durante aquela parte do dia em que sua mãe ia à cidade trabalhar. Costumava ficar jogando futebol até anoitecer e depois voltava para casa e esquentava a comida que a mãe deixava pronta para ele. Uma comida sempre deliciosa. Depois, jogava videogame.

Quando não fazia outra coisa.

Olivia estava com pressa. Na verdade, ela detestava ir a supermercados. Especialmente supermercados onde nunca tinha estado antes. Detestava ficar dando voltas por aqueles corredores estreitos no meio das prateleiras apinhadas e ficar batendo cabeça atrás de uma lata de vôngoles para, no fim das contas, se dar por vencida e ficar catando algum funcionário uniformizado para ajudá-la:

— Como é mesmo o nome do produto?

— Vôngoles.

— É um tipo de legume?

O problema é que ela, realmente, não tinha tempo para escolher o supermercado onde iria fazer suas compras naquele dia. Tinha ido fazer a inspeção anual do carro em Lännersta e, na volta, fez um pequeno desvio para passar num supermercado no subúrbio de Nacka, que ficava no trajeto. No momento, percorria apressada a distância entre o estacionamento e a entrada envidraçada do supermercado. Lembrou-se de que, provavelmente, não trouxera nenhuma moeda de cinco ou dez coroas para liberar a corrente de um carrinho de supermercado e, portanto, teria que se virar com uma cesta de plástico. Não tivera tido tempo para trocar uma nota de cinquenta coroas. Então, viu um sujeito alto e magro parado a poucos metros da entrada, segurando um jornal. Era um daqueles sem-teto que se sustentavam vendendo a *Situation Sthlm*. O sujeito tinha um pequeno ferimento no rosto, seus cabelos compridos estavam desgrenhados e lustrosos de tanta gordura e, a julgar pelas roupas que vestia, tinha passado as últimas semanas dormindo muito perto do chão. Olivia passou por ele, olhando para o crachá de identificação que pendia do pescoço do homem. Conseguiu ler o nome JELLE. Mas ela passou por ele, apressada. Lembrava-se de alguma vez ter comprado um exemplar da revista, mas naquele dia não tinha tempo. Estava com pressa. Passou pela porta giratória envidraçada e já se encontrava alguns metros dentro do supermercado quando, de repente, se deteve. Virou-se lentamente e ficou observando o sujeito lá fora por alguns instantes. Sem saber exatamente por quê, ela voltou a sair pela porta, parou uns dois metros adiante e olhou para ele. O sujeito se virou na direção de Olivia e deu dois ou três passos até ela.

— Você gostaria de comprar uma revista para me ajudar?

Olivia enfiou a mão no bolso, puxou a cédula de cinquenta coroas e ficou segurando o dinheiro no ar, ao mesmo tempo em que analisava o rosto do sujeito. Ele pegou a cédula de cinquenta coroas e depois devolveu o troco e um exemplar da revista, dizendo:

— Obrigado.

Olivia pegou a revista e tomou coragem para fazer a pergunta que lhe veio à mente:

— Por acaso o seu nome é Tom Stilton?

— Como é que você sabe?

— Por que está escrito "Jelle" no crachá?

— É o meu apelido. O meu nome completo é Tom Jesper Stilton.

— Sei.

— Mas por que a pergunta?

Olivia voltou a passar por ele e a entrar pela porta giratória do supermercado. Então, se deteve exatamente no mesmo lugar de antes, respirou fundo para se recuperar do susto e se virou. Lá fora, o sujeito juntou o seu fardo de revistas, guardou-o numa mochila toda puída e começou a se afastar. Olivia reagiu. Mas com lentidão. Não estava bem certa do que devia fazer, mas tinha que fazer. Voltou a sair do supermercado e foi atrás do homem que andava bem rápido. Por fim, teve que começar quase a correr. Ele, na frente, sem fazer menção de parar. Mas Olivia conseguiu ultrapassá-lo e parou bem na frente dele.

— O que foi? Você quer comprar mais revistas? — ele perguntou.

— Não. O meu nome é Olivia Rönning, sou aluna da Academia Nacional de Polícia. Eu só queria dar uma palavrinha com você. A respeito daquele caso da praia. Um homicídio que ocorreu há muito tempo em Nordkoster.

O rosto castigado do homem não mostrou o mínimo resquício de reação. Simplesmente, virou-se e começou a atravessar a rua. Um carro teve que frear para não atropelá-lo, e o motorista de longas costeletas no rosto tirou uma das mãos do volante para fazer um gesto com o dedo do meio na direção do sem-teto. Que continuou andando, sem se intimidar. Olivia ficou parada. E ficou ali parada na calçada por um bom tempo, simplesmente olhando, até ele sumir numa esquina e até um senhor de idade ter a delicadeza de perguntar como ela estava:

— Tudo bem com você?

Olivia estava tudo menos bem naquele momento.

Olivia afundou no banco do motorista, tentando se recompor. O carro estava parado no estacionamento do supermercado no qual acabara de encontrar o homem que tinha conduzido a investigação sobre o crime em Nordkoster anos atrás.

O ex-comissário Tom Stilton.

Jelle?

De que maneira o nome do meio dele, Jesper, tinha se transformado naquele apelido? Jelle?

Segundo o seu professor, Tom foi um dos melhores investigadores criminais do país, solucionando vários homicídios importantes, numa das carreiras mais meteóricas na história da polícia sueca. Pois aquele sujeito agora era um dos vendedores da *Situation Sthlm*. Um sem-teto. Que se encontrava num estado físico deplorável. Tão deplorável que Olivia teve que fazer um esforço enorme para perceber que aquele era ele.

E era.

Olivia tinha visto várias fotografias de Stilton quando fez a sua pesquisa nos jornais da época do crime na Biblioteca Real, além de uma fotografia antiga dele na casa de Gunnar Wernemyr, em Strömstad. Tinha ficado um tanto fascinada pelo olhar penetrante daquele sujeito, além de não ter conseguido deixar de notar que era um homem atraente e de uma elegância distinta.

O que, atualmente, estava longe de ser.

Sua deterioração física havia drenado tudo o que havia da antiga personalidade na aparência dele. Até mesmo aquele olhar candente agora estava apagado. O corpo descarnado apenas a muito custo continuava sustentando aquela cabeça e sua cabeleira comprida que destoavam do todo.

Mesmo assim, ele ainda era Tom Stilton.

Inicialmente, Olivia reagiu de maneira apenas instintiva, da primeira vez que passou por ele, mas então foi sendo tomada de uma sensação indefinida que afinal formou uma imagem clara logo que ela passou pela porta do supermercado: Será que aquele é o Tom Stilton? Não pode ser... Isso é tão..., ela pensou. E então foi lá fora para observar melhor o rosto dele.

O nariz. As sobrancelhas. A cicatriz visível num dos cantos da boca.

Sim, era ele!

Só que agora ele tinha sumido outra vez.

Olivia se virou um pouco. No banco do carona, trazia uma caderneta de anotações cheia de dúvidas e considerações a respeito do caso da praia. Perguntas que ela gostaria de fazer ao responsável pelo inquérito original.

Perguntas que gostaria de fazer a ele, Tom Stilton.

Um sem-teto maltrapilho.

O sem-teto, por sua vez, tinha voltado a se esconder às margens do lago Järla. Ainda com a mochila às costas. Às vezes, costumava ir se sentar ali naquele local, não muito distante do seu barracão de madeira. Um punhado de arbustos compactos, a água correndo lentamente por baixo de uma velha ponte de madeira. Um lugar relativamente silencioso.

Ele quebrou um galho de um dos arbustos que havia ao seu lado, arrancou as folhas e enfiou-o na água. Até onde o galho alcançava. Ficou mexendo na água barrenta.

Ainda estava abalado.

Não porque tivesse sido reconhecido por alguém. Quanto a isso não havia remédio. Pois, de fato, ele continuava a ser Tom Jesper Stilton, e não tinha a menor intenção de trocar de nome. Mas por causa do que ela dissera, aquela garota parada na frente dele, aparentemente desorientada.

Olivia Rönning.

Ele conhecia aquele sobrenome. Bastante bem, aliás.

"Eu só queria dar uma palavrinha com você. A respeito daquele caso da praia. Um homicídio que ocorreu há muito tempo em Nordkoster."

Existem eternidades e eternidades. Além disso, existe algo que se chama éon. A eternidade da eternidade. Era mais ou menos esta a distância que ele sentia haver entre si mesmo e o seu passado. Ainda assim, bastava um punhado de palavras para que aqueles éons encolhessem até ficarem do tamanho de um carrapato sedento de sangue.

O caso da praia.

Que nome mais bobo, ele pensou. Um caso, uma praia. Uma expressão tão inócua. Ele próprio jamais tinha se referido àquele assassinato dessa forma. Achava que esse nome desmerecia um dos homicídios mais horrorosos que ele tinha investigado. Esse nome cheirava a manchete de tabloide. Quanto a ele, sempre se referia ao crime apenas como o caso Nordkoster. Concreto. Policial.

Um caso não resolvido.

A razão que tinha levado Olivia Rönning a se interessar pelo caso Nordkoster não era problema dele. Ela vinha de um mundo totalmente diferente do dele. De toda forma, ela acabou plantando um carrapato na carcaça mental dele. Tinha feito um talho na existência e deixado o passado entrar. Era aquilo que o tinha deixado tão abalado. Logo ele, que evitava a todo custo se deixar abalar. Não queria se deixar abalar pelo seu passado e certamente não por algo que já o tinha deixado totalmente abalado há quase dezoito anos.

Jelle tirou o galho de dentro da água.

A leve chuva de verão caía sobre os manifestantes reunidos na calçada em frente à sede da MWM, na Sveavägen. Nos cartazes e faixas que empunhavam, liam-se diferentes palavras de ordem: SAIAM DO CONGO JÁ!, FORA, ESPOLIADORES!, PELO FIM DO TRABALHO INFANTIL NAS MINAS! Um pequeno contingente de policiais fardados observava a certa distância.

Um pouco além, na rua Olof Palme, um velho se apoiava numa das fachadas. Observava os manifestantes, lia as palavras de ordem nos cartazes e nas faixas e um dos panfletos que estavam sendo distribuídos:

As minas de columbita-tantalita exploradas pela MWM vêm destruindo recursos naturais de forma irreversível. Em decorrência da ganância da empresa, os gorilas da região estão sendo desalojados de seu habitat natural. Além disso, esses animais vêm sendo caçados para aproveitamento de sua carne, que é vendida como carne silvestre. Pelo fim da violência sem escrúpulos praticada pela MWM contra a natureza!

O panfleto era ilustrado com fotografias revoltantes de gorilas mortos, pregados em troncos de árvore, imitando as imagens de Cristo na cruz.

O homem jogou o panfleto fora. Depois, o seu olhar percorreu a fachada do outro lado da rua, até alcançar o último andar, onde ficava a sede da MWM. Lá, onde o dono e diretor executivo Bertil Magnuson trabalhava. Ao chegar ali, seu olhar se deteve. Tinha visto Bertil chegar em seu Jaguar prateado e entrar pela portaria.

Você envelheceu, Bertil, pensou Nils Wendt. Então, passou a mão no bolso no qual trazia a fita cassete.

E vai envelhecer mais ainda, logo, logo.

No centro financeiro de Estocolmo, ainda faltava uma hora para a jornada de trabalho acabar. Porém, para Ovette Andersson, a jornada de trabalho estava apenas começando. Seu local de trabalho, na área entre o Banco Central da Suécia e a Real Academia de Belas-Artes, teoricamente funcionava 24 horas por dia. Os automóveis já começavam a circular furtivamente à caça daquelas que a legislação sueca sobre a prostituição denominava "ofertantes de serviços sexuais", em oposição aos "demandantes". Como se o caso se tratasse de uma transação comercial convencional envolvendo os correspondentes produtos sexuais.

Não demorou muito para que o primeiro automóvel parasse onde Ovette se encontrava e baixasse o vidro. Quando as formalidades já tinham sido tratadas e Ovette entrou no carro, ela recalcou um último pensamento sobre o seu filho Acke. "Ele está no futebol com os outros garotos. Ele está bem. Logo, logo, vai ganhar chuteiras novas."

Depois, bateu a porta do automóvel.

Eram quase sete da noite quando Olivia entrou no seu apartamento. Elvis estava esparramado sobre o tapete como se fosse uma garota da *Playboy*, os ossos apontando para todos os lados: era a sua forma de exigir afagos. Olivia pegou-o do chão e afundou o rosto nos pelos macios do seu querido felino. Tinha um cheirinho da ração que ela havia deixado no prato para ele, antes de sair pela manhã. Logo em seguida, ele se acomodou perfeitamente sobre o ombro de Olivia, seu local favorito, e começou a morder os cabelos dela com delicadeza.

Com o gato ainda sobre o ombro, ela foi até a geladeira, pegou uma garrafinha de suco e foi se sentar à mesa. Enquanto voltava de Nacka, ficou pensando sobre o que tinha acontecido quando se deparou com Stilton. Sim, finalmente, tinha encontrado o comissário que virou um sem-teto. Até aí, tudo bem. Olivia estava ciente de que Stilton devia ter os seus motivos para isso e que, absolutamente, o problema não era da sua conta. Mas, de qualquer forma, ele continuava sendo uma fonte importante a respeito do caso da praia. Uma fonte totalmente desinteressada pelo assunto, como tinha ficado evidente, mas nem por isso menos importante. Também era verdade que ela simplesmente podia desistir daquele trabalho escolar, que afinal de contas era optativo, mas não estava muito predisposta a isso.

Muito pelo contrário.

Achava que aquele encontro com Tom Stilton tinha acrescentado uma nova dimensão ao caso e à sua imaginação um tanto fértil. O percurso que levou Tom Stilton a abandonar uma carreira precoce e bem-sucedida como investigador criminal para se tornar aquele farrapo humano teria algo que ver com o caso da praia? Será que ele tinha descoberto alguma coisa que acabou causando a sua saída da polícia? Afinal de contas, ele não tinha deixado a polícia por motivos pessoais?

— Não foi apenas isso — reconheceu, finalmente, Åke Gustafsson quando Olivia ligou para ele mais uma vez para pressionar mais um pouco por uma resposta definitiva.

— O que mais motivou a saída dele, então?

— Algum conflito por causa de um inquérito.

— O inquérito do caso da praia?

— Isso não sei, eu já tinha começado a dar aula na Academia de Polícia naquela época, mas foi isso que eu ouvi aí pelos corredores.

— Ou seja, esse teria sido, também, um outro motivo para a saída dele da polícia?

— É possível que sim.

A imaginação de Olivia não precisava de mais nada. "É possível que sim." O fato de ele ter deixado a polícia em razão de um conflito ocorrido durante algum inquérito que poderia ter algo a ver com o caso da praia. Ou alguma outra coisa envolvendo aquele caso. Com o que foi que Tom Stilton bateu de frente? Será que ela conseguiria descobrir?

Sim, estava decidida. Não iria largar do pé de Tom Stilton. Iria atrás dele de qualquer maneira. Mais especificamente, iria até o escritório da revista para descobrir o que fosse possível a respeito de Tom Stilton.

E, então, voltaria a entrar em contato com ele.

Mas, da próxima vez, mais bem preparada.

* * *

Foi na escadaria Harald Lindberg que eles voltaram a se encontrar. Tarde da noite, um pouco depois da uma da madrugada, por puro acaso. Stilton estava descendo a escadaria pela quarta vez quando topou com Minken que subia.

Eles se encontraram no segundo lance de escadas.

— Oi.

— Ainda com dor de dente?

— Senta aí.

Stilton apontou para um dos degraus. Minken reagiu de imediato. Tanto por causa daquele tom de voz duro quanto pelo fato de Stilton ter desistido de continuar descendo a escadaria. Será que ele queria conversar sobre alguma coisa? Minken olhou para o degrau que Stilton lhe indicara, imaginando qual tinha sido a última vez que algum cachorro teria cagado ali. Mas acabou se sentando. E Stilton se sentou ao lado dele. Tão ao lado que Minken sentiu um odor desagradável de sujeira e amoníaco.

E de suor. Muito suor.

— Então, Tom? Qual é a parada? — ele perguntou com a sua voz esganiçada.

— Eles acabaram com a Vera.

— Aquela do trailer?

— Sim.

— Vocês eram amigos?

— Sim, éramos.

— Você sabe quem foi que fez isso?

— Não. E você, sabe?

— Não... por que eu deveria saber?

— Porque antes você costumava estar sempre bem informado a respeito de qualquer marginal que estivesse em circulação. Ou será que você já não é mais o mesmo?

Um comentário que teria rendido a qualquer pessoa uma cabeçada no nariz, menos a Stilton. Ninguém simplesmente dava uma cabeçada na cara de Tom Stilton. Por isso, Minken engoliu o sapo e apenas olhou para aquele sem-teto alto e fedorento ao seu lado. Alguns anos antes, seus papéis estavam visivelmente invertidos. Quando Minken se encontrava alguns degraus mais abaixo na escala social e Stilton alguns degraus mais acima.

Agora, as coisas estavam como estavam. Minken mexeu no seu rabo de cavalo e perguntou:

— Você está precisando de ajuda?

— Sim, estou — respondeu Stilton.

— Certo. E o que planeja fazer? Quer dizer, se você conseguir encontrá-los.

— Dar um abraço neles em nome de Vera.

Stilton se levantou. Depois de descer dois degraus, virou-se e disse:

— Eu sempre estou por aqui de noite, mais ou menos neste horário. Apareça.

E continuou descendo. Minken continuou ali sentado. Parecia surpreso. Havia algo de diferente em Stilton, algo novo, alguma coisa em como ele se movia, em como ele olhava.

Seu olhar tinha voltado a ser um olhar penetrante.

E ele sustentava o olhar.

Nos últimos anos, ele costumava desviar o olhar no mesmo instante em que alguém tentava olhar nos olhos dele. Mas, agora, foi ele quem fixou o olhar nos olhos de Minken, sem desviá-lo sequer um milímetro.

Jelle voltara a ter o antigo olhar de Tom Stilton.

O que será que aconteceu?

Stilton ficou satisfeito com aquele encontro na escadaria. Conhecia Minken e sabia do que ele era capaz. Um dos poucos talentos de Minken era exatamente obter informações. Um comentário feito aqui, uma conversa escutada ali, mantendo presença constante em diferentes círculos e costurando os pequenos retalhos que juntava aqui e ali até formar um padrão definido. Um nome. Um acontecimento. Em outras circunstâncias, poderia ter sido um excelente analista de notícias.

Em outras circunstâncias muito diferentes.

De qualquer forma, Minken tinha conseguido tirar proveito daquele seu dom. Em especial, depois que conheceu o então investigador criminal Tom Stilton. Que percebeu de cara como poderia aproveitar aquela capacidade de Minken de cavar informações e dedurar:

— Eu não sou dedo-duro!

— Desculpe.

— Você realmente me considera um desgraçado de um dedo-duro?

Stilton ainda se lembrava bem daquela conversa em que Minken se mostrou realmente furioso e indignado.

— Eu te considero mais como um informante. E como você se considera? — Stilton perguntou.

— Informante não seria nada mau. E se a gente fosse apenas dois profissionais trocando experiências, seria ainda melhor.

— E qual é a tua profissão então?

— Sou um equilibrista.

Nesse ponto, Stilton percebeu que Minken talvez fosse um dedo-duro um pouco mais sofisticado do que os seus outros informantes, e que, portanto, talvez fosse melhor dar um pouquinho mais de atenção a ele.

Afinal, ele era um equilibrista.

Algumas horas mais tarde, Stilton atravessou o bosque de Ingenting, carregando uma caixa de papelão. A essa altura, nem se lembrava mais de sua conversa com Minken. A sua atenção estava totalmente voltada para o trailer cinza. Em suportar poder voltar para ele. Havia decidido mudar-se para lá.

Ao menos por enquanto.

Ele sabia que a polícia já tinha concluído suas diligências naquele local e também sabia que a prefeitura queria tirar o trailer dali. Porém, o assassinato de Vera complicara um pouco a novela burocrática e, portanto, o trailer continuaria por ali.

E enquanto continuasse por ali, Stilton planejava morar nele.

Se conseguisse, é claro.

Não era assim tão fácil. Pelo menos, não no início. Ficava perturbado só de olhar para o beliche onde ele e Vera tinham feito amor. Mesmo assim, largou a caixa de papelão no chão do trailer e se sentou no beliche que ficava do outro lado. O trailer continuava meio desolado, mas ao menos não era úmido. Uma luminária, os beliches para dormir. Com outro botijão de gás e um pouco de manha, conseguiria fazer o fogãozinho de campanha funcionar novamente. Ele não dava a mínima para a trilha de formigas. Olhou em volta. A polícia tinha levado embora a maioria dos pertences pessoais de Vera. Até mesmo o desenho de um arpão que ele tinha feito certa vez. Ali mesmo, naquela mesinha. Vera queria saber como tinha sido a infância dele:

— Como um arpão?

— É, mais ou menos isso.

Ele falava pouco sobre Rödlöga. Sobre a sua infância na casa da avó materna da qual tinha lembranças peculiares sobre a caça de focas e saques em navios naufragados. Vera ouvia cada uma das palavras dele com a máxima atenção.

— Parece uma infância feliz.

— Sim, foi boa.

Ela não precisava saber de nada além disso. Ninguém sabia de nada além disso, a não ser o casal Mette e Mårten Olsäter, além de sua ex-mulher. Mas a coisa morria por ali.

Nem mesmo Abbas el Fassi sabia de nada além disso.

Naquele exato momento, Rune Forss devia estar sentado numa sala da polícia, iluminada de um amarelo néon, observando o desenho de um arpão, se perguntando se aquele desenho de alguma forma poderia ajudar a esclarecer o assassinato de Vera Larsson. Stilton riu por dentro por um instante. Rune Forss era realmente um idiota. Jamais conseguiria solucionar o assassinato de Vera. Nem ao menos tentaria. Simplesmente, iria cumprir o seu expediente, escrever alguns relatórios e mais tarde enfiar seus dedinhos gordos numa bola de boliche.

Aquilo sim era algo que o mobilizava de corpo e alma.

Stilton se espichou sobre o beliche, mas depois voltou a se sentar.

Não, não seria nada fácil se apossar do trailer dela. Ela ainda estava presente ali, ele sentia a sua presença. Sentia e via. O sangue ressecado deixara rastros pelo chão. Ele se levantou e deu um soco violento na parede.

E voltou a olhar os rastros de sangue no chão.

Nunca tinha pensado em vingança antes. Como investigador criminal responsável por elucidar assassinatos, ele sempre manteve o devido distanciamento, tanto com relação às vítimas quanto com relação aos assassinos. Mesmo assim, em alguns poucos casos, tinha sentido pena dos familiares.

Pessoas inocentes que, de repente, sentiam o coração atravessado por um raio. Ainda se lembrava de uma ocasião, de manhã bem cedo, em que se viu obrigado a despertar uma mãe solteira e avisá-la de que o seu único filho tinha acabado de confessar ter assassinado três pessoas.

— O meu filho?

— É, a senhora não tem um filho chamado Lage Svensson?

— Sim, mas o que é que você disse que ele fez?

E outros diálogos desse tipo. Que foram capazes de atormentar Stilton por um bom tempo.

Mas nunca a ponto de fazê-lo pensar em vingança.

Pelo menos até então. Até o assassinato de Vera. Agora era diferente.

Deitou-se no beliche outra vez e ficou olhando para o teto imundo. A chuva matraqueava sobre a esfera de acrílico meio rachada. Pouco a pouco, começava a se deixar infiltrar por tudo aquilo a que, na maioria das vezes, ele fazia questão de ser impermeável.

Afinal de contas, por que é que ele tinha ido parar ali?

No meio das formigas e de poças de sangue ressecado, com aquela sua carcaça quase nas últimas?

E justamente naquele trailer?

Sabia o que provocara isso, há seis anos, e jamais conseguiria se esquecer. As derradeiras palavras de sua mãe. Mas o que ainda o deixava intrigado era como aquilo tinha acontecido tão rápido. Como ele tinha jogado tudo para o ar. Com tanta facilidade, depois de ter se decidido. Com que rapidez tinha se deixado escorrer pelo ralo. Bem consciente do que estava fazendo. Largar tudo o que podia largar e ainda mais um pouco. E, então, ir se esgotando até afundar. E o tempo todo notando como uma coisa levava à outra, com toda a naturalidade. Como podia conseguir renunciar a tudo sem oferecer qualquer resistência. E se desligar. Queimar seus navios. Como tinha sido fácil adentrar um mundo totalmente vegetativo e sem exigências.

Adentrar o vazio.

Tinha refletido a respeito daquele seu vazio por várias vezes, alheio à existência de todos os outros. Refletira sobre assuntos primários como a vida e a morte, o ser e o nada. Colocado determinadas coisas em relevo, tentado encontrar um lastro, um sentido, algo em que pudesse ancorar sua vida. Mas não tinha conseguido achar nada. Nem ao menos um prego onde se agarrar. Ou uma simples tachinha. A queda de uma posição reconhecida até o poço da indignidade o deixou de mãos vazias.

Tanto física quanto mentalmente.

Em determinada época, tentou considerar aquela sua nova existência como uma forma de liberdade. Liberdade das pressões sociais, das responsabilidades, de tudo.

Enfim, era um homem livre!

Falácia à qual uma parcela dos moradores de rua costumava se aferrar, inicialmente. Mas uma falácia que eram forçados a abandonar bem rapidinho. Não, não era um homem livre. Disso estava ciente.

Na verdade, era um homem como outro qualquer, isso sim.

Um farrapo humano que vivia num trailer, como várias pessoas o descreveriam. Não sem razão. Mas um farrapo humano que aprendeu que até mesmo alguém que se encontra no fundo do poço continua tendo muita terra firme debaixo dos pés. Isso era muito mais do que várias pessoas poderiam se gabar de ter. Outras pessoas que davam voos bem mais altos.

Stilton voltou a se sentar. Será que as coisas iam continuar iguais também ali, no trailer da Vera? Aquela mesma ruminação dos diabos? Afinal de contas, não era exatamente disso que ele queria fugir ao abandonar o seu barracão de madeira? Ele enfiou a mão na mochila, pegou um frasco de comprimidos e colocou-o sobre a mesa.

Comprimidos para fugir.

Na sua queda, foi aprendendo como resolver determinados problemas. Fugindo. Enchendo um copo de água, engolindo um ou dois comprimidos de diazepam, uma dose suficiente de fuga.

Simples assim.

— Você é como o Ljugarbenke, o contador de lorotas.

— Quem?

Stilton se lembrou daquela conversa. Estava sentado com um velho conhecido da polícia num banco da praça de Mosebacke e não se sentia bem, até que por fim pegou o seu frasco, e então o rapaz sentado ao seu lado olhou para ele e balançou a cabeça, dizendo:

— Você é como o Ljugarbenke...

— Quem?

— Um cara que só sabia fugir sempre que tinha algum contratempo. Engolia um pó branco e ficava atirado no chão, ouvindo Tom Waits, do tempo em que ainda era alcoólatra. Mas de que adiantava aquilo? Morreu trinta anos mais tarde, caído naquele mesmo chão, levando uma semana até que alguém percebesse que estava morto. Só que Tom Waits não fez a mesma coisa. Pelo menos é o que parece. A gente costuma fugir, e se fugimos para longe o suficiente, ninguém vai nos encontrar a não ser que o fedor comece a se espalhar por debaixo da porta. Qual é o sentido disso?

Stilton ficou só ouvindo, calado. Por que razão deveria responder se ele próprio não tinha uma resposta para aquilo? Quando se perdem as estribeiras, não há muito o que fazer, então temos simplesmente que encontrar algum tipo de fuga para continuar aguentando.

Stilton tomou uns comprimidos do frasco.

Estava se lixando para o tal de Ljugarbenke.

Acke não estava jogando futebol como Ovette imaginava. Bem longe disso.

E, na verdade, bem longe de casa também.

Uns rapazes mais velhos tinham ido buscá-lo e agora ali estava ele, sentado de cócoras. E seus olhos estavam grudados no que acontecia logo ali, a uma curta distância. Era a segunda vez que participava daquilo. Ali. Naquela enorme caverna subterrânea, originalmente destinada como tanque de tratamento de água, em algum lugar na região de Årsta.

Muito, muito abaixo da superfície da terra.

Alguns holofotes coloridos tinham sido montados logo ali adiante. As luzes azuis, verdes e vermelhas dos holofotes desfilavam por todos os lados daquele recinto rochoso. Os sons dos garotos que estavam em plena ação naquele momento podiam ser ouvidos bastante bem de onde Acke se encontrava. E não eram sons agradáveis. De início, tapou os ouvidos com as mãos, mas rapidamente tirou as mãos dos ouvidos. Não, ele não tinha por que cobrir os ouvidos.

Mas Acke estava com medo.

Então, pegou um isqueiro, acendeu um cigarro e deu umas tragadas.

Talvez logo fosse a vez dele.

Pensou no dinheiro. Se as coisas saíssem bem, iria ganhar um dinheirinho, pelo menos era o que tinham prometido a ele. Se as coisas não saíssem bem, não iria ganhar nada. Mas queria muito ganhar aquele dinheiro. Sabia bem como era a situação em casa. Eles nunca tinham dinheiro para nada, ou melhor, tinham apenas o suficiente para o básico. Fora isso, nunca sobrava grana para fazer alguma outra coisa. Alguma coisa que ele e a mãe pudessem fazer juntos. Coisas como as que seus amigos e colegas costumavam fazer com os pais. Como ir ao parque temático ou algo desse tipo, uma diversão. "Não temos dinheiro para isso."

Era o que a mãe dele sempre dizia.

Acke queria dar o dinheiro que ganhasse para ela. E já tinha inclusive pensado numa desculpa para explicar aquele dinheiro. Encontrara um bilhete de raspadinha extraviado e tinha ganhado um prêmio de algumas centenas de coroas.

Que era o que ele poderia ganhar se as coisas saíssem bem naquela noite.

Dinheiro que pretendia dar à sua mãe.

Então, a luz dos holofotes cegou os olhos de Acke.

10

Os dois vultos estavam agachados atrás de um furgão.

Era pouco mais de meio-dia no meio de um bairro de pequenas casas em Bromma. Um pai passava na calçada do outro lado da rua, empurrando lentamente um carrinho de bebê à sua frente. Nos ouvidos trazia os fones do celular e a conversa era sobre trabalho. Estar de licença-paternidade era uma coisa, conseguir se desligar do trabalho era outra. Por sorte, nos dias de hoje, é possível conciliar ambas as coisas. Então, totalmente concentrado na conversa que mantinha pelo telefone e um pouco menos atento ao bebê que ocupava o carrinho, ele seguiu seu caminho até desaparecer a distância.

Os vultos se entreolharam.

A rua estava deserta novamente.

Eles se apressaram em deslizar por entre as sebes nos fundos da casa. O jardim era repleto de macieiras e lilases enormes que protegiam a casa de olhares indiscretos. Depois, silenciosos e eficientes, os dois vultos arrombaram a porta da cozinha e sumiram casa adentro.

Meia hora mais tarde, um táxi parava em frente a uma casa amarela um pouco menor em Bromma. Eva Carlsén desceu do táxi. Ela olhou na direção da casa e se lembrou que precisava reformar o telhado de cerâmica. E também trocar as calhas. Agora, era ela quem tinha que resolver essas coisas. Antes, era o marido, Anders, quem as resolvia. Depois do divórcio, ela mesma teve que encarregar-se de tudo.

As coisas práticas da vida.

Manutenção da casa e do jardim.

E todo o resto.

Eva passou pelo portão. De repente, a raiva atravessou sua mente como uma lâmina afiada. Rápida e eficiente, a raiva abriu de novo a ferida. Abandonada! Rejeitada! Desprezada! A ira brotou com tanta fúria que se viu forçada a deter seus passos. E quase perdeu o equilíbrio. Que inferno!, pensou. Detestava aquilo. Detestava perder o autocontrole. Era uma pessoa que priorizava a lógica e odiava tudo que não pudesse controlar. Respirou fundo para acalmar-se. Ele não vale isso. Não vale, não vale, repetiu mentalmente, como se fosse um mantra.

Retomou o caminho na direção da porta de casa.

Os movimentos de Eva vinham sendo acompanhados por dois pares de olhos. Desde o portão até à porta da casa. Quando ela saiu do campo de visão, eles saíram detrás da cortina.

Eva abriu a bolsa para pegar a chave da porta. De repente, percebeu um movimento na casa vizinha. Devia ser Monika, na certa espionando pela janela. Monika sempre tinha arrastado uma asinha para o lado de Anders. Descaradamente. Os olhinhos dela brilhavam do outro lado da cerca, enquanto gargalhava com os gracejos dele. E mal tinha conseguido esconder a sua satisfação quando ficou sabendo do divórcio dos vizinhos.

Eva pegou a chave, enfiou-a na fechadura e abriu a porta. A única coisa que queria agora era ir direto para baixo do chuveiro. Lavar toda a negatividade de seu corpo para conseguir se concentrar no que precisava se concentrar. Na série de artigos que estava escrevendo. Deu alguns passos pelo corredor e se virou na direção dos ganchos para pendurar o seu casaco.

De repente, levou um golpe que a derrubou no chão.

Um golpe pelas costas.

A reunião de vendas estava quase acabando e todos queriam sair pela cidade e começar a vender as revistas. Olivia teve que sair do caminho para dar passagem a um bando impressionante de moradores de rua que desciam carregando fardos de revistas e tagarelando sem parar.

A última a sair foi Muriel, andando a passos miúdos. Ela havia tomado uma série de drogas no café da manhã e estava se sentindo ótima. E não pegou nenhuma revista. Não era vendedora de revistas. Afinal, para vender a *Situation Sthlm*, era preciso preencher alguns requisitos. Entre outros, ter direito aos benefícios sociais que o governo oferecia. Ou ter bons contatos nos serviços sociais, nos de psiquiatria, ou no sistema penitenciário. Muriel não cumpria nenhum desses requisitos. Ela simplesmente ou estava alegre ou estava deprimida. Nos intervalos, tentava arranjar alguma droga. Agora, ali estava ela, saindo por último, com passos miúdos, dando a Olivia uma chance para entrar de fininho. Ela foi direto à recepção e perguntou por Jelle.

— Jelle? Não, não sei o que é feito dele, ele faltou à reunião de hoje — disse o rapaz da recepção, olhando para Olivia.

— Você sabe onde ele mora?

— Ele não mora em lugar algum. É morador de rua.

— Mas ele costuma vir aqui de vez em quando?

— Sim, quando vem buscar revistas para vender.

— E sabe se ele tem celular?

— Acho que tem, sim, mas talvez não esteja funcionando.

— Você tem o número do celular dele?

— Tenho, mas acho que não devo lhe dar o número dele.

— Por que não?

— Porque acho que ele não gostaria que eu fizesse isso.

Olivia entendeu e respeitou o argumento. Afinal de contas, todo mundo merece um pouco de privacidade, até mesmo um morador de rua. Deixou o seu número de celular e pediu que o rapaz o entregasse a Stilton caso ele aparecesse por ali.

— Talvez você deva tentar na loja de celulares na estação de metrô de Hornstull — disse Bo Fast, que estava sentado a um canto da sala e entreouvira a conversa entre Olivia e o recepcionista.

Olivia se virou na direção de Bo Fast, que continuou:

— Ele costuma conversar com o pessoal que trabalha lá naquela loja.

— É mesmo? Poxa, obrigada.

— Você já conversou com o Jelle alguma vez?
— Sim, uma vez.
— Ele é um tanto especial...
— Especial em que sentido?
— Simplesmente especial.

Certo, entendi, ele é um tanto especial, Olivia pensou. Mas especial com relação a quê? A outros sem-teto? Ao seu passado? O que aquele homem queria dizer? Ela gostaria de fazer um monte de perguntas, mas não via em Bo Fast uma fonte de informações muito prolífica. Então teria que esperar até que a fonte propriamente dita entrasse em contato, se é que ele entraria em contato com ela.

Tinha sérias dúvidas quanto a isso.

Os paramédicos colocaram uma máscara de oxigênio na boca de Eva Carlsén e a colocaram na ambulância. Fizeram isso com certa velocidade. Ela apresentava um sangramento abundante na nuca. Se Monika, a vizinha, não fosse curiosa e não tivesse notado a porta da frente da casa aberta em plena luz do dia, aquilo provavelmente teria terminado ainda pior. A ambulância desapareceu com as sirenes ligadas, enquanto um policial caminhava na direção de Monika segurando o bloco de anotações e a caneta.

Não, ela não tinha visto nenhuma pessoa suspeita andando pela região, tampouco tinha visto algum carro especialmente chamativo e também não tinha ouvido nenhum barulho diferente naquela tarde.

Os dois investigadores que trabalhavam dentro da casa também não encontraram quase nada de especial. A casa inteira parecia estar de cabeça para baixo. Gavetas reviradas e roupeiros esvaziados, mesas de pernas para o ar e louças quebradas.

Uma devastação completa.

— Um assalto? — perguntou um dos policiais ao outro.

Stilton precisava de mais exemplares da revista. Vendera todas as que tinha comprado um dia antes, incluindo o exemplar que acabou vendendo para Olivia Rönning. Agora comprava mais dez exemplares.

— Jelle!

— Sim?

Era o rapaz da recepção que gritou o nome dele e depois continuou:

— Uma moça esteve aqui perguntando por você.

— É mesmo?

— Sim, até deixou o número do celular dela — completou, entregando uma tira de papel com um número de telefone.

Stilton viu que ao lado do número de celular estava escrito o nome "Olivia Rönning". Depois, caminhou até uma mesa redonda e se sentou. Ficou de costas para uma parede onde estavam penduradas as fotos dos sem-teto que tinham morrido durante o último ano. A média era de cerca de um por mês. Ainda havia espaço para mais três fotos.

A fotografia de Vera acabava de ser pendurada naquele painel.

Stilton esfregava a tira de papel com o número de celular entre os dedos. Maldição! Não gostava nem um pouco de ter alguém no seu encalço. Não gostava nem um pouco de alguém que não o deixava em paz. De alguém tentando se infiltrar no seu vazio. Especialmente, se se tratasse de alguém fora do círculo dos sem-teto. Como era o caso de Olivia Rönning.

Olhou a tira de papel novamente. Tinha duas opções. Telefonar para ela e colocar tudo em pratos limpos. Responder às malditas perguntas dela e depois desaparecer. Ou, então, simplesmente, não ligar e se lixar para tudo aquilo. Mas, neste caso, corria o risco de ela encontrar o trailer de Vera e ir bisbilhotar lá dentro. Algo que, definitivamente, não gostaria que acontecesse.

Então, telefonou para ela.

— Alô, Olivia falando.

— Alô, aqui é o Jelle. Tom Stilton. Ligue pra mim — disse isso e desligou.

Conversar com Rönning até conversaria, mas não pretendia gastar seus preciosos créditos de celular com ela. Não demorou nem cinco segundos e ela retornou a ligação:

— Alô, é a Olivia. Que bom que você entrou em contato!

— Eu não tenho muito tempo.

— Está bem, está bem... será que a gente poderia se encontrar? Mesmo que seja rapidamente? Eu posso ir até onde você está...

— Que diabos de perguntas são essas que você quer me fazer?

— Bem... você quer que eu pergunte por telefone mesmo?

Stilton não respondeu nada, deixando Olivia em dúvida sobre o que fazer. Por sorte, ela estava com a sua caderneta de anotações, então começou a despejar suas perguntas. O mais rapidamente que conseguia, apenas por garantia, pois não tinha certeza de quando conseguiria entrar em contato com ele outra vez. Nem se haveria uma próxima vez.

— A vítima do assassinato na praia estava dopada quando a afogaram? Que fim levaram as outras roupas dela, se é que vocês as encontraram? Foi colhida alguma amostra de tecido do feto para fazer o teste de DNA? Vocês estavam certos de que havia apenas três outras pessoas na praia além da vítima? Como vocês chegaram à conclusão de que ela era de origem latino-americana?

Olivia ainda conseguiu fazer mais duas ou três perguntas antes de Stilton desligar o celular na cara dela.

No meio de uma pergunta.

Olivia estava sentada no carro com a capota baixada, segurando seu celular desligado, enquanto seus lábios ardiam ao disparar uma saraivada de impropérios.

— Seu babaca filho da puta!

— Está falando comigo? Você é que está em cima da faixa de segurança! — exclamou um pedestre que passava casualmente ao lado do carro e achou que os impropérios de Olivia se dirigiam a ele.

Sim, de fato, o carro dela estava bem em cima da faixa de segurança. Havia freado o carro bruscamente quando Stilton ligou e ficara parada ali mesmo. Olivia ainda conseguiu ver quando o pedestre levantou para ela o dedo do meio de uma das mãos antes de seguir seu caminho.

— Tenha um ótimo dia também! — Olivia gritou na direção do pedestre antes de girar a chave e dar a partida no carro.

Estava fula da vida.

Que diabos esse Stilton acha que é? Um desgraçado de um sem-teto como ele, tratando-a com um descaso daqueles? Será que ele achava que aquilo ia ficar por isso mesmo?

Ela girou o carro 180 graus, uma manobra ilegal, e se afastou em disparada.

A loja de celulares Mobil Telefon ficava na Långholmsgatan, quase em frente à entrada da estação do metrô de Hornstull. Uma vitrine que há muito tempo não era limpa e onde eram exibidos alguns celulares, relógios despertadores e uma série de outras quinquilharias. Olivia deu dois passos decididos em direção à entrada da loja e abriu a porta. Uma cortina cinza, imunda, cobria a entrada. A loja propriamente dita era uma área de quatro metros quadrados com uma vitrine cheia de celulares. De todas as marcas e de todas as cores, tanto novos quanto de segunda mão. Nas prateleiras, atrás do balcão de atendimento, havia caixas de plástico amarelas e azuis com mais outras pilhas de celulares. Todos de segunda mão. E num cantinho mais ao fundo havia um pequeno espaço reservado para o conserto de celulares velhos.

De fato, uma lojinha bem sem-vergonha.

— Olá, eu estou procurando Tom Stilton. Você saberia me dizer onde eu poderia encontrá-lo? — perguntou Olivia sem pestanejar para o sujeito atrás do balcão. Ela fez a pergunta tentando demonstrar a maior naturalidade possível. Cordial, tranquila, como se estivesse procurando um velho amigo.

— Tom Stilton? Não conheço ninguém com esse nome...

— O apelido dele é Jelle. Você conhece o Jelle?

— Ah, o Jelle? O nome dele é Tom Stilton?

— Sim.

— Que horror, Stilton não é o nome de um desses queijos fedorentos?

— Isso mesmo.

— Então ele tem o nome de um queijo fedorento?
— É. Você sabe me dizer onde eu poderia encontrá-lo?
— Agora?
— Sim, agora.
— Infelizmente, não sei dizer. Às vezes ele aparece por aqui, quando os outros roubam o celular dele, sabe como é, eles vivem roubando uns dos outros... Mas já faz alguns dias que não o vejo.
— Ah.
— Você poderia perguntar ao Wejle, o cara que vende jornais ali na frente da estação de metrô, quem sabe ele tenha visto o Jelle por aí.
— E como posso reconhecer esse Wejle?
— Não se preocupe, ele é inconfundível...

O dono da loja de celulares tinha toda a razão. O tal do Wejle era realmente inconfundível. Estava bem na frente da estação do metrô. Além de anunciar a revista *Situation Sthlm* com uma voz grossa e imponente, sua aparência o distinguia de uma forma inequívoca da massa de usuários do metrô: usava um chapéu mole com penas de aves provavelmente ameaçadas de extinção. E o bigode, que devia ter algum parentesco muito próximo com as sobrancelhas de Åke Gustafsson. E, por fim, os olhos, escuros, intensos e sinceramente cordiais.

— Jelle, minha cara, o Jelle nunca está onde a gente acha que deveria estar.

Olivia interpretou que aquela resposta enigmática queria dizer que Jelle era uma pessoa imprevisível e inconstante.

— Mas você sabe onde ele anda parando ultimamente?
— Isto é algo insondável.
— Como é que é?
— O Jelle anda furtivamente pelas noites, não se sabe exatamente por onde. A gente pode estar num banco de bar, brindando à existência ou à não existência das doninhas, quando, não mais do que de repente, ele desaparece. Como um verdadeiro caçador de focas, ele se confunde com as rochas.

Olivia pensou que Wejle poderia até ser muito talentoso como vendedor, porém era um péssimo informante. Acabou sendo convencida a comprar um exemplar da revista que ela já tinha comprado antes. Depois, começou a andar, de volta para o carro.

Foi quando Stilton ligou.

Stilton tinha tomado uma decisão. Ele se deu conta de como tinha reagido de forma desrespeitosa, durante a sua conversa telefônica com Olivia, se bem que aquilo era o que menos o preocupava. A educação não era uma virtude muito valorizada no meio social em que ele se movimentava atualmente. Porém, temia que ela tivesse ficado muito zangada e reagisse exatamente da forma como acabou fazendo. Sair no encalço dele ainda mais determinada. Portanto, ele queria resolver o assunto de uma vez por todas.

Era o que ele pretendia fazer agora.

No trailer, não, isso de jeito nenhum.

Mas em algum lugar que a fizesse entender que ele e ela viviam em mundos diferentes. E que esses mundos só se encontravam em uma única ocasião.

Agora.

Olivia demorou algum tempo para encontrar a rua. Na verdade, ela morava incrivelmente perto dali, quase na próxima esquina, então o endereço não chegava a ser algo totalmente estranho a ela. Era na Bondegatan 25A. Nos fundos, havia um depósito de lixo reciclável. Para chegar lá, era preciso passar por uma porta gradeada digitando um código no porteiro eletrônico. É bem verdade que Stilton tinha lhe dado o código numérico necessário, mas mesmo assim ela teve certo trabalho para conseguir chegar até lá.

Especialmente, pelo fato de, já no corredor de cimento aparente, ela ter se deparado com um homem que vestia apenas calção e suspensórios largos, além de um colete ortopédico que, certamente, jamais tinha sido limpo desde que colocado no seu pescoço. Além disso, o sujeito usava uns excêntricos óculos vermelhos e parecia meio bêbado.

— Quem você veio visitar? A Bibbla? — perguntou o homem.

— Que Bibbla?

— Hoje é o dia de ela usar a lavanderia, nem pense em pegar e lavar roupa no dia dela, se não quiser acabar parando dentro da secadora!

— Eu estou procurando o depósito de lixo do prédio.

— Você está pensando em ir lá tirar uma soneca?

— Não.

— Ainda bem. Pois eu acabei de espalhar um pouco de raticida lá.

— Tem ratos no depósito de lixo de vocês?

— Alguns já são praticamente capivaras, pois têm cerca de meio metro de comprimento. Realmente, aquele não é um ambiente digno de uma gracinha como você.

— Onde é que fica o depósito de lixo?

— Fica lá — respondeu o homem do colete ortopédico, apontando na direção de um corredor.

Olivia começou a caminhar. Na direção do corredor infestado de ratazanas.

— Tem ratos aqui? — perguntou Olivia no mesmo instante em que Stilton abriu parcialmente a pesada porta de aço.

— Não — respondeu ele, antes de sumir na escuridão.

Olivia terminou de abrir a porta um pouco mais e entrou atrás dele.

— Faça o favor de fechar a porta.

Olivia não tinha certeza se deveria obedecer. Afinal de contas, a porta aberta ainda oferecia uma possibilidade de fuga. Mas, por fim, acabou fazendo o que ele pediu. Foi então que ela sentiu o fedor. Um tipo de fedor que se sente apenas nos depósitos de lixo cujo sistema de ventilação não funciona exatamente como deveria. Como era o caso do lugar onde se encontravam agora.

O fedor era horroroso.

Olivia cobriu o nariz e a boca com uma das mãos e tentou acostumar seus olhos à escuridão. Não estava totalmente escuro ali dentro, pois havia uma vela pequena acesa no chão, bem no meio do depósito. Com a ajuda daquela velinha, ela conseguia distinguir os contornos de Stilton a certa distância, junto a uma das paredes. Ele estava sentado no piso de cimento.

— Você tem uma vela pra falar — disse ele.

— Como assim?

— Pode me fazer perguntas até a vela apagar.

Stilton falava com serenidade e concisão. Estava determinado a desfazer a má impressão que tinha deixado da última vez. E Olivia estava determinada em conseguir respostas a suas perguntas.

Depois, iria desaparecer.

Nunca mais colocaria seus pés na presença de Tom Stilton.

Aquele queijo fedorento.

— Bem, já fiz as minhas perguntas pelo telefone...

— A vítima do assassinato na praia não estava totalmente dopada quando a afogaram. A quantidade de Rohypnol na corrente sanguínea dela era alta o bastante para deixá-la zonza, mas não para deixá-la desacordada. Portanto, ela estava consciente quando foi coberta pela subida da maré. O casaco foi a única peça de sua roupa que encontramos. Supomos que o assassino ou assassinos tenham levado embora o restante das roupas e que tenham deixado o casaco cair enquanto se evadiam do local do crime. A única coisa importante que encontramos no casaco foi um brinco.

— Isto não consta do...

— E, sim, nós coletamos amostras de sangue do feto. Estas amostras foram enviadas mais tarde a um laboratório na Inglaterra para realizar um exame de DNA e estabelecer uma possível paternidade, caso viesse a ser necessário. O que acabou não acontecendo. Não, nós não tínhamos certeza de que havia apenas três outras pessoas na praia além da vítima. A única testemunha ocular era um menino de apenas 9 anos que estava cheio de medo e escondido a cerca de cem metros de distância da cena do crime. De qualquer forma, estas eram as únicas informações à nossa disposição. Portanto, não podíamos nos dar ao luxo de descartar essas informações no nosso inquérito. É possível que a vítima fosse de origem latino-americana, porém não foi possível confirmar isso com cem por cento de certeza. Ove Gardman, a testemunha, morava perto da praia, até ele correr para casa e contar aos pais o que tinha visto. Entre o aviso e a chegada do helicóptero ambulância, quarenta e cinco minutos se passaram. Alguma outra pergunta?

Olivia observou Stilton no escuro. A vela bruxuleou por um instante. Ele tinha respondido a cada uma das perguntas que ela lhe fizera por telefone, exatamente na sequência em que ela as apresentou. Que memória diabólica ele tinha!

Ela tentou ser o mais objetiva possível:

— Por que o brinco era importante?

— Porque a vítima não tinha nenhum furo nas orelhas.

— E mesmo assim havia um brinco na cena do crime...

— Exatamente. Era isso que você queria saber?

— Não, tem mais uma coisa. Eu realmente gostaria de saber que linha de investigação vocês adotaram.

— Bem, na verdade tínhamos várias linhas de investigação.

— Você poderia citar alguns exemplos?

— Drogas. A vítima poderia ser uma "mula" que trabalhava para uma quadrilha de traficantes que dominava a costa oeste da Suécia naquela época. Algo teria dado errado numa das entregas que ela devia fazer. Nós interrogamos um drogado que se encontrava na ilha antes do crime, mas isso não levou a nada. Imigração ilegal. A vítima teria deixado de pagar ao agente que a ajudou a entrar ilegalmente no país. Tráfico sexual de mulheres. A vítima teria sido forçada a se prostituir, tentou fugir do cativeiro e foi morta pelos gigolôs. Nenhuma dessas linhas de investigação se sustentou. O maior problema foi o fato de não termos conseguido identificar a vítima.

— E ninguém deu pela falta dela, nem denunciou o seu desaparecimento?

— Não.

— Mas o bebê que ela estava esperando devia ter um pai, não é?

— Sim, devia ter, mas talvez o pai não soubesse que ela estava grávida. Ou talvez o pai fosse um dos criminosos.

Isso não tinha ocorrido a Olivia.

— Nenhuma das linhas de investigação de vocês cogitou a participação de alguma seita no crime?

— Seita? Como assim?

— Bem, alguém que tivesse conhecimento de coisas como o ciclo das marés, os ciclos lunares...

— Não, nunca cogitamos nada relacionado com seitas.

— Certo. E quanto ao local do crime propriamente dito, a ilha? De fato, aquele é um lugar de acesso bastante complicado. Ou seja, não se trata exatamente de um lugar ideal para se praticar um assassinato.

— E como seria o lugar ideal para se praticar um assassinato?

— Um lugar do qual se possa sair rapidamente, caso se trate de um crime premeditado e cometido com tantos requintes.

Stilton se calou por alguns instantes.

— Sim, o local do crime nos deixou um tanto desconcertados.

Foi quando a vela se apagou.

— O seu tempo acabou.

— E Jackie Berglund? — perguntou Olivia.

Agora eles estavam totalmente às escuras naquele depósito de lixo. Nenhum deles enxergava o outro. A única coisa que se ouvia era o som da respiração de ambos. Será que é agora que as capivaras vão aparecer?, pensou Olivia.

— O que é que tem Jackie Berglund?

Tom Stilton decidiu conceder alguns segundos a mais a Olivia, apesar da escuridão.

— Eu fiquei com a impressão de que ela poderia estar envolvida de alguma forma, afinal de contas era uma garota de programa e talvez a vítima também fosse, ou, quem sabe, pelo menos, ela e a Jackie fossem conhecidas... Acho que poderia haver alguma conexão entre elas... Vocês não tiveram essa impressão na época?

Stilton não respondeu de imediato. Estava pensando em algo totalmente diferente. Pensava em Jackie Berglund e no fato de aquela garota logo ali na sua frente ter conseguido captar os pensamentos dele, os pensamentos que tinham lhe ocorrido lá atrás, no passado.

Por fim, respondeu:

— Não, não tivemos. Mais alguma pergunta?

É claro que Olivia tinha muitas outras perguntas, mas percebeu que Stilton não iria responder a mais nenhuma das suas perguntas. Então, ela se levantou.

Provavelmente, foi a escuridão que a fez fazer aquilo, a escuridão que torna as pessoas relativamente anônimas: no mesmo instante em que tateava às escuras à procura da maçaneta da porta de metal, ela se virou para trás, em meio à escuridão, e fez aquela pergunta:

— Por que você dorme nas ruas?

— Eu sou um sem-teto.

— E por que foi que você virou um sem-teto?

— Porque não tenho onde morar.

A conversa não foi mais além. Olivia conseguiu chegar até a porta e começou a forçar a maçaneta para baixo. E no exato instante em que ela iria abrir a porta, Olivia ouviu a voz dele, logo atrás dela:

— Ei, você!

— Sim?

— O seu pai também participou dessa investigação.

— Eu sei.

— Por que é que você não fez essas perguntas a ele?

— Porque ele morreu faz quatro anos.

Olivia empurrou a porta e saiu.

Então ele não sabia que o meu pai tinha morrido, pensou, enquanto caminhava até o carro. Há quanto tempo será que ele tinha virado sem-teto? Desde que deixou a polícia? Ou seja, há seis anos? Bem, mas será que alguém termina desta forma tão rapidamente? Não, deve ter demorado um pouco para chegar a esse ponto, não é? E será que ele simplesmente não tinha mais nenhum contato com seus ex-colegas?

Muito estranho.

Fosse como fosse, finalmente tinha conseguido obter respostas para as suas perguntas e, provavelmente, nunca mais teria a oportunidade de entrar em contato com Stilton. No momento, só lhe restava organizar tudo o que tinha conseguido descobrir e escrever uma conclusão. Depois entregar o resultado a Åke Gustafsson.

E aquela história do brinco?

A vítima do assassinato na praia tinha um brinco no bolso de seu casaco. Mas nenhum furo nas orelhas.

De onde é que aquele brinco tinha surgido, então?

Com isso, Olivia decidiu esperar mais um pouco antes de terminar e entregar o seu trabalho.

Stilton tinha acendido outra vela no depósito de lixo. Achou melhor continuar ali mais um pouco para ter certeza de que ela, realmente, tinha ido embora. Provavelmente, tinha se livrado dela para sempre. Estava ciente de ter dado a ela mais informações do que devia. Até mesmo informações sigilosas. Sim, informações demais. Mas estava se lixando para isso. A relação dele com o seu passado na polícia era de total indiferença. Algum dia, iria explicar o porquê daquilo a alguém.

A quem, não fazia ideia.

De qualquer forma, tinha omitido a Olivia um detalhe extremamente importante. O bebê que a mulher assassinada trazia no ventre havia sobrevivido, depois de uma cesariana de emergência feita pelo médico do helicóptero ambulância. Informação que jamais tinha sido divulgada com a finalidade de proteger a criança.

Depois, ele pensou em Arne Rönning. Então, já tinha morrido? Que coisa triste. Arne era um excelente policial. E uma excelente pessoa. Por muitos anos, os dois tiveram uma relação de amizade bastante próxima. Confiavam um no outro, se estimavam mutuamente, haviam feito várias confidências um ao outro.

E agora ele estava morto.

E a filha dele aparecia de repente, daquele jeito.

Stilton olhou para suas mãos descarnadas. Tremiam um pouco. Voltar a mergulhar naquele assassinato em Nordkoster fora uma provação para os seus nervos. Como se não bastasse, ainda ficou sabendo que Arne tinha morrido. Então, puxou pelo seu frasco de diazepam, começou a girar a tampa, mas depois mudou de ideia.

Ele tinha que aguentar.

Não queria ser outro Ljugarbenke.

Teria que encontrar e enfrentar os assassinos.

Então, apagou a vela e se levantou. Iria voltar à sua escadaria de pedra.

O ferimento foi bastante feio. Se o golpe tivesse sido aplicado um pouco mais acima, você poderia ter sofrido uma fratura na base do crânio. Foi o que explicou a médica para Eva Carlsén.

Agora, restavam apenas alguns pontos e um curativo bem-feito, além de medicação para a dor. A médica, nascida na Tunísia, demonstrava tanta empatia quanto Carlsén precisava. Não em razão do ferimento, pois este fecharia, mas por causa da agressão propriamente dita. Aquilo tinha deixado sequelas mais profundas. O desrespeito implícito. Estranhos que haviam invadido sua casa e conspurcado objetos pessoais que pertenciam a ela. Era nojento.

Assaltantes?

O que é que tinha de valioso na sua casa? Quadros? Uma filmadora? Um computador? Nada de dinheiro vivo, ela sabia. Ou será que não se tratava de um arrombamento? Será que eles, na verdade, estavam mesmo atrás dela? Seria algo de cunho pessoal? Teriam esperado em sua casa até ela aparecer? Para atacá-la daquela maneira?

Um episódio de violência juvenil?

Algo a ver com o programa de que tinha participado na televisão?

Tão logo recebeu alta e voltou para casa, a primeira coisa que fez foi percorrê-la toda, constatando que nada fora roubado. Apenas vandalizado.

Era visível.

Em seguida, dirigiu-se à delegacia de polícia de Solna.

No caminho para a delegacia, apavorou-se ao se lembrar que o seu endereço e telefone apareciam na lista telefônica na internet. O que era um tanto temerário, tendo em vista o tipo de trabalho a que ela se dedicava.

Teria que corrigir isso imediatamente.

O anoitecer se espraiava sobre Estocolmo e o trânsito no centro da cidade tinha amainado. Os funcionários já tinham abandonado duas horas antes os amplos escritórios do prédio situado na Sveavägen. A única pessoa que ainda se encontrava lá ocupava a sala da diretoria no último andar. Era Bertil Magnuson. Bebia para tentar manter a calma. Uma dose de uísque. Aquilo não era uma boa ideia a longo prazo, apenas uma medida temporária, emergencial. Também não pretendia beber muitas doses. Iria para casa em seguida e sabia que Linn estaria com o radar ligado. Qualquer desvio da normalidade e ela o atacaria.

Não, ela não faria isso, estava sendo injusto. Não era esse tipo de mulher. Atacar era algo que as pessoas costumavam fazer no seu outro mundo. A torto e a direito. Não fazer prisioneiros, mas executá-los no primeiro deslize que cometessem. Aquilo era parte da cultura corporativa que ele próprio promovia, onde de vez em quando uma pessoa era forçada a executar um oponente mesmo contra a própria vontade. Ele mesmo já tinha feito isso, de certa forma. E se enganou quando achou que ficaria por isso mesmo. Infelizmente, alguém sabia o que ele tinha feito.

Nils Wendt.

Que tinha em seu poder uma gravação que Bertil não tinha como recuperar. Uma gravação que ele nem sabia que existia.

Tomou um gole dos grandes, acendeu uma cigarrilha e olhou para a avenida lá embaixo. Na direção do cemitério da Igreja Adolf Fredrik. E pensou em como seria quando ele próprio morresse. Lera numa revista americana que existiam caixões climatizados. Muito interessante. A ideia de um caixão climatizado lhe agradava bastante. Quem sabe não é possível colocar um massageador elétrico para manter o cadáver em forma?, pensou ele. E riu da sua própria ideia.

Mas e o túmulo?

Onde deveria ser enterrado? A família possuía um jazigo no cemitério de Norra, mas ele não queria ser enterrado lá. Queria ter algo exclusivamente seu. Um mausoléu particular. Um monumento a um dos maiores industriais da história da Suécia.

Ou, então, queria ser enterrado como os Wallenberg: em câmaras sepulcrais secretas na propriedade da família. Mas ele não era nenhum Wallenberg. Era alguém que tinha construído um império industrial com suas próprias mãos, a partir da empresa fundada pelo pai e pelo tio. Sim, ele era o senhor do seu próprio destino.

Ele era Bertil Magnuson.

O uísque tinha cumprido o seu papel.

Colocara-o lá em cima, no lugar que merecia.

Agora estava pronto para dar um jeito naquele canalha do Nils.

Olivia tinha pedido por telefone uma refeição no restaurante indiano Shanti. Uma comida boa, rápida e bem temperada. Decidiu também ficar um tempinho atirada no sofá para fazer a digestão. Com Elvis aconchegado no seu colo. Mas não tardou para que a sua cabeça voltasse a funcionar a mil por hora. Recapitulou a conversa que tivera naquele depósito de lixo. Algum dia vou contar o que aconteceu à minha mãe, pensou. Ela se referia à conversa com Stilton num depósito de lixo, com ratazanas enormes como capivaras que se esgueiravam pelas paredes, em meio a um fedor que lembrava um filme de... Ao chegar nesse ponto, não lhe ocorreu uma comparação à altura, então começou outra vez: num depósito de lixo...

Depois de repetir mentalmente cada uma das falas daquele diálogo, ela se deteve num determinado momento da conversa. Naquele exato momento em que ela descreveu a sua teoria a respeito de Jackie Berglund e, depois, perguntou se Stilton seguira este mesmo raciocínio. Naquele momento, houve como que um corte na conversa deles. Um silêncio que durou vários segundos a mais do que as pausas entre todas as falas anteriores. Naquele momento, Stilton demorou a responder. Não respondeu de imediato, como fizera nas demais perguntas. Naquela pergunta, precisou de um tempo para pensar.

Olivia estava convencida disso.

E por que ele se comportou daquela forma exatamente com aquela pergunta?

Porque *estava* escondendo algo que sabia a respeito de Jackie!

Então, ela empurrou Elvis do seu colo, para indignação do gato, que caiu direto no chão, e se espichou para pegar a pasta de documentos que tinha recebido de Eva Carlsén. Eram quase nove da noite, mas estavam no verão, ainda estava anoitecendo. De qualquer forma, pediria desculpas pelo adiantado da hora.

— Desculpe incomodá-la a esta hora.

— Não tem problema. Entre, por favor.

— Obrigada. Com licença.

Eva indicou o caminho para Olivia, corredor adentro, com um pequeno gesto. Foi só quando Olivia lhe devolveu a pasta emprestada que ela reparou no curativo enorme que Eva tinha na nuca.

— Mas o que foi que aconteceu?

— Bem, arrombaram a minha casa e me agrediram. Deram-me alta do hospital e, na verdade, acabo de voltar da delegacia onde fui registrar a ocorrência...

— Ah, mil desculpas, eu não pretendia...

— Não se preocupe, eu estou melhor agora.

— Mas como assim? Assaltaram a sua casa?

— Sim, isso mesmo.

Eva ia à frente e conduziu Olivia até a sala, onde duas luminárias baixas espalhavam uma luz suave sobre o conjunto de sofá e poltronas. Eva já tinha dado um jeito na maior parte da bagunça deixada pelos agressores. Então, fez outro gesto na direção de uma poltrona, na qual Olivia se sentou.

— E eles roubaram alguma coisa?

— Não, nada.

— Nada? Como assim? Então, o que é que eles...

— Acho que era alguém que queria apenas me dar um bom susto.

— Mas por quê? Por causa das coisas que você escreve?

— É.

— Que horror... Você acha que poderiam ser as mesmas pessoas que andam espancando os sem-teto por aí?

— Eles mesmos, aqueles assassinos. A mulher do trailer acabou morrendo...

— Sim, eu vi a notícia.

— Vamos ver se eu também não vou acabar parando no site Trashkick — disse Eva, com uma risada amarela. — Posso lhe oferecer alguma coisa? Eu ia fazer um café agora mesmo.

— Eu aceito, obrigada.

Eva se levantou e foi até a cozinha.

— Posso ajudar em alguma coisa? — Olivia perguntou.

— Não, não, pode deixar, obrigada.

Olivia aproveitou para dar uma olhada na sala, cuja decoração tinha um toque bastante pessoal. Cores fortes, belos tapetes e uma boa quantidade de estantes de livros em todas as paredes. Será que ela leu tudo isso?, Olivia se perguntou. Então, o olhar dela se deteve numa prateleira onde havia várias fotografias. Como de costume, aquilo atiçou a curiosidade de Olivia. Levantou-se e foi até à prateleira onde viu uma fotografia antiga de um casamento, provavelmente dos pais de Eva. Ao lado, havia uma outra foto de casamento, visivelmente mais recente, onde apareciam a própria Eva e um homem bem-apessoado, além de outra, mostrando Eva bem mais jovem, acompanhada de um rapaz bem bonitinho.

— Você toma café com leite? Ou com açúcar? — perguntou Eva da cozinha.

— Com um pouquinho de leite, obrigada.

Eva voltou da cozinha trazendo duas xícaras. Olivia foi até ela e pegou uma das xícaras. Eva fez mais um gesto na direção do sofá.

— Fique à vontade.

Olivia se sentou no sofá macio e confortável, colocou a xícara sobre a mesinha de centro, meneou a cabeça na direção das fotografias que acabara de ver e perguntou:

— Aquele é o seu marido?

— Era. A gente se divorciou — respondeu Eva, enquanto se sentava na outra poltrona.

Então, Eva falou um pouco a respeito do ex-marido. Que tinha sido um ótimo atleta muitos anos atrás. Eles se conheceram quando ela ainda fazia a faculdade de jornalismo. Agora, já tinham se passado alguns anos desde que se divorciaram. Ele acabou conhecendo outra mulher e a separação foi bastante dolorosa.

— Ele se comportou como um verdadeiro cafajeste — disse Eva.

— Que lamentável!

— Bem, na verdade acho que posso afirmar que não tive muita sorte com os homens na minha vida. Na maioria das vezes, foi só tristeza e desconsolo — confessou Eva, com uma risadinha amarela. E, depois, sorveu um gole de café.

Olivia ficou um pouco intrigada. Se o ex-marido tinha se comportado como um verdadeiro cafajeste quando eles se separaram, por que é que ela ainda mantinha a fotografia do casamento deles naquela estante? Se fosse comigo, tirava aquela fotografia de lá na mesma hora!, Olivia pensou.

— E aquele rapaz bonito na outra foto? Foi a sua primeira história de amor complicada? — perguntou Olivia, meneando a cabeça novamente na direção da estante.

— Não, não, aquele é o meu irmão, Sverker. Ele morreu de overdose. Mas chega de falar de mim... — disse Eva, com um tom de voz totalmente diferente.

De repente, Olivia mordeu a própria língua. Era evidente que tinha avançado o sinal mais uma vez, fazendo como de costume perguntas pessoais demais. Não aprenderia nunca?

— Mil desculpas, eu não tive a intenção de... queira me desculpar.

Eva olhou para Olivia. Durante alguns segundos, a tensão dominou completamente o rosto de Eva, até que voltou a afundar na poltrona e deu uma risadinha.

— Não, não, eu é que devo lhe pedir desculpas... a minha cabeça está explodindo de dor, tive um dia realmente infernal, me desculpe.

Como é que você se saiu? O material que eu lhe deixei ajudou em alguma coisa?

— Sim, sim, mas tem mais uma coisa que eu gostaria de perguntar. Você sabe para que agência Jackie Berglund trabalhava em 1987, quando ainda era acompanhante?

— Sei, sim. Ela trabalhava na época para um senhor bastante conhecido, Carl Videung, que era dono da Gold Card. Acho que esta informação está na pasta que eu te dei.

— Ah, é? Então eu devo ter passado por cima dessa parte. Mas o que era essa Gold Card?

— Era uma agência de acompanhantes de luxo, e Jackie Berglund trabalhava lá.

— Ok. Carl Videung, que nome mais estranho.

— Sim, especialmente para alguém que era conhecido como o rei do pornô.

— Como assim? Ele era mesmo o rei do pornô?

— Sim, era, pelo menos naquela época. Você ainda pretende continuar investigando a respeito de Jackie?

— Sim, pretendo.

— Lembre-se do que eu lhe disse da outra vez.

— A respeito dela? Que eu devia tomar cuidado com ela?

— Isso mesmo.

Jackie Berglund estava em pé junto a uma janela panorâmica contemplando o mar. Ela adorava aquele seu apartamento de seis quartos localizado na Norr Mällarstrand, com uma linda vista para as colinas de Södermalm. O único senão eram os salgueiros no outro lado da rua que atrapalhavam a vista. Ela achava que alguém devia tomar uma providência para resolver o problema.

Jackie virou-se e entrou na imensa sala de estar. Um famoso decorador de interiores recebera carta branca dela, alguns anos antes, e criado uma decoração fantástica combinando elementos frios e quentes, além de vários animais empalhados. Aquele era bem o estilo de Jackie. Ela encheu a taça com mais uma dose de martíni seco e colocou um CD de tangos para tocar. Ela adorava tango. De vez em quando, trazia algum homem para o seu apartamento, para dançar, mas era cada vez mais raro achar alguém que soubesse dançar tango. Um dia vou encontrar o meu tangueiro, pensou, um homem misterioso com pélvis com vida própria e um vocabulário limitado.

Era o que estava procurando.

Quando já estava preparando mais uma dose de martíni, o telefone tocou. Não, não era o telefone que ficava mais próximo da sala, mas o que ficava no escritório. Ela olhou para o relógio, quase uma e meia da madrugada. Era mais ou menos por essa hora que eles costumavam ligar.

Quase sempre.

Os clientes.

— Alô, é Jackie Berglund.

— Oi, Jackie! Aqui é o Latte!

— Olá, tudo bem?

— Ouça, estou dando uma festinha por aqui e acho que vamos precisar de uma mãozinha.

Clientes antigos, como Lars Örnhielm, sabiam como se expressar ao telefone quando ligavam para Jackie. Não deixar nada evidente demais. Nem utilizar as palavras erradas.

— E de quantas mãozinhas vocês estão precisando?

— Sei lá, sete ou oito. Da melhor qualidade!

— Alguma preferência?

— Nada em particular, mas, você sabe, se possível com final feliz.

— Ok. E o local?

— Eu te mando um SMS.

Jackie desligou e deu uma risadinha. "Final feliz" era uma expressão usada por suas garotas asiáticas, significando se deviam ir até o fim, com uma massagem completa. Latte precisava de algumas garotas bonitas que garantissem um "final feliz" para aquela noite.

Sem problema.

Naquela mesma noite, Acke voltou para casa num estado deplorável. Realmente deplorável. O menino de apenas 10 anos caminhava em meio aos prédios do conjunto de Flemingsberg, evitando os postes de iluminação pública, levando o seu skate embaixo do braço e mancando. Sentia muita dor, uma dor causada por golpes. Golpes repetidos. Golpes aplicados em partes do corpo que a roupa escondia. O menino se sentia totalmente desamparado, ali onde estava, mancando, e pensou de novo nele. No seu pai. O seu pai que não existia. O pai sobre o qual a sua mãe nunca queria falar. Mas que, certamente, existia, em alguma parte. Afinal de contas, toda criança tem um pai, não é mesmo?

Ele afastou esses pensamentos e pegou a chave que trazia pendurada no pescoço. Sabia que a mãe estava no centro da cidade, trabalhando. E também sabia onde ela trabalhava.

Ou melhor, sabia exatamente que tipo de trabalho ela fazia.

Um colega de turma mais velho é que lhe tinha dito isso, depois de uma partida de futebol. Já fazia algum tempo:

— Prostituta! A tua mamãezinha é uma prostituta!

Como não sabia o que queria dizer a palavra prostituta, Acke correu para o computador assim que chegou em casa e foi procurar na internet.

Em casa, sozinho.

Depois, foi buscar a garrafa de água gelada que a mãe sempre deixava na geladeira para ele, antes de sair para o centro da cidade, e bebeu quase a garrafa inteira de uma vez só. E então se deitou.

E ficou pensando na mãe.

E que se ele pudesse ajudá-la com algum dinheiro, talvez ela pudesse deixar de ser aquilo que eles diziam que ela era.

11

Os carros atravessavam a neblina, a longos intervalos, indo ou voltando de Vaxholm. Era de manhã bem cedo na península de Bogesunds e ninguém notou nada de especial naquele Volvo cinza estacionado num pátio discreto não muito distante do belíssimo castelo cercado de bosques. Em meio à neblina, um grupo de javalis chafurdava no solo, em busca de comida.

Nils Wendt estava sentado no banco do motorista e deu uma olhada em seu próprio rosto pelo espelho retrovisor. Havia acordado ainda de madrugada em seu quarto de hotel. Lá pelas cinco horas da manhã, entrou no carro que alugou e deixou a capital em direção nordeste até chegar à cidade vizinha de Vaxholm. Desejava se afastar de todas as pessoas. Agora, ali estava ele, e contemplava seu rosto no retrovisor. Acabado, você parece acabado, Nils, pensou.

Apesar disso, ia conseguir fazer o que pretendia.

Não faltava muito. Tinha planejado como iria montar as últimas peças do quebra-cabeça naquela manhã. O que era para ser apenas um grande susto para Bertil acabou resultando num plano concreto. Um plano que começou a tomar forma quando assistiu àquelas reportagens televisivas extremamente negativas a respeito das atividades da MWM no Congo.

A mesma brutalidade de antes.

Depois disso, testemunhou algumas manifestações e leu os panfletos distribuídos, além de pesquisar uma quantidade enorme de comentários postados em diversos grupos no Facebook, como, por exemplo, o "Rape-free cellphones!", e, por fim, acabou entendendo o porquê daqueles sentimentos exacerbados.

Foi então que o seu plano ganhou forma.

Planejava bater justamente no ponto mais sensível.

Às nove e quinze da manhã, Bertil Magnuson já tinha resolvido o problema com o proprietário do terreno em Walikale. Não resolveu com suas próprias mãos, é claro. O assunto foi resolvido com a ajuda do chefe militar do Congo, com quem tinha uma velha e boa amizade. Este despachou um grupo de agentes da polícia secreta até a região, os quais explicaram ao proprietário de terras renitente que, em razão da situação tensa na região, era possível que as terras dele fossem desapropriadas pelo Estado. Por motivos de segurança nacional. Como não tinha nascido ontem, o proprietário das terras perguntou se haveria alguma forma de evitar aquela desapropriação. Ao que os agentes da polícia secreta explicaram que a empresa sueca MWM tinha se oferecido para garantir a segurança da propriedade dele, desde que pudesse, em contrapartida, explorar uma parte das terras para fins de prospecção e extração de minérios. Esta era a fórmula que eles propunham para que aquela situação se normalizasse.

De forma rápida e rasteira.

Bertil pediu que a sua secretária se lembrasse de telefonar para o diretor da empresa em Kinshasa para que este providenciasse um presente à altura para o comandante militar, seu amigo.

— Diga ao nosso diretor que o general tem um fraco por topázios.

Por isso, no momento em que se aproximou da janela e sentiu os raios do sol da manhã, Bertil estava relativamente de bom humor. Walikale não era mais problema. Ele ainda pensava no Congo quando tirou instintivamente o celular que estava vibrando em seu bolso e atendeu:

— Aqui é Nils Wendt.

Apesar de a voz que Bertil escutara na gravação ser muitos anos mais jovem, sem dúvida aquela que no momento estava ouvindo era da mesma pessoa. Só que desta vez não se tratava de uma gravação.

Desta vez era Nils Wendt em pessoa.

Bertil sentiu o sangue ferver em suas veias. Odiava aquele sujeito. Um pobre coitado que, no entanto, podia causar uma verdadeira catástrofe na sua vida. Então, apesar de tudo, tentou manter a cabeça fria:

— Olá, Nils, você está em Estocolmo?

— Onde é que a gente pode se encontrar?

— E por que razão deveríamos nos encontrar?

— Você prefere que eu desligue?

— Não, não! Espera aí! Então você quer que a gente se encontre?

— Você não quer?

— Sim, sim, quero.

— Onde, então?

Bertil botou a cabeça para funcionar num ritmo febril, enquanto olhava pela janela.

— No cemitério da Igreja Adolf Fredrik.

— Onde exatamente no cemitério?

— No túmulo de Olof Palme.

— Hoje às onze da noite — disse Nils Wendt.

Fim da ligação.

Ovette Andersson saiu sozinha pela porta principal. Passava das dez. Tinha ido levar Acke ao centro de recreação da escola, apesar dos protestos do filho, pois queria conversar com alguém a respeito daqueles hematomas. Recentemente, ele tinha voltado para casa uma ou duas vezes com hematomas espalhados pelo corpo inteiro. Enormes hematomas verde-amarelados. No começo, como eles raramente se viam pelas manhãs, ele tentou evitar que ela visse os hematomas. Porém, certa manhã, ele esqueceu a porta do seu quarto aberta e Ovette acabou vendo tudo.

— Mas o que foi que aconteceu?

— Como assim?

— O seu corpo está coberto de hematomas!

— Ah, isso foi jogando futebol.

— É normal que vocês fiquem assim depois de jogar bola?

— Sim, sim... — Acke desconversou antes de se deitar.

Ovette foi até a cozinha e acendeu um cigarro junto à janela. Jogando futebol, uma pinoia!, ela pensou.

Aqueles hematomas pelo corpo do filho simplesmente não saíam da sua cabeça. Duas noites mais tarde, depois de voltar de sua ronda noturna, ela entrou pé ante pé no quarto de Acke e puxou o cobertor para examinar melhor o filho.

Sim, ele tinha hematomas verde-amarelados espalhados pelo corpo inteiro. Além de ferimentos que mal tinham começado a cicatrizar.

Depois de ver o estado do filho, ela se convenceu de que deveria ir até o centro de recreação.

— Não, ele não está sofrendo *bullying*! — respondeu a responsável pelo centro de recreação que Acke frequentava, atônita com aquela pergunta.

— Bem, o fato é que ele tem o corpo inteiro coberto de hematomas — retrucou Ovette.

— E como é que ele explica isso?

— Que se machucou jogando futebol.

— E não foi isso?

— Não, ele está com o corpo inteiro machucado!

— Bem, eu nem sei o que dizer, a única coisa que sei é que isso não aconteceu aqui. Temos um programa de monitoramento específico para prevenir episódios de violência entre os jovens. Teríamos ficado sabendo se algo assim tivesse acontecido aqui.

Ovette teve de conformar-se com aquela explicação.

Com quem mais poderia falar? Não tinha ninguém a quem recorrer. Não se dava com os vizinhos. E as mulheres com quem convivia na rua não estavam nem aí para os filhos umas das outras. Era um campo minado.

Ao deixar o centro de recreação, Ovette de repente se sentiu infinitamente desamparada. E desesperada. Toda a sua existência miserável passou diante dos seus olhos. Entre outras coisas, o fato de não conseguir deixar de se prostituir. O seu corpo marcado. Enfim, tudo. Para completar, agora ela ainda tinha que assistir ao seu único filho se meter em maus lençóis sem ter alguém com quem ela pudesse conversar, alguém em quem pudesse confiar, alguém que pudesse lhe estender a mão. Eles estavam sozinhos, ela e Acke, num mundo completamente desolado.

Ela se deteve ao lado de um poste de iluminação pública e acendeu um cigarro. As suas mãos ásperas tremiam. Não pelo vento frio, mas por algo muito mais gélido, algo que vinha de seu íntimo. Um abismo escuro e voraz que ia ficando cada vez maior e mal podia esperar até que ela entregasse os pontos. Se existisse uma saída oculta para o outro lado da vida, ela teria jogado a toalha ali mesmo.

Foi quando lembrou-se dele.

Um sujeito que talvez pudesse ajudá-la.

Eles foram criados juntos em Kärrtorp. Moraram no mesmo prédio e estiveram em contato por anos a fio. Porém, agora, fazia um bom tempo desde que se viram pela última vez, mas aquilo era o de menos. Quando se encontravam, as coisas costumavam funcionar sem muita complicação. Afinal de contas, tinham um passado em comum, uma origem em comum, conheciam os defeitos um do outro e, apesar disso, se aceitavam.

Sim, ela poderia conversar com ele.

Minken.

Olivia levou um bom tempo para rastreá-lo, porém sua paciência foi recompensada quando encontrou o nome dele na lista de residentes da clínica geriátrica Rådan, em Silverdal.

Aquela descoberta deixou-a um pouco surpresa: a clínica ficava bastante próxima da Academia de Polícia.

Que mundo pequeno!, ela pensou enquanto dirigia por aquelas ruas que lhe eram tão familiares, até estacionar em frente à clínica. Quase conseguia ver a Academia de Polícia por entre as árvores. Porém, de uma maneira curiosa, ela se sentia um tanto alheia a todo aquele ambiente escolar. Apesar de não fazer muito tempo que estava lá, sentada nos bancos da academia, escolhendo um tema para realizar um trabalho escolar sobre o qual não fazia a menor ideia até onde a levaria.

Naquele momento, o trabalho a tinha levado a subir dois andares até chegar a um pequeno terraço onde um homem encolhido estava sentado numa cadeira de rodas.

Ninguém mais nem menos que o antigo rei do pornô, Carl Videung.

Perto de completar 90 anos, Videung tinha poucas expectativas em relação ao futuro. Como não tinha parentes vivos, ele ficava contente com qualquer visita que viesse quebrar sua solidão. Não importava de quem fosse.

Desta vez, era Olivia Rönning quem tinha vindo visitá-lo. Ela logo se deu conta de que ele ouvia muito mal, além de ter certa dificuldade para falar. Por isso, teve que se fazer entender usando frases curtas, simples e ditas em voz alta.

— Jackie Berglund!

Depois de quase uma hora, duas xícaras de café e alguns biscoitos de gengibre, aquele nome finalmente emergiu na mente de Carl Videung.

— Ah, ela era uma garota de programa.

Foi o que Olivia conseguiu decifrar do que ele disse.

— E o senhor se lembra de alguma outra garota de programa dessa época?

Mais um café e mais biscoitos de gengibre depois, Carl Videung meneou a cabeça e perguntou:

— Se eu me lembro de quem?

Agora nem o café estava mais adiantando, além disso os biscoitos tinham acabado. O homem na cadeira de rodas ficou apenas olhando para Olivia e rindo por um bom tempo. Ele fica ali sentado, me analisando. Analisando se eu também daria para ser uma garota de programa. Esse velho babão!, pensou Olivia. Então, o velho babão fez um gesto para indicar que queria escrever alguma coisa. Olivia pegou apressada uma caneta e uma cadernetinha de anotações e estendeu-as na direção de Videung. Que sequer conseguia segurar a caderneta de anotações sozinho. Olivia teve que segurar a caderneta firme sobre os joelhos dele para que parasse no lugar. Então, começou a escrever alguma coisa. Com a caligrafia de alguém que estava prestes a completar 90 anos, mas mesmo assim bastante legível:

Miriam Wixell.

— Miriam Wixell? Este era o nome de uma das garotas de programa?

Videung meneou a cabeça em confirmação e soltou um peido que vinha segurando há um bom tempo. Olivia virou o rosto um pouco para desviá-lo daquele odor pútrido, ao mesmo tempo em que fechava a caderneta de anotações.

— O senhor se lembra se alguma das garotas de programa daquela época era estrangeira?

O velhote deu uma risadinha e assentiu com o dedo polegar.

— E o senhor se lembra de que país ela era?

Videung balançou a cabeça negativamente.

— Tinha cabelos escuros?

Então, ele se virou um pouco e apontou com a cabeça na direção de uma violeta-africana plantada num vasinho que estava no parapeito de uma janela. Olivia olhou para a planta.

As flores eram de um azul intenso.

— Os cabelos dela eram dessa cor?

O velho meneou a cabeça em confirmação e riu outra vez. Cabelo azul, Olivia pensou. Na certa pintado dessa cor. Uma pessoa de cabelos pretos consegue pintá-los de azul? Talvez sim. O que é que ela sabia sobre a cor com que as garotas de programa pintavam seus cabelos nos anos 1980?

Nada.

Então, Olivia se levantou, agradeceu a Videung e saiu rápido para escapar do próximo pum que o ex-rei do pornô de olhos castanhos poderia soltar a qualquer momento.

Bem, pelo menos, ela conseguiu mais um nome.

Miriam Wixell.

Ovette tinha escolhido uma mesa bem no fundo da cafeteria. Definitivamente não queria topar com nenhuma das suas colegas de profissão. Por essa mesma razão, preferiu se sentar de costas para a entrada e colocou a xícara de café à sua frente. Era proibido fumar ali dentro. As suas mãos se mexiam irrequietas sobre a mesa. Pegou alguns cubinhos de açúcar e duas colheres e se perguntava se ele viria ou não viria.

— E aí, Ovette?

Sim, ele veio.

Minken.

Ele caminhou até a mesa onde ela havia se sentado, jogou o rabo de cavalo para trás e também se sentou. Estava com um bom humor contagiante. Tinha acabado de passar por uma lotérica e comprado uma raspadinha premiada. Quatrocentas coroas no ato. Que foram direto para o seu bolso.

— Quanto ganhou?

— Quatro mil!

Minken sempre aumentava um ponto o seu conto. Menos quando o assunto era sua própria idade. Neste caso, ele sempre dava um desconto. Tinha 41 anos, que podiam variar de 26 a 35, dependendo de quem perguntava. Quando uma garota de Borlänge perguntou a idade dele e ele respondeu "mal passei dos 20", ele se deu conta de que estava passando dos limites. Mas como a garota era nova na cidade e só queria se divertir, ela engoliu aquela mentirinha com casca e tudo, mesmo achando que ele parecia bem mais velho.

— Esta cidade tem o seu preço! — ele disse, exaltando tanto a cidade que fazia Nova York parecer um subúrbio de Estocolmo.

Ovette, porém, não tinha nascido em Borlänge e sabia exatamente a idade dele, então ele não tinha nenhuma razão para continuar com aquele teatrinho.

— Obrigada por ter vindo.

— O Minken está sempre a vir-se — disse ele, dando uma risada, se achando um verdadeiro mestre do duplo sentido.

Na verdade, era o único que achava isso. A maioria das pessoas preferia manter certa distância de Minken, depois de o conhecer por algum tempo, conseguindo se dar conta de quão fútil e vazio ele era e ouvindo o suficiente de suas lorotas. Como a história de como ele tinha solucionado o assassinato de Olof Palme. Ou como ele tinha "descoberto" a banda Roxette.

Depois de ouvir absurdos como esses, a maioria das pessoas simplesmente virava as costas e ia embora. O que a maioria não chegava a descobrir era que Minken também tinha um coração enorme, escondido por baixo de uma camada profunda de gírias quase que desesperadas. Um coração que naquele momento palpitava com força, depois que Ovette lhe mostrou aquelas fotografias que tinha tirado com a câmera do seu celular. Aquelas fotografias nas quais o corpo seminu de um menino aparecia coberto de hematomas e de feridas.

— Eu aproveitei para fazer essas fotos enquanto ele estava dormindo.

— Mas o que foi que aconteceu com ele?

— Não faço a menor ideia. No centro de recreação, eles disseram que não aconteceu nada enquanto ele esteve lá. E ele diz que se machucou assim jogando futebol.

— Ninguém se machuca deste jeito jogando futebol. Eu joguei durante muitos anos no Bajen. É verdade que a gente leva muita pancada se ficar prendendo muito a bola, como no meu caso, eu era meio-campista, mas nunca a ponto de ficar dessa maneira.

— Pois é.

— Que merda. Parece que ele levou uma surra!

— Sim, eu também acho — disse Ovette, se apressando em secar as lágrimas.

Minken olhou para Ovette, pegou na mão dela e depois perguntou:

— Você gostaria que eu tivesse uma conversinha com ele?

Ovette fez que sim com a cabeça.

Sim, Minken estava decidido a bater um papinho com o jovem Acke.

Sobre futebol?

Nem pensar.

Já estava quase na hora de fechar. As lojas que ficavam na Sibyllegatan se preparavam para encerrar o expediente. Porém, na Udda Rätt, as luzes continuavam acesas. Jackie Berglund sempre deixava a loja aberta uma hora a mais além do horário de encerramento. Os clientes dela sabiam disso e acabavam aparecendo de última hora para comprar uma peça de vestuário ou alguma joia para impressionar os convidados da festa que dariam em casa naquela mesma noite. Desta vez, tratava-se de um cavalheiro mais velho que morava no bairro de Östermalm e estava procurando algo para apaziguar a esposa. Tinha se esquecido de um aniversário e as coisas azedaram entre eles, como ele próprio descreveu:

— As coisas azedaram lá em casa...

Por isso, ali estava ele, e acabou escolhendo um par de brincos que estavam expostos em meio a outras joias de marca.

— Quanto custam esses aqui?

— Para você, eu posso fazer por setecentas coroas.

— E para os outros?

— Por quinhentas.

Era assim que eles faziam negócios, Jackie e a sua clientela mais ou menos abastada, dando-se ao luxo de fazer entre si aquele tipo de piada idiota.

Tudo pelos negócios.

— Mas você acha que ela vai gostar desses aqui?

— Ah, toda mulher tem um fraco por brincos.

— Todas, é?

— Sim, todas.

Uma vez que o cavalheiro não fazia a menor ideia dos pontos fracos das mulheres, teve que se fiar no palpite de Jackie e saiu da loja levando um par de brincos embrulhados num estojo cor-de-rosa. E, assim que a porta se fechou atrás dele, o celular de Jackie tocou.

Era Carl Videung.

Com uma voz surpreendentemente clara e ouvindo como um tuberculoso, ele informou a Jackie sobre a visita que tinha recebido um pouco mais cedo naquele dia. Uma jovem aluna da Academia de Polícia que veio lhe fazer algumas perguntas sobre a sua antiga agência de garotas de programa. Em seguida, ele contou que tinha se feito de moribundo para tentar descobrir, exatamente, o que a mocinha pretendia.

— Você sabe como é que é, eu sempre fico curioso quando farejo um tira por perto — explicou.

— E o que é que ela queria?

— Não consegui descobrir exatamente, só sei que ela perguntou a respeito de você.

— De mim?

— Isso mesmo. E também perguntou sobre as outras garotas que trabalhavam na mesma época que você.

— Quando eu trabalhava na Gold Card?

— Isso mesmo.

— E o que foi que você respondeu?

— Eu dei a ela o nome de Miriam Wixell.

— Mas por que fez isso?

— Porque Miriam nos deixou daquela maneira não muito elegante, ou será que você já se esqueceu?

— Não, não esqueci. Mas aonde você pretende chegar com isso?

— Bem, eu acho que a Miriam, tão elegante como é, vai levar um bom susto quando uma aspirante a policial bater na porta da casa dela, fazendo perguntas a respeito do passado dela.

— Como você é malvado...

— Não tanto quanto eu gostaria.

— E o que foi que você disse a ela a meu respeito?

— Absolutamente nada. Eu não sou tão malvado assim.

E assim terminou a conversa. Pelo menos, no que dizia respeito a Carl Videung. Já quanto a Jackie, aquela ligação continuou por mais algum tempo na sua mente. Por que aquela fedelha estava circulando por aí e fazendo perguntas a respeito da época em que ela era garota de programa? E quem seria a fedelha?

— Como é mesmo o nome dela?

— Olivia Rönning — respondeu Videung quando Jackie voltou a ligar para ele.

Olivia Rönning?

* * *

Olivia estava em casa sentada no sofá consultando o anuário *Nordisk Kriminalkrönika* de 2006. A publicação era uma coletânea de casos policiais da Suécia, Dinamarca, Noruega e Finlândia. Olivia tinha aproveitado para dar uma passada na biblioteca da Academia de Polícia quando voltava da clínica geriátrica. Queria pesquisar por uma razão bastante específica. Desejava verificar se houve algum caso em 2005 de que Tom Stilton tivesse participado. E que pudesse ter ocasionado algum conflito. Um conflito como o que Åke Gustafsson acreditava que tivesse ocorrido na época.

O ano de 2005 foi cheio de crimes importantes. Ela folheava o anuário e dava uma lidinha aqui e outra ali. Entre outros casos, um artigo sobre a fuga espetacular de Tony Olsson — o "assassino de Malexander" — da penitenciária de Hall, de segurança máxima. Por essas e outras, Olivia demorou algum tempo até chegar à página 71.

Onde encontrou o que procurava.

O assassinato brutal de uma jovem ocorrido em Estocolmo. A vítima se chamava Jill Engberg. Os pormenores do caso logo chamaram a atenção de Olivia. Jill era uma acompanhante de luxo e estava grávida. O caso não foi solucionado. Um caso ocorrido em 2005, ou seja, no mesmo ano em que Stilton deixou a polícia. Será que ele tinha participado da investigação daquele caso? Esta informação não constava do artigo, que tinha sido escrito por Rune Forss. Não era o mesmo policial que ela tinha visto dando uma entrevista na televisão? O que está cuidando do caso dos sem-teto, Olivia pensou, ao mesmo tempo em que ligava para Åke Gustafsson.

Sua cabeça funcionava num ritmo febril.

— Tom Stilton participou da investigação do caso de Jill Engberg, que foi assassinada em 2005?

— Não sei — respondeu Gustafsson.

Aquilo desacelerou um pouco o ritmo febril de Olivia, mas não o de sua imaginação. Jill era uma garota de programa. E estava grávida. Jackie tinha sido garota de programa dezesseis anos antes. A vítima do assassinato em Nordkoster também estava grávida. Jackie se encontrava na ilha quando o crime ocorreu. Será que haveria alguma ligação entre Jackie e Jill? Será que Jill trabalhava para Jackie? Na agência Red Velvet? Será que Stilton tinha conseguido rastrear aquela conexão e iria reabrir a investigação do assassinato na praia? Será que era por isso que ele tinha ficado em silêncio por um instante naquele depósito de lixo?

Olivia respirou fundo. Achava que aquela conversa no depósito de lixo tinha sido a última vez em que ela teria que entrar em contato com Stilton. Respirou fundo mais uma vez e ligou para o celular dele para perguntar:

— Você trabalhou na investigação do assassinato de Jill Engberg em 2005?

— Sim, trabalhei por um tempo — respondeu ele, antes de desligar.

Um padrão de comportamento com o qual Olivia já estava começando a se acostumar. É provável que ele retorne a ligação em dez minutos e queira se encontrar em algum lugar aconchegante e se sentar no escuro e no meio do fedor, para responder a mais vinte perguntas.

Cercado de capivaras.

Mas não, ele não retornou a ligação.

Tom Stilton estava sentado no escritório da *Situation Sthlm*, praticamente sozinho. Uma garota entrou e deu uma organizada na recepção. Stilton tinha pedido para usar um dos computadores, entrou na internet e começou a assistir aos vídeos do site Trashkick. Os dois primeiros vídeos já tinham sido retirados do site, mas os demais continuavam lá. Os outros três vídeos. Um que mostrava um morador de rua, o imigrante Julio Hernández, sendo espancado embaixo da ponte de Väster, outro que mostrava o espancamento de Benseman e então o que mostrava o assassinato de Vera Zarolha. Desde que ela fora morta, nenhum outro vídeo tinha sido postado.

Stilton se forçou a assistir àqueles vídeos mais uma vez. Em câmera lenta, desta vez. Observando cada ínfimo detalhe. Esquadrinhando o monitor em busca de alguma coisa nas áreas fora de foco daquelas imagens. Provavelmente, foi desta forma que ele conseguiu descobrir uma coisa. No vídeo do espancamento na ponte de Väster. Ele amaldiçoou o fato de não conseguir dar zoom nas imagens. Congelar as imagens e aproximá-las passo a passo. O máximo que conseguia fazer era congelar as imagens. E, curvando-se, para chegar mais perto do monitor, conseguiu enxergar a coisa, claramente. No antebraço. No antebraço de um dos agressores. Uma tatuagem. Duas letras, um K e um F dentro de um círculo.

Stilton voltou a se recostar e olhou para cima. Seu olhar se deteve na foto de Vera com aquela moldura preta pendurada na parede. A última foto na sequência de vítimas de espancamentos. Então, ele puxou uma caderneta de anotações e anotou as letras K e F, dentro de um círculo.

Depois, olhou mais uma vez para a foto de Vera.

A última sessão do filme *Cisne negro* tinha terminado e o público deixava o cinema Grand, na Sveavägen. Muitos iam andando no sentido da Kungsgatan. Era uma noite clara e bonita, com uma brisa bastante morna. Uma brisa que chegava até o cemitério da Igreja Adolf Fredrik, fazendo as flores se agitarem de leve nas sepulturas. Dentro do cemitério, estava um pouco mais escuro. Pelo menos na maior parte do cemitério. Junto ao túmulo de Olof Palme, estava ainda um pouco mais escuro. Para quem observava da Sveavägen, mal era possível discernir as quatro pessoas que se encontravam ali.

Duas das quais eram Bertil Magnuson e Nils Wendt.

As duas outras pessoas tinham sido convocadas em cima da hora por K. Sedovic, o sujeito com quem Bertil sempre entrava em contato quando precisava tratar de assuntos um pouco mais delicados. Como ele imaginava que seria o caso nessa noite.

Nils Wendt também imaginou a mesma coisa.

Ele conhecia Bertil muito bem. Bem o bastante para saber que ele não viria desprevenido para um encontro como aquele. Por isso, ele não esboçou qualquer reação ao ver os dois sujeitos que o acompanhavam. Tampouco esboçou qualquer reação quando Bertil explicou, como de costume, que aqueles seus dois "assessores" precisavam verificar se Nils Wendt não tinha trazido nenhum gravador camuflado.

— Acho que você entende os meus motivos para tomar essas precauções.

Sim, Wendt entendia os motivos dele. E não se opôs a que os dois "assessores" fizessem o seu trabalho. Não, ele não tinha trazido nenhum gravador camuflado. Pelo menos, não desta vez. Por outro lado, tinha trazido uma fita cassete contendo uma gravação que um dos leões de chácara entregou a Bertil, que então segurou a fita diante de Wendt e perguntou:

— É a tal gravação?

— Sim. Bem, na verdade, é uma cópia da gravação original. Você deveria ouvir — disse Wendt.

Bertil observou a fita cassete.

— É a gravação completa, com toda a conversa?

— Sim, toda.

— E onde está a gravação original?

— Guardada em um lugar ao qual eu pretendo voltar no máximo até o dia 1º de julho. Se por qualquer motivo eu não conseguir voltar até essa data, a gravação será enviada à polícia.

Bertil deu uma risadinha.

— Ah, então esse é o teu seguro de vida?

— Exatamente.

Bertil olhou para o cemitério à sua volta. E meneou a cabeça para indicar aos seus "assessores" que podiam se afastar um pouco, o que ambos fizeram imediatamente. Wendt olhou para Bertil. Sabia que Bertil sabia que Wendt era o tipo de pessoa que não deixava nada ao sabor dos desígnios do acaso. Toda a relação comercial entre eles tinha por fundamento, exatamente, aquele traço do caráter de Nils. Podia até ser que Bertil metesse os pés pelas mãos, mas Nils, não, ele nunca metia os pés pelas mãos. Além de cinto e suspensórios, Nils sempre trazia também um cinto de segurança afivelado para todos os casos. Se dizia que tinha tomado as providências para que a gravação original, que ele tinha guardado num lugar ignorado, fosse entregue à polícia caso não aparecesse até o dia 1º de julho, era porque realmente tinha providenciado isso. E ele sabia que Bertil acreditaria piamente que essa medida era verdadeira.

E Bertil realmente acreditou que era verdade. Então, ele se virou novamente na direção de Wendt e disse:

— Você está mais velho.

— Você também.

— Um por todos... lembra disso?

— Lembro, sim.

— Quando foi que isso deixou de ser verdade?

— Quando? Desde aquela vez lá no Zaire — respondeu Wendt.

— Não foi só isso que aconteceu. Você simplesmente desapareceu com quase dois milhões de coroas.

— E isso te deixou surpreso?

— Isso me deixou furioso!

— Entendo. Você e Linn ainda estão casados?

— Sim, estamos.

— Ela sabe algo a respeito disso?

— Não.

Eles se entreolharam. Bertil se virou na direção do cemitério. A morna brisa noturna circulava entre as lápides. Wendt continuou olhando fixamente os olhos de Bertil.

— Vocês têm filhos? — perguntou.

— Não, eu não tenho. E você tem?

Se naquele momento eles se encontrassem num lugar menos sombrio, talvez Bertil tivesse visto as pequenas contrações, que não duraram mais que alguns segundos, nas pálpebras de Wendt. Mas, como estava meio escuro, Bertil não notou esse detalhe.

— Não, eu também não tenho filhos.

O diálogo foi interrompido por alguns segundos. Bertil olhou de soslaio para os seus assessores. Será que ainda não tinha entendido o que estava acontecendo ali? Será que não tinha entendido o que Nils pretendia?

— Então, o que é que você quer com isso tudo? — perguntou Bertil, virando-se outra vez na direção de Wendt.

— Em no máximo três dias, você deverá divulgar um comunicado, declarando que a MWM está suspendendo todas as suas atividades de exploração de columbita-tantalita no Congo. E que, além disso, vocês pretendem oferecer uma indenização a todos os habitantes da região de Walikale, vitimados pelas atividades de mineração da MWM.

Bertil ficou olhando para Wendt. Por um segundo, passou pela sua cabeça a ideia de que ele estava lidando com um demente. Mas não era o caso. Tratava-se de uma pessoa perturbada, isso sim, mas não um demente. Apenas uma pessoa total e completamente fora de si.

— Você só pode estar de brincadeira.

— Você sabe que eu não costumo brincar em serviço.

Não, Wendt não costumava brincar em serviço. Era uma das pessoas mais indiferentes que Bertil já tinha conhecido na vida e, apesar de tantos anos terem se passado desde que os dois se conheceram, ele viu no rosto e no olhar de Wendt que ele não tinha mudado nada, nesse sentido, com o passar dos anos.

Nils estava longe de brincar com as palavras.

— Ou seja, você está querendo me dizer que, se eu não fizer exatamente o que você disse, a gravação daquela conversa vai ser entregue à polícia? — Bertil se viu forçado a dizê-lo em voz alta para conseguir assimilar o conteúdo.

— Sim, é isso mesmo. E você certamente está bem consciente de que consequências isso teria — Wendt respondeu.

Bertil sabia. Não era tão estúpido assim. As consequências de uma eventual divulgação da gravação daquela conversa estavam bastante claras para ele, desde que ouviu um pequeno trecho da gravação pela primeira vez no seu celular. As consequências daquilo seriam uma verdadeira catástrofe.

Em todos os sentidos.

Em todos os sentidos que Nils Wendt era capaz de entender.

— Boa sorte — disse Wendt, e começou a se afastar.

— Nils?

Nils Wendt se virou um pouco.

— Agora, falando sério, qual é o sentido disso... Qual é o verdadeiro sentido disso tudo?

— Vingança.

— Vingança? Vingança de quê?

— Do que aconteceu em Nordkoster — Wendt respondeu e continuou se afastando.

Um pouco a distância, os assessores esboçaram uma ligeira reação e menearam a cabeça na direção de Bertil. Que tinha os olhos fixos num ponto do terreno não muito distante da sepultura de Olof Palme.

— Você precisa que a gente o ajude com mais alguma coisa? — perguntou um dos assessores.

Bertil levantou a cabeça e viu Wendt pelas costas. Ele continuava se afastando, já um pouco distante, entre as lápides do cemitério.

— Sim, preciso.

Tom Stilton estava sentado no terceiro lance de degraus da escadaria de pedra e falava com Minken pelo celular.

— Duas letras. Um K e um F. Dentro de um círculo.

— Uma tatuagem? — Minken perguntou.

— Ao menos era o que parecia. Talvez feita com caneta marcadora, é difícil de dizer com certeza.

— Em qual dos braços?

— Parecia ser no braço direito, mas as imagens não eram muito claras, então não posso afirmar cem por cento.

— Certo.

— Fora isso, você não escutou mais nada de interessante por aí?

— Ainda não.

— Então, tchau.

Stilton desligou o celular e retomou o que tinha interrompido. Continuou subindo as escadarias, na direção do beco Klevgränd, pela quinta vez naquela noite. O tempo que levava para subir a escadaria já tinha diminuído em alguns minutos e ele sentia que os pulmões estavam acompanhando o seu ritmo. Além disso, já não estava tão ofegante quanto antes, além de estar suando visivelmente menos do que antes também.

Estava quase lá.

12

Linn Magnuson estava estressada, presa num engarrafamento a caminho de Stocksund. Dali a menos de meia hora deveria ocupar a tribuna da Associação Sueca de Autoridades Locais e Regionais para fazer uma palestra intitulada "Técnicas de liderança" a um grande grupo de gerentes de nível médio. Por sorte, ela sabia exatamente os pontos que iria abordar. Clareza, comunicação e gestão de relacionamentos. Três tópicos que conhecia a fundo.

Gestão de relacionamentos. Ainda bem que vou falar em como fazer isso na vida profissional e não na vida pessoal, ela pensou. Naquele momento, não se sentia exatamente uma especialista no assunto. A sua relação com Bertil andava um pouco estremecida. Não entendia exatamente por quê. Não havia nada de errado com ela, era algo com ele. Ele tinha voltado para casa tarde da noite, lá pelas três da madrugada, e foi direto até o terraço e ficou lá sentado no escuro. Não que ele nunca tivesse feito isso antes. Às vezes, ele precisava participar de teleconferências nos horários mais insólitos do dia e acabava voltando para casa tarde da noite. O que ela achou estranho é que ele ficou lá fora sentado, segurando uma garrafinha de água mineral. Isso ele nunca tinha feito, até onde Linn conseguia se lembrar. Ficar sentado no terraço, de madrugada, tomando água mineral. Nunca. Quando bebia alguma coisa nessas circunstâncias, era sempre algum líquido de cor âmbar: uísque, calvados ou conhaque. Água, jamais. E numa relação próxima como a deles, aquele era o tipo de detalhe que acabava colocando uma pulga atrás da orelha.

Ou várias especulações.

Será que era algo com a empresa? Ou uma amante? O problema com a bexiga? Ou será que foi consultar um médico sem dizer nada para ela e acabou descobrindo que estava com câncer?

Algo não estava bem.

Há muito tempo não andava bem.

Quando ela acordou de manhã e pretendia perguntar a ele o que é que estava acontecendo, Bertil já tinha saído. Mais do que isso, pelo visto nem sequer se deitou para dormir.

Ela já tinha conseguido escapar do engarrafamento e acelerou ao passar pela universidade.

— É para um trabalho escolar?

— Sim, isso mesmo.

Olivia tinha conseguido marcar uma entrevista com Miriam Wixell com essa desculpa esfarrapada. Ela contou que era uma aluna do segundo ano da Academia de Polícia, o que não deixava de ser verdade, e que tinha um trabalho para fazer a respeito das chamadas agências de acompanhantes de luxo. "É um trabalho muito importante para ser aprovada no curso." Olivia disse isso num tom intencionalmente inocente, quase simplório, fingindo nada saber do assunto. Foi assim que contou a Miriam Wixell que tinha visto o nome dela num inquérito policial antigo sobre a agência Gold Card que um professor lhe dera, e que Wixell fora a única pessoa da lista que Olivia conseguiu encontrar.

— E o que é, exatamente, que você deseja saber? — Miriam Wixell perguntou a ela durante a conversa telefônica inicial.

— Bem, é mais para saber a sua opinião a respeito do assunto. Eu tenho apenas 23 anos e gostaria de entender como é que se pensava naquela época. E como foi que você decidiu tornar-se uma acompanhante. E se era um lance legal, entende?

Mais alguns minutos de papo furado e, finalmente, Wixell mordeu a isca.

E agora ali estavam elas duas sentadas num restaurante com mesas na calçada da Birger Jarlsgatan. O sol forte que passava entre os prédios e chegava até onde elas estavam forçou Miriam Wixell a colocar seus óculos escuros. Como convinha, Olivia pegou uma cadernetinha de anotações e olhou para Miriam:

— Você é crítica de gastronomia, não é?

— Sim, escrevo de vez em quando, principalmente para revistas de turismo.

— Que interessante. Mas isso não engorda?

— Como assim?

— Quer dizer, a pessoa não tem que comer pra caramba pra poder escrever sobre comida?

— Ah, não é assim tão grave. — Wixell deu um sorrisinho. Foi ela que sugeriu que fizessem aquela entrevista durante um almoço leve. Então, fez uma breve descrição do seu passado como acompanhante. Que havia sido uma experiência breve. Quando lhe pediram que fizesse algo que não se sentia à vontade em fazer, ela desistiu.

— Como o quê, por exemplo? Sexo? — perguntou Olivia, com os olhos arregalados de uma colegial.

— Por exemplo.

— E havia muitas garotas trabalhando para a Gold Card naquela época?

— Sim.

— E todas eram suecas, não é?

— Ah, isso eu não me lembro.

— Você se lembra de algumas delas?

— Por que a pergunta?

— Por nada, eu só gostaria de tentar entrevistar mais alguma daquelas garotas, se fosse possível.

— Eu não me lembro das outras.

— Tudo bem — disse Olivia.

Ela percebeu que Wixell tinha ficado um pouco com o pé atrás, mas mesmo assim insistiu:

— Você se lembra de uma garota de cabelo azul?

— Sim, na verdade me lembro! — respondeu Wixell, dando uma gargalhada. — Era uma garota loura, de Kärrtorp. Acho que se chamava Ovette. Pintou de azul porque achava sexy!

— E não era?

— Não, era horroroso!

— Posso imaginar. E havia alguma garota latina? Você consegue se lembrar?

— Sim... ela... não me lembro do nome dela, mas havia uma garota, muito bonita por sinal, que poderia ser da América Latina.

— Morena? Com cabelos escuros?

— Sim, sim... É alguém que você conhece?

— Não, não, é que uma das garotas era descrita dessa forma no inquérito, então imaginei que ela talvez não fosse sueca, o que devia ser algo bastante incomum na época, imagino que não devia haver tantos imigrantes na Suécia naquele tempo.

— Bem, na verdade, havia muitos, sim.

Wixell, de repente, se deu conta de que ainda não estava conseguindo entender muito bem o que é que aquela jovenzinha pretendia. Então, agradeceu pelo almoço, se levantou e foi embora. De uma forma um pouco abrupta. Olivia ainda tinha uma última pergunta, uma pergunta que ela acabou ficando sem fazer: "Por acaso essa garota morena e de cabelos escuros era amiga de Jackie Berglund?"

Olivia também se levantou e foi embora. Na direção da praça Sture. Soprava uma brisa morna que vinha de Nybroviken, uma baía não muito distante. Vestindo roupas leves, os pedestres iam e vinham em todas as direções. Olivia seguia o fluxo da multidão. Em alguma parte, perto do restaurante East, lembrou-se de uma coisa.

Ela estava a apenas dois ou três quarteirões de distância.

Da butique.

Udda Rätt.

Lá estava.

A butique de Jackie Berglund localizada na Sibyllegatan. Olivia observou a loja por alguns instantes da calçada do outro lado da rua. As palavras de Eva Carlsén ecoaram em sua cabeça: "Não vá se meter com essa Jackie Berglund."

Não, eu não vou me meter com ela, disse consigo mesma. Só vou dar uma passada na loja dela para dar uma olhadinha nas coisas que eles têm para vender. Sou apenas uma anônima, uma cliente como outra qualquer. Que tipo de perigo eu poderia correr desta forma?

E entrou na butique.

A primeira coisa que notou foi o cheiro. Sentiu-se atingida por uma lufada de perfume meio adocicado.

A segunda foi o tipo de produto que a loja oferecia. Itens que estavam bem longe das coisas pelas quais Olivia se interessava. Objetos que jamais pensaria em ter em sua casa e roupas que jamais vestiriam o seu corpo. Ainda mais com esses preços absurdos!, pensou, depois de se inclinar para ver a etiqueta de preço de uma peça de vestuário. Quando tirou os olhos da etiqueta, Jackie Berglund estava bem na frente dela. Com uma maquiagem esmerada, os cabelos escuros, nem curtos, nem longos demais. Com seus olhos azuis de mormaço, observava aquela jovem cliente. Olivia imediatamente pensou em como o olhar dela devia estar quando Eva Carlsén lhe perguntou sobre a agência Red Velvet.

— Olá, posso ajudá-la em alguma coisa?

Olivia ficou paralisada e, de repente, não sabia como responder.

— Não, obrigada, só estou dando uma olhadinha mesmo.

— Está procurando alguma coisa para a casa?

— Não exatamente.

Uma resposta cretina da qual Olivia se arrependeu imediatamente.

— Ah, então talvez você queira dar uma olhada nas nossas roupas, temos novas e de segunda mão — disse Jackie, apontando para o setor de vestuário.

— Bem... não... obrigada... Eu acho que não é bem o meu estilo de roupa.

Claro, ela deve ter notado isso no mesmo instante em que me viu entrar na loja, Olivia pensou. Ela ficou por ali mais um tempo dando uma olhadinha nas coisas. Pegou uns pares de brincos para olhar e examinou um gramofone dos anos 1930. Depois, achou que já estava na hora de ir embora.

— Obrigada de qualquer maneira! — Olivia exclamou antes de sair da loja.

Foi só então que Jackie juntou os pontos. Ou assim achou. Ligou para Carl Videung para tirar aquilo a limpo.

— Esta tal de Olivia Rönning que andou te visitando e perguntando a meu respeito, como é que ela era?

— Morena, de cabelos escuros.

— E levemente estrábica?

— Sim, um pouco.

Depois de ouvir aquilo, Jackie desligou e então ligou para outro número de telefone.

Minken não era lá um sujeito muito madrugador, na verdade estava mais para notívago. A noite era o período do dia em que Minken se sentia mais à vontade consigo mesmo. Era nessas horas que ele circulava para conseguir algo aqui que, depois, pudesse oferecer ali. Isso podia incluir alguma dica, alguma droga ou até mesmo um cachorro: naquela noite, por exemplo, resgatou um pastor-alemão que sofria ao lado do dono drogado na Kungsan, levou-o para uma auxiliar de enfermagem que morava em Bandhagen, e que quase desmaiou. Sabia que o seu namorado se drogava, mas achava que ele sabia se controlar. O que, evidentemente, não sabia.

O nome da cadela era Mona.

Interessante, Minken pensou, supondo que a enfermeira tinha batizado a cadela com esse nome por razões políticas. Teria esse nome por causa de Mona Sahlin? Agora, Minken estava ali, sentado no trem metropolitano a caminho de Flemingsberg, e estava determinado a ter uma conversinha com Acke.

No centro de recreação da escola.

Minken não era nenhum gênio da estratégia.

Acke não estava no centro de recreação.

Minken conversou com outros garotos que estavam na frente do prédio e logo concluiu que ninguém ali sabia onde é que Acke se encontrava.

— Você é o pai do Acke?

— Não, sou o seu mentor.

Minken saiu-se com esta. Mentor? Essa foi boa!, ele pensou. Claro que não tinha muita certeza do significado da palavra, só sabia que ela descrevia alguém que sabia um pouquinho mais do que as outras pessoas. Como Minken sabia um pouco de tudo, ele achou que "mentor" caía como uma luva para a sua pessoa.

Quando voltava para a estação do metrô, encontrou Acke. Melhor dizendo, ele viu um menino parado que chutava uma bola contra uma cerca um pouco a distância e como tinha visto as fotos de Acke no celular de Ovette, achou que aquele menino ali parado podia ser ele. Além disso, tinha visto Acke junto com a mãe quando o menino ainda era pequeno.

— Olá, Acke!

O menino se virou e Minken se aproximou dele sorrindo.

— Posso tentar dar um chute também?

Acke rolou a bola suavemente na direção daquele sujeito baixinho com rabo de cavalo. E teve que se abaixar rapidamente quando Minken quase o acertou ao chutar a bola numa direção totalmente diferente da que pretendia.

— Um chute perfeito! — Minken exclamou às gargalhadas.

Acke ficou olhando na direção da bola até ela desaparecer.

— Então, você gosta de futebol? — perguntou Minken.

— Sim, gosto.

— Pois eu também. Você sabe quem é Ibrahimovic, não?

Acke olhou com um ar de incredulidade para aquela triste figura. Você sabe quem é Ibrahimovic? Será que ele é retardado ou o quê?

— Claro que sim. Ele joga no Milan.

— Isso, mas antes jogou na Espanha e na Holanda. Não sei se você sabe, mas eu trabalhei com o Ibrahimovic, no início da carreira dele, eu era uma espécie de mentor dele quando ele jogava no Malmö FF, eu o ajudei a se estabelecer nesses times da Europa.

— Ah... sei...

— Sim, fui eu quem abriu as portas da Europa para o Ibrahimovic, por assim dizer.

Acke era uma criança de apenas 10 anos e ali estava ele com aquele adulto, conversando a respeito de Ibrahimovic, sem entender muito bem o que é que aquele sujeito queria dizer exatamente.

— Então, você conhece o Ibrahimovic?

— O Ibra? Claro, somos grandes amigos, é para mim que ele liga quando está planejando tomar alguma decisão importante para a sua carreira. A gente é assim um com o outro! — exclamou Minken, esfregando um indicador no outro.

— A propósito, o meu nome é Minken, muito prazer.

— Oi.

— Eu conheço a tua mãe, a Ovette. Você não está com fome? Vamos comer um hambúrguer?

Acke devorou um cheeseburger duplo no Flempans Kebab & Grill no centro de Flemingsberg. Minken estava sentado na frente dele. Pensando em como deveria começar aquela conversa. Como não era propriamente um especialista em meninos daquela idade, achou melhor ir direto ao assunto.

— A tua mãe me contou que você apareceu em casa com o corpo todo machucado e que você disse que foi jogando bola. Mas eu acho que isso não pode ser verdade, ou é?

Num primeiro momento, Acke pensou em se levantar e ir embora dali. A sua mãe tinha contado para aquele cara dos machucados dele? E se realmente fez isso, por quê?

— Não é da sua conta!

— Mas você mentiu, não foi?

— Eu não menti nada!

— Olha, eu fui jogador de futebol profissional durante muitos anos, aliás foi assim que acabei conhecendo o Ibra. Portanto, eu sei como é sofrer uma lesão jogando bola. E esses teus hematomas não têm nada que ver com isso, essa história está muito mal explicada.

— A minha mãe acredita em mim!

— Então, você acha legal ficar mentindo pra ela?

— Não, não acho.

— Então, por que é que você está mentindo?

Acke virou a cara para o outro lado. Não, ele não achava legal ficar mentindo para a mãe, só que também não tinha coragem de contar a verdade para ela.

— Está bem, Acke, vamos fazer um trato, então: você pode continuar contando essa cascata pra tua mãe, eu não estou nem aí, eu também costumava mentir pra minha mãe quando era pequeno, mas aqui entre nós, só aqui entre nós, você não se machucou jogando pelada, não é mesmo?

— Não...

— Você andou brigando por aí?

— Mais ou menos.

— Pode se abrir comigo — disse Minken.

Acke hesitou por alguns segundos. Depois levantou um pouquinho uma das mangas da camisa.

— É que eu faço parte disto aqui.

Minken olhou para o braço nu do menino. Nele, havia duas letras, um K e um F, dentro de um círculo. Tudo desenhado com uma caneta marcadora.

— O que significa isso?

Dez minutos mais tarde, Minken deu uma saidinha até a frente da lanchonete para fazer uma ligação. Acke ficou lá dentro esperando.

Enquanto Minken ligava para Stilton.

— Kid Fighters?

— Isso aí. É assim que eles se autodenominam. Os mais velhos do bando tatuam no braço KF num círculo.

Do outro lado da linha, Stilton ofegava no celular.

— E onde eles se reúnem?

— Ele não sabe dizer com certeza, mas tudo indica que é algum lugar aqui por perto, em Årsta, um lugar subterrâneo.

— E eles sempre se reúnem nesse mesmo lugar?
— Sim.
— Toda noite?
— Pelo menos foi o que ele disse.
— Você ainda tem contato com o pessoal do UE?
— Acho que sim. Acho que tenho o telefone deles...
— Então me manda uma mensagem quando você achar o número de telefone deles.

Stilton sabia que Minken jamais perdia os seus contatos de vista. Já que a sobrevivência dele dependia em grande parte exatamente desses contatos.

Minken levou Acke até a casa dele. Achou melhor. E quando Ovette abriu a porta para eles entrarem, ela recebeu um abraço apertado. Um abraço de Acke, que em seguida correu até o seu quarto para buscar o uniforme do futebol.

— Mas vai jogar agora?
— Sim, vou!

Ovette olhou para Minken, que por sua vez olhou para Acke, que piscou com cumplicidade de volta para ele. E depois sumiu porta afora.

— Ele vai mesmo jogar bola? — perguntou Ovette, um pouco intranquila.

— Sim — respondeu Minken, indo até a cozinha como se fosse da casa.

— Mas, me diz, o que foi que ele te contou? Você conseguiu tirar alguma coisa dele? — Ovette perguntou.

— Aqueles hematomas não têm nada a ver com futebol. Você vai trabalhar hoje à noite?

— Não, hoje não.

Ovette se sentou de frente para Minken do outro lado da mesa. A fria luz fluorescente sobre a bancada da cozinha acentuava a inclemente flacidez de seu rosto. Pela primeira vez, Minken percebeu o quão difícil era a vida que ela levava. Percebeu no sentido físico. Sempre a vira maquiada, mesmo quando se encontraram naquela cafeteria no centro, mas agora, ali, ela não tinha nada no rosto que pudesse disfarçar o que significava tentar ganhar a vida do jeito que ela fazia.

— Você realmente precisa continuar fazendo essa merda?

— Fazendo o quê? Me virando nas ruas?

— É.

Ovette abriu a janelinha basculante e acendeu um cigarro. Minken a conhecia bastante bem, desde há muito tempo. Sabia muita coisa da sua vida. Muita coisa mesmo. Porém, não sabia por que ela se virava nas ruas, apesar de imaginar que ela fazia aquilo apenas pelo dinheiro. Para sobreviver, na eterna e vã esperança de que aquela seria a última noite em que precisaria fazê-lo. Ou a penúltima. Ou a antepenúltima, antes de pendurar definitivamente as chuteiras.

Porém, a derradeira noite não chegava nunca.

— E o que mais eu poderia fazer?

— Ora bolas, arrumar um emprego! Qualquer outra coisa!

— Ah, como você?

Minken deu uma risadinha e deu de ombros. Ele não era nenhum exemplo quando se tratava deste aspecto da existência humana. Não tinha um emprego propriamente dito desde a época em que trabalhou como ascensorista do elevador Katarina numa temporada de verão, ainda na juventude. Subindo e descendo nove horas por dia e de lá direto para a farra.

— Você não tem um cafezinho por acaso?

— Tenho sim.

Enquanto Ovette preparava duas xícaras de café, Minken tentou explicar com todo o jeito possível a origem daqueles hematomas de Acke. Para evitar que ela não sofresse mais do que devia.

Fazia muitos anos que Minken tinha ajudado Stilton a entrar em contato com o UE. Em um caso envolvendo uma suspeita de invasão em uma área subterrânea de uso militar. UE era a sigla de Urban Exploration, um grupo de indivíduos dedicados ao projeto de mapear por conta própria áreas subterrâneas nas zonas urbanas. Como sistemas de túneis. Fábricas abandonadas. Cavernas. Abrigos antiaéreos. Áreas subterrâneas abandonadas, muitas vezes de acesso restrito.

O UE não operava exatamente dentro da legalidade.

Minken tinha acabado de enviar uma mensagem com as informações do seu contato no UE, para o qual Stilton telefonou solicitando uma entrevista. Ele contou que estava escrevendo uma matéria para a *Situation Sthlm* a respeito de lugares secretos e de difícil acesso na Grande Estocolmo. O contato de Minken não apenas conhecia como gostava muito da revista.

O que facilitou bastante as coisas.

E como aquele grupo não operava totalmente dentro da legalidade, Stilton não se surpreendeu quando dois rapazes apareceram com o rosto coberto com capuz quando eles se encontraram. Ele não via maiores problemas naquilo. Além disso, o local onde deveriam se encontrar foi escolhido por ser bastante ermo. Um furgão estacionado junto às docas do lago Hammarby. Um dos rapazes estava sentado no banco do motorista. O outro, no banco traseiro. Stilton ficou sentado no banco do carona. Sua aparência não despertava suspeitas. Afinal ele tinha dito que trabalhava para a *Situation Sthlm*, a revista dos sem-teto. Então, eles engoliram a história dele direitinho.

— Então, o que você quer saber?

Stilton explicou sobre o que se tratava a reportagem. Mostrar a infinidade de espaços ocultos que havia nos subterrâneos de uma cidade como Estocolmo. Disse que os integrantes do UE, provavelmente, eram quem mais conhecia e melhor se desembaraçava nesses lugares secretos. Ele usou um misto de bajulação e mentiras inócuas. Um dos rapazes riu e perguntou se o objetivo não declarado da matéria não seria por acaso mostrar lugares nos quais os sem-teto poderiam se abrigar. Stilton riu também, afirmando que aquele era um risco que deveria ser levado em consideração. Então, os dois rapazes se entreolharam e depois arrancaram os capuzes que ocultavam seus rostos: um dos rapazes era na verdade uma moça.

Uma boa lição para quem tem preconceito, Stilton pensou com seus botões.

— Você trouxe um mapa? — perguntou a garota.

Sim, ele tinha tomado esta precaução. Tirou o mapa de um dos bolsos e o desdobrou.

O rapaz e a garota passaram praticamente a meia hora seguinte mostrando todas as possíveis áreas subterrâneas de interesse. Stilton fingia estar às vezes fascinado e às vezes surpreso. Outras vezes, nem precisava fingir. Ficava genuinamente desconcertado ao descobrir a existência desta ou daquela área subterrânea. E não apenas com o mero fato de elas existirem, mas também com o fato daquele rapaz e daquela garota terem conhecimento da existência daqueles lugares. Para ele, aquilo era o mais impressionante de tudo.

— Incrível! — exclamou mais de uma vez.

Porém, depois daqueles quase trinta minutos, ele decidiu que já era chegada a hora. Então, disse que um sem-teto que ele conhecia teria afirmado que havia uma área subterrânea incrivelmente grande na região de Årsta que, praticamente, ninguém sabia que existia.

— Por acaso vocês já ouviram falar dessa área?

O rapaz e a garota se entreolharam e deram uma risadinha cúmplice. Como se fosse possível haver alguma área subterrânea em Estocolmo e nos arredores da capital que eles não conhecessem...

— Sim, sim, existe lá uma área conhecida como Vinho e Espírito — respondeu o rapaz.

Então, a garota puxou o mapa, indicou um ponto específico e exclamou:

— Fica bem aqui!

— E é uma área muito grande mesmo?

— Grande não, é gigantesca! Acho que devia ser usada antigamente para armazenar e tratar água, mas agora está lá, abandonada. São vários pavimentos abaixo da superfície da terra.

— E vocês já estiveram nesse lugar?

O rapaz e a garota se entreolharam outra vez. Será que não estariam falando demais se respondessem àquela pergunta?

— Olhe aqui, eu não vou publicar os nomes de vocês nem vou tirar nenhuma foto, portanto ninguém vai ficar sabendo exatamente com quem foi que eu conversei, podem ficar sossegados quanto a isso — garantiu Stilton.

Passaram-se alguns segundos até que a garota respondesse:

— Sim, a gente já esteve lá.

— E como é que se faz para chegar até lá? O acesso não é muito complicado?

— Bem, pode ser como pode não ser, aí depende — respondeu o rapaz.

— Como assim?

— É que há duas maneiras de se chegar lá. A primeira, pulando por cima de uma cerca de proteção na parte da frente e depois descendo por um túnel bastante comprido escavado na rocha. Lá embaixo, há uma porta de aço que dá na caverna principal. Uma porta trancada. Esta é a forma menos complicada — explicou o rapaz.

— E a mais complicada?

A garota olhou para o rapaz sentado ao volante, que por sua vez olhava para Stilton. A partir de agora, eles estariam revelando informações secretas do UE.

— Existe um poço bastante estreito ao qual é possível chegar através de um bueiro que fica numa determinada rua... Bem aqui... — explicou o rapaz, apontando para um ponto no mapa. — Este poço tem uns degraus metálicos bem estreitos, é preciso descer cerca de quinze metros usando esses degraus. No fundo do poço, há uma escotilha de ferro que leva a um túnel...

— E esse túnel dá na caverna.

— Sim, apesar de... — disse o rapaz, hesitante.

— Apesar de quê? — Stilton perguntou.

— Apesar de se tratar de um túnel extremamente estreito.

— E comprido. Além de ser totalmente escuro — completou a garota.

— Entendo — disse Stilton, concordando com a cabeça.

Então, a garota dobrou o mapa. E o rapaz voltou a olhar para Stilton.

— Você não está pensando em descer por esse túnel, não é?

— Não, de maneira alguma.

— Ainda bem. Porque você não iria conseguir passar por ele.

Minken ligou quando Stilton estava voltando das docas do Hammarby.

— Você conseguiu falar com eles?
— Sim, consegui.
— E eles sabiam de alguma coisa?
— Sim, sabiam.
— Sobre a tal caverna em Årsta?
— Exatamente.
— Ótimo! Então agora nós sabemos que o lugar realmente existe.

Como assim "nós"? Por que diabos ele fala como se formássemos uma equipe?, pensou Stilton, concluindo que Minken realmente não tinha mudado em nada.

— Então, o que é que você pretende fazer agora? — Minken perguntou.
— Ir até lá dar uma olhada — respondeu Stilton antes de desligar.

Sim, ele planejava descer pelo poço estreito que começava num bueiro de rua. Depois de descer uns quinze metros, deveria encontrar uma escotilha de ferro na parede de rocha. Se estivesse com sorte, a tal escotilha estaria aberta. E se estivesse com um pouco mais de sorte ainda, conseguiria passar por aquela escotilha e entrar no túnel de barriga para baixo. Uma passagem escura como breu. Depois que entrasse no túnel, seria impossível se virar. E se não conseguisse seguir adiante, ele não teria alternativa a não ser tentar voltar para trás.

Isso se não ficasse entalado.

Aquele era um dos pesadelos recorrentes de Stilton. Ficar entalado. Em diferentes lugares e em cada pesadelo que tinha, mas a situação era basicamente sempre a mesma. Terminava com ele preso, trancado, entalado, como uma peça num torno, e ciente de que nunca mais iria conseguir sair dali. De que iria acabar perecendo, imobilizado de pavor.

E, agora, Stilton estava prestes a entrar nos próprios pesadelos. Por sua própria vontade. Iria se enfiar num túnel escavado na montanha, num lugar desconhecido. Naquele túnel, apenas ligeiramente mais largo do que o corpo de uma pessoa.

Se ficasse preso no túnel, ficaria preso ali para todo o sempre.

Bem lentamente, começou a descer os degraus de metal do poço escuro. As paredes estavam cobertas de aranhas negras e enormes. Na metade do poço, pensou que a escotilha talvez pudesse não estar aberta. Foi uma espécie de esperança proibida que logo tratou de extirpar da sua mente.

A escotilha estava aberta.

Ou melhor, estava semiaberta. Stilton empurrou-a com um dos pés usando o máximo de força possível e então conseguiu fazer a cabeça e o tórax passarem pela abertura. Tentou descobrir o que havia do outro lado, mas foi uma tentativa vã. Ele só conseguia enxergar alguns metros à frente daquele buraco negro, depois era tudo uma escuridão completa. Então, acendeu a lanterna que tinha trazido e conseguiu ver que o túnel fazia uma pequena curva e depois desaparecia na escuridão.

Ele impulsionou o resto do corpo através da abertura até ficar ofegante. Na verdade, o túnel era muito mais estreito do que tinha imaginado. Ali estava ele, de barriga para baixo naquele túnel, com os braços estendidos para frente, e só então percebeu que aquela tinha sido uma ideia totalmente imbecil de sua parte. Nesse ponto, pensou em Vera. Depois, desligou a lanterna e começou a se arrastar.

Tinha que se impulsionar com a ponta dos pés para conseguir avançar. Se tentasse erguer a cabeça, bateria com ela na rocha. E se tentasse abaixá-la, rasparia com o queixo no chão. Avançava muito lentamente, mas avançava. Centímetro por centímetro se arrastando naquela passagem escura. E sentia o suor escorrendo pelo pescoço. Demorou um bom tempo até alcançar a curva que tinha visto no túnel. Ao chegar lá, viu que teria que tomar uma decisão. Se aquela curva fosse muito fechada, ele não teria como seguir adiante, pois o risco de ficar entalado era grande demais.

O risco de acordar em seu próprio pesadelo tinha chegado ao máximo.

Ligou a lanterna e viu os olhos amarelos de uma ratazana que estava a pouco menos de um metro de distância de seu rosto. Aquilo era o que menos o preocupava naquele instante. De fato, depois de viver por anos a fio como sem-teto, a pessoa acaba se tornando íntima do *rattus norvegicus*. Que, muitas vezes, é a única companhia à disposição de um morador de rua. A ratazana, provavelmente, também compartilhava daquele sentimento. Um segundo depois, deu meia-volta e sumiu curva adentro.

Stilton se arrastou no rastro dela. Curva adentro. Na metade da curva, parou. Naquele ponto, o ângulo era alguns centímetros fechado demais, fato que Stilton infelizmente só descobriu quando era tarde demais, quando já estava com boa parte do tórax entalada. Não, não iria conseguir vencer aquela curva. E o que era, evidentemente, muito mais grave em termos existenciais, também não iria conseguir voltar para trás. O seu corpo estava imobilizado naquela curva.

Estava preso.

Como em um torno.

Ele tinha estacionado o seu Jaguar prateado não muito distante do Museu Marítimo, de frente para o canal de Djurgård. O seu carro era, praticamente, o único estacionado por ali. Mesmo assim, deu uma boa olhada em volta antes de tirar do bolso a fita cassete que Nils Wendt lhe dera. Uma antiquada fita cassete. Por que não copiou a gravação num CD? Isso é bem a cara do Nils!, pensou. Por sorte, aquele seu automóvel exclusivo também possuía um toca-fita.

Pouco depois tirou a fita cassete do toca-fita e segurou-a entre as mãos. Escutou toda a conversa gravada, apesar de se lembrar de cada palavra.

Foi uma espécie de autotortura.

Lentamente, ele retirou a fita do cassete. Pouco a pouco, até ficar com uma maçaroca nas mãos. Não que destruir aquela cópia fosse ajudar alguma coisa. A gravação original continuava a salvo. Em algum lugar incerto e não sabido. Contendo rigorosamente aquela mesma sequência de falas, as mesmas informações devastadoras. Uma gravação original que ele teria que recuperar, custasse o que custasse. E de preferência, nos próximos três dias. Simplesmente, não conseguia imaginar Nils chegando para uma coletiva de imprensa onde cumpriria o seu ultimato. Aquilo estava fora de questão.

Pelo menos por enquanto.

Por outro lado, Bertil era uma pessoa realista demais para deixar de se dar conta do risco que existia de as coisas terminarem daquela forma. De aquilo deixar de ser algo fora de questão. Quando o prazo de três dias se esgotasse.

O que ele faria se Nils divulgasse a gravação? E o que os advogados dele poderiam fazer? Alegar que era uma gravação forjada? Afinal, qualquer perícia poderia comprovar, facilmente, que aquela de fato era a voz dele. E quanto à Linn? Ela reconheceria de imediato a voz dele na gravação.

Bertil acendeu uma cigarrilha. Já tinha fumado praticamente uma caixa inteira naquele dia. Observou o próprio rosto no espelho retrovisor. Parecia tão envelhecido quanto Nils Wendt. A barba por fazer, os cabelos grisalhos. Tinha passado aquela noite em claro. Não tomara café da manhã. Aquela troca de palavras cheias de rancor durante o encontro com Nils, e depois a própria Linn. Ele sabia que ela estava pressentindo e farejando algo no ar e que iria começar a fazer uma série de perguntas bastante desagradáveis na primeira oportunidade que tivesse. Perguntas que ele só conseguiria responder mentindo. E não, não era nada fácil para ele mentir para Linn.

Era um homem sob intensa pressão.

— Você parece estressado.

— Como? Bem, sim, minha agenda está cheia.

Erik Grandén tinha ligado do nada. Acabava de voltar de Bruxelas e insistia para que os dois se encontrassem para um almoço rápido, e uma vez que Bertil queria evitar Linn ao máximo, ele acabou concordando com a ideia.

— No Teatergrillen às sete e meia?

— Para mim está ótimo.

— Linn vem com você?

— Não — respondeu Bertil antes de desligar.

Ele olhou para a fita embolada que tinha na mão, olhou para o canal de Djurgård e sentiu um nó na garganta. Um nó que queimava. Tentou engolir várias vezes, depois desistiu.

O ambiente no Teatergrillen poderia ser descrito como de certo intimismo. Papel de parede vermelho-escuro, quadros pequenos com molduras douradas e uma iluminação indireta nas paredes. Era num lugar como esse que Erik Grandén se sentia mais à vontade. Em pleno centro da cidade. Era onde queria estar. Acabara de dar uma passada na casa de leilões Bukowski, na Arsenalsgatan. Havia uma exposição de obras do modernismo sueco e Erik Grandén tinha visto lá um quadro de Olle Bærtling pelo qual se apaixonara. Será que devia dar um lance? Bærtling voltara subitamente a ser um investimento rentável.

Grandén tinha acomodado o seu corpo alto e esbelto numa confortável poltrona acolchoada em frente a Bertil Magnuson, seu velho companheiro. Não que fossem amigos desde a infância, porém, nos círculos sociais em que ambos circulavam, os homens gostavam de fazer parte do clube dos velhos companheiros. Estavam sentados ali com um linguado à *meunière* e duas taças de vinho branco gelado da melhor qualidade. Os vinhos eram a especialidade de Erik Grandén. Tinha investido prodigamente numa quantidade de garrafas raras que ficavam armazenadas num nicho especial na adega do sofisticado restaurante da Ópera de Estocolmo.

— Saúde!

— Saúde!

Bertil não estava de muitas palavras naquela noite. O que Grandén achou ótimo. Gostava de ouvir a sua própria voz. Bem modulada, sempre com um vocabulário conciso, tinha muita prática de falar em público.

E era sob as luzes dos holofotes que ele se sentia melhor.

Quando começou a falar do seu provável futuro cargo no mais alto escalão europeu, era como se estivesse fazendo discurso eleitoral.

— Digo "provável" porque nada é certo antes de estar acertado, como Sarkozy costuma dizer. Você sabia que eu e ele frequentamos o mesmo cabeleireiro em Paris? Mesmo assim, seria uma surpresa para mim se as coisas não saíssem conforme o planejado. Afinal, quem mais eles poderiam escolher no meu lugar?

Bertil sabia que era uma pergunta retórica, portanto achou melhor mastigar um pedaço de linguado.

— Mas chega de falar só de mim. Como vão as coisas na MWM? Soube que andaram fazendo um pouco de barulho por causa da premiação.

— É verdade.

— Tem a ver com o Congo?

— Sim.

— Eu li num jornal algo a respeito de trabalho infantil. Isso não soa nada bem.

— Não, nada bem.

— Você não poderia intervir e fazer algum tipo de doação?

— Doação? Para quem?

— Para um hospital infantil em Walikale, recursos para a construção de uma nova ala ou para a compra de equipamentos, injetar alguns milhões no sistema de saúde local, isso ajudaria a dar uma maquiada na situação.

Erik Grandén tinha um talento especial para raciocinar de forma realista quando se tratava de tática e política. Era um verdadeiro mestre na arte de maquiar problemas.

— É possível. Mas o problema maior é a extração propriamente dita, não vamos conseguir as terras que queríamos.

— Será que vocês não estão indo com muita sede ao pote?

Bertil apenas sorriu. Erik tinha uma magistral capacidade de análise a distância de coisas que não estavam saindo conforme o planejado.

— Você sabe melhor do que ninguém com que sede a gente está indo ao pote, Erik, afinal foi você mesmo quem elaborou o nosso planejamento estratégico, não foi?

— Ah, a gente não tem por que tocar nesse assunto agora.

Grandén não gostava que alguém o lembrasse de que ele ainda tinha os pés enfiados naquela lama. Apesar de que, oficialmente, ele já tivesse limpado os seus sapatos há muito tempo.

— É por isso que você anda meio distante ultimamente?

— Não, não é por isso... — hesitou Bertil.

Ele se deu conta de que estava perto, muito perto mesmo, de abrir a boca mais do que deveria. Talvez fosse culpa do vinho, da falta de sono, da pressão, ou então porque simplesmente precisava desabafar com alguém. Encontrar uma válvula de escape. Afinal, não estava ali diante de um velho mosqueteiro?

Mas ele se conteve.

Sabia que não teria a chance de se explicar e explicar aquela gravação. E mesmo que a tivesse, mesmo que de fato conseguisse explicar para o seu velho amigo o que é que estava por trás daquela gravação, ele não tinha como prever qual seria a reação de Erik. O que sabia era que ele e Erik eram farinha do mesmo saco. Ambos tinham sido fundidos em aço na mesma forma do egocentrismo. E se ficasse sabendo a respeito daquela gravação, ele simplesmente iria agradecer pela longa e lucrativa amizade, trocar um aperto de mãos e desaparecer da vida de Bertil.

Para sempre.

Então, ele achou melhor simplesmente desviar o foco para o assunto preferido de Erik.

— Mas, me diga, que cargo é este que você está para assumir?

— Isso ainda é segredo. Mas se as coisas saírem conforme o planejado, da próxima vez que nos encontrarmos aqui você estará conversando com um dos homens mais poderosos da Europa — respondeu Grandén, com uma ligeira contração do lábio inferior, um movimento que era seu jeito de assinalar que havia um subtexto que não diria.

Já para Bertil, aquilo parecia pura afetação.

Ele sabia que tinha ficado desacordado. Por quanto tempo, não sabia. E quando recobrou a consciência sentiu uma lufada de ar frio passando pelo túnel estreito. Algo deve ter sido aberto na extremidade oposta criando aquela corrente gelada. Provavelmente, foi o frio que contraiu seu corpo alguns milímetros, o suficiente para se soltar. O suficiente para que, com a ajuda de movimentos espasmódicos dos pés, ele conseguisse vencer aquela curva e se endireitar outra vez.

Respirou fundo durante vários minutos e constatou que seria impossível conseguir voltar. Só haveria uma forma de sair dali, um único caminho. Em frente, para dentro.

Começou a se arrastar novamente.

E continuou se arrastando.

E como não tinha mais noção de tempo, não fazia ideia de quanto gastara, mas o fato é que, de repente, estava chegando lá. Quase no final daquele túnel comprido, onde havia uma abertura mais ou menos do mesmo tamanho da outra pela qual tinha entrado. Ele se arrastou por aquele último trecho e olhou para fora.

Era uma enorme caverna no interior da montanha.

Jamais se esqueceria do que estava vendo.

Primeiro, por causa da luz. Ou luzes. Vários suportes com holofotes pendurados que espalhavam fachos vermelhos e verdes que cintilavam e giravam por toda a caverna. Uma luz intensa. Levou algum tempo para que os olhos de Stilton se acostumassem com a claridade.

Só então conseguiu ver as jaulas.

Duas. Retangulares. Três metros de largura por dois de altura. Bem no meio da caverna. Jaulas com armação de aço e cercadas por uma tela metálica.

E, dentro das jaulas, os garotos.

Dois dentro de cada uma, garotos com cerca de 10 ou 11 anos de idade. Vestindo só uma espécie de short de couro minúsculo. Os garotos golpeavam-se uns aos outros, freneticamente, dentro daquelas jaulas. Sem usar luvas. E com ferimentos que sangravam pelo corpo.

E havia os espectadores.

Vários, amontoados em volta das jaulas. Exaltados. Aos berros. Apupando. Com as mãos cheias de notas de dinheiro que iam trocando de mãos constantemente, conforme as lutas se desenrolavam.

Cagefighting.

Combate em jaulas com apostas a dinheiro.

Se não soubesse já do que Acke havia contado a Minken a respeito daquilo, teria levado um bom tempo para entender o que estava vendo com seus próprios olhos. Mesmo assim era difícil.

Apesar de ter ficado no computador da *Situation Sthlm* por várias horas pesquisando sobre *cagefighting*, e encontrado uma quantidade de informações assustadoras. Sobre como aquele tipo de luta tinha começado há muitos anos na Inglaterra. Pais que forçavam seus filhos a brigarem trancados dentro de jaulas de metal. Para "treinar", como um dos pais havia descrito. Stilton tinha inclusive assistido a um vídeo no Youtube que mostrava dois meninos de 8 anos brigando dentro de uma jaula de aço no Greenlands Labour Club, em Preston. Stilton quase passou mal assistindo àquilo.

Mas continuou pesquisando.

Prosseguiu metodicamente até encontrar informações cada vez mais sinistras. Sobre como o combate em jaulas havia se espalhado por vários países e crescia a cada ano. Atraindo uma quantidade de apostas cada vez mais altas, ao mesmo tempo em que ia se tornando uma modalidade cada vez mais clandestina. Até praticamente se tornar algo literalmente subterrâneo.

Oculto para o mundo, mas cada vez mais conhecido por aqueles que se divertiam assistindo a duas crianças se agredindo trancadas dentro de uma jaula. Como pequenos gladiadores.

Por todos os diabos, como é que eles conseguem manter isso em segredo?, Stilton pensou.

E como conseguiam convencer as crianças a participar disso?

Ele entendeu ao ler uma matéria que explicava que quem ganhava uma luta recebia pontos para uma espécie de ranking. E quem estivesse no topo do ranking, depois de uma rodada de dez lutas, recebia uma premiação em dinheiro. Não é nada difícil encontrar crianças pobres neste mundo. Meninos de rua. Crianças sequestradas. Crianças que não tinham ninguém que se preocupasse com elas. Crianças que talvez vislumbrassem uma oportunidade de progredir na vida lutando trancadas em jaulas.

Ou então crianças que estavam apenas tentando ganhar algum dinheirinho para ajudar a mãe em casa.

Revoltante, Stilton pensou. Ele tinha lido como essas lutas eram muitas vezes organizadas pelos próprios jovens que haviam sido os primeiros a praticar o *cagefighting*. Jovens que tinham uma tatuagem especial que identificava quem eram.

Uma tatuagem com duas letras: KF. Dentro de um círculo.

Como um dos jovens que tinham agredido aquele sem-teto na ponte de Väster.

Kid Fighters, segundo Acke.

Era por isso que ele estava ali.

Era difícil para ele continuar olhando para aquelas jaulas. Um dos meninos tinha sido derrubado e jazia numa poça de sangue no chão. Uma porta metálica foi aberta, parcialmente, e o corpo do menino foi retirado. Como se fosse um cadáver. O outro menino dançava em círculos pela jaula, enquanto os espectadores assobiavam e apupavam e só depois se calaram. Outra luta estava para começar.

Foi então que ele espirrou.

E não foi apenas um único espirro, mas quatro. O pó que aspirara no túnel tinha obstruído suas narinas. Ao soltar o quarto espirro, foi descoberto.

E foram também quatro rapazes que o puxaram pela abertura e um deles o jogou no chão. Ao cair, Stilton bateu com a cabeça na parede da rocha. Arrastaram-no até uma gruta menor, fora da vista dos espectadores. Ali, ele teve suas roupas arrancadas e ficou cercado por quatro rapazes, dois mais novos e dois um pouco mais velhos. Eles o ergueram e o jogaram contra a parede de granito. O sangue da ferida aberta na cabeça escorria pelos ombros. Um dos agressores mais jovens puxou uma lata de spray e escreveu TRASHKICK nas costas nuas de Stilton.

Um outro pegou um celular.

Um dos inconvenientes dos celulares são as ligações acidentais que ocorrem quando levamos o aparelho no bolso. Uma das vantagens é que é fácil ligar para o último número que chamamos. Foi o que aconteceu quando Minken recebeu uma ligação. Uma chamada de alguém que estava concentrado e alerta na última ligação, mas que agora se encontrava num estado completamente diferente. Num estado tão lamentável que Minken conseguiu discernir apenas uns débeis estertores. Porém, o número no visor mostrava quem havia ligado: Stilton.

Minken logo imaginou onde é que ele poderia se encontrar naquele momento.

Pelo menos aproximadamente.

Årsta é enorme se não sabemos por onde começar a procurar alguém, portanto Minken levou algum tempo até se dar conta de que não iria conseguir encontrar nada. Por fim, ligou para a casa de Ovette e conversou com Acke para que ele desse uma descrição mais detalhada de onde em Årsta ficava a caverna. O que ajudou um pouco. Pelo menos conseguiu uma boa impressão da área. Tão boa que acabou conseguindo encontrar Stilton. Todo encolhido junto a uma parede de rocha cinzenta. Nu e ensanguentado. As roupas jogadas perto dele. Segurava o celular numa das mãos. Minken se deu conta de que ele fora espancado violentamente, mas tinha sobrevivido. E não perdera a consciência. Conseguiu ajudar Stilton a vestir as calças e o casaco.

— Você precisa ir até um hospital.

— Não!

Stilton tinha pavor de hospitais. Minken achou que talvez tivesse que levá-lo à força. Desistiu e ligou para chamar um táxi.

O primeiro táxi deu meia-volta ao se deparar com a situação. O segundo parou, sugeriu que eles ligassem para chamar uma ambulância e foi embora. O terceiro tinha acabado de largar um passageiro ali perto quando Minken acenou para ele. A essa altura, Minken concluíra que o melhor era deixar Stilton fora do campo de visão, atrás de uma moita. Explicou para o taxista que um amigo seu tinha levado uma surra e estava precisando de cuidados médicos e, antes que o taxista respondesse, Minken enfiou duas notas de quinhentas coroas na mão dele.

A féria do dia.

— Eu também já dirigi táxi por muitos anos, eu sei que às vezes é complicado, ter de aturar bêbados e outras merdas, mas não tem problema, a gente só quer ir até a rua Wibom, em Solna, mil paus sem taxímetro, estamos conversados?

Olivia estava sentada na cozinha tomando um sorvete. O laptop aberto à sua frente. De repente, deixou o sorvete cair no chão e ficou de olhos arregalados. Ela entrara no site Trashkick por pura curiosidade. Estava assistindo a um vídeo em que um homem nu era espancado brutalmente numa espécie de caverna, apesar de as imagens estarem bastante escuras. Depois o corpo dele era jogado contra um paredão de rocha.

Stilton?

A princípio ficou igual ao sorvete alguns minutos antes. Fria como gelo. Depois ligou para o celular de Stilton.

E aguardou.

Elvis devorava rapidamente o sorvete que derretia no chão.

Será que ele iria atender? Alguém acabou atendendo. Uma voz estranha no celular de Stilton.

— Alô, aqui é Minken, este é o celular de Tom Stilton.

Minken? Será que era um dos agressores? E tinha roubado o celular dele? Então por que atendeu?

— Aqui é Olivia Rönning, eu... eu poderia falar com o Tom? Tom Stilton? Ele está aí?

— Sim, está.

— E onde é que vocês estão?

— No trailer da Vera. O que você quer?

No trailer da Vera? Aquela que tinha sido assassinada?

— Como ele está? Eu vi na internet um vídeo que mostra ele sendo espancado e...

— Ele está bem. Você conhece o Tom?

— Sim, conheço. No momento, ele está me ajudando num trabalho. — Uma mentira necessária, pensou Olivia. — Onde fica o trailer da Vera?

Minken precisava de ajuda para dar um jeito nos ferimentos de Stilton. Gaze e esparadrapo. Olivia poderia providenciar. Então, Minken explicou para ela onde ficava o trailer e pediu que ela viesse o mais rápido possível.

Olivia pegou o seu kit de primeiros socorros e foi correndo até o carro. Não sabia bem por que estava fazendo isso. Por pena de ver Stilton tão machucado?

É possível.

Mas sobretudo por impulso.

Stilton apontou para o armário. Vera usava aquilo muitas vezes quando sofria um ou outro ferimento. Minken pegou um vidro com um conteúdo marrom-claro que parecia cera. No rótulo manuscrito lia-se "unguento para feridas" e uma pequena lista de ingredientes:

— Resina, gordura de ovelha, cera de abelha, extrato de alúmen...

Minken lia em voz alta.

— Passe logo — exclamou Stilton.

Stilton estava sentado seminu num dos beliches com uma toalha ensanguentada em volta da cabeça. O choque contra o paredão de rocha tinha aberto uma ferida na parte posterior da cabeça. Mostrou os outros ferimentos que tinha pelo corpo. Os externos, que já tinham parado de sangrar. Minken ficou olhando para aquela mistura estranha dentro do vidro:

— Acha que essa merda vai te fazer algum bem?

— Vera achava que fazia. É uma receita que a avó lhe deu, antes de se enforcar.

— Ah, porra, por aí a gente vê que deve fazer muito bem...

A gente vê o quê?, pensou Stilton. Minken começou a besuntar as feridas.

Quando Olivia se aproximou do trailer e olhou para dentro com toda a cautela, viu uma cena bastante singular à luz fraca de uma luminária de cobre. Uma figura baixinha e franzina com um nariz adunco e rabo de cavalo agachado na frente de Stilton, que estava praticamente pelado. O baixinho untava o peito machucado de Stilton com algum tipo de unguento que retirava de um vidro antigo. Por um segundo, pensou em voltar atrás, entrar no carro e ir comprar outro sorvete.

Bateu à porta.

— Olivia? — perguntou Minken, ao abrir a porta do trailer.

— Sim.

Minken voltou para dentro do trailer com o vidro na mão e continuou besuntando o peito de Stilton. Olivia subiu dois degraus e entrou no trailer. Trazendo o seu kit de primeiros socorros. Stilton olhou para ela.

— Oi, Tom.

Ele não respondeu.

Enquanto dirigia até o bosque de Ingenting, Olivia pensou naquele seu impulso. Por que fez questão de ir até o trailer? E o mais importante de tudo, o que será que Stilton iria achar? Se é que ele sabia que ela estava a caminho. Ora, devia saber, pois escutou Minken explicar para ela onde o trailer ficava. Ou estaria atordoado demais para saber o que estava acontecendo? Será que ela não estaria invadindo a privacidade dele ao ir até lá? Afinal, eles só tinham se encontrado uma única vez, para ter aquela conversa no depósito de lixo. Ela olhou para Stilton, que por sua vez olhava para o chão do trailer. Será que ele estava muito bravo com ela?

— Mas o que foi que aconteceu? Você foi...

— Vamos pular essa parte!

Stilton interrompeu-a, sem nem ao menos olhar para ela.

Olivia não sabia se devia ir embora. Ou se devia se sentar. Acabou se sentando. Stilton olhou para ela durante um átimo e voltou a recostar-se no beliche. Sentia uma dor muito mais forte do que aparentava. Precisava descansar. Minken colocou um cobertor sobre o seu corpo.

— Você tem algum analgésico? — perguntou.

— Não. Ou melhor, tenho. Ali. — Stilton apontou para a sua mochila.

Minken abriu a mochila e tirou um pequeno frasco.

— O que é?

— Diazepam.

— Mas isso não é analgésico, isso aqui é...

— Me dá dois comprimidos e um copo de água.

— Está bem.

Olivia olhou rapidamente à sua volta, achou uma garrafa de plástico e encheu um copo sujo que encontrou por ali com água. Era o único que havia. Minken pegou o copo e ajudou Stilton a tomar os comprimidos, ao mesmo tempo em que sussurrava para Olivia:

— Diazepam não é analgésico, é um calmante.

Olivia fez que sim com a cabeça. Ela e Minken olharam para Stilton. Ele tinha os olhos cerrados. Olivia se sentou no outro beliche, agora um pouco mais à vontade. Minken se sentou no chão com as costas apoiadas na porta do trailer. Olivia deu uma olhada em volta.

— Ele mora aqui?

— Parece que sim.

— Você não sabe? Mas vocês se conhecem, não é?

— Sim, a gente se conhece. Ele vive um pouco aqui, um pouco ali, mas acho que no momento ele vive aqui.

— Foi você que o encontrou nesse estado?

— Foi.

— Você também é morador de rua?

— Não. Eu moro num ateliê em Kärrtorp, um apartamentinho próprio que vale cinco mil coroas.

— Ah, então você é um artista?

— Um equilibrista.

— O que quer dizer com isso?

— Quero dizer que consigo circular entre vários ambientes. Mercados de capitais, derivativos, compra e venda, e nos intervalos mexo um pouco com arte, Picasso, Chagall, Dickens...

— Dickens? Mas Dickens não era escritor?

— Sim, principalmente escritor, mas fez gravuras na juventude, peças brutas e desconhecidas, mas boazinhas.

Neste ponto, Stilton deu só uma olhadinha para Minken.

— Mas agora eu preciso tirar uma água do joelho — disse Minken, antes de sair para a rua.

Quando Minken fechou a porta depois de sair, Stilton ficou de olhos bem abertos. Olivia olhou para ele e perguntou:

— Vocês são amigos? Você e Minken?

— Ele é um antigo informante. Não demora até ele lhe contar como foi que desvendou o assassinato de Olof Palme. E você, o que está fazendo aqui?

Olivia não sabia exatamente o que responder. Para trazer o kit de primeiros socorros? Mas seria apenas uma desculpa.

— Nem eu sei muito bem por quê. Prefere que eu vá embora?

Stilton não respondeu.

— Você prefere que eu vá embora?

— Eu só quero ficar em paz. Não quero saber daquele caso da praia. Você me ligou e perguntou se eu tinha trabalhado no caso Jill Engberg. Sim, trabalhei, e sim, encontrei uma ligação entre ela e Jackie Berglund. Jill trabalhava para a Red Velvet, a agência de Jackie, e, pensando no assassinato e na gravidez de Jill, decidi reabrir o caso Nordkoster. Mas acabou não dando em nada. Satisfeita?

Olivia olhou para Stilton. E achou que o melhor que tinha a fazer era ir embora. Porém, havia algo que gostaria de contar para ele e talvez aquela fosse a última oportunidade que teria de fazê-lo.

— Eu estive em Nordkoster há cerca de uma semana, na Hasslevikarna, e encontrei lá um homem muito estranho. Na praia. Você quer que eu continue?

Stilton ficou olhando para Olivia.

Do lado de fora do trailer, Minken inalava um vasodilatador. Ele não era mais o mesmo. Houve um tempo em que ele tinha um canal particular que vinha direto da Colômbia para o seu nariz. Mas depois que os médicos substituíram sua cartilagem nasal por uma placa de metal, percebeu que estava na hora de reduzir o consumo e passar para substâncias mais suaves.

Então, Minken espiou para dentro do trailer pela janelinha oval e viu que Olivia falava sem parar.

Bonitinha ela, pensou. Como será que se conheceram?

A bonitinha pegou outro copo de água para Stilton. Tinha acabado de contar a sua história. Stilton não disse uma palavra depois que ela terminou. Ela lhe alcançou o copo e então deu outra boa olhada no trailer e perguntou:

— Era aqui que Vera morava?

— Era.

— Foi aqui que ela foi...

— Vamos pular essa parte!

Outra vez.

Foi quando Minken voltou para dentro do trailer, com um sorriso incongruente, mas significativo. Olhou para Stilton em seu beliche e perguntou:

— Está se sentindo melhor?

— Eu, sim, e você?

Minken sorriu mais ainda. Tinha sido pego com a boca na botija, mas... e daí? Afinal de contas, não era ele quem tinha resgatado aquele tira decadente da situação precária em que se encontrava?

— Eu vou muito bem, obrigado!

— Ótimo. Vocês podem ir agora — disse Stilton.

Em seguida, fechou os olhos de novo.

Eles foram embora do trailer juntos. Olivia, ensimesmada, ao lado daquele informante baixinho e meio doidão que parecia prestes a cair com a cara no chão a qualquer momento.

— Bem, como eu ia dizendo antes, a gente tem que se virar quando se trata de...

— Faz muito tempo que você e Stilton se conhecem?

— Ah, uma eternidade. Ele era tira antigamente e a gente trocou figurinhas durante muitos anos. Pode-se até dizer que se não fosse pela minha ajuda, uma boa parte das vacas dele teriam ido pro brejo, se é que você me entende, sempre é preciso alguém pra pregar o último prego no caixão, e é aí que eu entro. Aliás, eu já lhe contei como foi que eu solucionei o assassinato do Olof Palme?

— Não! Como foi isso? — retrucou Olivia, contendo o riso por dentro.

Cada metro que a separava do carro parecia um quilômetro. Até que lhe ocorreu a ideia de que talvez Minken estivesse pensando, naturalmente, em lhe pedir carona. O que é que ela poderia fazer para sair daquela sinuca? Ali, em pleno bosque de Ingenting?

— Bem, eu entreguei de bandeja um nome cem por cento seguro ao tal de Hans Holmér, que na época chefiava a investigação, mas você acha que ele correu atrás do prejuízo? Não, claro que não! Mas convenhamos, pra mim estava claro como um dia de sol que foi a Lisbeth, a esposa do Palme, que estava junto com ele naquela noite, quem o matou! Ele certamente devia ter pulado a cerca aqui e ali, até que ela se cansou e pá! Como é que ninguém mais viu que isso era óbvio? Você não acha?

Chegaram ao Mustang de Olivia.

O ponto crucial.

Minken ficou com os olhos vidrados no carro.

— Esse é seu carro?

— É.

— Mas, que diabos, se não é um legítimo Thunderbird!

— É um Mustang.

— Claro, é o que eu quis dizer, um Mustang! Você não me daria uma carona? Sabe como é, a gente poderia dar um pulinho até Kärrtorp, eu preparo algo gostoso pra gente comer, tem um lugar vago na minha cama e o Minken aqui já está em ponto de bala!

Aquilo foi a gota d'água para Olivia. Ela olhou para aquele sujeitinho cerca de uma cabeça mais baixo do que ela, sem ombros e sorrindo de orelha a orelha, deu um passo na direção dele e soltou o verbo:

— Você me perdoe, mas eu não tocaria em você nem mesmo com uma pinça de três metros de comprimento, nem mesmo que tivesse uma arma apontada pra minha cabeça. Você não passa de um sujeitinho de merda patético. Então, faça-me o favor e volte pra casa de metrô!

Ela sentou-se no banco do motorista e deu a partida.

Enquanto isso, eles trabalhavam de forma frenética na caverna de Årsta. A aparição de Tom Stilton por lá tinha deixado os organizadores das lutas apavorados. Eles se perguntavam se mais alguém sabia onde eles se reuniam. Os espectadores foram rapidamente evacuados do recinto. Em seguida, trabalharam desmontando os holofotes e os demais equipamentos. Além das jaulas.

Tinham que abandonar aquele lugar.

— Para onde vamos levar isso tudo?

O rapaz que perguntou vestia um casaco preto com capuz e se chamava Liam. Seu amigo, Isse, que vestia um casaco verde-claro também com capuz, passou carregando uma caixa de metal enorme. Num de seus antebraços havia uma tatuagem com as letras K e F.

— Eu ainda não sei, eles estão decidindo isso agora.

Isse respondeu e meneou a cabeça na direção de um paredão de rocha onde se encontravam quatro rapazes mais velhos em volta de um mapa enorme.

Liam se virou de costas e tirou o celular do bolso. Queria ver o número de visualizações do novo vídeo que tinham colocado na rede.

O vídeo do sem-teto pelado.

Olivia ainda estava furiosa ao chegar ao seu prédio. "O Minken aqui já está em ponto de bala!" Ela ainda tinha a cabeça naquele bosque quando espichou uma das mãos na direção do interruptor que ligava a luz do corredor. Nesse momento, recebeu uma bofetada. E, antes que conseguisse gritar, a mão cobriu a sua boca e outra mão a segurou pela cintura, empurrando-a para dentro do elevador. Um elevador daqueles antigos, no qual cabiam apenas duas pessoas, com uma porta de correr de ferro. A escadaria estava totalmente às escuras. Ela não enxergava um palmo à sua frente. Mas conseguia sentir outra pessoa se comprimindo naquele elevador já por demais apertado. E ainda tinha a boca coberta por uma daquelas mãos. A porta de ferro se fechou e o elevador começou a subir. Olivia estava completamente tomada de pavor. Não fazia ideia do que estava acontecendo. O corpo que se comprimia contra o dela era firme. Ela supôs que devia se tratar de um homem. Sentia o cheiro acre do seu suor e um hálito azedo invadindo suas narinas. Nenhum dos dois conseguia se mexer. Pareciam duas sardinhas enlatadas no meio da escuridão.

De repente, o elevador parou entre dois andares.

Silêncio... Olivia sentiu um tranco no estômago.

— Eu vou tirar a mão agora. Se você gritar, eu torço o teu pescoço.

Olivia sentiu a respiração dele em sua nuca. A mão que cobria a sua boca girou a cabeça dela de um lado para o outro uma ou duas vezes. Depois, o homem tirou a mão da frente de sua boca. Olivia respirou fundo.

— Por que você está tão interessada em Jackie Berglund? — perguntou aquela voz, que agora vinha claramente do seu lado.

Era uma voz clara e máscula a apenas alguns centímetros da face esquerda de Olivia.

Jackie Berglund.

Era ela quem estava por trás daquele ataque.

Foi então que ela realmente ficou apavorada.

Era bem verdade que ela era uma mulher corajosa, porém não era nenhuma Lisbeth Salander. Longe disso. O que será que eles pretendiam fazer com ela? Será que devia gritar? E terminar com o pescoço torcido?

— Jackie não gosta nem um pouco de ter alguém bisbilhotando a vida dela — ameaçou aquela voz, bastante clara.

— Está bem, já entendi.

— Você jura que não vai mais ficar bisbilhotando por aí?

— Eu juro.

— Ótimo!

Ela sentiu a mão áspera cobrindo a sua boca outra vez. O homem comprimiu novamente o seu corpo firme contra o dela. Ela se esforçava para respirar pelas narinas. As lágrimas escorriam por sua face. Sentiu o hálito daquele homem no seu rosto. Durante um bom tempo. De repente, o elevador começou a descer às escuras, novamente, a caminho do andar térreo. A porta de ferro se abriu e o homem se apressou em sair de dentro do elevador. Olivia caiu para trás e se estatelou contra a parede do fundo do elevador. E viu quando duas figuras borradas sumiram para a rua e o portão voltou a fechar-se.

Ela se deixou tombar lentamente no piso do elevador, ao mesmo tempo que o seu estômago se revirava. As rótulas batiam uma contra a outra de tanto que ela tremia. Olivia estava no seu limite. De repente, começou a gritar. Gritou alucinadamente e continuou gritando até que a luz do corredor se acendeu e um vizinho que morava no primeiro andar veio correndo e a viu caída dentro do elevador.

O vizinho a ajudou a subir a escada. Olivia contou que dois sujeitos tinham vindo lhe pregar um susto na entrada do prédio. Ela só não contou por que eles tinham feito isso, mas agradeceu bastante ao vizinho pela ajuda. E o vizinho voltou ao primeiro andar, ao mesmo tempo que Olivia se virava na direção da porta do seu apartamento, que estava entreaberta. Será que eles também tinham invadido o seu apartamento? Filhos da puta! Olivia empurrou a porta e entrou rapidamente, trancou a porta e se deixou cair no chão. Suas mãos ainda tremiam quando tirou o celular do bolso. Seu primeiro impulso foi o de ligar para a polícia. Mas o que iria dizer? Como não lhe ocorreu nenhuma boa ideia sobre o que dizer, em vez de ligar para a polícia, ligou para o celular de Lenni. A ligação caiu na caixa postal e Olivia desligou. Será que ela devia ligar para a sua mãe? Mas colocou o celular de volta no bolso. Desistiu, olhando para o teto. A tremedeira estava começando a passar. O estômago também já estava voltando ao normal. Ali, sentada no chão do vestíbulo, ela conseguia enxergar a sala, e então percebeu que uma das janelas estava entreaberta. Não estava como ela a havia deixado ao sair. Ou será que estava? Ela se levantou e de repente se lembrou do gato:

— Elvis?

Revirou o pequeno apartamento atrás dele. E não encontrou Elvis em parte alguma. E a janela? Ela morava no segundo andar, e já tinha acontecido de o gato sair e andar pelo peitoril da janela. Na última primavera, tinha conseguido algumas vezes pular para o peitoril da janela do vizinho do andar de baixo e de lá para o pátio. Olivia fechou a janela e correu até o pátio. Levando uma lanterna na mão.

Era um pátio pequeno com algumas árvores e bancos, além de incontáveis oportunidades para um gato ágil passar para o pátio do prédio vizinho.

— Elvis! Elvis!

Nada do gato.

Bertil Magnuson estava estirado no sofá do seu escritório, acordado, com uma cigarrilha acesa entre os dedos. Tinha ido até lá depois do Teatergrillen, desorientado e bastante agitado, ligou para Linn e, para seu alívio, a ligação caiu na caixa postal. Apressou-se em deixar uma mensagem, explicando que precisava participar de uma teleconferência com Sidney às três da madrugada, e talvez acabasse dormindo ali mesmo no escritório. O que de fato acontecia de vez em quando. No mesmo andar de sua sala, havia um quarto de dormir confortável para situações como aquela. Porém, Bertil não estava planejando usá-lo. Na verdade, nem estava planejando dormir. Só queria ficar sozinho. Tomara uma decisão horas antes. O que o fez tomar a decisão foi uma parte específica da conversa no cemitério na noite anterior:

"Você e Linn ainda estão casados?"

"Sim, estamos."

"Ela sabe alguma coisa a respeito disso?"

"Não."

Seria uma ameaça velada? Nils estaria pensando em entrar em contato com Linn e fazê-la ouvir a gravação? Seria tão diabólico a ponto de fazer isso? Seja como for, Bertil não queria correr riscos. Assim, tomou uma decisão.

E agora precisava ficar sozinho.

Foi quando Latte ligou.

Ele já tinha ligado algumas vezes naquela noite. Bertil não quis atender àquelas ligações. E se atendia agora era apenas para se livrar dele.

— Onde é que você está? Eu estou aqui numa festa e tanto! — Latte gritou pelo celular.

Era uma festa organizada pelo Kubbligan, uma confraria de dezoito homens maduros com estreitos vínculos entre si. Por laços de sangue, mega-empresariais ou acadêmicos. Todos tendo em comum uma fé inabalável na discrição dos demais.

— Nós fechamos uma boate inteira pra gente!

— Olha, eu não estou no clima para...

— E a Jackie acaba de nos mandar uma mercadoria de primeira! Todas com no máximo 24 anos! E com garantia de "final feliz"! Você tem que vir, Bibbe!

— Eu não estou no clima para festa, Latte.

— Mas você vai acabar entrando no clima, eu garanto! Além disso, precisamos comemorar a "empresa do ano", não é mesmo? Eu arrumei um grupo de garçons anões que servem a gente com roupa de balé e o Nippe mandou vir cinco quilos de caviar iraniano! É claro que você tem que vir!

— Não, eu não vou!

— Qual é o problema?

— Não é nada, eu só não estou a fim. Um abraço a todos!

Bertil terminou a ligação e desligou o celular. Tinha certeza de que Latte iria continuar tentando e depois Nippe e o resto dos velhos companheiros. Quando decidiam fazer uma festa, faziam em grande estilo. E, nesse caso, não havia nada capaz de os deter. Afinal de contas, dinheiro não faltava. Tampouco ideias extravagantes. Bertil tinha participado de várias festas organizadas nos lugares mais absurdos possíveis. Havia alguns anos, fizeram uma festança num celeiro gigante na planície de Östgöta. Um celeiro cheio de carros de luxo caríssimos e gramado artificial com fontes e um bar móvel que circulava pelo celeiro sobre um trilho de aço. Em cada um dos carros, havia uma jovem seminua sentada ao volante, todas fornecidas por Jackie Berglund, para servir aos velhos companheiros como e quando bem lhes apetecesse.

Um tipo de apetite que Bertil simplesmente não tinha naquele momento.
Não conseguia sequer pensar em festa.
De modo algum.
Não naquela noite.

13

A NATUREZA EXPLODIU NAQUELA PRIMAVERA e início de verão. Os dias estavam bastante ensolarados e fazia um calor intenso. As cerejeiras e os lilases floresciam quase ao mesmo tempo e precocemente. Porém, havia um lado positivo: as águas do lago Mälar se aqueceram com bastante rapidez. A maior parte das localidades às margens do lago já estavam transformadas naquela altura em balneários. Para o gosto da maioria, em todo caso. Mas não para Lena Holmstad. Para ela, a água ainda estava fria demais. Por isso estava ali sentada sobre uma rocha aquecida pelo sol ouvindo um audiolivro com seus fones de ouvido brancos. Com um copo de café ao seu lado. Ela tomou um gole e se sentiu satisfeita consigo mesma. Era mesmo uma mãe exemplar. Tinha preparado um piquenique e foi de bicicleta com seus dois filhos até o lugar favorito deles em Kärsön. Seria o primeiro banho de lago dos meninos naquela temporada.

Ela inclusive tinha assado uns bolos para a ocasião.

Vou tirar uma foto da cesta de piquenique para colocar no Facebook, ela pensou. Assim, todos os seus amigos poderiam ver como ela era realmente uma supermãe.

Lena revirou sua bolsa atrás do celular. De repente, seu filho maior, Daniel, veio correndo até ela. Com os lábios arroxeados de frio e escorrendo água. Tinha vindo buscar seus óculos de mergulho e seu *snorkel*. Lena tirou os fones de ouvido, apontou na direção de uma sacola e tentou explicar para o filho que talvez fosse melhor ele se aquecer um pouco embaixo do sol antes de entrar de novo na água.

— Eu não estou com frio, mãe!

— Mas você está batendo o queixo, filho!

— Ah.

— Onde está o Simon?

Lena olhou na direção do lago. Onde estava o seu filho mais novo? Tinha acabado de vê-lo por ali, apenas alguns segundos. Ela começou a se sentir em pânico. Ela não estava mais vendo o pequeno Simon em parte alguma. Levantou-se afobada e deixou cair café em cima do celular.

— Mamãe, olha o que você fez — disse Daniel, pegando o celular sujo de café. — Ele está lá na água, nadando!

Foi só então que ela viu Simon. A cabecinha dele subindo e descendo enquanto ele nadava usando o seu colete salva-vidas, um pouco afastado, à esquerda da rocha onde Lena se encontrava. Um pouco afastado demais, Lena pensou.

— Simon! Venha nadar mais perto! Aí é muito fundo!

— Não é fundo, não! Olha só! Aqui dá pé pra mim! — gritou o menino, que tinha apenas cinco anos.

Simon ficou na ponta dos pés com todo o cuidado para não perder o equilíbrio. A água chegava até a altura da barriga. Daniel aproximou-se da mãe.

— Ué, ali dá pé pra ele? Que esquisito.

E era esquisito mesmo. Lena sabia que era bem fundo naquela parte do lago. Os veranistas costumavam saltar do alto das pedras ali. Daniel também achou aquilo esquisito.

— Eu vou nadando até lá. Simon, fique aí onde está! Vou te buscar!

Daniel se jogou na água usando seus óculos de mergulho e o *snorkel* e começou a nadar na direção do irmão. Lena ficou com os olhos grudados nos filhos e seus batimentos cardíacos começaram a voltar ao normal. Por que ela ficou em pânico daquela maneira? Afinal, o filho não estava vestindo o seu colete salva-vidas? Ainda bem que aquilo só durou alguns segundos. Acho que é a idade que vai deixando a gente cada vez mais assustada, ela pensou. É, basta ter o primeiro filho para a gente começar a sentir isso.

Aquela sensação de catástrofe iminente.

Daniel já estava praticamente chegando no local em que o irmão pequeno se encontrava. Simon tinha começado a sentir frio e tentava se aquecer um pouco tentando cobrir o peito com os braços cruzados.

— Simon! Você está em cima de alguma coisa? — Daniel gritou na direção do irmão.

— Sim, eu acho que é uma pedra. Uma pedra enorme. Mas escorrega um pouco. A mamãe ficou brava?

Daniel subiu até onde o irmão se encontrava.

— Não. Ela só ficou um pouco preocupada. Eu só vou dar uma olhadinha numa coisa e a gente já volta — ele disse.

Daniel mergulhou e começou a respirar através do *snorkel*. Ele adorava ver debaixo d'água. Apesar de ali a água não ser tão clara como na Tailândia. Ainda assim, conseguiu enxergar naquela água turva os pés do seu irmão em cima de... o que é isso? Daniel nadou até chegar mais perto para conseguir ver melhor. Quanto mais perto chegava, mais clara ficava a visão. E quando chegou bem na frente, viu do que se tratava.

Lena continuava na beira do lago. Pensando em voltar para o seu audiolivro. De repente, viu a cabeça de Daniel emergir no lago e ouviu quando ele berrou:

— Mãe! Tem um carro aqui! O Simon está em cima de um carro! E tem um homem dentro do carro!

Eram quase onze da manhã. Havia dormido como uma pedra por mais de oito horas. Atravessada na cama, ainda com as roupas no corpo. Detestava acordar depois de dormir com as roupas no corpo. Tirou a roupa e estava se encaminhando para o chuveiro quando se lembrou.

— Elvis?!

Elvis não estava em parte alguma do apartamento. Ela olhou para o pátio.

O gato também não estava lá.

Foi tomar um banho de chuveiro, deixando a água morna lavar pelo menos uma parte dos acontecimentos da noite. O resto a água não conseguiu levar embora. O que tinha acontecido no trailer e no elevador ao chegar em casa. Será que aqueles brutamontes tinham algo a ver com o desaparecimento do Elvis? Será que tinham deixado a janela aberta de propósito para que o gato fugisse? O que ela devia fazer agora?

Ligou para a polícia e comunicou o desaparecimento do gato. O animal tinha um chip de identificação na orelha, mas não tinha coleira. O policial que atendeu a ligação lamentou o ocorrido e prometeu que entraria em contato tão logo descobrissem alguma coisa.

— Obrigada.

Olivia não mencionou o episódio no elevador. Não saberia como explicar aquilo sem ter que contar o que ela própria tinha feito, que tinha espionado a dona de uma butique em Östermalm. A pretexto de um trabalho sobre um homicídio cometido em Nordkoster em 1987.

Não seria uma explicação muito clara.

Por outro lado, pensou em ir visitar Stilton para ver como é que ele estava. Ficara com a impressão de que na verdade ele estava muito mais machucado do que queria demonstrar na noite anterior. Além disso, talvez ela devesse contar a ele o que tinha acontecido no elevador. Afinal, ele sabia em que tipo de coisa Jackie Berglund andava envolvida.

Olivia engoliu um sanduíche de patê de caviar enquanto andava até o carro. Os raios do sol ajudavam a melhorar o seu humor. Abaixou a capota do carro, sentou-se no banco do motorista, colocou os fones de ouvido, deu a partida no motor de quatro cilindros e se foi.

Com destino ao bosque de Ingenting.

A sensação especial de dirigir um automóvel conversível num dia de sol lhe fez bem. A velocidade e o vento levaram embora uma parte do desconforto da noite anterior. Aos poucos, ela ia recobrando o seu melhor equilíbrio. Será que deveria comprar algo para levar para Stilton? O trailer onde ele vivia não parecia ser um dos mais bem abastecidos do mundo. Então, resolveu dar uma passadinha numa loja de conveniência, para levar alguns sanduíches, pãezinhos e doces para acompanhar o café. Porém, logo que desceu do carro e baixou a capota, ela sentiu um cheiro peculiar. Um cheiro diferente que vinha de dentro do capô. Um cheiro que não conseguiu reconhecer. Não vai me dizer que tem alguma coisa queimada, uma correia ou outra merda qualquer, não depois da noite que eu tive ontem, isso é a última coisa de que eu precisava agora, ela pensou enquanto levantava o capô.

Cinco segundos depois, vomitou. No meio da rua.

Os restos do seu querido Elvis jaziam calcinados num dos lados do compartimento do motor. O calor a que ele ficou exposto no trajeto entre Södermalm e Solna transformou o gato num pedaço de carne escura e estorricada.

Um guincho trabalhava sobre as rochas de Kärsön para retirar o automóvel cinzento do lago. A água jorrava pela porta do lado do motorista, que estava aberta. O corpo já tinha sido retirado por mergulhadores e colocado dentro de um saco preto sobre a maca. Todo o entorno fora isolado pela polícia. Com isso, os peritos tentavam localizar os rastros dos pneus para saber de que ponto na ribanceira o carro havia despencado no lago.

Entre outras coisas.

A mulher que passou pelo cordão de isolamento e se aproximou da maca fora convocada uma hora antes. Pela própria inspetora-chefe. O fato de haver outras duas investigações de homicídio em andamento, além de ser época de férias de verão, explicava a escassez de investigadores naqueles dias, razão pela qual tiveram que requisitar a ajuda de Mette Olsäter, investigadora da polícia nacional. Além disso, Carin Götblad, a inspetora-chefe, tinha há muito tempo um enorme respeito pelo trabalho da colega. E sabia que com ela aquele caso estaria em boas mãos. Mette Olsäter tinha uma extensa e impecável ficha de serviços prestados à polícia sueca. Aquele devia ser o quinquagésimo caso de homicídio de que participava.

Ficou claro que se tratava de um homicídio. A princípio, cogitaram de o próprio motorista ter se suicidado, lançando o automóvel dentro do lago. No momento em que foi colocado na maca, o legista de plantão pôde constatar que o corpo apresentava um orifício de bom tamanho na parte de trás da cabeça. Grande o suficiente para impossibilitar a vítima de conduzir o próprio carro. Além disso, tinham sido encontrados rastros de sangue numa rocha de granito perto da ribanceira.

Possivelmente o sangue da vítima.

Mette constatou que uma ou mais pessoas devem ter trazido o automóvel até aquele local. É possível que a vítima já estivesse morta, mas também podia ser que tivesse morrido no próprio local. Aquilo seria esclarecido a partir da análise do sangue encontrado no rochedo e também do laudo de necropsia. O corpo da vítima deve ter sido colocado ao volante do carro e o assassino ou os assassinos empurraram o veículo ribanceira abaixo, fazendo-o cair no local onde tinha sido encontrado.

Até aí as coisas estavam mais ou menos claras.

Pelo menos em tese.

Mas ainda faltava esclarecer a identidade da vítima. Não foram encontrados quaisquer pertences junto ao corpo. Mette pediu que o legista abrisse novamente o fecho do saco e mostrasse o rosto da vítima mais uma vez. Ela analisou o rosto dele. Durante um bom tempo, enquanto vasculhava sua memória fotográfica. E quase teve um estalo. Nada de específico, nenhum nome ou algo assim, mas mais uma sensação indefinida, como que vinda de algum lugar do passado.

— Vocês acham que ele ainda estava vivo quando eu dei a partida no motor?

— É impossível afirmar com certeza...

A policial diante de Olivia deu-lhe mais um lenço de papel. Olivia tinha conseguido sair aos poucos do estado de choque inicial. Agora estava chorando, mais porque não conseguia parar de chorar. A policial fora chamada ao local pelo gerente da loja de conveniência e ao chegar lá constatou o que tinha ocorrido. Com a ajuda de um jovem funcionário da loja, conseguiu resgatar do motor os restos mortais de Elvis e colocá-los num saco plástico. Olivia foi na viatura até a delegacia. Lá chegando, aos poucos, conseguiu descrever o que tinha acontecido. Contou à polícia a respeito do homem que lhe tinha feito as ameaças no elevador. E a respeito da janela que deixaram aberta, do desaparecimento do gato e de como aquelas coisas poderiam estar relacionadas. Depois, pediram que ela desse uma descrição dos agressores. O que ela tentou fazer, mesmo sem conseguir oferecer muitos detalhes. Afinal, não tinha conseguido vê-los, já que estava bastante escuro. Em termos de investigação policial, no momento, não era possível fazer muito mais.

— E o meu carro? — perguntou ela.

— Está aqui, no pátio da delegacia, nós o trouxemos. Mas talvez seja melhor que você...

— Vocês poderiam pedir a alguém para deixá-lo na minha casa?

Eles o fizeram, talvez em consideração ao fato de que Olivia logo seria uma colega deles. Ela, por sua vez, preferiu não acompanhá-los.

A última coisa que queria naquele momento era entrar num automóvel.

Mette Olsäter encontrava-se no departamento de medicina legal acompanhada de um legista. Em frente deles, um cadáver desnudo. Há pouco mais de uma hora Mette recuou no tempo e sua memória localizou a imagem correta. A imagem de um homem desaparecido tempos atrás e que ela própria fora encarregada de tentar localizar.

Nils Wendt.

Deve ser ele mesmo, pensou. Alguns anos mais velho agora, ali, naquela mesa. Afogado e com um buraco na nuca.

Isso está ficando interessante, pensou, enquanto analisava o corpo nu.

— Há uma série de características físicas que poderão ajudar na identificação.

O legista olhou para Mette e então prosseguiu:

— Um ferimento antigo na mandíbula superior, uma cicatriz de cirurgia de apendicite e outra cicatriz numa das sobrancelhas, além disto aqui.

O legista apontou para uma marca de nascença angulosa na coxa esquerda da vítima. Mette inclinou-se na direção do corpo, da marca de nascença na coxa. Teve a impressão de reconhecer aquilo de algum lugar. De onde exatamente, não conseguiu se lembrar de imediato.

— Quando foi que ele morreu?
— Numa estimativa preliminar?
— Sim.
— Há menos de 24 horas.
— E o ferimento na cabeça poderia ter sido causado por algum impacto contra a rocha, durante a queda?
— É possível. Eu lhe darei mais informações depois.

Mette Olsäter formou uma pequena equipe de investigadores em caráter emergencial. A equipe mesclava uma dupla de velhas raposas e uma dupla de jovens promissores que ainda não saíra de férias. A equipe se reuniu numa sala de comando do prédio da polícia nacional na Polhemsgatan.

E começaram a trabalhar.

Metodicamente.

Contavam com a ajuda de colegas na região de Kärsön que procuravam por possíveis testemunhas. Outros colegas estavam encarregados de tentar localizar parentes e amigos de Nils Wendt. Conseguiram localizar uma irmã dele que morava em Genebra. Ela nunca mais tinha ouvido falar do irmão desde que ele desaparecera nos anos 1980, mas confirmou as características físicas que eles lhe descreveram. A cicatriz na sobrancelha era uma recordação de infância. Ela própria tinha empurrado e derrubado o irmão contra uma estante de livros.

Era tudo o que tinham conseguido descobrir até o momento. Agora precisavam pôr as mãos nos dados que faltavam, o mais rapidamente possível. Especialmente nos laudos da perícia.

Os peritos continuavam trabalhando freneticamente para examinar o carro cinza.

Mette apresentou aos jovens investigadores da equipe, Lisa Hedqvist e Bosse Thyrén, um breve relato sobre o desaparecimento de Nils Wendt em 1984. Ele desapareceu logo depois que Jan Nyström, um jornalista sueco, foi encontrado morto dentro de um automóvel. Um automóvel que tinha sido jogado num rio nos arredores de Kinshasa, no então Zaire.

— Uma coincidência interessante — concluiu Mette.

— A semelhança no *modus operandi* de ambos os casos? — Lisa perguntou.

— Exatamente. Bem, aquele caso no Zaire foi arquivado pelas autoridades locais como um acidente, porém a nossa equipe na época achou que foi homicídio. Logo depois, Nils Wendt também desapareceu em Kinshasa, e se especulava se não estaria envolvido naquela morte.

— Na morte do jornalista?

— Sim. Nyström estava escrevendo um artigo a respeito da empresa de Wendt, a MWM. Nunca chegou a publicá-lo.

O celular de Lisa Hedqvist tocou. Ela atendeu, anotou algo e desligou.

— Os mergulhadores encontraram um celular no fundo do lago, perto de onde o carro foi localizado. Pode ser que o celular tenha caído quando a porta do carro abriu.

— O celular está funcionando? — perguntou Mette.

— Ainda não, mas os peritos estão trabalhando nisso.

— Ótimo.

Mette virou-se para Bosse Thyrén.

— Você poderia tentar localizar a ex-companheira de Nils Wendt, com quem ele vivia antes de desaparecer.

— Nos anos 1980?

— Sim. Hansson, acho que era este o sobrenome dela, mas precisamos confirmar isso.

Bosse Thyrén assentiu com a cabeça e saiu da sala. Um colega um pouco mais velho aproximou-se de Mette.

— Acabamos de fazer uma busca rápida pelos hotéis de Estocolmo e não encontramos nenhum hóspede com o nome de Nils Wendt.

— Ok. Tente entrar em contato com as administradoras de cartões de crédito para ver se podem nos informar alguma coisa. E com as companhias aéreas também.

O grupo se dispersou. Cada um tinha uma missão a cumprir. Mette ficou sozinha na sala.

E começou a especular sobre o motivo do crime.

Olivia lutava para não desabar por completo.

A primeira coisa que fez foi lavar a tigela onde colocava comida para o gato e guardá-la num armário na cozinha. Depois, levou a caixa de areia até a rua. A seguir, recolheu todas as bolinhas e brinquedos de Elvis. Nesse momento, ela quase se desmanchou em choro. Mas se aguentou e enfiou os objetos num saco plástico, sem saber se devia ou não jogar fora. Ainda não, ainda não, pensou. Ela colocou o saco no parapeito interno da janela e ficou olhando para a rua.

Em silêncio, por um bom tempo.

Sentia a angústia crescendo em seu peito até seu estômago começar a queimar, a ponto de ter dificuldades para respirar. A cada nova pergunta que se fazia, o aperto no peito só aumentava. Será que ele estava vivo quando o carro começou a andar? Será que já estava morto quando o colocaram dentro do motor? Ou será que fui eu que o matei? Perguntas que iriam continuar a atormentá-la ainda por um bom tempo. Ela sabia.

Mas, em seu íntimo, também sabia de quem era a culpa. E não era sua. Não foi ela que abriu o capô e enfiou Elvis no motor do carro. Mas sim alguém a mando de Jackie Berglund.

Odiava aquela mulher!

Mas se deu conta de que aquilo não iria ajudar muito. Concentrar todo o seu ódio e todo o seu desespero numa pessoa específica. Ainda mais numa puta velha de luxo!

Olivia se afastou da janela, se enrolou num cobertor, pegou uma caneca de chá quente, foi para o seu quarto e se aconchegou na cama. Espalhou sobre o cobertor todas as fotografias do Elvis que conseguiu encontrar. E não eram poucas. Começou a tocá-las. Uma por uma. Sentiu que começava aos poucos a sair do estado de choque em que se encontrava. Até que um pensamento a atingiu.

Com força.

Quem planejavam matar da próxima vez?

Caso seguisse adiante?

A ela?

Estava na hora de desistir do trabalho.

Já era o bastante. Abandonaria o caso Nordkoster. Tudo tinha um limite e, naquela situação, Elvis tinha sido o limite.

Olivia se recostou na cama e esticou o braço para largar a xícara na mesinha de cabeceira. É bom acabar com isso de uma vez, pensou. Um telefonema extremamente difícil que precisava dar. É melhor eu ligar antes de desabar de uma vez, disse consigo mesma.

Precisava ligar para sua mãe.

— Mas não é possível!

— Sim, eu sei, uma merda — disse Olivia.

— Mas como é que você me esquece uma janela aberta sabendo que ele iria ficar sozinho no apartamento?

— Eu... eu... não sei como isso foi acontecer, eu simplesmente me esqueci, depois ele já tinha saído pela janela antes algumas vezes e...

— Mas das outras vezes, o máximo que aconteceu foi que ele conseguiu descer até o pátio, não foi?

— Sim.

— E você procurou por ele lá no pátio? Procurou direito?

— Sim, procurei.

— Você registrou o sumiço do gato na delegacia?

— Sim, registrei.

— Ótimo. Bem, mas que coisa horrível, minha querida, tomara que ele volte para casa logo! Você sabe que os gatos têm o hábito de desaparecer durante alguns dias.

Olivia desabou um segundo depois de encerrar a ligação. Não conseguia se aguentar mais. Depois de contar à própria mãe a única versão convincente que tinha conseguido inventar. Apenas lhe contou que Elvis tinha sumido de casa. Contar o que tinha acontecido, de fato, estava além de suas forças. Levaria a milhares de outras perguntas, concentradas numa única pergunta: "Então, você matou o coitadinho?"

Aquela pergunta que ela não queria ouvir. Pelo menos não da boca de sua própria mãe. Isso ela não aguentaria. Era preferível aquela mentira piedosa e ambas teriam que conviver com isso. Para a mãe de Olivia, Elvis tinha, simplesmente, sumido de casa e ela seguiria se lamentando de ele nunca mais ter voltado.

Uma espécie de segredo de família.

Olivia se aconchegou nas fotografias do gato sobre a cama e chorou até esgotar sua tristeza.

14

ENCONTRADO MORTO EMPRESÁRIO DESAPARECIDO.

A notícia da morte de Nils Wendt causou comoção nos meios de comunicação. Na época em que desapareceu, ele era sócio de Bertil Magnuson na empresa fundada por ambos, a Magnuson Wendt Mining. Surgiram na época especulações a respeito de seu desaparecimento ter alguma coisa a ver com uma disputa entre os sócios. Especulou-se inclusive se o próprio Bertil não estaria envolvido no desaparecimento de Wendt. Porém, não se chegou a conclusão alguma.

Não na época.

Talvez agora as coisas fossem diferentes.

Evidentemente, novas especulações começavam a circular agora. Por exemplo, se o assassinato tinha alguma relação com a atual MWM. Especulava-se também por onde Nils Wendt teria andado nos últimos anos. Afinal, ele havia desaparecido em Kinshasa e não mais fora visto desde 1984.

E de repente aparecia morto.

Em Estocolmo.

Bertil Magnuson estava afundado numa poltrona de junco numa das salas de relaxamento do Sturebadet Spa. Acabara de passar vinte minutos na sauna e estava se sentindo ótimo e relaxado. Na mesinha de vidro ao seu lado, havia uma pilha de jornais. Todos dedicavam espaço ao assassinato de Nils Wendt. Bertil leu atentamente cada uma das reportagens para ver se descobria alguma informação sobre onde Wendt havia se enfiado antes de reaparecer morto em Estocolmo. Não encontrou nada. Nem mesmo especulações. As atividades de Wendt desde 1984 continuavam a ser um mistério. Ninguém sabia por onde ele tinha estado.

Bertil passou as mãos sobre o roupão atoalhado. Em cima da mesa tinha também água mineral gelada, num copo embaçado, e ponderava sobre a sua situação. Acabava de se livrar de um grave problema de três dias, mas agora tinha que encarar outro que iria explodir no dia 1º de julho. Um pouco mais de folga. O tempo passa rápido quando o gatilho está armado.

De repente, Erik Grandén entrou na sala de relaxamento, também vestindo um roupão.

— Olá, Bertil! Disseram-me que você também estaria por aqui.

— Você está indo para a sauna?

Erik Grandén deu uma olhada em volta e constatou que os dois estavam sozinhos. Mesmo assim, ele baixou sua voz bem modulada.

— Eu li sobre a morte do Nils.

— Pois é.

— Será que ele foi assassinado?

— Tudo indica que sim.

Grandén se deixou tombar numa poltrona ao lado de Bertil. Mesmo sentado, continuava a ser quase uma cabeça mais alto. Baixou o olhar na direção de Bertil:

— Mas isso não é uma coisa, como dizer, um tanto desagradável?

— Desagradável para quem?

— Para quem? Como assim?

— Vai me dizer que está sentindo a falta dele?

— Não, mas é que éramos velhos amigos afinal de contas, um por todos...

— Ora, Erik, mas isso foi há muito tempo.

— Ok, mas mesmo assim. Isso não te afeta?

— Claro que sim.

Mas não da maneira que você supõe, Bertil pensou.

— E por que ele voltou a Estocolmo, assim sem mais nem menos? — Grandén perguntou.

— Sei lá.

— Algo a ver conosco? Com a empresa?

— E por que teria alguma coisa a ver com a gente?

— Ora, não sei, mas na minha posição atual seria extremamente inoportuno se alguém começasse a remexer águas passadas.

— Está falando do tempo em que você fazia parte da diretoria da empresa?

— Sim, da minha ligação com a MWM. Mesmo que não tenha tido nada de censurável, acho que isso facilmente poderia respingar em mim.

— Fica tranquilo, não creio que isso possa te prejudicar em nada, Erik.

— Ótimo.

Grandén se levantou, tirou o roupão e exibiu o seu corpo esbelto, mas cuja brancura se aproximava à do tecido atoalhado do roupão. Ele tinha uma minúscula tatuagem azul e amarela na região lombar.

— O que é isso? — Bertil perguntou.

— Ah, é um periquito. O Jussi. Ele fugiu da gaiola e voou, quando eu tinha 7 anos. Bem, vou fazer uma sauna.

— Fique à vontade.

Grandén seguiu na direção da sauna. Quando a porta da sauna se fechou atrás dele, o celular de Bertil tocou.

Era Mette Olsäter.

* * *

Stilton resistiu por um bom tempo. Mas depois de mais uma noite sentindo fortes dores internas, acabou dando o braço a torcer e foi até Pelarbacken, uma instituição social administrada pela diaconia de Ersta e que oferecia serviços de saúde aos sem-teto.

Ele foi atendido e verificou-se que tinha vários ferimentos internos. Mas nenhum deles tão grave a ponto de exigir internação num hospital. Eles só ocupavam leitos quando o estado de saúde do paciente realmente exigisse. Os órgãos internos estavam todos íntegros. E os ferimentos externos foram devidamente tratados. Não sem uma certa perplexidade por parte dos jovens médicos que, com um instrumento bastante comprido, fuçaram aquela substância viscosa castanho-dourada, esquisita, besuntada na maioria dos ferimentos.

— O que é isso?

— Unguento para feridas.

— Unguento?

— Isso mesmo.

— Que interessante!

— O que é interessante?

— Não, nada, é que os ferimentos estão fechando de forma incrivelmente rápida.

E qual era a novidade? Será que aqueles médicos achavam que só eles entendiam alguma coisa sobre remédios?

— E você comprou esse unguento na farmácia?

— Não, é um remédio caseiro.

Stilton recebeu uma faixa nova e limpa em volta da cabeça. Ele deixou o prédio com uma receita que não planejava usar. Ao chegar à rua, aquelas cenas voltaram à sua mente. As cenas em que apareciam aqueles meninos exaltados e ensanguentados, surrando uns aos outros naquelas jaulas. Cenas simplesmente abomináveis. Tentou afastar aquilo de sua mente e pensou em Minken. De fato, aquele pequeno equilibrista tinha salvo a sua vida. Mais ou menos. Se ele tivesse ficado jogado ao relento naquele lugar em Årsta o resto da noite, aí sim, estaria realmente fodido. Mas Minken tinha-o levado para casa, besuntado os ferimentos com aquele unguento e tapado o seu corpo com um cobertor.

Tomara que tenha conseguido uma carona com Olivia para voltar para casa, pensou Stilton.

— Você deu uma carona até a casa dele?

— Uma carona? Para quem?

— Para o Minken. Na outra noite, lembra-se?

Olivia ligou quando Stilton se encontrava na ONG Stadsmissionen, localizada na Fleminggatan. Ele estava procurando umas roupas usadas, pois suas roupas antigas tinham ficado totalmente ensanguentadas.

— Não — respondeu ela.
— E por que não?
— Você já está melhor?
— Por que é que você não deu uma carona pra ele?
— Porque ele preferiu ir a pé.

Conversa fiada, Stilton pensou. Eles provavelmente foram cada um para o seu lado depois de deixarem o trailer. Ele conhecia Minken muito bem e, pelo pouco que conhecia de Rönning, tinha certeza de que ele não fora com a cara dela.

— Mas o que é que você ainda quer de mim? Achei que já tínhamos encerrado o nosso assunto.
— Você se lembra do que eu lhe contei outro dia no trailer, que eu estive em Nordkoster, e que um homem apareceu por lá, primeiro na praia e mais tarde também na minha cabana?
— Sim. E daí?

Olivia contou o que tinha acabado de ver num site de notícias apenas dez minutos antes. Algo que a tinha deixado realmente chocada. Quando terminou de contar a sua história, Stilton disse:

— Você precisa contar isso à pessoa encarregada da investigação.

A pessoa encarregada da investigação daquele assassinato estava naquele momento sentada diante de Bertil Magnuson, o antigo sócio do finado Nils Wendt, na sala de espera da empresa, no segundo andar do prédio. Bertil tinha reservado dez minutos para conversar com ela. Depois, ele precisava se apressar para participar de uma reunião, segundo avisara. Mette Olsäter foi direto ao assunto:

— Você e Nils Wendt tiveram algum tipo de contato recentemente?
— Não. Por que motivo?

— Bem, é evidente que ele estava em Estocolmo por esses dias, e vocês tiveram um passado em comum. Esta empresa não se chamava Magnuson Wendt Mining antigamente?

— Nós não tivemos nenhum contato. Eu estou tremendamente chocado. Depois de tantos anos fico imaginando que ele... bem...

— Que ele o quê?

— Bem, muitas possibilidades passaram por minha cabeça. Que ele tirou a própria vida, estava metido em alguma encrenca, foi assaltado e morto ou, simplesmente, desapareceu.

— Sei.

— Sabe por que ele reapareceu assim de repente?

— Não. E você?

— Não, também não sei.

Mette ficou analisando aquele sujeito à sua frente. Uma secretária apareceu e fez um gesto sutil na direção de Magnuson. Ele se desculpou e se colocou à disposição para ajudar no que fosse necessário e conforme o seu tempo permitisse.

— É que, como você disse, eu e o Nils tivemos um passado em comum.

Olivia foi informada na recepção da sede da polícia nacional quem era o responsável pela investigação sobre o assassinato de Nils Wendt. Mas a coisa parou por aí quando pediu informações sobre como entrar em contato com Mette Olsäter. Determinados números de telefone não podiam ser informados. Por outro lado, a polícia possuía um serviço de dados que ela poderia consultar.

Olivia não queria saber de serviço de dados. Em vez disso, voltou a ligar para Stilton.

— Não estou conseguindo entrar em contato com a encarregada da investigação.

— Qual é o nome dela?

— Mette Olsäter.

— Ah, é ela, é?

— E agora, o que é que eu faço?

Stilton pensou por alguns segundos. Estava convencido de que Mette Olsäter precisava ouvir a história que Olivia tinha para contar. E o mais rápido possível.

— Onde é que você está agora? — perguntou.

— Em casa.

— Venha me buscar na Kammakargatan, número 46, daqui a duas horas.

— Só tem um problema. Eu não estou com o meu carro.

— Como assim?

— É que... o motor está com um problema.

— Certo. Então, me encontre no terminal dos ônibus para Värmdö, perto de Slussen.

Já estava anoitecendo quando eles desceram do ônibus da linha 448 e começaram a andar por um bairro residencial cheio de casas bonitas. Na placa do ponto de ônibus onde desceram estava escrito Fösabacken. Um lugar totalmente desconhecido para Olivia.

— É por aqui — disse Stilton, meneando a cabeça enfaixada.

Eles continuaram por uma estradinha arborizada que dava no litoral de Estocolmo. De repente, Stilton se deteve em frente a uma sebe de alfenas:

— É aqui — ele disse, apontando na direção de um velho casarão do outro lado da rua. Olivia olhou na direção da casa e perguntou:

— É aqui que ela mora?

— Sim, até onde eu sei.

Olivia estava um pouco surpresa. E isso devido às suas expectativas estereotipadas sobre o tipo de lugar em que uma comissária de polícia bem-sucedida deveria morar. Em qualquer lugar, menos naquele casarão decrépito. Stilton olhou para ela e perguntou:

— Você não vai entrar para falar com ela?

— Você não vem comigo?

— Não.

Não, Stilton não queria aparecer. Pelo menos por enquanto. Olivia teria que fazer o contato sozinha.

— Eu espero aqui fora — ele completou.

O porquê daquela decisão, Stilton não pretendia explicar para ela naquele momento.

Olivia deu alguns passos na direção da cerca alta de madeira e entrou. Um tanto desconcertada, foi passando por várias construções pequenas e esquisitas, espalhadas num pátio enorme. Eram como casinhas de brinquedo com cordas e redes penduradas e pontes de madeira. Além de luminárias de todos os tipos, espalhadas aqui e ali. Será que isso é uma espécie de circo abandonado?, pensou. Duas crianças seminuas brincavam num balanço enorme um pouco à distância. As crianças não tiveram qualquer reação ao ver Olivia. Com certa hesitação, ela subiu os degraus da velha escadaria de madeira e tocou a campainha.

Demoraram um pouco para atender. A casa era realmente enorme. Por fim, Mette Olsäter abriu a porta. Acordara bem cedo naquela manhã, ocupada com a investigação do caso Wendt e dividindo a sua equipe em turnos diferentes para permitir que trabalhassem no caso dia e noite até resolvê-lo. Ela própria iria trabalhar no turno da noite no dia seguinte. Agora, ali, na porta de sua casa, ela parecia bastante perplexa. Levou alguns segundos até que a ficha caísse. Era a jovem que tinha ido perguntar se ela sabia como poderia entrar em contato com Stilton. Como era mesmo o nome dela... Olivia Rönning? Isso mesmo! Mas o que será que ela estava fazendo ali? Será que tinha vindo perguntar outra vez a respeito do Tom?

— Sim?

— Olá, não quiseram me dar o seu número de telefone na sede da polícia nacional, então eu perguntei a Tom Stilton e ele me trouxe até aqui e...

— O Tom está aqui?

— Sim, ele...

Quando Olivia se virou, involuntariamente, na direção da rua, Mette se virou também. E viu um vulto na rua, a certa distância.

Não foi preciso dizer mais nada.

— Pode ir entrando! — exclamou a dona da casa, ao mesmo tempo em que deu dois passos rápidos e passou por Olivia. O corpo robusto de Mette Olsäter avançou com uma agilidade surpreendente pelo terreno, até chegar ao portão de madeira. Antes que Stilton conseguisse se afastar muito, ela o alcançou. E parou bem na frente dele. Em silêncio. Stilton olhou para o outro lado. Ela estava acostumada com aquela reação dele. E continuou onde estava. Exatamente como Vera costumava fazer. Passados alguns momentos, pegou Stilton pelo braço, fez com que ele se virasse e começou a andar novamente na direção do portão.

E eles caminharam como se fossem um velho casal. Um senhor alto em estado precário e com a cabeça enfaixada e uma mulher, digamos, um tanto volumosa com gotas de suor sobre o lábio superior. Assim que passaram pelo portão, Stilton se deteve e perguntou:

— Quem é que está em casa?

— O Jimi está jogando videogame com os pequenos no andar de cima. A Jolene está dormindo. E o Mårten está na cozinha.

Olivia tinha obedecido à ordem de Mette e entrado na casa. Adentrou o vestíbulo, se é que aquilo podia ser chamado de vestíbulo. Era um espaço mais ou menos atravancado de móveis — muito mais móveis do que cabiam no lugar — no qual teve que se virar para atravessar até chegar num cômodo iluminado. Era um tipo de cômodo que Olivia tinha dificuldade em definir. Era enorme, isso sim. De fato, ela se encontrava num casarão antigo. Com belos painéis de madeira nas paredes e detalhes em estuque no teto, além de vários objetos interessantes dispostos aqui e ali.

Interessantes, menos para as pessoas que tinham colecionado aqueles objetos em suas incontáveis viagens mundo afora. Coroas nupciais filipinas, pequenos crânios de macaco decorados com penas, bordados multicoloridos dos guetos da Cidade do Cabo, tubos grandes feitos de ossos que soavam como vozes de espíritos ao serem soprados. Objetos pelos quais algum dos moradores da casa tinha se encantado, convencido de que tinham espaço de sobra para guardar tudo no casarão enorme. Em que cômodo da casa, não importava. Ali, por exemplo.

Olivia olhava em volta com os olhos arregalados.

Alguém mora aqui? É possível morar num lugar assim?, pensou. Havia pelo menos alguns anos-luz de distância entre aquilo e a casa certinha e ordenada dos seus pais, em Rotebro.

Com cuidado, Olivia avançou pelo aposento e então ouviu um barulho seco em algum lugar dentro da casa. E caminhou na direção do barulho, passando por outros dois cômodos decorados com objetos exóticos, reforçando aquela sensação de... bem, ela não sabia exatamente de quê. Mas havia algo naqueles cômodos que simplesmente a envolvia. Uma mistura de fascínio e alguma outra sensação que não conseguia definir com palavras.

Então, entrou na cozinha.

Uma cozinha gigantesca, pelos padrões dela. E cheia de aromas potentes que subiram até suas narinas. Diante de um fogão a gás enorme e moderno encontrava-se um homem rechonchudo de cabelos grisalhos, espetados, e usando um avental xadrez. Ele tinha 67 anos e se virou quando notou a presença dela.

— Olá! Quem é você?

— Olivia Rönning. A Mette disse para eu ir entrando, ela já...

— Ah, seja bem-vinda! Eu sou o Mårten. Nós já vamos jantar, está servida?

Mette fechou a porta da frente assim que Stilton entrou. Tom se deteve por alguns segundos no vestíbulo. Um espelho enorme com moldura dourada pendia na parede. Ele se viu refletido no espelho e teve um estremecimento. Fazia mais ou menos quatro anos que não via o próprio rosto. Jamais olhava vitrines e quando ia ao banheiro sempre evitava os espelhos. Porque simplesmente não queria ver o próprio rosto. Porém, naquele momento, não teve como evitá-lo. Então, parou e observou melhor o próprio rosto. Não, aquele não era ele.

— Tom? Vamos entrando? — perguntou Mette, que também se deteve, olhando para ele a distância.

— Hum, o cheiro está excelente!

Mårten apontou com uma colher para uma panela enorme em cima do fogão. Olivia se levantou e se aproximou dele.

— É, está mesmo. O que você está cozinhando?

— Bem, era para ser uma sopa, mas não sei se deu certo. Vamos provar para ver.

Então, Mette e Stilton entraram na cozinha. Mårten demorou alguns segundos para reconhecê-lo, segundos que Stilton não deixou de notar, passados os quais Mårten abriu um sorriso e o cumprimentou:

— Olá, Tom!

Stilton apenas acenou com a cabeça.

— Está servido?

— Não, obrigado.

Mette queria acabar logo com aquela situação delicada. Ela sabia que, se dependesse dele, Stilton iria embora daquela casa na primeira oportunidade possível, então ela se virou para Olivia:

— O que é mesmo que você queria comigo?

— Ah, sim...

— O nome dela é Olivia Rönning — disse Mårten.

— Eu sei, nós já fomos apresentadas — retrucou Mette, se virando outra vez para Olivia. — Você é filha do Arne, não é mesmo?

— Sou, sim — respondeu Olivia, meneando a cabeça em confirmação.

— Você veio aqui para perguntar algo a respeito dele?

— Não, vim aqui para contar algo a respeito desse Nils Wendt que foi encontrado morto ontem. Eu me encontrei com ele não faz muito tempo.

Mette teve um sobressalto.

— Como assim? Quando? Onde foi isso?

— Em Nordkoster, semana passada — respondeu Olivia.

E então prosseguiu, contando como ela e a vítima tinham se encontrado em Nordkoster. Reconheceu a fotografia de Nils Wendt publicada por um dos jornais daquele dia. Na verdade, uma foto bem antiga, mas ainda assim o sujeito naquela foto se parecia o suficiente com o que tinha visto em Nordkoster para que ela tivesse certeza do que estava dizendo.

— Estou convencida de que era ele. Apesar de ele ter dito que se chamava Dan Nilsson — disse Olivia.

— Era ele — confirmou Mette.

Mette tinha certeza absoluta por uma razão bastante concreta.

— Foi esse o nome que ele usou para alugar o automóvel no qual foi encontrado morto.

— É mesmo? Mas o que é que ele foi fazer lá? Por que foi até Nordkoster? O que pretendia naquela enseada?

— Bem, isso eu não sei responder, mas tinha alguma ligação com a ilha. Ele teve uma casa de veraneio lá, há muitos anos, isto é, antes de desaparecer.

— E quando foi que ele desapareceu?

— Em meados dos anos 1980 — respondeu Mette.

— Ah, então devia ser a respeito dele que ela estava falando...

— Ela quem?

— A dona da pousada onde me hospedei na ilha, Betty Nordeman, ela falou de alguém que tinha desaparecido ou talvez sido assassinado, alguém que conhecia aquele sujeito que apareceu nos jornais no outro dia. Como é mesmo o nome dele? Magnuson ou algo assim?

— Sim, Bertil Magnuson. Eles eram sócios e ambos tinham casa de veraneio em Nordkoster.

Para quem olhava de fora, Mette estava totalmente concentrada na conversa com Olivia Rönning e nas informações trazidas por ela, porém ela também tinha Stilton totalmente sob a alça de mira na sua visão periférica. O rosto dele, os olhos dele, a linguagem corporal dele. Por enquanto, Tom continuava ali sentado. Ela tomou providências para que Jimi e os netinhos não descessem, além disso, rezava para que Mårten tivesse tato o suficiente para não puxar conversa com Stilton.

— Mas, então, Tom, como é que você e Olivia se conheceram? — perguntou Mårten, de repente.

O tato tinha ido para o brejo. Fez-se silêncio total em volta da mesa. Mette evitou olhar na direção de Stilton para não colocá-lo ainda mais sob pressão.

— A gente se conheceu num depósito de lixo — respondeu Olivia.

A voz dela soava firme e decidida. E deixou todos na mesa em dúvida se ela respondeu em tom de brincadeira ou como uma forma de tirar Stilton daquele constrangimento. Ou ainda, se a resposta dela era rigorosamente verdadeira. Mårten preferiu esta última interpretação:

— Num depósito de lixo? O que é que vocês foram fazer num lugar desses?

— Eu marquei com ela naquele lugar — Stilton respondeu, olhando bem nos olhos de Mårten.

— Que diabos! Quer dizer que você está morando num depósito de lixo?

— Não, eu moro num trailer. E o Kerouac, como está?

O aperto no peito de Mette se desfez ao ouvir aquela pergunta.

— Mais ou menos. Acho que ele está sofrendo de artrite.

— E por que você acha isso?

— Porque está com certa dificuldade para movimentar as pernas.

Olivia olhava para Stilton e Mårten alternadamente.

— Quem é Kerouac?

— Ah, é o meu amigão! — Mårten respondeu.

— Kerouac é uma aranha de estimação — Stilton retrucou, dando uma risadinha e olhando para Mette no mesmo instante.

Aquele olhar trocado entre eles por alguns segundos intermináveis pôs fim a vários anos de desespero vividos por Mette Olsäter.

Tom estava se comunicando novamente.

— Ah, só tem mais uma coisa.

Olivia se virou na direção de Mette no mesmo instante em que Mårten se levantou e começou a pôr na mesa vários pratos com um formato engraçado.

— Que coisa?

— Ele estava com uma mala de viagem lá na praia, uma dessas de puxar, com rodinhas, e também estava hospedado numa cabana. Depois, quando eu acordei e olhei pela janela, aquela mala estava lá, deixada para trás, perto da escada, então eu fui até lá e a abri, estava totalmente vazia.

Mette tinha agora uma pequena caderneta de anotações à sua frente e rabiscava algumas palavras. Duas das palavras que ela anotou foram: "Mala vazia?"

— Vocês acham que esse Nils Wendt poderia estar envolvido no assassinato na praia, na morte daquela mulher em 1987? — Olivia perguntou.

— Acho um pouco difícil, pois ele desapareceu três anos antes daquele assassinato — respondeu Mette e largou a caderneta para o lado.

— Ora, mas ele poderia ter retornado à ilha sem que ninguém ficasse sabendo e depois desaparecido novamente. Não poderia?

Mette e Stilton riram ao mesmo tempo. Ele, mais discretamente, e ela, um pouco mais ostensivamente.

— Espero que tenha tomado um bom café da manhã.

Dessa vez, a própria Olivia não teve como deixar de dar uma risadinha, enquanto olhava para aquilo que Mårten tinha dito que achava que era uma sopa. Parecia delicioso. E todos se concentraram na comida, apesar de Stilton tomar apenas uma colherada enquanto os demais tomavam cinco. Ele ainda sentia certo desconforto no estômago por causa do espancamento. Mette ainda não tinha perguntado por que ele estava com aquela faixa em volta da cabeça.

E continuaram comendo.

Os ingredientes da sopa eram carne e legumes, além de temperos picantes. Para acompanhar, tomavam um pouco de vinho tinto, enquanto Mette contava a respeito da vida pregressa de Wendt. A respeito de como ele e Bertil tinham fundado a então denominada Magnuson Wendt Mining, que logo se tornou uma multinacional bem-sucedida.

— Eles faziam negociatas com uma boa quantidade de ditadores africanos para explorar os recursos naturais dos países deles! E não estavam nem aí para o apartheid nem para Mobuto ou gente desse tipo! — exclamou Mårten, que não se conteve.

Mårten odiava tanto a antiga quanto a nova MWM. E tinha dedicado uma boa parte de seus anos como militante de esquerda radical, protestando e publicando panfletos inflamados contra a forma como aquela empresa explorava e deixava um rastro de destruição na natureza dos países mais pobres.

— Porcos desgraçados!

— Mårten... — disse Mette, tentando acalmar o marido exaltado, colocando uma mão sobre um dos seus braços.

Afinal, Mårten estava numa idade e num estado de saúde em que podia sofrer um AVC. Mas ele deu de ombros e olhou para Olivia:

— Você gostaria de conhecer o Kerouac?

Olivia olhou para Mette e para Stilton, que não pareciam apoiar muito a ideia. Mas a essa altura, Mårten já estava saindo da cozinha. Olivia se levantou e foi atrás dele. E quando Mårten se virou para se certificar se ela estava vindo, sentiu um certo olhar que Mette lançava em sua direção.

E então saiu da cozinha.

Stilton sabia exatamente o que aquilo significava. Aquele olhar. Ele baixou o próprio olhar na direção da escada que levava ao porão sob a cozinha.

— Ele ainda fuma?

— Não — respondeu Mette, de forma tão brusca que Stilton entendeu o recado. Assunto proibido. Bem, na verdade ele estava se lixando. Aliás, como sempre tinha feito. Ele sabia que Mårten tinha o hábito de fumar um baseadinho na sua sala de música. Toda noite. E Mette sabia que ele sabia e que eles eram as duas únicas pessoas no mundo que sabiam. Além, é claro, do próprio Mårten.

E assim ficou por isso mesmo.

Mette e Stilton se entreolharam. Depois de alguns segundos, ele concluiu que devia fazer a pergunta que queria fazer desde aquele momento em que ela correu atrás dele lá fora:

— E como é que está o Abbas?

— Está ótimo. Mas com muitas saudades de você.

Ficaram em silêncio. Stilton pegou seu copo de água. Não quis tomar vinho. No momento, estava pensando em Abbas, um pensamento que era bastante doloroso para ele.

— Você deveria ir vê-lo.

— Sim, vou fazer isso.

— O que houve com a sua cabeça? — Mette finalmente se arriscou a perguntar, apontando para a cabeça enfaixada de Tom.

Ele achou que não tinha o que esconder, então contou a ela a respeito do espancamento em Årsta.

— E você chegou a ficar inconsciente?

Também contou a respeito das lutas em jaulas.

— Como é que é, crianças lutando dentro de jaulas?

E, por fim, contou que estava à caça dos assassinos de Vera Larsson, envolvidos naquelas lutas. Quando terminou de contar a sua história, Mette se mostrou totalmente indignada:

— Mas isso é uma coisa horrorosa! A gente precisa colocar um fim nisso! Você já conversou com o responsável pela investigação desse caso?

— Rune Forss?

— Ele mesmo.

Eles se entreolharam durante alguns segundos.

— Ah, pelo amor de Deus, Tom, isso foi há mais de seis anos!

— E você acha que eu consegui esquecer?

— Não, acho que não, ou melhor, não faço a menor ideia, mas se você realmente acha importante colaborar para que os canalhas que espancaram aquela mulher até a morte naquele trailer sejam encontrados, você vai ter que deixar o seu orgulho de lado e ir conversar com o Forss! O mais rapidamente possível! Há crianças envolvidas nisso! Se você não falar com ele, eu mesma falo!

Stilton não respondeu nada. Por outro lado, ouviu quando os sons musicais de um contrabaixo começaram a soar no porão sob a cozinha.

Linn estava sentada sozinha a bordo do elegante veleiro. Um Bavaria 31 Cruiser, atracado no cais particular deles num estreito não muito distante da ponte de Stocksund. Ela gostava de ficar sentada no veleiro ao anoitecer. Oscilar suavemente ao sabor das ondas e contemplar a superfície da água. Do outro lado do estreito, ficava Bockholmen, a ilhota com sua bela e antiga pousada. À direita, via os carros passando pela ponte. Às suas costas, a torre Cedergrenska se erguendo acima do arvoredo e, justamente quando olhava para lá, viu Bertil descendo da casa deles, vindo na sua direção com um copo na mão. O conteúdo era âmbar.

Ótimo.

— Você comeu alguma coisa? — perguntou ela.

— Comi sim.

Bertil se sentou ao lado de um dos mastros do veleiro. Deu uma bebericada do seu copo e olhou para Linn.

— Eu te devo um pedido de desculpas.

— Desculpas pelo quê?

— Ah, por várias coisas, tenho andado um pouco ausente.

— Bem, é verdade. Você está melhor da bexiga?

A bexiga? Há um bom tempo que não sentia nada na bexiga.

— Acho que melhorei — ele respondeu.

— Que ótimo! E você soube mais alguma coisa a respeito do assassinato do Nils?

— Não. Ou melhor, sim, uma policial esteve lá na firma hoje.

— Para conversar com você?

— Sim.

— E o que ela queria?

— Saber se Nils tinha entrado em contato comigo.

— Ah, é? Bem... mas é claro que ele não entrou em contato com você, não é?

— Não, eu nunca mais ouvi falar nada dele desde que ele sumiu da nossa sucursal em Kinshasa.

— Ou seja, nos últimos vinte e sete anos — completou Linn.

— É.

— E agora ele foi assassinado. Desaparecido durante vinte e sete anos e agora assassinado, aqui, em Estocolmo. Isso não te parece muito esquisito?

— Esquisito e inexplicável.

— E onde será que ele andou metido durante esse tempo todo?

— Quem é que pode saber?

Na verdade, ele daria a sua mão direita para entrar em contato com quem pudesse saber. Aquela pergunta estava no topo de sua lista de prioridades já havia algum tempo. Onde será, por todos os diabos, que Wendt tinha se enfiado todo aquele tempo? A gravação original está guardada em um lugar desconhecido. Ou seja, poderia estar em qualquer lugar do planeta. Uma área de busca ampla demais.

Bertil se recostou um pouco e esvaziou seu copo.

— Você voltou a fumar?

A pergunta veio do nada e Bertil não teve como dissimular.

— Sim.

— Por quê?

— Por que não?

Linn percebeu imediatamente o tom cáustico na voz dele. Ele estava pronto para contra-atacar caso ela insistisse. Então, Linn jogou a toalha.

Será que ele sentiu a morte de Nils mais do que deixa transparecer?

— Ali está ele! — disse Mårten, apontando para uma parede de alvenaria caiada. Olivia olhou para onde o dedo dele apontava e viu uma enorme aranha negra se movendo numa fresta na parede.

— Esse é o Kerouac?

— Sim, uma autêntica aranha de adega, não uma aranha caseira comum. Já tem 8 anos.

— Nossa!

Com os pelos arrepiados de nervoso, Olivia observou Kerouac. A aranha que supostamente tinha artrite. E viu como ela se movimentava com bastante cuidado pela parede, com suas pernas compridas e o corpo com pouco mais de um centímetro de diâmetro.

— Kerouac adora música, só que tem um gosto musical bastante exigente. Eu demorei alguns anos para conseguir entender as preferências musicais dele. Você já vai entender.

Mårten apontou para a outra parede, abarrotada do chão até o teto com discos de vinil grandes e pequenos. Mårten era um aficionado. Um fanático por vinis que possuía uma das coleções mais seletas da Suécia. Mårten pegou um disco de 45 rpm de Little Gerhard, um roqueiro das antigas, e colocou o lado B para tocar num gramofone.

Não foi preciso mais do que alguns acordes para que Kerouac interrompesse o seu demorado passeio pela parede. Quando a voz de Little Gerhard ecoou no volume máximo, a aranha mudou de ideia e foi de novo na direção da fresta.

— Você ainda não viu nada...

Mårten parecia uma criança com um brinquedinho novo. Apressou-se a pegar um CD de uma coleção significativamente menor, na outra parede, levantou a agulha do disco de vinil e colocou o CD num aparelho moderno.

— Agora veja isso! E escute também!

Desta vez, era Gram Parsons. Um cantor de música country que deixou um enorme acervo de canções imortais antes de morrer de overdose. A faixa que se ouvia agora naquele refúgio bem equipado de Mårten chamava-se "Return of the Grievous Angel". Olivia olhou para Kerouac. A aranha se detém, de repente, quando já estava a um passo da fresta. Em seguida deu um giro de quase cento e oitenta graus e começou a caminhar outra vez pela parede.

— Não pode ser mera coincidência, não é? — disse Mårten, olhando para Olivia e rindo.

Ela não tinha muita certeza se se encontrava naquele momento num manicômio ou na casa da investigadora criminal Mette Olsäter. Então, meneou a cabeça e perguntou a Mårten se era ele que trabalhava com cerâmica.

— Não, isso é coisa da Mette.

Olivia tinha apontado com a cabeça na direção da porta de um dos cômodos da casa por onde tinham passado há pouco, e onde havia um forno enorme para cerâmica. Então, ela se virou para Mårten e perguntou:

— O que é que você faz, então? Com o que é que você trabalha?

— Ah, eu já estou aposentado.

— Sim, mas o que fazia antes de se aposentar?

Stilton e Mette já estavam no vestíbulo quando Mårten e Olivia voltaram do porão. Mette olhou de esguelha, curvou-se ligeiramente na direção de Stilton e disse, baixando um pouco o tom de voz:

— Sabe que temos um quarto de hóspedes aqui para você sempre que precisar.

— Obrigado.

— E pense bem naquilo que eu te disse.

— Sobre o quê?

— Sobre Rune Forss. Ou você vai lá falar com ele ou vou eu.

Stilton não respondeu nada. Mårten e Olivia se aproximaram. Stilton acenou com a cabeça, se despedindo de Mårten, e saiu pela porta da frente. Mette se despediu de Olivia com um abraço rápido e sussurrou no ouvido dela:

— Obrigada por trazer o Tom até aqui.

— Mas foi ele quem me trouxe até aqui!

— Ele jamais teria vindo aqui se não fosse por você.

Olivia deu uma risadinha cúmplice. Mette deu a ela um cartão de visita com seus números de telefone. Olivia agradeceu e saiu atrás de Stilton. Depois de fechar a porta, Mette se virou e olhou para Mårten. Ele a puxou para junto de si. Sabia exatamente o quanto aquilo tudo tinha sido penoso para ela. Então, afagou os cabelos dela e disse:

— O Tom voltou a se comunicar.

— É, eu sei.

Ambos ficaram calados no ônibus de volta ao centro. Ensimesmados em seus próprios pensamentos. Mais do que em qualquer outra coisa, Stilton estava pensando no seu reencontro com os Olsäter. Era a primeira vez que eles se viam depois de quase quatro anos. Estava surpreso como tudo tinha sido tão fácil. De como precisaram dizer pouco. De quão rápido as coisas começaram a fluir com naturalidade entre eles outra vez.

O próximo passo seria ir falar com Abbas.

Depois pensou naquele rosto que tinha visto refletido no espelho do vestíbulo. Aquele rosto que não era o seu. Foi realmente um choque para ele.

Por sua vez, Olivia estava pensando no velho casarão.

E naquele porão. E em Kerouac. Não era um pouco esquisito que alguém convivesse com uma aranha? Claro que é esquisito, concluiu. Ou talvez fosse original? Mårten é uma pessoa original e com um passado fascinante, Olivia pensou. Ele tinha lhe contado um pouco sobre o seu passado, lá no porão. Contou que, antes de se aposentar, tinha trabalhado como psicólogo infantil. E que durante muitos anos lutou pela adoção de uma nova pedagogia infantil na Suécia, uma luta em parte bem-sucedida. Também tinha colaborado com o renomado psiquiatra infantil Gustav Jonsson e participado de vários projetos envolvendo crianças em situação precária. Além de ser um militante de esquerda.

Ela simpatizou com Mårten.

E com Mette também.

E com aquele casarão estranho que exalava calor humano em todos os seus cômodos.

— Deu merda o outro dia entre você e Minken, não foi? — Stilton perguntou de repente.

— Claro! — retrucou Olivia, olhando pela janela antes de continuar. — Ele tentou se engraçar pro meu lado.

Stilton assentiu.

— O problema é que ele sofre de MSCI.

— O que é isso?

— Megalomania solapada por complexo de inferioridade. Um deus com pés de barro.

— Pois pra mim ele é um ser repulsivo.

Stilton sorriu.

Ao chegarem a Slussen, cada um deveria seguir o seu caminho. Olivia iria a pé até sua casa na Skånegatan. Stilton, à garagem subterrânea de Katarina.

— Ué, você não vai voltar para o trailer?

— Ainda não.

— E que é que você vai fazer na garagem?

Stilton não respondeu.

— Eu o acompanho até lá. É caminho para mim. Passando por Mosebacke.

Stilton teve que se conformar com a ideia. Durante aquela caminhada curta até a garagem subterrânea, Olivia contou para ele sobre a sua visita à butique de Jackie Berglund. E sobre os brutamontes que a tinham aterrorizado no elevador. Mas omitiu a parte sobre o que tinha acontecido com seu gato.

Quando terminou, Stilton olhou para ela com um olhar severo e perguntou:

— Você vai deixar finalmente esse caso pra lá, não é mesmo?

— Sim, vou.

— Ótimo.

Dez segundos. Foi o máximo que ela conseguiu aguentar antes de lhe fazer uma nova pergunta:

— Por que você saiu da polícia? Teve algo a ver com aquele caso do assassinato de Jill Engberg?

— Não.

Eles se detiveram ao pé da escadaria de madeira que levava a Mosebacke. De repente, Stilton começou a se afastar na direção da outra escadaria, do outro lado da garagem subterrânea. A escadaria de pedra.

Olivia acompanhou-o com o olhar.

A equipe AST estava reunida numa sala à meia-luz na Bergsgatan, assistindo a um vídeo no site Trashkick. Um vídeo no qual as roupas de Stilton eram retiradas, suas costas pichadas com spray, ele era espancado e, por fim, jogado contra um paredão de rocha. O silêncio era sufocante na sala quando terminaram de assistir ao vídeo. Todos sabiam quem era Tom Stilton. Ou melhor, quem ele tinha sido. E, naquele momento, o que tinham diante dos olhos era uma triste figura esfarrapada e espancada. Rune Forss acendeu as luzes e rompeu o silêncio:

— Bem, era mais ou menos isso que se esperava que acontecesse — ele disse.

— Isso o quê?

Janne Klinga olhou para Forss.

— Tom Stilton perdeu as estribeiras em 2005. Simplesmente teve um colapso no meio de uma investigação sobre o assassinato de uma puta, uma tal de Jill Engberg. Eu tive que assumir o caso. Quanto a ele, simplesmente sumiu do mapa. Demitiu-se e sumiu por completo. E foi acabar dessa forma — concluiu Forss, apontando para a tela.

Então, Forss se levantou e pegou o seu casaco.

— Em todo caso, a gente deveria colher o depoimento dele, não é? Afinal, é mais do que evidente que ele também foi espancado — retrucou Klinga.

— Claro, assim que conseguirmos localizá-lo. Bem, nos vemos amanhã, pessoal.

Mårten e Mette já tinham se deitado. Jimi, o filho, se encarregou de tirar a mesa e lavar a louça. Ambos estavam realmente muito esgotados e logo desligaram as luminárias de cabeceira, mas apesar disso não conseguiam conciliar o sono. Mårten virou-se para Mette.

— Você achou que eu não estava entendendo o que estava acontecendo, não é?

— Achei mesmo.

— Muito pelo contrário, eu estava o tempo todo prestando atenção nas reações do Tom, por exemplo, enquanto você e Olivia estavam conversando, ele permanecia ali, presente o tempo todo, ouvindo e participando, mas quando percebi que ele não iria entrar naquela conversa por iniciativa própria, dei um jeito de chamá-lo para a conversa.

— Ora, você se arriscou.

— De jeito nenhum.

Mette deu uma risadinha e beijou o cangote de Mårten com delicadeza. Mårten se arrependeu de não ter tomado um comprimidinho azul, duas horas antes. Então, cada qual virou para o seu lado.

Ele continuava pensando em sexo.

E ela ficou pensando numa mala de viagem vazia em Nordkoster.

Olivia não conseguia tirar o gato da cabeça. Estava deitada na cama e sentia falta do calorzinho do animal de estimação em seus pés. Do ronronado dele, dos empurrões dele contra as suas pernas. A máscara branca pendurada na parede olhava para ela. A luz da lua refletia nos dentes brancos. Agora somos só nós dois, você e eu, sua maldita máscara de madeira!, Olivia pensou. De repente, levantou-se da cama, tirou a máscara da parede, enfiou-a embaixo da cama e voltou a se deitar. Será que é uma máscara de vodu?, pensou ela, subitamente. Agora estava ali, debaixo da cama, olhando para cima, provavelmente engendrando alguma bruxaria. Apesar de o vodu ser do Haiti, de a máscara ter vindo da África e de Elvis estar morto.

E de Kerouac ser uma maldita aranha!

15

"Estou explodindo de alegria! Explodindo de tanta alegria!"
Nota-se.
Olivia estava em pé, nua na frente do espelho do banheiro. Observava o seu rosto de 23 anos mas envelhecido. Vinte e três anos ontem, pelo menos 50 anos hoje, pensou. O rosto inchado e empalidecido, os olhos marmorizados com espessos veios vermelhos. Ela se enrolou no roupão e sentiu os seios doloridos e o estômago se contraindo. Só faltava isso, pensou, e então se jogou na cama novamente.

* * *

Há várias celas com grades no último andar de um dos prédios da sede da polícia nacional na Bergsgatan, utilizadas para recolher suspeitos presos preventivamente. Todas aquelas celas estavam desocupadas naquela manhã, à exceção de uma. Nela, um pardal estava pousado no chão e sentia a falta de alguma companhia. Apesar da atividade frenética que ocorria numa das salas de investigação naquele mesmo andar do edifício C.

— A mala estava vazia?

— Sim, estava — Mette respondeu.

— E onde é que a mala se encontra agora?

— Olivia entregou ao rapaz que cuida das cabanas da pousada lá na ilha, o nome dele é Axel Nordeman.

Mette estava sentada no fundo da sala. Uma parte da equipe sob o comando dela estava cumprindo seu turno. O tom de voz naquela sala era relativamente baixo, apesar de intenso. Aquelas informações a respeito da mala de viagem vazia eram muito interessantes. Aliás, a própria presença de Nils Wendt em Nordkoster também era algo bastante interessante. Mas por que ele tinha ido até lá? Quem ele tinha encontrado lá? E por que tinha deixado a mala de viagem vazia para trás? Mette despachara uma dupla de policiais até lá antes de se recolher para dormir na noite anterior. A missão deles era trazer a mala para Estocolmo e conversar com alguns dos moradores da ilha.

— Já temos conhecimento de quando foi que ele desembarcou na ilha? — perguntou Lise Hedqvist.

— Ainda não, mas vamos receber um relatório do nosso pessoal que foi lá investigar até o fim da tarde. Por outro lado, sabemos onde foi que Olivia Rönning o viu pela primeira vez: foi na Hasslevikarna, na parte norte da ilha, apesar de ela não saber informar exatamente quando, pois tinha se perdido naquela parte da ilha. De qualquer forma, ela estima que isso deve ter acontecido em algum momento por volta das nove da noite.

— Além disso, ele foi visitá-la na cabana onde Olivia estava hospedada algumas horas mais tarde, não foi?

— Sim, mais ou menos duas horas mais tarde, ou seja, antes da meia-noite. Porém, o que sabemos com mais exatidão é que ele pegou um barco-táxi no embarcadouro da ilha precisamente à meia-noite e desembarcou em Strömstad. A partir daí, perdemos completamente o rastro dele.

— Não completamente.

Bosse Thyrén se levantou. Tinha feito um levantamento bastante meticuloso desde que recebeu a ligação de Mette na noite anterior.

— Dan Nilsson comprou uma passagem no trem que partiu de Strömstad às 4:35 de segunda-feira, depois pegou o trem expresso que partiu de Gotemburgo às 7:45 e desembarcou na estação central de Estocolmo às 10:50. Eu verifiquei com a central de reservas da rede ferroviária. Ainda na estação central, alugou um carro numa locadora por volta de 11:15 e um pouco antes do meio-dia ele se hospedou no hotel Oden, na Karlbergsvägen. Preencheu a ficha do hotel com o nome Dan Nilsson. O pessoal da perícia vai até lá daqui a pouco examinar o quarto onde ele se hospedou.

— Impressionante, Bosse! — Mette exclamou, antes de se virar e prosseguir. — Descobrimos mais alguma coisa sobre o celular dele?

— Ainda não, mas já recebemos o laudo do legista. O sangue encontrado no paredão de rocha perto da cena do crime era de Wendt. Também foram encontrados fragmentos de pele. E o sangue encontrado no rastro deixado pelos pneus do carro também era da vítima.

— E o ferimento na cabeça dele também está relacionado com o paredão?

— Tudo indica que sim.

— Mas qual foi a *causa mortis*? Foi aquele ferimento? Ou ele morreu por afogamento?

Lisa examinou o laudo de necropsia.

— Ele ainda estava vivo quando o carro despencou no lago. Mas provavelmente tinha perdido a consciência. Morreu afogado.

— Bom, pelo menos agora temos certeza disso.

Mette se levantou.

— Bom trabalho, pessoal! Agora, vamos nos concentrar em tentar mapear o padrão de movimentos dele desde o momento em que se hospedou no hotel até o momento em que foi encontrado morto no lago. Alguém deve tê-lo visto no hotel, depois do momento em que ele se registrou lá. Deve ter feito suas refeições em algum restaurante perto, talvez tenha pago alguma outra coisa com o mesmo cartão de crédito que usou para alugar o carro, talvez tenha telefonado para alguém do telefone do hotel...

— Não, isso ele não fez, eu já verifiquei — disse Lisa.

— Muito bem.

Mette encaminhou-se para a porta. Todos os demais se puseram em movimento.

A alguns edifícios de distância naquele mesmo quarteirão, Rune Forss estava sentado numa sala muito parecida, acompanhado de Janne Klinga. Devido à morte de Vera Larsson, a equipe AST convertera-se numa equipe de investigação de homicídio. Com isso, o grupo foi reforçado com mais uma dupla de policiais, além de outros recursos colocados à disposição de Forss. Ele tinha despachado alguns investigadores para colher o depoimento dos sem-teto espancados antes da morte de Vera Larsson. Um deles ainda continuava no hospital, um grandalhão do norte que ainda não conseguia se lembrar de absolutamente nada do que aconteceu. Por enquanto não tinham muito mais o que fazer.

Na opinião de Forss.

Ele estava sentado folheando uma *Strike*, uma revista sobre boliche. Klinga conferia o laudo dos peritos que tinham examinado o trailer.

— Vamos ver se o vídeo pode nos ajudar de alguma forma — disse Klinga.

— Aquele vídeo em que estão trepando dentro do trailer?

— Esse mesmo.

O homem que aparecia fazendo sexo com Vera Larsson ainda não fora identificado. De repente, alguém bateu à porta.

— Entra!

Stilton entrou na sala com a cabeça enfaixada. Forss jogou a revista sobre a mesa e olhou na direção dele. Stilton olhou para Klinga.

— Olá, sou Tom Stilton.

— Olá.

Klinga se levantou para apertar a mão dele.

— Sou Janne Klinga.

— Então você agora é um sem-teto? — Forss perguntou.

Stilton não demonstrou qualquer reação. Tinha se preparado mentalmente para aquele momento, pois sabia que as coisas seriam assim. Não ligou, simplesmente continuou olhando para Klinga.

— É você o responsável pela investigação do caso Vera Larsson?

— Não, o responsável é...

— Quem foi que te deu esta surra? — provocou Forss.

Stilton continuou olhando para Klinga.

— Eu acredito que Vera Larsson foi assassinada por dois Kid Fighters — disse Stilton.

Fez-se silêncio durante alguns segundos na sala.

— Kid Fighters? — Klinga perguntou.

Stilton contou tudo o que sabia. Sobre o *cagefighting*, o local exato onde as lutas eram realizadas, quem participava e quem ele acreditava estar por trás da organização de tudo.

Além do símbolo que uma parte do grupo tinha tatuado em seus braços.

— Duas letras num círculo: KF. É o mesmo símbolo que aparece num dos vídeos do Trashkick. Vocês já tinham identificado isso? — Stilton perguntou.

— Não, ainda não.

Klinga olhou de soslaio para Forss.

— KF é a sigla de Kid Fighters — explicou Stilton, dirigindo-se para a porta.

— Como foi que você descobriu todas essas coisas? — Klinga perguntou.

— Fui informado por um menino que mora em Flemingsberg, o nome dele é Acke Andersson.

Tom saiu da sala, sem ter olhado para Forss sequer uma única vez.

Pouco depois, Forss e Klinga caminhavam até o refeitório dos funcionários da polícia. Forss estava bastante cético em relação às informações trazidas por Stilton.

— *Cagefighting*? Crianças se massacrando dentro de jaulas. Aqui? Na Suécia? Se isso realmente existisse, a gente já teria ouvido falar a respeito. Parece conversa de maluco.

Klinga não respondeu. Forss insinuou que Stilton devia estar passando por mais um de seus surtos psicóticos e que aquela história despropositada era um delírio.

— Você não concorda comigo? Kid Fighters? Será que isso faz algum sentido?

— Eu não sei... — disse Klinga, hesitante.

Ele não estava assim tão convencido de que aquelas informações trazidas por Stilton fossem despropositadas. E decidiu ver mais uma vez os vídeos do Trashkick para tentar identificar a tal tatuagem.

Mais tarde. Quando estivesse sozinho.

Ovette Andersson caminhava sozinha pela Karlavägen. Trajava uma saia preta justa, uma jaqueta de couro marrom e calçava sapatos de salto agulha pretos. Tinha acabado de atender um cliente numa garagem particular na Banérgatan, que a deixou onde havia pegado. Östermalm não era exatamente um bairro por onde ela costumava circular. Porém, como corria à boca miúda que havia policiais na Mäster Samuelsgatan, ela achou melhor mudar de caminho.

Retocou o batom e seguiu pela Sibyllegatan, na direção da estação de metrô. De repente, avistou um rosto conhecido numa loja no outro lado da rua.

Uma loja chamada Udda Rätt.

Ovette se deteve.

Então, essa é a tal loja dela! A fachada chique dela! Isso é que é subir na vida, depois de pagar muito boquete com cocaína escorrendo pelo nariz!, ela pensou. Era a primeira vez que passava na frente da butique de Jackie Berglund. Não, aquela parte da cidade não era mais seu território. Houve uma época em que Ovette se sentia absolutamente em casa em Östermalm, mesmo que hoje em dia fosse difícil de acreditar nisso.

Numa época antes de Acke ter nascido.

Udda Rätt, pensou. Uma sacada e tanto, direito e avesso. Jackie sempre foi uma mulher esperta — esperta e calculista. Ovette atravessou a rua e parou em frente à vitrine. Deu uma espiada na mulher elegante dentro da loja. No mesmo instante, Jackie virou-se e olhou Ovette bem nos olhos. Ovette sustentou o olhar. No passado, tinham sido colegas de trabalho, quando ambas eram acompanhantes da mesma agência, a Gold Card. Ela, Jackie e Miriam Wixell, no final dos anos 1980. Miriam pediu demissão quando começaram a falar que o trabalho envolvia a prestação de favores sexuais. Ovette e Jackie continuaram.

Elas ganhavam muito bem.

Jackie era a mais esperta das três. A que aproveitava todas as oportunidades para conhecer os clientes que elas atendiam. Já Ovette, de vez em quando, acabava se envolvendo emocionalmente com algum cliente. Sem pensar muito nas consequências. Quando a Gold Card fechou, Jackie herdou a clientela de Carl Videung e passou a atendê-los pela sua agência Red Velvet. Uma agência exclusiva de acompanhantes que atendia a um círculo restrito de clientes exclusivos. Ovette foi trabalhar para Jackie na nova agência e ficou lá alguns anos, até que engravidou.

De um cliente.

Um erro fatal.

Jackie exigiu que ela fizesse um aborto. Ovette se recusou. Aquela era a primeira vez que carregava uma criança na barriga e provavelmente também seria a última. Ela queria ter aquele bebê. No fim, Jackie botou-a no olho da rua. Literalmente. E na rua ela teria que se virar para se manter como pudesse, com um filho recém-nascido.

Acke.

Filho de um cliente que apenas Ovette e Jackie sabiam quem era. Nem o próprio cliente sabia.

Agora ali estavam elas, olhando nos olhos uma da outra, separadas apenas por uma vitrine de vidro na Sibyllegatan. A puta de calçada e a puta de luxo. E assim elas ficaram, até que Jackie baixou o olhar.

Parecia um pouco amedrontada?, Ovette pensou. Ela ainda ficou ali parada mais um pouco e viu que Jackie começou a ajeitar algumas coisas na loja, totalmente consciente da presença de Ovette ali na calçada.

Ela tem medo de mim. Porque ela sabe que eu sei, e acha que eu poderia querer me aproveitar disso. Mas isso é algo que eu jamais conseguiria fazer, justamente porque não sou como você, Jackie Berglund! Esta é a diferença entre nós. E é por sermos diferentes dessa forma que você está aí dentro e eu agora me viro pelas esquinas desta cidade. Mas as coisas são como são, Ovette pensou.

Ela seguiu seu caminho até a estação do metrô, com a cabeça bem erguida.

Jackie continuava arrumando as coisas na sua loja, um tanto obstinada. Estava inquieta. Mas o que é que ela tinha vindo fazer ali? Ovette Andersson! Como se atrevia? Virou-se mais uma vez na direção da vitrine. Ovette já tinha ido embora. Mas Jackie continuou pensando nela. Ovette, aquela garota animada, com o seu olhar sempre tão alegre, pelo menos no passado. Ela, que de vez em quando decidia, do nada, pintar seus cabelos de azul, deixando Carl furioso. Ovette não era lá muito esperta, nem calculista. Por sorte, pensou Jackie. Ovette sabia muita coisa a respeito de determinados clientes. Mas pelo menos nunca abriu o bico para contar tudo o que sabia.

Durante todos aqueles anos.

Ela tem medo de mim. Ela me conhece o suficiente para saber o que poderia lhe acontecer se viesse me ameaçar. Ela deve ter passado aqui na frente por pura casualidade, Jackie pensou.

E continuou arrumando coisas na loja até finalmente conseguir afastar de sua mente a visão desconfortável que tinha tido ali, na sua vitrine. Depois de certo tempo, já estava totalmente de volta ao seu normal. Uma putinha rampeira morando em Kärrtorp. Que fim de carreira melancólico. Com um filho pendurado no pescoço. Logo ela, que podia simplesmente ter feito um aborto e continuar trabalhando até chegar num nível totalmente diferente. Bem, algumas pessoas fazem escolhas lamentáveis em suas vidas, pensou, ao mesmo tempo em que escancarava o sorriso e abria a porta da loja para uma de suas clientes fixas.

Linn Magnuson.

Rune Forss acabava de terminar de tomar a sua segunda xícara de café no refeitório quando viu Mette Olsäter vindo na direção de sua mesa. Janne Klinga já tinha se levantado e voltado ao trabalho.

— Stilton entrou em contato com você? — Mette perguntou sem rodeios ao se aproximar dele.

— Como assim, se ele entrou em contato comigo?

— Ele não veio conversar com você hoje de manhã?

— Ah, sim, veio.

— E ele contou sobre as lutas em jaulas e os Kid Fighters?

— Sim, por quê?

— Ah, ótimo! Então, tchau — ela disse apressada antes de começar a se retirar.

— Olsäter!

Ela se virou.

— Ele também foi te procurar para contar sobre essas coisas? — perguntou Forss.

— Sim. Ontem.

— E você acreditou no papo dele?

— E por que razão eu não deveria acreditar?

— Bem, porque... você não viu o estado em que ele se encontra?

— E o que isso tem a ver com a qualidade das informações trazidas por ele?

Mette e Forss ficaram se entreolhando durante alguns segundos. Não morriam de amores um pelo outro. E quando Forss levantou a sua xícara de café da mesa, Mette começou a se afastar. Forss apenas a acompanhou com o olhar.

Será que essa equipe dela estava pensando em se meter na investigação dele?

Olivia estava recostada na guarda da cama com o laptop sobre as pernas e um pote de sorvete na mão. Ela conseguia comer um pote inteiro de sorvete sem problema, depois era só cortar o jantar.

Talvez o saldo calórico não fosse favorável, mas o sorvete estava muito gostoso.

Estava há algumas horas navegando na internet para pesquisar a respeito da vida pregressa de Nils Wendt. Na época em que ele era empresário e sócio de Bertil Magnuson. Não via aquilo como uma quebra à promessa que tinha feito de abandonar o caso da praia. Afinal, não havia nenhuma ligação entre aquele caso e o assassinato de Wendt. Considerava o que estava fazendo uma mera pesquisa sobre a Magnuson Wendt

Mining, empresa que depois teve a sua razão social alterada para Magnuson World Mining, e que já desde aquela época, desde antes do desaparecimento de Wendt, recebia duras críticas generalizadas. Sobretudo por suas operações em países governados por ditadores.

Pelas mesmas razões que fizeram Mårten Olsäter ter aquela explosão durante o jantar na sua casa.

Os pensamentos de Olivia se desviaram para o velho casarão em Värmdö. Pensou na noite anterior. Uma experiência perturbadora. Repassou em sua mente detalhes daquela conversa durante o jantar na casa dos Olsäter. Depois no porão, a sala de música de Mårten. Tentou decifrar as entrelinhas dos diálogos entre Stilton e o casal Olsäter. O que não era exatamente uma tarefa fácil. Se tivesse uma oportunidade de fazê-lo, Olivia gostaria de perguntar a Mette ou a Mårten a respeito do relacionamento que tiveram com Stilton no passado. Também gostaria de perguntar se eles sabiam o que tinha acontecido com ele.

Estava convencida de que eles sabiam muito mais do que ela.

De repente, apareceu na tela uma fotografia antiga de Nils Wendt ainda jovem. Ao lado de um também jovem Bertil Magnuson. A fotografia ilustrava uma reportagem publicada em 1984. A matéria informava que os dois sócios acabavam de fechar um acordo com o presidente Mobutu, do antigo Zaire. Aquele contrato garantiria um faturamento de milhões de coroas suecas para a MWM. Ambos os sócios olhavam diretamente para a lente com o sorriso aberto. Aos pés deles, jazia um leão morto.

Magnuson empunhava com orgulho um rifle.

Que horror!, pensou Olivia. Foi quando seu celular tocou. Não reconheceu o número que apareceu no visor.

— Alô, Olivia Rönning falando.

— Olá, aqui é Ove Gardman, eu acabei de ouvir as duas mensagens que você deixou na minha caixa postal. Está querendo falar comigo?

— Sim, e como!

Olivia empurrou o laptop para longe com os dedos lambuzados de sorvete e se endireitou na cama. Ove Gardman! O menino que testemunhou o assassinato na Hasslevikarna!

— E qual seria o assunto?

— Ah, sim, é a respeito de uma antiga investigação sobre um assassinato que estou pesquisando para um estudo na Academia de Polícia. Aquele crime cometido na enseada de Nordkoster em 1987, você foi a única testemunha do que aconteceu naquela noite, se eu entendi direito.

— Sim. Mas que engraçado...

— O que é engraçado?

— É que eu conversei sobre esse assunto há mais ou menos algumas semanas com um sujeito que conheci em Mal País.

— Onde fica isso?

— Na Costa Rica.

— Você conversou com ele sobre o assassinato em Nordkoster?

— Sim, conversei.

— E quem era esse homem?

— Um tal de Dan Nilsson.

Olivia jogou pela janela o que ainda restava de sua promessa de não se meter mais no caso, ao mesmo tempo que se esforçou para continuar falando com a maior naturalidade possível.

— Você está na Suécia agora?

— Sim, estou.

— Quando foi que voltou?

— Ontem à noite.

— Então não deve saber sobre o assassinato de Nils Wendt.

— De quem?

— Dan Nilsson. O homem usava esse nome falso, mas na verdade se chamava Nils Wendt.

— E ele foi assassinado?

— Sim. Anteontem. Aqui em Estocolmo.

— Que coisa.

Olivia permitiu que Gardman assimilasse a notícia. Tinha outras perguntas a fazer, mas foi o próprio Gardman que retomou a conversa.

— Enfim... ele parecia tão... que coisa desagradável, eu fui visitá-lo algumas vezes na casa dele e...

Nesse ponto, Gardman hesitou e Olivia aproveitou para perguntar.

— E como foi que vocês se conheceram?

— Bem, eu sou biólogo marinho e estava em San José colaborando no projeto de uma grande reserva marinha, na península de Nicoya. Depois, fui passar alguns dias no litoral para fazer uns estudos de campo, e foi então que eu o conheci. Ele trabalhava como guia numa reserva florestal não muito distante de Mal País.

— E ele morava lá, em Mal País?

— Sim. A gente conversou algumas vezes lá na reserva. Afinal, não é todo dia que aparecem suecos por lá. Então, um dia, ele me convidou para ir jantar na casa dele.

— E foi nessa ocasião que vocês conversaram sobre o assassinato em Nordkoster?

— Sim, bebemos bastante vinho, estávamos um pouco altos, e continuamos conversando até que a gente se deu conta de que ambos tínhamos uma ligação com aquela ilha. Ele tinha tido uma casa de veraneio lá muitos anos atrás, e então eu acabei contando o que vi acontecer lá naquela noite, na enseada.

— E qual foi a reação dele?

— Bem, ele... foi um pouco estranho. Ele se mostrou bastante interessado, querendo saber de todos os detalhes, mas eu tinha apenas 9 anos na época, então já faz mais de vinte anos que aconteceu, não me lembro de muita coisa.

— Mas ele se mostrou curioso, não?

— Sim, de certa forma, sim. Depois disso deixou Mal País. Eu voltei na noite seguinte, para buscar o meu boné que esqueci na casa dele, e ele já tinha ido embora. Havia apenas dois meninos correndo em volta da casa com o meu boné, mas quando perguntei eles não souberam dizer para onde ele tinha ido, só sabiam que tinha viajado, como era evidente.

— Ele foi para Nordkoster.

— Ah, é?
— Sim, foi.
— E agora você está me dizendo que ele morreu?
— Infelizmente, sim. Eu queria lhe fazer outra pergunta. Onde é que você está neste momento?
— Eu? Estou em casa, aqui em Nordkoster.
— E não pensa em vir a Estocolmo?
— Não nos próximos dias.
— Está bem.

Olivia agradeceu a Gardman pelas informações. Tinha ajudado muito mais do que poderia imaginar. Desligou e imediatamente teclou o número de Stilton.

Stilton estava na frente do mercado de Södermalm vendendo a *Situation Sthlm*. Não estava com muita sorte naquele dia. Apenas dois exemplares em uma hora. Não porque houvesse pouca gente passando, mas porque praticamente todo mundo passava por ali com um celular grudado no ouvido ou com fones de ouvido que iam das orelhas ao celular que seguravam na mão. Não falta muito e todos ficaremos mudos, pensou. Uma nova raça. *Homo digitalis*, uma versão on-line do homem de Neandertal. Foi quando o seu próprio celular tocou.

— É Olivia. Você não imagina o que eu descobri sobre o caso da praia...

— Mas você não tinha desistido de continuar com essa história? Você prometeu que ia...

— Nils Wendt se encontrou com Ove Gardman, aquele menino que foi a única testemunha do crime, há cerca de uma semana! Na Costa Rica!

Stilton ficou calado. Por um bom tempo.

— Isto não deixa de ser interessante — disse ele por fim.

— Pois então!

Ainda muito agitada, Olivia contou-lhe rapidamente o que tinha ouvido de Gardman: que ele havia contado a Wendt a respeito do assassinato na praia e que este voltou à Suécia imediatamente depois. Para Nordkoster. Depois de ficar desaparecido durante praticamente vinte e sete anos.

— Por que será que ele decidiu voltar lá? — ela perguntou.

Por que o relato de Gardman sobre o crime provocou esta reação em Wendt? Afinal, ele não havia desaparecido três anos antes do crime? Será que ele tinha algum vínculo com a mulher assassinada? Ela não era de origem latino-americana?

— Olivia...

— Será que eles se conheceram na Costa Rica? Será que ele a mandou até Nordkoster para buscar alguma coisa que Wendt tinha escondido na sua casa de veraneio?

— Olivia!

— Será que ela foi torturada para confessar o que tinha vindo buscar na ilha? Por alguém que teria sido avisado de que ela iria aparecer e a seguiu até lá? Será que ela...

— Olivia!

— O que foi?

Stilton se cansou das teorias conspiratórias de Olivia.

— Você precisa ir conversar outra vez com a Mette.

— Ah, claro!

— E, por favor, atenha-se aos fatos. Ao contato entre Gardman e Wendt. Pode deixar que ela cuida do resto.

— Está bem. Você não me acompanha até lá?

Sim, ele a acompanhou. Mas não sem antes tirar a faixa enrolada na cabeça e fazer um curativo discreto. Tinham combinado de se encontrar num restaurante. Olivia conseguiu entrar em contato com Mette exatamente no momento em que ela se dirigia para o seu carro. Mårten e Jolene tinham ido a um espetáculo de dança no centro de Estocolmo e iriam voltar tarde. E ela planejara passar num restaurante em Saltsjö-Duvnäs para um jantar rápido.

— O nome do restaurante é Stazione — Mette informou.

— Onde é que fica?
— Numa antiga estação de trem de tijolos vermelhos, a Saltsjö-Duvnäs. Na linha de Saltsjö.

Agora estavam ali, sob o sol do entardecer, numa plataforma de madeira nos fundos do belo prédio da estação, sentados em volta de uma mesinha redonda, a apenas alguns metros de distância dos vagões que iam e vinham a apenas alguns metros de distância. Um ambiente incrivelmente continental. O restaurante era administrado por uma família e era bastante popular na região, servia boa comida e estava sempre lotado, razão pela qual eles tiveram que se contentar com aquela mesa ali fora, ao lado da plataforma. Não que se importassem muito. Pelo contrário. O lugar era perfeito para o assunto que os trazia até ali. Não havia ninguém perto demais a ponto de poder ouvir a conversa deles. Especialmente nas duas ou três vezes em que Mette não se conteve e elevou a voz.

— Na Costa Rica?

Finalmente, obtivera uma resposta ao que vivia se perguntando nos últimos vinte e sete anos. Finalmente, sabia onde Nils Wendt tinha se escondido durante todos esses anos.

— Em Mal País, na península de Nicoya — esclareceu Olivia.
— Inacreditável!

Olivia se sentia bastante orgulhosa de despertar aquela reação por parte de uma renomada investigadora criminal. E quase não cabia em si de satisfação ao ouvir Mette ligar imediatamente para Lisa Hedqvist e pedir que ela entrasse em contato com Ove Gardman para colher o depoimento dele a respeito de seu encontro com Nils Wendt na Costa Rica. Mette considerava aquelas informações sobre o esconderijo de Wendt muito mais interessantes do que a eventual ligação dele com o assassinato na ilha. Era bem verdade que o crime ainda não estava prescrito, porém ela tinha um caso de homicídio muito mais recente para investigar no momento. Além disso, ainda achava que o caso da praia continuava pertencendo a Tom.

Ela desligou o celular e olhou para ele.

— Talvez a gente precise fazer uma viagenzinha.

— Até Mal País?

— Sim. Para ver a casa onde Wendt vivia. Talvez a gente encontre lá alguma coisa que possa nos ajudar na investigação, por exemplo, o motivo pelo qual ele foi assassinado, ou quem sabe alguma explicação para o seu desaparecimento. Mas pode ser que não seja tão simples assim.

— Por que não? — Olivia perguntou.

— Porque eu não sei se posso confiar na polícia costa-riquenha, na eficiência deles. Pode ser que trabalhem de uma forma muito burocrática.

— Então, o que você está pensando em fazer?

Olivia viu quando Mette e Stilton se entreolharam, um olhar que expressava uma velha cumplicidade.

Depois, pediram a conta.

Não era nada comum que Mette tivesse algum pretexto para ir até o cassino Cosmopol. Aquela mulher corpulenta atraiu para si uma boa parte dos olhares quando entrou num dos salões de jogo do cassino. Mas, sobretudo, atraiu o olhar de Abbas. Ele a avistou já no momento em que apareceu na porta. E não foi preciso mais do que uma rápida troca de olhares entre eles para que ele soubesse que outro crupiê precisaria assumir imediatamente o seu lugar na mesa de jogo.

Stilton e Olivia estavam parados ao lado do carro de Mette, estacionado não muito longe do cassino. No caminho do restaurante Stazione até ali, Olivia ouviu uma breve descrição da pessoa que eles iriam encontrar em seguida. Abbas El Fassi. Um ex-vendedor de bolsas falsificadas e agora um crupiê de renome na cidade. Havia colaborado em várias investigações conduzidas tanto por Mette como por Stilton no decorrer dos anos.

Investigações dos mais diversos tipos.

E cujos resultados eram cada vez melhores, demonstrando que Abbas era um sujeito cem por cento confiável quando se tratava de casos cuja solução exigia métodos um pouco fora do convencional.

Como aquele caso que estavam investigando no momento.

Casos nos quais não seria desejável envolver policiais de carreira, nem recorrer a mecanismos tradicionais para se obter as autorizações necessárias para fazer o que era preciso fazer pelas vias oficiais.

Nesses casos, era preciso recorrer a outras vias.

Como Abbas.

Olivia olhou para Stilton e perguntou:

— O tempo todo?

Stilton tinha acabado de contar um pouco da história de Abbas. Sobre o passado dele. Sem entrar muito em detalhes. Especialmente a respeito de como Abbas tinha sido resgatado do atoleiro da pequena criminalidade com a ajuda de Stilton e acabou se tornando uma espécie de protegido de Mette e Mårten. Pelos quais, com o decorrer do tempo, ele passou a ser considerado como mais um integrante da família. Em boa parte, graças a Jolene, a filha deles que tinha nascido com síndrome de Down. Ela tinha 7 anos quando Abbas surgiu na vida deles, e foi ela quem, pouco a pouco, conseguiu atravessar o duro escudo de autoproteção de Abbas, fazendo com que ele se desarmasse aos poucos. E assim aceitasse a preocupação e o carinho daquela família por ele, e também passasse a expressar o seu próprio carinho e preocupação pela família adotiva. Um passo significativo para aquele menino órfão e pobre vindo de Marselha. E Abbas era até hoje considerado como mais um membro da família Olsäter.

Por sua vez, ele cuidava de Jolene como se fosse o seu cão de guarda.

Levava uma faca consigo o tempo todo.

— Sim, o tempo todo.

Ele encerrou a sua descrição sobre Abbas contando a respeito da paixão desmedida que ele tinha por armas brancas. Dia e noite carregava consigo uma faca de um tipo bastante especial que ele mesmo fabricara.

— E se ele perde essa relíquia?

— Ah, ele tem cinco iguais.

* * *

Mette e Abbas deixaram o cassino e se dirigiram até o carro dela. Stilton tinha se preparado mentalmente para aquele reencontro com Abbas. Fazia um bom tempo que eles não se viam. Da última vez, tinham se visto em circunstâncias que Stilton infelizmente ainda não tinha conseguido afastar de suas lembranças.

No momento tinham acabado de se reencontrar.

No fim, as coisas saíram como quase sempre saíam quando se tratava do Abbas. Um ou dois olhares trocados, um meneio com a cabeça e tudo voltava a ser como antes. E quando Abbas se sentou no banco do passageiro ao lado de Mette, Stilton percebeu como tinha sentido a falta dele.

Mette tinha sugerido que fossem conversar na casa de Abbas. A rua em que ele morava era a Dalagatan. Porém, esqueceram-se de um pequeno detalhe: as obras no túnel ferroviário para implantar a nova linha subterrânea Citybanan. Um buraco gigantesco que, no futuro, se transformaria numa estação do trem metropolitano junto à Vanadisvägen, e que no momento ocupava um quarteirão bem em frente ao prédio onde Abbas morava. Mais de uma vez, ele estava sentado em seu apartamento e sentia as explosões subterrâneas que faziam o prédio inteiro tremer, e então olhava para a pobre Igreja de São Mateus logo ali adiante, cujos tijolos Deus lutava para manter no lugar a cada explosão.

Agora, estavam todos ali reunidos na sala do seu apartamento. Mette foi direto ao assunto. A ideia era mandar alguém ao esconderijo de Nils Wendt em Mal País, na Costa Rica, para fazer um pente-fino na casa dele. Mette iria requisitar algum tipo de colaboração formal com a polícia local através de seus canais oficiais. Porém, a revista na casa de Wendt era a missão principal, uma missão da qual o próprio Abbas deveria se encarregar pessoalmente.

Da maneira que bem entendesse.

Mette arcaria com todas as despesas necessárias.

Depois, ela apresentou todas as informações do caso das quais eles já tinham conhecimento. E continuou até o máximo que Abbas conseguia assimilar. Então, fez-se silêncio na sala.

Quando Mette terminou a sua parte, após dizer tudo sobre a sua investigação do assassinato mais recente, foi a vez de Stilton completar, fazendo mais um pedido a Abbas:

— Veja se você descobre alguma ligação entre Nils Wendt e a mulher morta em Nordkoster em 1987. É possível que eles tenham se conhecido na Costa Rica e que ela tenha viajado até a ilha para buscar alguma coisa que Wendt teria escondido na casa de verão que ele possuía naquela ilha. Você entendeu bem?

Olivia teve um pequeno sobressalto ao ouvir aquela recomendação. Tremeu ligeiramente quando se deu conta de que Stilton, sem nem ao menos olhar para ela, tinha se apropriado de uma boa parte de suas "teorias conspiratórias", usando-as como bem entendia. Ah, então é assim que ele trabalha, ela pensou. É bom não me esquecer disso.

Agora, faltava apenas que Abbas desse a sua resposta.

Olivia tinha ficado ali sentada em silêncio o tempo todo. Percebeu como havia algum tipo de química entre aqueles três, algo que remontava de muito tempo atrás. Havia um tom de enorme respeito entre eles. Também observou a forma como Stilton e Abbas se entreolhavam de vez em quando. Contatos visuais bastante curtos, como se houvesse alguma coisa não resolvida entre eles.

O que seria?

— Eu vou lá — foi tudo o que Abbas se limitou a dizer.

Fora isso, ele perguntou se alguém aceitava um chá. Mette queria ir logo para casa e Stilton queria sair dali o mais rápido possível, então ambos agradeceram e já estavam se encaminhando para a porta quando Olivia resolveu aceitar:

— Eu adoraria um chá, obrigada.

Olivia não sabia bem por que tinha dito isso, mas que havia algo de interessante naquele Abbas, isso havia. Ficara fascinada com ele desde o instante em que ele entrou no carro de Mette e se sentou no banco do passageiro com um único movimento ágil. Além disso, ele tinha um cheiro. Não de perfume, mas de alguma outra coisa, algo que ela não conseguia reconhecer. Foi quando ele voltou à sala trazendo um bule de chá e dois copos numa bandejinha de prata.

Olivia observou a sala à sua volta. Uma bela sala, por sinal. Toda pintada de branco, mobiliada de maneira despojada, bem arejada, com algumas litografias bonitas penduradas numa das paredes, um tapetinho de parede fino e de cores discretas pendurado numa outra parede, nem sinal de aparelho de televisão, um piso de madeira amaciado pelo uso. Ela se perguntava se esse Abbas não seria uma pessoa um pouco pedante.

E, na verdade, ele era, sim, de uma certa forma.

Porém, ele tinha outras facetas que pouquíssimas pessoas tinham a oportunidade de conhecer.

Olivia ficou observando Abbas. Ele estava de pé, ao lado de uma estante de livros baixa e bastante sóbria, repleta de livros não muito grossos. A camiseta branca de mangas curtas que ele vestia descia suavemente até as calças cinza bem cortadas. Mas, e a faca? Que ele levava consigo o tempo o todo, segundo Stilton? Sim, o tempo todo. Os olhos de Olivia percorreram o corpo de Abbas. Mas se ele já está com tão pouca roupa. Será que ele já largou a faca por aí?

— Os seus olhos são bem curiosos.

Abbas circulou pela sala com o copinho de chá nas mãos. Olivia se sentia como que pega com a boca na botija. Não queria que Abbas interpretasse mal aquele seu olhar de curiosidade. Então, ela disse:

— Tom me contou que você sempre leva uma faca consigo.

A reação de Abbas foi discreta, porém perceptível. E foi uma reação negativa. Por que Tom tinha contado àquela garota a respeito das facas dele? Algo totalmente desnecessário. Afinal, aquela faca era parte da natureza misteriosa de Abbas. Não era algo de domínio público. Portanto, nem mesmo aquela bela jovem tinha o direito de saber a respeito disso.

— Tom às vezes fala demais.

— Então, não é verdade? Você não está com ela nesse momento?

— Não, não estou. Você toma o seu chá com açúcar?

— Um pouquinho, obrigada.

Abbas virou-se outra vez. Olivia afundou suas costas naquela poltrona baixa, no mesmo instante em que soou um estalo ao lado do seu ombro — uma faca longa, fina e preta vibrava na moldura de madeira da poltrona. A lâmina tremia a não mais de dois ou três centímetros do seu ombro. Olivia se encolheu, olhando arregalada para Abbas, que vinha na sua direção com um copo de chá nas mãos.

— Esta não é uma faca qualquer, mas uma Black Circus trabalhada, pesando 260 gramas. Agora, vamos conversar um pouquinho sobre o caso do assassinato na praia?

— Vamos, claro!

Olivia pegou o seu chá e começou a contar o que sabia sobre o caso. De forma resumida e um tanto forçada. A faca continuava cravada ao lado dela. E uma pergunta continuava martelando em sua cabeça: onde diabos ele tinha escondido essa faca?

Ove Gardman estava sentado na cozinha da casa de seus pais em Nordkoster. Olhava pela janela. Uma hora antes, tinha conversado por telefone com uma policial de Estocolmo, à qual contou tudo o que sabia a respeito de Nils Wendt e de Mal País. Ele tinha terminado o prato de ravióli à sua frente. Não, aquela não era nenhuma grande experiência gastronômica, mas tinha dado conta do recado e matado sua fome. Amanhã iria fazer compras e preparar uma refeição decente.

Ove olhou em volta a antiga casa de seus pais.

Tinha feito uma parada rápida em seu pequeno apartamento em Gotemburgo antes de seguir viagem até Strömstad, onde foi visitar o pai na clínica geriátrica. Depois voltou para casa, em Nordkoster.

"A sua casa em Nordkoster", sim, pois afinal ali era a casa dele.

Simples assim.

Seus pais já não viviam mais naquela casa, que agora tinha se transformado num lugar um tanto melancólico. E vazio. Astrid, sua mãe, tinha morrido há três anos, e Bengt, o pai, tinha sofrido um derrame recentemente. E agora tinha o lado direito do corpo parcialmente paralisado. Uma sequela lamentável para um velho e calejado pescador de lagostas como ele, que durante toda a vida enfrentou o mar com sua força física indomável.

Ove suspirou durante alguns instantes. Depois, levantou-se da mesa da cozinha, colocou o prato na pia e se lembrou da Costa Rica. Realmente, aquela tinha sido uma viagem fantástica e extraordinária na qual aprendeu muita coisa.

E ainda por cima, agora, achava aquela viagem ainda mais extraordinária, depois de ter voltado para casa e retornado aquela ligação da tal de Olivia Rönning. Dan Nilsson tinha sido assassinado. Dan Nilsson não, pois, na verdade, ele era um empresário desaparecido cujo verdadeiro nome era Nils Wendt. Que tinha voltado a Nordkoster logo depois que eles tiveram aquela conversa em Mal País. Para mais tarde acabar sendo assassinado. Mas o que será que ele veio fazer aqui? Justamente nesta ilha? Aquilo era realmente algo extraordinário. Mas também horrível. Será que isso teve alguma relação com o que eu contei a ele a respeito do assassinato daquela mulher aqui na praia?, Ove ficou se perguntando.

Então, ele foi até a porta da frente e girou a chave na fechadura. Uma coisa que não costumava fazer nunca. De fato, aquilo era algo desnecessário ali na ilha, mas mesmo assim achou melhor. Depois, foi até o seu quarto de infância.

Ove parou junto à porta e olhou para o quarto. Que praticamente não tinha sido tocado desde que se mudou para Gotemburgo a fim de continuar seus estudos. O velho papel de parede com desenhos de caracóis, feito exatamente como o pequeno Ove pediu, já tinha passado de sua data de validade e estava implorando uma pintura nova.

Então, ele se agachou. O carpete de oleado já tinha cumprido a sua missão naquele piso. Debaixo dele devia haver um piso de madeira que poderia simplesmente pintar ou então lixar e passar uma demão de verniz. Tentou soltar a ponta do carpete um pouquinho junto à soleira da porta para ver o que se escondia embaixo dele, mas o carpete continuou preso no lugar. Será que estava grampeado nas cantoneiras? Então, levantou-se e foi até o enorme armário de ferramentas que havia no corredor e do qual o pai sempre tinha tido o maior orgulho. Dentro do armário, todas as ferramentas se encontravam minuciosamente organizadas e penduradas.

Ove não conseguiu conter o riso ao abrir o armário e ver o que tinha ali dentro. A sua velha caixinha de quinquilharias. Uma caixa de madeira que tinha feito com suas próprias mãos nas aulas de carpintaria na escola, quase do tamanho de uma caixa de sapatos, e que costumava encher de areia quando criança. Quem diria que a caixa ainda existia! E que estaria guardada logo ali, de todos os lugares possíveis e imagináveis! No querido armário de ferramentas de Bengt, o seu pai. Em seguida, ergueu o estojo da furadeira e puxou a sua caixinha de quinquilharias com o máximo cuidado.

Então, levou a caixa até o quarto, colocou-a em cima da cama e a abriu. E não é que estava tudo ali, exatamente como ele se lembrava? O crânio de passarinho que tinha achado na Skumbuktarna. Fragmentos de patinhas de aves. Pedrinhas bonitas e pedaços de madeira, além de cacos de vidro que o mar havia polido. E vários outros objetos interessantes que tinham vindo dar à praia. Metade de uma casca de coco seco e várias conchas de caramujos, de mariscos, de ostras e mexilhões. Conchas que ele e Iris tinham juntado durante aquele verão em que ambos tinham apenas 9 anos e se apaixonaram um pelo outro. E também aquela presilha para o cabelo que tinha achado mais tarde naquele mesmo verão. A presilha encontrada na praia, presa nas algas. Ele pensou em devolver a presilha para Iris, mas ela já tinha voltado para casa depois das férias de verão, e no verão seguinte ele já não se lembrava mais nem da presilha nem de Iris.

Ove tirou a presilha de dentro da caixa.

E se ela ainda guardasse algum fio de cabelo de Iris? Será, depois de todos aqueles anos? Quem sabe? Ove segurou a presilha contra a luz da luminária que havia sobre a mesa. Mas ela não era loura? Aquele fio de cabelo era visivelmente mais escuro. Quase preto. Que coisa curiosa!

Ove começou a repassar as suas lembranças. Onde foi que ele tinha achado aquilo? Onde foi mesmo? Aquela presilha... Não teria sido na mesma noite em que... Sim, claro que foi, porra! De repente, aquela lembrança se tornou cristalina! Ele tinha encontrado a presilha no meio das algas ao lado de pegadas recentes na areia, e então... Então, Ove ouviu aquelas vozes ao longe na praia e se escondeu atrás dos rochedos!

Naquela noite, em que houve maré viva.

Abbas soltou a faca da moldura do encosto de madeira da poltrona. Olivia tinha terminado de tomar o seu chá e depois foi embora. Ele a acompanhou até a porta. E isso foi tudo. Em seguida, digitou certo número de telefone no seu celular e ficou aguardando. Do outro lado da linha, alguém respondeu. Numa de suas duas línguas nativas, o francês, ele explicou à pessoa do outro lado da linha o que desejava.

— Quanto tempo isso demora? — perguntou.

— Dois dias. Onde nos encontramos?

— Em San José, na Costa Rica. Eu envio uma mensagem para o seu celular com os detalhes.

E desligou.

16

Um deles tinha farelos de pão no peito, o outro mastigava um antiácido, o terceiro tinha se esquecido de escovar os dentes. Todos tinham acabado de acordar, mas já estavam cheios de disposição e caminhavam pelos corredores da divisão de homicídios da polícia nacional.

Mette tinha convocado a sua equipe um pouco mais cedo naquela manhã. Às seis e meia todos já se encontravam na sala onde a investigação estava centralizada. Dez minutos mais tarde, ela já tinha terminado de apresentar a eles as novas informações trazidas por Olivia. Estas foram complementadas com as informações que Lisa Hedqvist tinha obtido durante sua conversa telefônica com Ove Gardman na noite anterior. As quais, porém, não acrescentavam nada de novo ao que já se sabia. De qualquer forma, agora eles sabiam onde Wendt tinha morado antes do seu retorno à Suécia. Um mapa grande da Costa Rica era exibido na tela. Mette mostrou onde Mal País ficava na península de Nicoya.

— Eu despachei pessoalmente um contato para lá.

Nenhum deles estranhou. Todos estavam conscientes de que Mette sabia exatamente o que fazia.

Bosse Thyrén se levantou e foi até o quadro. Mette tinha ligado para ele depois de sair da casa de Abbas na noite anterior para repassar algumas informações de que ele precisava para a investigação.

— Consegui rastrear o itinerário de Wendt. Pegou um voo no aeroporto de San José, com o mesmo nome que usou para alugar um automóvel aqui. Dan Nilsson.

— E quando foi que ele embarcou?

— Sexta-feira, 10 de junho, às 23:10, pelo horário local.

Bosse anotou no quadro.

— E com que passaporte viajou?

— Estamos verificando isso. Ele pegou um voo até Londres, com escala em Miami, desembarcou em Londres às 6:10 e de lá pegou outro voo para Landvetter, Gotemburgo, onde chegou no domingo, 12 de junho, às 10:35.

— E tudo isso usando o nome Dan Nilsson?

— Sim. Em Landvetter, ele pegou um táxi até a estação central e, levando em conta que foi visto em Nordkoster na noite daquele mesmo dia, é de se supor que tenha pegado o primeiro trem até Strömstad, de onde pegou uma barca até a ilha.

— Muito bem, obrigada, Bosse. Você conseguiu dormir um pouco?

— Não, mas não tem problema.

Mette olhou pare ele com um olhar de gratidão.

A informação de Bosse foi rapidamente relacionada ao levantamento que ele tinha feito anteriormente sobre os passos de Wendt depois que foi embora de Nordkoster. Agora, eles dispunham de informações que abrangiam as movimentações dele desde San José até o hotel Oden na Karlbergsvägen. Via Nordkoster.

— Os peritos entregaram um relatório sobre o celular de Wendt: eles conseguiram ter acesso às informações.

Um dos investigadores mais experientes se aproximou de Mette com uma pasta de plástico.

— Você leu o relatório?

— Sim, li.

— E encontrou alguma coisa interessante?

— Sim, pode-se dizer que sim.

Que forma mais diplomática de descrever isso, Mette constatou depois de dar uma passada de olhos no curto relatório da perícia. Continha, entre outras coisas, uma lista detalhada de ligações feitas e recebidas.

Com datas e horários das ligações.

Ove Gardman ligou para Olivia tarde da noite para contar a respeito da presilha de cabelo que tinha encontrado. Uma presilha na qual ele achou um fio de cabelo preto. Aquilo seria algo de interesse para a investigação?

Sim, claro.

Além disso, Gardman informou que fora convocado para comparecer em caráter de urgência a uma palestra sobre biologia marinha em Estocolmo no dia seguinte e que ele planejava viajar no primeiro trem da manhã.

— No bar do saguão do Royal Viking. Ao lado da estação central. O que você acha? — sugeriu Olivia.

— Para mim está ótimo.

Gardman chegou no bar vestindo calça jeans desbotada e uma camiseta preta. Estava bronzeado e tinha os cabelos descoloridos pelo sol. Ao ver aquele rapaz entrando no bar, Olivia ficou se perguntando se ele era solteiro. Depois, tirou os olhos dele e virou o rosto para o outro lado. Gardman aproximou-se do balcão do bar e pediu um café espresso simples. Depois de pegar seu café, ele se virou, olhou no relógio e avistou a garota de cabelos escuros junto à janela panorâmica. Tomou um gole do café e aguardou um pouco. Quando tomou o segundo gole, Olivia levantou a cabeça e olhou outra vez para o rapaz que estava no bar.

— Olivia Rönning? — perguntou Gardman.

Olivia fez que sim com a cabeça mas continuou parada onde estava. Gardman foi até ela e se apresentou.

— Olá, sou Ove Gardman.

— Olá!

Ove se sentou.

— Mas você é bastante jovem!

— É mesmo? Como assim?

— Quer dizer, quando a gente conversa com alguém ao telefone, imagina a pessoa de um jeito, então... Eu imaginei que você fosse mais velha.

— Bem, na verdade tenho 23 anos. Você trouxe a presilha?

— Sim, trouxe.

Gardman tirou do bolso um saco plástico transparente contendo a presilha de cabelo. Olivia observou a presilha enquanto Ove contou onde ele a tinha encontrado.

E como.

E o mais importante de tudo: quando.

— Pouco antes de escutar as vozes?

— Sim. A presilha estava no meio das algas ao lado de umas marcas de pegadas recentes na areia, então eu segui as pegadas com o olhar e foi quando vi aquelas pessoas lá adiante, ouvi as vozes e no mesmo instante me escondi.

— Que memória.

— Sim, mas consegui me lembrar devido a um detalhe específico: acho que dificilmente eu teria conseguido me lembrar se não tivesse encontrado essa presilha.

— Posso vê-la mais de perto? — Olivia perguntou enquanto erguia o saquinho plástico e olhava para Gardman.

— Sim, claro que sim. Ah, a propósito, Axel Nordeman manda lembranças, ele me deu uma carona de barco até Strömstad hoje bem cedo.

— Ah, obrigada!

Gardman olhou para o seu relógio de pulso.

— Caramba! Infelizmente, preciso ir agora...

Mas já?, pensou Olivia. Ove se levantou e olhou para ela.

— A palestra começa em meia hora! Prazer em conhecê-la pessoalmente! Por favor, se precisar de ajuda com mais alguma coisa, é só avisar.

— Obrigada, eu entrarei em contato.

Ove fez que sim com a cabeça e depois foi embora. Olivia acompanhou-o com os olhos. Mas por que é que eu não o convidei para tomar uma cerveja antes de ele voltar para Nordkoster?, pensou.

Lenni teria convidado sem pestanejar.

Com alguma dificuldade, o jovem detetive Janne Klinga conseguiu descobrir onde Stilton morava. Num trailer estacionado no bosque de

Ingenting. Em que ponto exatamente do bosque, ele não sabia. Teve que andar bastante entre donos de cães que levavam seus animais para passear e madrugadores adoradores do sol até conseguir encontrar o trailer. Mas agora, ali estava ele, batendo à porta do trailer. Stilton espiou pela janelinha, sumiu de vista e logo foi abrir a porta. Klinga meneou a cabeça para cumprimentá-lo.

— Estou atrapalhando?

— O que você quer?

— Eu tenho razões para acreditar que o que você veio nos contar ontem faz algum sentido. Essa história dos Kid Fighters.

— E Forss, ele também acredita?

— Não.

— Entre.

Klinga entrou e deu uma olhada em volta.

— Você já morava aqui antes? — perguntou ele.

— Antes do quê?

— Antes, quando Vera Larsson morava aqui.

— Não.

Stilton não queria se abrir muito. Ainda estava receoso, na defensiva. Talvez aquele sujeito tivesse ido ali para fuxicar para o Forss, ele não tinha como saber. Aliás, não sabia nada de Janne Klinga.

— Mas Forss sabe que você está aqui?

— Não. Isso pode ficar só entre nós?

Stilton ficou observando aquele jovem policial. Será que era mesmo apenas um tira bom que tinha ido parar na equipe de um tira mau? Tom fez um gesto na direção de um dos beliches. E Klinga se sentou.

— E por que você veio até aqui?

— Porque tenho razões para crer que você está no caminho certo. Nós baixamos todos os vídeos do Trashkick e eu assisti a um por um dos vídeos até que vi a tal tatuagem no braço de um dos rapazes que espancam os sem-teto. KF dentro de um círculo. Exatamente como você descreveu.

Stilton continuou sentado, em silêncio.

— Depois, eu pesquisei na internet sobre *cagefighting* e encontrei bastante coisa, a maior parte na Inglaterra, garotos se espancando dentro de jaulas, apesar de na maioria das vezes os pais estarem presentes.

— Não acredito que houvesse algum pai presente naquele local quando eu presenciei aquilo.

— Em Årsta?

— É.

— Eu estive lá esta manhã, na gruta. O lugar estava totalmente vazio.

— Suponho que se assustaram depois que eu apareci lá e mudaram a merda de lugar.

— É provável que sim. Na verdade, havia alguns sinais de atividade recente por lá, restos de fita adesiva, parafusos, lâmpadas quebradas e várias manchas de sangue pelo chão. Mas infelizmente não é possível relacionar essas coisas com as lutas.

— É.

— Mas, de qualquer forma, coloquei alguém de guarda.

— Você fez isso tudo pelas costas de Forss?

— Não, eu disse a ele que íamos ficar de olho na parte de fora, lá onde você foi espancado, eu falei para ele que valia a pena ficar de olho lá.

— E ele caiu nessa?

— Sim. Eu acho que alguém da homicídios andou conversando com ele, então pode ser que ele agora queira mostrar um pouco de serviço.

Stilton entendeu de imediato quem é que tinha ido conversar com Forss. Mette realmente não brinca em serviço, ele pensou.

— Ah, eu também procurei o pessoal da divisão de violência juvenil. Eles não sabiam nada a respeito desse assunto, mas prometeram que vão ficar atentos para ver se descobrem alguma coisa.

— Excelente.

Àquela altura, Stilton já tinha baixado a guarda com relação a Klinga. Sim, ele era um colega confiável. E se convenceu tanto disso que abriu um mapa de Estocolmo e apontou:

— Você está vendo estas cruzes no mapa?

— Sim.

— Pois bem, eles indicam todos os locais onde ocorreram ataques a moradores de rua, além do assassinato. Eu estava tentando ver se havia alguma ligação geográfica entre esses vários pontos.

— E há alguma ligação?

— Não, pelo menos não quanto aos ataques propriamente ditos, mas, por outro lado, três dos moradores de rua espancados, incluindo Vera Larsson, tinham estado em frente ao mercado de Södermalm vendendo revistas, um pouco antes de serem atacados. Exatamente aqui, onde está marcada esta cruz.

Ele guardou para si o fato de que não era Vera, mas sim ele próprio quem tinha estado lá naquele lugar vendendo revistas. Ela só apareceu mais tarde e então ambos foram embora dali, juntos.

— Então, qual é a sua teoria? — Klinga perguntou.

— Não se trata de teoria, é uma mera hipótese. É possível que os rapazes que praticam esses espancamentos escolham suas vítimas em frente ao mercado de Södermalm e depois simplesmente as seguem.

— Os outros dois que foram espancados, do total de cinco, também tinham estado naquele local vendendo revistas antes de serem atacados?

— Sobre um deles eu não consegui descobrir, já o outro com certeza não esteve lá. Mas sim na frente do shopping Ringen, na Götgatan.

— Bem, esse lugar na verdade não fica muito longe da praça Medborgar.

— Não, de fato, não. Além disso, ele passou pelo mercado de Södermalm a caminho do shopping Ringen.

— Ou seja, precisamos ficar de olho no mercado de Södermalm, não é mesmo?

— Aí já não sei, isso é com vocês.

Sim, isso é comigo ou com Forss, Klinga pensou. Como ele queria que Forss fosse um pouco mais parecido com Stilton!

Pelo menos um pouco.

Klinga se levantou.

— Se por acaso você descobrir mais alguma coisa, por favor, entre em contato diretamente comigo. Eu vou continuar investigando isso por minha própria conta e risco.

Era evidente que o que ele queria dizer com "risco" era a possibilidade de Forss descobrir o que ele estava fazendo.

— Aqui está o meu cartão de visita caso você precise entrar em contato comigo — disse Klinga.

Stilton pegou o cartão.

— E, você sabe, é melhor que isso fique apenas entre nós...

— Sem problema.

Klinga meneou a cabeça para se despedir e se dirigiu até a porta do trailer. Mas antes de chegar lá ainda se virou e disse:

— Ah, tem mais uma coisa. Num dos vídeos que os agressores fizeram, o que eles fizeram exatamente aqui quando Vera Larsson foi espancada, num dado momento eles filmaram pela janela do trailer... Acredito que deve ter sido por aquela janelinha... E então as imagens mostram um homem pelado fazendo sexo com ela, exatamente neste beliche aqui.

— E o que é que tem isso?

— Por acaso você faz alguma ideia de quem esse homem possa ser?

— Sim. Era eu.

Klinga teve um pequeno estremecimento. Stilton olhou bem nos olhos dele e completou:

— Mas isso fica aqui entre nós.

Klinga assentiu, saiu do trailer e ao sair quase trombou com Olivia Rönning, que estava visivelmente empolgada. Ela deu uma olhada para Janne, entrou no trailer e fechou a porta atrás de si.

— Quem era esse cara?

— Ah, ele é da prefeitura de Solna.

— É mesmo? Bem, você sabe o que é isso aqui? — perguntou Olivia, mostrando o saquinho plástico com a presilha de cabelo que tinha recebido de Gardman.

— Uma presilha de cabelo?

— Sim, encontrada na Hasslevikarna! Na mesma noite em que o crime foi cometido. Ove Gardman encontrou isso ao lado das pegadas da vítima ou de um dos criminosos!

Stilton observou o saquinho plástico.

— E por que ele não entregou isso pra gente? Naquela época? Em 1987?

— Ah, isso eu não sei. Bem, ele tinha 9 anos na época, com certeza não fazia ideia de que isso podia ter alguma importância. Para ele, isso era apenas mais um objeto que achou na praia.

Stilton espichou uma das mãos para pegar o saco plástico.

— Tem um fio de cabelo preso. Um fio de cabelo preto — disse Olivia.

A essa altura, Stilton conseguia imaginar exatamente o que é que a danada da Olivia iria sugerir:

— DNA?

— Isso!

— Para quê? — Stilton perguntou.

— Bem, se essa presilha pertencia à vítima, então não vai ajudar em nada, mas e se isso não pertencia a ela?

— Poderia pertencer a um dos assassinos.

— Exatamente.

— E por que é que um dos assassinos estaria usando uma presilha no cabelo?

— Ora, um deles poderia muito bem ser uma mulher.

— Não recebemos na época nenhuma informação de que alguma mulher tenha sido vista na cena do crime.

— E quem disse que não? A única testemunha era uma criança de 9 anos totalmente apavorada que viu tudo acontecer a uma boa distância do local, no meio da noite, o máximo que deve ter conseguido ver eram alguns vultos escuros, além de ouvir os gritos de uma mulher. A única coisa que falou é que teria visto três ou quatro pessoas naquela noite e não tinha nenhuma possibilidade de saber se havia ou não *uma* mulher entre os criminosos. Você não concorda comigo?

— Você não está querendo sugerir que Jackie Berglund poderia ter estado lá, ou está?

— Eu não estou sugerindo nada.

Mas em todo caso ela pensou naquela possibilidade. O mero fato de Stilton ter sugerido o nome de Jackie Berglund fez a cabeça dela latejar, violentamente, de raiva. Sim, depois de tudo o que aconteceu, ela tinha alguns motivos pessoais para querer ir à desforra com relação àquela mulher.

Um elevador e um gato.

Mas especialmente um gato.

De qualquer forma, Stilton não tinha nada a ver com isso.

Ele olhou de soslaio para Olivia. Sabia que a cabeça dela estava a mil.

— Você precisa ir conversar com o pessoal responsável pelos casos não solucionados a respeito disso.

— Eles não estão nem um pouco interessados no caso.

— E por que não?

— Porque o caso é "inviável", como Verner Brost me disse.

Eles ficaram se entreolhando por alguns instantes. Até que Stilton olhou para o lado.

— Mas a sua ex-mulher trabalha no laboratório de criminalística, não é?

— E como você ficou sabendo disso?

— Ora, porque eu sou filha do Arne, lembra-se?

Stilton não conteve um sorriso. Que risada mais melancólica.... Será que ele e o meu pai eram amigos próximos?, pensou ela.

Mas isso era algo que ela planejava perguntar numa outra ocasião.

A sala era uma clássica sala usada para interrogatórios, planejada com um único objetivo. Mette Olsäter estava sentada num dos lados da mesa com algumas folhas de papel à sua frente. No outro lado da mesa, estava o diretor executivo da MWM, Bertil Magnuson. Vestia um terno cinza-escuro e gravata vinho, tinha uma advogada a seu lado. Uma profissional convocada de última hora por Magnuson para acompanhá-lo naquele interrogatório. Ele não fazia ideia do que se tratava, mas um homem precavido vale por dois.

— Este interrogatório será gravado — informou Mette.

Magnuson olhou para a advogada. Ela assentiu manifestando sua concordância. Mette ligou o gravador e deu as informações de praxe: data, hora, lugar e pessoas presentes.

Depois passou às perguntas.

— Quando conversamos anteontem, o senhor negou ter tido qualquer contato recente com a vítima, Nils Wendt. A última vez em que mantiveram contato teria sido há vinte e sete anos, correto?

— Sim.

Magnuson tinha sido recolhido por uma viatura policial no seu escritório na Sveavägen e conduzido até o prédio da polícia nacional na Polhemsgatan, um trajeto bastante curto. Parecia surpreendentemente tranquilo. Mette sentiu o cheiro marcante de perfume masculino e um leve aroma de cigarrilha que ele exalava. Ela colocou seus óculos de leitura e examinou o papel à sua frente.

— Na segunda-feira, 13 de junho, às 11:23, Nils Wendt ligou do celular dele para este número aqui — disse Mette, mostrando o papel para Bertil. — Este é o número do seu celular, confere?

— Sim.

— Essa primeira ligação durou onze segundos. Neste mesmo dia, às 19:32, uma nova ligação foi feita do celular de Nils Wendt para o seu celular. Essa segunda ligação durou dezenove segundos. Na noite seguinte, terça-feira, dia 14, houve uma terceira ligação, que durou cerca de vinte segundos. Quatro dias depois, no sábado, dia 15 de junho, às 15:45, foi feita mais uma ligação do celular de Nils Wendt para o mesmo número, ou seja, para o seu celular. Esta última ligação foi um pouco mais longa, durou um pouco mais de um minuto — concluiu Mette, tirando os óculos para olhar o homem à sua frente.

— Sobre o que conversaram?

— Não houve conversa alguma. Ligaram para o meu celular nessas horas e dias que mencionou, eu atendi, mas ninguém falou nada do outro lado da linha, então, depois de alguns segundos, eu simplesmente desliguei. Eu imaginei que poderia se tratar de algum anônimo querendo me fazer algum tipo de ameaça ou me dar um susto, afinal, como talvez tenha ouvido falar, os ânimos têm estado um pouco acirrados com relação à minha empresa nos últimos tempos.

— Sim, ouvi falar. Mas então por que a última ligação demorou bem mais do que as outras?

— Bem, isso... para ser franco, eu fiquei fulo da vida, afinal já era a quarta vez que me ligavam e não diziam nada, então eu falei algumas palavras bastante específicas que expressavam a minha opinião a respeito daquela forma lamentável de tentar apavorar alguém, e em seguida desliguei.

— Ou seja, o senhor ignorava que era Nils Wendt quem estava ligando?

— Claro. Como é que eu poderia imaginar isso? Nils estava desaparecido há vinte e sete anos.

— E o senhor tinha conhecimento de onde ele se encontrava esse tempo todo?

— Não faço ideia. Por que a pergunta?

— Bem, ele estava morando em Mal País, na Costa Rica. O senhor teve algum contato com ele enquanto ele estava lá?

— Não. Na verdade, eu achava que ele estava morto.

Magnuson torcia para que a sua expressão facial não revelasse o que se passava na sua cabeça. Mal País? Costa Rica? Então esse era o lugar secreto onde Nils tinha escondido a gravação original!

— Eu lhe pediria que não saísse de Estocolmo nos próximos dias.

— Estou proibido de viajar? — Magnuson perguntou.

— Não, proibido, não — interveio a advogada.

Magnuson não conteve o sorriso, que desapareceu imediatamente quando ele viu a forma como Mette olhava para ele. E se ele conseguisse ler os pensamentos dela, o sorriso teria sumido do seu rosto com ainda mais rapidez.

Mette estava convencida de que ele estava mentindo.

Houve uma época, não tanto tempo atrás assim, em que as ruas em torno da Nytorget, uma praça em Södermalm, fervilhavam de lojinhas com todas as espécies de produtos. Os proprietários dessas lojinhas também eram os mais diversos possíveis. Porém, como uma sombra daquela morte etnológica, a maior parte deles foi expulsa de lá quando novos moradores com suas diferentes exigências tomaram posse daquela área e a converteram numa passarela de *hipsters*. Atualmente, apenas uma pequena fração das lojas originais ainda se mantém na região. E mesmo essas são vistas mais como um elemento pitoresco e curioso naquele contexto. Uma dessas remanescentes era uma pequena loja de livros usados cujo proprietário era Ronny "Bebum". A livraria ficava em frente à casa do astro do futebol Nacka Skoglund, na Katarina Bangata. Uma casa que já existia quando Nacka nasceu, e continua existindo ainda hoje.

Ronny assumiu a livraria depois que sua mãe morreu.

A livraria parecia qualquer outra loja de livros usados que ainda sobrevivem. Um amontoado desordenado com prateleiras que iam do chão ao teto. E pilhas de livros em cima de mesas e bancadas. "Uma gloriosa confusão de tesouros", como se lia numa plaquinha pendurada numa das janelas. Quanto a Ronny, ele ficava sentado numa poltrona baixa colocada junto a uma das paredes, com uma luminária de pé da época da Primeira Guerra Mundial encurvada sobre a poltrona. E agora ali estava ele, sentado em sua poltrona, com um livro no colo: *Klas Katt i Vilda Västern*.

— É um Beckett em forma de quadrinhos — disse Ronny.

Então, ele fechou o livro e olhou para o sujeito sentado num banquinho um pouco à distância. Era um sem-teto e se chamava Tom Stilton. Ronny recebia com frequência a visita de moradores de rua. Era um sujeito com um coração enorme e com certa solvência que lhe permitia adquirir livros encontrados em lixeiras, depósitos de lixo, ou qualquer outro lugar que os sem-teto os encontrassem. Ronny nunca costumava perguntar a origem. Simplesmente aceitava os livros e pagava um determinado valor por eles. Era a sua maneira de ajudar os moradores de rua. Muitas vezes ele mesmo desovava alguns livros em alguma lixeira para, algumas semanas mais tarde, voltar a comprar aqueles mesmos livros.

Era assim que o esquema funcionava.

— Estou precisando de um sobretudo emprestado — disse Stilton.

Fazia muitos anos que ele e Ronny se conheciam. Até mesmo antes de Stilton se tornar morador de rua. A primeira vez que se encontraram, Tom trabalhava como policial no aeroporto de Arlanda e se viu obrigado a prender dois amigos de Ronny que voltavam com ele de uma viagem à Islândia. Ronny tinha organizado uma pequena excursão ao Museu Falológico em Reykjavik, e dois dos integrantes do grupo acabaram bebendo um pouco além da conta no voo de volta à Suécia.

Mas Ronny não era um dos que tinham bebido demais.

Ele costumava ingerir bebidas alcoólicas apenas uma vez por ano. Porém, quando o fazia, bebia até cair. Sempre na mesma data: no dia em que uma namorada sua tinha se jogado nas águas geladas do Hammarby e morrido afogada. Nessa data, no aniversário de falecimento da namorada, Ronny voltava ao mesmo cais de onde ela se jogou sobre os blocos de gelo flutuantes e enchia a cara até não se lembrar de mais nada. Um ritual com o qual seus amigos já estavam bastante familiarizados, tomando todas as precauções para não atrapalhar, mantendo-se a certa distância até que Ronny já estivesse bêbado a ponto de cair, então eles o carregavam de volta à livraria, onde o colocavam para dormir na cama do quartinho que ficava nos fundos.

— Está precisando de um sobretudo? — Ronny perguntou.

— Sim, estou.

— Algum enterro?

— Não.

— O único sobretudo que eu tenho é preto.

— Está ótimo.

— Vejo que fez a barba.

— Sim.

Stilton tinha feito a barba e também aparado o cabelo um pouco. Não muito caprichado, é verdade, mas o suficiente para que não ficasse caindo por todos os lados. Agora só estava precisando de um sobretudo para ficar com uma aparência um pouco decente. Ah, e de algum dinheiro também.

— De quanto é que você está precisando?

— O suficiente para comprar uma passagem de trem até Linköping.

— E o que é que você vai fazer lá?

— Preciso ajudar uma garota a resolver um assunto.

— Uma garota? E quantos anos ela tem?

— Vinte e três.

— Sei. Então é pouco provável que ela conheça *Os detetives selvagens*.

— O que é isso?

— Onanismo de alta voltagem literária. Só um segundinho — disse Ronny e desapareceu num outro cômodo, de onde voltou trazendo um sobretudo preto e uma cédula de quinhentas coroas. Stilton provou o sobretudo. Era um pouco curto demais, mas serviria.

— Como está Benseman?

— Mal — Stilton respondeu.

— O olho dele se salvou?

— Acho que sim.

Benseman e Ronny Bebum tinham um tipo de relação totalmente diferente da que ele tinha com Stilton. Benseman era um sujeito lido, o que Stilton não era. Em contrapartida, Stilton não era alcoólatra.

— Ouvi dizer que você voltou a conversar com o Abbas, é verdade? — perguntou Ronny.

— E onde foi que você ouviu isso?

— Você poderia entregar isso para ele, por favor? — perguntou Ronny, passando a Tom um livro fininho e sem encadernação, e então continuou: — Ele está esperando por isso aqui há quase um ano. Finalmente, consegui um exemplar outro dia. É *À memória dos amigos*, um volume de poesia sufi traduzida por Eric Hermelin, o barão.

Stilton pegou o livro e leu o título original: *Shaikh 'Attar, Ur Tazkiratú'l-Awliyā I*. Depois enfiou o livrinho no bolso interno do sobretudo.

Ele retribuiria o favor. Afinal, tinha conseguido um sobretudo e quinhentas coroas.

Marianne Boglund já estava quase no portão de sua casa caiada de branco nos arredores de Linköping. Já eram quase sete da noite e, pelo canto de olho, ela viu um vulto parado em pé, encostado num poste de iluminação pública no outro lado da rua. A luz que descia do poste iluminava um sujeito magro que tinha as mãos nos bolsos de um sobretudo visivelmente curto demais para ele. Marianne se deteve por alguns instantes e observou aquele homem que ergueu uma das mãos para acenar para ela. Não é possível, pensou. Apesar de já ter certeza de quem se tratava.

— Tom?

Stilton atravessou a rua sem tirar os olhos de Marianne. Então, parou a uns dois metros de onde ela estava. Marianne não teve papas na língua:

— Você está com uma aparência horrível!

— Você diz isso porque não me viu hoje de manhã.

— Ainda bem que não! Como é que você está?

— Bem, você se refere a...

— Sim.

— Bem, quer dizer, estou melhor.

Eles se entreolharam durante alguns segundos. Nenhum dos dois tinha vontade de se aprofundar muito no estado de saúde de Tom. Muito menos Marianne. E muito menos no meio da rua em frente à sua casa.

— O que você quer?

— Estou precisando de uma ajuda.

— Dinheiro?

— Dinheiro? — retrucou Stilton, olhando para Marianne de uma maneira que a deixou se sentindo mal consigo mesma.

Que maneira mais indelicada de se falar!, ela pensou.

Stilton continuou:

— Não, estou precisando que me ajude com isto aqui.

Ele tirou do bolso um saquinho plástico contendo a presilha de cabelo que tinha vindo de Nordkoster.

— O que é isso?

— Uma presilha de cabelo com um fio de cabelo preso. Eu preciso de um exame de DNA. Podemos dar uma volta? — Stilton perguntou, apontando para a rua.

Marianne se virou um instante na direção da casa e viu um homem se movimentando na cozinha à meia-luz. Será que ele os tinha visto antes?

— Não vai demorar muito — disse Stilton e começou a caminhar.

Marianne ficou parada onde estava. Isso é bem a cara do Tom, aparecer do nada, transformado num farrapo de gente, e ainda achar que continua no comando das coisas, ela pensou.

Mais uma vez.

— Tom...

Stilton virou-se na direção de Marianne.

— Se você realmente está precisando de ajuda, esta não é a maneira correta de pedir.

Stilton se deteve. Então, ele olhou para Marianne, baixou a cabeça um instante e voltou a levantá-la.

— Desculpe. É a falta de prática.

— Sim, é o que parece mesmo.

— Quero dizer, eu ando com falta de traquejo social. E peço desculpas por isso. Mas, realmente, estou precisando de sua ajuda. Você decide se quer me ajudar ou não. A gente pode conversar sobre o assunto aqui mesmo, ou mais tarde, ou então...

— Por que você precisa de um exame de DNA?

— Para fazer uma comparação com uma amostra do caso Nordkoster.

Stilton sabia que iria conseguir convencê-la com aquilo. Não era para menos. Marianne e Stilton viviam juntos durante todo o período em que ele trabalhou na investigação do caso Nordkoster. Ela sabia o quão profundamente ele tinha se envolvido naquele caso e o quanto aquilo tinha custado a ele em termos pessoais. A ele e a ela. E agora, ali estava ele outra vez, num estado físico que calou fundo em alguma parte do íntimo dela, apesar de ela se conter para não demonstrar nada. Por várias razões.

— Diga-me o que foi que você descobriu.

Marianne começou a segui-lo sem sequer se dar conta. Alcançou Stilton e já estava ao lado dele quando ele começou a contar o que tinha descoberto. Que aquela presilha de cabelo tinha sido encontrada na ilha na mesma noite do crime. Que a presilha tinha ido parar na caixinha de quinquilharias de um garotinho, onde ele, agora adulto, a tinha encontrado alguns dias atrás e a tinha entregado a uma aspirante a policial, Olivia Rönning.

— Olivia Rönning, você disse?

— Isso mesmo.

— A filha do...

— Dele mesmo.

— Então, o que você quer é verificar se o DNA do material encontrado na presilha é compatível com o DNA da vítima de Nordkoster?

— Sim, isso mesmo. Você poderia fazer esse favor?

— Não, não posso.

— Não pode mesmo? Ou não quer?

— Passar bem, Tom! — Marianne exclamou e, então, começou a voltar na direção da sua casa.

Stilton acompanhou-a com o olhar. Será que ela mudaria de ideia? Não, não mudou. Isso era algo que ela nunca fazia. Quando decidia algo, era ponto final e novo parágrafo. Nada de deixar para resolver mais tarde. E ele sabia que era assim.

De qualquer forma, tinha tentado.

— Quem era?

Marianne tinha remoído aquela pergunta em sua mente durante todo o trajeto de volta até a casa. Sabia que Tord tinha visto os dois pela janela. E que também tinha visto quando eles se afastaram da casa, um ao lado do outro. Ela sabia que ele iria lhe pedir alguma satisfação.

— Tom Stilton.

— Ah, é mesmo? E o que é que ele veio fazer aqui?

— Queria pedir ajuda com um exame de DNA.

— Mas ele não abandonou a polícia?

— Sim.

Marianne pendurou o seu casaco num gancho do corredor ou, melhor dizendo, no "seu" gancho. Cada um dos membros da família tinha o seu próprio gancho. Cada um dos filhos tinha o seu gancho, Tord tinha o seu gancho, e ela o dela. Emelie e Jacob eram os filhos do primeiro casamento de Tord. Mas ela os amava como se fossem seus. Ela também adorava aquela paixão de Tord pela organização, a começar pelo próprio vestíbulo. Ele era assim. Cada coisa no seu devido lugar e nada de tentar algo diferente na cama. Tord era diretor esportivo do Frederiksberg. Atlético, equilibrado, educado. Era exatamente como Stilton quando jovem. Em vários aspectos. Mas noutros, os dois eram muito diferentes. E foram estes aspectos que a fizeram se atirar de cabeça num atoleiro de paixão e caos para, no fim, depois de dezoito anos, acabar desistindo de tudo. E acabar abandonando Stilton.

— Ele pediu que eu fizesse esse favor em caráter pessoal — ela respondeu.

Tord continuou segurando a maçaneta da porta, como que pego de surpresa. Ela sabia que ele sabia. De uma forma ou de outra. Ela sabia que ele sabia que eles jamais teriam algo como ela e Stilton tiveram, e aquilo era algo que despertava em Tord uma certa dúvida. Talvez até mesmo uma certa insegurança, mas ciúmes, jamais, pelo menos era o que ela achava, pois a relação deles era estável demais para isso.

— Como assim em caráter pessoal?

— O que é que isso importa agora? — retrucou ela, percebendo que estava se colocando numa defensiva exagerada.

O que era uma tolice. Ela não tinha nada de que se defender. Ou teria? Será que aquele reencontro com Stilton mexeu com ela de uma forma para a qual não estava preparada? Teria sido por causa do estado físico lamentável em que ele se encontrava? Ou por causa da obstinação dele? Ou talvez ainda por causa da total indiferença dele para com aquela situação? Ou pela ousadia dele, de vir abordá-la na frente de sua própria casa? Possivelmente, mas não era nada sobre o que ela devesse alguma satisfação ao marido.

— Tord, foi o Tom que veio me procurar, há seis anos que não troco uma palavra com ele. Ele simplesmente está tratando de um assunto pelo qual eu não tenho o mínimo interesse, mas eu não tinha como deixar de ouvir o que ele tinha para dizer.

— E por que não?

— Além disso, ele já foi embora...

— Está certo. É que... eu só queria saber, você chegou e depois saíram andando juntos. Então, vamos fazer um *pyttipanna* para o jantar?

Stilton estava sentado sozinho numa cafeteria da estação ferroviária de Linköping. Era um ambiente em que se sentia bastante à vontade. Café ruim, nada de contato visual, pessoas chegando, bebendo um café e indo embora. Ele pensava em Marianne. E em si mesmo. Mas o que é que ele poderia esperar? Havia seis anos que eles tinham se falado pela última vez. Seis anos de decadência permanente, no que dizia respeito a ele. Em todos os sentidos. Já ela, parecia exatamente a mesma de seis anos atrás. Pelo menos naquele bairro de casas geminadas, no lusco-fusco. Para alguns a vida segue em frente, para outros, ela freia e se detém. Para outros ainda acaba, total e completamente. No caso dele, a vida começava a retomar o seu passo. Lentamente, aos trambolhões, porém mais à frente do que para trás.

Já era alguma coisa.

Ele realmente torcia para que Marianne continuasse cuidando bem daquilo que tinha, fosse lá o que fosse. Ela merecia isso. Em seus momentos de real sanidade, atormentava pensar em como o seu comportamento no final do casamento deles devia ter sido um verdadeiro inferno para ela. A sua situação mental cada vez mais grave. Com aquelas terríveis crises psicóticas que tinham paulatinamente solapado tudo o que eles tinham construído juntos, até que tudo finalmente veio abaixo.

Além disso, os seus momentos de sanidade já não eram tão sãos assim.

Stilton se levantou. Precisava caminhar. Sentia como a pressão em seu peito subia para os braços, e tinha esquecido o seu frasco de diazepam no trailer. Foi quando seu celular tocou.

— Alô, aqui é o Jelle.

— Oi, Tom, é Marianne — ela falou com um tom de voz bem baixo.

— Onde você conseguiu o meu número?

— Encontrei o telefone de Olivia Rönning na lista telefônica na internet e enviei um SMS pedindo que ela me desse o seu número. Este assunto da presilha é urgente?

— Sim, é.

— Então passe aqui e me entregue a presilha.

— Está bem. Mas por que você mudou de ideia?

Marianne desligou.

Olivia se perguntava por que Marianne Boglund queria o número do celular de Stilton. Eles não tinham mais nenhum tipo de contato. Ou será que ele, afinal, voltou a se interessar? Pela história da presilha de cabelo? Talvez um pouquinho, quando conversaram no trailer, ou, pelo menos, interessado o suficiente para se lembrar do caso. Claro que sim. Afinal, ele tinha trabalhado no caso durante muitos anos. Sem conseguir solucioná-lo. É evidente que ficou interessado, ela pensou. Mas será que o suficiente para entrar em contato com a ex-mulher? Olivia se lembrou de sua conversa com Marianne Boglund na Academia de Polícia. Em como ela tratou de se distanciar até com certa frieza quando Olivia perguntou de Stilton. De uma maneira quase que antipática. E agora ela ligava pedindo o número dele. Por que eles se separaram?, pensou Olivia. Será que teria alguma coisa a ver com o caso da praia?

Provavelmente, foi a sua intuição que a obrigou a pegar um ônibus para Kummelnäs em Värmdö. Para ir até o velho casarão antigo. Para ver os Olsäter. Ela sentia que eles poderiam ajudar a responder uma boa quantidade de perguntas que martelavam na sua cabeça. Além disso, havia alguma coisa que era mais difícil de definir. Alguma coisa que tinha a ver com a casa propriamente dita, a atmosfera, o clima que havia naquela casa. Alguma coisa que a tinha fisgado de uma tal maneira que a deixava ansiosa por voltar lá.

Sem saber exatamente por quê.

Mårten Olsäter estava em sua sala de música no porão da casa. Ali era o esconderijo dele. Amava a sua família enorme e todos os amigos, conhecidos e desconhecidos, que costumavam invadir a casa o tempo todo para comer e beber com eles e, quase sempre, era Mårten quem fazia as honras da casa. Era quase sempre ele quem se encarregava da cozinha, uma coisa que adorava fazer.

Porém, de vez em quando ele precisava fugir de tudo.

Por isso, muitos anos antes, resolveu construir aquela gruta no porão, explicando a todos os integrantes da família que viviam nos cômodos de cima que aquele espaço lá no porão era privativo. E, então, foi esclarecendo, conforme necessário e com o passar dos anos, aos seus filhos e netos o que queria dizer com a palavra "privativo".

Um espaço reservado exclusivamente a ele e a mais ninguém.

E que ninguém deveria entrar lá, a não ser que fosse convidado.

E levando em conta tudo o que Mårten representava para a sua família, ele conseguiu que todos respeitassem esse seu desejo. O que é que eles não fariam por ele?

Então, aquela era a pequena gruta de Mårten no porão.

Ali, ele podia reviver o passado e afundar na nostalgia e no sentimentalismo. Ali, ele podia mergulhar na tristeza com relação a tudo o que exigia tristeza. A sua tristeza particular. Com tudo e todos que deixaram um rastro de desespero no curso de sua vida. E não eram poucos.

Não são poucos, quando a gente já chegou à idade de se aposentar.

Ele prezava muito aquela tristeza.

Além disso, de vez em quando ele descia para beber, sem que Mette soubesse. Cada vez menos nos últimos anos, mas ainda assim fazia-o para estabelecer contato com o mesmo que Abbas procurava no sufismo. Aquele recanto mais além.

Nunca falhava.

Em noites realmente especiais, acontecia de ele cantar duetos consigo mesmo. Nessas ocasiões, Kerouac se arrastava para dentro da fresta.

Quando Olivia finalmente chegou em frente da grande porta de madeira e tocou a campainha, ela continuava sem saber exatamente por que é que tinha ido até lá.

Simplesmente foi.

— Olá! — disse Mårten.

Ele abriu a porta vestindo o que uma garota da geração de Olivia dificilmente reconheceria como estilo mahjong. Roupas com um pouco de laranja, um pouco de vermelho e um pouco de todas as demais cores, todas flutuando suavemente em volta do corpo generoso de Mårten. Ele segurava um dos pratos de cerâmica que Mette tinha feito com suas próprias mãos.

— Olá! Eu... a Mette está em casa?

— Não, não está. Pode ser eu mesmo? Vá entrando! — disse Mårten, já desaparecendo casa adentro.

Olivia foi atrás dele. Desta vez, não tinham mandado ninguém ficar apenas no andar de cima. A casa fervilhava de filhos e netos. Uma das filhas, Janis, morava com o marido e o filho numa casa separada construída no mesmo terreno, mas considerava a casa dos pais como a sua casa. Outros dois filhos, ou netos, Olivia presumiu, corriam pela casa vestindo fantasias com máscaras feitas sob medida e brincavam com revólveres de água. Mårten fez um aceno apressado chamando Olivia para onde ele estava, junto a uma porta a certa distância. Com isso, ela conseguiu se desviar de uns dois ou três esguichos de água disparados um segundo antes de ela entrar por aquela porta. Então, Mårten fechou a porta atrás dela.

— Um pouco movimentado, não? — perguntou ele, ainda rindo.

— É sempre assim aqui na casa de vocês?

— Assim como? Movimentado?

— É, quero dizer, a casa está sempre cheia?

— Sempre. Nós temos cinco filhos e nove netos. Além da Ellen.

— Quem é?

— A minha mãe. Ela tem 92 anos e mora no sótão. Eu acabei de preparar um pouco de *tortellini* para ela. Venha!

Mårten conduziu Olivia por uns degraus sinuosos até que chegaram no sótão.

— Fizemos um quarto para ela aqui em cima.

Mårten abriu uma porta que dava para um quartinho bonito, bem iluminado e com uma decoração de bom gosto. Bem diferente do cenário lá debaixo. Uma cama de ferro branca, uma mesinha e uma cadeira de balanço. Naquela cadeira de balanço, estava sentada uma mulher de idade bastante avançada, de cabelos brancos, que estava totalmente concentrada numa peça de tricô que se estendia por vários metros no chão.

Ellen.

Olivia olhou para a peça de tricô estreita e comprida.

— Ela acha que está tecendo um poema onde cada ponto é uma estrofe — sussurrou Mårten antes de se virar na direção de Ellen. — Mãe, esta aqui é a Olivia!

Ellen ergueu os olhos e sorriu.

— Ah, muito bem — disse.

Mårten se aproximou dela e fez um carinho no rosto da mãe.

— Mamãe está um pouco senil — sussurrou para Olivia.

Ellen voltou a tricotar. Mårten colocou o prato ao lado dela.

— Eu vou pedir para a Janis subir para te ajudar a comer, mãe.

Ellen fez que sim com a cabeça. Então, Mårten se virou para Olivia e perguntou:

— Você aceita um vinho?

Eles voltaram ao andar de baixo e se instalaram num dos cômodos, fechando a porta para isolar pelo menos uma boa parte do barulho que as crianças faziam.

E tomaram vinho.

Olivia não costumava beber vinho quase nunca. Normalmente bebia quando lhe ofereciam uma taça, como na casa de Maria, sua mãe. Normalmente, costumava tomar apenas cerveja. Por isso, depois da segunda taça de um vinho que Mårten descreveu como bastante caro, Olivia desatou a falar mais do que pretendia. Se aquilo se devia ao ambiente, ao vinho ou simplesmente por estar na presença de Mårten, Olivia não tinha certeza, mas o fato é que ela começou a falar de coisas absolutamente pessoais. De uma forma que nunca conversava com sua mãe. Ela começou a falar a respeito de si mesma. E a respeito de Arne, seu pai. Sobre como tinha perdido o pai, sobre como ela não estava ao lado dele quando ele morreu. E sobre a consciência pesada que sentia por esse motivo.

— A minha mãe acha que eu decidi entrar para a Academia de Polícia para apaziguar a minha consciência pesada — Olivia disse.

— Pois eu acho que não tem nada a ver com isso.

Mårten a escutou quase completamente em silêncio. Ele sabia ouvir as pessoas. Os anos de prática de conversar com pessoas transtornadas tinham-no habituado a assimilar problemas emocionais, além de apurar a sua capacidade de solidarizar-se com elas.

— E por que você acha que não tem nada a ver com isso?

— Porque nós dificilmente fazemos alguma coisa para apaziguar algum complexo de culpa, apesar de com frequência a gente achar que sim. Ou melhor dizendo, se a gente usar isso como um pretexto por não sabermos exatamente como ou por que acabamos tomando uma determinada decisão.

— Então, por que acha que decidi entrar na Academia de Polícia?

— Talvez pelo fato de o seu pai ter sido policial, mas não porque você não estava presente ao lado dele quando ele morreu. Há uma grande diferença entre essas duas coisas. Uma coisa é o legado que recebemos e o ambiente em que fomos criados, outra coisa bem diferente é o sentimento de culpa. Eu pessoalmente não acredito em sentimento de culpa.

Na verdade, eu também não acredito. Mas a minha mãe, sim, ela acredita, Olivia pensou.

— E sobre o Tom, você andou pensando na situação dele também? — perguntou Mårten, desviando um pouco o assunto. Supondo que seria melhor para Olivia.

— Por que a pergunta?

— Não foi por isso que você veio até aqui?

Olivia imaginou se Mårten não teria certa capacidade mediúnica. Se estava na presença de um paranormal. Pois, de fato, tinha acertado em cheio ao fazer aquela pergunta.

— Sim, eu andei pensando na situação do Tom, sim, e pensei bastante sobre o assunto na verdade, e tem muita coisa que para mim parece que não se encaixa direito.

— O fato de ele dormir na rua.

— É sem-teto.

— Questão de semântica — disse Mårten, com um sorriso.

— Afinal, ele era um comissário da polícia, e era bom no que fazia, pelo que fiquei sabendo, ou seja, ele devia ter uma boa rede de relacionamentos sociais, eu imagino, incluindo a família de vocês, e apesar disso foi acabar dessa forma? Um sem-teto? Mesmo não sendo alcoólatra ou drogado ou algo do tipo?

— O que quer dizer com "algo do tipo"?

— Eu não saberia dizer exatamente, mas com certeza deve ter sido uma mudança incrivelmente grande entre o que ele era antes e o que ele se tornou.

— Sim e não. Pois em parte, ele continua sendo a pessoa que sempre foi, em vários aspectos, em outros aspectos não.

— Foi o divórcio?

— Ah, isso ajudou, sim, mas a decadência dele já tinha começado quando se divorciou — explicou Mårten, antes de dar uma bebericada na sua taça de vinho.

Então, ele ponderou o quão fundo deveria ir naquele assunto. Ele não pretendia expor Stilton de uma maneira equivocada, ou de uma maneira que pudesse deixar margem a interpretações equivocadas.

Por isso, escolheu um meio-termo.

— Tom simplesmente chegou num ponto em que começou a deixar pra lá, perdeu o controle. Na psicologia há um termo preciso para definir o que aconteceu com ele, mas isso não importa. Em termos concretos, ele chegou num ponto em que não queria mais continuar como antes.

— E que ponto foi esse?

— Um ponto que poderíamos chamar de normalidade.

— E por que ele não queria?

— Por várias razões: seu problema psiquiátrico, o divórcio e...

— Que tipo de problema psiquiátrico?

— Ele sofria de psicose. Mas eu não saberia dizer se ainda tem crises psicóticas. Acho que fazia quase quatro anos que a gente não se via quando vocês apareceram aqui da primeira vez.

— E por que foi que ele passou a ter crises psicóticas?

— A psicose pode ser desencadeada por uma série de fatores, aos quais todas as pessoas são mais ou menos suscetíveis. Estresse, esgotamento por excesso de trabalho ou então alguma situação aguda que desencadeia uma reação psicótica repentina.

— E no caso do Tom, ele passou por alguma situação aguda desse tipo?

— Sim, passou.

— O que houve, exatamente?

— Bem, isso é algo que ele próprio vai te contar, se e quando ele achar que deve fazê-lo.

— Tem razão. E o que foi que vocês fizeram na época? Vocês conseguiram ajudá-lo de alguma forma?

— Bom, a gente fez tudo o que podia, eu acho. Conversamos bastante com ele, várias vezes até, quando ainda conseguíamos ter algum tipo de contato com ele. Também o trouxemos aqui para casa quando ele foi despejado do apartamento em que vivia, mas depois ele começou a se isolar, não aparecia mais quando combinávamos algo, ficava incomunicável, até que por fim o perdemos de vista, por assim dizer. A gente conhece o Tom o suficiente para saber que é praticamente impossível fazê-lo mudar de ideia depois que bota alguma coisa na cabeça, então, no final, a gente acabou por largá-lo de mão.

— Como assim, largá-lo de mão?

— É impossível reter uma pessoa que já não está ali.

— Sim, mas deve ter sido horrível!

— É, foi algo horrível mesmo, especialmente para Mette, isso a fez sofrer durante alguns anos. Na verdade, ela ainda sofre por causa disso. Mas, depois da visita de vocês, ela sentiu certo alívio. Ela, pelo menos, conseguiu restabelecer contato com o Tom. Isso foi algo muito importante. Tanto para ela quanto para mim.

Mårten voltou a encher as taças de vinho deles, deu uma bebericada na sua taça e sorriu. Olivia olhou para ele e se deu conta de que queria ir até o porão, apesar de o assunto ainda não ter vindo à baila até então:

— E Kerouac, como vai?

— Muito bem... na verdade, mais ou menos, ele está com aquele problema nas patas, infelizmente, é meio complicado de se conseguir um andador para uma aranha, não é mesmo?

— É, acho que é um pouco complicado mesmo.

— Você tem algum animal de estimação?

Ele finalmente tocou no ponto nevrálgico. Que era exatamente aonde Olivia queria chegar. Ela desejava tocar naquele assunto com alguém. Alguém que fosse distante dela o suficiente, mas ao mesmo tempo mais próximo do que qualquer outra pessoa. Ao menos naquele exato momento.

— Eu tinha um gato, mas infelizmente eu o matei — ela disse, apenas para desafogar aquilo de uma vez por todas, aquele sentimento tão doloroso.

— Como? Você o atropelou ou algo assim?

— Não exatamente.

Então, ela contou o que tinha acontecido, o mais detalhadamente que conseguiu, desde o momento em que viu a janela aberta, passando pelo momento em que deu a partida no motor e até o momento em que levantou o capô do carro.

Quando terminou de contar, começou a chorar.

E Mårten deixou que ela chorasse. Compreendeu que aquela era uma tristeza que ela acabaria relegando ao seu porão secreto e nela afundaria de quando em quando. Uma tristeza que jamais iria desaparecer. Uma tristeza que pelo menos ela acabava de expressar com palavras, o que por si só já era parte da cura. Ele afagou os cabelos escuros dela e lhe passou um lenço de papel. Que ela usou para secar as lágrimas dos olhos e depois agradeceu:

— Obrigada.

Então, a porta se abriu.

— Oi! Oi! — exclamou Jolene, entrando de repente naquele cômodo e dando em Olivia um abraço enorme por sobre a mesa. Era a primeira vez que elas se encontravam e Olivia ficou um pouco sem jeito. Mette veio logo depois. E Mårten serviu uma taça de vinho para ela.

— Eu vou te desenhar! — disse Jolene para Olivia.

— Você quer me desenhar?

— Sim, mas só você!

Jolene pegou um bloco de desenho numa prateleira e se sentou ajoelhada na frente de Olivia. Que se apressou em secar as lágrimas em volta dos olhos, mais uma vez, com novo lenço de papel, tentando demonstrar a maior naturalidade possível.

Então, Stilton ligou. Para o celular de Olivia.

— Marianne concordou — ele disse.

— Então, ela vai fazer o exame de DNA?

— Sim.

— Ah, desliga isso aí! — exclamou Jolene, olhando para o celular de Olivia.

Mårten se curvou e sussurrou algo no ouvido de Jolene, que então fechou o bloco de desenho. Olivia se levantou e se afastou um pouco.

— E quando é que ela vai ter o resultado?

— Bem, ela está trabalhando nisso exatamente neste momento — Stilton respondeu.

— Mas como é que ela... você por acaso foi até lá? Até Linköping?

— Sim, fui.

Ao ouvir isso, Olivia realmente sentiu uma boa dose de gratidão com relação a Stilton.

— Obrigada! — Foi só o que ela queria dizer antes que Stilton desligasse.

Olivia se virou e viu que Mette a observava:

— Era o Tom?

— Sim.

Olivia contou, rápida e um pouco atabalhoadamente a respeito da presilha de cabelo e da análise que estava sendo feita com o material encontrado nela, além do significado que aquilo poderia ter no caso da praia. Para sua surpresa, Mette não pareceu muito interessada.

— Nossa, isso é animador! — Olivia exclamou.

— Só se for para ele.

— Para quem? Para o Tom?

— Sim. Mas é bom que ele tenha algo com o que se animar.

— Mas você não acha isso bom?

— Não, pelo menos não neste momento.

— E por que não?

— Porque estou totalmente concentrada em solucionar o assassinato de Nils Wendt. Um homicídio que acabou de ser praticado, enquanto esse outro caso aconteceu há quase vinte e quatro anos. Esse é um dos motivos. O outro é que esse caso pertence ao Tom. — Mette então ergueu a sua taça de vinho. — E vai continuar sendo.

No trajeto de volta para casa, aquele comentário de Mette martelava na cabeça de Olivia. Será que ela queria dizer que Stilton iria retomar sua antiga investigação? Mas como, se ele já não fazia mais parte da polícia? Além disso, continuava sendo um sem-teto. Então, como é que ele poderia encarregar-se de um caso? Talvez com a ajuda dela? Era isso que ela estava querendo sugerir? "Ele jamais teria vindo aqui se não fosse por você", ela se lembrou daquela frase que Mette tinha lhe dito. Quando elas se despediram no outro dia. Além disso, ela também se lembrava bastante bem de como Stilton, sem sequer pestanejar, tinha se apropriado das hipóteses que ela levantara com relação à ligação de Nils Wendt com o assassinato em Nordkoster, naquela noite, no apartamento de Abbas. Será mesmo que Stilton iria retomar o caso? E com a ajuda dela?

Apesar de ainda ter a cabeça cheia de especulações e dúvidas, Olivia estava totalmente alerta quando se aproximou da entrada do seu prédio. Provavelmente, ela nunca mais iria conseguir abrir aquela porta sem ficar em alerta.

Especialmente depois daquela conversa com Stilton.

E daquele exame de DNA.

Que imediatamente fazia com que o caminho dela voltasse a se cruzar com o de Jackie Berglund.

Aquela mulher a quem odiava.

17

Há uma quantidade significativa de vulcões inativos na Costa Rica, além de alguns ativos, como o Arenal. Um vulcão que, quando entra em erupção, é um espetacular fenômeno da natureza. Especialmente à noite, quando o magma escorre pelos sulcos abertos encosta abaixo e envolve a montanha como se fosse os braços de um polvo gigante. Além da coluna de fumaça, erguendo-se verticalmente pelo céu em tons dramáticos de cinza e preto. Aquela visão, descortinada de uma janelinha oval de avião, mais do que compensa a longa viagem para chegar ao lugar.

Só que Abbas el Fassi não tinha nenhum interesse por vulcões. Em contrapartida, tinha medo de viajar de avião.

Muito medo.

Não sabia por quê. Não havia nenhuma explicação racional. De qualquer forma, toda vez que flutuava a dez mil metros de altitude, protegido apenas por uma fina camada de metal, ele se via à beira de uma crise de pânico. E quando chegava no limite conseguia se controlar. Tinha que se controlar, e, como não era adepto de calmantes nem de estupefacientes à base de álcool, passava sempre por um enorme sufoco.

Era assim sempre.

A sua pele naturalmente morena era a única coisa que evitava que ele parecesse um cadáver recém-exumado quando desembarcou e saiu do terminal do aeroporto de San José com olhos esbugalhados e foi recebido por um jovem com um cigarro no canto da boca e que segurava um cartaz onde se lia ABASEL. FAS.

— Olá, esse sou eu, Abbas.

Ele falava um excelente espanhol. Então, os dois se encaminharam rapidamente até o pequeno automóvel amarelo-limão, estacionado na frente do aeroporto. Foi só então que o sujeito, já instalado ao volante, se virou para Abbas e disse:

— Sou Manuel García, sargento da polícia. Eu vou levá-lo até Mal País.

— Certo, vamos até lá depois, antes preciso passar na calle 34, em San José. Sabe onde fica este endereço?

— Sim, mas as minhas ordens são para ir direto para...

— Eu estou mudando essas ordens.

García encarou Abbas, que sustentou o olhar do sargento. Abbas tivera uma porcaria de um voo e estava fisicamente acabado, depois de viajar de Estocolmo até Londres, de Londres até Miami e de Miami até San José. Não estava muito para conversas. García percebeu isso rapidinho.

— Calle 34.

García parou em frente de uma casa caindo aos pedaços numa região que, como tinha tentado explicar para Abbas enquanto dirigiam até ali, não era conhecida, exatamente, por sua hospitalidade.

— Eu não vou me demorar — Abbas respondeu, antes de sumir porta adentro.

Porta que também estava caindo aos pedaços.

García acendeu outro cigarro.

Abbas abriu com todo o cuidado a tampa do estojo e viu as duas facas pretas de lâmina fina, fabricadas sob medida pelo seu cuteleiro preferido, um homem de Marselha. Era um jovem macilento e pálido que fornecia coisas que Abbas não poderia transportar e passar pelos controles de segurança dos aeroportos. Por isso, aquele jovem macilento vinha para fabricar as facas de Abbas localmente. Não importando onde.

Desta vez era na calle 34, San José, na Costa Rica.

Eles se conheciam há um bom tempo.

Por isso, o jovem macilento não levou a mal quando Abbas lhe pediu um par de ferramentas especiais a serem confeccionadas na América Central. Com a ajuda de um pequeno microscópio, ele acrescentou um último detalhe nas lâminas.

Para conferir equilíbrio.

Que podia fazer a diferença entre a vida e a morte.

— Obrigado.

Eles pegaram a barca de Puntaneras à península de Nicoya e então percorreram de carro o último trecho até Mal País, trocando apenas umas poucas palavras. Abbas tinha sido informado das instruções recebidas por García através da polícia sueca, ou seja, através de Mette. García deveria servir de motorista, prestar toda a assistência ao "representante" sueco e ficar ao seu dispor. Ao primeiro pretexto, García indagou do que se tratava aquela visita.

— Estamos seguindo o rastro de um cidadão sueco procurado pela polícia.

E mais do que isso não conseguiu saber.

O carro amarelo-limão avançava rapidamente, deixando uma nuvem de poeira atrás de si. A estrada que acompanhava o litoral estava seca como há muito tempo não ficava.

— Ali está Mal País! — disse García.

Eles se aproximaram de uma localidade que parecia exatamente idêntica a todas as demais localidades pelas quais já tinham passado. Casebres baixos ao longo da estrada seca, quase colados no mar. Nenhum sinal de centro urbano ou sequer de algum cruzamento de ruas, apenas aquela mesma estrada reta e empoeirada que atravessava o povoado. O carro parou e Abbas desceu.

— Espere aqui — disse ele.

Abbas deu uma circulada pelo local, levando consigo uma pasta de plástico onde havia duas fotografias. Uma da vítima de Nordkoster e outra de Dan Nilsson.

Ou melhor, de Nils Wendt.

Aquela circulada de Abbas por Mal País terminou rapidamente. Ele foi até o final da reta e depois voltou. Não viu nenhum bar por ali. Apenas dois restaurantes, um pouco acima, nas encostas rochosas, ambos fechados, alguns hoteizinhos e a praia. Depois de ir e voltar sem se deparar com viva alma, ele desceu até a praia. Lá, ele encontrou dois meninos que brincavam, se arrastando pela areia e emitindo uns ruídos esquisitos. Abbas sabia muito bem que os meninos costumavam ter olhos e ouvidos grandes quando queriam, pelo menos ele se lembrava de ter sido um menino assim. O que o ajudou a sobreviver nos bairros miseráveis de Marselha. Então foi até eles, se agachou e mostrou a fotografia de Dan Nilsson.

— O sueco grandão! — um deles exclamou imediatamente.

— Vocês sabem me dizer onde fica a casa do sueco grandão?

— Claro que sim!

O sol se deitou apressado no leito do oceano e mergulhou Mal País na quase escuridão. Se os meninos não tivessem vindo com ele até ali, ele não teria conseguido encontrar aquela casa de madeira simples escondida em meio às árvores.

Mas com eles não foi problema algum.

— É ali.

Abbas olhou na direção da bela cabana e perguntou:

— É ali que mora o sueco grandão?

— É. Só que ele não está em casa.

— Eu sei que ele não está. Ele viajou para a Suécia.

— E quem é você?

— Eu sou sobrinho dele, ele me pediu que eu viesse aqui buscar umas coisinhas que acabou esquecendo.

Manuel García tinha seguido Abbas e os meninos com o carro. Então, desceu e foi até onde eles se encontravam.

— Essa é a casa dele?

— Sim. Vamos entrar — disse Abbas.

Então, ele deu cem colones a cada um dos meninos e agradeceu pela ajuda. Os meninos não saíram do lugar.

— Vocês podem ir agora.

E os meninos ainda não se moveram de onde estavam. Abbas deu mais cem colones para cada um. Foi só então que eles agradeceram e saíram em disparada. Abbas e García abriram o portão e foram até a porta da casa. Abbas supunha que iam encontrá-la trancada. E estava. Abbas olhou para García e disse:

— Ah, eu esqueci o meu mapa no carro.

García deu uma risadinha. Então, era assim que ele queria que as coisas fossem? Está certo, sem problema. Voltou para o carro e aguardou alguns instantes. Quando viu que uma lâmpada tinha sido acesa dentro da casa, ele voltou até lá. Abbas abriu a porta da frente por dentro, depois de ter dado um jeito de abrir uma janela nos fundos soltando um dos vidros pequenos da janela. A escuridão que descia cada vez com mais rapidez encobria o suficiente aquele tipo de entrada forçada. Fora isso, os animais começaram a fazer barulho. Todo tipo de barulho. Trinados de pássaros, algazarras de macacos e barulhos de outros tipos de primatas com os quais Abbas estava bem menos familiarizado. O silêncio ressequido de algumas horas antes tinha se transformado numa úmida cacofonia tropical.

— O que é que você está procurando? — García perguntou.

— Documentos.

García acendeu um cigarro e se sentou numa poltrona.

Depois acendeu outro cigarro.

E mais outro.

Abbas era um sujeito meticuloso. Vasculhou cada cômodo da casa do sueco grandão, centímetro por centímetro. Sem negligenciar nem mesmo a lajota embaixo da cama de casal, onde encontrou a pistola escondida. Que ele olhou e deixou exatamente no mesmo lugar.

Pistolas e revólveres não eram o seu tipo de arma.

Quando o maço de cigarros acabou e Abbas passava um pente-fino na cozinha pela terceira vez, García se levantou da poltrona.

— Eu vou dar uma saída para comprar cigarro. Você quer alguma coisa?
— Não.

García passou pelo portão, sentou-se ao volante do carro e partiu. E sumiu de Mal País arrastando atrás de si uma nuvem de poeira a caminho de um bar em Santa Teresa. Quando a nuvem de poeira baixou, um furgão escuro saiu de uma das estradinhas que desciam até a praia. O furgão parou no meio de algumas árvores. Três sujeitos desceram.

Três sujeitos enormes.

Do tipo que deixariam as gangues de traficantes de drogas de Estocolmo babando de inveja.

Abrigados pela escuridão, eles caminharam com cuidado até o jardim da casa do sueco grandão. Então, viram que havia luzes acesas na casa. Um deles puxou um celular do bolso e tirou duas ou três fotografias do sujeito que se movimentava no interior da casa.

Os dois outros deram a volta e foram até os fundos.

Abbas estava sentado numa cadeira de junco na sala de estar. Não tinha encontrado nada de importante. Nada que pudesse ajudar na investigação de Mette. Nenhum documento, nenhuma carta. Nenhuma ligação com o assassinato de Nils Wendt em Estocolmo. E absolutamente nenhuma ligação com a vítima do homicídio em Nordkoster, como Stilton estava esperançoso de encontrar. A casa estava totalmente limpa, a não ser por aquela pistola escondida embaixo da cama. Abbas se recostou na cadeira e fechou os olhos. Aquela longa viagem de avião estava cobrando o seu preço. Mentalmente, ele continuava imerso em seu mantra interior, que era a sua forma de encontrar forças para conseguir se concentrar no que precisava fazer. Por isso, não escutou os passos que entraram na casa pela porta dos fundos, cuidadosamente, a mesma porta que ele também tinha usado. Só conseguiu escutar o barulho alguns segundos mais tarde. Abbas deslizou da cadeira como uma sombra ágil e se esgueirou até o quarto. Os passos se aproximavam cada vez mais. Será o García? Será que já voltou? Ouviu os passos chegando exatamente no cômodo onde estava sentado apenas alguns segundos atrás. Passos de duas pessoas? Sim, parecia que sim. Depois, fez-se silêncio. Será que sabiam que ele estava ali na casa? Provavelmente. Afinal, as luzes estavam acesas. Eles devem tê-lo visto do lado de fora. Abbas se escorou contra a parede de madeira. Talvez fosse apenas algum vizinho. Talvez alguém que tivesse visto que a porta dos fundos estava aberta e que as luzes da casa estavam acesas. Alguém que quisesse verificar o que estava se passando ali dentro. Também podia ser algo totalmente diferente disso. Gente com um objetivo totalmente diferente. Por que ele não conseguia ouvir mais nada?, Abbas ponderou. Aquelas pessoas sabiam que ele estava ali dentro e sabiam que não havia muitos lugares da casa onde ele poderia se esconder. A pequena cozinha era totalmente visível da sala de estar. Eles tinham visto que lá ele não estava. Então, já tinham se dado conta de que ele devia estar exatamente onde estava. Bem ali. Ele respirava o mais silenciosamente que conseguia. Silêncio... Até que por fim tomou uma decisão e saiu pela porta. Dois sujeitos brutalmente musculosos empunhando revólveres no mínimo igualmente brutais estavam parados dois metros à frente dele e apontavam os canos na direção de Abbas. Tranquilamente.

— ¿A quién buscáis? — perguntou Abbas.

Os sujeitos se entreolharam, como quem diz, "Ele fala espanhol!" O sujeito da direita apontou o revólver na direção da cadeira onde Abbas estava sentado poucos instantes atrás e ordenou:

— Senta aí!

Abbas olhou os canos dos revólveres, se arrastou até a cadeira e se sentou. Provavelmente são costa-riquenhos, pensou. Costa-riquenhos dos piores. Seriam ladrões?

— Qual é o problema? — perguntou Abbas.

— Você não devia estar nesta casa — disse o sujeito da esquerda.

— E por que não?

— O que é que você esta fazendo aqui?

— Limpando a casa.

— Resposta errada. Tenta outra.

— Estou procurando um lagarto perdido — disse Abbas.

Os sujeitos se entreolharam outra vez, irritados. Um deles pegou uma corda e ordenou:

— Levanta daí!

Com aquele movimento, Abbas pôde levar uma das mãos até as costas. Levantou-se da cadeira, um pouco inclinado para frente, o peito apontando para o chão. Nenhum dos dois sujeitos viu o movimento, porém um deles sentiu quando a faca de lâmina fina atravessou sua laringe e saiu pela carótida. O outro recebeu um jato de sangue quente direto no olho. Instintivamente deu um passo para o lado e no mesmo instante foi atingido no ombro por outra faca. E deixou o revólver despencar no chão.

Abbas recolheu o revólver.

— JUAN!!! — gritou o sujeito com a faca cravada no ombro na direção da porta.

Abbas olhou na mesma direção.

O terceiro sujeito, que aguardava lá fora, ouviu o grito que vinha de dentro da casa. E já estava se aproximando do portão quando o facho da lanterna de García o alcançou. Então, ele se agachou na vala que havia junto do portão. O automóvel amarelo-limão parou na frente da casa e García desceu, com um cigarro na boca.

Tomara que aquele sueco esquisito já tenha terminado, ele pensou.

Sim, ele já tinha terminado.

Quando García entrou na sala de estar, havia dois sujeitos caídos no chão. Reconheceu-os de imediato: eram criminosos com várias passagens pela polícia costa-riquenha e tinham vários mandados de prisão decretados. Tratava-se de dois dos criminosos mais procurados do país. Um deles jazia numa poça de sangue no chão e provavelmente já estava morto. O outro estava sentado e encostado numa parede. Tinha uma das mãos sobre o ombro direito ensanguentado. O sueco esquisito estava parado em pé junto da outra parede e limpava duas facas de lâminas finas e compridas.

— Arrombadores. Eu vou dar um pulo em Santa Teresa — disse o sueco.

Abbas sabia que havia um terceiro sujeito. Sabia que ele se movia em algum lugar na escuridão, no seu encalço, ou pelo menos supunha isso. Ele também sabia que era uma caminhada longa à beira de uma estrada bastante erma e escura até Santa Teresa. Ele supunha que o terceiro sujeito sabia qual tinha sido o destino de seus dois companheiros. Principalmente depois de García sair porta afora, tirando o celular do bolso e com uma voz praticamente de falsete deu o alarme para metade do contingente policial da península de Nicoya.

— Mal País! — exclamou García tão alto que até o terceiro sujeito deve ter escutado.

Abbas caminhava pela estrada em estado de alerta máximo. Com o terceiro sujeito no seu encalço. Metro por metro, passando por curvas silenciosas e escuras, na direção da claridade longínqua que vinha de Santa Teresa. Ele sabia que corria o risco de levar um balaço pelas costas. E suas facas não serviriam de nada contra isso. Durante a caminhada, convenceu-se de que aquele terceiro sujeito tinha vindo cumprir uma missão específica junto com os outros. Eles não eram ladrões coisa nenhuma. Por que razão um trio de ladrões iria se aventurar a invadir uma casa que já no portão de entrada ficava evidente que não tinha nada para ser roubado? Ainda mais quando havia casas evidentemente mais interessantes nas encostas ali por perto? Casas mais luxuosas e ainda por cima bem escondidas no meio da floresta tropical?

Não, aquele trio tinha vindo atrás de alguma coisa específica.

Na casa de Nils Wendt.

Mas o quê?

O bar chamava-se Good Vibrations. Um lugar onde tudo custava os olhos da cara e que faria os Beach Boys se virarem no túmulo. Aquele lugar ficava um pouco distante da Califórnia. Porém, os surfistas americanos talvez sentissem uma pontada de nostalgia ao entrar naquele boteco ligeiramente decadente em Santa Teresa.

Abbas se sentou no final de um balcão comprido e enfumaçado. Sozinho, com um gim-tônica à sua frente. Podia se dar ao luxo de tomar uma bebida. Afinal, tinha caminhado no meio da escuridão, com os músculos e os tendões tensos ao máximo, movimentando-se com cuidado e sentindo as facas escondidas em lugares específicos junto do seu corpo. E assim tinha conseguido chegar até ali. Sem levar um tiro nas costas. Precisava de uma bebida. "Você sabe que não devia beber", disse uma voz perdida em algum lugar de seu cérebro. O resto do cérebro disse, "Tudo bem".

Ele supunha que o terceiro sujeito continuava lá fora.

Na escuridão.

Abbas bebericou o seu drinque. Igeno, o barman, tinha combinado tudo na medida certa. Então, Abbas se virou e observou os demais clientes no bar. Rapazes bronzeados aqui, rapazes bronzeados ali e alguns rapazes praticamente estorricados acolá, ostentando torsos bem definidos, o que era uma parte importante de sua identidade. E garotas. Garotas locais e turistas. Uma parte delas provavelmente eram guias e outra parte, apaixonadas pelo surfe, todas conversando com um ou outro daqueles rapazes de torsos bem definidos. O olhar de Abbas se deslocou do salão do bar em direção ao balcão, até se deter na parede à sua frente. Onde havia duas ou três prateleiras compridas repletas de garrafas de bebidas alcoólicas mais ou menos tragáveis, mas todas com uma mesma e única finalidade.

Foi então que ele a viu.

A barata.

E a danada era das grandes. Com suas antenas compridas e suas poderosas asas cor de ocre fechadas sobre o corpo. Ela andava por um dos nichos da prateleira de bebidas. Por um quadro de cortiça coberto de fotografias de turistas e cartões-postais presos com tachinhas. De repente, Igeno também viu a barata e percebeu que Abbas a acompanhava com o olhar. Então, deu uma risadinha e esmagou a barata com a sua mão espalmada. Bem em cima de uma fotografia. Uma fotografia que mostrava Nils Wendt abraçando uma jovem.

Então, Abbas colocou sobre o balcão o seu copo de gim-tônica com um certo ruído. Tirou um papel do bolso de trás das calças e tentou comparar a fotografia impressa naquele papel com a fotografia sobre a qual a barata ainda jazia esmagada.

— Você poderia tirá-la dali? — Abbas perguntou, apontando para a barata.

E Igeno derrubou a barata da parede.

— Não gosta de baratas?

— Não, atrapalham a paisagem.

Igeno deu uma risada. Abbas continuou sério. Tinha acabado de constatar que a jovem que Nils Wendt aparecia abraçando naquela fotografia era idêntica à mulher assassinada em Nordkoster. A garota que tinha sido afogada na enseada. Então, Abbas tomou o resto do gim-tônica de um único gole. "Veja se você descobre alguma ligação entre Nils Wendt e a mulher morta em Nordkoster", Stilton tinha lhe dito.

E havia.

— Outro gim-tônica? — perguntou Igeno, que estava outra vez diante de Abbas.

— Não, obrigado. Você sabe o nome das pessoas que aparecem nessa foto? — perguntou Abbas, apontando para a fotografia no quadro.

Igeno se virou, também apontando para a fotografia.

— Ah, aquele é o sueco grandão, Dan Nilsson, mas a garota eu não sei quem é.

— E você conhece alguém que poderia dizer como ela se chama?

— Não, ou melhor, sim, talvez o Bosques saiba alguma coisa...

— E quem é Bosques?

— É o antigo dono deste bar. Era ele quem costumava pendurar as fotos nesse quadro — Igeno respondeu, meneando a cabeça na direção do quadro com as fotografias e os postais.

— E onde é que posso encontrar esse Bosques?

— Na casa dele. Ele nunca sai de casa.

— E onde é que fica a casa dele?

— Em Cabuya.

— Cabuya? Isso é muito longe daqui?

Igeno puxou um mapa pequeno e apontou o vilarejo onde Bosques morava. Então, Abbas pensou se deveria voltar a Mal País e pedir que García o levasse de carro até aquele vilarejo. Duas coisas fizeram com que ele se decidisse por tentar outra solução. A primeira era aquele terceiro sujeito, que provavelmente continuava escondido em alguma parte ali do lado de fora do bar. A outra era a polícia. Provavelmente, a casa de Nils Wendt estaria fervilhando de policiais locais naquele exato momento. E podia ser que algum deles quisesse fazer algumas perguntas que Abbas realmente não estava a fim de ter de responder.

Então, ele olhou para Igeno, que deu uma risadinha e perguntou:

— Você precisa ir até Cabuya?

— Sim, preciso.

Igeno fez uma ligação e dois ou três minutos depois um de seus filhos apareceu em frente ao bar dirigindo um quadriciclo. Abbas perguntou a Igeno se ele não poderia lhe emprestar aquela fotografia presa no quadro. Igeno respondeu que sim. Então, Abbas saiu do bar, se posicionou logo atrás do filho de Igeno no quadriciclo e deu uma boa olhada em volta. Apesar de a noite estar bastante escura e apesar de aquele bar não estar especialmente bem iluminado, ele conseguiu ver uma sombra. Ou pelo menos vislumbrá-la. Logo ali, atrás de uma palmeira bastante grossa, um pouco a distância.

Era o terceiro sujeito.

— Vamos? — disse Abbas, dando um tapinha no ombro do filho de Igeno, que então colocou o quadriciclo em movimento.

Abbas virou a cabeça para trás e viu quando o terceiro sujeito começou a se mover afobadamente de volta na direção de Mal País. Para ir buscar o carro, Abbas presumiu. Imaginou que não deveria levar muito tempo até que ele finalmente conseguisse alcançá-los naquele quadriciclo, ainda mais levando em consideração o fato de que havia apenas uma estrada. Que ia numa mesma e única direção.

Cabuya.

O filho de Igeno perguntou se deveria esperar por ele, mas Abbas o dispensou. Talvez demorasse algum tempo. Apenas chegar até a casa de Bosques já tinha demorado um bom tempo. Havia um trecho um pouco íngreme que era preciso subir a pé até finalmente chegar à varanda da casa dele.

Onde finalmente encontrou Bosques, sentado. Bosques vestia roupas brancas de tecido fino, com uma barba de três dias, e estava sentado numa cadeira encostada na parede. Com um copo de rum na mão e uma lâmpada incandescente que pendia um pouco à distância do teto da varanda. A lâmpada estava apagada. O concerto das cigarras na floresta em volta da casa não era algo que incomodasse os ouvidos dele. Tampouco o bramido débil que vinha de uma pequena queda de água, perdida no meio da mata verdejante. Ele estava imerso numa realidade na qual os seus sentidos estavam bem à vontade. Então, observou um inseto que zumbia próximo de uma de suas mãos bronzeadas.

Em seguida, viu Abbas.

— E você, quem é?

— O meu nome é Abbas el Fassi e venho da Suécia.

— Ah, e por acaso você conhece o sueco grandão?

— Sim, conheço. Posso me aproximar?

Bosques observou Abbas, que estava apenas alguns passos abaixo da varanda. Aquele sujeito não parecia lá muito sueco. Ou escandinavo. E não se parecia nada com o sueco grandão.

— Em que posso ajudar?

— Podemos conversar um pouco, Bosques? Da vida?

— Sim, venha.

Abbas subiu até a varanda e Bosques empurrou com o pé um banquinho na direção dele. Abbas pegou o banquinho e se sentou.

— O sueco grandão que você diz por acaso se chamava Dan Nilsson? — Abbas perguntou.

— Sim, isso mesmo. Você o conhece?

— Não. Na verdade, ele está morto.

Era difícil ver a expressão facial de Bosques ali onde ele estava, sentado junto à parede, naquela varanda às escuras. Mas Abbas conseguiu ver que ele tomou um gole do seu copo de rum, que já estava quase vazio.

— E quando foi que ele morreu?

— Faz alguns dias. Foi assassinado.

— E quem foi que o matou? Você?

Que pergunta mais esquisita!, Abbas pensou. Mas o fato é que ele se encontrava ali, do outro lado do planeta, no meio de uma clareira em plena floresta tropical, sentado ao lado de um sujeito que não tinha a mínima ideia de quem ele era. Nem que tipo de ligação ele tinha com Nils Wendt. O sueco grandão, como Bosques o chamava.

— Não, não fui eu. Eu trabalho para a polícia sueca.

— E você tem algum distintivo para provar isso? — perguntou Bosques, que não tinha nascido ontem.

— Não, não tenho.

— Então, por que acha que eu devo acreditar em você?

É verdade. Por que ele deveria acreditar em mim?, Abbas pensou.

— Você tem computador? — Abbas retrucou.

— Tenho.

— E você tem acesso à rede? À internet?

Bosques olhou para Abbas com um olhar gélido. Tão gélido que conseguia atravessar a escuridão. Então, se levantou e entrou na casa. Abbas continuou sentado onde estava. Passados alguns minutos, Bosques voltou trazendo um laptop e se sentou novamente na sua cadeira. Com todo o cuidado, conectou um modem portátil numa entrada USB e ligou o computador.

— Faça uma pesquisa com as palavras Nils Wendt e Estocolmo.

— E quem é esse Nils Wendt?

— É o nome verdadeiro de Dan Nilsson. O sobrenome começa com W e termina com DT.

Uma claridade azulada da tela do computador iluminou o rosto de Bosques. Seus dedos se moviam pelo teclado. Bosques aguardou um instante, depois olhou para a tela do computador e, apesar de não entender sequer uma palavra do que estava escrito ali, ele reconheceu a fotografia que aparecia na página de um dos jornais suecos. Aquela fotografia mostrava Dan Nilsson, o sueco grandão. Uma fotografia de vinte e sete anos antes. Nela, Dan Nilsson tinha mais ou menos a mesma aparência que tinha quando chegou em Mal País pela primeira vez.

Na legenda sob a foto lia-se: Nils Wendt.

— Assassinado?

— Sim.

Bosques fechou o computador e largou-o à sua frente no chão de madeira. Pegou no escuro uma garrafa pela metade e voltou a encher o seu copo. Quase até a boca.

— Estou tomando rum. Quer?

— Não.

Bosques esvaziou o copo de um gole só, equilibrou o copo sobre os joelhos e esfregou os olhos com uma das mãos.

— Nós éramos bons amigos.

Abbas baixou o olhar um instante. E fez um pequeno gesto de condolências com uma das mãos. O assassinato de um amigo era algo que exigia respeito.

— Há quanto tempo vocês se conheciam? — Abbas perguntou então.

— Há um bom tempo.

Uma definição de tempo bastante vaga. Abbas estava em busca de algo mais preciso. Uma data que pudesse correlacionar com a garota da fotografia que tinha visto pendurada no quadro do bar.

— Você poderia acender a lâmpada um pouco? — Abbas perguntou, apontando para a lâmpada apagada à distância.

Bosques se virou ligeiramente e alcançou um interruptor antigo de baquelita, preto, que havia na parede. A claridade praticamente cegou Abbas por alguns segundos. Depois, ele tirou a fotografia do bolso e disse:

— Eu consegui esta foto emprestada num bar em Santa Teresa, Dan Nilsson aparece nela junto com uma garota...

Abbas estendeu a foto para Bosques. Que a pegou na mão.

— Você sabe como ela se chama?

— Adelita.

Um nome! Finalmente!

— Adelita? E você sabe o sobrenome dela?

— Adelita Rivera. Ela é mexicana.

Neste ponto, Abbas ficou ponderando. Será que ele devia contar que Adelita Rivera também foi assassinada? Que ela morreu afogada numa praia na Suécia? Será que ela e Bosques também foram amigos? Dois amigos assassinados e uma garrafa de rum já quase no fim...

Ele achou melhor não contar. Em vez disso, apenas perguntou:

— Adelita Rivera e Dan Nilsson tinham alguma relação?

— Sim. Ela estava esperando um filho dele.

Abbas continuou olhando firme, bem dentro dos olhos de Bosques. Em boa medida, aquela conversa dependia exatamente disso. De que nenhum dos dois desviasse o olhar. Porém, em seu íntimo, ele sabia o que aquelas informações significariam quando ele as enviasse à Suécia. O que aquilo significaria para Tom. O fato de Nils Wendt ser o pai do bebê que aquela mulher assassinada em Nordkoster estava esperando!

— Você poderia me contar mais a respeito dessa Adelita? — perguntou Abbas.

— Ah, ela era uma mulher muito bonita — disse Bosques, e então contou tudo o que sabia a respeito de Adelita.

Abbas tentou gravar na memória cada detalhe do que ouvia. Pois sabia como esses detalhes seriam importantes para Tom.

— E então ela foi embora — concluiu Bosques.

— Quando foi isso?

— Há muitos anos. Para onde ela foi, eu não sei. Ela nunca mais voltou. O sueco grandão ficou desolado. Pegou o carro e foi até o México para procurá-la, mas ela não estava lá. Depois, ele foi até a Suécia.

— Mas isso foi mais recentemente, não é mesmo?

— Sim. Ele foi assassinado lá no seu país?

— Sim, foi, mas ainda não sabemos exatamente por quê, nem por quem. Foi por isso que eu vim até aqui, para ver se encontro alguma coisa que possa nos ajudar a esclarecer o caso — Abbas explicou.

— Para ajudar vocês a encontrar o assassino?

— Sim, e a desvendar o motivo pelo qual foi assassinado.

— Ele deixou uma bolsa comigo quando viajou para a Suécia.

— É mesmo? E o que é que tinha dentro dessa bolsa? — perguntou Abbas, de cabelos em pé.

— Ah, isso eu não sei. Ele só me pediu que, caso ele não voltasse até o dia 1º de julho, eu entregasse a sacola à polícia.

— Bem, eu sou da polícia.

— Mas você não tem nenhum distintivo.

— Não tenho porque não preciso.

Antes mesmo que Bosques conseguisse piscar os olhos, com suas sobrancelhas grossas, uma faca preta de lâmina comprida cravou no fio de eletricidade na parede. Depois de alguns segundos, a lâmpada que pendia do teto da varanda apagou. Abbas olhou para Bosques no escuro e disse:

— Eu tenho outra dessas comigo.

— Está bem.

Bosques se levantou e entrou na casa outra vez. Ele se demorou menos lá dentro do que da primeira vez e voltou trazendo uma bolsa de couro, que logo entregou a Abbas.

O terceiro sujeito tinha estacionado o furgão escuro a uma distância razoável da casa de Bosques, da qual ele então se aproximou o máximo que teve coragem. Não o suficiente para conseguir enxergar a casa a olho nu, porém, com a ajuda de seus binóculos com visão infravermelha, ele não teve nenhuma dificuldade para ver o que Abbas tirou de dentro da bolsa de couro na varanda da casa.

Um envelope pequeno, uma pasta de plástico e uma fita cassete.

Abbas colocou os objetos de volta na bolsa de couro. Entendeu imediatamente que era aquela bolsa que os gorilas tinham ido procurar na casa de Nils Wendt em Mal País. Sequer passou pela sua cabeça descobrir qual era o conteúdo de cada um daqueles itens. Além disso, ele próprio tinha dado cabo da única fonte de luz que havia naquela varanda. Então, levantou a bolsa no ar e disse:

— Bem, eu vou precisar levar isso aqui comigo.

— Eu entendi.

Aquela faca preta cravada na parede tinha aumentado a capacidade de entendimento de Bosques.

— Posso usar o banheiro? — perguntou Abbas, já se levantando.

Bosques apontou na direção de uma porta que ficava no outro lado da sala. Abbas desenterrou a faca cravada na parede e sumiu dentro da casa com a bolsa na mão. Por nada deste mundo ele iria largar aquela bolsa. Bosques continuou sentado onde estava na sua cadeira. Este mundo é muito estranho. E o sueco grandão está morto, foi o que pensou.

Então, tirou um vidrinho de um dos bolsos da calça e começou a passar um esmalte transparente em suas unhas.

Abbas voltou à varanda e se despediu de Bosques, que lhe desejou boa sorte. Um pouco a contragosto, Abbas recebeu um abraço de Bosques, o que o pegou de surpresa. Depois, Bosques voltou a entrar na casa.

Abbas foi até a estrada e começou a caminhar. Enquanto caminhava, ia pensando no que acabava de ouvir. Tinha descoberto o nome da mulher que Tom vinha tentando descobrir havia mais de vinte anos. Adelita Rivera. Cidadã mexicana. Que estava grávida de Nils Wendt, também assassinado.

Aquilo tudo era muito estranho.

Cerca de cem metros longe de onde a casa de Bosques ficava, num trecho em que a estrada ficava mais estreita e o luar mais fraco, ele sentiu um cano de revólver sendo encostado na sua nuca. Próximo demais para que ele pudesse ao menos pensar em usar as suas facas. É o terceiro sujeito, ele pensou. Naquele mesmo instante, sentiu a bolsa sendo puxada de suas mãos. Quando tentou se virar, recebeu uma violenta pancada na parte de trás da cabeça. Cambaleou e acabou despencando no meio do mato ao lado da estrada. E ficou caído ali, vendo um furgão grande e preto saindo do meio do mato e desaparecendo na estrada.

Depois, ele apagou.

O furgão continuou se afastando de Cabuya aos trancos e barrancos e atravessou a península de Nicoya. Não muito distante do aeroporto de Tambor, o furgão parou no acostamento da estrada. O terceiro sujeito acendeu a luz do teto do furgão e abriu a bolsa de couro.

Que estava cheia de papel higiênico.

Abbas recobrou os sentidos à beira da estrada. Passou a mão na cabeça e sentiu um calombo na nuca. Sentia uma dor enorme. Mas valeu a pena. O terceiro homem tinha conseguido levar o que queria. A bolsa de couro.
Os objetos que estavam dentro da bolsa continuavam seguros, escondidos por baixo da camisa de Abbas.
Onde ele pensava em mantê-los escondidos até voltar à Suécia.

O terceiro homem continuava sentado no furgão. Ele ficou ali, desatinado consigo mesmo, sem saber exatamente o que fazer. No momento, percebeu que, realmente, não havia muito mais o que pudesse ser feito. Tinha sido enganado e, a essa altura, o sujeito das facas com certeza já tinha conseguido voltar a se encontrar com os policiais em Mal País. Então, tirou o celular de um dos bolsos, abriu uma foto do sujeito das facas que ele tinha tirado pela janela da casa de Nils Wendt, escreveu uma mensagem curta e enviou tudo via SMS.
A mensagem e a foto foram recebidas por K. Sedovic na Suécia, que as reencaminhou para alguém que estava sentado em um terraço não muito longe da ponte de Stocksund. A esposa do destinatário estava dentro da casa, tomando banho. O homem leu em seu celular a mensagem curta que descrevia o conteúdo original da bolsa de couro, que mais tarde foi substituído por papel amassado: um pequeno envelope, uma pasta de plástico e uma fita cassete. A fita que continha a gravação original, ele pensou. A gravação da conversa que iria fazer toda a diferença para Bertil Magnuson.
Ele observou a fotografia que acompanhava a mensagem.
A fotografia do sujeito das facas, Abbas el Fassi.
Mas não é o crupiê?
O crupiê do cassino Cosmopol?
O que é que ele estava fazendo na Costa Rica?
E o que pretendia fazer com a fita original?

18

OLIVIA DORMIU muito mal.

Tinha passado a noite de São João em Tynningö, com sua mãe e dois amigos dela. Poderia ter ido a uma festa em Möja, celebrar o *midsommar* com Lenni e um grupo de amigos, mas preferiu ir a Tynningö. A tristeza pela morte de Elvis ainda a afligia volta e meia, estava precisando ficar um pouco na sua. Ou pelo menos na companhia de pessoas que não exigissem que ela festejasse. Ela e a mãe tinham passado juntas o dia anterior, pintando metade da lateral da casa que dava para o sol. "Para não deixar o Arne envergonhado", como Maria tinha dito. Depois, elas tomaram vinho um pouquinho a mais da conta. E Olivia acusou o golpe no meio da noite. Acordou por volta das três da madrugada e não conseguiu voltar a conciliar o sono antes das sete. Meia hora antes de o despertador tocar.

Acabara de comer duas bolachas de arroz e estava se encaminhando para o chuveiro quando a campainha tocou.

Abriu a porta. Era Stilton, vestindo um sobretudo curto demais para o seu tamanho.

— Olá — ele disse.

— Olá! Você cortou o cabelo?

— Marianne acabou de ligar. A amostra não é compatível.

Olivia viu quando um vizinho passou por eles e olhou de cima abaixo o homem parado na porta do apartamento de Olivia. Então, ela abriu caminho e fez um gesto para que Stilton entrasse. E fechou a porta atrás dele.

— Então o DNA não é compatível?

— Não.

Olivia foi em direção à cozinha. Stilton foi atrás dela sem nem ao menos tirar o sobretudo.

— Ou seja, aquele fio de cabelo não era da vítima.

— Não.

— Então pode ser de um dos assassinos.

— Sim, é possível que sim.

— Ou de Jackie Berglund — concluiu Olivia.

— Mas que ideia...

— Ué, por que não? Por que não poderia ser um fio de cabelo dela? Ela tem cabelos escuros, ela se encontrava na ilha quando o crime aconteceu e tinha uma explicação bastante duvidosa para ter desaparecido da ilha uma hora depois do crime. Você não concorda comigo?

— Posso usar o banheiro para tomar uma chuveirada? — Stilton perguntou.

Olivia não sabia o que responder, então simplesmente apontou para indicar onde ficava o banheiro. Ainda estava um tanto desconcertada quando ele desapareceu banheiro adentro. Tomar banho na casa dos outros é algo bastante íntimo para alguns, para outros não significa nada. Olivia demorou algum tempo até se conformar com a ideia de que Stilton estava lá, no seu banheiro, enxaguando seja lá o que for que ele estivesse enxaguando.

Voltou a pensar em Jackie Berglund.

Pensamentos sombrios.

— Esqueça Jackie Berglund — disse Stilton.

— E por que eu deveria esquecê-la?

Ele tinha tomado um banho demorado e frio e ficara pensando naquela fixação de Olivia por Jackie Berglund. Decidira revelar a ela determinadas informações. Enquanto isso, Olivia tinha se vestido e colocado a mesa para o café da manhã.

— Então foi assim. Em 2005, uma jovem grávida chamada Jill Engberg foi assassinada e eu fiquei a cargo da investigação — Stilton começou.

— Isso eu sei.

— Só estou recapitulando as coisas desde o início. Jill era uma garota de programa. A gente logo descobriu que ela trabalhava para a Red Velvet, que pertencia a Jackie Berglund. As circunstâncias do assassinato nos deram razões para acreditar que o assassino de Jill poderia ser um dos clientes de Jackie. Eu estava determinado a seguir essa linha de investigação, mas a coisa ficou por isso mesmo.

— Como assim, ficou por isso mesmo?

— Andaram acontecendo umas coisas.

— Que coisas?

Stilton ficou calado. Olivia esperou um pouco.

— O que foi que aconteceu? — ela por fim insistiu.

— Aconteceu uma série de coisas ao mesmo tempo. Eu tive um colapso nervoso e acabei sofrendo uma crise psicótica, fiquei internado durante algum tempo e, quando recebi alta, acabei sendo afastado do caso Engberg.

— E por quê?

— Oficialmente, porque não me consideraram em condições de cuidar de um caso de homicídio naquele momento, o que no fundo talvez fosse verdade.

— E extraoficialmente?

— Eu acredito que algumas pessoas queriam me ver longe daquela investigação.

— E por que isso?

— Porque eu chegara perto demais dos negócios de Jackie Berglund.

— Está se referindo à clientela dela?

— Isso.

— E quem foi que assumiu a investigação?

— Rune Forss. Um policial que...

— Eu sei quem ele é — Olivia o interrompeu. — Mas ele não conseguiu solucionar o assassinato de Jill Engberg. Li algo a respeito do caso no...

— Não, ele não conseguiu solucionar o caso.

— Mas você deve ter tido a mesma impressão que eu tive, não é? Digo, quando você estava investigando o assassinato de Jill.

— Você quer dizer as semelhanças entre o assassinato dela e o de Nordkoster?

— Exatamente.

— Sim, na verdade também fiquei com essa impressão. Afinal, Jill também estava grávida, da mesma forma que a mulher morta na praia. Além disso, o nome de Jackie Berglund veio à baila em ambos os inquéritos. Será que a mulher assassinada em Nordkoster também era uma garota de programa? Na verdade, a gente não sabia nada a respeito dela. Então, eu fiquei encasquetado com aquilo, de que poderia haver alguma relação entre ambos os casos, que talvez se tratasse do mesmo assassino e de um mesmo motivo.

— E qual seria esse motivo?

— Matar uma prostituta que estivesse tentando extorquir dinheiro dele depois de engravidar. Foi por esse motivo que nós coletamos uma amostra de material do feto de Jill e comparamos com o DNA do filho da mulher assassinada em Nordkoster. Mas o DNA não combinava.

— Isso não quer dizer que Jackie Berglund não estivesse envolvida.

— Não, realmente não quer dizer nada. Mas eu cheguei a uma hipótese que tentei comprovar durante um bom tempo, uma hipótese sobre a participação de Jackie. Afinal, ela se encontrava na ilha, num iate de luxo junto com dois noruegueses. Eu achava que, inicialmente, poderia haver quatro pessoas a bordo daquele iate, a mulher assassinada seria a quarta pessoa, então teria surgido algum problema entre eles e os outros três decidiram matar a mulher.

— Você conseguiu confirmar essa sua hipótese?

— Não, não foi possível colocar nenhum dos três na cena do crime, nem provar que eles conheciam à vítima. Afinal, a gente não fazia a mínima ideia sobre a sua identidade.

— Agora talvez seja possível colocar Jackie na cena do crime, na praia.

— Você se refere à presilha de cabelo?

— Sim.

Stilton ficou olhando para Olivia, que não dava o braço a torcer, ele estava cada vez mais impressionado com a obstinação e com a curiosidade dela, com a capacidade dela de...

— O brinco! — exclamou Olivia, interrompendo a linha de raciocínio de Stilton. — Você disse que na época vocês encontraram um brinco num dos bolsos do casaco da vítima na praia, um brinco que provavelmente não seria dela. Não foi? Na época vocês acharam que aquele objeto não tinha importância alguma.

— É.

— Havia alguma impressão digital no brinco?

— Sim, mas eram as impressões digitais da vítima. Você gostaria de ver o brinco?

— Como assim? *Você* o guardou?

— Sim, está lá no trailer.

Stilton tirou uma caixa de papelão debaixo de um dos beliches do trailer. Olivia estava sentada no outro beliche. Ele abriu a caixa e pegou um saco plástico dentro do qual estava guardado um pequeno e bonito brinco de prata.

— Aqui está — disse Stilton, entregando-o a Olivia.

— E por que você tem isso guardado aqui?

— Ah, encontrei-o no meio de vários objetos que fui buscar na minha antiga sala quando fui afastado do caso, acho que estava numa gaveta que eu esvaziei quando saí.

Olivia ergueu o saco plástico com o brinco dentro. Aquele brinco tinha um desenho bastante peculiar. Quase como se fosse uma roseta que se transformava num coração, com uma perolazinha pendendo na parte de baixo e uma pedra azul encravada no centro. Um brinco muito bonito. Lembrava alguma coisa. Onde é que tinha visto um brinco parecido?

Não fazia muito tempo...

— Posso ficar com ele até amanhã?

— Por quê?

— Porque... porque eu vi um brinco parecido com esse outro dia.

Numa loja?, Olivia pensou, de repente.

Na butique da Sibyllegatan?

Mette Olsäter estava sentada com parte de sua equipe na sala de investigações do prédio da polícia nacional, na Polhemsgatan. Alguns deles tinham ido comemorar o *midsommar*, outros tinham ficado em casa relaxando. No momento, tinham acabado de ouvir a gravação do interrogatório que Mette fez com Bertil Magnuson. Pela terceira vez. Todos tinham a mesma convicção: ele estava mentindo a respeito das conversas telefônicas. Em parte, aquela era uma convicção de natureza empírica. Aqueles policiais, acostumados que estavam a fazer interrogatórios, conseguiam distinguir as mínimas nuances no tom de voz dos interrogados. Mas aquela convicção também se baseava em elementos concretos. Por que Nils Wendt iria telefonar quatro vezes para Bertil Magnuson e ficar em silêncio durante as quatro ligações? Como Bertil Magnuson afirmava que ele tinha feito. Wendt com certeza sabia que Magnuson, nem mesmo em sua mais delirante imaginação, teria como adivinhar que era ele, Nils Wendt, ressurgido das cinzas, depois de ficar desaparecido durante vinte e sete anos, quem estava ligando para ele sem dizer uma palavra do outro lado da linha. O que eles teriam conversado durante essas ligações? O que Wendt teria dito?

— Ele não ficou em silêncio.

— Claro que não.

— Então, o que será que ele poderia ter dito?

— Alguma coisa que Magnuson não quer revelar.

— E do que poderia se tratar?

— De algo que aconteceu no passado — disse Mette, seguindo a linha de raciocínio de seus subordinados. Ela chegou a essa conclusão partindo do princípio de que Wendt tinha ficado desaparecido durante vinte e sete anos e, de repente, voltou a aparecer em Estocolmo e telefonou para o seu ex-sócio. E a única coisa que eles tinham em comum era o passado.

— Então, se trabalharmos com a hipótese de que Magnuson está por trás do assassinato de Wendt, a motivação para esse crime deve estar em alguma coisa que eles conversaram durante essas quatro ligações — ela concluiu.

— Algum tipo de chantagem?

— Pode ser.

— E o que será que Wendt teria ou sabia para poder chantagear Magnuson? Agora, no presente? — Lisa especulou.

— Alguma coisa que aconteceu no passado.
— E quem poderia saber do que se tratava, além do próprio Magnuson?
— A irmã de Wendt que mora em Genebra?
— Duvido muito.
— A ex-mulher dele? — Bosse especulou.
— Ou Erik Grandén? — disse Mette.
— O político?
— Ele fazia parte da diretoria da Magnuson Wendt Mining na época do desaparecimento de Nils Wendt.
— Você quer que eu entre em contato com ele? — Lisa perguntou.
— Sim, por favor.

Olivia estava sentada num vagão do metrô. Durante todo o trajeto, desde o momento em que deixou o trailer, ela esteve remoendo as informações que Stilton trouxera à baila. Não tinha muita certeza a respeito de tudo o que ouvira ele contar. E tinha ainda menos certeza se seria uma boa ideia voltar a cercar Jackie Berglund. Quando o próprio Stilton fez isso, ele acabou sendo afastado da investigação que comandava. Bem, mas ela não era policial. Pelo menos ainda não. Oficialmente, não estava trabalhando em investigação alguma. Portanto, não podia ser afastada de coisa alguma. Podiam ameaçá-la, isso sim, e também matar o seu gato, mais do que isso não podiam. Estava livre para fazer como bem entendesse, pensou.

E estava disposta a fazê-lo.

Aproximar-se de Jackie Berglund, a assassina de gatos. Para tentar obter alguma amostra de Jackie que pudesse mandar para um exame de DNA. Para comprovar se o fio de cabelo na presilha encontrada por Gardman em Nordkoster pertencia ou não a ela.

E como o faria?

Dificilmente poderia voltar a aparecer na butique de Jackie. Iria precisar de ajuda. Foi então que teve uma ideia. Uma ideia que iria obrigá-la a fazer uma coisa repulsiva.

Repulsiva demais.

Um ruído sibilante soou. Um gato estendido no chão, ao sol, pulou e partiu em correria. Aquele era um apartamento de quarto e sala, desleixado, no segundo andar de um prédio que ficava na Söderarmsvägen em Kärrtorp. Não havia nenhuma plaquinha com nome na entrada e praticamente quase nada de mobília nos cômodos. Minken estava só de cuecas, parado junto à janela, e aplicava um pico na veia. O que era algo que raramente fazia ultimamente. Quase nunca. Porém, de vez em quando, precisava de um desafogo. Pela janela, deu uma espiada na vizinhança. Ainda estava puto por causa daquela outra noite, depois que eles saíram do trailer. "Nem com uma pinça de três metros de comprimento." Aquela filha da mãe o tinha tomado por um alcaguetezinho de meia-tigela qualquer. Ou um desses infelizes da vida que enfiam o pau no primeiro buraco que encontram.

Aquilo o tinha deixado arrasado.

Mas tinha certas coisas que conseguiam levantar até mesmo o ego mais maltratado. Em menos de dez minutos, Minken já estava pisando nos cascos outra vez. E o seu cérebro vibrante já maquinara uma série de justificativas para ela tê-lo humilhado daquele jeito. Desde o fato de aquela garota não ter a mínima ideia de com quem estava falando — Minken, o cara — até o fato de ela simplesmente ser uma idiota. Além disso, era estrábica. Uma vaca ridícula que achava que podia se dar ao luxo de desprezar o melhor de Minken!

Agora ele se sentia bem melhor.

Quando a campainha tocou, ele e seu ego já tinham se reconciliado outra vez. E suas pernas praticamente saíram andando sozinhas. Sim, estava drogado. E daí? Ele era um cara no prumo. Um malandro que tinha tudo sob o mais perfeito controle. Mas quase bateu com a cabeça na porta.

A vaca ridícula?

Minken olhou para Olivia boquiaberto.

— Olá — disse ela.

Minken continuou olhando para ela com os olhos arregalados.

— Eu só queria pedir desculpas. Eu fui muito grosseira na outra noite, quando saímos do trailer do Tom. Realmente, não tive a intenção, eu estava tão chocada com o que tinha acabado de acontecer com o Tom, não foi nada pessoal, eu juro. Mas sei que me portei como uma idiota infeliz. De verdade. Desculpe.

— Mas que diabos você quer aqui?

Olivia achou que tinha conseguido se expressar com toda a clareza, então deu prosseguimento ao seu plano.

— Então aqui é o seu apartamento de cinco milhões?

— No mínimo isso.

Ela levara um bom tempo planejando aquela abordagem estratégica. Estava bastante segura de como devia lidar com aquele malandro. Ela só precisava de uma desculpa para se aproximar dele.

— Na verdade, estou procurando um apartamento. Quantos cômodos tem esse aqui? — perguntou ela.

Minken se virou e entrou no apartamento. Ele deixou a porta aberta, o que Olivia interpretou como uma espécie de convite para ir entrando. Ela aceitou o convite e entrou. Naquele apartamento de quarto e sala quase que totalmente vazio. E descuidado. Cujo carpete estava praticamente se desmanchando. Cinco milhões? No mínimo?

— A propósito, Stilton mandou lembranças, ele...

Minken tinha sumido da vista dela. Será que ele escapou pela janela do quarto?, ela pensou. Até que de repente ele voltou a aparecer.

— Você ainda está aí? — perguntou ele, agora enrolado numa espécie de roupão de banho e segurando uma caixa de leite da qual mamou sofregamente antes de repetir a pergunta: — Mas que porra você quer aqui?

Não, aquilo não iria ser tão fácil.

Olivia foi direto ao assunto:

— Estou precisando de uma ajuda. Preciso de uma amostra de DNA de uma determinada pessoa, mas esta pessoa não pode sequer me ver na sua frente, então eu me lembrei daquilo que você me contou no outro dia.

— O que foi que eu contei?

— Você contou que tinha ajudado Stilton em vários casos complexos, que você era uma espécie de braço direito dele, não é mesmo?

— Sim, é isso aí.

— Então, eu fiquei pensando que você talvez tenha alguma experiência com esse tipo de coisa, afinal parece que você entende um pouco de tudo, não é?

Minken mamou sofregamente mais um pouco do leite da caixinha.

— Ou será que você já não trabalha mais com essas coisas? — perguntou Olivia.

— Eu continuo trabalhando com esse tipo de coisas, sim, na maior parte do tempo.

Ele já engoliu a isca, Olivia pensou. Agora só falta puxar.

— E você teria coragem de fazer algo desse tipo?

— Se eu teria coragem de quê? Que diabos você está querendo dizer? Que merda você precisa que eu faça?

Está no papo.

Olivia saiu da estação de metrô da Östermalmstorg acompanhada de um cavalheiro bastante animado, Minken, o cara, um homem que tinha coragem de fazer praticamente de tudo.

— Alguns anos atrás, eu estava escalando o K2, você sabe, a segunda montanha mais alta do mundo, no Himalaia. Éramos eu, o Göran Kropp e alguns sherpas, o vento era glacial, 32 graus negativos... uma dureza só.

— E vocês conseguiram chegar ao cume?

— Eles conseguiram, mas eu tive que ficar para trás para ajudar um alpinista inglês que tinha sofrido uma fratura num dos pés, tive que carregá-lo nas costas até o acampamento-base. Aliás, ele é membro da nobreza britânica, e desde então as portas do palácio dele em New Hampshire estão sempre abertas para mim.

— Mas New Hampshire não fica nos Estados Unidos?

— Como é mesmo o nome da tal butique?

— Udda Rätt. Ela fica logo ali adiante, na Sibyllegatan.

Olivia aguardaria a uma certa distância da loja. Então, ela fez uma descrição de Jackie Berglund para Minken e explicou exatamente do que precisava.

— Um fio de cabelo, por exemplo, ou algo assim? — Minken perguntou.

— Ou saliva.

— Quem sabe uma lente de contato? Foi assim que a gente pegou aquele cara em Halmstad, ele limpou todo o apartamento depois de espancar a própria esposa até a morte, mas a gente encontrou uma lente de contato dele no saco do aspirador de pó e conseguimos o DNA com aquela lente, foi assim que conseguimos botar o desgraçado no xilindró.

— Mas eu não sei se Jackie Berglund usa lentes de contato.

— Bem, então vou ter que improvisar alguma coisa — disse Minken, já caminhando na direção da loja.

A ideia que Minken fazia de "improvisar" era algo discutível. Ele entrou direto na loja, viu Jackie Berglund parada de costas junto a uma arara de roupas ao lado de uma cliente, foi até ela e arrancou uma pequena mecha do seu cabelo. Jackie deu um berro e pulou para o lado com um solavanco, então viu Minken, que fez a maior cara de espanto.

— Mas... QUE MERDA! Mil desculpas! Eu achei que era a piranha da Netta!

— Quem?!

Minken agitou os braços no ar como os drogados costumam fazer. Aquele gesto lhe saiu de uma forma totalmente natural naquele momento.

— Sinto muito, muito mesmo! Me desculpe! Ela tem os cabelos da mesma cor, ela me roubou um papelote de cocaína e correu nessa direção! Por acaso você não viu ela por aqui?

— Dê o fora daqui! — exclamou Jackie, agarrando a manga do casaco de Minken e arrastando-o até a porta.

Minken não opôs muita resistência. E acabou saindo logo, levando no punho fechado uma mecha de cabelo de Jackie Berglund. Que se virou para a sua cliente ainda um pouco em estado de choque e disse:

— Esses drogados! Eles ficam circulando aqui pelo parque e de vez em quando vêm até aqui para roubar alguma coisa ou arrumar confusão. Peço desculpas.

— Tudo bem. Mas ele conseguiu roubar alguma coisa?

— Não, nada.

Estava enganada.

Erik Grandén estava prestes a revisar a sua agenda para a semana seguinte. Sete países em sete dias. Ele simplesmente adorava viajar. Voar. Estar o tempo todo em movimento. O que não era totalmente compatível com o seu cargo no Ministério das Relações Exteriores, porém, até o momento, ninguém tinha colocado nenhuma restrição quanto a isso. Afinal, ele estava o tempo todo à disposição via Twitter. Foi quando Lisa Hedqvist telefonou para solicitar uma reunião com ele.

— Infelizmente não vou poder.

Ele não tinha tempo para uma reunião. E o seu tom de voz arrogante deixava claro que ele tinha coisas mais importantes para fazer do que se reunir com uma jovem policial. Então, Lisa teve que se contentar em conversar com ele por telefone:

— Eu gostaria de lhe fazer algumas perguntas a respeito da empresa antigamente chamada Magnuson Wendt Mining.

— Sim, o que você gostaria de saber?

— O senhor foi um dos membros da diretoria da empresa durante...

— Ah, mas isso faz tempo. Mais exatamente vinte e sete anos. Como vocês devem saber.

— Sim. Houve algum tipo de conflito entre os membros da diretoria naquela época?

— Conflito com relação a quê?

— É o que eu gostaria de saber. Havia algum tipo de tensão entre Nils Wendt e Bertil Magnuson?

— Não, não havia.

— Nada mesmo?

— Nada que seja do meu conhecimento.

— Mas o senhor ouviu falar que Nils Wendt foi assassinado aqui em Estocolmo recentemente, não é?

— Esta é uma pergunta totalmente estapafúrdia. Posso lhe ajudar com mais alguma coisa?

— No momento, não, obrigada — disse Lisa Hedqvist antes de desligar.

Erik Grandén continuou alguns segundos segurando o celular.

Ele não estava gostando nada daquilo.

Foi muito mais fácil do que ela imaginou. Durante todo o trajeto até chegar ao trailer, ela se esforçou para construir uma linha de argumentação, tentando antecipar as perguntas que ele pudesse lhe fazer para poder respondê-las à altura, mas no fim ele simplesmente disse:

— Está bem.

— Está bem?

— Cadê a tal amostra?

— Aqui! — disse Olivia, entregando o saquinho plástico com a mecha de cabelos arrancada de Jackie Berglund.

Stilton pegou o saco de plástico e colocou-o num dos bolsos. Olivia nem ousou perguntar por que ele disse apenas "Está bem". Porque ele estava no caso outra vez? Ou será que estava querendo ser gentil com ela? E se fosse esse o caso, qual seria a razão?

— Ótimo! — ela disse. — E quando você acha que...

— Não sei.

Stilton não fazia ideia se a sua ex-mulher poderia ajudá-los outra vez. Ele sequer tinha certeza se ela tinha algum interesse em ajudá-los. Depois que Olivia foi embora, Tom ligou para a ex-mulher.

Sim, ela estava disposta a ajudá-los.

— Vocês querem que eu compare essa mecha de cabelos com o fio de cabelo que foi encontrado na presilha?

— Sim. Talvez aquele fio de cabelo seja de um dos assassinos.

Ou assassina, Stilton pensou.

— Mette sabe alguma coisa a respeito disso? — Marianne perguntou.

— Não, ainda não sabe.

— Então, quem é que vai se encarregar dos custos envolvidos?

Stilton também tinha pensado nisso. Ele sabia que testes de DNA custavam caro. E já tinha pedido a ela um favor daqueles antes. Pedido não, implorado. Ter que fazer isso outra vez era algo que mexia com os brios dele.

Por isso, ele simplesmente não respondeu nada.

— Está bem. Eu volto a entrar em contato — disse Marianne, afinal.

— Obrigado — disse Stilton, antes de desligar.

Na verdade, Olivia deveria se encarregar do custo, ele pensou. Sim, afinal, é ela que está por atrás desse assunto. Nem que ela tenha que vender a lata velha daquele Mustang.

Ele tinha coisas mais importantes com que se preocupar.

Ligou para Minken.

Bertil voltava para casa no seu Jaguar prateado. Estava bastante tenso e nervoso. Ainda não tinha conseguido descobrir o que é que aquele crupiê pretendia fazer. Abbas el Fassi. Ao menos, já tinha conseguido descobrir o seu nome completo e pedido para K. Sedovic dar um pulo no apartamento dele na Dalagatan. Caso ele resolvesse aparecer por lá. Além disso, tinha tomado providências para ter alguém esperando no aeroporto de Arlanda. Caso ele resolvesse aparecer por lá. Devia voltar à Suécia a qualquer momento. Trazendo a fita original. Para quem será que ele pretendia entregar aquela fita? Será que ele conhecia Nils? Será que pretendia continuar a chantagem com a gravação? Ou será que era da polícia? Mas, afinal, ele não era um maldito crupiê? Sim, ele o tinha visto trabalhando no cassino Cosmopol, praticamente todas as vezes em que tinha ido lá para jogar. Bertil não conseguia entender o que estava acontecendo, por isso estava tão tenso e nervoso.

Bem, pelo menos, havia algo positivo. A fita original provavelmente estaria de volta à Suécia logo, logo. E não estaria mais lá, longe, na Costa Rica, onde poderia cair nas mãos da polícia local. Agora ele só precisava tomar todas as precauções para que a fita não fosse parar nas mãos da polícia sueca.

Então, Erik Grandén telefonou.

— A polícia entrou em contato contigo?

— Por que razão eles fariam isso?

— Por causa do assassinato do Nils. Eu recebi uma ligação de uma jovem policial impertinente que queria saber se havia algum tipo de conflito entre você e o Nils na época em que eu era da diretoria da empresa.

— Conflito? Que tipo de conflito?

— Pois eu também gostaria de saber! E por que a polícia está interessada nesse assunto justo agora?

— Eu não sei.

— Que situação desagradável.

— E o que foi que você respondeu?

— Respondi que não.

— Ou seja, que não havia nenhum conflito, não é?

— Não, afinal, não havia nenhum conflito. Pelo menos não que eu me lembre. Ou havia?

— Não, absolutamente nada.

— Claro que não. Às vezes, eu fico me perguntando se a polícia sueca é competente em alguma coisa.

Magnuson desligou.

Acke Andersson estava sentado num banco de lanchonete no centro de Flemingsberg acompanhado daquele amigo de sua mãe, o Minken, além de um dos amigos do Minken. Um cara com um curativo enorme na parte de trás da cabeça. Eles estavam comendo hambúrguer. Ou melhor, Minken estava comendo um hambúrguer. Acke e o outro cara bebiam um milkshake de baunilha.

O amigo de Minken tinha pedido para conhecer Acke.

— Eu não sei muita coisa sobre isso — disse Acke.

— Mas você sabe quem é que organiza isso, não sabe? Quem são eles? — Stilton perguntou.

— Não, eu não sei.

— Mas então como é que você fica sabendo quando vocês irão lutar?

— Por SMS.

— Eles avisam por SMS?

— Sim.

— Mas então você tem o número de celular deles, não tem?

— Como assim?

— O pessoal que envia as mensagens, eles enviam SMS por celular. Então você deve ter o número de celular de quem as envia, ou não?

— Não, não tenho.

Stilton estava quase desistindo. Pedira para Minken arranjar aquele encontro com Acke para tentar descobrir se o menino sabia algo mais a respeito do *cagefighting*. Nomes. Endereços. Mas ele não sabia nada. Ele recebia um SMS e então ia por conta própria ou era levado por alguém até o local indicado.

— E quem é que vem te buscar?

— Uns garotos.

— E como esses garotos se chamam?

— Não sei.

Com isso, Stilton desistiu completamente e tomou o último gole do seu milkshake.

Não muito longe da lanchonete, Liam e Isse estavam parados, vestindo seus casacos com capuz. Tinham levado Acke para as lutas algumas vezes. No momento, planejavam levá-lo outra vez. Mas, de repente, viram que o menino estava conversando com o mesmo sujeito que tinham filmado naquele trailer, enquanto ele trepava com um de seus alvos. O mesmo sujeito que tinha sido surpreendido por eles espionando a última luta e levado uma boa surra deles.

Um sem-teto.

Mas por que Acke estava conversando com ele?

— Será que ele não é um sem-teto? Será que é um tira?

— Tipo um agente secreto?

— É.

Os três foram embora da lanchonete. Minken e Stilton foram andando até a estação do trem metropolitano. Acke corria para casa, sem se dar conta de que estava sendo seguido por Liam e Isse. Eles o alcançaram quando ele passava na frente do campo de futebol, vazio àquelas horas.

— Acke!

Acke se deteve. Ele reconheceu os rapazes. Vieram buscá-lo algumas vezes para as lutas. Será que ia haver outra? Apesar de, na verdade, ele não querer mais participar. Mas como ele poderia explicar isso a eles?

— Olá — Acke respondeu.

— Com quem você estava conversando lá na lanchonete? — Liam perguntou.

— Quando?

— Agora há pouco. A gente viu você lá com eles. Quem eram aqueles caras?

— Um amigo da minha mãe e o outro é amigo dele.

— O que tinha o curativo na cabeça? — Isse perguntou.

— Ele mesmo.

— E o que foi que você contou pra ele?

— Contei a ele sobre o quê? Eu não contei nada, não!

— Aquele cara com o curativo na cabeça foi bisbilhotar a nossa última sessão de lutas. Como é que ele descobriu? — Liam perguntou.

— Sei lá.

— A gente não gosta nada de dedo-duro.

— Mas eu não...

— Mentira! — exclamou Isse.

— Mas eu juro! Eu não...

Antes de completar a frase, Acke levou um soco direto no rosto. E antes de conseguir se desviar, levou outro. Liam e Isse agarraram Acke pelas mangas do casaco, olharam em volta e foram embora levando o menino ensanguentado. Aterrorizado, Acke se virou para trás para tentar ver para que lado os adultos tinham ido.

Os dois adultos estavam na plataforma do trem, bem longe dali.

19

O TELEFONE TOCOU no meio da noite, logo depois das três da manhã. Stilton demorou um pouco para despertar e atender à ligação. Era Abbas. Estava aguardando um voo de conexão, por isso tinha que falar rápido. Ele resumiu: a mulher assassinada em Nordkoster chamava-se Adelita Rivera, era mexicana e o pai da criança que ela estava esperando era Nils Wendt.

Depois, desligou.

Stilton continuou sentado de cuecas no beliche por um bom tempo, com os olhos parados no celular que segurava nas mãos. Para ele, as informações trazidas por Abbas representavam algo incrível. Após quase vinte e quatro anos, ele finalmente conseguia descobrir algo que não conseguiu descobrir na época: o nome da vítima e a identidade do pai do bebê.

Adelita Rivera e Nils Wendt.

Ela, assassinada há vinte e quatro anos. Ele, assassinado há uma semana.

Inacreditável.

Depois de ficar remoendo essas informações inacreditáveis por vários minutos, talvez até meia hora, ele se lembrou de Olivia. Será que devia ligar para ela e contar tudo o que acabara de ficar sabendo? Sem delongas? Ou devia aguardar? Que horas eram mesmo? Ele olhou outra vez para o celular. Três e meia da manhã. Um pouco cedo demais.

Largou o celular e ficou olhando para o chão. A eterna trilha de formigas serpenteava não muito longe dos seus pés. Observou-as. Formavam duas trilhas paralelas, uma de ida e outra de volta, bem próximas uma da outra. E nenhuma se desviava. Todas seguiam na mesma direção que as outras, embora em sentidos contrários. Nenhuma delas tomava outra direção. Também nenhuma parava no meio do caminho.

Desviou o olhar das formigas.

Uma mexicana e Nils Wendt.

Ele continuou remoendo aquelas informações inacreditáveis. E continuou especulando a partir delas. Em busca de alguma conexão. Fatos. Hipóteses. Então, percebeu que estava começando a recuperar aquilo que tinha ficado para trás há vários anos. Estava começando a "funcionar" outra vez. Ainda que de uma forma um tanto primária. Juntando e separando coisas. Analisando.

Não exatamente da mesma forma que antes, longe disso. Se antigamente era um Porsche, hoje não passava de um Lada. Um Lada sem rodas. Mas já era alguma coisa.

Já não se encontrava mais no vazio.

Ovette Andersson estava parada perto do shopping Gallerian, na Hamngatan, e aguardava. Chuviscava um pouco. Tinham combinado se encontrar às dez horas, mas já eram quase dez e meia. Seus cabelos claros estavam ficando molhados.

— Mil desculpas! — exclamou Minken e abriu os braços para se desculpar ao chegar a passos apressados.

Ovette fez que sim com a cabeça. Começaram a caminhar na direção da Norrmalmstorg. Formavam um casal um pouco estranho naquele ambiente da praça e àquela hora específica, quando faltava pouco para o horário de almoço e os compradores insaciáveis e os lacaios do mundo financeiro iam e vinham por aquelas ruas. Minken olhou para Ovette. Estava maquiada, mas isso não ajudava muito. Tinha o rosto totalmente marcado pela preocupação e pelas lágrimas derramadas.

Acke havia desaparecido.

— Como foi que isso aconteceu?

— Ele não estava em casa quando eu cheguei, e eu não fiquei na rua até muito tarde ontem à noite. Não estava no quarto dele, nem em parte alguma. A cama dele continuava arrumada e a comida que deixei pronta para ele ainda estava na geladeira, como se ele simplesmente não tivesse aparecido em casa ontem!

— Eu estive com ele ontem.

— Você esteve com ele?

— Sim, a gente se encontrou e ficou conversando numa lanchonete no centro de Flemingsberg, parecia estar tudo bem com ele, depois a gente se despediu, ele disse que ia pra casa, e eu voltei pra cá. Ele não está no centro de recreação?

— Não, não está. Eu já telefonei para lá pra perguntar. O que será que ele anda aprontando?

Minken evidentemente não fazia ideia, mas percebeu como Ovette estava muito próxima de perder o equilíbrio. Então, ele passou o braço pelos ombros dela. Como ela era pelo menos uma cabeça mais alta do que ele, aquele movimento não foi nada fácil.

— Estas coisas acontecem, ele deve estar bem, deve estar na casa de alguém.

— Pode ser, mas eu me lembrei daquilo que você me contou e fiquei pensando se o sumiço dele tem algo a ver com as lutas.

— Você quer dizer as tais lutas nas jaulas?

— É!

— Ah, acho que não, pois tenho certeza de que ele não vai mais participar daquelas lutas.

— E como é que você sabe disso?

— Não importa. Bem, em todo caso, se você está tão preocupada, por que não entra em contato com a polícia?

— Com os tiras?

— É.

Minken sabia exatamente no que Ovette estava pensando. Que ela não passava de uma puta decadente. Os tiras não iriam considerar o caso dela como prioritário. Mas mesmo assim ela poderia conseguir algum tipo de ajuda da polícia. Afinal, é para isso que a polícia existe. Então, eles pararam ao chegar à Kungsträdgårdsgatan.

— Eu também vou ver se pergunto por aí e descubro alguma coisa — disse Minken.

— Obrigada.

A chuva martelava no teto do trailer. Stilton estava sentado num dos beliches e besuntava os ferimentos no peito com o unguento de Vera. O vidro estava quase acabando. E ele dificilmente conseguiria mais daquele unguento. Tanto Vera quanto a avó dela estavam fora do seu alcance. Então, Stilton olhou para uma pequena fotografia de Vera que estava numa prateleira do trailer. Ele pedira à *Situation Sthlm* uma cópia do crachá de vendedora de revistas que Vera usava, e eles lhe deram. O crachá tinha uma foto dela. Ele pensava em Vera com frequência. O que não costumava acontecer antes, quando ela ainda estava viva. Na época, ele pensava em outras pessoas completamente diferentes. Em pessoas que tinham sido importantes na vida dele e das quais tinha se afastado. Abbas, Mårten e Mette. Quando pensava no assunto, sempre se resumia a eles três. Em determinados momentos, ainda pensava um pouco em Marianne. Mas isso era algo intenso demais, doloroso e triste demais. E exigia muito da pouca energia com que contava para continuar sobrevivendo.

Olhou para o vidro do unguento, estava quase acabando. Então, alguém bateu à porta. Stilton continuou besuntando os seus ferimentos, não estava interessado em receber visitas no momento. Mas ficou interessado alguns segundos mais tarde. Exatamente quando o rosto de sua ex-mulher apareceu na única janela do trailer. Os olhares deles se encontraram, um encontro que durou um bom tempo.

— Entre.

Marianne abriu a porta e olhou dentro do trailer. Ela vestia um casaco verde-claro simples e segurava um guarda-chuva numa das mãos. Na outra, trazia uma pasta de documentos cinzenta.

— Olá, Tom.

— Como você me achou aqui?

— Olivia me deu o endereço. Posso entrar?

Stilton fez um gesto e Marianne entrou. Ele tinha colocado uma pilha de jornais sobre aquela triste mancha seca de sangue no piso do trailer. E torcia para que nenhum inseto esquisito resolvesse desfilar por ali. Pelo menos não naquele exato momento. Então, ele largou o vidro de unguento e fez um gesto na direção do outro beliche.

Aquela situação não era das mais confortáveis.

Marianne fechou o guarda-chuva e deu uma boa olhada em volta. Ele realmente morava ali naquele lugar? Um lugar tão miserável? Será que era mesmo possível? Ela pigarreou e olhou pela janela.

— Que cortina bonita.

— Acha mesmo?

— Sim. Não.

Marianne sorriu e abriu o casaco.

Depois, com todo o cuidado, ela se sentou no beliche e deu outra boa olhada ao redor.

— Esse trailer é seu?

— Não.

— Ah, não? Pelo que vejo...

Marianne meneou a cabeça na direção das roupas de Vera, que estavam penduradas um pouco à distância, ao lado do fogareiro de querosene enferrujado.

— São as roupas dela?

— Sim.

— E ela é uma pessoa bacana?

— Está morta. Assassinada. Então, como foi?

Direto ao assunto, como de costume. Para se livrar o mais rápido possível. Sempre a mesma coisa. Apesar disso, parecia concentrado. Ela via algo nos olhos dele, algo do olhar que ele tinha antigamente. Aquele mesmo olhar que a atraíra tanto. Há muito tempo.

— As amostras são compatíveis.

— Tem certeza?

— Sim. O fio de cabelo na presilha encontrada na praia pertence à mesma pessoa cuja mecha de cabelo me foi entregue. Quem é?

— Jackie Berglund.

— Aquela Jackie Berglund?

— Ela mesma.

Marianne e Stilton ainda estavam casados em 2005. No mesmo ano em que ele investigou o assassinato de Jill Engberg, em razão do qual ele chegou à chefe dela, Jackie Berglund. Eles tinham conversado em casa a respeito das várias hipóteses envolvendo Jackie naquele caso. Na cozinha, no banheiro, no quarto. Isso logo antes de ele sofrer a sua primeira crise psicótica e ser internado. A psicose de Tom não tinha nada a ver com o trabalho dele, apesar de a carga de trabalho intenso que cumpria ter meio que preparado o terreno para isso. Marianne sabia exatamente o que é que tinha desencadeado a psicose de Tom. Ninguém mais sabia, ela achava. E ela sofreu com o problema de saúde dele. Depois, ele foi afastado do caso Engberg. Meio ano depois, o casamento deles chegou ao fim.

O que não aconteceu da noite para o dia. Não foi uma decisão precipitada. Foi uma consequência do estado mental de Tom. Ele foi se afastando dela. Propositadamente. Ele aceitava a ajuda dela cada vez menos, não queria que ela o visse, que chegasse perto dele. No final, ele conseguiu o que queria. Marianne não conseguia mais continuar, não conseguia mais ajudar alguém que não queria ser ajudado.

Então, cada um seguiu o seu caminho.

E ele foi acabar parando naquele trailer.

Agora, ali estava ele, sentado no beliche.

— Isso quer dizer que Jackie Berglund provavelmente esteve naquela praia na mesma noite em que o crime foi cometido... — disse Stilton, meio que para si mesmo.

Durante seu depoimento na época, Jackie Berglund negou que tivesse estado na praia naquela noite.

Tom ainda estava digerindo aquela descoberta assombrosa.

— É evidente que sim — disse Marianne.

— Olivia... — disse Stilton com um tom de voz tranquilo.

— Foi ela que tomou a iniciativa de investigar isso tudo?

— Sim, foi.

— E o que é que vocês vão fazer agora? Quero dizer, agora que sabemos que as amostras combinam?

— Não sei.

— Você sabe que não pode interferir nisso, não é mesmo? — considerou Marianne.

Mas por que cargas d'água eu não poderia?, foi a primeira coisa que ele pensou. Num rompante um tanto violento. Até que percebeu que Marianne olhou para o vidro contendo aquela gosma pegajosa e depois para os dois ou três exemplares da *Situation Sthlm* que havia sobre a mesa, antes de voltar a olhar para ele.

— É, você tem razão. Vamos precisar da ajuda da Mette — ele respondeu.

— E como é que ela está?

— Bem.

— E o Mårten?

— Bem.

Pronto, ele voltou a ficar daquele jeito, taciturno e calado, Marianne pensou.

— E o que é que te traz a Estocolmo? — Stilton perguntou.

— Vou dar uma palestra na sede da polícia nacional.

— Que bom.

— Por acaso você foi espancado?

— Sim.

Stilton ficou torcendo para que Marianne não se desse ao trabalho de tentar encontrar os vídeos no site Trashkick. Se o fizesse, era enorme a probabilidade de ela reconhecer o corpo dele sobre o de Vera.

Copulando.

Por algum motivo, não queria que ela visse aquilo.

— Muito obrigado por se dispor a nos ajudar — Stilton disse.

— De nada.

Então, fez-se um breve silêncio. Stilton olhou para Marianne e ela sustentou o olhar. Havia algo de infinitamente triste naquela situação, e era um sentimento compartilhado por ambos. Ela sabia a pessoa que ele tinha sido, mas que deixara de ser. E ele também sabia disso.

Ele agora era outra pessoa.

— Você continua muito bonita, Marianne, sabia disso?

— Obrigada.

— Está tudo bem com você?
— Sim. E com você?
— Não.

Era algo que ela não precisava perguntar. Então, esticou uma das mãos sobre a mesa de fórmica e a pousou sobre as veias salientes da mão de Tom.

Ele deixou que ela ficasse ali.

Tão logo Marianne foi embora do trailer, Stilton ligou para Olivia. Primeiro, contou para ela sobre o telefonema de Abbas, enquanto aguardava um voo de conexão, e ouviu a longa reação dela:

— Adelita Rivera?
— Sim.
— Nascida no México?
— Isso.
— E Nils Wendt era o pai do bebê?
— Segundo Abbas, sim. Vamos saber mais detalhes assim que ele voltar.
— Isso é inacreditável! Você não acha?
— Sim, também acho.

Inacreditável em mais de um sentido, Stilton pensou. Então, ele contou sobre o resultado dos testes de DNA feitos por Marianne. E ouviu a reação ainda mais intensa de Olivia:

— O fio de cabelo era mesmo de Jackie Berglund?
— Sim.

Depois de digerir aquelas informações, Olivia, ainda empolgada, estava convencida de que eles talvez tivessem acabado de solucionar o caso da praia. Stilton se viu obrigado a especular que a presilha de cabelo poderia ter ido parar naquela praia em outro momento e não necessariamente na noite do crime. Um pouco mais cedo naquele mesmo dia, por exemplo. Afinal, Gardman jamais tinha dito que Jackie tinha perdido a presilha na praia exatamente naquela noite. A única coisa que ele disse foi que a presilha estava lá na praia, onde ele a encontrou.

— Mas por que é que você tem que ser sempre do contra?

— Ora, se quiser mesmo se tornar uma boa policial, a primeira coisa que você deve aprender é nunca esquecer que, caso haja uma explicação alternativa, ela vai aparecer como um bumerangue no tribunal.

Então, Stilton sugeriu que eles entrassem em contato com Mette Olsäter.

— E por que a gente deveria fazer isso?

— Porque nenhum de nós dois tem autoridade para interrogar Jackie Berglund.

Mette foi encontrar Stilton e Olivia não muito longe da portaria da sede da polícia na Polhemsgatan. Ela estava bastante ocupada e não tinha tempo para dar uma escapada até o centro. Stilton relutou bastante em ir até lá para conversar com ela. Aquele local estava próximo demais de um ambiente e de pessoas que faziam parte de um passado doloroso para ele.

Porém, era Mette quem dava as cartas no momento.

Em mais de um sentido.

Afinal, ela estava no meio das investigações do assassinato de Nils Wendt, e apenas aguardava que Abbas desembarcasse na Suécia para colocar as mãos no material que ele trazia escondido debaixo da roupa. Pelo menos, era o que ele tinha dito. Quando ele telefonou para informar como as coisas tinham ocorrido na Costa Rica, numa versão um pouco resumida, ela se deu conta de que aquele material poderia revelar informações fundamentais para a sua investigação. Incluindo o motivo do crime. E até mesmo o nome do assassino, na melhor das hipóteses.

Ou talvez mais alguma coisa.

Por isso tudo, Mette estava um pouco agitada.

De qualquer forma, era uma policial experiente e inteligente. E concluiu imediatamente que o resultado a que Stilton e Olivia tinham chegado com relação às amostras de DNA que combinavam significava uma enorme dor de cabeça para Jackie Berglund. Também concluiu imediatamente que aquelas duas pessoas à sua frente não poderiam fazer nada por conta própria. Uma aluna da Academia de Polícia e um sem-teto. Mesmo que não se tratasse de um sem-teto qualquer, era alguém que seria impossível colocar sozinho numa sala oficial de interrogatório para cuidar de um homicídio que ainda não havia prescrito. Pelo menos, não por enquanto.

Muito menos para interrogar um dos prováveis assassinos.

Por essas e outras, ela sugeriu:

— Encontrem-se comigo aqui, dentro de quatro horas.

A primeira coisa que ela fez foi dar uma lida nos documentos mais importantes do caso da praia. Depois, solicitou algumas informações complementares aos colegas da polícia norueguesa. Isso feito, escolheu uma sala de interrogatório que sabia ficar longe o bastante de olhares curiosos. Protegida por duas ou três portas que permitiriam que Stilton a seguisse sem chamar atenção.

Olivia teve que esperá-los na Polhemsgatan.

— Tenho aqui alguns trechos dos depoimentos que você deu em 1987, colhidos na investigação de um homicídio cometido em Nordkoster. Você se encontrava na ilha quando aquele crime foi cometido, não é mesmo? — perguntou Mette, com uma voz bastante neutra.

— Sim.

Jackie Berglund estava sentada na frente de Mette. Ao lado desta estava Stilton. Os olhares de Jackie e Stilton se cruzaram alguns instantes antes. Olhares totalmente imperscrutáveis. Talvez ele conseguisse imaginar no que ela poderia estar pensando. Já ela não fazia ideia do que ele poderia estar pensando. Ela vestia um conjunto de saia e casaco amarelo sob medida e tinha os cabelos escuros presos num rabo de cavalo.

— Em dois dos depoimentos, um deles colhido na própria noite do assassinato, e o outro, no dia seguinte, na delegacia de polícia de Strömstad, ambos feitos por Gunnar Wernemyr, você declarou nunca ter estado naquela enseada, a Hasslevikarna, onde o crime foi cometido. Você confirma isso?

— Confirmo. Eu nunca estive naquele lugar.

— Você não esteve lá um pouco mais cedo naquele mesmo dia?

— Não, eu nunca coloquei os pés naquele lugar. Eu estava hospedada num iate atracado no porto, como vocês já sabem, pois isto também deve constar dos meus depoimentos da época.

Mette prosseguiu de forma tranquila e metódica. E, de maneira bastante pedagógica, explicou àquela ex-garota de programa e pistoleira que a polícia tinha em mãos um teste de DNA de um fio de cabelo encontrado numa presilha que a colocava na cena do crime, ou seja, naquela praia de Nordkoster.

— Nós sabemos que você esteve lá.

Então, fez-se silêncio durante alguns segundos. Jackie era uma pessoa calculista e de cabeça fria que sabia perceber quando era a hora de mudar de estratégia.

— A gente foi lá dar uma transada — ela retrucou.

— A gente quem?

— Eu e um daqueles noruegueses. A gente foi até lá para dar uma transada, a minha presilha de cabelo deve ter caído naquela ocasião.

— Bem, não faz nem um minuto, você afirmou que jamais tinha estado lá. E você disse a mesma coisa nos dois depoimentos em 1987. Agora, não mais que de repente, você diz que sim, que esteve lá?

— Sim, é verdade, eu estive naquela praia.

— Então, por que mentiu sobre isso?

— Para não ser acusada de homicídio.

— A que horas exatamente você esteve lá fazendo sexo com o tal norueguês?

— Durante o dia. Ou talvez no início da noite, eu não lembro bem, já se passaram mais de vinte anos!

— Havia dois noruegueses naquele iate. Geir Anderssen e Petter Moen. Você se lembra com qual dos dois você fez sexo naquela praia?

— Com o Geir.

— Então ele poderia confirmar a sua versão?

— Sim.

— Bem, infelizmente, ele já morreu. Acabamos de receber a confirmação disso há pouco mais de uma hora.

— É mesmo? Bem, nesse caso, vocês vão ter que acreditar no que eu estou dizendo.

— Vamos mesmo? — disse Mette, olhando para Jackie, a quem acabara de surpreender mentindo descaradamente pelo menos duas vezes.

Quanto a Jackie, ela parecia tão sob pressão quanto de fato estava.

— Eu exijo a presença do meu advogado — ela disse.

— Então, este depoimento está encerrado.

Mette desligou o gravador. Jackie se levantou rapidamente e se encaminhou para a porta.

— Você conhece Bertil Magnuson? Ele é o diretor executivo da MWM. — Mette perguntou de repente.

— E por que razão eu deveria conhecê-lo?

— Bem, em 1987, ele era dono de uma casa de veraneio em Nordkoster. Vocês não se conheceram na ilha por aquela época?

Jackie Berglund saiu da sala sem responder à pergunta.

Olivia andava de um lado para o outro pelo parque Kronoberg. Para ela, aquilo parecia estar durando uma eternidade. Mas o que é que eles estariam fazendo lá dentro? Será que iriam prender Jackie Berglund? De repente, se lembrou de Eva Carlsén. Será que deveria contar-lhe? Afinal, era em boa medida graças a ela que Olivia tinha insistido no envolvimento de Jackie Berglund.

Decidiu ligar.

— Olá! Aqui é Olivia Rönning! Como é que você está?

— Estou bem. As dores de cabeça passaram — respondeu Eva, dando uma risadinha. — E você, como é que está? E aquele assunto da Jackie Berglund?

— Pois é, esse assunto está saindo melhor do que a encomenda! A gente conseguiu um teste de DNA que a coloca na cena do crime, naquela praia em Nordkoster. Na mesma noite em que o assassinato foi cometido!

— A gente quem?

— Bem, eu estou trabalhando no caso juntamente com dois policiais no momento!

— Nossa, é mesmo?

— Sim, sim. Neste exato momento Jackie Berglund está sendo interrogada na divisão de homicídios da polícia.

— Não me diga! Quer dizer, então, que ela se encontrava naquela praia na noite do crime?

— Sim!

— Que interessante. Então a polícia retomou a investigação?

— Ainda não sei, talvez não exatamente. Por enquanto, somos principalmente eu e o policial encarregado da investigação original que continuamos insistindo no assunto.

— E como é o nome dele?

— Tom Stilton.

— Ah, que ótimo. Então, ele voltou a se interessar pelo caso?

— Sim. Um pouco a contragosto, mas sim! — exclamou Olivia, que também deu uma risadinha.

No mesmo instante, ela viu Jackie Berglund deixando a divisão de homicídios.

— Olha só! Eu poderia voltar a ligar um pouco mais tarde?

— Sim, por favor. Até mais!

Olivia desligou e viu Jackie Berglund pegando um táxi. No mesmo instante em que o táxi começou a rodar, Olivia percebeu o olhar de Jackie. Que olhava diretamente para ela. Olivia sustentou o olhar. Assassina de gatos, ela pensou, sentindo a tensão tomar seu corpo inteiro. Depois, o táxi desapareceu de vista.

Stilton saiu e Olivia caminhou apressadamente ao encontro dele.

— Então, como foi? O que foi que ela disse?

Ao deixar a sala de interrogatório, Mette cruzou no corredor com um dos integrantes do alto comando da polícia. Oskar Molin.

— Era Jackie Berglund que você estava interrogando ali dentro?

— Quem foi que te contou?

— Forss viu quando ela entrou.

— E ele ligou para te contar isso?

— Sim, ligou. Além disso, afirmou que passou por Tom Stilton no corredor. Ele também estava lá dentro?

— Sim, estava.

— Enquanto você interrogava Jackie Berglund?

Oskar olhou para Mette. Eles tinham trabalhado juntos em vários casos e tinham um enorme respeito um pelo outro. Menos mal, porque ela havia passado dos limites, Mette pensou.

— E sobre o que você estava interrogando essa figura? O assassinato de Nils Wendt?

— Não, o assassinato de Adelita Rivera.

— E quem é essa? — Oskar perguntou.

— É a mulher que foi assassinada em Nordkoster em 1987.

— Você também é responsável por este caso?

— Não, eu só estou dando uma mãozinha.

— Dando uma mãozinha a quem?

— Há algum problema em se investigar Jackie Berglund? — Mette retrucou.

— Como assim? Problema algum, absolutamente.

— Pois parece que em 2005 houve algum problema, quando Tom Stilton farejou o envolvimento dela no crime.

— E por que razão deveria haver algum problema nisso?

— Ora, nós dois sabemos muito bem com o que ela trabalha, e talvez haja algum nome na lista de clientes dela que não deveria ser encontrado lá, poderia ser essa a razão?

Oskar olhou para Mette e retrucou:

— Tudo bem com o Mårten?

— Tudo ótimo. Você acha que o nome dele está na lista de clientes dela? — Mette perguntou.

— Nunca se sabe.

Ambos deram um sorriso amarelo.

Oskar Molin talvez tivesse contido o seu risinho amarelo se soubesse que Mette acabara de conseguir algo que Stilton não tinha conseguido em 2005: um mandado de busca para revistarem a casa de Jackie Berglund. Com base em fundamentos bastante vagos, mas Mette sabia como mexer seus pauzinhos.

Por isso, Lisa Hedqvist entrou no apartamento de Jackie Berglund na Norr Mälarstrand, enquanto ela estava sendo interrogada por Mette. Afinal, aquele caso se tratava de um homicídio ainda não prescrito. Entre outras coisas, Lisa abriu o computador de Jackie e copiou num pen drive todas as informações que encontrou.

Oskar Molin não teria gostado nada disso.

Fazia horas que ela andava por Flemingsberg procurando Acke. Perguntou a todos os meninos que encontrou pelo caminho se algum deles tinha visto Acke Andersson. Não, ninguém o tinha visto.

Agora ela estava ali, sentada, no quarto de Acke, com um par de chuteiras velhas nas mãos. Estava sentada na beira da cama de Acke. Seu olhar se deteve no skate quebrado do filho. O skate velho que Acke tinha tentado consertar com fita crepe. Então, ela secou outra vez as lágrimas que lhe escorriam pelas faces. Fazia um bom tempo que estava ali no quarto do filho, aos prantos. Não fazia muito que Minken tinha telefonado para dizer que ainda não tinha conseguido descobrir nada. Acke continuava desaparecido. Ela sabia que alguma coisa tinha acontecido com ele, o seu corpo todo sentia isso, alguma coisa que devia ter relação com aquelas lutas em jaulas. Diante de seus olhos, ela via todos os hematomas, todos os ferimentos no corpinho dele. Por que é que ele tinha feito aquilo? Por que participou daquelas lutas? Aquilo não combinava com ele. Não combinava de jeito nenhum! Ele nunca brigava com ninguém. Então por que foi que decidiu se meter com aquilo? Ovette virou as chuteiras em suas mãos descarnadas. Se ele aparecesse agora mesmo, ela iria comprar um par de chuteiras novas para ele. Na mesma hora. E também o levaria ao parque Gröna Lund. Se ele... ela se virou e pegou o seu celular.

Decidiu telefonar para a polícia.

A caçamba de lixo ficava do lado de fora de um prédio na Diagnosvägen. Dentro dela, havia colchões velhos, um sofá de couro parcialmente queimado e uma boa quantidade de entulho originário de uma casa que estava sendo reformada. A menina que olhava o interior da caçamba viu uma caixa de DVD no meio do entulho. Será que havia um vídeo dentro da caixa? Com certa dificuldade, ela conseguiu subir na caçamba e pular em cima do sofá. Arrastou-se cuidadosamente até chegar à caixa de DVD. Talvez estivesse vazia, ou talvez ela estivesse com sorte. Quando estendeu a mão para pegá-la, ela viu parte de um braço fino no meio das almofadas do sofá.

Um pouco mais abaixo no braço liam-se as letras K e F, dentro de um círculo.

20

Stilton vendia revistas em frente ao mercado de Södermalm. O dia não estava muito bom. E ele estava bastante cansado. Subira e descera as escadarias de pedra cerca de duas horas na noite anterior. Durante a maior parte daquelas subidas e descidas, ele pensou na visita de Marianne ao trailer de Vera. Agora, uma delas estava morta e a outra, casada e feliz, ele pensou. E antes de adormecer no trailer ele se lembrou de como Marianne tinha pousado a sua mão na dele. Será que o fez por pura piedade?

Provavelmente.

Ele olhou para o céu e viu que algumas nuvens escuras se aproximavam. Não pretendia continuar ali parado se começasse a chover. Guardou as revistas na mochila e foi embora. Mette tinha ligado uma hora antes para dizer que ela deixaria Jackie Berglund em paz por um tempo. E que voltaria a entrar em contato se e quando fosse o momento de voltar a interrogá-la.

— E veja se se cuida por aí — ela recomendou.

— Me cuidar? Por quê?

— Você sabe que tipo de pessoa a Berglund é. E agora ela sabe quem está na cola dela.

— Está bem, vou me cuidar.

Stilton não contara a Mette do susto que Olivia tinha passado no elevador do seu prédio. Será que a própria Olivia teria contado algo a ela? Ou aquilo era apenas uma advertência rotineira?

Ao passar pela praça Medborgar, ele pensou na sua hipótese. A hipótese que ele havia comentado com Janne Klinga. De que talvez os responsáveis pelos espancamentos de sem-teto escolhessem suas vítimas na região do mercado de Södermalm.

Estava cansado demais para pensar outra coisa.

Tom percorreu a pé, lentamente, o último trecho do bosque. Sentia-se esgotado. E foi com um suspiro profundo que abriu a porta do trailer. Aquele trailer já devia ter sido retirado dali, porém a prefeitura teve de aguardar por conta do assassinato de Vera, só por isso ainda continuava ali.

Naquela noite, Stilton não estava pensando em subir e descer escadaria alguma.

O bosque de Ingenting não era bem um bosque, comparado com os outros imensos no norte do país, mas era grande o suficiente para esconder alguém que deseja se esconder. Alguém ou mais. Neste caso, alguns vultos vestindo roupas escuras. Que conseguiam se esconder perfeitamente no meio daquele bosque.

Atrás de um trailer cinza.

Stilton fechou a porta. Justo no momento em que se deixou cair num dos beliches, Olivia ligou e queria conversar sobre Jackie Berglund. Ele não estava em condições de mais nada, nem de conversar.

— Eu realmente preciso dormir — disse Stilton.

— Está bem. Mas você poderia deixar o teu celular ligado?

— E por quê?

— Apenas por segurança.

Será que Mette tinha falado com ela também?, Stilton se perguntou antes de responder:

— Está bem. Eu vou deixar meu celular ligado. A gente se fala.

Stilton encerrou a ligação, recostou-se no beliche e desligou o celular. Não queria ser perturbado por ninguém. Aquele interrogatório com Jackie no dia anterior tinha sido, realmente, um tanto tenso. Porém, eram outras coisas que haviam cobrado um preço maior. Voltar a circular por aquele prédio, onde tinha passado tantos anos bem-sucedidos como policial, foi algo que mexeu com ele. Bastante. E também ter que se esgueirar como uma ratazana por corredores escuros para não se expor aos olhares curiosos de seus antigos colegas de trabalho.

Sim, aquilo doeu.

Sentia como aquela ferida ainda não tinha cicatrizado direito. A mesma ferida que se abriu quando foi afastado do caso contra a sua vontade. O que equivalia mais ou menos a declará-lo incapacitado para o trabalho. É verdade que ele padecia na época de crises psicóticas. E também de ataques de pânico. Sim, é verdade que estava precisando de tratamento. Mas o problema não era exatamente isso.

Pelo menos até onde ele acreditava.

Até onde ele acreditava, ele fora afastado a pedido de alguém.

Houve colegas que o apoiaram na época, porém o falatório pelas suas costas só foi aumentando a cada dia. Ele sabia exatamente quem colocava lenha na fogueira. Num local de trabalho em que todos trabalham bastante próximos uns dos outros, não era preciso muito para contaminar o ambiente. Uma palavra negativa aqui. Uma insinuação maldosa ali. Olhares carregados de suspeita, colegas que viravam as costas quando o viam sentado sozinho numa mesa do refeitório da polícia. No final, só restava largar tudo de mão e desistir.

Pelo menos, se a pessoa tivesse um mínimo de amor-próprio.

Coisa que Stilton definitivamente tinha.

Então, ele esvaziou suas gavetas, teve uma conversa rápida com seu chefe e foi embora.

O resto foi ladeira abaixo.

Agora, estava ali, jazendo num torpor de exaustão sobre aquele beliche.

De repente, alguém bateu à porta. Stilton teve um sobressalto. Outra batida. Stilton se sentou no beliche, será que devia ir abrir a porta? Mais outra batida. Então, ele praguejou por uns instantes, se levantou, deu alguns passos até a porta e abriu.

— Olá, meu nome é Sven Bomark, eu trabalho para a prefeitura de Solna.

O sujeito devia ter uns 40 anos, vestia um sobretudo marrom e um boné cinza.

— Posso entrar um pouquinho?
— Para quê?
— Para uma conversa rápida a respeito do trailer.

Stilton voltou até o beliche e se sentou. Bomark entrou no trailer.

— Posso me sentar?

Stilton fez um meneio com a cabeça e Bomark se sentou no outro beliche.

— Então é você quem mora agora no trailer?
— O que é que você acha?

Bomark deu um leve sorriso.

— Bom, não sei se você já foi informado, mas o fato é que precisamos retirar o trailer daqui.
— E quando planejam fazer isso?
— Amanhã.

Bomark falava com um tom de voz tranquilo e amistoso. Stilton ficou olhando para as luvas brancas novas dele.

— E para onde pretendem levá-lo?
— Para um aterro sanitário.
— Vão queimá-lo?
— Provavelmente. Você tem algum outro lugar para morar?
— Não.
— Dispomos de um albergue em...
— Mais alguma coisa?
— Não.

Bomark permaneceu sentado. Os dois se entreolharam. Em seguida, se levantou.

— Sinto muito. Você poderia me vender uma? — perguntou Bomark, apontando para uma pequena pilha de revistas em cima da mesa.

Stilton pegou um exemplar e o entregou a Bomark.

— Quarenta coroas.

Bomark puxou a carteira do bolso e pegou uma nota de cinquenta.

— Estou sem troco — Stilton disse.
— Não tem problema.

Bomark pegou a sua revista e foi embora.

Stilton se deitou no beliche outra vez. Não conseguia pensar em nada. O trailer seria retirado amanhã. Ele próprio seria retirado. Tudo seria retirado. Ele se sentiu afundando cada vez.

Os dois vultos escuros esperaram até que o sujeito de boné cinza desaparecesse de vista. Então, começaram a se mover na direção do trailer carregando uma tábua de madeira. Que era bastante pesada. Calçaram a maçaneta da porta do trailer com a tábua o mais silenciosamente possível. Um deles colocou uma pedra na base da tábua para firmá-la no lugar. Depois abriram rapidamente a tampa do pequeno recipiente que tinham trazido.

Stilton se virou no beliche. Sentiu uma leve pontada no nariz. Ainda estava imerso em profundo torpor, exausto demais para ter qualquer reação. Aquela pontada começou a se espalhar, aquele cheiro se insinuava cada vez mais para dentro, até despertar o inconsciente dele, fazendo com que fragmentos violentos de fogo e fumaça e gritos de mulher atravessassem a sua mente atordoada. Até que, de repente, ele se sentou.

Foi quando viu as labaredas.

Labaredas amarelo-azuladas lambendo as paredes externas do trailer. E a fumaça corrosiva que começava a se insinuar para dentro do trailer. Stilton entrou em pânico. Com um brado de pavor, ele se levantou, batendo com a cabeça num armário. Então, se atirou no chão, foi se arrastando e se jogou contra a porta. Que não abriu.

Ele gritou e se jogou outra vez contra a porta.

Que não abriu.

A uns metros dali, no bosque, os vultos escuros observavam o trailer. A tábua calçando a maçaneta da porta do trailer realmente tinha funcionado. A porta encontrava-se totalmente bloqueada. Além disso, tinham derramado uma boa quantidade de gasolina em volta do trailer. O fogo, provavelmente, já estava se espalhando para o lado de dentro das paredes.

Um trailer em condições normais poderia aguentar o fogo por algum tempo até que o plástico começasse a derreter. Já um trailer no estado em que aquele se encontrava transformava-se num verdadeiro inferno em poucos instantes.

E foi o que aconteceu naquele mesmo instante.

Quando o trailer foi engolfado pelo estrondo das labaredas, os vultos saíram correndo.

Para dentro do bosque e desapareceram.

Abbas el Fassi estava quase saindo do avião. As pessoas se aglomeravam perto da porta de saída. Ele ainda sentia um pouco de dor no local onde fora golpeado na parte de trás da cabeça. Além disso, também passara por uma provação durante o voo.

Pelo menos, mais uma.

Uma tremenda crise de suor causada por dois momentos de alta turbulência no espaço aéreo da Dinamarca, o que o obrigou a tirar o material que trazia debaixo da camisa e colocá-lo num saquinho de plástico azul, saquinho que, nesse momento, ele levava na mão. Além disso, não tinha nenhuma outra bagagem.

Ele não era do tipo de pessoa que gostava de comprar e levar para casa todo tipo de tralha.

As facas ele tinha dado de presente a dois garotos em Mal País.

No túnel de acrílico que levava do avião até o terminal de desembarque, ele tirou seu celular do bolso e ligou para Stilton. Que não atendeu.

Tão logo ele surgiu na boca do túnel, foi recebido por Lisa Hedqvist e Bosse Thyrén. Abbas conhecia ambos de vista. Então, os três começaram a caminhar na área de desembarque. Lisa e Abbas tiraram seus celulares do bolso. Lisa telefonou para Mette para dizer que tudo estava sob controle. Eles já estavam quase deixando o terminal de passageiros.

— Para onde você quer que a gente vá?

Mette ponderou durante alguns segundos. Achava justo que Stilton estivesse com eles quando Abbas chegasse à cidade trazendo aquele material encontrado na Costa Rica. Material do mais alto interesse para a investigação do caso Nordkoster, segundo o que ela tinha conseguido entender quando recebeu a curta ligação de Abbas, enquanto aguardava o seu voo de conexão. Acho melhor a gente não se encontrar aqui na sede da polícia, ela pensou.

— Levem-no até o apartamento dele na Dalagatan. Eu encontro vocês na frente do prédio.

Por sua vez, Abbas conversava com Olivia pelo celular.

— Você sabe o que é feito do Stilton?

— Ele está no trailer.

— O celular dele não atende.

— Ah, não? Mas acho que ele está lá, eu liguei para ele não faz muito tempo e ele me disse que estava lá. Na verdade, ele parecia bastante cansado, acho que estava indo dormir. De qualquer forma, disse que iria deixar o celular ligado. Talvez não tenha ouvido o celular tocando.

— Está certo. Bem, a gente se fala.

Abbas deixou o desembarque acompanhado de Bosse e de Lisa, um de cada lado. Eles se encaminharam diretamente para o portão de saída. Nenhum dos três notou o sujeito parado perto de uma das paredes observando o crupiê do cassino Cosmopol que acabava de atravessar o corredor. K. Sedovic pegou o celular.

— Ele está sozinho? — Magnuson perguntou.

— Não, está acompanhado de um rapaz e de uma moça, ambos à paisana.

Bertil processou a informação. Seriam pessoas que ele conheceu durante o voo? Colegas de trabalho? Policiais à paisana?

— Siga-os.

Olivia estava sentada na cozinha com o celular na mão. Por que Stilton não atendeu à ligação de Abbas? Afinal, ele disse que não iria desligar o celular. Teria atendido se tivesse visto que era o Abbas que estava ligando. Ou será que deixou o celular desligado? Então, ela tentou ligar para o celular de Stilton. Ninguém atendeu. Será que os créditos dele tinham acabado? Mas mesmo se fosse o caso, ainda assim seria possível ligar para ele. Bem, ela já não tinha certeza de nada.

A imaginação de Olivia começou a funcionar outra vez.

Será que aconteceu alguma coisa com ele? Será que foi espancado outra vez? Ou será que aquilo tinha algo a ver com a maldita Berglund? Afinal, Stilton participou do interrogatório a que ela foi submetida.

Então, Olivia teve um sobressalto.

Ao deixar o prédio, estava totalmente agitada e teve que tomar uma decisão.

O Mustang!

Ela correu até o estacionamento do prédio e parou ao lado do carro. Ela ainda estava um pouco indecisa. Não entrava naquele carro desde a morte de Elvis. Agora, o gato estava morto e ela não se sentia mais confortável nele. E Olivia, que tanto amava o seu gato quanto o seu carro!... Mas agora tudo estava diferente. E não eram apenas Elvis e o carro que tinham sido arrancados dela, mas também alguma coisa de seu pai. O cheiro de Arne naquele carro conversível. Ela nunca mais conseguiria sentir aquele cheiro. Porém, agora se tratava de Stilton, talvez tivesse acontecido alguma coisa com ele! Então, abriu a porta e se sentou ao volante. E quando colocou a chave e girou o motor, sentiu um estremecimento pelo corpo todo. Teve que fazer um esforço para pisar no acelerador e partir.

O motivo pelo qual Stilton não tinha atendido o seu celular era bastante simples. O celular dele jazia como uma pequena tripa de plástico retorcido sobre as cinzas do que um dia tinha sido o trailer de Vera Larsson. E que agora tinha se transformado numa pilha de ruínas negras e fumegantes, cercada de vários caminhões de bombeiros que tratavam de recolher suas mangueiras. Depois de esguichar água nos últimos restos em chamas para garantir que o fogo não se espalhasse para o bosque. Depois disso, a área tinha sido isolada. Principalmente para manter os curiosos moradores da região à devida distância.

Moradores que sussurravam entre si que aquele trailer horroroso, finalmente, tinha deixado de ser um estorvo.

Olivia estacionou seu carro um pouco à distância. Correu na direção daquela pequena clareira no bosque e teve que abrir caminho a cotoveladas em meio à aglomeração. Até que chegou ao cordão de isolamento. Dali, ela não passou. Havia alguns policiais uniformizados que impediam a passagem de quem quer que fosse.

Logo atrás deles, havia uma dupla de policiais à paisana: Rune Forss e Janne Klinga. Eles tinham acabado de chegar e constatado que a cena do crime onde Vera Larsson foi assassinada tinha sumido do mapa.

— Ah, devem ter sido esses garotos vagabundos fazendo alguma farra ali dentro — disse Forss.

Aquilo deixava Janne Klinga numa sinuca de bico. Se decidisse contar que Stilton tinha se mudado para o trailer, ele também seria obrigado a explicar como é que sabia disso. Uma coisa que, realmente, ele não estava em condições de explicar muito bem.

Pelo menos não para Rune Forss.

— Pode ser que outra pessoa estivesse morando no trailer depois da morte dela — limitou-se a dizer.

— É, é possível, mas isso é algo que o pessoal da perícia vai ter que responder. Depois, se havia mesmo alguém dentro desse trailer quando ele incendiou, não sobrou muita coisa para investigar, não é mesmo?

— Não, mas de toda forma a gente deveria...

— Havia alguém dentro do trailer? — perguntou Olivia, que tinha conseguido avançar mais um pouco.

Forss olhou para ela.

— Por quê? Deveria haver alguém ali dentro?

— Sim, deveria.

— E como é que sabe disso?

— Eu conhecia a pessoa que morava nesse trailer.

— E quem era?

— Tom Stilton.

Janne Klinga se sentiu aliviado ao ouvi-la dizer aquilo. Por sua vez, Forss ficou totalmente desconcertado. Tom Stilton? Morando naquele trailer? Será que tinha morrido no incêndio? Forss olhou para os destroços fumegantes.

— Vocês sabem se ele estava lá dentro quando o trailer incendiou?

Klinga olhou para Olivia. E então se lembrou que eles tinham se cruzado na porta daquele trailer dois dias antes. Olivia conhecia Stilton. O que será que ela iria dizer?

— Ainda não sabemos, os peritos vão fazer o rescaldo para ver se...

Olivia se virou e correu até uma árvore. Lá chegando, ela despencou, totalmente arrasada. Teve uma crise de hiperventilação. E se esforçava tentando se convencer de que Stilton não estava lá dentro quando o trailer pegou fogo e ardeu em chamas. Ele não tinha necessariamente que estar lá dentro. Não exatamente naquela hora. Na hora em que o trailer pegou fogo.

Depois, ela se arrastou até o carro. Desesperada, em estado de choque. Atrás dela, os caminhões de bombeiros iam embora através do bosque, enquanto os curiosos se dispersavam em todas as direções, conversando. Como se nada tivesse acontecido, ela pensou. Ela tirou o celular do bolso e, com as mãos ainda trêmulas, apertou um número de telefone. Mårten foi quem atendeu. E ela tentou contar, com uma voz entrecortada, o que tinha acontecido.

— E ele ficou carbonizado dentro do trailer?

— Eu não sei! Os policiais também não sabem! A Mette está aí?

— Não, não está.

— Peça pra ela me ligar!

— Olivia! Você deve...

Olivia desligou e então ligou para o celular de Abbas.

Ele atendeu à ligação dentro de uma viatura descaracterizada da polícia que tinha ido buscá-lo no aeroporto de Arlanda. Uma viatura que, naquele exato momento, praticamente não se movia. Uma carreta tinha derrapado e se chocado violentamente contra as muretas de proteção metálicas que separavam as pistas de rodagem contrárias, interrompendo o trânsito numa das mãos. Exatamente na mão em que eles se encontravam. Eles ainda nem tinham passado pelo local do acidente propriamente dito. O engarrafamento se arrastava.

Incluindo o carro que os estava seguindo.

E que vinha imediatamente atrás da viatura deles.

Abbas terminou a ligação. Será que Tom estava no trailer? Será que era por isso que ele não tinha atendido quando ele ligou? Abbas olhou pela janela da viatura. Uma névoa baixa se derramava por sobre a amplidão verde. Que jeito de ficar sabendo que alguém morreu, pensou ele.

Preso num engarrafamento.

Olivia subiu no carro e voltou para o seu apartamento. Estacionou e andou bem lentamente até a entrada do prédio. Ela mal conseguia organizar as ideias. Absorver as coisas. Não conseguia assimilar o que tinha acontecido. Porém, a espinha vertebral continuava funcionando, felizmente. Por isso, digitou a senha da portaria eletrônica e examinou o corredor com justificada precaução. Ela percebeu a forma como Jackie Berglund tinha olhado para ela de dentro do táxi em frente à sede da polícia. E também tinha acabado de ver as cinzas do trailer que pertencia a Vera. Seria aquela a vingança de Berglund por ter sido interrogada?

As luzes do corredor estavam apagadas, porém ela sabia exatamente onde o interruptor de luz se encontrava. E conseguiu alcançar o interruptor com um pé na soleira para manter a porta do prédio aberta. Então, se esticou na direção do interruptor. Mas teve um estremecimento ao ver alguma coisa em seu campo de visão periférica. Um vulto escuro sentado no pé da escadaria. Ela deu um grito no mesmo instante em que apertava o interruptor de luz. A claridade envolveu uma figura totalmente deplorável com os cabelos chamuscados, as roupas queimadas e os braços ensanguentados.

— Tom!?!

Stilton olhou para ela e tossiu com força. Com muita força. Olivia correu até os primeiros degraus da escadaria e o ajudou a se erguer. Com todo o cuidado, os dois foram subindo as escadas até chegar ao apartamento. Stilton se deixou cair numa cadeira na cozinha. Olivia telefonou para Abbas. O engarrafamento tinha se desfeito e eles já estavam perto de Sveaplan.

— Ele está na sua casa? — Abbas perguntou.

— Sim, está! Você poderia ligar para Mette? Eu ainda não consegui entrar em contato com ela.

— Está bem. Onde é que você mora?

Olivia cuidou dos ferimentos dele da melhor maneira que pôde. Abriu uma janela para arejar o apartamento e tirar aquele cheiro penetrante de fumaça. Então, perguntou se Stilton queria um café. Ele não conseguiu responder nada. Na verdade, nem conseguia prestar atenção no que ela estava dizendo. O seu organismo ainda estava em estado de choque. Ele sabia que tinha escapado por muito pouco. E se não tivesse conseguido arrombar a janela dos fundos do trailer com o botijão de gás, os peritos da polícia estariam agora recolhendo apenas um esqueleto carbonizado num saco preto.

— Obrigado — disse Stilton, pegando a xícara de café com suas mãos ainda um pouco trêmulas. Pânico? Sim, ele tinha entrado em pânico. Também, não era para menos!, ele pensou. Ficar trancado dentro de um trailer em chamas. Porém, ele sabia que havia outra coisa por trás daquele ataque de pânico. Afinal, ainda se lembrava bem das últimas palavras da mãe em seu leito de morte.

Olivia se sentou em frente a Stilton. Que voltou a tossir mais uma vez.

— Então você não estava no trailer? — perguntou ela, finalmente.

— Sim, estava.

— Mas então como foi que você...

— Vamos pular essa parte.

Lá vinha ele outra vez. Olivia já estava começando a se acostumar. Quando ele não queria conversar sobre alguma coisa, não tinha jeito. Quanta rabugice. Ela estava começando a entender Marianne Boglund. Então, Stilton largou a xícara sobre a mesa e se recostou na cadeira.

— Você acha que Jackie poderia estar por trás disso?

— Não faço a mínima ideia.

Sim, poderia ser ela, ele pensou. Ou poderia ser outra pessoa totalmente diferente, alguém que o tivesse seguido quando ele abandonou o mercado de Södermalm. Mas Olivia não tinha nada a ver com aquilo. Quando estiver recuperado do choque, ele iria ligar para Janne Klinga. Naquele momento, apenas deixou que o café ajudasse a sua frequência respiratória a se normalizar. E percebeu que Olivia estava olhando para ele um tanto furtivamente. Ela até que é bonitinha, ele pensou. Algo de que ele não tinha se dado conta até aquele momento.

— Você tem namorado? — perguntou ele, do nada.

Olivia foi pega um pouco de surpresa com a pergunta. Afinal, Stilton não tinha demonstrado o mínimo interesse pela vida pessoal dela até aquele momento.

— Não, não tenho.

— Eu também não — ele respondeu, com uma risada.

Olivia também riu. De repente, o celular dela tocou. Era Ulf Molin. O colega de aula de Olivia.

— Alô?

— Tudo bem com você? — ele perguntou.

— Sim, tudo ótimo. O que você quer?

— O meu pai me ligou agora há pouco, ele ouviu falar algo a respeito do tal Tom Stilton, sobre quem você me perguntou no outro dia, lembra?

— Ah, sim.

Olivia se virou para o outro lado com o celular colado na orelha. Stilton ficou observando.

— Parece que ele vive como um mendigo — disse Ulf.

— E o que tem isso?

— Você conseguiu entrar em contato com ele?

— Sim, consegui.

— E é verdade que ele é mendigo?

— Você quer dizer sem-teto?
— É, isso. Mas que diferença faz?
— Posso te ligar mais tarde? Estou com uma visita.
— Ah, claro. A gente se fala. Tchau!

Olivia desligou. Stilton percebeu a respeito de quem falavam. Afinal, não devia haver tantos sem-teto assim na vida de Olivia. Ele olhou para ela, que olhou de volta para ele. Alguma coisa naquele olhar de Stilton fez com que ela, de repente, se lembrasse do seu pai. E da foto que tinha visto na casa dos Wernemyr em Strömstad. Aquela foto onde Stilton e Arne apareciam juntos.

— Você e o meu pai eram bons amigos, não é? — perguntou ela.

Stilton baixou o olhar para a mesa.

— Vocês trabalharam muito tempo juntos?
— Sim, por vários anos. Ele era um excelente policial.

Stilton voltou a erguer o olhar e olhou bem nos olhos de Olivia:

— Posso lhe fazer uma pergunta?
— Pode sim.
— Por que você escolheu o caso Nordkoster para fazer seu trabalho na academia?
— Porque o meu pai participou dessa investigação.
— Foi só por isso mesmo?
— Sim, foi. Por que a pergunta?

Stilton refletiu um instante. No exato momento em que ele ia abrir a boca, a campainha tocou. Olivia se levantou, foi até o corredor e abriu a porta. Era Abbas. Com um saquinho de plástico azul nas mãos. Olivia convidou-o a entrar e voltou à cozinha. A primeira coisa que passou pela sua cabeça foi aquela bagunça. Droga, o apartamento dela estava uma zona.

Algo que não tinha lhe ocorrido quando ela entrou com Stilton no apartamento.

Mas com Abbas, era totalmente diferente.

Ele também foi até a cozinha, olhou para Stilton e os olhares deles se encontraram.

— Como é que você está se sentindo?

— Uma merda. Ah, e muito obrigado pela Adelita Rivera — Stilton respondeu.

— De nada.

— O que é que você trouxe nesse saquinho?

— O material que encontrei em Mal País. Mette já está a caminho.

K. Sedovic, que tinha recebido instruções diretamente da Sveavägen para seguir o crupiê depois que ele desembarcou no aeroporto de Arlanda, falava ao celular naquele exato momento:

— O crupiê acabou de entrar no prédio. Os outros dois ficaram esperando por ele no carro.

Ele estava em seu carro a uma curta distância da entrada do prédio onde Olivia morava, observando o outro carro, que estava estacionado bem em frente ao prédio dela. Com Bosse Thyrén e Lisa Hedqvist sentados na frente.

— E ele ainda tinha aquele saquinho de plástico com ele? — Magnuson perguntou.

— Sim, ainda.

Bertil não estava entendendo mais nada. O que é que Abbas foi fazer lá? Num prédio na Skånegatan, em Södermalm? Foi encontrar quem? E por que os outros dois ficaram esperando no carro? E quem seriam aqueles dois?

Ele logo descobriu a resposta a esta última pergunta. Quando Mette Olsäter dobrou na Skånegatan, parou o seu carro logo em frente ao carro de Lisa Hedqvist e desceu. Então, ela caminhou até a janela do lado do motorista, cujo vidro foi então baixado.

— Podem voltar à divisão. E convoquem os demais. Eu entro em contato daqui a pouco — Mette disse antes de sumir prédio adentro.

K. Sedovic ligou para Bertil outra vez e contou o que tinha acabado de ver.

— Como ela é? Descreva! — Bertil ordenou.

— Ela é enorme e tem cabelos grisalhos. Bem robusta mesmo — disse K. Sedovic.

Bertil Magnuson colocou o celular de volta no bolso e olhou para o cemitério da Igreja Adolf Fredrik a distância. Ele logo se deu conta de quem era aquela mulher. A que tinha acabado de entrar no prédio da Skånegatan. Era Mette Olsäter. A comissária de polícia que o tinha interrogado, a respeito daquelas breves conversas telefônicas entre ele e Nils Wendt e tinha olhado para ele de um jeito como quem diz: você está mentindo.

Não, aquilo não era nada bom.

A vaca estava começando a ir para o brejo.

— Mas que cheiro de fumaça! — disse Mette ao entrar na cozinha.
— Sou eu — explicou Stilton.
— Você está bem?
— Sim.

Olivia olhou para Stilton. Brutalmente espancado dois dias antes e agora quase incinerado. E mesmo assim respondia que estava bem? Seria algum tipo de jargão? Uma forma de expressão? Ou uma maneira de desviar o foco para outra coisa? Algo que não fosse ele mesmo? Provavelmente era isso, pois Mette se deu por satisfeita com a resposta. Ela o conhece melhor do que eu, pensou Olivia.

Abbas colocou todo o conteúdo do saco plástico em cima da mesa da cozinha. Uma fita cassete, um envelope pequeno e uma pasta de plástico com uma folha de papel dentro. Por sorte, a mesa da cozinha de Olivia tinha quatro cadeiras. Ela apenas ficou temerosa de como Mette ia se sentar na sua cadeira. As pernas das cadeiras estavam um pouco bambas.

E ela se sentou largando todo o seu peso. Olivia viu como as pernas da cadeira se arreganharam um pouco. Mette colocou um par de luvas de borracha finas e pegou a fita cassete.

— Eu coloquei as minhas mãos na fita — Abbas informou.
— Bom saber disso.

Mette virou-se para Olivia.

— Você tem um toca-fita antigo?

— Não.

— Não tem problema, eu levo a fita para ouvir lá na divisão.

Mette recolocou a fita cassete no saco plástico e pegou o envelope pequeno que Abbas tinha encontrado na bolsa de couro. Era um envelope velho no qual estava colado um antigo selo do correio sueco. Dentro do envelope, havia uma carta. Umas poucas linhas escritas à máquina. Mette passou os olhos.

— Mas está em espanhol!

Ela entregou-a para Abbas. Que traduziu o conteúdo em voz alta.

— "Dan! Sinto muito, mas eu não acho que seja a pessoa certa para você. Agora tenho uma oportunidade para começar uma vida nova. Não me espere."

Mette ergueu a carta contra a lâmpada da cozinha. Havia uma assinatura: "Adelita."

— Posso dar uma olhada no envelope? — Stilton perguntou.

Abbas passou o envelope para ele e Stilton observou o selo.

— Foi postada cinco dias depois que Adelita foi assassinada.

— Dificilmente foi ela que escreveu — disse Mette.

— É, dificilmente.

Mette abriu a pasta de plástico e tirou de dentro dela uma folha de papel A4 também com uma mensagem datilografada.

— Esta aqui parece mais recente e está escrita em sueco.

Mette começou a ler.

— "Às autoridades policiais da Suécia." A carta está datada de 8 de junho de 2011, quatro dias antes de Wendt chegar em Nordkoster — Mette esclareceu antes de continuar. — "Esta noite recebi a visita de um cidadão sueco aqui em Mal País. O nome dele é Ove Gardman e ele me contou a respeito de algo que aconteceu na ilha de Nordkoster, na Suécia. Um assassinato. Um assassinato cometido em 1987. Mais tarde, nessa mesma noite, eu pude constatar que a vítima daquele assassinato era Adelita Rivera. Uma moça mexicana que eu amava e que estava esperando um filho meu. Devido a uma série de circunstâncias, principalmente de natureza financeira, ela foi até a Suécia, mais especificamente à ilha de Nordkoster, para buscar um dinheiro que eu não tinha condições de ir buscar pessoalmente naquele momento. Ela nunca voltou da viagem. Agora eu sei por que não voltou e tenho certeza de quem está por trás do assassinato dela. E planejo voltar à Suécia para ver se o meu dinheiro continua escondido naquela ilha."

— Isso explica a mala de viagem vazia — disse Olivia.

— Que mala? — Abbas perguntou.

Olivia explicou resumidamente para Abbas a respeito da mala de viagem vazia abandonada por Dan Nilsson na ilha.

— Ele deve ter levado a mala para trazer o dinheiro que tinha escondido na ilha — ela explicou.

Então, Mette continuou lendo a carta em voz alta:

— "Se eu não encontrar o dinheiro lá na ilha, saberei por quê, e planejo agir de acordo com essa circunstância. Estou levando comigo uma cópia da fita cassete original que também deixei nesta bolsa. As vozes nessa gravação são a minha e a de Bertil Magnuson, diretor executivo da MWM. A gravação fala por si mesma." Ele assinou a carta como Dan Nilsson/Nils Wendt.

Mette largou a carta sobre a mesa. Ela acabava de descobrir tanta coisa de um único golpe. Sobretudo com relação àquelas breves ligações feitas por Wendt para o celular de Magnuson. Nas quais eles devem ter conversado a respeito do dinheiro desaparecido.

— Acho que vocês também deveriam dar uma olhada nisso aqui — disse Abbas, abrindo o casaco e tirando de um dos bolsos a fotografia que encontrou no bar em Santa Teresa. A fotografia em que Nils Wendt e Adelita Rivera apareciam juntos.

— Posso ver essa foto? — perguntou Olivia, esticando a mão para pegar a fotografia.

Stilton se curvou na direção de Olivia. E ambos observaram os dois abraçados na fotografia. Stilton reagiu sem deixar transparecer.

— Eles parecem felizes na foto — disse Olivia.

— Sim.

— Mas agora os dois estão mortos. Que triste... — disse Olivia, balançando a cabeça e devolvendo a foto.

Mette pegou a fotografia e se levantou. E uma vez que ela era a única dos que se encontravam naquela cozinha que, oficialmente, estava encarregada da investigação, nenhum dos outros fez qualquer menção de protestar quando ela pegou o saco plástico azul com todo o material. E quando caminhava na direção da porta, ela viu um brinquedo para gato no peitoril de uma das janelas. O único brinquedo que Olivia não tinha jogado fora.

— Você tem um gato? — Mette perguntou.
— Tinha, mas ele... ele... desapareceu.
— Ah, mas que pena.

Mette saiu do prédio onde Olivia morava carregando o saco plástico azul e se dirigiu ao seu Volvo preto, entrou no carro, engatou a marcha e foi embora. Seu carro era seguido não muito de longe por um outro.

Bertil Magnuson estava parado junto à janela da sua sala às escuras. Continuava em contato permanente com K. Sedovic. Em sua mente, Bertil avaliava uma série de possibilidades. A primeira, mas também a mais desesperada de todas, seria simplesmente abalroar o carro de Mette Olsäter e arrancar o saco plástico à força. O que implicaria atacar uma policial de alto escalão num espaço público, com todo o enorme risco inerente a isso. Uma outra possibilidade seria ver para onde ela iria. Será que estava pensando em ir para casa? Se fosse o caso, eles poderiam arrombar a casa e se apossar do material. Correndo riscos consideravelmente menores. A terceira possibilidade seria que ela voltasse diretamente à sede da polícia.

A possibilidade mais devastadora de todas.

Mas, infelizmente, a mais plausível.

Fez-se um silêncio desconfortável na cozinha do apartamento de Olivia. Por alguns instantes, a cabeça de Stilton parecia um verdadeiro carrossel. Aquelas informações que acabavam de emergir eram assombrosas.

Pelo menos para ele. Depois de todos aqueles anos. Por fim, Olivia olhou para Abbas e perguntou:

— Então Wendt era o pai do filho que Adelita estava esperando?

— Sim.

— E você descobriu mais alguma coisa sobre ela? O tal Bosques te contou mais alguma coisa?

— Sim, contou — disse Abbas, abrindo seu casaco outra vez para tirar do bolso um exemplar do cardápio do serviço de bordo do primeiro voo que pegou, e então prosseguiu: — Eu memorizei tudo o que ele contou e anotei aqui durante o voo...

Ele fez uma pausa e começou a ler em voz alta as suas anotações.

— "Uma mulher muito bonita. Nascida em Playa del Carmen, no México. Era parente de um conhecido artista. Trabalhava com..."

Nesse ponto, Abbas hesitou e ficou em silêncio.

— Ela trabalhava com quê?

— Não consigo ler direito o que escrevi, deve ter sido alguma turbulência durante o voo... espere! Tapeçaria! "Ela sabia fazer belos trabalhos em tapeçaria. Era muito querida em Mal País. E amava Dan Nilsson." Bem, era mais ou menos isso.

— E onde foi que eles se conheceram?

— Acho que foi em Playa del Carmen, mas os dois se mudaram para a Costa Rica para começar uma vida nova juntos. Pelo menos foi isso que o Bosques me contou.

— E isso foi em meados dos anos 1980? — Olivia perguntou.

— Sim, e foi então que ela engravidou.

— Sim, e depois viajou até Nordkoster, onde acabou sendo assassinada — disse Stilton.

— Assassinada por quem? E por quê? — Abbas perguntou.

— Talvez por Magnuson. Afinal, Wendt explicou que era a voz dele naquela gravação, além disso ele também tinha uma casa de veraneio na ilha.

— Mas ele já tinha a tal casa de veraneio na época do crime?

— Sim — Olivia respondeu, lembrando-se do que Betty Nordeman lhe dissera.

— Mas, nesse caso, a sua hipótese envolvendo Jackie Berglund está fora de questão — Stilton disse.

— Não necessariamente! Bertil Magnuson e Jackie Berglund talvez se conhecessem. Talvez ele fosse um dos clientes dela. E talvez já se conhecessem naquela época. Talvez ambos estejam envolvidos no assassinato. Afinal, não havia três pessoas na cena do crime?

Stilton deu de ombros. Ele não aguentava mais ouvir falar da tal Jackie Berglund. Olivia virou-se para Abbas e mudou de assunto.

— E que fim levaram aqueles sujeitos que invadiram a casa de Wendt quando você estava lá?

— Eles se arrependeram.

Stilton olhou de rabo de olho para Abbas. Ele não sabia exatamente o que tinha acontecido na casa na Costa Rica, mas supunha que, fosse o que fosse, os detalhes da ação não eram apropriados para os ouvidos da jovem Olivia. Abbas também estava ciente disso.

— Mas eles deviam estar atrás desse material que você conseguiu recuperar junto ao tal Bosques, não é? — Olivia insistiu.

— É provável que sim.

— Eu só fico me perguntando a mando de quem eles foram até lá. Deve ter sido alguém aqui na Suécia, não?

— Sim, acho que sim.

— Não vai demorar para ela dizer que a culpa disso também foi da Jackie — disse Stilton, com uma risadinha marota.

Agora, ele respeitava Olivia o suficiente para evitar falar em rodeios. Então, ele se levantou e olhou para Abbas.

— Você não se importaria se eu...

— O quarto de hóspedes está arrumado.

— Obrigado.

Olivia entendeu daquele diálogo que Stilton pretendia pernoitar no apartamento de Abbas.

Afinal, o trailer estava totalmente fora de questão.

* * *

A terceira possibilidade, a mais devastadora de todas, foi a que se confirmou. Mette voltou diretamente à divisão de homicídios carregando o saco plástico e desapareceu atrás da porta de vidro. K. Sedovic foi que forneceu a informação a Bertil Magnuson.

Por alguns instantes, Bertil cogitou de, simplesmente, desaparecer. Deixar o país. Dar uma de Nils Wendt. Mas abandonou a ideia. Não iria dar certo, ele sabia.

Então, percebeu o que acabaria acontecendo.

Era apenas uma questão de tempo.

Estacionou o Jaguar prateado em frente à sua casa e foi direto para o terraço. Sentou e acendeu uma cigarrilha. Aquela era uma noite de verão quente e iluminada, fazendo a água do mar brilhar. Ouvia-se o canto dos pássaros em Bockholmen. Linn ainda estava na casa de uma vizinha, participando, nas próprias palavras dela, de um jantar de "mulheres chatas" que se autodenominavam "Senhoras de Stocksund". Um grupo de donas de casa abandonadas devotadas a ações beneficentes e ao que se poderia chamar de reuniões de tupperware de luxo. Linn realmente tinha muito pouco em comum com aquelas mulheres. Na verdade, só o endereço. Porém, como Bertil disse que precisaria participar de uma teleconferência e talvez demorasse para voltar naquela noite, ela acabou indo ao tal jantar.

Toda produzida.

E lindíssima.

Sentado onde estava, Bertil pensou na esposa. E em como ela reagiria. Pensou no olhar dela. Em como ela olharia para ele e em como ele lidaria com aquela humilhação. E então pensou no motivo daquilo tudo. Pensou nas pessoas que se encontravam naquele momento na divisão de homicídios, ouvindo a gravação, na qual ele confessava, de forma a não deixar margem para quaisquer dúvidas, a sua participação num assassinato. Aliás, muito mais do que a sua mera participação. Afinal, ele próprio tinha sido o mandante daquele crime.

Ele, Bertil Magnuson.

Porém, que escolha ele tinha?

A existência da própria empresa estava em jogo!

Portanto, acabou optando por uma saída diferente da que Nils Wendt lhe sugeriu.

Uma opção catastrófica, como agora se revelava. Mas só agora.

Quando se levantou para ir buscar a garrafa fechada de uísque no bar da sala, viu diante dos olhos todas as manchetes possíveis e imagináveis e antecipou cada uma das perguntas de jornalistas nervosos provenientes de todos os cantos do mundo, perguntas para as quais ele sabia que não teria nenhuma resposta para oferecer.

Nenhuma.

Estava envolvido até o pescoço no assassinato.

A luz fraca mal alcançava aqueles bracinhos brancos e magros que se deixavam entrever debaixo do cobertor. As letras K e F, escritas com caneta marcadora, já estavam quase apagadas. Acke estava deitado no leito, inconsciente, anestesiado e entubado. Ovette estava sentada um pouco à distância do leito e chorava em silêncio. Ela chorava por tudo o que tinha saído errado a vida toda. Nem ao menos do seu filho ela fora capaz de cuidar direito. Do seu pequeno Acke. Agora, ele estava ali, deitado, cheio de dor, e ela não podia fazer nada. Ela não sabia nem ao menos como poderia reconfortá-lo. Não sabia mais nada. Por que as coisas tinham terminado daquela maneira? Não, ela não podia colocar a culpa de tudo na Jackie. Afinal, ela era uma mulher adulta e tinha feito as suas próprias escolhas, de livre e espontânea vontade. Porém, quão livre e espontaneamente ela tinha feito essas escolhas? Logo depois de ser mandada embora da agência Red Velvet, ela recebeu uma pequena ajuda da assistência social. Pois não tinha direito a seguro-desemprego, uma vez que tinha trabalhado na "economia informal" durante todos aqueles anos. Ou seja, ela estava fora do sistema. Depois, trabalhou como faxineira durante algum tempo. Porém, não se deu bem fazendo aquilo. Não era especialmente caprichosa para aquele tipo de trabalho. Então, passados alguns anos, acabou voltando para aquilo que ela sabia fazer muito bem.

Serviços sexuais.

Porém, àquela altura, já estava um pouco mais velha e não era tão atraente nem mesmo nesse mercado de trabalho. Além disso, não queria atender os seus clientes em casa, por causa do Acke. Então, teve que ir se virar de outra forma.

Nas ruas.

Prestava seus serviços em bancos traseiros de carros, nos fundos de prédios ou em garagens.

No nível mais baixo de sua profissão.

Ovette olhou para Acke. Mesmo com aquela iluminação fraca. E ouviu o bulício discreto dos tubos. Se pelo menos você tivesse um pai. Um pai de verdade, como os seus colegas têm. Um pai que pudesse dar uma mãozinha de vez em quando. Mas o seu pai nem ao menos sabe que você existe, ela pensou.

Ovette engoliu em seco e ouviu quando a porta atrás dela rangeu. Virou-se e viu Minken parado na porta segurando uma bola de futebol nas mãos. Ovette se levantou e foi até ele.

— Vamos para o corredor — sussurrou ela.

Ela foi caminhando com ele pelo corredor. Estava precisando fumar e tinha descoberto uma pequena sacada com portas de vidro. Lá fora, ela acendeu um cigarro e olhou para a bola.

— O Ibrahimovic autografou esta bola para ele — Minken explicou, apontando para uma assinatura que apenas com muito boa vontade poderia ser a de Zlatan Ibrahimovic.

Ovette riu e deu um tapinha numa das mãos de Minken.

— Obrigada por se preocupar com a gente, não são muitos que se preocupam, você sabe como é...

Sim, Minken sabia. Assim eram as coisas. As outras mulheres que viviam na mesma situação de Ovette realmente tinham que ser fortes para conseguir aguentar o tranco. E não havia muita margem para se preocupar com as demais. Assim eram todas as pessoas à volta dela.

— Eu vou largar esta vida — disse Ovette.

— Largar o quê?

— Não vou mais fazer calçada.

Minken olhou para ela e viu que ela, realmente, iria cumprir aquela promessa.

Aquela promessa feita ali, naquele momento.

Na outra extremidade do mesmo corredor, encontravam-se uma médica acompanhada de dois policiais, membros da equipe AST. Acabavam de receber a informação da perícia técnica de que não tinham sido encontrados quaisquer restos mortais humanos no rescaldo do trailer incendiado. Bom, pelo menos Stilton está vivo, Forss pensou. Ele recebeu aquela notícia com uma sensação de alívio surpreendente até mesmo para ele próprio. Agora, eles estavam ali para conversar com Acke Andersson. Stilton tinha mencionado o nome daquele garoto quando veio contar sobre as tais lutas em jaulas e como ele próprio tinha sido espancado. Então, eles queriam saber se o menino poderia contar alguma coisa a respeito dos agressores. Não podiam descartar a possibilidade de que a mesma pessoa estivesse por trás do assassinato de Vera Larsson e também daqueles vídeos no Trashkick.

— Não acho que ele esteja em condições de falar muito neste momento — a médica explicou.

Não, realmente ele não estava muito em condições de falar. Janne Klinga se sentou na cadeira em que Ovette estava sentada agora há pouco, não muito longe do leito. Forss ficou em pé do outro lado do leito. No qual Acke jazia, de olhos fechados.

— Acke... — tentou Janne Klinga, hesitando.

Acke nem se mexeu. Forss olhou para a médica, apontou com um dedo para a beirada da cama e a médica fez que sim com a cabeça. Então, Forss se sentou com todo o cuidado na beira da cama e observou Acke. Gente do norte e sem-teto espancados e mortos não chegavam a lhe despertar compaixão, porém aquilo ali se tratava de algo totalmente diferente. Um garotinho. Espancado e desovado numa caçamba de lixo. Forss se surpreendeu ao pousar a mão na perna de Acke por cima do cobertor. Klinga olhou para a mão dele.

— Que filhos da puta — disse Forss bem baixinho, praticamente para si mesmo.

Forss e Klinga saíram para o corredor. A médica continuou onde estava, ao lado de Acke.

Forss se deteve em frente à porta do quarto, respirou fundo e olhou na outra direção. Na direção de uma sacada com porta de vidro. Lá fora, viu Ovette, que estava fumando e olhava na direção do corredor. Forss teve uma reação que durou um átimo de segundo, algum vislumbre indefinido. Depois, se virou e caminhou na direção oposta.

Já para Ovette, aquilo não foi um mero vislumbre. Ela continuou observando por um bom tempo ele se afastar até sumir do seu campo de visão.

Ovette sabia exatamente de quem se tratava.

O silêncio entre Abbas e Stilton era tão espesso que podia ser cortado com uma faca. E durou por todo o trajeto até a Dalagatan e depois no apartamento de Abbas. Nenhum dos dois era do tipo que costumava falar muito. Ou pelo menos não um com o outro. Ambos tinham uma dificuldade enorme para se abrir, cada um à sua própria maneira. De qualquer forma, compartilhavam um passado, embora cada um tivesse o seu presente, e encontrar o equilíbrio entre essas duas coisas era algo bastante custoso para ambos. Abbas se manteve firme quando Stilton desabou, fazendo com que os papéis deles se invertessem. Uma inversão que estava longe de ser fácil para qualquer um dos dois. Stilton passou a evitar Abbas o máximo que conseguia. Logo ele, uma das poucas pessoas em quem confiava de olhos fechados. Pelo menos em circunstâncias normais. Porém, quando as circunstâncias se modificaram, em detrimento de Tom, ele simplesmente não conseguia mais olhar para a cara de Abbas. Sabia o que Abbas via, e para ele aquilo era humilhante.

Não para Abbas.

Abbas tinha mais nuanças do que Stilton era capaz de imaginar. Uma delas era uma camaradagem inabalável. Mais especificamente, uma enorme camaradagem com relação a Stilton. Ele se encarregou de ficar de olho grudado o tempo todo em Stilton, enquanto esteve no fundo do poço. E quando Tom, em uma ou duas ocasiões durante a sua fase mais complicada, chegou a pensar em colocar um fim na própria vida, Abbas estava lá para trazê-lo de volta. E levá-lo até a emergência psiquiátrica. Onde o deixou e depois seguiu o seu caminho. Para não deixá-lo ainda mais melindrado.

Stilton estava totalmente ciente disso.

Por isso, não precisavam conversar muito. Ambos sabiam. Stilton jogou-se numa das poltronas de madeira de Abbas. Que colocou um CD de música para tocar e voltou com um tabuleiro de gamão.

— Quer jogar?

— Não.

Abbas meneou a cabeça como para dizer que entendia e foi guardar o tabuleiro. Então, voltou, foi se sentar na poltrona ao lado da de Tom e deixou a música tomar conta. Por um bom tempo, os dois ficaram ouvindo aqueles floreios melódicos, belos e delicados. Um piano solitário, um violoncelo, com repetições e variações do mesmo tema. Stilton se virou para Abbas e perguntou:

— Que música é essa?

— "Spiegel im Spiegel."

— É mesmo?

— Arvo Pärt.

Stilton olhou de esguelha para Abbas. Sim, realmente, ele tinha sentido a falta dele.

— Precisou usar as facas lá na Costa Rica? — Stilton perguntou.

— Sim.

Abbas observava suas belas mãos de dedos longos. Stilton se aprumou um pouco na poltrona.

— Ah, encontrei o Ronny outro dia, ele pediu que eu lhe entregasse este livro.

Stilton pegou o livrinho fino que tinha sido entregue no antiquário e entregou-o para Abbas. Ele havia guardado o livrinho no bolso de trás da calça por pura sorte, pois o sobretudo tinha queimado no incêndio.

— Obrigado! Que maravilha!

— Que livro é esse?

— Esse é... é um livro que estou procurando há muito tempo. *À memória dos amigos*, traduzido por Hermelin.

Stilton viu como Abbas passou a mão com todo o cuidado pela capa delicada do livro, como se acariciasse uma mulher adormecida, até que finalmente abriu-o.

— Que livro é esse? Sobre o que ele trata? — Stilton perguntou.

— Sobre o mundo sufi. Um mundo mais além.

Stilton observou Abbas. E exatamente no momento em que Abbas ia abrir a boca para explicar a uma pessoa totalmente leiga como aquilo dizia respeito a exercitar a nossa capacidade de raciocínio atrofiada, Minken ligou para o seu celular. Minken havia ligado para Olivia para tentar falar com Stilton e ela lhe forneceu o número do celular de Abbas.

— Um momento — Abbas respondeu ao atender, antes de passar o celular para Stilton.

Falando em voz baixa, Minken explicou:

— É que estou no corredor de um hospital. Acke foi espancado.

Só então Stilton recebia aquelas notícias sobre Acke. Afinal, ele próprio tivera a sua cota de problemas durante as últimas vinte e quatro horas. De qualquer forma, a metade analítica do seu cérebro estava funcionando cada vez melhor. E concluiu de imediato que havia uma conexão entre o espancamento de Acke e o incêndio provocado no trailer de Vera. Essa conexão eram os Kid Fighters.

— Kid Fighters? — perguntou Abbas, quando Stilton lhe devolveu o celular.

Stilton levou Abbas, rapidamente, daquele mundo mais além para uma realidade bem mais concreta em que existem crianças espancadas, sem-teto assassinados e trailers incendiados. E também a caçada particular daquelas pessoas que a mídia chamava de "os assassinos de celular".

— Se precisar de uma mãozinha, é só dizer.

Abbas, o homem das facas, soltou um sorrisinho.

Já Bertil Magnuson não estava sorrindo. Em meio ao porre de uísque em que não demorou a entrar, ele tentou entender o que aquilo tudo significava. Mas não conseguiu. Não conseguiu entender nem o que Wendt pretendia nem o que ele queria dizer quando falou em "vingança". De qualquer forma, aquilo já não tinha tanta importância assim, pelo menos não para ele.

Para ele estava tudo acabado.

Uma vez que ele era o presidente da Associação dos Amigos da Torre Cedergrenska, uma entidade que apoiava financeiramente a conservação daquele antigo marco cultural da região, ele tinha recebido uma cópia da chave que dava acesso à torre.

Uma chave que, com certa dificuldade, ele conseguiu encontrar numa das belas caixinhas de madrepérola que a sua mulher, Linn, guardava numa cômoda no vestíbulo. Depois, ele abriu o seu cofre particular.

Mette Olsäter e os integrantes de sua equipe nos quais ela mais depositava confiança estavam sentados numa sala da divisão de homicídios. Uma sala que, naquele exato momento, estava bastante apinhada. Nela, havia quatro policiais, duas mulheres e dois homens, aglomerados em torno de um toca-fita, no qual escutavam uma gravação antiga, de uma conversa gravada anos antes. Já era a terceira vez que eles escutavam aquela gravação.

— Essa voz é de Magnuson.

— Sem sombra de dúvida.

— E de quem é a outra voz?

— Nils Wendt, segundo consta na carta que ele mesmo escreveu — explicou Mette, olhando para o quadro numa das paredes.

Ela olhou a fotografia da cena do crime, tirada na praia da ilha de Kärsön. Depois, olhou para a fotografia em que aparecia o corpo de Nils Wendt. E para os mapas da Costa Rica e de Nordkoster, além de várias outras evidências que havia naquele quadro.

— Então, agora sabemos do que tratavam aquelas breves ligações que Wendt fez para o celular de Magnuson.

— Chantagem, provavelmente.

— Com base nesta gravação aqui.

— Na qual Magnuson reconhece ter sido o mandante de um crime.

— A pergunta é: o que Wendt queria dele? Ou seja, por que estava chantageando Magnuson?

— Por dinheiro?

— Talvez. De acordo com a carta que ele escreveu em Mal País, ele pretendia viajar até Nordkoster e procurar algum dinheiro que ele próprio teria escondido na ilha.

— Mas o fato de ele ter deixado para trás uma mala de viagem vazia não significa que ele não encontrou esse dinheiro?

— É, não encontrou não.

— Bem, mas não se trata, necessariamente, de dinheiro — chamou a atenção Bosse Thyrén, o jovem e hábil investigador.

— Não necessariamente.

— Talvez se tratasse de algum tipo de vingança, com um outro objetivo?

— É, talvez, mas isso é algo que apenas o próprio Bertil Magnuson pode responder — Mette concluiu, dando ordens para que eles fechassem totalmente o cerco em torno de Magnuson.

Estava bastante escuro na torre Cedergrenska, além de silencioso, um cenário fantasmagórico o suficiente para uma pessoa normal. Ou para uma pessoa em circunstâncias normais. Porém, as circunstâncias em que Bertil Magnuson se encontrava naquele momento eram tudo menos normais. Ele segurava uma lanterna numa das mãos e foi encontrando o seu caminho até a parte mais alta da construção. A cúpula da torre. A cúpula de tijolos sem reboco no topo da construção, com apenas duas janelas que se abriam para o mundo lá fora.

Um mundo do qual até bem pouco tempo ele se sentia o dono.

Ele, o homem que iniciou a extração de minério de columbita-tantalita e serviu o tântalo, de bandeja, ao mundo da eletrônica. Sim, o tântalo, aquele componente exclusivo que era o fundamento da expansão interativa no mundo contemporâneo.

Sim, ele, Bertil Magnuson.

Atualmente, implicado em um assassinato.

Mas Bertil não pensava mais em nada disso enquanto subia tateando aquela escadaria de pedra com a ajuda de sua lanterna. Durante a subida, teve que se apoiar nas paredes de tijolos de quando em quando, tal o seu estado de bebedeira.

Então, pensou em Linn outra vez.

E pensou na vergonha.

Na vergonha que iria sentir ao ter que olhar nos olhos dela e dizer:

"Sim, é verdade. Cada palavra dessa gravação é verdadeira."

Não, ele não conseguiria fazer aquilo.

Por isso, tinha ido até ali.

Quando finalmente conseguiu chegar à cúpula da torre, aos trancos e barrancos, ele estava longe de sentir qualquer sensação física. Então, cambaleou até a janela mais próxima, tirou do bolso o seu revólver prateado e enfiou-o na boca. Depois, olhou para fora e para baixo.

Algo que talvez tivesse sido melhor não ter feito.

Ao longe, lá embaixo, em contato visual direto com a janela onde Bertil estava, ele viu Linn sair para o amplo terraço da casa deles. E a contemplou vestida com um dos seus mais belos vestidos. Os cabelos tão bonitos caindo por sobre os ombros. Os braços esbeltos que ela esticou no ar para levantar a garrafa de uísque quase totalmente vazia e a sua cabeça quando se virou e olhou em volta, um tanto surpresa. E depois olhou para o alto.

Na direção da torre Cedergrenska.

E, então, os olhares deles se encontraram, como só os olhares conseguem se encontrar, mesmo a enormes distâncias, tentando se conectar um ao outro.

Mette e a sua equipe se dirigiram o mais rápido que podiam até o endereço de Magnuson. Todos eles desceram das viaturas e se aproximaram da casa totalmente iluminada. E como ninguém abriu a porta apesar de eles terem tocado a campainha várias vezes seguidas, eles deram a volta em torno da casa e subiram até o terraço. As portas da casa estavam abertas de par em par. No chão do terraço, encontraram uma garrafa de bebida vazia.
Mette deu uma olhada em volta.

Ela não sabia quanto tempo tinha ficado sentada lá. Afinal, o tempo era algo irrelevante. Ela estava ali sentada, vestida com o seu vestido cor de cereja, com a cabeça do marido estraçalhada por um tiro apoiada sobre seus joelhos. Fragmentos da massa encefálica dele decoravam a parede de tijolos logo em frente.
O primeiro choque, que se abateu sobre ela quando ouviu o tiro disparado no alto da torre e viu o rosto de Bertil desaparecer atrás da janela, fez com que ela corresse até o alto da torre num verdadeiro estado de pânico.
O segundo choque, que se abateu sobre ela quando o viu caído no chão, foi ainda maior que o primeiro. No momento, ela estava ali, arrasada, num estado de total alheamento, lentamente a caminho da tristeza. O seu marido acabara de se matar com um tiro na cabeça. Bertil estava morto. Então, ela passou a mão com todo o cuidado sobre o cabelo curto do marido. Suas lágrimas pingavam sobre o terno escuro que ele vestia. Depois, ela passou o dedo suavemente na camisa azul de colarinho branco para ajeitá-la. Até que a morte os separe, ela pensou. Endireitou a cabeça dele e olhou pela janela da torre na direção da casa deles. Eram viaturas da polícia lá na frente da garagem? Quem eram aquelas pessoas desconhecidas no terraço da casa deles? Ela não entendeu direito o que é que aquelas pessoas de roupas es-

curas estavam fazendo lá embaixo. No seu terraço. Então, viu uma mulher enorme que tirou um celular do bolso. De repente, o celular de Bertil tocou num dos bolsos do paletó dele, bem sobre os joelhos dela. Ela esticou a mão e tirou o celular do bolso do paletó. Atendeu, ouviu a pergunta e respondeu.

— Estamos aqui na torre.

Mette e sua equipe chegaram bem rápido no alto da torre. Então, constataram de forma igualmente rápida que Bertil Magnuson estava morto e que a esposa dele estava num estado de choque profundo. Em tese, não podiam descartar a possibilidade de que ele tivesse sido morto a tiros pela própria mulher. Porém, levando em consideração todo o contexto, essa possibilidade não era especialmente plausível. Em princípio. Levando em consideração o cenário que encontraram naquela torre.

Um cenário totalmente trágico.

Mette ficou observando o casal Magnuson. Ela não era propensa a rompantes emotivos quando se tratava de crime e castigo, porém, apesar disso, sentiu certa compaixão pela mulher naquela situação. Mas não sentiu nada com relação a Bertil Magnuson.

Nada além de uma decepção passageira.

Uma decepção do ponto de vista policial.

Foi a compaixão que sentia por Linn que fez com que ela falasse. Uma hora mais tarde, quando já tinham descido da torre e voltado à casa dos Magnuson. Linn estava um pouco mais calma e pediu que eles explicassem o que estava acontecendo. Por que é que eles tinham ido até lá, e se aquilo tinha algo a ver com a morte do marido. Então, Mette explicou parcialmente do que se tratava. Da maneira menos chocante possível. Ela era da opinião de que a verdade é a melhor cura, mesmo que cause dor quando aplicada. Além disso, seria muito pedir que Linn conseguisse entender totalmente aquilo tudo. A própria Mette não conseguia entender toda a história. Pelo menos, ainda não. De qualquer forma, algum tipo de explicação para o suicídio do marido de Linn estaria naquela conversa gravada.

A conversa a respeito de um assassinato.

21

O SUICÍDIO DE BERTIL MAGNUSON rapidamente causou comoção na imprensa. Sobretudo na internet.

Um dos primeiros a se manifestar foi Erik Grandén. Praticamente numa explosão de fúria, ele tuitou sua indignação com a verdadeira caçada promovida contra Bertil Magnuson nos últimos tempos. Uma das perseguições mais vergonhosas contra um único indivíduo na história moderna da Suécia. O exemplo mais parecido de que ele conseguia se lembrar era o linchamento de Axel von Fersen em Riddarholmen, no ano de 1810. "Uma culpa abominável recai sobre os ombros dos responsáveis por esta caçada impiedosa! Foram vocês que provocaram esse suicídio com os seus ataques", escreveu ele.

Uma hora depois, a direção do partido o convocou para uma reunião de emergência.

— Agora?

— Sim, agora.

Erik Grandén ainda estava arrasado e emocionalmente confuso quando se dirigiu às pressas para a reunião. Por um lado, não conseguia tirar da cabeça o terrível suicídio de Bertil, e todos os seus pensamentos se voltavam para Linn. Ele devia se lembrar de ligar para ela assim que pudesse. Por outro lado, sentia uma certa euforia com esta reunião da diretoria. Tinha certeza de que eles queriam conversar com ele sobre o seu futuro cargo na União Europeia, pois não o teriam convocado daquela forma abrupta se o assunto não fosse esse. E lamentou um pouco não ter tido tempo para dar uma passadinha no cabeleireiro antes da reunião, uma vez que a imprensa toda estaria lá.

Mette estava sentada na sua sala. Em poucos instantes, iria reavaliar o caso com a sua equipe de investigadores. O suicídio de Magnuson tinha modificado o plano do jogo. Para pior. A partir de agora, a gravação daquela conversa teria um papel ainda mais importante, apesar de as duas pessoas que dela participaram não estarem mais vivas. As chances de se provar quem tinha assassinado Nils Wendt diminuíram consideravelmente.

O assassino provavelmente estava morto.

Tudo o que tinham nas mãos não passava de provas circunstanciais. "Na melhor das hipóteses", opinou o jurista Leif Silbersky na imprensa.

Por isso, Mette deixou o caso Wendt de lado por um instante e começou a analisar alguns arquivos copiados do computador de Jackie Berglund. Um deles continha um fichário. Uma lista de clientes usuários dos serviços sexuais, nomes conhecidos e desconhecidos. Determinados nomes a deixaram de queixo caído.

Especialmente um.

Grandén sentou-se numa das cadeiras em volta da mesa oval. Normalmente, dezoito pessoas participavam das reuniões da direção. Nesse dia, um grupo bem mais restrito tinha sido convocado. Todos eram bem conhecidos de Erik. Uma parte deles tinha entrado na política pelas próprias mãos dele, uma outra parte ele simplesmente fora forçado a engolir.

Assim eram as regras no mundo da política.

Ele se serviu de um pouco de água da jarra à sua frente que, na verdade, estava um pouco morna. Esperou que alguém tomasse a iniciativa. O que estava demorando para acontecer. Então, ele lançou um olhar em torno da mesa.

Ninguém retribuiu o seu olhar.

— Este não deixa de ser um momento histórico, não apenas para mim, mas para todos nós — disse ele, finalmente.

Ele contraiu o lábio inferior um pouco, num movimento bastante característico dele. Todos em volta da mesa olharam para ele.

— Uma tragédia o que aconteceu com Magnuson — disse um dos presentes.

— Sim, inacreditável. Precisamos marcar nossa posição de alguma forma contra essa mentalidade demagógica, da qual qualquer um de nós pode vir a se tornar vítima.

— É verdade — disse o homem, que se inclinou na direção de um pequeno CD player em cima da mesa. Então, ele deteve seu dedo uma fração de segundo antes de apertar o botão.

— Recebemos isso há pouco mais de uma hora.

Todos os olhares se voltarem para Grandén, que passou uma das mãos pelos cabelos, caso eles tivessem ficado em pé daquela forma ridícula que costumavam fazer quando ele enfrentava qualquer tipo de contrariedade.

— É mesmo?

O homem finalmente apertou o play e todos os presentes começaram a escutar uma conversa gravada. Grandén reconheceu as vozes no ato. Eram as vozes de dois dos três mosqueteiros, sendo que ele era o terceiro deles.

"Jan Nyström foi encontrado num lago esta manhã, morto."

"Sim, eu ouvi as notícias."

"E aí?"

"O que é que você quer que eu diga?"

"Eu sabia que você estava disposto a tudo, Bertil, mas não sabia que isso incluía matar alguém!"

"Ninguém poderá nos associar a nada."

"Mas nós sabemos o que aconteceu."

"Nós não sabemos de nada. É só não querermos saber. Por que está tão indignado?"

"Por quê? Porque um inocente foi assassinado!"

"Esta é a sua interpretação."

"E a sua qual é?"

"Eu resolvi um problema."

A essa altura da gravação, Grandén começou a perceber que aquela reunião talvez não tivesse sido convocada para tratar de sua nomeação para um cargo na União Europeia, onde iria conviver com políticos como Sarkozy e Merkel. Então, tentou ganhar algum tempo:

— Poderia voltar um pouco a gravação?

O homem apertou o botão rewind do CD player. E a gravação foi reproduzida desde o início novamente. Grandén ouvia totalmente concentrado:

"Esta é a sua interpretação."
"E a sua qual é?"
"Eu resolvi um problema."
"Matando um jornalista?"
"Pondo um ponto final na divulgação de um monte de merda a nosso respeito."
"Quem foi que o matou?"
"Não sei."
"Você simplesmente fez uma ligação?"
"É."
"Tipo 'alô, aqui é Bertil Magnuson, eu preciso dar um sumiço nesse Jan Nyström', é isso?"
"Mais ou menos isso."
"E aí ele foi assassinado."
"Ele morreu num acidente de carro."
"Quanto você pagou por isso?"
"Cinquenta mil."
"É isso o que custa para mandar matar alguém no Zaire?"
"Sim."

O homem desligou o CD player e olhou para Grandén, que se mostrava sereno. Ao fundo, ouvia-se o murmúrio de uma cisterna de água. Alguém rabiscava num bloco de anotações.

— O jornalista Jan Nyström foi assassinado no Zaire em 23 de agosto de 1984. Como acabamos de ouvir, esse assassinato foi cometido a mando de Bertil Magnuson, diretor executivo da MWM. Naquela ocasião, você fazia parte da diretoria da empresa, não é mesmo?

— Sim, está correto — respondeu, contraindo o lábio outra vez.

— O que você sabia a respeito disso?

— A respeito do quê? Desse assassinato?

— Exatamente.

— Eu não sabia de nada. Por outro lado, me lembro que Nils Wendt ligou para mim logo após aquele assassinato para contar que o tal jornalista tinha aparecido na sucursal deles em Kinshasa para mostrar uma reportagem com graves acusações aos projetos da MWM lá e perguntar se eles dariam alguma declaração sobre o assunto.

— E deram?

— Magnuson e Wendt prometeram a ele uma declaração na manhã seguinte, só que ele nunca voltou à empresa para conversar com eles.

— Claro, foi assassinado.

— Evidentemente.

Grandén olhou de esguelha na direção do CD player.

— E Wendt te contou mais alguma coisa?

— Sim, no final, ele afirmou que havia muitas verdades na reportagem que o jornalista estava preparando e que ele já estava farto dos métodos de Magnuson e estava decidido a se desligar da empresa.

— Da MWM?

— Sim. Ele planejava deixar a empresa e desaparecer. "Ser tragado pela terra", segundo suas palavras. Mas, para isso, precisava contar com algo que garantisse a sua sobrevivência.

O homem apontou para o CD player.

— Então, ocultou um gravador e conseguiu extrair de Magnuson essa confissão de que ele era o mandante do crime?

— Sim, é o que parece.

Grandén não disse uma só palavra a respeito da outra ligação que tinha recebido. Do próprio Bertil Magnuson, no dia seguinte. Nessa ligação,

Magnuson contou que Wendt tinha desaparecido e que tinham acabado de descobrir um rombo de quase dois milhões de dólares da conta de "despesas não específicas" da empresa. Uma conta que Grandén sabia que os auditores não tinham acesso e que era utilizada para pagar por serviços de indivíduos inescrupulosos sempre que surgia algum problema.

Como evidentemente tinha sido o caso com o jornalista Jan Nyström.

— E de quem foi que vocês receberam essa gravação?

— De Mette Olsäter, da divisão de homicídios da polícia nacional. Aparentemente, ela ouviu falar do seu comentário inflamado no Twitter e julgou que a gente merecia uma oportunidade de escutar essa gravação e conversar com você antes que o assunto chegasse aos ouvidos da imprensa.

Grandén meneou a cabeça, concordando. Lançou um olhar em torno da mesa, mas ninguém correspondeu ao seu olhar. Finalmente, se levantou e olhou outra vez à sua volta.

— Ou seja, eu me tornei um estorvo?

Ele já sabia a resposta.

E sabia também que devia esquecer a sua candidatura a qualquer cargo importante na União Europeia, com a reputação maculada pela sua relação próxima com Bertil Magnuson. Tanto em caráter pessoal como em caráter oficial. Além disso, era um dos membros da diretoria da MWM na época do assassinato sob encomenda.

Grandén deixou a sede do partido e atravessou a ponte na direção da cidade velha. Estava ciente de que sua carreira política acabara. E que logo a próxima temporada de caça estaria aberta. E o caçado seria ele, que tinha sobrevivido tanto tempo com seu nariz empinado e suas tuitadas arrogantes. Eles iriam esfolá-lo vivo, disso tinha certeza.

Sem qualquer destino específico, ele vagou pelas ruelas da Gamla Stan. A brisa morna fazia os seus cabelos claros e finos esvoaçarem. Caminhava um pouco encurvado para frente, vestindo o seu elegante terno azul, sozinho, como um espantalho fantasmagórico. Os edifícios históricos se inclinavam sobre o seu corpo alto e elegante.

Sim, os seus tempos de Twitter tinham acabado.

De repente, parou em frente do salão de um cabeleireiro na Köpmangatan, o seu cabeleireiro. Entrou no salão e meneou a cabeça na direção de uma cadeira em torno da qual o cabeleireiro aplicava uma pitada de gel nos cabelos pretos de um cliente que estava meio que cochilando.

— Olá, Erik! A gente não tem hora marcada hoje, ou tem? — perguntou o cabeleireiro, surpreso com a visita inesperada.

— Não, não, eu só queria ver se você me empresta uma navalha, estou com uns pelos no pescoço que eu gostaria de raspar.

— Ah, claro... Pode pegar aquela ali — disse o cabeleireiro, apontando para uma prateleira de vidro onde havia uma bela e antiga navalha com cabo de baquelita. Grandén pegou a navalha e foi até o banheiro que ficava no fundo do salão. E se trancou lá dentro.

Um por todos...

Mette foi a última a entrar na sala. Ela deu uma boa olhada em toda a sua equipe. Estavam todos ali, concentrados. De certa forma, o suicídio da noite anterior fora um balde de água fria.

Mette assumiu o comando:

— Sugiro que a gente recomece tudo desde o início. Cada tese e cada hipótese.

Ela estava diante de todos, ao lado do quadro na parede. No quadro, estava pendurada a carta forjada de Adelita para Wendt, ao lado da carta "explicativa" que ele tinha escrito em Mal País. Logo abaixo, via-se a fotografia em que Adelita e Wendt aparecem juntos e que Abbas tinha conseguido num bar em Santa Teresa.

— Vamos começar pela gravação da conversa em 1984, na qual Bertil Magnuson confessou ser o mandante do assassinato do jornalista Jan Nyström. Uma vez que Bertil Magnuson também está morto agora, vamos deixar essa questão de lado um instante, apesar de que isso terá outros reflexos, mais tarde. Por outro lado, temos conhecimento de que Nils Wendt deixou Kinshasa logo após o assassinato do jornalista e desapareceu. E que a ex-companheira dele deu queixa do desaparecimento uma semana mais tarde — Mette continuou.

— Ele foi direto para a Costa Rica depois disso?

— Não, primeiro foi até o México, a um lugar chamado Playa del Carmen, onde conheceu Adelita Rivera. Ainda não sabemos o momento exato em que ele apareceu em Mal País, mas sabemos que ele já estava lá em 1987.

— No mesmo ano em que Adelita Rivera viajou da Costa Rica até Nordkoster — disse Lisa Hedqvist.

— Isso mesmo.

— Para buscar o dinheiro que Wendt tinha deixado escondido na sua casa de veraneio na ilha.

— Mas por que ele não foi pessoalmente buscar esse dinheiro?

— Isso ainda não sabemos. Na carta, ele diz apenas que não tinha condições de fazê-lo — Mette respondeu.

— Talvez isso tenha algo a ver com Magnuson. Talvez Wendt estivesse com medo dele.

— É, talvez.

— E qual era a origem desse dinheiro? — Bosse perguntou.

— Também ainda não descobrimos.

— Poderia ser o dinheiro que ele desviou da empresa antes de desaparecer.

— É bem possível — disse Mette.

— E durante todos esses anos antes de voltar a aparecer ele ficou em Mal País?

— É provável que sim. De acordo com Ove Gardman, ele trabalhava como guia numa reserva florestal.

— E ele achava que a tal Adelita Rivera tinha ficado com todo o dinheiro dele?

— Sim, possivelmente. Afinal, recebeu aquela carta forjada, assinada por ela, depois que ela desapareceu daquela forma um tanto abrupta, uma carta escrita por um dos seus assassinos na ilha em 1987. O objetivo da carta, provavelmente, era fazer com que Wendt desistisse de tentar descobrir por que ela não havia voltado para a Costa Rica.

— Uma ideia bastante calculista por parte dos criminosos — disse Bosse Thyrén.

— Sim. Porém, três semanas atrás, Ove Gardman apareceu em Mal País e contou a ele do assassinato que testemunhara quando criança, e depois, pesquisando na internet, Wendt acabou descobrindo que Adelita Rivera na verdade tinha sido morta, e daí ele decidiu voltar à Suécia.

— E assim chegamos aos dias de hoje.

— Precisamente, e neste ponto temos uma noção bastante clara de por onde Wendt andou se movimentando durante esses dias. Sabemos que ele não encontrou o dinheiro escondido em Nordkoster, sabemos que trouxe consigo uma conversa gravada em Kinshasa em 1984 e podemos presumir que tenha mostrado trechos dessa gravação durante as breves ligações que fez para Magnuson e que temos agora como prova.

— Resta saber o que ele pretendia com isso.

— Isso poderia ter alguma conexão com o assassinato de Adelita Rivera?

— Será que ele acreditava que Magnuson teve alguma participação no assassinato dela?

— Pois é... será?

— Talvez a gente possa descobrir analisando isso aqui — disse Lisa Hedqvist, apontando para um envelope antigo pregado no quadro. — Essa carta tem a assinatura "Adelita", mas foi escrita cinco dias depois de sua morte, não é mesmo?

— Sim.

— Poderíamos tirar o DNA do selo e comparar a amostra com o DNA de Magnuson? A saliva deve ter se preservado, apesar de já terem passado vinte e três anos, não é?

— Sim, é possível.

Lisa foi até o quadro, retirou o envelope e saiu.

— Bem, enquanto aguardamos o resultado, podemos supor que aquelas ligações de Wendt devem ter colocado uma pressão enorme em cima de Magnuson. Afinal, ele tinha confessado naquela gravação que era o mandante do assassinato de um jornalista. Então, devia estar bastante ciente das consequências que a divulgação daquela gravação teria para ele — disse Mette.

— Ou seja, ele tentou recuperar a fita assassinando Nils Wendt.

— Seria um motivo bastante plausível.

— Mas Wendt deixou a gravação original na Costa Rica.

— E será que Magnuson sabia disso?

— Isso não sabemos, mas é de se imaginar que Wendt deve ter contado isso a ele, para proteger-se. Ele sabia muito bem do que Magnuson era capaz.

— Então, Magnuson tentou localizar a fita original na Costa Rica. Há que ter em conta que Abbas el Fassi foi atacado enquanto fazia a busca na casa de Wendt em Mal País, não foi?

— Sim. O fato é que não sabemos com certeza se ele foi atacado a mando de Magnuson, mas que é algo bastante plausível, isso é — respondeu Mette.

— Nesse caso, ele percebeu que a sua tentativa de recuperar a fita tinha sido malsucedida e que nós já estávamos de posse da gravação.

— E por isso ele se matou.

— O que significa que jamais vamos conseguir uma confissão com relação ao assassinato de Nils Wendt. Quer dizer, se é que foi ele mesmo o mandante.

— É, é isso mesmo.

— E talvez nem mesmo com relação ao assassinato de Adelita Rivera, não é?

— Correto.

Todos ficaram em silêncio. Tinham chegado a um beco sem saída. Não dispunham de nenhuma prova material que implicasse Magnuson no assassinato de Wendt. A única coisa que tinham eram provas circunstanciais, o possível motivo do crime e uma investigação antiga que fora abandonada.

A não ser que o próprio Magnuson tenha lambido aquele selo.

Stilton presumiu que eles o tivessem seguido. Depois que deixou o mercado de Södermalm e até ele entrar no trailer. Supôs também que se tratava das mesmas pessoas que tinham espancado Acke. Talvez os tivessem visto juntos quando ele e Minken foram conversar com Acke em Flemingsberg. Além disso, deviam achar que ele morreu no incêndio. E que caso voltassem a botar os olhos nele, decerto levariam um susto enorme.

Ele dera um pulo no escritório da *Situation Sthlm* para comprar uma pilha de revistas. Todos os sem-teto que encontrou lá tinham ouvido falar do incêndio do trailer. Então, acabou recebendo vários abraços calorosos.

Agora, estava ali, em frente ao mercado de Södermalm, vendendo revistas.

Em total estado de alerta.

Para os clientes do mercado que passavam de um lado para o outro, ele parecia exatamente o mesmo de sempre. Um sem-teto vendendo exemplares da *Situation Sthlm* no mesmo lugar em que eles o tinham visto várias vezes nos últimos tempos.

Eles não faziam ideia.

Quando começou a trovejar e a cair uma chuva torrencial, ele foi embora.

As nuvens cinzentas deixaram o céu escuro e os raios estalavam sobre os telhados das casas. Liam e Isse já estavam ensopados antes mesmo de chegarem ao parque Lilla Blecktorn. E mal precisavam se esgueirar, pois havia tantos arbustos e árvores atrás dos quais podiam se esconder. Além disso, vestiam seus casacos com capuz.

— Ali! — sussurrou Isse, apontando.

Ele apontou para um banco não muito distante de uma árvore enorme. No banco, estava sentada uma figura magra e alta com uma lata de cerveja na mão, um pouco encurvada sobre os próprios joelhos, enquanto a tempestade caía sobre o seu corpo.

— Ali ele, porra!

Liam e Isse se entreolharam. Eles ainda estavam totalmente assombrados. Tinham avistado Stilton em frente ao mercado de Södermalm e mal conseguiram acreditar no que seus olhos estavam vendo. Como ele tinha conseguido escapar daquele trailer em chamas?! Isse puxou de baixo do casaco um taco curto de beisebol. Dificilmente alguém conseguiria enxergar aquele taco naquela escuridão. Liam olhou para o taco. Ele sabia do que Isse era capaz quando o sangue dele fervia. Com todo o cuidado, deram dois ou três passos adiante e depois uma espiada em volta. Evidentemente o parque estava vazio, não havia viva alma que se atrevesse a sair para a rua com um tempo daqueles.

A não ser aquele farrapo humano sentado no banco.

Stilton estava perdido em seus próprios pensamentos. Aquele tipo de solidão, naquele tipo de cenário, fez com que ele se lembrasse de Vera. Da voz dela, daquela única vez em que eles tinham deitado um com o outro, uma hora antes de ela ser espancada até a morte. Havia uma pontada de desespero naquelas lembranças.

Foi quando percebeu a presença deles no seu campo de visão periférica.

Já quase ali em frente ao banco em que estava sentado. Um deles segurando um taco de beisebol nas mãos.

Covardes!, pensou. Dois contra um. E ainda precisando de um taco. Naquele exato momento, desejou ter iniciado seus exercícios subindo e descendo a escadaria de pedra pelo menos seis anos antes, ou que aqueles últimos seis anos não tivessem existido. Mas existiram. E ele ainda era uma mera sombra de sua antiga forma física.

Ele levantou a cabeça.

— Olá! Aceitam um gole? — perguntou, esticando a mão com a lata de cerveja.

Isse brandiu o taco de beisebol rapidamente e acertou a lata de cerveja em cheio. A lata voou a vários metros de distância. E Stilton olhou para onde a lata caiu.

— *Home run!* — ele disse, e sorriu. — Talvez vocês devessem...

— Cala essa boca!!

— Desculpe.

— A gente tacou fogo na merda do seu trailer. O que é que você está fazendo aqui?

— Tomando uma cervejinha.

— Seu babaca filho da puta! Você é burro ou o quê? A gente vai te matar a pau!

— Como vocês fizeram com a Vera?

— Que Vera, caralho?! Aquela putinha que morava no trailer? Ela era a tua putinha?!

Isse deu uma gargalhada e olhou para Liam.

— Você ouviu isso? Foi a putinha dele que a gente comeu de porrada!

Liam deu uma risada de escárnio e tirou seu celular do bolso. Stilton percebeu que ele estava ligando a câmera do celular. A hora havia chegado. E ele não sabia como iria dar conta daquilo.

Vamos lá, ele pensou.

— Vocês são dois merdas, sabiam disso? — disse ele, subitamente.

Isse olhou fixamente para Stilton. Não conseguia acreditar no que acabara de ouvir. Era muita ousadia daquele bebum! Liam olhou de soslaio para Isse. Logo o sangue desse coroa vai começar a rolar.

— Deviam ficar em cana pelo resto da vida e serem alimentados com bosta velha de gato.

O sangue de Isse finalmente ferveu. Ele deu um urro, ergueu o taco de beisebol até atrás dos ombros e preparou um golpe violento para a frente. Na direção da cabeça de Stilton.

Mas o golpe não acertou a cabeça de Stilton. Foi interrompido no meio do caminho. Antes de Isse concluir o movimento, uma faca de lâmina comprida cravou-se no seu antebraço. Não teve nem tempo de ver de onde a faca veio. Liam tampouco viu de onde veio a outra faca. Mas sentiu quando ela acertou o dorso de sua mão, fazendo o celular voar e cair atrás do banco depois de fazer uma curva no ar.

Stilton se levantou rapidamente e arrancou o taco de beisebol da mão de Isse, que estava agachado gritando de dor e olhando a faca cravada em seu antebraço. A chuva caía sobre o seu rosto. Stilton hiperventilava e sentiu a morte abominável de Vera se propagando pelo taco. Então, ergueu o taco, posicionando-o ao lado da cabeça de Isse. Tudo ficou escuro na mente de Tom. Ele segurou o taco com ambas as mãos e tomou impulso com todo o peso do corpo preparando um golpe na direção do pescoço de Isse.

— Não, Tom!

O grito penetrou sua mente obscurecida o suficiente para deter o movimento. Stilton olhou à sua volta. Viu Abbas saindo detrás de uma árvore enorme perto de onde estava.

— Largue o taco — Abbas implorou.

Stilton ficou olhando para ele.

— Tom.

Stilton abaixou o taco de beisebol um pouquinho. De repente, viu que Liam estava tentando fugir aos trambolhões. Então, Stilton deu dois ou três passos acelerados e colocou o taco diante das canelas de Liam. Fazendo o rapaz desabar no chão. Abbas alcançou Stilton e segurou o taco.

— Essa não é a melhor maneira de resolver as coisas — disse Abbas.

Stilton tentou se acalmar um pouco. Olhou para Abbas e fez um esforço para controlar a respiração. Depois de alguns segundos, por fim, largou o taco de beisebol. Abbas pegou o taco e atirou-o no meio de uns arbustos a uma boa distância. Stilton baixou a cabeça e ficou olhando para o chão. Percebeu que tinha sido por pouco. Que a humilhação que passara na caverna em Årsta e todo o resto quase o fizeram ultrapassar todos os limites possíveis e imagináveis.

— Você pode me ajudar aqui?

Stilton se virou. Abbas tinha tirado a faca que estava cravada no bíceps de Isse, fazendo com que ele se sentasse no banco encharcado do jardim. Então, Stilton ajudou Liam, que ainda estava apavorado, a se levantar do chão e também o obrigou a se sentar ao lado de Isse.

— O que vamos fazer agora? — Abbas perguntou.

— Tirar a roupa deles.

O próprio Stilton pretendia se encarregar disso. Abbas ficou parado a certa distância, limpando o sangue das suas facas. Sentados no banco, os rapazes o observavam, totalmente aterrorizados.

— Levantem-se daí agora mesmo! — Stilton ordenou, ajudando Isse a se levantar.

Liam se levantou sozinho. Stilton arrancou as roupas deles o mais rápido que pôde. E quando os dois já estavam nus, ele mandou que se sentassem outra vez no banco. Abbas foi até a frente deles com o celular na mão. Então, ele ligou a câmera e colocou a mão sobre o celular, para protegê-lo da chuva que continuava caindo.

— Muito bem, agora nós vamos ter uma conversinha.

O SMS que Janne Klinga recebeu em seu celular era sucinto, mas dramático: "Os assassinos do celular aguardam sentados num banco no parque Lilla Blecktorn. E a confissão deles está no site Trashkick."

Ele não reconheceu o número de celular do qual aquela mensagem tinha sido enviada.

Apesar disso, ele meio que desconfiava quem tinha sido o remetente da mensagem, e chegou ao parque o mais rápido que conseguiu, na viatura da polícia. Acompanhado de reforço: três policiais uniformizados. Então, eles recolheram os rapazes pelados e encharcados que encontraram amarrados num banco de madeira no meio do parque.

Feridos e humilhados.

Uma hora mais tarde, Janne Klinga estava sentado juntamente com seu chefe, Rune Forss, e o restante da equipe AST numa sala da sede da polícia. Quando Klinga ligou o computador e entrou no site Trashkick, ele quase pôde sentir o cheiro de expectativa no ar. Ao entrar na página, encontrou um vídeo recém-postado que mostrava dois rapazes nus sentados no banco de um parque com um olhar aterrorizado. Eles confessavam ter espancado uma coroa num trailer e um sujeito num parque perto do porto de Värta, além de terem incendiado o mesmo trailer da coroa alguns dias mais tarde e cometido outros atos de violência contra os sem-teto.

Uma confissão bastante pormenorizada.

De repente, Forss se levantou. Estava furioso. Em parte, porque aqueles dois indivíduos que ele próprio estava encarregado de prender tinham sido entregues a ele de bandeja e com uma maçã na boca. E em parte, porque não tinha como saber a identidade das pessoas que fizeram o vídeo e, evidentemente, estavam por trás de tudo.

E sobretudo porque a tatuagem que os rapazes tinham em seus braços mostravam claramente um K e um F dentro de um círculo.

Exatamente como Tom Stilton dissera.

Primeiro, ele passou na livraria de Ronny Bebum, onde lamentou que o sobretudo preto que pegara emprestado tivesse queimado no incêndio do trailer. E onde também pegou outro livro. Depois, encontrou Arvo Pärt dormindo num saco de dormir embaixo de um banco no parque Fatbur, perto da estação de Södra. Pärt estava tão ensopado quanto o seu saco de dormir. Uma hora mais tarde encontraram Muriel segundos antes de ela tomar um pico num bicicletário.

Agora os três estavam sentados numa sala da Hållpunkten, uma clínica médica para moradores de rua que ficava na praça Maria, em Södermalm.

— Vocês podem entrar agora — disse a enfermeira, apontando para um quarto.

Ao ouvir isso, os três se levantaram e se dirigiram para o quarto. A porta estava aberta e eles viram Benseman deitado num leito, encostado a uma das paredes. Fisicamente, ele tinha virado um trapo, mas, pelo menos, sobrevivera. Conseguiu ser transferido para aquele quarto. Algo que, na verdade, não estava de acordo com o regulamento da clínica, porém era difícil deixar um sem-teto convalescente passar a noite num depósito de lixo.

— Eles estão em cana — disse Stilton.

— Obrigado, Jelle — respondeu Benseman.

Muriel pegou na mão de Benseman. Pärt esfregou os olhos com uma das mãos. Chorava por qualquer coisa. Stilton entregou um livro a Benseman.

— Eu fui na livraria do Ronny Bebum e ele mandou isto aqui pra você.

Benseman pegou o livro e sorriu. Era um dos livros eróticos de Akbar del Piombo. Um relato pornográfico sobre freiras e homens tarados.

— Que livro é esse? — Muriel perguntou.

— Ah, é um desses livros que certos escritores precisam escrever pelo menos uma vez na vida para dar vazão a algo que não poderiam publicar com seu nome verdadeiro. Akbar del Piombo é um pseudônimo de William S. Burroughs.

Ninguém em volta da cama sabia quem eram os dois autores citados por ele, mas se Benseman estava contente, eles também ficavam.

Mette estava diante do quadro na sala de investigações. Alguns integrantes da sua equipe juntavam sua papelada. A investigação sobre a morte de Nils Wendt encontrava-se num impasse. Lisa Hedqvist aproximou-se de Mette.

— No que é que você está pensando?

Mette observava fixamente as fotografias do corpo de Wendt. O cadáver nu da vítima. Uma marca de nascença peculiar na coxa esquerda.

— Tem algo de estranho nessa marca de nascença aqui na coxa dele... — Mette respondeu, e então tirou uma das fotos do quadro.

Olivia tinha dedicado o dia para resolver uma série de coisas práticas. Passar o aspirador, dar uma ajeitada na casa. E conversar com Lenni, que agora planejava ir ao festival de música Paz & Amor sem Jakob.

— Mas por que isso?

— Ah, é que a ex dele apareceu na fita de novo.

— Que chato.

— Pois é, eu não sei o que é que ele vê nela. A única coisa que ele ganhou dela foi uma infestação de chatos!

— Credo, que nojo!

— E não é?

— Então você vai ao festival sozinha?

— Não, vou com o Erik.

— Erik? O amigo do Jakob?

— Sim, por que não? Afinal, você não deu a menor bola pra ele...

— Não, mas eu achei que ele e a Lollo...

— Que nada, ela deu o fora nele e foi pra Grécia ontem. Olha, Olivia, a gente devia se falar mais vezes. Você está totalmente por fora de tudo!

— Vou me esforçar, prometo!

— Olha só, eu preciso arrumar a minha mala, o meu trem parte daqui a pouco. Eu te ligo mais tarde! Um beijo!

— Outro!

Depois, ela foi encarar a pilha de roupa suja. Durante horas. E ao separar as últimas roupas para a máquina, ela se surpreendeu ao encontrar um saquinho plástico no bolso de uma calça. O brinco! Ela se esquecera completamente do brinco encontrado em Nordkoster e que pegara emprestado com Stilton. Ela tirou o brinco de dentro do saquinho e examinou-o. Será que foi mesmo na butique de Jackie Berglund que ela vira um brinco parecido com aquele? Então, ela foi até o laptop, um tanto agitada, e entrou no site da loja. Na opção "Produtos" do menu, viu um número considerável de bijuterias no catálogo de Jackie. Inclusive uma seleção de brincos. Porém, nenhum deles se parecia com o que Olivia tinha à sua frente. Bem, isso não chega a ser surpreendente, ela pensou. Afinal, esse brinco encontrado em Nordkoster tinha no mínimo vinte e três anos. Ela deve ter visto um parecido em outro lugar. Em alguma outra loja? Na orelha de alguém? Ou talvez na casa de alguém?

De repente, ela se lembrou de onde tinha visto!

E não tinha sido na loja de Jackie.

Stilton caminhava pela Vanadisvägen. As nuvens escuras tinham clareado e uma chuva fina caía. Estava a caminho do apartamento de Abbas, onde planejava passar mais uma noite. Depois, veria o que iria fazer. Já estava se sentindo desconfortável com aquela situação. Apesar de saber que Abbas não se importava nem um pouco. Mas o problema não era esse. O problema era ele próprio. Na verdade, queria ficar sozinho. Sabia que podia ter aqueles pesadelos terríveis a qualquer momento, que aqueles gritos estavam o tempo todo à espreita. E não queria que Abbas se envolvesse de novo.

Os dois tinham seguido cada um o seu caminho depois de terem dado uma lição naqueles dois rapazes no parque Blecktorn. Mas, antes disso, Abbas perguntou a Stilton como ele sabia que eles iriam aparecer naquele lugar e naquele momento.

— Eu percebi quando eles começaram a me seguir depois que deixei o mercado de Södermalm, então eu te liguei.

— Mas você não perdeu o celular no incêndio?

— Eu entrei numa tabacaria e pedi para fazer uma ligação.

Depois dessa conversa, cada um foi para o seu lado. Abbas iria subir o vídeo na rede, pois eles tinham conseguido arrancar o nome de usuário e a senha dos garotos para acessar o Trashkick. Stilton queria tentar arrumar outro celular. O celular que trazia no bolso agora. Abbas descolou o dinheiro para isso. De repente, ouviu um apito estranho bem perto dele. Virou-se na direção da avenida. Que estava completamente deserta. Outro apito. Então, Stilton tirou o seu celular novo do bolso. O celular estava configurado com um toque de "apito de fábrica".

Tom atendeu.

— Oi, é Olivia! Eu me lembrei de onde foi que vi aquele brinco!

Não levou muitos minutos até Stilton concluir que, como das outras vezes, Olivia devia ligar para Mette.

— Agora? Mas já está um pouco tarde, não?

— Detetives trabalham dia e noite. Não ensinaram isso a vocês?

Stilton desligou.

Mette não trabalhava dia e noite. Trabalhava durante o seu horário de expediente, fora disso ela delegava responsabilidades. E todos estavam satisfeitos com esse arranjo. Mette estava indo para casa quando recebeu a ligação de Olivia. Depois de ter feito várias horas extras no trabalho. Quando a ligação se encerrou, ela já estava chegando à sua casa, mesmo assim deu meia-volta. A informação de Olivia a respeito do brinco fez a ficha finalmente cair. Depois de vinte e seis anos.

Seria obrigada a fazer mais algumas horas extras.

Ela voltou apressada à sua sala no edifício C. Lá chegando, abriu um pequeno arquivo e tirou de dentro dele uma caixa com uma etiqueta onde se lia "NILS WENDT-1984". Ela era do tipo de pessoa que não joga nenhum documento fora. Um dia podem ser úteis, pensava. Abriu a caixa e tirou uma pequena pilha de fotografias de viagem. Com as fotografias na mão, ela se levantou e baixou as persianas. Acendeu a luminária sobre a sua mesa e abriu uma gaveta. Tirou de lá uma lupa. Sobre a mesa, a fotografia do corpo de Wendt tirada durante a necropsia. Mette pegou uma das fotografias de viagem e a examinou com a lupa. A foto foi tirada em 1985, a uma certa distância, e não era muito nítida. Mostrava um homem de bermuda. Não era possível identificar o seu rosto de imediato, porém a marca de nascença na coxa esquerda era bem visível. Então, Mette voltou para a fotografia do corpo de Wendt. E observou a marca de nascença na coxa esquerda. Que também era bastante visível. E era idêntica à marca na coxa esquerda da pessoa que aparecia naquela fotografia de viagem. Sim, o homem que aparecia naquela fotografia era Nils Wendt.

Mette recostou-se na cadeira.

Tinha sido responsável pela investigação do desaparecimento de Nils Wendt durante algum tempo em meados dos anos 1980 e, entre outros indícios, alguns cidadãos suecos que tinham ido passar suas férias em Playa del Carmen, no México, entraram em contato com ela. Para informar que tinham tirado algumas fotos de uma pessoa que acreditavam poder se tratar daquele empresário que estava sendo procurado pelas autoridades suecas. Um empresário desaparecido em circunstâncias pouco claras algum tempo antes. Mas, na época, não foi possível confirmar se aquilo era verdade.

E se se tratava mesmo de Nils Wendt na fotografia.

Que estranho, Mette pensou. Ela olhou para as duas fotografias diante de si. Era difícil que aquela marca de nascença passasse despercebida.

Uma hora mais tarde, os três estavam reunidos. Mette, Stilton e Olivia. Já no início da madrugada. Mette foi encontrá-los na portaria e conduziu-os através dos controles de segurança do prédio. Sem a menor dificuldade. Agora, os três tinham chegado à sala dela. As persianas continuavam abaixadas e a luminária da mesa ainda estava acesa. Olivia se lembrou do local. Estivera ali uma eternidade antes. Na verdade, fazia apenas algumas semanas. Mette apontou para as duas cadeiras ao lado da mesa. Stilton e Olivia se sentaram. Mette também se sentou em sua cadeira atrás da mesa. Como uma rainha. E olhou para as visitas. Um ex-comissário de polícia responsável por várias investigações criminais, atualmente sem-teto, e ao lado dele uma jovem aspirante a policial ligeiramente estrábica. Ela torcia para que Oskar Molin não estivesse também fazendo algumas horas extras.

— Aceitam alguma coisa? — Mette perguntou.

— Eu aceito: um nome — respondeu Stilton.

— Eva Hansson.

— Quem é? — Olivia perguntou.

— Ela era companheira de Nils Wendt nos anos 1980, eles tinham uma casa de veraneio em Nordkoster. Atualmente, ela atende pelo nome de Eva Carlsén.

— Como é que é? Eva Carlsén era companheira de Nils Wendt? — perguntou Olivia, quase dando um salto na cadeira.

— Sim, era. Como foi que você entrou em contato com ela?

— Por causa do meu trabalho escolar.

— E foi na casa dela que você viu esta foto?

— Sim, lá mesmo.

— Usando os tais brincos?

— É.

— E quando foi isso?

— Bem, eu diria dez, doze dias atrás.

— E o que você foi fazer na casa dela?

— Devolver uma pasta de documentos que ela me emprestou.

Stilton deu um sorriso discreto, pensando que aquilo tudo estava ficando muito parecido com um interrogatório. E ele estava gostando disso. Ele gostava quando Mette mostrava aquele seu lado.

— Como você sabe que ela se encontrava em Nordkoster na época do crime? — Mette perguntou.

— Ela própria me contou.

— Por que motivo?

— Bem... a gente marcou de se encontrar em Skeppsholmen e...

— Ou seja, a sua relação com ela é de natureza um tanto pessoal, não é?

— Não, de forma alguma!

— Mas você não foi visitá-la na casa dela?

— Sim, fui.

Que merda é essa? Um interrogatório? Mas se fui eu quem contei a respeito desses brincos!, Olivia pensou. Mesmo assim, Mette continuou.

— Você lembra de alguma outra coisa, além desses brincos, que possa ter chamado a sua atenção na casa dela?

— Não, não lembro.

— E que é que vocês fizeram enquanto você esteve lá?

— Tomamos um cafezinho. Então ela contou que tinha se divorciado e que um irmão tinha morrido de overdose, depois a gente falou a respeito de...

— Como era o nome dele? — Stilton perguntou, interrompendo a resposta de Olivia.

— O nome de quem? — ela retrucou.

— Do irmão. Do tal irmão que morreu de overdose.

— Sverker, eu acho. Mas por que a pergunta?

— Porque uma dupla de drogados veio à baila no inquérito do assassinato em Nordkoster, eles...

— Eles estavam hospedados numa das cabanas daquela mulher lá na ilha! — exclamou Olivia, prestes a se levantar da cadeira.

— Que cabanas? E que mulher é essa? — Mette perguntou.

— Betty Nordeman! Ela os expulsou de lá porque não paravam de drogar! Se bem que ela contou que eles deixaram a ilha antes de o crime ocorrer.

— Eu interroguei um deles. E ele contou exatamente isso, que tinham deixado a ilha antes do crime. Roubaram um barco e voltaram ao continente — explicou Stilton.

— E vocês verificaram o tal barco? — Mette perguntou.

— Sim. O barco foi roubado na noite anterior ao crime. O barco pertencia a um dos veranistas que estavam de férias na ilha nessa época.

— Quem era o dono do barco?

— Não lembro agora.

— Poderia ser Eva Hansson? — perguntou ela.

— É possível — respondeu Stilton que então se levantou e começou a andar de um lado ao outro da sala.

Excelente!, Mette pensou. E se lembrou que vários colegas da divisão de homicídios costumavam chamá-lo de Urso Polar. Justamente porque tinha o costume de ficar andando de um lado para o outro quando a cabeça começava a funcionar.

Exatamente como naquele momento.

— Talvez um desses drogados que se encontravam na ilha fosse esse Sverker — ele disse.

O irmão de Eva Hansson.

— Quantos eram mesmo naquela cabana? — Mette perguntou.

— Eram dois.

— Mas os criminosos na praia eram três. Pelo menos segundo Gardman — disse Olivia.

Fez-se silêncio. Mette juntou as mãos e estalou os dedos. Os estalos quebraram um pouco o silêncio. Stilton parou de andar de um lado para o outro. Olivia olhou para ele e depois para Mette. E foi esta quem se aventurou a formular aquela hipótese:

— Ora, então Eva Hansson, o irmão dela e o amigo drogado dele poderiam ser aquelas três pessoas na praia.

Os três prenderam a respiração.

Dois deles sabiam que ainda havia um longo caminho a percorrer até que fosse possível ter pelo menos uma sombra de possibilidade de provar aquilo que Mette acabava de afirmar. O terceiro era apenas uma aspirante a policial. Olivia. Que achou que aquilo praticamente era o fim.

— Onde o inquérito sobre o assassinato em Nordkoster está arquivado? — Stilton perguntou.

— Provavelmente em Gotemburgo — Mette respondeu.

— Você poderia telefonar e pedir para eles darem uma olhada no depoimento para ver qual era o nome do drogado que a gente interrogou na época? E também o nome do dono do barco que eles roubaram?

— Sim, claro, mas eles podem demorar um pouco para dar uma resposta.

— Talvez fosse mais rápido se a gente perguntasse à Betty Nordeman — Olivia sugeriu.

— Você acha?

— Sim, ela afirmou que tinha um registro em que anotava todas as pessoas que se hospedavam nas cabanas. Talvez ainda o guarde. Eles parecem ser bem organizados lá, os Nordeman.

— Então, ligue para ela.

— Agora? — perguntou ela, e olhou imediatamente para Stilton.

"Detetives trabalham dia e noite." Porém, será uma boa ideia acordar uma senhora de idade a uma hora dessas?

— Ou você prefere que eu ligue? — Mette perguntou.

— Não, não, pode deixar que eu mesma ligo — respondeu Olivia.

Ela pegou seu celular e telefonou para Betty Nordeman.

— Olá, aqui é Olivia Rönning.

— Ah, a turista macabra? — disse Betty.

— Bem, sim, eu mesma. Eu realmente peço desculpas por telefonar a uma hora dessas, mas é que...

— E você acha mesmo que eu estava dormindo? — Betty interrompeu.

— Sim, achei que talvez já pudesse estar dormindo, afinal é um pouco tarde e...

— A gente está brincando de queda de braço.

— Ah, é mesmo? A gente quem?

— O pessoal aqui no clube.

— Que legal, muito bem... Olhe, eu só gostaria de fazer umas perguntinhas rápidas, você me disse que uma dupla de drogados ficou hospedada numa das suas cabanas naquele mesmo verão do crime que ocorreu aí, você se lembra ainda?

— Está me chamando de senil?

— Não, de forma alguma. Então, lembra dos nomes deles?

— Não. Sou suficientemente senil para não lembrar.

— Mas você registrava os nomes num livro, segundo me disse quando conversamos, não é mesmo?

— Sim, é isso mesmo.

— E você por acaso poderia...

— Um momento.

Então, fez-se silêncio do outro lado da linha, um silêncio que durou um bom tempo. Enquanto isso, Olivia ouviu algumas gargalhadas e o som de vozes ao fundo. Percebeu também que Mette e Stilton estavam olhando para ela. E Olivia gesticulou tentando fazer eles entenderem que as pessoas estavam brincando de quebra de braço. Mette e Stilton não entenderam nada.

— Axel manda lembranças — disse Betty de repente no outro lado da linha.

— Obrigada.

— Alf Stein.

— Alf Stein? Esse é o nome de um dos...

— Sim, foi ele quem fez a reserva da cabana, um dos drogados — Betty esclareceu.

— E você não sabe o nome do outro?

— Não, não sei.

— O nome Sverker Hansson lembra alguma coisa?

— Não, nada.

— E você não saberia dizer se a irmã de um desses drogados também se encontrava na ilha nesses dias?

— Não, isso eu não sei dizer.

— Está bem, muito obrigada. E lembranças ao Axel também! — disse Olivia. E então desligou.

Stilton olhou para ela.

— Axel?

— É, Axel Nordeman, o filho da Betty.

— Alf Stein? Ela disse que o nome dele era esse? — perguntou Mette.

— Sim — Olivia confirmou.

Mette olhou para Stilton e perguntou:

— Foi esse que você interrogou?

— Poderia ser. Talvez. O nome não me soa de todo estranho...

— Ok. Então, eu vou ligar para o pessoal em Gotemburgo para que eles verifiquem se foi ele mesmo. Agora, tenho outras coisas a fazer.

— Como assim?

— Outras tarefas policiais, que incluem, por exemplo, ligar para a tua ex-mulher no laboratório. Boa-noite! — Mette disse, já pegando o seu celular.

Olivia conduzia o seu carro naquela noite clara de verão. Stilton estava sentado no banco do carona. Calado. Tinham acabado de deixar a divisão de homicídios, cada um pensando em coisas diferentes.

Olivia pensava na situação estranha que acabava de vivenciar na sala de Mette. Uma comissária de polícia da ativa, um ex-comissário e ela. Uma simples aspirante a policial. Que teve a oportunidade de estar ali com eles e discutir a respeito de um caso de homicídio. De qualquer forma, ela achava que tinha cumprido o seu papel. E colaborado com alguma coisa. Pelo menos, essa era a sua opinião.

Por sua vez, Stilton pensava em Adelita Rivera. A grávida assassinada na praia de Nordkoster. Então, com todo o cuidado, passou uma mão sobre o painel um tanto gasto do Mustang.

— Este é o antigo carro do Arne, não é?

— Sim, eu acabei ficando com ele.

— É um ótimo carro.

Olivia não respondeu nada.

— Que tipo de problema ele tinha no motor?

— Vamos pular essa parte.

Sim, ela estava aprendendo. Olho por olho, dente por dente. Depois disso, eles continuaram em silêncio.

22

O SOL MATINAL MERGULHAVA sobre aquela casa amarela em Bromma. Os raios de sol desvendavam, impiedosamente, as janelas imundas do dormitório da casa. Eu vou dar um jeito nisso quando voltar, Eva Carlsén pensou, enquanto puxava a mala de viagem. Tinha sido convidada a viajar ao Brasil para escrever uma reportagem a respeito de um bem-sucedido programa de apoio a adolescentes para tirá-los do crime. Aquilo não podia ter vindo em uma hora melhor para ela. De fato, estava precisando mudar de ambiente por uns tempos. O ataque que sofrera em sua própria casa tinha deixado as suas marcas. E todo o alvoroço em torno do assassinato de Nils Wendt também. Precisava se afastar por um tempo. Em meia hora, iria passar na embaixada brasileira para apanhar um visto e de lá seguiria no mesmo táxi até o aeroporto de Arlanda.

Foi com a mala até o vestíbulo, vestiu um casaco e abriu a porta.

— Eva Carlsén? — perguntou Lisa Hedqvist, que vinha subindo os degraus de madeira que levavam até a porta.

Atrás dela, Bosse Thyrén.

A prisão dos dois assassinos de uma moradora de rua num trailer ganhou uma certa repercussão na mídia. Juntamente com as especulações a respeito do suicídio de Bertil Magnuson e dos eventos misteriosos em torno de Erik Grandén, secretário do Ministério das Relações Exteriores.

A ligação de Grandén com a revelação bombástica dos fatos ocorridos em 1984 no Zaire desencadeou uma atividade febril em todas as redações. E todos tentavam entrar em contato com ele. Mas quem, finalmente, conseguiu encontrá-lo foi um fotógrafo que entrou por engano com o carro na Skeppsbron e se viu obrigado a fazer o retorno e estacionar ali mesmo ao lado do cais. E lá estava ele sentado. O garoto prodígio da política sueca. Atrás da estátua de Gustavo III. Com uma navalha fechada numa das mãos e um olhar atônito. E quando o fotógrafo tentou conversar com ele, ele continuou a olhar para o mar.

— Jussi.

Foi a única coisa que conseguiu dizer.

Logo depois, uma ambulância chegou ao local. O Partido Moderado tinha divulgado um breve comunicado à imprensa no qual se lia que Erik Grandén tinha solicitado seu afastamento temporário da vida política por motivos pessoais.

Isso foi tudo. Sem mais comentários.

Stilton recebeu notícias do arquivo central da polícia nacional em Gotemburgo através de Mette. Tinham localizado os autos do interrogatório que ele tinha feito com o drogado na ilha de Nordkoster na época do crime. Que confirmava que o nome do interrogado era mesmo Alf Stein. E que o barco roubado por ele e pelo amigo dele pertencia a Eva Hansson. Mette entrou no sistema de registro de antecedentes criminais para ver se constava alguma coisa em nome de Alf Stein.

Sim, a ficha dele era bastante extensa.

Nela, aparecia um endereço em Fittja.

Ela repassou o endereço a Stilton.

Eles se dirigiram até Fittja no carro de Olivia, que ficou estacionado perto do centro. Olivia aguardaria no carro.

Stilton tinha conseguido uma fotografia atual de Alf Stein. Aquilo não seria muito complicado. Muito provavelmente, iria conseguir encontrá-lo junto com o grupo de bêbados que costumava se concentrar nos arredores da loja estatal de bebidas alcoólicas, a Systembolaget.

Como de fato aconteceu.

E não era muito difícil para ele se misturar com aquele grupo.

Então, simplesmente, foi até eles e se sentou no banco em que Alf Stein estava sentado, mostrou uma garrafa de vodca, acenou com a cabeça na direção de Alf e se apresentou:

— Olá, sou o Jelle.

— Olá, tudo bem? — Alf respondeu, de olho na garrafa.

Stilton estendeu a garrafa para Alf, que a agarrou como se fosse uma cobra enfeitiçada.

— Obrigado! Eu... o meu nome é Alf Stein!

Tom teve um pequeno estremecimento.

— Alf Stein?

— Sim.

— Porra, não acredito! Você conheceu o Sverker?

— De quem você está falando?

— Sverker Hansson. Um sujeito louro.

— Ah, ele, sim, claro. Bem, na verdade, faz tempo pra caralho que não o vejo — disse Alf que, de repente, parecia um tanto desconfiado. E, então, prosseguiu: — Mas por que você veio me perguntar sobre ele?! Ele andou dizendo alguma merda a meu respeito?!

— Não, de jeito nenhum, ele só falava bem de você. Sabe que ele morreu, né?

— Não! Que merda!

— É, de overdose.

— Pobre-diabo. Realmente, ele era bem chegado numa droga pesada.

Stilton meneou a cabeça, concordando. Alf tomou um trago enorme da garrafa de vodca.

Sem sequer pestanejar.

Stilton pegou a garrafa de volta.

— Mas então ele falou pra você a meu respeito? — Alf perguntou.

— Sim, falou.

— E ele contou alguma coisa em especial?

Você está nervoso?, pensou Stilton, antes de responder.

— Não, nada de especial... Só me disse que vocês eram amigos na juventude e que aprontaram poucas e boas juntos.

— Como assim poucas e boas?

— Zoar por aí. Se divertir, você sabe...

Ao ouvir aquilo, Alf relaxou um pouco. Stilton passou a garrafa para ele mais uma vez e Alf colocou mais vodca goela abaixo. Que sujeito mais sedento!, Stilton pensou. Então, Alf passou a mão para secar o canto da boca e devolveu a garrafa para Stilton.

— Ah, porra, se divertir a gente bem que se divertiu por aí. E aprontamos uma porrada de outras coisas também. Você sabe como são essas coisas...

Sim, eu sei, Stilton pensou.

— Ele também me falou que tinha uma irmã, não é mesmo? — Stilton perguntou.

— Sim, tinha, mas o que tem ela? Por que a pergunta?

Stilton percebeu que estava indo com sede demais ao pote.

— Por nada. É que ele falava dela o tempo todo...

— Mas eu não quero falar nessa maldita irmã dele! — Alf se levantou e olhou para Stilton. — Entendeu bem?

— Calma, porra! Desculpa. Senta aí — disse Stilton, e entregou a garrafa tentadora para Alf como um gesto de conciliação. Em sua visão periférica, viu que Olivia tinha descido do carro e os viu com a garrafa de vodca. Alf cambaleou um pouco e concluiu que a melhor coisa a fazer era se sentar de novo.

— Droga, se esse assunto te incomoda tanto, eu estou me lixando pra irmã dele — disse Stilton.

Alf tomou mais um trago da garrafa, baixou a cabeça e ficou olhando para o chão.

— Ela sacaneou a gente uma vez. Sacou?

— Sim, saquei. Que inferno, ninguém gosta de ser sacaneado.

— Não, não mesmo.

Então, Stilton decidiu contar uma história pesada para o seu novo amigo Alf. A história sobre como ele tinha sido sacaneado por um velho amigo filho da puta para ajudar a espancar um outro cara. O amigo tinha dito que o tal cara tinha se engraçado pro lado da mina dele, então eles foram e surraram o cara. Mais tarde, ele encontrou a mina do seu amigo em algum lugar e ela contou que aquele cara que eles espancaram jamais tinha se engraçado pro lado dela. Que aquilo era tudo mentira e que na verdade aquele seu amigo devia uma grana pro cara e por isso queria simplesmente se livrar dele.

— Ele me enrolou pra que eu o ajudasse a matar o cara de tanta porrada — concluiu.

Alf ficou sentado em silêncio e ouviu a história toda, solidário. Afinal, eles eram como dois irmãos infelizes e desgraçados que tinham se deixado enrolar. Quando Stilton terminou a sua história, Alf exclamou:

— Que lance mais fodido, caralho! Que escroto!

E depois ficou em silêncio. Stilton ficou só na expectativa. Após algum tempo, Alf voltou a abrir a boca.

— Pois eu também fui enrolado mais ou menos assim uma vez, ou melhor, eu e o Sverker. A irmã dele colocou a gente numa merda federal uma vez...

Stilton ficou de orelhas em pé ao ouvir aquilo. Então, Alf continuou:

— Ela enrolou a gente pra... porra, eu já tinha quase me esquecido dessa merda toda... — ele hesitou e esticou a mão para pegar a garrafa outra vez.

— É, a gente só quer se esquecer dessas coisas. Quem é que gosta de ficar se lembrando de uma merda dessas? — disse Stilton.

— Pois é, mas isso parece que gruda na gente... Sabe como é, eu acabei me afastando totalmente do Sverker depois disso. A gente não conseguia mais olhar na cara um do outro, depois do que a gente fez com aquela gracinha!

— Gracinha?

— Sim, uma mulher, a gente fez uma coisa horrível com ela... Ou melhor, nós... Aquela desgraçada da irmã dele ficou atiçando a gente. Só porque ela tinha alguma bronca com a pobre garota. Além disso, ela também estava prenha!

— A irmã?

— Não! A garota! — disse Alf, se encolhendo no banco, com os olhos marejados de lágrimas.

— Onde foi que isso aconteceu? — perguntou Stilton, sabendo que talvez estivesse forçando a barra um pouco.

Porém, com a mente encharcada de álcool e imerso nas lembranças, Alf não desconfiou de nada.

— Ah, foi numa porcaria de uma ilha... — disse Alf, que, de repente, se levantou e continuou:— Eu tenho que ir embora agora, eu não consigo falar mais sobre isso, aquela merda deu tudo errado!

Stilton estendeu a garrafa para Alf.

— Pode levar isso!

Alf pegou a garrafa que já estava quase no fim, deu uma cambaleada, olhou para Stilton e disse:

— E depois, várias vezes, eu acabei aceitando uma grana daquela desgraçada da irmã dele pra ficar de bico calado, sacou?

— Sei, que merda.

Alf foi andando aos trambolhões na direção de uma árvore. Stilton ainda conseguiu ver quando ele despencou no chão e desmaiou, deixando a sua angústia para trás. E ele se levantou quando percebeu que Alf já tinha apagado totalmente. Então, enfiou a mão num dos bolsos de seu casaco todo esfarrapado e desligou o botão de gravar do celular de Olivia, que estava ligado.

Ele tinha conseguido o que estava procurando.

Mette conseguiu obter um mandado de busca e apreensão para entrar na casa de Eva Carlsén em Bromma. Operação que levou algum tempo, pois a casa dela era relativamente grande. Porém, aquilo rendeu bons frutos. Entre outros, um envelope bem escondido atrás de um armário na cozinha.

Um envelope no qual estava escrito: Playa del Carmen, 1985.

A sala não era especialmente grande. Dentro dela, nada de supérfluo. Uma mesa, três cadeiras, um gravador. Mette Olsäter e Tom Stilton estavam sentados em duas das cadeiras da sala. Ele vestia um casaco de couro preto e uma camisa polo que tinha pegado emprestado com Abbas. Na cadeira em frente a eles estava sentada Eva Carlsén com o cabelo solto e vestindo uma blusa fina, azul-clara. Sobre a mesa, uma série de documentos e objetos.

Mette pedira que instalassem uma luminária bem forte sobre a mesa. Queria criar uma atmosfera propícia. Ela acendeu a luz.

O interrogatório seria conduzido por ela.

Um pouco antes, telefonou para Oskar Molin e explicou a situação.

— Quero que Tom Stilton participe do interrogatório.

Oskar Molin entendeu os motivos apresentados e deu sinal verde.

Numa sala contígua, encontravam-se alguns sentados, outros em pé, uma boa parte da equipe de investigação liderada por Mette, além de uma aluna da Academia de Polícia, Olivia Rönning. Eles acompanhavam o interrogatório num monitor. Vários deles tinham uma caderneta de anotações nas mãos.

Olivia apenas olhava o monitor.

Mette ligou o gravador e disse a data, o horário e o nome dos presentes. Olhou para Eva Carlsén.

— Você não quer ser acompanhada por um advogado?

— Não vejo nenhuma razão para isso.

— Muito bem. Em 1987, você foi chamada para prestar alguns esclarecimentos relacionados a um homicídio ocorrido na Hasslevikarna, uma enseada na ilha de Nordkoster. Você se encontrava na ilha quando o crime foi cometido, correto?

— Sim.

— Naquela época, você assinava o seu nome de solteira, Eva Hansson, correto?

— Sim, sabe muito bem que sim, afinal você mesma havia me interrogado em 1984 sobre o desaparecimento de Nils.

Eva estava disposta a se defender. Seu tom de voz era ligeiramente agressivo. Mette tirou uma fotografia antiga de viagem de uma pasta e colocou-a sobre a mesa.

— Reconhece alguém nessa foto?

— Não.

— Tem um homem. Não é possível discernir o rosto dele muito bem, mas está vendo esta marca de nascença aqui? — perguntou Mette, apontando para uma marca peculiar na coxa esquerda do homem. Eva fez que sim com a cabeça. — Eu agradeceria muito se você respondesse em voz alta em vez de balançar a cabeça.

— Sim, estou vendo a marca.

— Essa foto foi tirada no México, quase vinte e seis anos atrás, por um turista que julgou tratar-se do seu ex-companheiro, Nils Wendt, que na ocasião havia desaparecido e estava sendo procurado por nós. Você se lembra que eu te mostrei essa foto?

— É possível que tenha mostrado, mas não me lembro.

— Quero saber se você reconhece o homem dessa foto como seu ex-companheiro.

— Sim.

— Mas antes você não reconheceu. E afirmou bastante convicta que a pessoa que aparecia na foto não era Nils Wendt.

— Aonde pretende chegar com tudo isso?

Mette colocou uma foto recente de Nils Wendt nu, tirada durante a necropsia.

— Esta é uma foto tirada recentemente do corpo de Nils Wendt depois que foi assassinado. Você está vendo a marca na coxa esquerda dele?

— Sim.

— É a mesma marca que aparece na foto de viagem, não é mesmo?

— Sim, parece a mesma.

— Na época em que Wendt desapareceu, fazia mais de quatro anos que vocês eram companheiros. Então, como é possível que você tenha afirmado não ser capaz de reconhecer essa marca de nascença bastante particular na coxa esquerda dele?

— O que você quer saber exatamente?

— Eu quero saber por que você mentiu antes.

— Eu não menti coisa nenhuma! Talvez eu tenha me enganado, eu não tenho o direito de me enganar?! Isso aconteceu há vinte e seis anos! Eu me enganei! Será que isso é crime agora? — Eva tirou uma mecha do cabelo do rosto, irritada.

— Você parece irritada.

— E você não ficaria irritada se estivesse no meu lugar?

— Você só precisa dizer a verdade.

Bosse Thyrén deu uma risadinha e fez uma anotação na sua caderneta. Olivia não conseguia tirar os olhos do monitor. Tinha se encontrado duas vezes com Eva Carlsén, a quem considerava uma mulher de temperamento forte, porém cordial. Agora estava conhecendo um lado totalmente diferente dela. Ela estava se mostrando uma pessoa tensa, desequilibrada e fragilizada. Olivia estava começando a se deixar comover. Apesar de ter prometido a si mesma que iria se portar de maneira profissional. Que tentaria participar daquela situação como uma policial de verdade. Como uma pessoa imparcial. Como uma futura investigadora criminal.

Não estava dando certo.

Mette colocou outra fotografia sobre a mesa, diante de Eva. A foto do bar em Santa Teresa. Levada por Abbas el Fassi.

— Já essa foto vem de um lugar chamado Santa Teresa, na Costa Rica. O homem na foto é Nils Wendt, não é?

— Sim, é ele.

— Você reconhece a mulher abraçada a ele na foto?

— Não.

— Nunca viu essa mulher antes?

— Não. Eu nunca estive na Costa Rica.

— Mas você poderia tê-la visto em outra foto.

— Não, nunca a vi, nem em foto.

Mette pegou o envelope encontrado escondido atrás de um armário da cozinha na casa de Eva. Tirou seis fotografias do envelope e espalhou-as diante de Eva.

— Aqui temos seis fotos, em todas Nils Wendt aparece ao lado da mesma mulher da foto que eu lhe mostrei antes, a qual você disse que não reconhecia. Você concorda que é a mesma mulher que aparece nessas fotos aqui e naquela outra também?

— Sim.

— Pois estas fotos aqui foram encontradas na cozinha da sua casa em Bromma.

Eva olhou para Mette, depois para Stilton e depois outra vez para Mette.

— Como vocês são sujos — disse Eva, balançando a cabeça.

Mette esperou que ela parasse de balançar a cabeça.

— Por que você disse que não reconhecia essa mulher?

— Eu não vi que era a mesma pessoa.

— Você quer dizer que não reconheceu se tratar da mesma pessoa nas fotos encontradas na sua casa e nas outras fotos?

— Exatamente.

— Como é que essas fotografias foram parar na sua casa?

— Eu não me lembro.

— E quem tirou essas fotos?

— Não sei.

— Mas evidentemente sabia que essas fotos estavam na sua casa, ou não sabia?

Eva não respondeu a pergunta. Stilton percebeu as manchas de suor das axilas dela se estendendo pela blusa clara.

— Quer alguma coisa para beber? — Mette perguntou.

— Não, obrigada. Já estamos quase terminando, não é?

— Depende de você.

Mette pegou outra foto. Uma antiga fotografia pessoal, na qual Eva aparecia sorrindo ao lado de seu irmão mais novo, Sverker. Eva teve uma visível reação.

— Vocês não respeitam nada mesmo — ela disse, com um tom de voz bem mais baixo do que antes.

— Nós só estamos fazendo o nosso trabalho, Eva. De quando é essa foto?

— Meados dos anos 1980.

— Antes do assassinato em Nordkoster, portanto.

— Sim. Mas o que isso tem a ver com...

— Nessa foto, você está usando uns brincos bastante peculiares... não é mesmo? — perguntou Mette, apontando para os belos e longos brincos na fotografia.

— Sim, uma amiga minha desenhava joias e me deu esses brincos de presente quando fiz 25 anos.

— Ou seja, esses brincos foram feitos especialmente para você, correto?

— Sim.

— É um par de brincos exclusivo, não existe outro igual, não é mesmo?

— É, acho que não.

Mette levantou um saquinho de plástico dentro do qual havia um brinco.

— Você reconhece esse brinco?

Eva observou o brinco.

— Sim, parece ser um dos meus brincos.

— É, parece mesmo.

— Onde foi que conseguiram isso? — Eva perguntou.

— No bolso do casaco da mulher assassinada na enseada em 1987. Você sabe como é que ele foi parar lá?

Nesse ponto, Olivia tirou os olhos do monitor. Aquilo estava começando a ficar cada vez mais difícil para ela. Com sua voz tranquila e insidiosa, Mette torturava a sua vítima lentamente.

Com uma única finalidade.

— Você não faz ideia de como esse brinco foi parar no bolso do casaco da vítima? — Mette perguntou novamente.

— Não.

Mette se virou um pouquinho e ela e Stilton se entreolharam. Um truque típico dos interrogatórios. Que fazia com que a pessoa interrogada ficasse com a impressão de que seus interrogadores sabiam mais do que aparentavam saber. Mette voltou a olhar para Eva Carlsén, depois desviou o olhar para a antiga fotografia pessoal de Eva.

— Esse rapaz que aparece ao seu lado é seu irmão?

— Sim.

— É verdade que ele morreu de overdose quatro anos atrás?

— Sim, é verdade.

— E o seu irmão, Sverker Hansson, por acaso esteve na ilha e foi visitá-la na sua casa de veraneio lá alguma vez?

— Sim, ele ia às vezes.

— E ele estava lá no final do verão em que o crime ocorreu?

— Não, não estava.

— Por que você está mentindo?

— E por acaso ele estava lá? — Eva retrucou, aparentemente surpresa. Será que ela está fingindo?, Stilton pensou. Sim, deve ser isso.

— Sabemos que ele esteve lá, sim — Mette respondeu.

— E como é que sabem disso?

— Ele estava lá acompanhado de um amigo chamado Alf Stein. Os dois ficaram hospedados numa cabana na ilha. Você conhece esse amigo dele? Alf Stein?

— Não.

— Bem, nós temos uma gravação na qual ele confessa que eles dois estiveram lá, sim.

— Bom, então eles devem ter ido lá mesmo, não é?

— Você não se lembra disso?

— Não.

— Quer dizer então que você não encontrou nem o Alf Stein nem o seu irmão naquele verão?

— É possível que sim... agora que você tocou no assunto. Eu me lembro que o Sverker foi, sim, até a ilha algumas vezes na companhia de algum amigo.

— Na companhia de Alf Stein talvez?

— Eu não sei como era o nome do amigo dele.

— Mas foi você quem forneceu um álibi para eles na época do assassinato.

— Eu?

— Sim, você afirmou na época que Sverker e o amigo dele tinham roubado o seu barco e desaparecido da ilha. Na noite anterior ao crime. Pois nós temos razões para acreditar que na verdade eles só foram embora na noite seguinte. Ou seja, depois do crime. Você confirma isso?

Eva não respondeu. Mette continuou.

— Alf Stein afirma que você desde então dá algum dinheiro a ele. Você confirma isso?

— Não.

— Ou seja, ele está mentindo então?

Eva levou a mão à testa. Estava chegando ao seu limite. Tanto Mette quanto Stilton perceberam isso. De repente, alguém bateu à porta. E todos os três se viraram. Uma policial uniformizada abriu a porta e estendeu a mão com uma pasta de plástico verde. Stilton se levantou, pegou a pasta e entregou-a para Mette. Ela abriu, deu uma olhada no primeiro documento e fechou a pasta.

— O que é isso? — Eva perguntou.

Mette não respondeu. Inclinou-se lentamente até ficar sob a luz.

— Eva, foram vocês que assassinaram Adelita Rivera?

— Quem?

— A mulher que aparece ao lado de Nils Wendt nas fotos que acabamos de mostrar. Foram vocês?

— Não!

— Bom, então prossigamos. — Mette pegou a carta falsificada com a assinatura de Adelita. — Esta carta foi enviada da Suécia para Dan Nilsson na Costa Rica. Dan Nilsson era o nome falso que Nils Wendt adotou quando foi morar lá. Eu vou ler em voz alta: "Dan! Sinto muito, mas eu não acho que seja a pessoa certa para você. Agora tenho uma oportunidade para começar uma vida nova. Não me espere." Depois vem uma assinatura. Você sabe de quem?

Eva não respondeu. Olhava fixamente para os seus punhos fechados sobre o colo. Stilton a observava, imóvel. Mette prosseguiu, com o mesmo tom de voz controlado.

— De Adelita. Adelita Rivera era o nome da mulher que foi morta por afogamento na Hasslevikarna, cinco dias antes de esta carta ser postada no correio. Você saberia dizer quem a escreveu?

Eva não respondeu. Ela nem sequer conseguia erguer os olhos. Mette largou a carta sobre a mesa. Stilton continuou olhando fixamente para Eva.

— Alguns dias atrás, você foi atacada na sua casa. Nossos peritos coletaram amostras de sangue encontradas no capacho da porta de entrada, para verificar se por acaso aquele sangue não pertencia a um dos agressores. Na ocasião, coletaram uma amostra sua e um exame de DNA confirmou que o sangue encontrado no capacho era seu.

— Sim.

Mette abriu a pasta verde que tinha acabado de receber.

— Os nossos peritos também fizeram um exame de DNA com resquícios de saliva encontrados no selo do envelope da carta assinada por "Adelita" e enviada a Nils Wendt em 1987. Foram comparados. O DNA da saliva é compatível com o do sangue colhido na sua casa. Ou seja, com o seu sangue. Pode-se concluir que foi você que lambeu o selo colado no envelope. Foi você também que escreveu a carta?

Todas as pessoas têm o seu próprio limite, um limite depois do qual elas desabam num abismo. Mais cedo ou mais tarde, é possível encontrar esse limite, bastando pressionar o suficiente. Naquele momento, Eva Carlsén estava chegando lá. No seu limite. Ainda demorou mais alguns segundos, talvez praticamente um minuto, mas não teve jeito. Ela chegou ao fundo.

— A gente poderia fazer um intervalo?

— Em seguida. Antes responda: foi você que escreveu a carta?

— Sim, fui eu.

Stilton se recostou na cadeira. Aquilo era o fim. Mette se inclinou para desligar o gravador.

— Agora podemos fazer um breve intervalo.

Forss e Klinga tinham interrogado Liam e Isse por umas duas horas. Ambos os rapazes foram criados em Hallonbergen, subúrbio de Estocolmo. Klinga se encarregou de Liam. Ele já sabia mais ou menos o que iria escutar. Mesmo antes de levantar todas as informações que tinham sobre Liam no arquivo policial. Uma boa quantidade de problemas que só foram aumentando durante a adolescência dele. Quando Liam terminou de contar como o pai costumava ajudar a irmã mais velha dele a se picar enquanto a família estava reunida à mesa da cozinha, o quadro ficou completo.

Pelo menos no que dizia respeito a Klinga.

Crianças maltratadas. Não era assim que chamava aquela mulher que tinha visto num programa de debates na televisão?

Liam fora uma criança extremamente maltratada.

Forss constatou mais ou menos o mesmo tipo de circunstância socioeconômica com relação a Isse. De origem etíope, largado à própria sorte antes mesmo de chegar à idade em que os rapazes começam a mudar de voz. Maltratado e destruído. E cheio de instintos violentos gratuitos.

Agora era o momento de interrogarem os rapazes sobre as lutas de jaula.

Levou algum tempo até conseguirem arrancar de Liam e de Isse tudo o que eles sabiam a respeito do assunto, mas no final eles acabaram abrindo o bico. E forneceram os nomes de outros rapazes que participavam da organização, além do principal: a data em que as próximas lutas iriam acontecer.

E o local.

As próximas lutas estavam marcadas para acontecer numa antiga fábrica de cimento abandonada em Svartsjölandet. A fábrica estava vazia e interditada.

Não para todos.

Fazia várias horas que Forss colocara o lugar sob vigilância. Sua estratégia era deixar que as lutas estivessem em pleno andamento antes de dar o flagrante. Então, quando os primeiros garotos entraram nas jaulas e os apupos começaram, a coisa se resolveu de forma bastante rápida. Os policiais tinham bloqueado todas as rotas de fuga possíveis e estavam fortemente armados. Os detidos lotaram os ônibus que esperavam do lado de fora para transportá-los até a delegacia.

Depois, ao deixar a fábrica de cimento, Forss e Klinga foram abordados por vários jornalistas e fotógrafos.

— Quando a polícia tomou conhecimento dessas lutas de jaula?

— Há algum tempo, por meio de agentes infiltrados, mas o assunto ganhou uma prioridade mais alta recentemente — respondeu Forss, olhando direto para a lente da câmera.

— E por que esta operação não foi deflagrada antes?

— Porque queríamos garantir que todas as pessoas envolvidas estivessem reunidas num mesmo lugar.

— E essas pessoas estavam reunidas aqui hoje?

— Sim, estavam.

E quando uma outra câmera de televisão abordou Forss, Klinga deu um jeito de sair dali e ir embora.

Uma parte da equipe de investigação tinha deixado a sala. Olivia continuou sentada, juntamente com Bosse Thyrén e Lisa Hedqvist. Todos os três tinham a mesma sensação. Um certo alívio pelo fato de um antigo caso de homicídio estar agora em vias de ser solucionado. Fora isso, cada um dos três estava imerso em suas próprias reflexões. Olivia, sobretudo, pensava na motivação do crime.

Por que teriam matado aquela mulher?

Mas ela já tinha uma vaga intuição a respeito.

As três pessoas que se encontravam naquela sala de interrogatório tinham acabado de tomar café. O clima estava menos tenso agora. Duas delas sentiam um certo alívio, um alívio que de certa forma talvez fosse compartilhado pela terceira pessoa ali presente. Então, Mette ligou o gravador e olhou para Eva Carlsén.

— Por que vocês mataram aquela mulher? Você poderia me dizer?

O tom de voz de interrogatório, impessoal, tinha ficado para trás. Aquele tom de voz cujo objetivo era um só: fazer com que o interrogado confessasse. Já o tom de voz que Mette usava agora era mais humano, de uma pessoa para outra, na esperança de tentar compreender por que uma determinada pessoa teria praticado os atos que praticou.

Apenas para fins de esclarecimento.

— Por quê? — disse Eva.

— Sim, por quê?

Eva balançou a cabeça por alguns instantes. Se ela realmente decidisse contar o porquê daquele ato, seria obrigada a recapitular uma série de situações dolorosas para ela. Uma série de sofrimentos reprimidos, sublimados. Porém, achou que deveria pelo menos tentar se explicar de alguma forma. Formular com palavras aquilo a que tinha dedicado uma boa parte de sua própria vida tentando sufocar.

O assassinato de Adelita Rivera.

— Por onde devo começar?

— Por onde você quiser.

— Vamos começar pelo início, o desaparecimento de Nils. Em 1984. Sem qualquer aviso prévio. Ele simplesmente sumiu. Eu achava que ele foi assassinado, que alguma coisa devia ter acontecido em Kinshasa, vocês também acreditavam nisso na época, não é? — Eva perguntou, olhando para Mette.

— Sim, essa era uma das nossas hipóteses.

Eva meneou a cabeça, concordando, e então esfregou uma mão sobre a outra. A essa altura, ela falava num tom de voz bastante baixo e trêmulo.

— Bem, de qualquer forma, ele nunca apareceu. Eu fiquei desesperada. Eu o amava e fiquei totalmente arrasada. Mas depois, você apareceu e me mostrou aquelas fotos de viagem tiradas no México e, sim, eu sabia que aquele era o Nils, ou seja, ele estava bem vivo, bronzeado de sol, em algum destino turístico no México, e aquilo me deixou... não sei como dizer... eu me senti traída de uma forma que nunca tinha me sentido antes. Ele não tinha se dado sequer ao trabalho de me telefonar, de me mandar um cartão-postal, nada! Mas lá estava ele, naquele paraíso ensolarado, enquanto eu continuava aqui, de luto por ele, desesperada e... De alguma forma, eu me senti bastante humilhada com aquilo... Com o fato de ele na verdade estar se lixando pra mim...

— Mas então por que você não me disse que era ele quando eu lhe mostrei aquelas fotos em 1985?

— Eu não sei dizer. Era como se eu... como se ainda desejasse entrar em contato com ele, diretamente, para tirar algum tipo de satisfação dele, para tentar entender por que ele tinha feito aquilo comigo. Era como se ele tivesse feito aquilo contra mim por algum motivo pessoal, como se quisesse me magoar ou fosse lá o que fosse que ele queria me causar. Mas, por fim, eu entendi por que é que ele tinha feito aquilo.

— Como assim?

— Quando eu recebi aquelas outras fotos.

— Você quer dizer as fotos que encontramos na sua casa?

— Sim, essas mesmo. Eu contratei uma agência de detetives internacional, especializada em localizar pessoas desaparecidas, informei a eles onde ele tinha sido visto da última vez, em Playa del Carmen, no México. Afinal, você tinha me mostrado aquelas fotos tiradas lá, então eles começaram as buscas e logo acabaram por encontrá-lo.

— Em Playa del Carmen?

— Sim. Eles me mandaram várias fotos que tinham tirado lá, fotos nas quais ele aparecia sempre com uma mesma mulher. Fotos íntimas, cenas de sexo, tiradas em quartos, em redes de dormir, na praia, por toda parte... Vocês mesmos viram essas fotos. Aquilo foi horrível para mim. Talvez possa soar um pouco... Aquilo me estragou de uma maneira que nunca tinha acontecido antes... Não apenas porque eu me sentia traída. Acho que tinha algo a ver com a maneira como ele tinha feito aquilo, como se eu fosse uma porcaria qualquer, algo que simplesmente não existisse, algo com que ele pudesse brincar e... eu não sei... E, então, um dia...

— Um dia aquela mulher apareceu, de repente, na ilha, não é isso?

— Isso mesmo. E ainda por cima grávida. Dele! Ela simplesmente apareceu lá com aquele barrigão, sem ter a menor ideia de que eu podia reconhecê-la graças às fotos que tinha recebido do México, e eu percebi que ela estava totalmente apaixonada.

— Pelo Nils?

— Sim, por quem mais? Caso contrário, que razão ela teria para aparecer naquela ilha? Depois, certa noite, eu a surpreendi xeretando alguma coisa nos fundos da nossa casa de veraneio, eu tinha tomado um pouco de vinho naquela noite, então eu fiquei... eu não sei como dizer, eu fiquei simplesmente furiosa. O que ela estaria fazendo ali? Nos fundos da nossa casa? Será que estava procurando alguma coisa? Então... — Eva hesitou e ficou em silêncio.

— Onde é que o seu irmão Sverker e o amigo dele Alf Stein estavam nessa noite? — Mette perguntou.

— Eles estavam lá em casa. Na verdade, a última coisa que eu queria era que eles ficassem lá em casa, mas eles tinham sido expulsos da cabana onde estavam hospedados, então acabaram indo pra lá...

— E o que foi que aconteceu então?

— A gente foi até o jardim e arrastou a mulher para dentro da casa, então ela começou a espernear e a gritar. E Sverker, drogado, sugeriu que a gente devia esfriá-la um pouco.

— E foi então que vocês a levaram até a enseada?

— Sim. A gente achou melhor levá-la para um lugar onde ninguém pudesse ouvir os seus gritos.

— E o que foi que aconteceu então?

Eva ficou passando um dos polegares no dorso da outra mão. Ela precisou mergulhar em sua memória durante alguns instantes para conseguir atinar com o que tinha acontecido na época e formular aqueles eventos com palavras. Então, ela continuou:

— A enseada estava seca quando chegamos lá, a maré estava baixa, era noite de maré viva, e o mar tinha recuado um bom trecho. Foi aí que eu tive uma ideia.

— Uma ideia envolvendo as marés?

— Sim, eu tinha tentado fazer com que ela dissesse o que tinha vindo fazer ali, o que ela estava procurando, onde é que Nils estava escondido, mas ela simplesmente não dizia uma palavra, sua boca parecia um túmulo.

A essa altura Eva já não conseguia olhar para as pessoas que a interrogavam, ficava de cabeça baixa o tempo todo. E falava com uma voz cada vez mais baixa.

— Os rapazes foram atrás de uma pá e então cavaram um buraco... Depois, colocaram-na no buraco. E, aos poucos, a maré começou a subir.

— Você sabia que a maré iria subir, não sabia?

— Sim, fazia anos que eu passava os verões naquela ilha, todo mundo lá sabia quando a maré viva estava para acontecer. Eu só queria assustá-la, fazer com que ela me contasse...

— E contou?

— A princípio, não. Mas depois... quando a maré começou a subir... finalmente... — Eva hesitou e ficou em silêncio.

A própria Mette se encarregou de preencher as lacunas.

— Finalmente, ela contou onde Wendt tinha escondido o dinheiro?

— Sim, e também onde Nils estava escondido.

Stilton se curvou para frente e falou pela primeira vez.

— E, então, vocês simplesmente a deixaram lá?

Eva teve um pequeno estremecimento. Imersa naquele diálogo doloroso com Mette, era como se aquele sujeito ao lado dela simplesmente não existisse.

— Os rapazes voltaram correndo para a minha casa. Eu continuei na enseada. Foi quando me dei conta de que tínhamos ido longe demais com aquilo, que tudo aquilo era uma loucura total. Por outro lado, eu sentia um ódio visceral daquela mulher, que estava ali, já meio submersa pela maré. Eu queria fazê-la sofrer por ter roubado Nils de mim.

— Você queria matá-la — disse Stilton, ainda com o corpo um pouco curvado para frente.

— Não, eu só queria fazê-la sofrer. Pode até ser que isso soe um pouco estranho, mas, de alguma forma, eu não achava que ela fosse morrer. Na verdade, eu não sei bem o que foi que eu achei, tudo estava obscurecido na minha cabeça. Eu simplesmente virei as costas e deixei-a lá.

— Mas você sabia que aquela era a noite de maré viva, não sabia?

Eva fez que sim com a cabeça, calada. De repente, começou a chorar, em silêncio. Stilton ficou olhando para ela. Eles tinham acabado de descobrir o motivo pelo qual Adelita Rivera tinha sido assassinada. Tom olhou bem nos olhos de Eva e perguntou:

— Então, talvez a gente possa passar para o próximo assunto? Ou seja, a morte de Wendt. Você saberia me dizer por que ele foi assassinado?

Mette teve um leve estremecimento. Ela estava totalmente concentrada no objetivo de ligar Eva Carlsén ao assassinato cometido na ilha. Para ela, o homicídio de Nils Wendt não estava na ordem do dia. Tinha sido pega de surpresa pelo fato de Bertil Magnuson supostamente estar por trás daquele crime. De repente, ela percebeu que Stilton tinha tomado as rédeas do interrogatório.

Como antigamente, aliás.

— Você se sente em condições de falar sobre isso também? — ele continuou.

Sim, ela se sentia em condições de falar sobre o assunto. Para sorte tanto de Mette quanto de Stilton, já que eles não dispunham de nenhuma prova concreta que pudesse implicar Eva Carlsén na morte de seu ex-companheiro. Porém, Eva não tinha motivo algum para mentir na situação em que se encontrava. Afinal, tinha acabado de confessar a sua participação num homicídio brutal e, portanto, queria se livrar de tudo o mais que guardara dentro de si. Além disso, ela não sabia exatamente o que a polícia já tinha descoberto àquela altura. E a última coisa que queria era ser interrogada impiedosamente outra vez por Mette.

Não, isso ela não conseguiria aguentar.

— Não tenho muito o que dizer a respeito. Eu estava em casa uma noite dessas e, de repente, ele tocou a campainha e eu fiquei em estado de choque. Não pelo fato de ele ainda estar vivo, afinal eu já sabia disso, mas pelo fato de ele voltar a aparecer por aqui, do nada.

— E quando foi que você recebeu essa visita dele?

— Não me lembro direito. Talvez um dia antes de ele ser encontrado morto, não tenho certeza.

— E o que é que ele queria com você?

— Isso eu não sei exatamente, ele... aquilo foi tudo muito... foi tudo muito esquisito, na verdade... — disse Eva. E, então, se calou como se estivesse desabando por dentro.

Aos poucos, lentamente, ela recuou até o dia e a hora daquele encontro um tanto insólito com o seu ex-companheiro. A campainha tocou de repente na sua casa em Bromma. Eva abriu a porta. Do lado de fora, Nils Wendt estava parado de pé, debaixo da luz fraca da iluminação pública da rua. Vestia um casaco marrom. Eva olhou para ele com os olhos arregalados. Ela não acreditava no que estava vendo.

— Olá, Eva.

— Olá!

— Você não está me reconhecendo?

— Sim, estou.

Eles ficaram olhando um para o outro por alguns instantes.

— Posso entrar?

— Não.

Mais alguns segundos se passaram. Nils? Depois de todos esses anos? O que é que ele estava fazendo ali? Eva tentou se recompor.

— Então, você poderia vir até aqui fora um pouquinho? — Nils pediu, com um leve sorriso.

Como se eles fossem dois adolescentes que não quisessem ser surpreendidos pelos pais? Mas o que ele teria na cabeça? Que diabos quer aqui? Eva se virou, colocou um casaco, saiu à rua e fechou a porta.

— O que é que você quer? — perguntou.

— Você continua casada?

— Não, divorciada. Por quê? Como descobriu onde eu moro?

— Eu li na internet quando você se casou, anos atrás. O seu marido era um atleta vitorioso de salto com vara, não é mesmo? Anders Carlsén? Você preferiu manter o sobrenome dele?

— Sim. Você andou bisbilhotando minha vida?

— Não, não, eu acabei lendo por acaso — Nils respondeu e então se virou e começou a andar na direção do portão, na expectativa de que ela fosse atrás dele.

Eva continuou parada no mesmo lugar.

— Nils...

Ele se deteve.

— Onde você esteve esses anos todos? — perguntou ela, apesar de saber muito bem a resposta.

Porém, ele não sabia que ela sabia.

— Em algum lugar muito longe — ele respondeu.

— E por que resolveu aparecer de novo agora?

Nils olhou para Eva. Ela percebeu que era melhor se aproximar um pouco mais dele, demonstrar um pouco mais de intimidade. Então, ela foi até onde ele estava.

— Eu preciso exorcizar uns fantasmas do passado — respondeu ele, em voz baixa.

— E que fantasmas são esses que precisa exorcizar?

— Um assassinato cometido anos atrás.

Eva olhou à sua volta, instintivamente, sentindo o sangue ferver na nuca. Um assassinato cometido anos atrás? Será que ele queria dizer aquele assassinato em Nordkoster? Mas como, se ele não fazia a menor ideia sobre a participação dela no acontecimento? Ou será que sabia? O que será que ele queria dizer com aquilo?

— Que coisa mais desagradável... — ela disse.

— Sim, realmente é muito desagradável, mas eu vou terminar isso e voltar para casa logo.

— Para casa? Em Mal País?

Foi o primeiro erro que ela cometeu. Mas simplesmente escapou. Ela só se deu conta do que tinha dito quando era tarde demais.

— Como sabe que eu moro lá?

— Ora, não é verdade?

— Sim, é verdade. Acho que a gente precisa dar uma voltinha, não é? — Nils perguntou, meneando a cabeça na direção de um carro cinza estacionado quase em frente ao portão da casa dela.

Eva ponderou a situação. Ainda não sabia o que ele queria com ela. Bater um papinho rápido? Conversa fiada! Um assassinato praticado anos atrás? O que é que ele poderia saber a respeito daquilo?

— Sim, vamos — respondeu afinal.

Eles entraram no carro e partiram. Passados uns dois ou três minutos, Eva finalmente perguntou:

— Que história é essa de assassinato cometido anos atrás?

Nils ficou pensando alguns instantes e, afinal, abriu a boca. Ele se referia ao assassinato do jornalista Jan Nyström, segundo ele cometido a mando de Bertil Magnuson. Eva olhou para ele.

— Ah, então é por isso que você voltou à Suécia?

— Sim.

— Para ferrar o Bertil?

— Isso mesmo.

Ao ouvir aquilo, Eva relaxou. Então não tinha nada a ver com o assassinato em Nordkoster.

— Mas isso não é um pouco arriscado? — perguntou ela, então.

— Querer ferrar o Bertil?

— Sim. Afinal, ele não mandou matar o tal jornalista?

— Mas ele não vai ter coragem de mandar me matar.

— E como é que você sabe disso?

Nils apenas sorriu, sem responder. Eles passaram pela ponte de Drottningholm, chegaram à ilha de Kärsön e foram até a outra extremidade da ilha. Nils parou o carro junto a um rochedo sobre o mar. Ambos desceram do carro. O céu estava estrelado e claro. Era lua crescente e o luar se derramava sobre o mar e os penhascos. Era um lugar muito bonito. Eles tinham ido ali várias vezes, na época em que se conheceram, tarde da noite. Para tomar banho de mar nus, longe de tudo e de todos.

— Esse lugar continua tão bonito quanto antes — disse Nils.

— É mesmo — concordou Eva, olhando para ele.

Nils parecia tranquilo, como se nada tivesse acontecido. Como se tudo continuasse igual ao que tinha sido antes. É, realmente, não aconteceu nada!, ela pensou e então disse:

— Nils...

— O que é?

— Eu preciso te perguntar outra coisa...

— O quê?

— Por que você nunca telefonou?

— Para quem? Para você?

— Sim, para mim! Para quem mais poderia ser? Afinal, vivíamos juntos na época, você não se lembra? Planejávamos casar, ter filhos, enfim, viver o resto da vida juntos. Ou você se esqueceu? Eu te amava — disse Eva, percebendo que estava conduzindo o assunto de forma equivocada, com base em sentimentos equivocados.

O que não era de se estranhar. Afinal, aquela situação inteira com o Nils, ali, naquele lugar, depois de vinte e sete anos, era por si só absurda.

O passado emergia naquele momento de dentro dela na forma de um ódio candente, sem que ela pudesse evitar.

— Sim, reconheço que eu agi muito mal, eu devia ter dado notícias. E peço desculpas por isso — Nils respondeu.

Ele pede desculpas, ela pensou.

— Você pede desculpas? Depois de vinte e sete anos?

— Sim, por que não? O que quer que eu faça?

— Alguma vez você parou para pensar no mal que você me fez? Em tudo pelo que eu passei?

— Escuta, agora não vale a pena a gente...

— Você poderia pelo menos ter telefonado para dizer que tinha se cansado de mim e que queria começar uma vida nova com ela! Eu teria aceitado isso.

— Começar uma vida nova com quem?

Foi o segundo erro que ela cometeu. Porém, sentia que não havia muito mais coisa a preservar. E que não restava a menor possibilidade de ela conseguir conter aquele jorro que vinha direto de seu peito. Subitamente, Nils ficou de orelhas em pé.

— Mas com quem você acha que eu pretendia começar uma vida nova?

— Ah, você sabe muito bem de quem eu estou falando! Não se faça de desentendido! Aquela mulher jovem e bonita que você engravidou e despachou até a Suécia para recuperar o dinheiro que você tinha escondido na nossa casa de veraneio na ilha, aquela mesma que você acha que...

— Mas como é que você sabe disso? — Nils perguntou, já com os olhos totalmente injetados e pulando na direção de Eva.

— Como é que eu sei o quê? A respeito do dinheiro?!

Nils olhou para ela fixamente por um bom tempo até que se deu conta de que ele tinha se enganado redondamente. Sim, durante todos aqueles anos. Bertil não tinha nada a ver com aquela história. Não foi Bertil quem rastreou seus passos até Mal País, passando pelo México, e depois seguiu os passos de Adelita quando ela viajou até a Suécia para tentar recuperar o dinheiro que ele tinha deixado para trás na ilha. Não, Bertil não teve nenhuma participação naquilo. Era Eva quem tinha botado a mão no dinheiro e...

— Foi você que matou Adelita?

— Era esse o nome dela? — Eva retrucou, e então sentiu de repente uma bofetada no rosto.

Nils estava totalmente enfurecido.

— FOI VOCÊ, SUA FILHA DA PUTA?

Então, ele partiu para cima de Eva. Que tentou se esquivar do próximo golpe. Eva costumava frequentar a academia e Nils realmente não estava no melhor de sua forma física. De repente, eles estavam em vias de fato, cada um golpeando como podia, com as mãos e com os pés, até que Eva conseguiu agarrar o casaco dele, dar uma rasteira em Nils e derrubá-lo no chão. Nils tentou se levantar, deu dois ou três passos e então caiu de costas, batendo com a cabeça numa beirada do rochedo. Eva apenas ouviu o baque seco quando o crânio dele se estatelou em cheio contra o granito pontiagudo. Nils caiu sobre uma pequena elevação do terreno. O sangue jorrava da parte de trás da cabeça e escorria pelo pescoço. Eva ficou olhando para ele com os olhos arregalados.

Mette se curvou diante de Eva, encobrindo o facho de luz que vinha da luminária, e então perguntou:

— Você achou que ele tinha morrido?

— Sim, achei. Inicialmente, eu sequer tinha coragem para encostar a mão nele. Nils estava ali, caído no chão, sangrando, sem se mexer, eu fiquei chocada, além de estar enfurecida com toda aquela situação.

— Mas você nem ao menos ligou para a polícia?

— Não.

— E por que você não ligou?

— Eu não sei dizer, eu simplesmente me joguei no chão e fiquei olhando para ele. Nils Wendt. O homem que tinha destruído a minha vida. E que agora tinha aparecido e simplesmente pedia desculpas por ter feito o que fez. E depois começou a me bater. Quando finalmente entendeu o que eu tinha feito em Nordkoster. Então, eu arrastei-o até o carro, coloquei-o no banco do motorista, o carro estava estacionado num rochedo que descia diretamente para o mar, bastava apenas soltar o freio de mão e pronto...

— Mas você sabia que mais cedo ou mais tarde ele seria encontrado, não?
— Sim, sabia. Mas eu achei que... não sei... Ele tinha acabado de ameaçar o Bertil Magnuson, não tinha?
— Então você imaginou que Magnuson iria pagar pela morte dele, não é?
— Talvez. Ele não acabou pagando?

Mette e Stilton se entreolharam.

Um pouco mais tarde, naquela mesma noite, o clima no carro de Mette não era dos mais animados. Estavam a caminho do casarão antigo em Kummelnäs. Os três estavam ensimesmados, tinham bastante no que pensar.

Stilton pensava no desfecho do caso Nordkoster. Em como um simples fato isolado é capaz de desencadear uma reação em cadeia tão dramática. Dois suecos se encontram do outro lado do mundo, dividem uma garrafa de vinho, um deles conta ao outro algo que de repente esclarece um problema que já durava vinte e três anos, esse outro viaja até a Suécia para vingar a morte de sua amada, visita sua ex-companheira e morre acidentalmente. O caso dele vai parar nas mãos de Mette, que descobre uma marca de nascença na coxa dele que ela já vira antes, ao mesmo tempo em que Olivia começa a desentranhar o caso Nordkoster.

Uma história e tanto.

Depois, seus pensamentos se voltam para coisas significativamente mais difíceis para ele. Coisas que seria obrigado a enfrentar dali a pouco na casa de Mette e Mårten, e em como lidaria com a situação.

Mette pensava em sua obstinada perseguição a Bertil Magnuson. Em como se enganara. Bem, de qualquer forma, ele foi mandante de um crime, era culpado, o autor intelectual de um homicídio. Portanto, ela não tinha por que carregar o suicídio dele na consciência.

Olivia pensava em Jackie Berglund. Que tremendo erro cometera. Se não tivesse se metido com Jackie, Elvis ainda estaria vivo. Aquela lição tinha lhe custado caro.

— Deve ter sido isso.

Mette decidiu romper o silêncio. Fez isso porque sentiu que eles precisavam virar a página. Logo chegariam à sua casa e, quando chegassem, não queria que eles ainda continuassem reféns daquele silêncio e daqueles pensamentos reprimidos.

— Como é? — disse Stilton.

— Aqueles sujeitos que arrombaram a casa da Eva Carlsén e a espancaram devem ter feito isso a mando de Magnuson.

— Com que finalidade?

— Procurar a fita com a gravação da conversa. Na certa ele já tinha mandado verificar todos os hotéis e viu que não havia nenhum Nils Wendt hospedado em lugar algum, como aconteceu com a gente, então, ele se lembrou da ex-companheira de Nils, afinal eles conviviam bastante naqueles tempos, ambos os casais tinham casa de veraneio em Nordkoster, então ele presumiu que talvez Wendt estivesse na casa dela e tinha escondido a fita lá.

— Parece plausível — disse Stilton.

— Mas e o brinco? Como ele foi parar no bolso do casaco de Adelita? — Olivia perguntou.

— Não sei. Possivelmente quando as duas se engalfinharam na casa de Eva — Mette respondeu.

— É, pode ser.

Mette parou o carro em frente ao casarão.

Quando estava entrando em casa, Mette recebeu uma ligação no seu celular. Ela se deteve no jardim para atender. Era Oskar Molin. Ele acabava de sair de uma reunião com Carin Götblad, durante a qual falaram a respeito de um determinado nome que se encontrava na lista de clientes de Jackie Berglund. Um nome que Mette tinha encaminhado para ele.

— O que decidiram fazer? — Mette perguntou.

— Achamos melhor não prosseguir com o assunto, pelo menos no momento.

— E por quê? Porque se trata de Jackie Berglund?

— Não, mas porque isso poderia atrapalhar a nossa reestruturação.

— Está certo. Mas ele pelo menos vai ser advertido, não?

— Sim, pode deixar que eu me encarrego pessoalmente disso.

— Excelente — disse Mette antes de desligar.

Então, ela percebeu que Stilton estava parado a dois ou três metros de distância dela e tinha ouvido a ligação. Ela passou por ele sem dizer uma palavra e subiu os degraus da varanda.

Abbas abriu a porta, abraçado a Jolene. Que se soltou para ir dar um abraço caloroso em Olivia.

— Nós estamos com fome! — disse Mette.

Abbas avançou pelo corredor até chegar à cozinha enorme. Onde Mårten se movia freneticamente entre todos os tipos de ingredientes com os quais preparava o que ele prometia ser o ponto alto daquele verão em termos de gastronomia.

Espaguete à carbonara ao molho de cogumelos selvagens.

Os demais integrantes do clã familiar tinham se alimentado um pouco antes, mas agora estavam espalhados por vários cantos do casarão. Mårten explicara que a rainha da casa precisava de um pouco de tranquilidade e vinha acompanhada de hóspedes que também precisavam fazer uma refeição sossegada. Quem não concordasse seria mandado para o sótão da Ellen de castigo.

O ambiente estava relativamente tranquilo.

— Sentem-se, por favor — disse Mårten, fazendo um gesto que abrangia toda a mesa coberta com uma bela toalha, sobre a qual estavam dispostas peças de cerâmica de Mette. Travessas, pratos e uns objetos no meio deles. Possivelmente copos.

E todos se sentaram.

Mette serviu vinho. Stilton recusou. O brilho candente dos candelabros se refletiu nos copos quando eles se levantaram para brindar e tomar o primeiro gole.

Voltaram a se sentar.

Foi um dia bastante longo, para todos.

Inclusive para Mårten. Dedicara uma boa parte do dia para pensar no que estava para acontecer dali a pouco, e em como ele iria lidar com tudo.

Não estava muito certo de como iria ser. Poderia sair de várias maneiras, nenhuma das quais era simples.

Ele continuava à espera do que viria.

Da mesma forma faziam todos os demais, exceto Olivia. Ela sentiu como o primeiro gole de vinho ia espalhando uma sensação de relaxamento e calor pelo corpo. Olhou para o grupo reunido em volta da mesa. Pessoas que lhe eram totalmente desconhecidas até bem pouco tempo atrás.

Stilton, o sem-teto. Com um passado difícil que ela conhecia por fragmentos. Não o suficiente para formar um quadro completo. Um quadro pelo qual tinha bastante curiosidade. Olivia lembrou-se da primeira vez em que se encontraram, no supermercado, em Nacka. Quanta diferença entre aquela vez e agora. Até o olhar dele estava diferente, entre outras coisas.

Mårten, o dono de Kerouac. O psicólogo infantil que conseguiu que ela baixasse a guarda de uma maneira que a deixou desconcertada. Como tinha conseguido?

Mette, a esposa de Mårten, que quase chegou a deixá-la apavorada da primeira vez em que elas se encontraram, e que ainda mantinha certa distância. Mas uma distância respeitosa. Afinal, ela abriu as portas de sua casa e de sua investigação para Olivia.

E Abbas, por fim. O crupiê esbelto. Com suas facas camufladas pelo corpo e um cheiro interessante. Um tipo selvagem, ela pensou. Um desses homens capazes de se esgueirar pelos cantos à plena luz do dia. Mas quem era ele, na verdade?

Ela tomou mais um gole de vinho. Foi só então que percebeu, ou melhor, sentiu: uma espécie de expectativa em volta da mesa. Nenhum sorriso ou conversa, apenas a espera.

— O que foi? Por que todo mundo está tão quietinho? — Ela foi obrigada a perguntar, com um sorrisinho nos lábios.

Os outros se entreolharam. Olivia tentou seguir aqueles olhares trocados daqui para lá até que o último olhar se dirigiu a Stilton. Que nesse momento desejou ter trazido o seu frasco de diazepam.

— Você se lembra quando eu lhe perguntei, lá na cozinha do seu apartamento, logo depois que o trailer foi incendiado, por que você havia escolhido justamente o caso Nordkoster? — Stilton perguntou, de repente.

A pergunta pegou Olivia totalmente desprevenida.

— Sim, eu me lembro.

— E você disse que escolheu esse caso porque o seu pai tinha participado da investigação?

— Sim.

— Não houve outra razão para essa escolha?

— Não, bem, sim, mais tarde, sim. O crime aconteceu no mesmo dia em que eu nasci. Uma coincidência bastante curiosa.

— Não foi coincidência.

— Como assim? Por que não foi coincidência?

Mette serviu mais um pouco de vinho para Olivia. Stilton olhou de novo para ela.

— Você sabe o que aconteceu naquela praia depois que Ove Gardman correu até em casa para contar o que tinha acabado de ver?

— Sim, eles... O que você quer dizer? Logo depois do acontecido?

— Logo depois que ele entrou em casa e contou o que tinha visto, os pais dele foram correndo até a praia, ao mesmo tempo que telefonaram para pedir que a polícia mandasse um helicóptero ambulância até o local.

— Sim, eu sei, e daí?

— Bem, a mãe de Gardman era enfermeira. Quando eles chegaram à praia, os criminosos já tinham desaparecido, mas eles conseguiram resgatar a mulher, Adelita Rivera, de onde ela estava enterrada na areia, embaixo da água. Estava inconsciente, mas ainda tinha um pouquinho de pulso, então a mãe de Gardman tentou fazer respiração boca a boca, e conseguiu mantê-la viva mais um pouco, mas ela acabou morrendo minutos depois que o helicóptero chegou.

— É mesmo?

— Sim, mas a criança que trazia no ventre sobreviveu. Então, o médico do helicóptero ambulância fez uma cesariana de emergência e conseguiu salvar a criança.

— Como é que é? A criança sobreviveu?

— Sim.

— E o que aconteceu com essa criança? Por que não me contaram isso antes?

— Porque achamos melhor manter a identidade da criança em sigilo, por razões de segurança.

— E por quê?

— Porque desconhecíamos o motivo do crime. Na pior das hipóteses, o objetivo dos assassinos poderia ser matar o bebê, e não a mãe.

— E o que foi feito da criança?

Stilton olhou para Mette, tentando conseguir alguma ajuda, mas ela baixou a cabeça e ficou olhando para a mesa. Ele teria que se virar sozinho.

— A princípio, encarregamos um dos policiais que fazia parte da equipe de investigação de cuidar da criança. Afinal, estávamos convencidos de que iríamos conseguir desvendar a identidade da vítima ou, então, de que o pai da criança iria acabar aparecendo, mas no fim das contas nem uma coisa nem outra aconteceu.

— E depois?

— Com o passar do tempo, o investigador encarregado de cuidar da criança acabou solicitando autorização para adotá-la. Ele e a esposa não tinham filhos. E tanto nós da polícia quanto eles lá no serviço social achamos que aquela seria uma boa solução.

— E quem era o investigador?

— Arne Rönning.

É provável que Olivia já tivesse intuído aonde Stilton queria chegar, mas mesmo assim ela precisava ouvir aquela história até o fim. Apesar de ser algo quase inconcebível.

— Ou seja, aquela criança sou eu? — perguntou ela.

— Isso mesmo.

— Nesse caso, eu sou... o que sou mesmo? Eu sou filha de Adelita Rivera e de Nils Wendt?

— Exatamente.

Mårten não tinha tirado os olhos de Olivia em momento algum. Mette tentou decifrar a linguagem corporal dela. Abbas puxou a sua cadeira um pouco para trás.

— Digam, por favor, que isso não é verdade... — Olivia murmurou, ainda tentando controlar o tom de sua voz, apesar de estar longe de conseguir entender o que tinha acabado de ouvir.

— Infelizmente, é verdade — Stilton disse.

— Infelizmente por quê?

— O que o Tom quer dizer é que talvez você merecesse que lhe contassem isso numa circunstância totalmente diferente, de uma outra forma, em um outro momento.

Mårten tentou amparar Olivia em sua cadeira. Então, ela olhou para Stilton.

— Você sabia disso desde a primeira vez que nos encontramos, não é mesmo?

— Sim, eu sempre soube.

— Sabia que eu era a filha que aquela mulher afogada carregava no ventre, não é?

— Sim.

— E mesmo assim não me contou nada.

— Eu tentei lhe contar várias vezes, mas...

— A minha mãe sabe disso?

— Acho que ela não conhece as circunstâncias em detalhe. Arne achou melhor não contar tudo para ela na época. Mas eu não sei se ele acabou contando tudo a ela antes de morrer.

Olivia se recostou na cadeira e perguntou, subindo um pouco o tom de voz:

— E vocês, quando foi que ficaram sabendo?

Mårten percebeu que o momento crítico estava prestes a acontecer.

— Tom nos contou alguns dias atrás. Ele não sabia o que fazer, não sabia se devia ou não te contar isso. Ele queria que a gente o ajudasse, ele realmente estava sofrendo com isso...

— Ele estava sofrendo...

— Sim, estava.

Olivia olhou para Stilton e balançou a cabeça. Então, ela se levantou e saiu correndo da cozinha. Abbas, que estava em estado de alerta, tentou segurá-la, mas Olivia conseguiu se soltar e desapareceu porta afora. Stilton tentou correr atrás dela, mas Mårten o deteve.

— Pode deixar comigo — ele disse e então também saiu correndo da cozinha.

Ele a alcançou um pouco adiante na rua. Olivia estava sentada no chão e escondia o rosto nas mãos. Mårten se abaixou até ela. Então, Olivia se levantou rapidamente e começou a correr outra vez. Mårten correu atrás dela até alcançá-la novamente. Desta vez, ele conseguiu agarrá-la, virou-a de frente para si e abraçou-a. Com aquele abraço, ela se acalmou depois de algum tempo. A única coisa que ele ainda ouvia era um choro baixinho, desesperado, contra o seu peito. Mårten afagou as costas dela. Se Olivia pudesse ver os olhos dele naquele momento, teria percebido que não era só ela que estava desesperada.

Stilton estava parado em pé junto à janela de um dos quartos da casa. As luzes estavam apagadas e, pela persiana entreaberta, ele conseguia enxergar aquela dupla solitária na rua lá fora.

Mette foi até o lado dele e também olhou pela persiana entreaberta.

— Será que a gente fez bem em contar? — perguntou ela.

— Eu não sei... — Stilton respondeu hesitante e olhou para o chão.

De fato, tinha avaliado uma centena de alternativas desde a primeira vez em que ela o confrontou no estacionamento daquele supermercado e disse que se chamava Olivia Rönning. E que era filha de Arne. Porém, nenhuma das alternativas parecia funcionar bem. Então, pouco a pouco, foi achando a situação cada vez mais desconfortável e cada vez mais difícil de lidar. Covarde. Eu fui um covarde. Eu não tive coragem. Eu devia ter dado um jeito de contar isso a ela há muito tempo, ele pensou.

Por fim, acabou recorrendo às únicas pessoas em quem confiava. Para reunir forças para conseguir contar tudo, finalmente. Ou, pelo menos, conseguir contar aquilo cercado de pessoas que fossem capazes de ajudá-lo, já que ele próprio não estava preparado para fazê-lo.

Pessoas como Mårten.

— Mas agora está feito — Mette disse.

— Sim, está feito.

— Pobre garota. Será que pelo menos ela sabia que era filha adotiva?

— É possível que sim. Mas não faço ideia.

Stilton ergueu a cabeça. Bom, pelo menos fizemos tudo o que estava ao nosso alcance com relação a isso, ele pensou e olhou para Mette.

— Por acaso aquela ligação que você recebeu tinha a ver com a lista de clientes de Jackie? — perguntou ele.

— Sim.

— Quem foi que você encontrou nessa lista?

— Entre outros, um policial.

— Rune Forss?

Mette voltou à cozinha sem responder a pergunta. Se Tom se recuperar completamente, vamos dar um jeito nessa Jackie Berglund e nos clientes dela, pensou ela. Mas não agora.

Stilton olhou para o chão e percebeu que Abbas estava do seu lado.

Então, ambos olharam para a rua.

Olivia continuava aconchegada no abraço apertado de Mårten. A cabeça dele estava encostada na dela e ele falava. O que ele dizia ficaria entre os dois para sempre. Mas ele sabia que aquilo era apenas o começo para ela, o início de uma longa jornada. Melancólica e frustrante. Uma jornada que devia fazer sozinha. Claro que ele estaria à disposição, sempre que ela precisasse de sua ajuda, mas o caminho era dela, de ninguém mais.

Em algum momento desse caminho, em uma estação abandonada, ele iria lhe dar um filhote de gato de presente.

Epílogo

ELA ESTAVA SENTADA EM SILÊNCIO naquela noite de verão, uma noite que não era noite, mas um encontro entre o crepúsculo e o amanhecer, com uma luminosidade misteriosa que costuma deixar os habitantes do sul eroticamente excitados, mas que Olivia agora mal percebia.

Estava sentada entre as dunas de areia, sozinha, o queixo apoiado nos joelhos. Fazia um bom tempo que estava admirando a enseada. A maré estava baixa, o mar havia recuado bastante. Nessa noite haveria maré viva. Ela ficara sentada ali, contemplando o sol se pôr e a lua ocupar a cena, uma lua de brilho emprestado, mais fria, azul, com ares de poucos amigos.

Durante a primeira hora, tentou manter o controle, tentou pensar de maneira concreta e objetiva. Por onde exatamente Adelita tinha sido arrastada na praia? Onde foi que o casaco dela caiu? Até onde a levaram? Onde foi enterrada? Ali? Ou lá longe? Era uma maneira de se conter, uma forma de retardar o que ela sabia que estava por vir.

Então, pensou no seu pai biológico. Nils Wendt. Uma noite veio até ali puxando uma mala de rodinhas e seguiu na direção do mar, na maré baixa, e ficou parado ali. Será que ele sabia que era ali? Que tinha sido exatamente ali que a sua amada tinha sido afogada? Sim, ele devia saber, caso contrário, o que ele teria ido fazer lá naquele lugar? Então, Olivia se deu conta de que Nils tinha ido até ali para fazer o seu luto por Adelita, ele foi procurar o último lugar em que ela estivera com vida, para cumprir o seu luto.

Exatamente ali.

Exatamente no mesmo momento em que Olivia estava escondida atrás de um rochedo e assistindo àquela cena.

Assistindo àquele momento.

Ela respirou fundo.

Olhou mais uma vez para o mar. Eram muitos os pensamentos e ela tentava se conter.

A cabana. Ele foi à cabana dela e pediu o celular emprestado.

De repente, ela se lembrou de um breve instante, quando ela apareceu na porta e Nils Wendt estancou e olhou para ela com um olhar interrogativo. Como se tivesse visto algo que não esperava ver. Será que viu algo de Adelita em mim? Naquela fração de segundo?

Depois veio a segunda hora, a terceira, quando o concreto e o real já não eram suficientes para ajudá-la a se conter. Foi quando a criança que havia nela apoderou-se de todo o seu ser.

Por um bom tempo.

Até que as lágrimas finalmente secaram e ela conseguiu olhar mais uma vez para o mar e recobrar o contato com a razão. Sim, eu nasci aqui nesta praia, ela pensou, extirpada do ventre de minha mãe afogada, numa noite de luar e de maré viva, exatamente como na noite de hoje.

Exatamente neste lugar.

Ela apoiou o queixo novamente nos joelhos.

Foi assim que ele a viu, lá longe. Ele estava atrás do rochedo, no mesmo lugar que daquela vez. Ele a vira passar algumas horas antes e sabia que ela ainda não tinha voltado. Agora a viu se agachar, quase no mesmo lugar onde aqueles outros estavam, naquela noite.

Ouviu o ruído do mar outra vez.

Olivia não percebeu quando ele se aproximou, apenas quando ele se abaixou até ela e ficou ali, em silêncio. Ela se virou um pouco e viu que ele a olhava. Aquele menino que viu tudo acontecer. Agora um homem com cabelos descoloridos pelo sol. Ela olhou para o mar mais uma vez. Sim, foi com o meu pai que ele teve aquela conversa na Costa Rica, e foi a minha mãe que ele viu ser morta aqui, apesar de não saber, ela pensou.

Um dia eu conto a ele.

Os dois olharam para o mar. Para a faixa de areia molhada e banhada pelo luar. Pequenos caranguejos brilhantes cruzavam a areia de um lado para o outro, como se fossem reflexos resplandecentes da claridade azulada. Os raios do luar se refletiam nos veios de água entre os vincos de areia. Os caracóis se agarravam ainda com mais força às rochas.

Quando a maré viva chegou, eles foram embora.

Agradecimentos

AGRADECEMOS A ULRIKA ENGSTRÖM, agente de polícia, a Anders Claesson, comissário da divisão de homicídios da Polícia Nacional da Suécia, e a Ulf Stolt, editor-chefe da *Situation Sthlm*, por suas valiosas informações.

Agradecemos a Camilla Ahlgren e a Estrid Bengtsdotter pela leitura e análise cuidadosas.

Somos gratos a Lena Stjernström, da Grand Agency, e a Susanna Romanus e Peter Karlsson, da Norstedt, pelo seu entusiasmo incondicional desde a primeira hora.

Impressão e Acabamento:
EDITORA JPA LTDA.